国家出版基金项目
NATIONAL PUBLICATION FOUNDATION

湘绮楼日记

（一）

［清］王闿运————

著

王　勇————

点校

岳麓书社·长沙

2021—2035年国家古籍工作规划重点出版项目

国家出版基金项目

湖南省社科基金基地委托项目《王闿运史部著作整理》（17JD17）成果

王湘綺先生像

文表淵神本生晦修內王可
昌嶽澤學立感塞禮樂百作
異峙經海道時退樂外世

王闿运像

衰年仍是六朝人胡服相誇不當真眼見

中興又巨國蕭巳白髮羨殘春卅苦年填

湘綺年文詩兮以題其遺偽　葉德輝甲子春

王闿运遗像及
叶德辉题诗

1910年瞿鸿禨第内
超览楼前合影

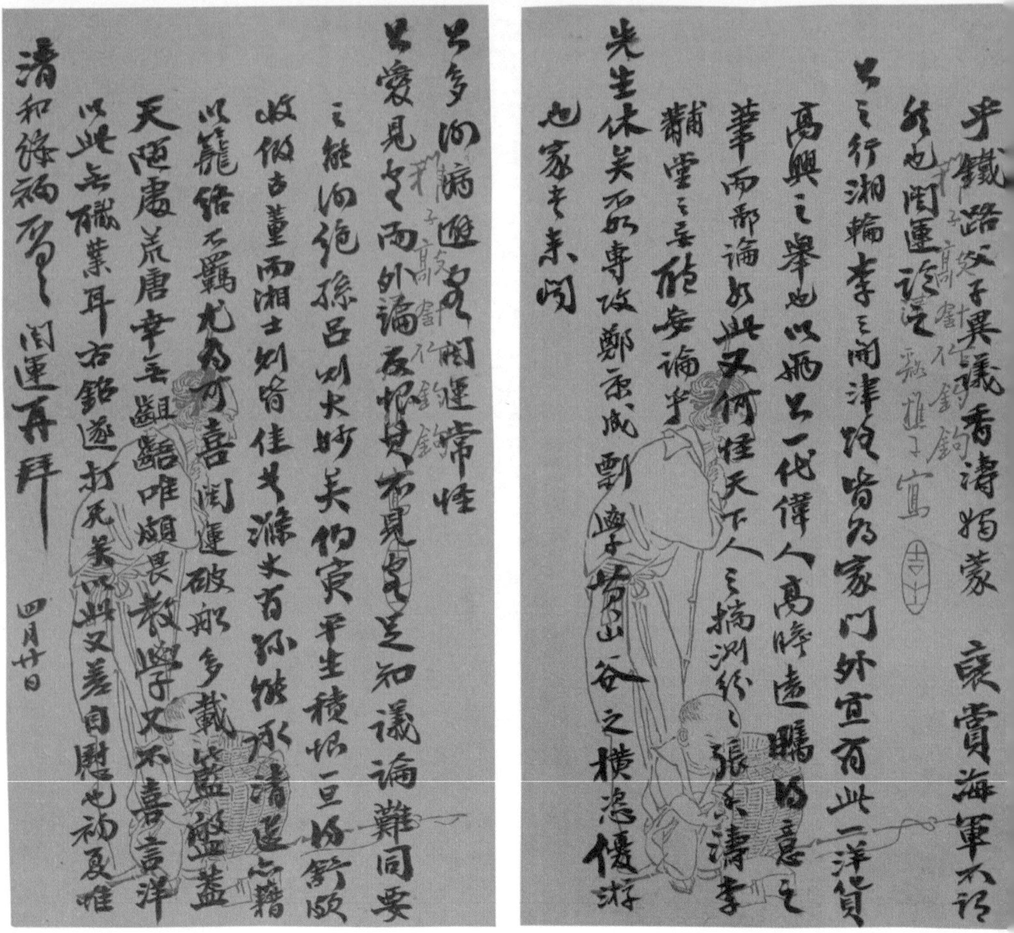

王闿运致郭嵩焘书札

王闿运《湘绮楼日记》手稿

希望心

于靖九兄属题
丙午冬玉
王闲蓬

力 耐 忍

王闿运行书横披

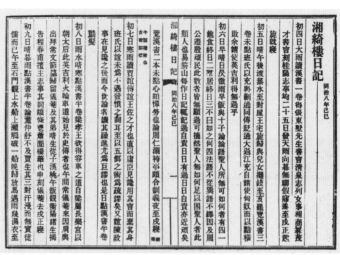

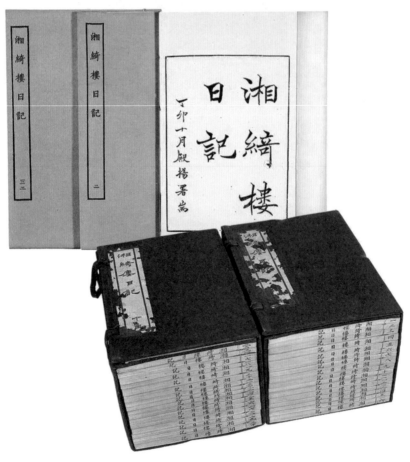

商务印书馆1927年刊《湘绮楼日记》

前　言

　　王闿运（1833—1916），字壬秋、壬父，因自命其居室为"湘绮楼"，遂又有"湘绮"之称。湖南湘潭人，近代卓有盛名的经学大师、史学家和诗文大家。咸丰举人，曾先后入肃顺、文煜、曾国藩幕府。长期从事教育活动，先后担任成都尊经书院山长、长沙思贤讲舍主讲、衡州船山书院山长，门生弟子遍天下。民国初任国史馆馆长。王闿运之学兼包九流而归于经学，崇奉"春秋公羊"之说，被誉为"经学大师""湘学泰斗"。其著作非常丰富，除经子笺注外，尚有《湘军志》《湘绮楼日记》《湘绮楼诗文集》等，并编有《八代诗选》《唐诗选》等。

　　王闿运的《湘绮楼日记》起自清同治八年正月初四，迄于中华民国五年七月初一，纵跨四十八年，与李慈铭《越缦堂日记》、翁同龢《翁文恭公日记》、叶昌炽《缘督庐日记》合称"晚清四大日记"。日记是王闿运的自娱之作，他自称所记"皆章句饾饤、闾里琐小之事"，钱锺书亦评论说："王翁楚艳之侈，能以文字缘饰经术，收朋勤海，化及湘、蜀。乃所作支晦无俚，虽运而无所积，与世为趣，不同曾文正、李爱伯之刺促鲜欢；而多记博塞奸进之事，学人之望，固勿如越缦之足以厚厌矣。"（《复堂日记续录序》）但此日记也因此较一般名人日记更真实、更天然，从而得到众多学人喜爱。施蛰存曾说："我喜欢的是王闿运的《湘绮楼日记》，因为作者居然把他在旅途中闯进尼庵里去看尼姑的事也记了进去，这部日记就不同凡响了。"（《十年治学方法实录》）

　　王闿运生活在中国社会剧烈变动时期，加之其特有的身份与学识，记其所见所闻的《湘绮楼日记》有相当高的史料价值。如光绪四年十月廿四日日记："（平捻）用银一万七百九十余万，钱九百万贯，钞七百万两。平洪用银二万八千余万，钞七百六十余万两，钱八百十八万贯。"因为王闿运能直接接触湘军档案，这一统计数据无疑是可信的。近现代学者对清政府镇压太平天国运动的军费开支，各自的估算数悬殊。如果注意到这条材料，便能减少很多争议。这个统计数字包括银、票和铜钱的支出数，也为研究清政府实行通货膨胀政策对镇压太平天国运动的直接影响提供了参考依据。（周育民《晚清财政与社会变迁》）又如民国三年三月廿一日日记："回车出宣武门，至北半截，见张设棚新，入一矮屋，而内甚曲邃，……见宋伯鲁、赵惟熙，推我主祭，博览而释奠，所未闻也。免冠常服，实为夷礼，既至当从主人，凡三跪九叩，半时许，奏军中洋操乐乃得免。"这段文字将孔社博览会祭礼的杂糅矛盾之状展现得淋漓尽致，对于理解民国初年的信仰危机也是很好的材料。

　　王闿运一生交游甚广，清末民初各种政治力量的代表人物，如满族贵族肃顺，洋务派的曾国藩、左宗棠、张之洞，维新派的梁启超、杨锐、刘光第，革命派的宋教仁、蔡锷等，都与他有不同程度的交谊。作为当时的文坛领袖，王闿运与各界文人的联系更加广泛。《湘绮楼日记》所记以应酬居多，也从侧面记录了这些官僚、文人的生活。金梁曾将《湘绮楼日记》等书所载人物整理排比，编成收有六百余人的《近世人物志》。该书出版后颇受学者重视，陈寅恪任教岭南时曾托梁方仲代借或代购该书。（《梁方仲遗稿：信札、珍藏书画、遗墨观痕》）研究清末民初人物，常能从《湘绮楼日记》中查到相关材料。胡适、黎锦熙、邓广铭合编

《齐白石年谱》时，邓广铭便"在《湘绮楼日记》中检获了有关于白石老人的三数事"（《齐白石年谱跋》）。胡适和黎锦熙原稿在光绪二十五年并无齐白石"见王闿运，拜门作弟子"，后来的正式出版物中增加了此条及多种细节，就是邓广铭查找《湘绮楼日记》的收获。

对于王闿运本人的研究，《湘绮楼日记》的重要性更加不言而喻，这是了解王闿运生平、思想、个性等的第一手材料，也能为研读王闿运的其他著作提供帮助。如同治十年正月廿九日记有其为人传诵的《摸鱼儿》词（问汀洲、几多芳草）作成时的景物与心境。又如同治十年四月十日及十一日记录的游圆明园所见，也是其《圆明园词》的起源，当时圆明园遗迹还有不少，台阁池榭仍能寻觅，对照日记中所见景物，词中凭吊废园的一段便好理解了。日记中王闿运的论学之语亦值得重视。如"老辈唯加敬于酬接耳，若学问，并无前后辈。圣人，我师也，伏羲至孔子无尊卑而皆师之，余则友之，然则伊尹、召公亦我同学，如此乃能读古人书"（光绪八年九月八日日记），"多阅历即学问也。阅历亦须历天下事，但治官事，不为阅也"（光绪二十五年九月十九日日记）等，张舜徽指出"皆通达之论，非拘墟之士所能梦见"（《清人笔记条辨》卷九）。

此外，日记中长达四十余年的天气记录对研究当时气候状况，王闿运往返京师、川蜀等地的经历对研究当时交通状况，各种物价、消费记录对研究当时经济状况，都是不可多得的资料。凡此种种，不一而足。

商务印书馆在1927年将湘乡彭次英收藏的王闿运《湘绮楼日记》遗稿排印出版，分两函三十二册。这是《湘绮楼日记》最早的刊本，但当时手稿已有散佚，印行后的日记有数处脱缺。其中脱缺时间较长的有：同治十二年七月十三日至光绪元年六月五日，接近两年；光绪十年十一月朔日至光绪十三年四月底，计两年半；光绪二十二年十二月朔日至光绪二十四年二月底，计一年三个月。另有缺七八个月的两段，分别为光绪十四年六月朔日至年底，光绪三十年五月十一日至年底；缺三个月的两段，同治八年三月十六日至六月十八日，光绪元年十一月八日至光绪二年二月九日；缺两个月的一段，光绪二十四年八月、九月；缺一个月的一段，光绪三年九月十一日至十月六日；其余则是只缺数日。此版《湘绮楼日记》印制精美，但发行量不大。黄际遇记其 1936 年在国立中山大学图书馆借到此书后"喜而不寐"，因为此书是其"求经年而未得者"。（《因树山馆日记》1936 年 9 月 29 日）台湾学生书局（1964 年）、广文书局（1973 年）先后印行的《湘绮楼日记》都是以商务版为底本影印的。

1997 年岳麓书社出版由吴容甫点校的《湘绮楼日记》，访得光绪十四年六月廿三日至同年十二月底的日记佚稿补入，又对商务版的错字予以订正和校勘，是目前最通行的版本。此次新出《湘绮楼日记》是岳麓书社《王闿运全集》整理工作的一部分，按照《全集》的统一体例，采用简体横排，以商务印书馆 1927 年版为底本校点整理。校点过程中，参考了 1997 年整理出版的《湘绮楼日记》及相关研究成果。除人名、地名、书名等专名外，异体字、古今字一般改为通行字；属避讳的字，也径直改回；刻本中常见刻写混同和笔画舛误字径改，其他文字讹误出校说明。同一人名字写法有异，保留原貌，不强作统一。对王氏引述文字尽量覆检原书，订正讹误并出校说明。同时，利用《湘绮楼诗文集》等，增补了部分底本缺字。限于学识，校点差错和不当之处在所难免，敬请读者批评指正。

王　勇

二〇二二年九月于岳麓书院胜利斋

总　目

第一册

第二册

第三册

第四册

第五册

目 录

同治八年己巳

正　月

正月初四日　大雨。读《汉书》一卷。得张东墅先生书，言《清泉志》列女事；程商霖茂才书，言刻《桂阳志》事，均二十五日发。天雨，向暮无聊，假寐，遂至戌正起，旋就寝。

初五日　晴。午后渡蒸水，至对屋王宅，旋归，与儿女摊钱，至亥罢。览《汉书》三卷，未点。班氏以充与蒯通同传，贬通大过。江充自请使匈奴而以黠横败，余请使英吉利得无过乎？

初六日　早晴，日昃微雨。早饭与十子论《论语》，圣人所无可如何者有四：一、饱食终日；二、群居终日；三、不曰如之何；四、法语不从，巽语不绎。因及周公迁殷顽民。此数者，皆无显过可摘，然圣人无如何，足以困圣人者，此类人也。易笏山每作日记，辄记过自责，日日有过，日日自责，亦近顽矣。览《汉书》二本，未点，心颇惮劳也。论周仁溺裤事，颇合训义。夜至戌寝。溺裤，今圆裆裤也，古裤开裆。

初七日　寒雨。读《贾谊传》。谊，王佐之才也，直以庸臣见逭，用其言而弃其身。班氏以谊未为不遇，发愤之词耳，至以五饵之术为疏，谬矣。又谊陈政事在见逭之后，而今世论者讥其躁进，尤为巨谬也。是日点《汉书》半卷。鬀发。

初八日　雨水。晴寒。点《汉书》半卷。梁孝王欲得容车之道，自梁属长乐宫，以朝太后，此英吉利火轮车道始见于史传者也。午间常仪庵来，因肩舆出，拜常文节墓。归，留仪庵及其弟晴生、从子汉桃午饭。观衡阳诸生揭告程春甫擅主志事，其词颇条鬯，萧圜桥笔也。申刻仪庵去。戌正寝。

初九日　晴，暮雨。点《汉书》半卷。论董仲舒不及贾生，其三对汗漫而无实，徒儒而已。午至石门，观上水船上濑，触破一船。晚归放马，遇雨，几湿衣。至亥寝。

初十日　雨。点《汉书》两卷。论戾太子真叛逆，昌邑王非大无道，赵充国屯田乃夺羌人业，及诸葛、邓艾皆屯敌人田，平世无屯法。又考证训义数处。甲夜，常元卿来，送其家集二卷，留宿东斋，至亥罢，寝。

十一日　阴。晨至常氏茔，观李子葬处。还，书与仪安，告之，使往诘问盗葬之故。点《汉书》一卷。魏相表《阴阳》《月令》，言高帝述书，议天子春夏秋冬所服。孝文帝时，以二月施恩惠于天下，赐孝弟力田及罢军卒，祠死事者，颇非时节。朝错①奏言其状，愿选明经通知阴阳者四人，各主一时，以和阴阳。李寻奏哀帝，言朝廷忽于时月之令，诸侍中、尚书、近臣宜皆令通知月令之意，设群下请事，若陛下出令，有谬于时者，当知争之，以顺时气。此汉人月令之政未废之验也。王莽春夏斩人，而论者知其将亡。《鲁恭传》亦详载恭疏，以盛夏断狱为非。行所当行，亶不顺时，犹足致灾；况今世以来，月令久废，政事随心，日食频数，不亦宜乎？魏、丙贤相，魏主安静，丙持宽大，丙似胜也。《考工》戈矛为卢事，汉少府有若卢令，汉旧仪以为主治库兵，即此卢也。晚观非女作词，至子寝。

十二日　阴晴。点《汉书》一卷。《王尊传》：觐张禁，酒赵放。晋灼云：作觐作酒之家。《食货传》又云：箭张湖三老公乘兴

---

① 即晁错。

讼尊，以为长安大猾。① 贡禹有田百三十亩，而云无万钱之产。匡衡取谷千余石，廷尉奏直十金以上。一金万钱，千钱十石，百钱一石，其大数也。然衡多取田四百顷，而止收谷千余石，则一顷不过数十石，租赋轻矣。班氏书少所刺讥，而独《张禹传》微文可寻。至谓其少好立卜相旁，为相，② 闻天子疾，辄露蓍筮其吉凶云云。禹之鄙陋如见。顷者，胡文忠用邢星槎、周笠西、文咏吾，世或讥为皆卖卜测字之人，如禹者其流耶？夜掷骰，至亥寝。

十三日　大晴。出游山中，还，点《汉书》一卷。二十二本。《朱博传》复有阙字未补。杜邺，张敞外孙，从舅吉学，得其书。吉子竦，邺外弟也，又从邺学。邺子林亦有雅材。杨季官庐江太守，至雄五世，而传一子，故无他杨于蜀。雄死而无子，蜀杨氏绝矣。后人以草书"杨"作"扬"，遂以为非杨姓。又改《左氏传》"灵杨韩魏"之字作"扬"，以其独一家也。晋灼注《汉书》引张衡云"雄为杨食我之后"，反以雄自叙范、中行氏逼杨侯为误，因谓其谱谍疏谬。后世儒者与人子孙争言其父祖之事，反云其子孙不知，而为驳正焉，往往如此，不足听也。雄之为文，艰深屈奇自喜耳，犹在王褒之下，而世以好奇，竟久得名，至今传之，朱熹尚以为儒宗而攻击焉，何作伪之易雠也。日侧，与妻共和匀药泥。昏时假寐，至三鼓时起。大月。濯足。

十四日　雨。点《汉书》一卷。黄霸入钱赏官，后免，复入谷补吏，此捐班、捐复之祖也。然称循吏，为宰相，捐班中大有人。《货殖传》：岁万息二千，二分利。自秦始，户租二百。一亩

① 按，《汉书·王尊传》："尊坐免，吏民多称惜之。湖三老公乘兴等上书讼尊治京兆功效日著。"无"箭张"字。颜师古注："湖，县名。"
② 据《汉书·张禹传》，此时张禹已去相，以特进为天子师。

收一钟，六斛四斗，今亩收毛谷五石。明矣，古量一①斗为斛，今一石也，汉亩大于今亩之验。百二十，钱也，今丰年谷或二百许，钱亦相近矣。苔布千石，今搭连布也。淡干鱼为鲰。许员外孙有郭解。午后，乡人傩，灯来，三十余人，迎布龙，留饭而去。鬎发。

十五日　阴。感寒，至午后起。乡人傩，凡三辈来。其一辈侏儒獶杂，未令入门。晚祠群神。至子丑时，月出。其夜壮热。

十六日　阴。疾倦，至申方起，一食犹二碗。点《汉书》半卷。《匈奴传》论和、战二端，既谓夷狄兽心，不可以理义法度论，而又欲使曲在彼，譬如与犬羊斗而使犬羊负曲名，欲其不我抵噬，不可得也。郭筠仙最好班氏此论，以为得制夷之要，谬矣。严本姓庄。尤诣事王莽，何知大计，谬言三策，弃内役外，今犹踬之。自汉以来，争以治夷为患，何其暗治体耶！戌刻，啖包子三枚。月出复眠。

十七日　晴。点《汉书》一卷。王章上书攻王凤，而欲立定陶王，逢帝一时，终犯其忌，其死非不幸。赵合德自杀，不对状，后乃诬成其杀子，非信史也。王船山以耿育所奏为非，谬矣。船山论史，徒欲好人所恶，恶人所好，自诡特识，而蔽于宋、元、明来鄙陋之学，以为中庸圣道，适足为时文中巨手，而非著述之才矣。夜亥归寝。

十八日　晴。点《汉书》二卷，凡廿六卷皆点毕。王莽捕翟义党王孙庆，使太医、尚方与巧屠共刳剥之，量度五藏，以竹筳导其脉，知所终始，云可以治病。此英吉利剖视人之法所始见于史传者也。午间，常耕臣来，留东斋。

---

① "一"，当为"十"之讹。

十九日　阴。陪耕臣出游，至夏家弯，见王荫堂茂才，葆澄之父也，留酒。出至塘弯，见贺赤轩茂才及其弟，留酒。顷之，赤轩父金滩归，留饭。暮归，至亥寝。《王莽传》事怪谲至多，尤奇者，地皇元年闰月丙辰诏书赦天下，并除民丧服。是岁，莽妻丧，天下大服，除之，因除民父母丧服，古今赦令所无也。

二十日　阴。《王莽传》：严尤、陈茂败昆阳，下书至沛郡谯，自称汉将。闻故汉钟武侯刘望聚众①汝南，称尊号，地皇四年、更始元年八月。尤、茂降之，十余日败。十月，更始奋威大将军刘信击杀望于汝南。是日蒸暖，至夜微雨，旋止。至戌寝。功儿读《士丧》毕。

二十一日　阴。晓雨，午晴。耕岑去。读《后汉书》二卷。班固为汉报使匈奴，至私渠海，未入其国。宜有文采赋咏，而今无闻焉。殇帝以十二月立，方生百余日，明年八月崩，计正满岁，而史云二岁，则古不作周晬也。邓后策命安帝，初称侯，末乃称皇帝，朋帝文始见于此，可以为式。湖南僻远，而东汉官位最盛，临湘祝良字邵卿，刘寿字伯长，当顺帝时同时达官。良以选为九真大守，史为数语记其事。寿由光禄勋为司徒，五年乃罢，《长沙耆旧传》：寿尝乘通幰车。见《隋书·礼仪志》引。遂无闻焉。灵帝初，长沙刘器为司空，器字重宁，盖寿子姓，在位年余罢。《前书》令昭后受经，后邓后临朝，亦诏刘珍等五十余人校传记奏御，身从曹大家受经书。邓后作伪以终其身，而窃贤名，范史传之，有微旨矣。是日两儿倍书三篇，计十子抄书五日，得十五页，比去年日少一页也。夜又读《汉书》二卷，抄《庄子》一页。

二十二日　雨寒。读《汉书》②二卷。隗嚣儒生负贵，欲倾扰

_____

① "聚众"，原作"聚聚"。

② 此指《后汉书》。本月二十一日至二十八日所记《汉书》均指《后汉书》，而用《前书》指《汉书》。

于兵间，然名望久著，汉终不能禽也。子元[1]请丸泥封关，而降为县令，迁国相，坐死，何昔今之殊势乎？世祖亦儒生标置，一失于邯郸杜威，再失于彭宠，又谲谢躬而乘其败，故石勒轻之。开国御雄，宜有大略。寇荣亡命上书，其词切直，佳文也。桓帝庸主，何能相容。是日，十子抄书四页。次女桂窊入学，仞字二十三。孝兴读《礼记》六十字，抄《庄子》一页。吉来读《礼经·乡射》篇不熟，遂至一日夜。庆来《地官》亦生。非读《长门赋》二百字。至戌寝。

二十三日　惊蛰。申雨雷。读《汉书》二卷。岑彭、吴汉攻荆门，留夷陵，装露桡船，盖今三板船也。清野之说，始于陈俊。俊攻五校贼于渔阳，将轻骑出贼前，掠民放散在野者。民乃坚守，贼无所得，此身自为贼耳。窦宪弟瓌徙封罗侯，梁棠兄弟过长沙，迫令自杀。马援始从隗恂为质而留上林中，不得试用，于后屡请自效，乃卒以进壶头被谗言。帝之轻援，以其二心耳。朱勃上书，独明其冤，言词伉直深厚。其所学殆十倍于援，而史称马况言勃小器。援贵，乃卑侮之。嗟夫！援一热中好事之人，乌能与勃比哉？是日诸子工课粗毕，两儿书不熟。夜抄《庄子》一页。大雷雨。戌初止。亥初乃寝。

二十四日　晴寒。读《汉书》三卷。杜诗请罢郡以让功臣，知今事平而夺军功督抚者，不可以劝。光武之起，诸将皆盗贼余习，以劫掠为事，帝非惟不禁，且颇纵之，不读桓谭疏，不知其弊也。谭以贤荐，而用新声娱主，故帝轻之，不用其言，然可谓直臣矣。弹琴小节，无累倜傥之士。冯衍好乱阻兵，势穷乃降，亦废弃终身，比谭为幸矣。是日两儿课稍早毕。非女作《水仙

---

[1]“子元”，当是“王元”之误。王元，字惠孟，事见《后汉书·隗嚣传》。

词》。作书与水师廖副将，请其买鞯。抄《庄子》一页。

　　二十五日　阴晴。读《汉书》二卷。胡伯始引证大体，甚有相度，以中庸见讥，亦为苟矣。若容身保位之臣，未能有其通识也。张敏、徐防亦无显过，范史以刺邓后，录为庸臣，以劝风节，孔子所谓为法受恶者欤？袁安正议侃侃，累折窦氏，可谓大臣矣。张酺、孟侯。韩稜师[①]。并触权贵，然卒申其志，后历公卿。东汉节义，斯乃效矣。彼钩党朋狂，何足重乎？西汉论政，学者皆对策上书，足以裨治。东汉王符、崔寔、仲长统诸儒，动作数万言，以诱民俗，则著书自任，其文必繁，范史载之，未为通识矣。申屠子龙，外黄人，为漆工，七辟不就，挂书树上，初不顾盼，先见党祸，绝迹梁、砀，因树为屋，自同佣人。闿运无斯人确然之操，而好立名誉，读其传，庶几高山仰止之思云。林宗、康成迹易几耳。是日两儿课不如程。王荫堂来，少坐去。夜眠至旦，乃复寝。非女始抄《公羊·成公》。

　　二十六日　阴，夜雨。午间出放马，仆言客至，归则常吉人在焉。竟日谈，言道光中监司之贵，州县倾动，所以召乱也。然州县今轻大吏，亦非治征。晚与吉人谈，忽发寒噤，归寝，顷之愈。诸儿罢学一日。

　　二十七日　阴。午初，吉人去。读《汉书》四卷。马融以饥寒附邓氏得官，仍申伉直，及忤邓忤梁，再废几死，然后改节，以终富贵，女乐纱帐，年至耄期，天之劝恶沮善如此邪！左伯豪限年以举孝廉，至陋之议也，然陈蕃、李膺、陈球均以此选。永熹蒙法，察选清平。又奏十二岁通经者谢廉、赵建为童子郎，而博士向学。观雄之举措，分学与政为二，以收一时之效耳。然限

————————

① 按，《后汉书》载韩稜字伯师。

年举人，不足以示天下，又用巧辞以诘徐淑，雄为失议矣。陈寔称贤久矣，观其受污杀人，而托召扬吏，人姓名。外署阉党，而事君以谄，独吊张让，身为媚首，矫性欺人，诚无取焉。圣人恶乡原，诛闻人，其在寔乎？不然，何以致三公之屡让，三万人之赴吊耶？李固治郡，颇闻方略，前后所陈，亦见政体，然立帝遇弑，不能推问，便可知难而止，何颜复为三公，与梁氏竖子同皂乎？身死家破，贤女所为叹太公也。郭亮汝南。童子，夏门亭长，诚贤士乎！吴季英、史公谦不畏强御，季英遂终寿考，九十八。弼乃受诬以免，祐为优矣。"凉州三明"，皇甫求试辄效，其亦遇时成其功名耳。陈蕃、王允同传，范氏之见也。杨政劫见马武，足快贫生之意，然列于《儒林》，不亦忝乎？昏，登后园，凄然有怀。诸儿课粗毕。至戌寝。夜雨。

二十八日　阴晴。得仪安及叶丽山书，阅《汉书》三卷，皆方技、四夷，略载其迹，不及《前书》精密。范论方技，有誉词。又言西域当奉佛，则习气所为也。抄《庄子》一页。《后汉书·郡国志》：零陵郡，重安侯国，故钟武。永建三年更名。烝阳侯国，故属长沙。长沙郡，雒阳南三千八百里。[①]"三"当作"二"，以江夏郡在洛南千五百里，长沙去江夏九百一十里，得二千四百里耳。或以湖险加之，或计长沙边鄙、茶陵等地耶？或者八百里"八"字亦误，当作"五"也。长沙郡鄙，《湘东记》曰：县西南母山，周回四百里。《荆州记》曰：鄙湖周回三里，取湖水为酒，

---

① 曹金华《后汉书稽疑》有"雒阳南二千八百里"条，《校勘记》："汲本'二'作'三'。"（见曹金华《后汉书稽疑》，中华书局2014年版，第1548页。）按，作"三"误。殿本作"二"，又本志南郡去雒阳一千五百里，零陵郡去雒阳三千三百里，长沙郡居其间，不当去雒阳三千八百里也。

酒极甘美。是夜，翻《后汉志》四卷。

二十九日　雨。抄《庄子》一页，改抄一页，第五篇注成。阅《三国志·魏本纪》二本。武王奉帝许昌，而己都邺，盖袭桓、文之迹耳。不朝会而执国权，无所不可，惟以杀伏后为谬。以孟德之明智，乃快意于妇人，以恣其恶，而犯天下后世之讥，亦何心哉！荀彧谏其受九锡，正为此也。大势已成，雄心自骄，宜其受赵宋以后数百年之辱诋矣。朱晦翁者，殆荀文若之转世邪？子桓雅人，受禅而愧见旧主，设坛而自匿，封后以笃终，死谥生事，绰乎有礼，篡臣之仅见也。直以不幸遇赵宋学究，乃父子蒙恶如此，人言亦可畏，至今儒生羞称焉。晚坐观船山杂说及其所作北曲，书谢小娥事，凄怆悲怀，独至子正乃寝。是日薙发。

三十日　雨。读《三国志》一卷。田豫克敌，而程喜诬以放散珠金，以明帝爱珠故也。江宁之克，朝廷未求金帛，而曾氏上言一无所有，岂藏珠而有愧心乎？是立言之谬也。牵招继豫。田豫守西边，亦有时名。曹纬[①]以白衣登江上，与书孙权，以通京师，魏文诛之。伟之求赂可谓异矣。王昶，坦之高祖也，晋阳人，浑之父，后为名族。昶字文舒，论考课以为当责达官，比京氏远矣。彦云甥舅并典兵淮南。钟士季母张昌蒲，以妾擅宠，至出其嫡，死为命妇，亦侈矣，然其才德盖有可称。士季以密谋帷幄，一出而灭蜀，遂骄矜狂愚，亦可怪也。观其起事而尽坑诸将，宁有济乎？姜维从之，邓士载谓为“雄儿”，亦有愧矣。夜雷。非女读《士丧》毕。

---

① 据《三国志·董昭传》，“曹纬”，当为“曹伟”之误。

二 月

二月初一日　癸卯。阴，未后晴。点魏、蜀《志》各一卷。观陈氏叙次，诚非佳史，而后颇推之，以其所采词采犹近古耳。史才不易，亦何容滥予人名，若以鄙人秉笔为之，当不在范、班之下，因慨叹久之。又作《大宗师序》一篇。夜与梦缇坐，至亥乃寝。

初二日　早雾，辰刻大晴。点《吴志》半卷。衡阳之名始于吴孙亮，太平二年即位六年，三改元。春二月，以长沙西部为衡阳郡，东部为湘东郡。孙皓天玺元年，立十五年，二改元。湘东太守张咏不出算缗，就斩之，徇首诸郡。夜点《吴志》一卷。食包子二枚，至亥寝。十子抄修书毕。

初三日　大雨，雷。点《吴志》一卷。《凌统传》：见本县长吏，怀三版，恭敬尽礼。则今见尊长用三帖，自汉始矣。作重安长。《舒燮传》，吴诸将以领兵为世禄，领兵之致富也久矣。伪《古文尚书》起于东晋，而陈寿《蜀志》先主上言用"恶直丑正，实繁有徒"。《吴志》骆统上疏引"众非后，无能胥以宁；后非众，无以辟四方"。又陆抗疏引"与其杀不辜，宁失不经"。知当时儒生潜用王肃伪文窜易吴臣章疏，以求雠其技也。本朝诸儒未见论及此者，当以问诸老生。夜观《律历志》，仍不能解，方将从师学之。抄《庄子》一页。功儿课不如程。

初四日　雷，大雨。点《吴志》一传。《三国志》毕点。《诸葛恪别传》：母之于女，穿耳附珠，何伤于仁。《魏都赋》"镶耳之杰"注引《山海经》曰：青要之山，神武罗司之，穿耳以镶。郭璞曰：镶，金银之器。盖外夷始穿耳，而《山海经》所见神已穿耳也。《庄子》曰：为天子之诸御，不穿耳。又《陆允传》，华覈称允"内无粉黛附珠之妾"。则周末犹以穿耳为耻，汉末乃以穿耳为美矣。初二日，窅女穿耳，云龙抬头日宜穿耳，因为考之。桓彝，桓阶之弟。孙綝废其主亮，彝为尚书，不肯署名，綝怒杀之。阶祖父超历典州郡，父胜复入为尚书，著名南方。阶四子皆关内侯。长子祐早卒；弟嘉嗣，尚公主，封高乡亭侯，子翊。阶弟纂，散骑侍郎。阶孙陵，字元徽，有名于晋，至荥阳太守。吕蒙争南三郡，过酃，载南阳邓元之。元之，零陵太守郝普之旧也。蒙言破樊本屯救酃，逆为孙规所破。破樊盖蜀将督之号。是夜，欲抄《庄子》，未成，即寝。

　　初五日　阴雨。抄《庄子》一页。检《王船山遗书》，校其目录，舛误者数处。沅浦请诸名人校书，而开卷缪误，故知著述非名士之事也。船山学在毛西河伯仲之间，尚不及阎伯诗、顾亭林也，于湖南为得风气之先耳。明学至陋，故至兵起，八股废，而后学人稍出。至康乾时经学大盛，人人通博，而其所得者或未能沈至也。至今，道将明矣，然天下不向学滋甚，恐未能如明季，可不勉哉！夫道不可谈，谈道自战国始，至五代极乱，而宋儒失师傅，乃始推佛经，中六朝文士之戏言，以求于周、孔，以为圣人之道不可浅近，故赵宋、元、明诸人狂骛焉。至国朝而始厌之，乃求汉人训诂，而犹未悟道学之非道也。余寻佛、老之言，见《僧祇律》，而后知佛经之所言微妙不可思议之法皆非其本；因而求之《庄子·内篇》，而后知佛经之枝流乃《庄子》之波及；又求诸《庄子》之本，而后始知道之不可谈，谈则必非道也。于是始悟宋儒之所以深求圣人者，误于佛经；佛经之所以虚无者，误于不善读《庄子》。故作《庄子七篇解》，以明圣人不言性与天道之意，而千古儒、墨之是非定矣。嗟夫，人苦不思耳，思之则诸疑早释，不待智者。而宋人之蔽塞聪明，自陷异端，独何为哉？师法废，而以训诂为浅近；实功废，而以虚无相崇高，与战国之簧鼓等弊也。然而天下之治乱，初不以此等辈千百儒生而有所异同者，则道本非谈所能明，亦非谈所能晦也。而孟子乃曰能距杨、墨，圣人之徒盖亦非孔子之意矣。

初六日　社日。阴。重阅《晋书·帝纪》两卷，作五赞。晋武以荒淫而延祚元帝，宽大之报也。衡阳内史滕育死寇难。简文帝咸安元年①，放新蔡王晃于衡阳，十一月丙辰。初荐酃县渌酒于太庙。十二月辛卯。宣夜之书记自汉，秘书郎郗萌云：先师相传，天了无质，日月众星自然浮生虚空之中，其行其止皆须气焉，七曜无所根系，故伏见顺逆无常也。此今日西法自谓秘妙确测者，不知其为宣夜也。虞喜作《安天论》，谬附宣夜，而以为天确乎在上，地魄焉在下，葛洪又以无天讥之。虞既不通宣夜，洪又不知本无天，皆谬矣。抄《庄子》一页。食包子三枚。寝。著书，研为丰所破。

初七日　晴阴。阅《晋志》二卷。出游，携孝兴、三女、两儿泛舟，归有诗。衡阳郡统县九，户二万一千。重安、烝阳。湘东郡县七，户一万九千五百。酃、临蒸。四县皆衡、清地也。抄《庄子》一页，又补初四日一页。

初八日　春分，中。阴晴。出游，携宥、苓两女，丰儿。宥不能行，呼六云迎之归，梦缇不喜也。阅《晋志》三卷，《律历》不能明也。王船山讥陈卧子三月而毕二十四史，以为置诸志不观，宜其迅疾。虽然，不明占候推步，则观之三年亦犹一览耳。诚早通之，何不可一日而了？故知船山语似精而粗。昨多写《庄子》

① "元年"，原作"元帝"。"咸安"为简文帝年号。

一页。今午倦，小眠，醒，读书毕，已暮。酉正寝。

初九日　阴雨，寒。抄《庄子》二页，读《晋志》二卷。魏明制天子服，刺绣文；公卿服，织成文。织成，今刻丝也。今刻丝贵于刺绣。又过江，冕珠无美玉，顾和奏用白璇珠，盖今烧料。前冕饰有翡翠、珊瑚、杂珠，则因魏明。妇人之饰，可怪甚矣。"五百"者，卿行本应五百人从，以数人代之，名曰"五百"耳。是日鬋发。夜大雷雨，甚寒。亥正寝。

初十日　寒阴。白桃花落一朵，仅存五朵矣。抄《庄子》二页。晋后羊氏五废而配二主，曜胜于惠，不虚也。褚蒜子经六帝，四临朝，年六十一耳。何法倪哭太庙，羊氏何可同日语乎？孝武太后李陵容，以昆仑而召幸，由相法贵，相之可凭如此。谢安选王蕴女，而适得嗜酒骄妒之后以配孝武。王肃女配昭而有名德，后为太后。杨芷上表子妇，稽颡称妾，卒绝食而死。作《晋书》四赞，阅一卷。

十一日　雨寒。常季鸿来，闻李少荃已至鄂督任矣。鄂，中流之重镇，若得雅望镇之，从容持威，其地绝胜。抄《庄子》一页。阅《晋书》一卷。新蔡王司马腾以惠帝时迎驾丁邺封，子确嗣，无子，以汝南王祐子邈嗣。邈子晃拜散骑侍郎，桓温废武陵王，遣其弟逼晃自列与武陵谋反，免晃为庶人，徙衡阳死。孝武帝立，晃弟崇嗣爵。衡阳太守淮陵刘翼斩湘东太守郑憺，应谯平承。[①] 李重，江夏钟武人，弱[②]冠为本国中正，计当晋初。《地理志》江夏无钟武，盖汉时改钟武入江夏，以钟武为重安。是夜雷电。

---

① 据《晋书·宗室列传》，"郑憺"，应为"郑澹"之误；"谯平承"，应为"谯王承"之误。

② "弱"，原作"孙"，据《晋书·李重传》校改。

十二日　阴寒。阅《晋书》一卷。非问《易传》曰：《易》之兴也，其于中古乎？作《易》者其有忧患乎？文王演《易》，孔子不容不知云云者何？答曰：此言《易》之用盛于中古。太古以前，民气朴质，人少忧患，无所用防变虑祸之道也。文王圣人，亲遭大变，故为民示法，作象象之文，以德为本，然后民知险阻耳。危者使平，易者使倾，明天道自然，福谦祸盈也。《尔雅》"鸡未成曰僆"，《国策》"六国之不可合，犹僆鸡之不可俱止于栖"，喻小弱也。抄《庄子》一页。至戌寝。

十三日　阴寒。得仪庵昆仲书。长工周敬本来。乡人来言渡船事，允捐十千。抄《庄子》一页。梦缇以怒挞妾，妾横不服，欲反斗。余视之，不可呵止，遂不问也，然室中声震天，食顷止。阅《晋书》一卷。见新燕。

十四日　雨，阴寒。阅《晋书》一卷。吾彦领交州，重饷陆机兄弟，此送同乡官别敬之始也。马隆以三千人平凉州，此今日攻云、贵、陕、甘之所宜。诸儿课粗毕。抄《庄子》一页。啖包子一枚。至亥寝。

十五日　阴晴，寒。阅《晋书》半卷。前所作《晋书》传赞，昨检，失之，殊怏怏也。若早知失去，必不作前赞矣。抄《庄子》一页。吃酥饼。亥寝。六云二日未见女君，亦徐听之。午出试马。

十六日　晴。先考忌日，素食。抄《庄子》二页。第六篇注成。庆来作赌具，与其兄受笞，十陷孝兴，以溉为漉，孝兴受笞，同学皆不直十也。至午又私出，欲挞之，以无益而止。海棠始开，夜独坐，至三鼓出看月。二鼓时有盗撬门入，及余出时，门已虚掩，余见其未扃，为扃之。及寝，盗从窗入，登余床旁椅子，开箱未得佳物，复至侧室，余是夜宿焉，乃开箱取八衣而去，遗一羊裘，未及收也。六云醒乃知之，天已明，盖十所勾引也。

十七日　大晴。早遣人询盗踪迹，仍少睡，至辰正起。作诗赠盗云："犬吠花村月正明，劳君久听读书声。貂狐不称山人服，从此蓑衣便耦耕。""囊橐曾行万里来，海波烽火不能灾。多应错认长源宅，便欲催登宰相台。""罢舞霓裳越七春，空箱间叠缕金裙。世间嫫母皆衣锦，何必西施不负薪。"六云绣裙皆失去。"羊裘珍重与严光，好去持竿大泽旁。见说金环须剪发，不妨留压嫁时箱。"梦缇衣饰一无所失也。辰刻，王荫棠来。午间作书与春甫，遣在和去。未间，书与仪庵，遣敬本去。申刻，骑至查泥塘，待荫堂。入徐店，见一邓姓，言语容貌无非盗也，与之约，宜送来还我，遂纵之去。初夜归，至亥寝。

十八日　晴阴。阅《晋书》一卷。著作郎陆机上疏曰"前蒸阳令郭讷，风度简旷，器识朗拔，通济敏悟，才足干事。讷归家巷，栖迟有年。可太子洗马、舍人"云云，盖吴时令也。陶侃都督江州，领刺史，以范逵子珧为湘东太守。逵为孝廉，过侃，侃母剪发易酒肴者也。周颙子闵，方直有父风，历衡阳太守。《庄子》方送城装订，故未抄书。

十九日　晴。阅《晋书》一卷。周佣回，得仪安兄弟书。王葆澄来。徐店妇服毒死，遣十视之。此妇以异乡孤居，见其夫匪人，愤惧而死，余不能料也。一出而杀一人，其子又甫三月，可哀也已。因命徐甲善养其子，每月予以乳资。抄《穀梁》三页。至酉寝。

二十日　大晴。阅《晋书》一卷。韩伯子珍为衡阳太守。伯字康伯，颍川长社人，母殷氏，高明有行。王敦颐①虞潭为湘东太

---

① 按，《晋书·虞潭传》："王敦版潭为湘东太守，复以疾辞。""颐"，当为"版"之讹。

守，以御杜弢，潭以疾辞。《王彪之传》：简文命殿中侍御史奚朗补湘东郡，彪之曰：湘东虽复远小，所用未有朗比，谈者谓颇兼卜术得进，未足充此选。孔愉父恬，为吴湘东太守，有名江左。会稽山阴人。抄《穀梁》三页。齐责楚曰：菁茅不至，周室不祭。言楚不服，则未至太平，不能封禅。《管子》言：江、淮之间，一茅三脊。以为藉足封禅之礼物也。若宗庙之中不用苞茅，又何至以无茅而不祭乎？夜啖饼二枚。

二十一日　阴晴。连日晨雾。抄《穀梁》三页。阅《晋书》半卷。徐德茂来，与钱四百，使葬其妻，问其情，终不肯服。晚观洗马。是夜珰女免乳，寝未酣，珰遂安眠竟夜。

二十二日　阴晴，夜大雨，抄《穀梁》三页。阅《晋书》半卷。小疾，至亥寝。食鼠耳糍。鼠耳或云水苊，余家旧采和糯，上冢时食之。

二十三日　阴雨。疾发，体小热，至午方起。邓佣归庀祭器。抄《庄子》二页。阅《晋书》半卷。遣人求鸭不得，至申乃得之。夜斋，宿外寝。淑气回青甸，倾筐采绿茸。年年傍丘陇，恻恻忆儿童。晴雨新春色，流传故土风。粉糍叨荐庙，还与涧蘋同。水艾，余家旧以清明上冢采归，和糯为糍，或相赠遗。王船山谓之鼠耳，云《诗》卷耳也。鼠耳又曰鼠茸，与水艾声相近。然古人未宜采此至弱小之草，今仍乡人名之。

二十四日　清明节。祠祭三庙，礼毕，雨。仪安昆弟来，留宿东斋，谈至丑正，寝。子夜饮胡麻浆，啖包子三枚。

二十五日　晴。巳刻，王荫棠来，留饭。午初，仪安昆弟去。还，小睡不着。贺金滩来。午未饭，出游八里。归，抄《庄子》一页，阅《晋书》半卷。

二十六日　阴。遣丁福往楂江。捕役三人来见。得陈俊臣、程春浦书，作书复春浦，与李申夫、郭筠仙通问。抄《庄子》一页。阅《晋书》半卷。《晋书》芜杂，在次序失位。如《外戚传》全不述外戚事，但载后母家人，何必别出。夜作书与唐义渠。

二十七日　雨。阅《晋书》半卷。午睡一时许。得仪安书云："获邓三。"即前所纵盗也。复书谢之。抄《庄子》一页。注《庄》者，《隋·艺文志》：晋散骑常侍向秀二十卷。东晋议郎崔譔《注》十卷，梁著录，隋亡。司马彪二十一卷，隋存十六卷。郭象三十卷。李颐《集注》三十卷，隋存六卷。孟氏《注》十八卷。徐邈又《集音》一卷。李轨《庄子音》一卷。又司马彪《注音》一卷。向、郭《音》各一卷。《讲疏》十卷。梁简文、张①。宋李敬②之《义疏》三卷。周弘正《内篇讲疏》八卷。戴记③《义疏》八卷。梁旷《南华论》二十五卷，《音》三卷。王玄古④二十卷。李充《释论》二卷。冯廓《正义》十卷。陆德明《文句义》二十卷。杨上善《注》十卷。卢藏用注十二卷。道士李含光。⑤成玄英《注》三十卷，《疏》十二卷。张游朝《南华象网⑥说》十卷。孙思邈、纵柳⑦、尹知章、甘晖、魏包、陈庭玉并亡。元载《南华通微》。张九垓《指要》三十三篇。今《四库》惟存郭注耳。夜至亥寝。

---

① 据《隋书·经籍志》，"张"下当脱"机"字。《陈书》本传"机"作"讥"。
② 据《隋志》，"李敬"，当为"王叔"之讹。
③ 据《隋志》，"记"，当为"诜"之讹。
④ 据《新唐书·艺文志》，"王玄古"下当脱"集解"二字。此条及以下见《新唐书·艺文志》。
⑤ 《新唐志》："道士李含光《老子庄子周易学记》三卷。"
⑥ "网"，当为"罔"之讹。
⑦ 据《新唐志》，"纵柳"，当为"柳纵"之讹。

二十八日　雨。抄《庄子》三页，作序一篇。《内篇》注成。阅《晋书》半卷。《桓玄传》：玄既受九锡，殷仲堪党新野人庾仄起义兵于襄阳，江陵震动。桓亮于罗县起兵，以讨仄为名，自号平南将军、湘州刺史。长沙相陶延寿以亮乘乱起兵，遣收之。玄徙亮于衡阳，诛其同谋桓奥等。及玄败，亮自号江州刺史，侵豫章，又自号镇南将军、湘州刺史。元兴中，衡阳有雌鸡化为雄，八十日而寇①蕤具。玄自号大楚，自篡至败，八旬也。亮与玄将苻宏寇安成、庐陵，刘敬宣讨之，走入湘中。又与桓振袭破江陵，刘怀肃、唐兴破之。亮、宏复出，寇湘中，害郡守，檀祗讨宏于湘东，斩之。郭弥斩亮于益阳，诸桓皆平。惠帝②，张昌作乱江、沔，遣其将陈贞、陈兰、张甫等攻湘东、长沙、零陵诸郡，树立牧守。领南蛮③校尉刘弘遣司马陶侃等讨平之。又杜弢为醴陵令，在湘中，蜀流人奉以为主，南破零陵，东侵武昌，王敦、陶侃等讨平之。夜命丰儿抄《庄子》半页。吃虾仁面过饱。

二十九日　雨。阅《晋书》半卷。得旧作《晋书赞》，观之不惬意。听丰儿读《相见礼》："大夫士，则曰寡君之老。"取注疏观之，讹落不可读，因为申其义："士"当作"仕"，或作"致仕"也。抄《穀梁》二页。至亥寝。

三十日　雨寒。得春甫书，言申夫竟为少荃所劾，捕其私人矣。少荃一至而报怨，犹贤于近世大吏暗挤而外容者夫。抄《穀梁》三页。是日总阅《晋书》，检点所作诗赞，成一卷，《载记》一函已失去，约略为作数语。

---

① "寇"，当为"冠"之讹。
② "惠帝"下疑漏"时"字。
③ "蛮"，原作"帝"，据《晋书·张昌传》校改。

三　月

三月癸酉朔　寒雨。点《宋书》一卷。元嘉元年秋八月甲辰，立第七皇弟义季为衡阳王。八年，以王师阮万龄为湘州刺史。抄《穀梁》三页，作《春雨》诗。后废帝元徽元年，立衡阳王嶷子伯玉为南平王。

二日　阴雨。点《宋书》一卷。元嘉二十九年秋七月壬辰，改封第十一子淮阴王彧为湘东王。宋废帝年十七，多行无道，小儿不知人情耳，而史臣乃拟之商纣、昌邑。昌邑犹可，纣非其比明矣。七律始见《宋书·律志》，荀勖令太平令①刘秀、邓昊依律作大昌笛以示列，和吹七律，② 一孔一校，声皆相应。抄《穀梁》三页。欲作《春秋事比》，始为《即位表》，未善。夜寝，至丑起，始解带就寝。

三日　阴晴。点《宋书》一卷，抄《穀梁》三页，皆夜补作。其日骑出，从夏家湾王宅至红弯贺宅，过市，并水行五六里，至南头坳，更下行里许，渡水还。

四日　晴暖。点《宋书》一卷，抄《穀梁》三页。珰女请登前山，坐林中，食顷乃归。薄暮，子重弟来，叔父有书。夜至亥寝。

五日　阴暄。点《宋书》一卷。旧说三月"上巳"，宜云"上己"。凡干则有上中下，支不能备三也。盖以古有事，惟筮日枝，如上丁、上辛、上戊之类也。案《宋书·礼志》引旧说，后汉郭虞

① 据《宋书·律历志》，"太平令"，当为"太乐郎"之误。
② 据《宋书·律历志》，"以示列"，当作"以示和"；"和吹七律"，当作"又吹七律"。

"以三月上辰产二女，上巳产一女"。明是日干，非用枝也。"上巳说"始《韩诗》，云郑国之俗，亦无确据。然不言"巳""己"异字，明当作"上巳①"矣。孝建元年六月，湘东国刺称议太妃忌日礼云云。夜抄《穀梁》三页，至子寝。

六日　阴。点《宋书》一卷。魏明帝奏《章斌之乐》，奏云："文武为斌。"则斌字起于汉末。"文武为斌"盖"马头人为长"之类也。午间常笛渔来，申去。又遣子重弟至查泥塘。夜抄《穀梁》三页。

七日　晴，风。点《宋书》一卷。至山，移红踯躅二本、黄杜鹃一本归。抄《穀梁》三页。作《登山》诗。是日与梦缇论其母家事，不合，梦缇以为我累之也。余不能谐世人，至使妻有储胥之憎，诚有过矣。然梦缇处家庭，而不能使余受屋乌之爱，独奈之何哉！夜大雨。

八日　大雨。午后晴。抄《穀梁》三页，点《宋书》一卷。沈约作《符瑞志》，文意深曲，有良史之风，而今人多訾之。凡古人始创一事，必有意义，如《史记·封禅书》、班《古今人表》、范《皇后纪》、宋《符瑞志》、唐《世系表》、赵宋《道学传》，皆深眇之旨也。若《五代史》，名目诡异，则吾不知矣。宋孝武大明八年六月甲子，白鹿见衡阳郡，湘州刺史、江夏王世子伯禽以献。又作《公羊战泓解》十。抄《三都赋》毕。夜至亥寝。

九日　晴，谷雨。抄《穀梁》三页，点《宋书》一卷。吴孙权时，长沙东部鄙得宝鼎。论"请礼乐征伐自诸侯出"云"十世"

---

① 据文意此"巳"字当作"己"。

"五世""三世"，马注云"自隐至昭十世"云云，非也。十世[①]，谓天子自惠至定，十世也。五世，谓伯主自晋平至出公，五世也。三世，则谓三桓。下云"政逮四世，而子孙微"是也。陪臣执国命，惟有鲁耳。阳虎先世子，不见于《左氏》，何云三世执命乎？又陪臣执命，势不可终日。日昃，出试马，衔脱而归。有数人来，言牛医藏盗事，纵之去。

十日　晴。辰刻，贺、王二团总又捉一狗盗至，云当送官。余意不然，因往告仪安，骑而去，始闻布谷。投暮至，谈至子，宿其客舍。夜大雨。

十一日　雨。留常宅。早游潭印阁，摘青梅。饭罢，家信至，言盗至，窃金玉玩器去，知在内为轨也，因遣在和纵昨盗还。夜谈至亥，宿常宅。

十二日　阴雨。常宅早饭毕，骑而行二十余里，至龙骨塘常吉人家，留食面。大雨，与谈异梦：平旦时，梦骑至一市镇，有数伧人扣马相问，因下。至一宅，见湘潭郭四坐案边，陈设赌具，将摊钱者，见余至，恐余入局。余去，出与数人坐谈，举二事令余作联语四句，醒忘其一，文字不可解。其出语云"丛菊两开□□□□"，对云"母鸡一去始觉街宽"。甚以为工切，未知何取也。午后归，以十子欺罔，逐令去。曾祖妣生辰，设荐毕，遣人追十子，治盗金器事，待至四更，遣六云就梦缇寝。

十三日　晴。王葆澄来，十子自言钟弟遣盗诸物，欲往贵州军中。钟抵谰，曲诱，不吐实。午后睡久乃起，并逐钟令去。夜至亥寝。

十四日　晴。再诱钟，令实言，其色愈惨恶，杖之数十，因

___

① "十世"，原作"十室"，据上文校改。

悲哭甚哀。饭后，十、钟并下缺。之。点《宋书》半卷，五行。下缺。四年四月，湘东郬黑石。下缺。至亥寝。

十五日　雨晴。点《宋书》半卷。沈书《州郡志》，用司马《续志》《太原①地志》、王隐《晋书》、永初《郡国》、何《承天志》、徐《志》相校，于侨立最详。侨立郡县，所以息土著客民之争也，土断所以隐括客民之赋役也，古人处之有精心。而今广东土、客案，历岁不定，由未知侨郡之法耳。是日在和归，钟复游词作书来，封呈叔父，并劝囝之。抄《榖梁》三页。

十六日至六月十八日阙。

六　月

六月十九日　晴热。抄《榖梁》三页，《襄公》成。为诸儿倍书各百页。点《魏书》一卷。夜听儿女讲《酒诰》。

二十日　晴。中伏。抄《榖梁》三页。补作《魏书赞》数首。听讲《杼材》。又倍《离骚》三四过。屈子之述仙游，真有陵到景、驱浮云之概。史公赞其争光日月，知言也。夜呼六云出看月，纳凉。

二十一日　晴，申后阴。抄《榖梁》三页。作《魏书赞》。听讲《召诰》。问无非："澶渊之会，晋赵武、楚屈建之力也，此会屈建不会而云云者何？"功对曰："屈建为宋之会，赵武为此会。以俱在宋，故终言之。"非女倍六朝赋数篇。夜眠庭中，风凉遂寐，经时许，起，食粥二盂，即寝。

二十二日　晴。抄《榖梁》三页。听讲《洛诰》。夜至子寝。

---

① 据《宋书·州郡志》，"原"，当为"康"之误。

二十三日 晴，早阴，欲雨未成。点《魏书》一卷。为非女点《史记》，见武王言未定天保事，乃悟"顽民"即王所云"名民"也。此篇开卷即见，而说经者不知引用，知看书与读书功力不同如此，人不可不熟读群书也。孙渊如博引史籍以说《书》，而舍此不取，尤为疏矣。余非与非女讲授，亦不明也，为之甚喜。抄《穀梁》三页。夜听《多士》未终，已倦睡矣。梦至一官署，入空屋三重，房室甚丽，无人承候，余乃厉声呼仆从。俄焉右扉启，一妇人迎余，视其头，被冠帔，若泥塑莲巾也。余将解衣，此妇来近，意甚狎，余怪之，心念此洪秋帆明府为余供帐招伎侍余耳。未及问而寤，盖入古庙也。是日凉适。

二十四日 晴，有风。点《魏书》半卷。抄《穀梁》三页。功儿《大射篇》生，笞捶数十，终不能熟。听讲《毋佚》。

二十五日 晴。点《魏书》半卷，抄《穀梁》三页。论五伯者，《荀子·王霸篇》云：齐桓、晋文、楚庄、吴阖闾、越句践；赵岐注《孟子》，无吴、越，而有宋襄、秦穆；杜预注《左传》云：夏昆吾、商大彭、豕韦；颜师古注《汉书·诸侯王表》，用荀子说，而改阖闾为夫差，去句践入秦穆。余以《公羊》定之，盖齐桓、晋文、宋襄、楚庄、吴夫差也。《传》文各有霸词，故知其审。然古称五伯始于《左氏》齐宾媚人。《左氏》好改易人词语，未必媚人时已数桓、文为五也。三王者，三统之王；五伯者，五行之伯，本不必数人以当之。听讲《君奭》。陆德明《经典释文》释《乐记》"封黄帝之后于蓟"云：黄帝，姬姓。疑召公是其后。《春秋传》以燕为周之介子，盖疏族耳。夜至亥寝。

二十六日 点《魏书》一卷。晴热，夜凉。抄《穀梁》三页。听讲《多方》。命儿女作《顽民说》，以蚊未成。亥初寝。

二十七日 阴凉。出放马。邻女出嫁，遣非女观贫家物力之难也。抄《穀梁》一页，倦甚，睡少时，起，抄二页。《魏书》未点。夜听讲《多方》。亥正寝，凉。

二十八日　阴凉。抄《穀梁》三页，点《魏书》一卷。《儒林传》云：学制，悉日直监厨，刁冲虽有仆隶，身自炊爨。今朋馆日供，其由久矣。夜罢讲，戌初寝。

二十九日　晴凉，风。为儿女倍《礼记》至《玉藻》，乃得《士相见礼》"非以君命使，则不称寡大夫，士则曰寡君之老"三句之谊，解说于篇首。抄《穀梁》三页。作书与春甫、峋云、俊臣、张东丈，各送物，专遣在和入城。夜听讲《顾命》，为非、功改论。戌眠，至寅初就寝。微雨。

三十日　雨凉。是日庚午，立秋，又末伏日也。辰初起，携育女看牵牛花，叶密，仅见三朵。点《魏书》一卷。与梦缇及诸女后池看雨。抄《穀梁》二页。晚命儿女作《平苗策》，罢讲。

七　月

七月辛未朔　阴雨。点《魏书》一卷，抄《穀梁》二页，以纸尽，故不满程也。听讲《费誓》及《吕刑》半篇，至亥寝，点书朱尽，且止。

二日　晴阴。录赠申夫诗，改定四句，末二句云："新人显达故人隐，去日匆匆来日同。"自谓如李东川"沸水"二句也。又因长沙清明游湘西寺，而误记十日赛城隍亦长沙之事，翻《杜集》求之，乃江宁事耳。杜《送许八拾遗归江宁省觐》中云："赐书夸父老，寿酒乐城隍。"隍即闾里之谓，不知何人改作此二句，以为城隍神，而余又误记以为长沙城隍也，所谓"杜十姨"矣。持诗与梦缇观之，梦缇午睡，未便惊之，乃与非女读之。阅《宋史》

一卷。《太祖纪》：赵敬夜呼开清流关，匡胤曰："父子固亲，启闭王事也。"诘旦，乃得入。杜太后丧，九日而释服。建隆三年十二月甲辰，衡州刺史张文表叛。明年，慕容延昭讨之。三月壬申，湖南平，得州十四，赐南唐建隆四年历，而明年十一月竟改元，《宋史》无建隆四年也。《宋史》本纪庞杂无法，了莫寻其事实。夜蚊多，罢讲。

三日　晴。卯起抄书，至午得十二页，《昭公》毕，《榖梁》成，钉七本。计自入承上，凡抄《易》《书》《春秋》《周官》几十余万文矣。今将专意撰述，且以此付非女也。阅《宋书》一卷。真宗始求隐逸之士，而贤相继踵，若李沆、张齐贤、寇准、王旦、吕蒙正，吕端乃太宗旧臣，故不数之。皆非二太朝所有，其孝敬慈俭之美不一，末年惑于天书，亦以澶渊破胆，而归功福祐耳。人主崇信符瑞，但不害治，亦非大过，乃后人深讥之，史臣乃又曲为之说。以辽人好神，宋臣欲以夸之，则陋儒之言，其谬甚矣。仁宗以天书殉父，非所宜殉，又赞为贤，岂虑仁宗读其父书而亦好天书邪？仁宗时，韩、范用事，朝廷议论，始兴边事，大棘洞徭亦炽。观其措置，未为贤君，论者扬祯而抑恒，殊不知其所由也。作《宋史赞》四。观功儿《平苗策》，颇有文理。听讲《吕刑》"今尔罔不由慰曰勤，尔罔或戒不勤"[①]，戒不勤者有戒，是欲人不戒不勤也。伪《孔传》云：女罔徒念戒而不勤，既念戒矣，自当曰勤。其说非也。因读"勤"为"瘽"，以戒在民，言君人者无有徒戒饬民以法，而不瘽忧之也。亥初在和归，得峋云、春甫、俊臣、黄叔琳、周南坡、李桂林兄书。

四日　晴热。阅《宋史》一卷。神宗之立，裁恩幸、节冗费，

---

① 此处二"网"字，《尚书·吕刑》皆作"罔"。

市马务农，慨然有平治之想。专任安石，亦其美德，安石负之耳，神宗非暗主也。点《魏书》一卷。高句丽人头着折风，其形如弁，旁插鸟羽，贵贱有差，盖今凉帽花翎之制。百济王余庆，魏延兴二年上表，文辞甚美，疑非其国所有。勿吉国盐生树上，今长白山在其国南，是满洲之地，而其俗与今绝殊。波斯王即位之后，密书其子贤者之名封之于库，王死，发书视名立之，此世宗立嗣之法，未知为见史而效之，为暗与之合也。听讲《文侯命》《秦誓》二篇，续诵《离骚》。

五日　晴热。阅《宋史》一卷。点《魏书》一卷。夜讲《诗序》，非女引《史记》为诂，甚有证据。比夜皆至子正始眠，卯正起。

六日　晴热。阅《宋史》一卷，未了。《宋史·本纪》芜秽阔略，意欲改为之，未暇也。点《魏书》半卷。听讲《尧典》半篇。

七日　晴热。阅《宋史》一卷。点《魏书》半卷，又一卷。夜云阴，不见天汉，初月甚明。梦缇作饼，令六云作热歠，遂待之，至丑始寝。

八日　晴，热甚。点《魏书》一卷。未正大雨，旋止。听讲《尧典》。亥初，重阅《宋史》一卷。宋代时，以从子缵绪者英、孝、理、度四君，以弟及者太、徽二主，传子之法不为典要矣，而明代独以大礼起大争，何哉？

九日　阴晴。点《魏书》半卷。阅《宋书》二卷，《帝纪》毕。魏天赐二年诸州刺史置三人，一宗室，二异姓，此元之所本，亦满、汉并用之始。又尚书尚左，亦外国之制。比日功儿写包，非女作启，均未讲书。戌正寝。酉初大雨，至夜仍作。

十日　阴，不凉。点《魏书》半卷，又一卷。凡九十二日，二十六本，百卅卷，始毕。阅《宋史·律历志》二卷。功儿讲

《尧典》。

十一日　阴，晴热。卯起作书与弥之、俊臣、春甫、若愚、妹夫陈芳畹、黄叔琳、唐艺农、刘竹汀。午睡二刻。夜出田陇上看月，风来甚热。归讲《皋陶谟》半篇。亥初寝。

十二日　晴热。阅《宋史·律历志》①。宋历十六改而不能合。太祖时，王处讷造者曰《应天》；太宗时，吴昭素献者为《乾元》，皆御序。真宗时，史序等编为《仪天》，郑昭晏议其失。真宗时，又用张奎造新者曰《崇天》，晏殊序。英宗时，周琮改者曰《明天》，王珪序。神宗时，熙宁有《奉元》，哲宗元祐有《观天》，崇宁有《纪元》。皆官历。绍兴时，常州布衣陈得一造曰《统元》，孙近序。光州士人刘孝荣作《七曜细行历》，孝宗赐名《乾道》。李继宗造者曰《淳熙》。绍熙中，黄𡊹造者曰《会元》。庆元中，杨忠辅造《统天》。理宗时，曾渐②造《开熙③》，又改《会天》。度宗时，用臧元震言造《成天》，冯梦得序。德祐在海上，尚造本天历。宋人皆以刘羲叟为知律，羲叟之言谓历不必求合。则历可不修，何为乎其知之邪？权度量衡，用和岘历为尺。④刘承珪始制法马、等子，各县三豪，以星准之，锤重六分，盘重五分，为一钱半之称。仁宗著《乐髓新经》，以西域声音合乐。丁度以古钱较尺寸，定尺十五种：一周尺，二晋田文玉尺，三梁表尺，四汉官尺，五魏尺，六晋后尺，七魏前尺，八中尺，九后尺，十东魏后尺，十一蔡邕铜龠尺，十二宋氏尺，十三太府尺，十四刘曜土圭

①《宋史·律历志》，原作《宋书·律数志》。
②"渐"字原缺，据《宋史·律历志》补。
③据《宋史·律历志》，"开熙"，当是"开禧"之误。
④此句"历"字当有误。《宋史·律历志》载，和岘请以司天台影表铜臬下石尺为管律准绳。太祖从之。岘未尝造历。

尺，十五梁俗尺。其后房庶为《汉志》脱文之说，范镇主之。后胡钟、蔡元定、程迥、欧阳之秀、李如篪皆论乐律吕，然莫能明也。抄《左传》半页。夜斋宿。

十三日　阴。尝祭三庙，卯起庀饬，未时行礼，五刻毕。始尝新稻。宋分天下二十三路：京东东路，京东西路，京西南路，京西北路，河北东路，河北西路，永兴路，秦凤路，河东路，淮南东路，淮南西路，两浙路，江南东路，江南西路，荆湖南路，荆湖北路，成都路，潼州路，梓利州路，夔西蜀州路，福建路，广南东路，广南西路，后又置京畿路。宣和四年，金分与以燕山路山前七州，曰：涿、檀、平、易、营、顺、蓟。又有景州，契丹置也。平、易、营三州，契丹所自取也。云中路曰山后九州：武、应、朔、蔚、新、毅、儒、妫，合云州为九也，于《禹贡》无冀、雍之地。是日观《宋史·地理志》《河渠志》二卷。亥寝。梦左壬叟问余八社。余臆对以五方之社，及太、王、亳三社为八。五方无中社，中即太也。古今亦无八社之名，妄问妄对，疑别有应。八者，壬叟父景乔丈之弟行。社者，土示。景丈其不久矣。

十四日　晴，热甚。阅《宋书·礼志》二卷，因观其合祭天地之义，遂阅《文献通考》，见苏轼请合祭，而刘安世驳之。或以告轼曰：刘待制议若上，恐必不合矣。时辙为门下侍郎，遂令罢议。安世议竟不上。议礼争胜，其可笑如此。天地合祭，渎礼之大，惟方泽为祭地，与圜丘配，则恐不然。郊社相配，经有其证，方泽为地，一见《周官》，自是别礼，非社祭也。郊社并以稷配，圜方则无所配，明二丘之非郊社矣。后有王者，郊祭天而社祭地，罢二丘之祀可也。宋王俭云：中朝省二丘，以并二郊。别立二丘之祀，而不入郊社之中，亦可也。通而一之，其碍多矣。至后人疑夏至不可服大裘，此妄疑也。大裘但祭郊，不祭圜方，郊必以三微月，唯可裘也。圜方宜冕服。则未知大裘之名冬夏可通，如今言袍，有貂有沙，而以儿戏之言，为合祭之正，是乌足据乎？蔡邕《独断》：祠南郊事毕，次北郊。则汉武南北二郊不合祭，亦不分在二至。盖得《周礼》。宋蔡履以为出东京《礼仪志》，邕引之。夜听讲《皋陶谟》，抄《左传》一页。

十五日　阴晴，热甚。抄《左传》一页。点《齐书》一卷。得常耕臣书及采访簿，旋作书复之去。得春甫书及新刻《桂阳州志》，样式尚可，用当定艾，梓人刊之。夜令三儿各倍词赋一篇，至亥寝。

十六日丙戌　处暑，阴晴。抄《左传》一页。阅《宋史·礼志》二卷。点《齐书》一卷。明帝建武二年，改封广汉王子峻为衡阳王，立三年，永泰①元年春诛之，及湘东王子建。四月己未，立武陵王子坦为衡阳王。和帝二年，诛湘东王宝晊。夜独坐至亥，微雨间作。

十七日　阴晴。抄《左传》一页。点《齐书》一本。《州郡志》衡阳郡、湘西、益阳、湘乡、新康、衡山。湘东郡。茶陵、新宁、攸、临蒸、重安、阴山。《百官志》"卫尉"条下云：诸楼本施鼓，持夜者以应更唱，太祖以鼓多惊眠，改以铁磬。此今更点之始也。宋太宗制：立夏日，祀南岳衡山于衡州。大中祥符加帝号，奏《嘉安》之乐，曰："作镇炎夏，畜兹灵光。敷与万物，既阜既昌。爰刻温玉，式荐徽章。昭假神意，福熙穰穰。"绍兴祀用《成②》之乐，曰："神曰司天，居南之衡。位焉则帝，于以奠方。南讹秩事，望礼有常。庶几嘉虞，介福无疆。"夜讲《禹贡》。宋英宗御容赴景灵宫奉安，导引曲云："鼎湖龙去，仙仗隔蓬莱，辇路已苍苔，汉

①"永泰"，原作"永恭"。按，齐明帝萧鸾在位年号为建武、永泰。建武共五年。
② 据《宋史·乐志》，"成"，当是"成安"之误。

家原庙临清渭，还泣玉衣来。凤箫鸾扇更装回，帐殿倚云开，春风不向天袘动，空绕翠舆回。"《乐志》所载，歌曲四言则陈腐无生色，曲子则以经语入俳优，皆无足采。此篇结二句，可谓情文相副也。是日得仪安书、张东丈书、全明府廷珍书。仪安送鹅一双。

十八日　晴。抄《左传》一页，阅《宋史》二卷，点《齐书》一卷。太祖庶兄衡阳元王道度。王敬则封重安子，五本。吕安国封钟武男。恐非此地。萧《齐书》抑扬侧伏，有良史之识，惜笔弱不足振之，今芜没，与《晋》《宋》诸史等列耳，有暇亦欲删削之。令两儿过邻家饮。夜听讲《禹贡》《甘誓》。至亥寝。

十九日　阴。早过六云眠，遂起，时方卯初也。阅《宋史·选举志》。昏倦，睡片时，起。点《齐书》一卷。游后圃见豆花，欲作词，不成。夜至亥寝。

二十日　阴凉。补作《魏书赞》四篇，抄《左传》半页，点《齐书》半卷。白桃一实熟堕，甘香似奉宸苑银桃，家人分食之。阅《宋史·职官志》半卷。出压马，行二里，无平地驰骋，掉鞍而还。功儿讲《汤誓》。

二十一日　阴晴。点《齐书》半卷，阅《宋史》一卷。杨亿论员外置官之弊，及州郡之制，其文甚切。宋制以不满三百户为下县。案《南齐书》顾宪之云：山阴户二万，资不满三千者，殆将居半。是古制以资较户也。因命功儿作《唐虞以来户口考》。淳熙六年十一月，臣寮奏湖南一路唯衡、永等数郡宜麦。两税五赋。嘉祐四年，命转运司裁定衡阳所输丁米及钱绢杂物，无业者弛之。建炎四年，令诸州租籍不得称分、豪、铢、厘、丝、忽。金银成钱。调绢布之制，衡、永市平绅。刘挚监衡州盐仓，以论免役事助知东明县贾蕃也。蕃为令不受诉，而使数百民诣开封府诉，突入王安石私第，又至御史台乃散去。果民不便，不至便散，此必蓄募人至京，以困执政耳。挚乃右之，则挚亦与谋可知，不然既至御史台，挚何不受而听之以奏上，乃令其散邪？此东明人疑亦京师人伪为之。听讲《盘庚》，补注一条。复全知县书。

二十二日　晴热。点《齐书》一卷。阅《宋史·食货志》。《宋志》惟此篇清晰，盖名手所作也。民生当令自阜，上不可代谋，宋、明已来，经济学盛，君言惠爱，臣务建树，大扰闾阎，诡设法度，害民之政，实原于此。有国家者，宜念烹鲜。抄《左传》一页。听讲《盘庚》。书与皞臣、仪安。

二十三日　辰微雨，旋晴热。阅《宋史》一卷。青苗法即今放生谷之法。安石见富人笼利，效之以益国耳。平世加赋，亦未至巨乱。宋人好议喜事，见此法病民，人人攘臂欲为名臣，奏议惟恐其无缺，故乘而攻之，遂使清流闻风而格诏，小人因缘而并进，皆此号为君子者使国速乱也。若上下一法，直告民以加税助边之意，不设名目，何至扰攘。民穷为盗，乃奸人恐吓之词。损益上下，互有其时，何至为掩耳盗铃之小术乎？令人慨然。自恨不乘权秉钧，一使俗人惊也。此以安石自命，士各有志，此犹经济之见。点《齐书》一卷。午倦，睡十二刻，夜亥初寝。功儿讲《高宗肜日》《西伯戡黎》。

二十四日　阴。点《齐书》一卷，凡十日《齐书》点毕。《孝义传》：建武三年，大使巡行天下，表衡阳何弘疏从四世同居，并共衣食，诏表门闾，蠲租税。酉刻携六云、宨、珰至夕阳径瞻眺，六云半途还。宨、珰摘秋花数种归，秋色殊胜。命儿女作《蓼花赋》。讲《微子》。

二十五日　阴晴。作《穀梁申义》凡七条。是日始凉，再讲《微子》《埤誓》，至亥寝。萧畅为衡阳郡王，梁天监六年夏四月，分湘、广二州，置衡州。十三年，立皇子绎为湘东郡王。普通六年，以魏元景隆为衡州刺史，韦粲为衡州刺史。①

二十六日　晴。点《梁书》一卷，抄《诗经》五页，阅《宋史·刑法志》一卷。宋制始禁州郡杀人，小儒以为仁政，不知一命之微必待帝决，不唯天子不能县断，终为文案所蒙。且付以民社，而不信其无枉杀之事，是牧令固不免为暴人，而监司亦不能察酷滥矣。任人求贤，方将望之以圣贤材智，而乃视之为昏暴无行之尤，则天下几何而不倾哉！立法之密，莫甚于赵宋以后，然其效可睹。他日有达治者，必以吾言为知治也。聊记其意，以待知音。是日早罢，出放鹅。夜为儿女改赋，为常生改文二篇。至亥寝。

二十七日　晴，夜雨。点《梁书》一卷，抄《诗》三页，阅《宋史·艺文志》二卷。宋版为历代所无，作《志》者不能征其源流，但略叙一二语，尚系周时刻版事，岂秘阁所藏仍非刻本邪？作史者漏略，遂至元、明因之，抄刻不分，亦何取乎为《志》也？珰女发热。讲《洪范》，至亥寝。

二十八日　阴。点《梁书》一卷。抄《诗》三页。阅《宋史·世系表》：太祖二房，燕、秦。传十三世。太宗七房，汉元佐、商元份、镇元偓、楚元系、许元偁、越元杰、周元俨。传十二世。太祖字系曰。德、惟、从、世、令、子、伯、师、希、与、孟、由、宜②。太宗字系曰。元、允、宗、仲、士、不、善、汝、崇、必、良、友。英宗传六世而讫，诸帝皆无开房者。魏王廷美八房，字系曰。德、承、克、叔、之、公、彦、夫、时、若、嗣、次。亦传十二世。殆二三万人，皆三匡旁支子孙

① 据《梁书·韦粲传》，韦粲为衡州刺史在大同十一年。
② "宜"，原讹作"宀"。

也。其正宗则时绝时续，续者又不能昌，亦传十二世。宋人始讲墓穴吉凶，若此者所谓不利长房者与？

二十九日　阴，昨夜雨。点《梁书》一卷，抄《诗》五页，阅《宋史·后妃列传》。宋初兄弟从子相戮之祸，始于杜太后。杜以妇人浅识，妄论大计，太祖从而信之，虽免匡义篡弑及匡胤诛戮之事，而廷美、德昭诸人俱由此死。又况无杜氏之言，匡义或不致生心乎？至亥寝。

八 月

八月庚子朔　阴。点《梁书》一卷，抄《诗》三页。阅《宋史·宗室传》，叙次总杂不可读，又不及魏收叙人名官位之了了也。是夜始讲《诗经》。功儿作《夷羿考》不能成，改作《蟋蟀词》。至子初寝。

二日　阴。抄《诗》五页，点《梁书》半卷。邻人送鲤鱼，是日白露节。县学府君生日，设荐。兰钦督衡州三郡兵，讨桂阳、阳山、始兴蛮，破平之。衡州刺史元庆和为桂阳人严容所围，钦往援，破容罗溪，授钦衡州刺史，在州有惠政，其年日当以《本纪》考之。羊侃为衡州刺史，中大通九年①。于两艭艒起三间通梁水斋，观者填咽。子正寝。讲《诗》及杜诗。

三日　点《梁书》半卷，抄《诗》三页。大和坤陈新堂贡生来，论"原隰裒②矣，兄弟求矣"二句之义，因命儿女作解。至亥寝。

---

① "中大通"为梁武帝年号，仅六年。"九年"当有误。
② "裒"，原作"褒"，据《诗经·小雅·棠棣》校改。

四日　点《梁书》半卷，抄《诗》三页。重阅《宋史·宗室传》及《公主传》。独坐至丑寝。二日皆阴。

五日　雨。遣在和送莲子、藕粉至湘潭十六族母家，因作书寄四叔父。卯初去，雨未甚也，辰乃大雨。点《梁书》半卷。婆利国偏坐金高坐，以银蹬支足，今独炕也。中天竺国出火齐，状如云母，色如紫金，别之则薄如蝉翼，积之则如纱縠重沓，盖今碧霞犀也。是日丰儿生日，罢课。于阗国相见则跪，跪则一膝至地，旗人请安也。齐世顾宪之著《衡阳郡记》。抄《诗》三页。

六日　晴。丰儿小疾，因命功儿并停点书。点《梁书》毕。马岱青振淄。及其高足弟子夏涟春书。来，留宿东斋。岱青言《左氏》记事神妙，呼功儿听之，不解其语也。夜谈至亥刻，感寒不能支，客兴未阑，乃入睡片刻，起，至子正还室。周桂自省来。

七日　晴。与客至夕阳径，还至常氏墓下，论碑字，岱青言何贞老书，唐以前妙品也，在颜真卿之上。余以李北海书在近传王右军之上，皆创论也。晚要邓六叟在和父也。来小酌，至亥散。与客谈至丑，寝。

八日　晴。桂始华。客去。点《陈书》半卷，阅《宋史》半卷，抄《诗》七页。酉正倦眠，至亥正起，吃包子四枚。

九日　晴。命六云至园中折桂。抄《诗》五页。梦缇暴怒，非女喻劝不止，六云又怨余不宜激怒其女君也。余告以三尸神专喜人有过失，汝等乃三尸教汝多事耳。六云无言，遂睡去。已而佣工与周桂争于灶下，余笑曰："三尸神出生事矣。"亦喻止之。

十日　晴。点《陈书》半卷，抄《诗》五页，阅《宋史》一卷。赵普几不免于太祖之忌，而史臣以为君臣之际无间，其矛盾如此。普以告廷美阴谋固宠，太宗于其死，犹言与之有间，则初亦为普所间也。斧声烛影之事，疑实有之，然为普所挟持者。普盖别有术结主，亦当时不敢轻杀大臣之风气未漓，故得免耳。夜至亥寝。

十一日　晴。非女与六云生日，食汤饼甚饱。申初，在和自湘回，得族兄得一书，知高祖祠堂已卜地城中。又闻流民过白杲，盖转入江西矣。抄《诗》五页，点《陈书》一卷。

十二日　晴。抄《诗》，《大雅》成，计十七日，得六十五页。非女亦抄得三十篇，抄书以此为最勤也。连日理诸儿温书，并不能熟。教非女作赋。讲《诗·伐木》篇。论天下友有三道：一曰亲亲。父子、兄弟、夫妇、君臣虽分各有在，至其投契，皆朋友之义也。有父子异同、君臣道不合者，若兼友道，即天伦之至乐矣。二曰友贤。取益于人友之正也。三曰故旧。不必皆贤，但与我周旋患难，契阔岁时，即有友道，亦不可弃也。《序》以三者该友道，旨微而谊宏矣。

十三日　晴热。点《陈书》一卷。遣在和至衡，为马岱老送信。为功儿倍《礼经》毕。陈氏自废、后二君①不为正主，其缵统者皆支子也。世祖以从子而父高，高宗以母弟而继世，皆别立后，奉其所生，则当时无异议敢生也，且两君皆篡，犹顾大义。明人大礼之纷纷，实原于濮议，乃宋人不学陋见耳，学者自可以一笑置之。石守信闻太祖黄袍之言，遂乞病，以散官就第。为诸将谋，诚善矣。然太祖饴之以歌舞，拒武行德，等以论功，汲汲焉恐其不罢兵也，岂大度所为邪？爱州防御使石保吉以竹木渡关，罚一季俸，盖罚俸所自始，王承衍亦然。王审琦为中正军节度，部内令斥黜吏不言府，仲宝容之，知大体矣。祝天饮酒，殆非诚语，史

---

① "君"下疑缺一"外"字。陈朝除废帝、后主以宗子嗣位外，皆以支子承统，故云。

臣采之，失于限裁。子承衍知潭洲，从孙克臣监潭州税。高怀德为岳州防御使，善度曲。韩重赟私取亲兵，赵普论不宜诛之，苻彦卿管军，又沮之，二意相反，实同一忌也。苻昭序拒父守徐州，贼不能挟质攻城，史臣书于《彦卿传》，岂彦卿所教邪？不然叙次无法。彦卿名闻辽中，至唾马咒之，两朝赐诏不名，然未见奇功。是日点《陈书》毕，以节近散学。

十四日　晴。夜月如昼，珰女戏月下，至子始眠。为儿女讲《天保》。子正寝。

十五日　晴热。纻衣过中秋，余三十八年未见此热。至酉，云起东、风起南，须臾天阴而热不减。以昨夜观之，中秋夜月必佳，乃出意外，竟终夜昏暗，幸余与妻子设宴庭中，不必赏月而自欢也。月饼、菱角自入乡五年无此味，今皆得之。茗话甚欢，命六云歌一曲，但歌也。亥正，余倦先寝。

十六日　阴。功儿作《桂赋》甚佳，未知能常如此否。因观余少时所作及今年诸诗，少时专力致工，今不及也。凡谓文章老成者，格局或老，才思定减。杜子美则不然，子美本无才思故也。学问则老定胜少，少时可笑处殊多。是日抄《诗》三页。至子寝。

十七日　阴有雨。抄《诗》三页，点《周书》半卷。宇文泰与高欢终身不敢谋帝位，又皆不居京师，此曹公之故事。北人俗朴于南，刘裕诸人不能也。开基之主而遇幽杀者，惟宇文觉。护手立三君，横恣被祸，而无叛篡之志。其所以败者，一出征齐而失师，故众心不畏，又有不忠之迹。要之，护可谓无学之伊、周，故邕亦卒复其封嗣也。

十八日　丁巳，秋分。阴。抄《诗》三页，点《周书》半卷。祖妣生日，设荐。非女读《两京赋》，功儿读《诗》，丰儿谈《书》，皆起是日。奉新有尹姓者说《诗》"缵女维莘"，谓太姒为继室。吾友曹镜初亟称之，曰："文王初聘乃倪天氏之妹也，既死，而天又命文王于周京继有莘之女，则长子维行，而生武王。故《关雎》左右淑女，思得贤妃以主祭祀，而至于寤寐反侧，以内主不可旷耳。文已备嫔御，而太姒后至，故以不妒为至难。"余喜其巧，而畏其无据也，今得二证以助之。其一曰，《序》称太姒皆曰"后妃"。夫后妃不并称，且太姒何以为后妃之专称，后者，後也，文王後娶之妃，宫中相呼为后妃，故因传于后世，此与"缵女"文同也。其二曰，《海外西经》形天与帝争神，帝断其首，葬常羊之山。《宋书·符瑞志》有神龙首感女登于常羊山，生炎帝。则形天国在神农之前，在西海，疑是西戎之国，故与邻为昏姻也。古人谓妹，皆男子谓女子后生者，若譬妃为妹，其词未雅，比后于天，其言已僭，"倪""形"音近，又同在西，明倪天即形天也。梦缇闻之曰："君为太姒争娘家，而得一以乳为目、脐为口之国舅，恐文王、大姒均不愿也。又假使误结发为填房，则官事方起，不如不作干证，以免拖累耳。"因大笑而罢。周桂求书荐衡州，作书与张衡州。亥初寝，至寅，梦独宿一处，空房甚多。起小便，见一鬼行阶上，闻余起，惊避。余大惧，反避之。鬼遂寻声至，出其面，一十六七女子，肤色莹白端丽，而衣甚故敝，似人家虐使之婢也。惊而醒，起视，时正寅正也。小坐一刻，还寝。

十九日　阴。点《周书》半卷。宣帝宣政元年九月诏："诸应拜者，皆以三拜成礼。"今礼三叩所自始也。古三拜为简，周与今三拜为敬，今通行于尊长达官矣。又帝召京师少年为妇女装，入宫歌舞，是天子狎优之始也。抄《诗》十页，阅《宋史》半卷。骑马。

二十日　阴。抄《诗》五页。至亥寝，丑起，与六云闲话，遂睡至辰起。

二十一日　阴。抄《诗》二页，纸尽。阅《宋史》一卷。《宋史》繁而无事，宜删削其大半乃可观，去其十分之九乃可传也。宋代大约无真人材，为历代最劣之朝。元、明次之。所以然者，元、明尚无虚负盛名如赵普、韩琦、欧阳修诸人，是非未尽紊也。夜点《周书》半卷，至戌寝。

二十二日　阴。出率珏女及两儿骑至石原，拾梧子盈升归。抄《诗》一页。得峋云书，索书抵长乐。初夜作书，稍倦，遂假寐，至丑方起解衣。

二十三日　阴。巳午时，有浓云起，似将甚雨，俄晴，秋气也。为杨云帆副使书横幅千余字，遣峋云信骑去。俄获马盗二、马二，复加遣在和送府。夜抄《诗》五页。

二十四日　阴，辰雨。阅《宋史》一卷。陈承昭习知水利，而建壅汾之策。李琼信佛，年七十三，四月八日诣佛寺，遇疾卒。此与北魏胡国珍事同。天下事无独必有耦，往往如此。王仁镐、陈思让、李琼、周人。郭琼、李万超。汉人。陈思让子①《若拙传》云：幼嗜学，寡学术。二文不相照，以太平兴国进士第二人及第，当时谓之瞎榜，长于理财。抄《诗》三页。夜点《周书》半卷，至戌寝。始寒。

二十五日　雨。抄《诗》三页，《邶风》成，计二十九日，抄书六卷，共七十五篇。点《周书》半卷，至戌寝。

二十六日　雨。点《周书》半卷，抄《诗》三页，非女《周颂》成。

二十七日　霁阴。抄《诗》八页，《鄘风》成。《桑中》诗不

———————

① 据《宋史》本传，"子"，应为"孙"。

似刺奔之词。江文通云："桑中卫女，上宫陈娥。"是用庄姜送戴妫之说，盖为优也。《诗序》子夏所传，未知何缘指为窃妻之作，疑毛公所加，取《左传》巫臣事附会之耳。得周南坡、玉生表兄、春浦书。至子寝。与梦缇话久之，至寅乃寐。

二十八日 晴。点《周书》半卷。常吉人来。

二十九日 晴。小疾。抄《诗》三页。常寄鸿来，《采访》四本，皆明晰雅饬。留宿东斋，谈至子寝。

九 月

九月己巳朔 晴。抄《诗》三页。常宅取《宋》《明》《四史》及《四库书目》去，并还《通志略》二十本。眼生小疡，不能多看书字。

二日 晴。连日甚燥。抄《诗》四页。桂再华。骑至将军山，觅橡栗，树高二三丈，子未熟。

三日 晴。抄《王风》二页。点《周书》半卷。

四日 壬申，寒露节。晴。曾祖考忌日，素食，设奠。寄鸿去。

五日 晴。骑至咸欣寺，会诸乡人，议振荒事。会者十七人，出米八石余，众以为多，余照例出五升，亦为多矣。非女作律诗尚佳。至亥寝。

六日 晴。抄《诗》六页，《王风》成。粉女周晬，以颈疡不能拜，无所陈设也。连日料理前所阅《齐》《梁》诸史，命功儿抄集其赞，暂罢《周书》未阅，改作《穀梁申义》。常吉人来。

七日 晴。抄《诗》三页。吉人送其父《问心翁集》来，阅其诗，亦时有奇气。内记黄颐斋以清漕忤县令周某，以赌案陷之下狱，常石潭为之周旋，常亦忤周，事发，几不免，常毅然不顾也。捕黄者为福道台，嘉庆丁卯年事。戊辰，问心赴乡试，与刘念璋同寓，刘梦题，告同寓并作之，入闱果然。放榜前夕，问心梦报单来，已名首列，再视则姓朱，再视则姓杨矣。是科省元为杨培之。又黄卜洛未鬻宅时，问心梦至其宅，闻哭声，视之，其宅已改造，匾县四金字灿然。明年，果鬻宅，改造匾字，宛然梦也。其中《乡山行》诗云："争路乱云随脚起，埽空修竹盖头来。"颇有别趣。至亥寝。

八日　晴。梦缇生日，作汤饼受贺毕。至午少睡。申刻贺金滩来，酉刻设宴于房，顷之，梦缇起，退。抄《穀梁申义》四五条。遣六云侍女君寝。

九日　阴。丁丑寅初初刻第五女生，嫡出也。家人尽起，遣在和问方和药。产母时晕去，六云甚惊惧，至巳稍愈。抄《诗》二页，倦睡，时起时眠。六云仍侍女君寝。

十日　晴。梦缇益愈。骑至红鸾庙，问振荒事。有流人三四辈至寓，视之皆猾巧无藉之人。因论流民为荒政最下策。凡能流者，必非良弱，即良弱亦不足深哀，以其能自存也。荒政以民无流亡为上，使假事以州县，能办此矣。在红鸾庙又遇流民首领二人。因寻陈作舟，议合团公振事，陈欲余出传单也。归抄《诗》三页，非女抄三页。晚作《流民》诗。

十一日　晴。五女洗盆毕，告三庙，命名曰帏，小名曰胜荚。茱荚，九日之佩也。《离骚》曰："椒又欲充其佩帏。"荚非嘉佩，故欲胜之。抄《诗》六页，《郑风》成。

十二日　晴。足疥不能行。申刻与循来，谈至丑，留宿西斋。

十三日　晴。无事。至丑寝。

十四日　晴。申刻得文心书。峋云专人来约出城，议与与循同行。夜掷骰至子。

十五日　晴。足肿甚，作书复文、峋，约之来，并书与王选三经历，又作书复陈芳畹。连日未作一事，梦缇云黄子湘作一书，半日不成一笺，今此四书，抵四日课为多矣。夜教儿女作诗。坐至丑。

十六日　阴。遣仆马送与循去，巳初行时，黯阴方合，凉风乍起，扶杖望尘，颇生别愁。与循与镜初意趣不合，在此颇言镜初之短，余未敢信也。及去，得镜初书，亦言与循，惜未得证质之。镜初书二月二十八日发，今日始到，近七月矣。又言雨苍到京，余前寄书未达，当再补寄也。分芍药下土，移梅于盆。

十七日　雨寒。抄《诗》三页。睡竟日，方起抄《诗》，非女云："懒而能勤也。"乡人求书扇。

十八日　雨霁。抄《诗》六页，《齐风》成。作《穀梁申义》三条。常吉人来，云将入城。夜梦缇发寒，三被蒙头，一时许，热得汗而解。酉刻即寝。

十九日　晴。抄《诗》七页，《魏风》成。作《穀梁申义》。是日丁亥，霜降。戌刻寝。

二十日　晴。始袍。曾祖国子府君及显妣生日，设荐。午始朝食。作《穀梁申义》。点《周书》十余页。梦乘白骡，自广州夜还宜章，炊黍顷，达湖南界，闻人言而寤。骡能人言也。夜月甚皎，起看月。

二十一日　晴。抄《诗》二页。作《穀梁申义》。

二十二日　晴。抄《诗》九页，《唐风》成。点《周书》半卷。连夜早寝，此夜脚痛少眠。

二十三日　晴。因脚痛晏起，至午时复发热，不思食，强起点《周书》十页。送与循人夫回，致牡丹一本，夕命栽之。栀子生虫，下之圃中。得常耕臣片，送来《访册》二本。得黄叔琳书，求作寿文。余初学为文，力戒不作寿序，在京师为两座师作两篇耳。及至衡州，此风遂开，几于无月不作，亦可厌也。明人陋习，流毒无疆，然其本自退之谀墓来，故曰八家不灭，寿文不绝。然由于名未高耳，若作，尚待年九十庶可以免。非女嗌痛甚剧。

二十四日　晴。宨女生朝无钱，惟买一斤肉与之食之，至午饭犹有七品。是日乡人设傀儡，儿女均出观。抄《诗》一页。邓八回，得与循书。点《周书》半卷。

二十五日　晴。抄《诗》二页。为黄晓岱御史作疏稿，请立博士，此亦救时之策耳。流弊终趋文而畏学也，然鼓舞得宜，冀可为百年之盛，若此疏果上，冀一时风动也。夜坐，点《周书》一卷，至亥未寝。非女、丰儿、纷女均梦魇惊怖，梦缇睡如泥，余为调护殊劳。又梦缇在月，家俗夫不入房，而余以儿女尽病，妾不得力，遂躬自营视，寄榻而寝，亦非礼也。非女惊甚，遣六云伴之。

二十六日　晴。早起洗脚，视其疡，无一指大，痛剧如此，遂至半月，可怪甚矣。是日点《周书》毕，若释重负。李迁哲父为衡州刺史，襄阳土豪也。作书复镜初。镜初分刑部，书中仍申论人命太重之弊，使丁伊甫学士一辈人咋舌惊绝也。作书与春甫借钱。过侧室眠。

二十七日　阴。足痛甚。功儿又嗌痛，余坐床上，至酉方下。抄《诗》三页，点《隋书》一页，作《梁书赞》三篇。

二十八日　晨小雨，巳见日。抄《诗》二页，《秦风》成。初计功，此日可毕《豳风》，今乃止此，可惜可叹。《渭阳序》云："赠送文公。""赠"字衍入。此诗乃康公即位，修好于晋之词。溯前送舅之恩，为吊襄通好之本。赠车马琼瑰，赠死之赠也；送舅氏，送生之时也。《序》乃合云赠送，则康公以太子而擅赠舅氏以诸侯之礼，攘其父物而曰我赠，失礼甚矣。自研经以来，疑义浸广，皆以己意通之，人病不思耳。《隋书·食货志》云：晋自过江，凡买[1]奴婢、马牛、田宅，文券万钱输四百，名曰散估。此税契之始。但彼税卖者三百，买者一百，今则不分买卖耳。若收人物税契，犹当有益军储，惜郭筠仙未闻之也。点《隋书》二十页，又作《梁书》三赞，抄《陈风》三页。《说文》"娹"字，引《诗》"桃之芺芺"以证。"娹"为女笑皃，明"芺"即"笑"字。隶书竹、艹互用，今遂不知"笑"即"芺"字，而妄附"笑"于竹部，或又欲依"哭"字附犬部，真可芺也。宋刻本改"桃之芺芺"作"桃之娹娹"，尤误，娹乃女芺，岂可引桃以证女邪？

二十九日　阴。抄《诗》七页，陈、邠《风》成。点《隋书》二十页。

三十日　晴。抄《曹风》四页。点《隋书》四十页。为唐艺渠作寿文。

十　月

十月己亥朔　早起写唐序未毕，在和回，得唐、王、程、张各书，春浦送蟹四脐。冯姨子来，言在正阳镇盐局新归，李少泉已往贵州督军云云。留宿东斋。抄《豳风》一页。点《隋书》四十页。

二日　阴，大风。抄《豳风》五页，分抄《诗》毕工，计六十八日，抄《诗》十八卷，余付非女，使终之。点《隋书》二

---

[1] "买"，《隋书·食货志》作"货卖"。

十页。

三日　晴风。冯弟去，赠钱四千。点《隋书》，毕二本。珰女又病头痛，既暮未食，而马岱青及其从兄小涛来访。内则儿女饥啼，外则人夫喧扰，逾时乃得饭，殊饿甚也。二客宿东斋。

四日　晴，始霜。食蟹。客去，睡竟日，起点《隋书》三十页。非女始学女工，令未时写字，戌时读书，余悉随母起居。是日壬寅，酉初立冬。

五日　晴。点《隋书》十页。始叙次《衡阳志》，考其沿革。

六日　晴。点《隋书》十页。《经籍志》部数与书目均不相合，算良久，未知其致误之由也。

七日　晴。点《隋书》二十页。作《衡阳古今事纪》。夜作《穀梁申义》。

八日　晴。点《隋书》三十页。夜出池边看月。

九日　晴。梦缇出月。点《隋书》三十页。夜看《文献通考·舆地考》，未为佳作也。凡作地理，当明其沿革改易之本，历代郡县省并为最要，而但举州郡大纲，不过供对策之用耳。惟叙五代得州多少，甚明晰有益。《五代史》为欧九所乱，全无考据，余屡欲补三国、梁、陈、五代《地理志》，未遑作耳。是夜复寝，子丑之交，珰女醒啼而下床，遣梦缇捉之，因与论教子女之法，及其近年颇伤暴急之故，语良久，梦缇领解余意，不以为忤也。凡人贵切磋，不在其诚至足感动，在其进言明快耳。己不了了于心，何能益人？因此念古今箴规训谏之无益者，由其无术耳。若余于夫妇之间，过于父母之训，而遂能深识恩义，莫逆莫逆则未必，终不若掩义之说，由恩竭则怨也。于心，诚平生之一快也。

十日　晴。廖老人来送藕，欲要余过其家，辞以明年。留之饭，食蟹。亥初寝。

十一日　晴。点《隋书》。作书与与循。戌正寝。

十二日　晴。功儿口痛，又生颈疡，困甚。余亦小疾，甚懒，点《隋书》四十页。作《穀梁申义》。戌正寝。《隋书》周罗睺父法嵩，仕梁为临蒸县侯。周法尚安集岭南，西衡州刺史邓嵩降。[①]桂州人李光仕举兵，王世积与法尚讨之，法尚发岭南兵，世积征岭北军，俱会尹州。世积所部多遇瘴，不能进，顿于衡州，法尚独讨光仕，斩之。

十三日　晴。辰初早饭，骑行六十里，饭于杉桥。中正到清泉学舍，晤章凤衢。入城，宿程春浦宅。得唐艺农书。寄陈芳畹书。

十四日　晴。常寄鸿来，饭后与春浦访张东丈，见东抚杀安太监抄报。遇杨耕云。归程宅，何芜亭来。得俊臣书，即复一函，寄《志》稿五本。得孟辛书。饭后访吴朴翁，留饮至戌，宿程宅。

十五日　晴。杨子春、唐崑山来，吴朴翁、张蔗泉继至，张衡州于东丈处遣人相闻，因过谈。至申，骑访贺寅臣同年，出城，宿章斋。夜大风，寒。书与张力臣。

十六日　风寒。寅臣来。早饭，步出访李竹屋、王峋云、杨子春，至程宅少睡。诣张衡州，遇符介臣，夜归章斋。得果臣四月书。

十七日　阴，有霰。峋云、王选三来。张衡州来，选三避去。春浦来，同饭，入城，宿程宅。

十八日　阴，有雨。与春浦过沈曦亭。出城买皮衣三领，去钱八十千，假之程也。渡湘赴杨氏饮，峋云同坐。归宿程宅。

---

① 按，《隋书》，"罗睺"，作"罗睺"；"法嵩"，作"法尚"；"邓嵩"，作"邓暠"。

十九日　小雪，中。晴。张衡州携酒过章斋同饮，午集申散，峋、春、凤三君同坐。酒罢入城，赴贺氏，招耕云及其子师同坐，戌散。出宿章斋。

二十日　晴。入城访张蔗泉，过春浦处，闻颜接三当至，留待至未。与接三对榻，宿程宅。

二十一日　晴。送接三往长沙，旋出城治装，凤衢赠柚。唐崑山来，言罗衡阳无钱。夜宿章斋。得刘竹庭书。

二十二日　晴。辰饭章斋，骑行九十里至家，日未落也，放马作饭。梦缇告余以病，寅初始就寝。

46

二十三日　晴。书与果臣，托凤衢寄去。午后睡至申起，出书室少坐，旋寝。

二十四日　晴。为儿女倍书，点《隋书》半卷，至亥寝。

二十五日　晴。梅蕊欲绽。点《隋书》半卷，始记月日。梦缇疾甚，多怒，恐成重证也。《隋书·礼仪志》仪曹郎朱异云：旧仪，祀五帝，先酌郁鬯，初献清酒，次醽终醁。夜至戌寝。

二十六日　晴。骑至弯坤，议修石路。点《隋书》半卷。检晋、宋《地志》，考衡阳、湘东郡沿①所在，未能详也。晋省酃，而宋仍有酃。又云湘东去州，水陆七百，与衡阳郡相隔三百余里，尤为未详。齐时湘东治茶陵，则有七百里也。亥寝。

二十七日　晴。点《隋书》半卷。检《齐书》衡阳事。至子寝。

二十八日　晴。廖生父兄要余过饮。午去申还，酒馔甚费，陪者王、陈二姓，一农一士。到家，玉生表兄待于门外，相见甚欢。得王霞轩、何镜海、陈芳畹及叔父书。谈至子寝。

---

① "沿"，当为"治"之误。

二十九日　晴暖。睡半日。隋制，军旅之间士卒着黄袍，今犹用之。点《隋书》半卷。

十一月

十有一月戊辰朔　雨竟日。点《隋书》一卷。儿女课懈，悉笪之。寄王清泉、席研香、凤衢及淦亭书。玉兄有随丁唐宪章，都司也，从玉兄，欲入营中，因荐与研公。初未见面，自云天耳通也。钟弟凶顽，劝叔父收之，并令唐都司走送。

二日　雨竟日。夜检《衡阳沿革表》，论《新唐书》误云"临蒸并重安"为未读《隋书》；又论班固"健子婴"为非；又考《穀梁》"有孤不爵大夫"之义；列"尹氏"等十条，俱有心得。至子寝。

三日　阴寒。点《隋书》一卷。《左传》秦医和云："是谓近女，室疾如蛊。"近读者皆以"女""蛊"为韵，是也。室疾，今言房劳也。又"女，阳物而晦时"，杜云："女常随男。"盖仍旧解之误。阳物，犹阳事也。男女之交，命门阳动，故云"阳物晦时"，故为晦疾也。梦缇疾发，服道遥散。至亥寝。

四日　雨。梦缇发疾，足痛甚剧，盖血证所变，危证也。竟日陪坐，未出室户，至子寝。梦缇服桂枝汤，并二剂为一剂。

五日　雨，寒欲雪。梦缇未愈，夜发肿尤苦。因与论死生之理，劝以学道。为解《庄子》及佛经圣贤处生死之方，大有所悟，疾日增，神日胜也。至丑寝。是日大雪节。

六日　阴霁。欲出书斋，因珰女病，非女写字，留内斋未出。夜点《隋书》半卷，子正寝。梦缇少愈。

七日　阴。见日，见雪，皆俄顷而止。先孺人忌日，素食，设奠。玉兄来行礼，距助殡时九年周矣。夜谈至亥正寝。夜霰。

八日　阴。始裘。点《隋书·天文志》。因翻《史记·天官书》及李播《大象赋》，考订数处。夜与玉兄谈至子寝。雨霰。

九日　阴。晨瓦缝有雪。点《隋书》一卷。夜阅《梁书》。

十日　晴暖。点《隋书》一卷。作书与王霞轩，并寄一诗。又书与叔父、外舅、洪明府、程春浦。送玉兄钱六千，饯别，食炒银鱼甚佳。

十一日　雨。玉兄去，遣仆二人送之，骑送至菜花桥，天霁。点《隋书》一卷。自酉睡至子正始起，旋就寝。

十二日　阴。点《隋书》一卷。夜检《陈书》，至子寝。

十三日　阴。点《隋书》一卷。梦缇小愈。

十四日　晴暖。点《隋书》一卷，史咸点毕，余《北史》未阅也。夜得仪安、芳畹、正斋弟及俊臣书。仪安报孟辛凶问，云九月死，不得其日，震悼久之。死生由自然，然孟辛志大材高，在交友中当与子春、伯元颉颃，此外殊难其比，均遭夭阏，使人气尽。因与梦缇数平生交好，感怆久之，子初寝。

十五日　大晴。补作《隋书赞》。复仪安书。得春浦、岣云书。春浦借书，岣云赠蟹，并报孟辛死问。在和归，言玉兄乐近市井无赖人，盖晚年改节，将无禄矣。牡丹新移竟芽。

十六日　晴。作《隋书赞》毕。《秦本纪》昭襄王二十七年，因蜀攻黔中，拔之。三十年，蜀守若伐取巫郡及江南为黔中郡。江南，桂阳、零陵郡地。三十一年，楚人反我江南。江南复反为楚也。始皇二十五年，王翦定荆，江南地始为秦矣。

十七日　晴暖。检诸友往来事迹，作《王氏交友传》。寻祁门水名，翻《图经》，念孟辛桂阳之游，凄然罢去。梦缇闻鄢太愚往席军，因言子春死而曾兰生代之，正斋死而龚湘浦得拔贡，孟辛死而鄢友石往，三事相类也。余因戏言程氏不谐，而卿代之，岂亦似此邪？余吊受庵诗云："应须留用与铅刀。"盖古今名言也。

十八日　阴。点《唐书》一卷。高宗溺情哲妇，然治绩可观，盖亦内助之力。武氏以妇人而赋雄才，非易唐为周不足申其气，其害止于缙绅及浮动子弟称兵者耳。《唐书》遽以起兵与李敬业、琅邪王冲、越王贞，未可为允。当武氏之朝，唐子孙有力能讨乱者，宜审而后动，动而必胜，则庐陵亦无复立之望矣。若异姓之臣，非复子明辟，不足动众，则五王之为是也。若敬业、贞、冲之为，谓之好乱可也。

十九日　阴。晨饭，骑往仪安家，探晴生母病。行七里，至洪落街，马蹶堕地，市人无笑者，若在城市，必哄然矣。午初到，遇孙恭瑚、常吉人谈，不忍别，比行，已未正矣。渡氽已暮，驰十六里还寓，尚未上镫也。县长书来，命修县志，加以七叔父及与循书，外列十余公名字，皆前辈老生，万不敢当其命，然不可不往也。夜暖不寐。

二十日　丁亥，冬至。阴，午后雨。二①祀、三庙，行礼毕，食炒蟹、蒸羊、薄饼甚美。夜至亥寝。酉初，吉人子元卿来。

二十一日　阴雨。遣县信先发，作书复七叔父，退关书，约天晴即到，以吊孟辛之便也。点《唐书》半卷。宋欧作《唐书·本纪》，茫然不知其事迹，惟见封官杀人而已，是断烂朝报之不如，不知何所取也。总为孔子《春秋》所误耳，阅之恨恨。梦缇率六云酣睡，自酉至亥不起，余独坐饥甚，求食不得，遂亦就寝。

二十二日　阴。昨暮得马岱卿书，送《采访》十三卷，内有监生彭植棠，字召亭，解人也。欧阳牧云则书手尚佳，若开志馆，

---

① "二"前疑漏一"祀"或"祠"字。

求写手，宜问之。作书复岱青，并论传体。

二十三日　阴。点《唐书》半卷。午食薄饼甚美。作风门成，躬自糊纸。又戏作《状元筹经》文，甚似秦汉人作，大手笔则不能佳，可怪也。

二十四日　阴。睡竟日，治装往湘。

二十五日　阴。骑行十余里，微雨，旋止。暮宿黄梅塘，行六十里。

二十六日　晴。早行十余里，至湘乡南乡要里，遇曾澄侯，彼此不相顾也。三里至大坪，沅浦新宅有城市之气，杂客五六人及南岳僧同饭，出至花桥宿，凡行四十里。

二十七日　大晴。骑过童稂山，有诗。遵路行，至莲花桥，取间道至孟辛家，凡行八十五里。孟辛子圭生、女环珠皆出拜。饭罢，孟辛夫人出拜，始闻孟辛死状。夜与孟辛姑子二彭君及其子师曾秀才谈至亥，宿其书室。

二十八日　大晴。晨谒孟辛季父，老病甚矣。见左母谈家事。已哭孟辛，遂行。至湘乡城，过龙星伯，留饭未食，出至昭忠祠，访孟辛友人成隐吾名传道，谈二刻。昏暮矣，宿铜泉渡，计行二十二里。成君赠先集，灯下尽读之。

二十九日　晴。余生日也。自隐山中，惟第一年与妻子同宴，比四年皆在外作客，隐者固如此乎？未初至妇家，计行七十五里。

三十日　晴。饭后行二十五里至县城，入志馆，见七叔父及诸先生。少顷，洪明府来谈。夜与谭心兰沄。谈算法。

十二月

十二月戊戌朔　晴。答拜洪公。至两学，见陈可斋，谈武陵事。晚间，邹谘山来。从孙名鐕来见，字韵秋，梦缇所最不赏者也。问乡中事。夜拟修志章程，与心兰谈经。

二日　阴。借唐友石丈湘潭赋役案稿阅之，得衡阳一事。夜访玉生，劝其播迁，玉兄妻必欲从夫，执谊明介，不能强也，然郭氏殆矣。至长寿亭，谒源远祠，高祖庙也，新建于城旁，自此王氏始有城祠。

三日　早起欲归，风雨大作。七父及唐丈坚留，遂遣丁福先归。是日遇郭春元，昨遇王辅臣，均二十年前旧亲识也。

四日　阴，大风。往十六从母家，询诸族人，近岁渐兴旺，午后还。读周星、郭金台集，均非作手。族子代绅来见。是日小寒。

五日　阴，寒风。与循来志馆。从子代韼来见，作书与席按察。

六日　阴。翁佩琳来志馆。代绅言祠旁有田，旧属其家，今欲变产，而无敢买者。乡人负债，田不得卖，则大困。余因劝与循为其姊买之，向洪明府假二百金。作书告妻父。夜妻侄蔡子耕来见，佳子弟也。

七日　阴。万星榆归志馆，会议已定。

八日　早饮腊八粥，饭后与与循同访佩翁乡居，三人偕出。余先至，主人后归。其居有水竹幽胜之致，在古塘桥旁三里，曰青石坤，文氏屋也。夜宿其西斋，计行四十八里。

九日　晴暖。佩琳治馔相款，早饭后行，已过午矣。与循归，余取大路急行四十五里，至盐步，访樊诲卿同年于红绫冲。夜宿樊斋，小酌甚适。

十日　风雨。取山路出花石，行七十里，至灌底，宿逆旅，夜雪扑被。

十一日　风雪。行七十里到家。马行甚稳，扬鞭甚乐，因忆山东道中遇雪二诗，自和二首。《乙丑十一月二十八日河北大雪马上作》：六月炎洲火作山，冬来齐赵雪盈鞍。冰天热海皆经过，不觉人间万事难。　六花偏傍锦裘飞，湮逗重襟火力微。湘绮楼中他夜雪，好将鸳瓦当油衣。　《己巳十二月十一日冒雪还山作》：雪抹烟横千万山，玉骢归路不辞难。苏家麦粟寻常意，红帕盘金盖马鞍。　骢尾缠冰雪未开，渐看鸳瓦认妆台。莫辞笑靥灯前出，十七年中第一回。　梦缇和作：开尽红梅向北梢，熏笼添火自朝朝。只应夜雪怜鸳瓦，飞近琼楼逐旋消。（下阙）

十二日至十七日，凡六日阙。

十八日　阴。得唐艺渠、张文心书。文心送绣佩六件，谢媒礼也。白梅始开，甚艳。夜点《唐书》一卷。唐之亡，与周同，非庸主所任咎。

十九日　大寒，阴。得殷竹伍、张力臣书，言荐怀亭于席军，未知来否。始食臘肉。"臘"，今作"腊"，古字也。但以为臘日之名，则非其义。臘日，自从獵取义；腊月，宜作蜡月，从蜡祭取义。腊肉取腊干之义，而俗则以臘月熏肉为义耳。夜校《仪礼》《礼记》，用王兰泉所校石经订之。

二十日　阴。作书与张东丈、张衡州、杨耕云、程春浦。寄东丈《法曲仙音》词云。回雁霜钟，湘东梅萼，游宦未妨羁旅。选句挑镫，消寒添酒，华簪雅共簪俎①。奈冰雪、刘叉去，无缘问联句。　潭州路，记扁舟、犯寒东下。早孤负、官阁翠醅红舞。鸳瓦不留人，又吟鞭、敲雪何处？粥嫩糕甜，好年光、正在岁暮。便貂裘典尽，差胜黄绸衙鼓。寄张衡州《一萼红》词云。碧云深，正霜轻日嫩，梅萼破疏林。驴背行佳，翠禽眠好，去住还费沉吟。料何逊、风流未老，想白发、幡胜正堪簪。紫印泥封，绣衣貂暖，俊赏须寻。　卧雪披云世外，倚邦君政美，随兴登临。腊鼓占丰，灶瓠催醉，重闻盛日和音。莫便惜、年华去也，只应为、诗酒惜光阴。寒尽山中班春，愿听瑶琴。初东丈以

① "簪俎"，《湘绮楼词》作"尊俎"。

仲冬下湘，值霜风戒寒，衡州以诗戏之，有“尹、邢避面”及“珍重懒寒”之语。“尹、邢”谓东丈去而余适至也。余又以雪中自湘还，故词中均及之。“鸳瓦”句，即自用“鸳瓦油衣”语也。时与衡州索宪书，故有末句。又寄耕云索金橘、龙井茶、《五代史》。诗云。湘上园林雪后开，垂垂卢橘送香来。吾家旧写《来禽帖》，更乞明珠三百枚。　龙井茶香见许分，不须长揖上将军。玉川老婢能煎吃，肯为苍生恼使君。　欧九空修五代书，事文残阙义粗疏。君家殿本传刘薛，遣伴双姝度岁除。“双姝”，即茶、橘二品也。余初欲与雪琴索茶，而耕云许分，故言不须将军耳。春甫书则送湘平银还志款，无他事云。遣丁福、邓八同去。

二十一日　晴。为非、丰倍书毕。检《唐书》诸表九本。唐宰相本不皆名族，宋子京为作《世系表》者，阴仿萧、曹《世家》以重宰相耳，然甚无谓。大概《新唐书》《新五代》皆文人志传之书，不谙史体，文笔较健耳。《新唐书》人知訾之，而不敢议《五代史》，可怪也。

二十二日　晴。得马岱青书。

二十三日　雨。复岱青书。夜遣六云侍梦缇祠灶，六云佯睡，起已不及事矣。作《送灶词·祝英台近》云。玉饧香，红烛艳，良夜永清漏。爆竹声催，新泉酿芳酎。年年三六盈虚，瓶尊报塞①，还略记、梦华风候。　一年又，为问叶爨阴羊，人间几贫富？每度梅开，每度醉村酒。饶他土锉铛空，寒宵镜听，应不解、替人僝僽。三六盈虚者，小除之兴，乃以期三百六旬六日之说，故除六日为除夕，又以小除第一夜为送灶之夕，其实即除夕送灶之说也。吾湘谬云小除夕送，除夕又迎，故作此正之。

二十四日　阴雨，见雪。埽舍宇。非女作《送灶词》云。蜡烟

①“塞”，《湘绮楼词》作“赛”。

轻，梅萼瘦，绣阁杏帘静。画马迎神，珠盂酌芳茗。便教阴氏晨祠，复涂宵梦，应长忆、良辰酩酊。　玉箫冷，花院残雪初凝，琼枝弄疏影。冬鼓声催，未觉漏签永。明年寒食香饧，玉厨新火，又添了、一番清景。非女词笔秀润，但思迟耳。是夜书与仪庵。儿女放学。

二十五日　阴。与丰儿游山水间，见天阴将雨即归。丁福等回，得春甫、耕云书。耕云送蟹、茶、金橘，并借《五代史》，江西版也，甚不足观。

二十六日　晴。春粉作年糕。校改欧《梁纪》一卷。欧、宋尤不善作本纪，均为《春秋》书法所误，真千古不寤之愚也。夜至亥寝。

二十七日　晴。仪安遣人来馈岁，作书复之。遣周满送风肉、二蟹、冬笋、年糕及钱十千与马岱青，明早去。夜至亥寝。

二十八日　晴。命非女书《汉乐府·青阳词》，又作门联一副，用唐人诗句云：“人情已觉春长在，溪户仍将水共闲。”自然好桃符句也。非女书遒丽可喜。又检书籍，挂字画，夜至亥寝。

二十九日　岁除，晴。风景甚艳，梅花香发，意甚闲适。辰初，祀文昌，望祀善化城隍，刭用鸡牲祀中霤，皆旧仪也。得岱青书。申正团年饭，戌初梦缇祀灶，亥初拜三庙毕，家人辞岁，祭诗，饮屠苏，殽果精美，为加饭二碗。亥正祀门，子初寝。

同治九年庚午

正　月

九年正月五日　晴。辛未，卯正立春。卯初起，儿女皆起，迎春行礼毕，食糕糍。骑至查江，访彭雪琴于何隆老屋。旧宅三间，其未达时所居也，父、母、弟、妇皆殁于此，今富贵复居之。两亲既亡，一妻被出，旁无侍者，子弟又已远析，虽归心空门，识诸假合，然人情恋本，物态变迁，一想今昔，但有怆恨。雪琴殊自偃仰，不以为怀，宜其脱屣轩冕，捐弃声色也。坐谈久之，观其祠树花药，皆萌芽甲拆矣。饭罢归，遇常吉人于途，约明日见过。到家饼正熟，食十六枚未饱，复添饭一碗。夜掷骰，至戌倦眠。

六日　阴。天气清冷，欲雨欲雪。三猪误食芦菔齑，一刻许皆死，敛血骤尽故也。昏黑时马岱卿来，饮酒大醉，留宿西斋。至子寝。

七日　阴，小雪。贺赤轩秀才来，岱青去，贺亦旋去。阅《五代史》一本。卢多逊等以七言绝句入史，其理万不可驳，而其体谬丑可笑。世之言文者，必欲纪实，大要如此，故欧阳起而改之，乃至全无事实，弊又均也。夜雪簌簌，至子寝。

八日　小霰。常吉人来，一饭去。夜摊钱，负进八千。至丑寝。

九日　卯正两儿入学，释菜先师。丰儿始读《春秋》，为功儿说《七月》一篇。《七月》皆劝女工之业，周人始重女教，故以

《关雎》首《风》，以文母为乱。此农家兴富之本，而推以治国，则近于繁碎，故周末文胜矣。然士农欲兴其家，非女助无由至，大族贵人则不事此。周道农业始重，妇功也。校《五代史》一卷。昨夜冰，颇寒，是日，以家人早睡，各加诘责。梦缇伏枕假寐，唤起已子夜矣。

十日　晴，雪销。校《五代史》二卷。乾祐三年十一月，朗州马希萼破潭州，十二月十八日，缢希广，明日希萼自立。湖南枕子茶、乳糖、白沙糖、橄榄子，周广顺元年己卯，诏免减诸贡。广顺元年冬十月辛丑，陆孟俊执希萼，迁于衡州，立希崇为留后。十一月己未朔，淮南边镐入潭州，希崇降。二年十月三日，大将刘言自朗州趋长沙，十五日至潭州，镐遁。十二月，言遣牙将张崇①入奏，十月十三日收湖南。王进逵、何敬贞、周行逢等十指挥入潭州，尽复湖外。三年正月乙卯，升朗州在潭州之上。闰月，刘言奏遣敬贞击广贼。己巳，奏敬贞众溃失律，为进逵所斩。三日，赐言绢三百匹。八月，进逵奏言通淮贼，为诸军所废。己巳，至朗州，诏言勒归私第。显德元年正月，诏潭州依旧为大都督。王进逵加特进侍中。七年②，世宗即位，加中书令。进逵仍为朗州节度使，世宗二年，领兵入淮南界鄂州。《九国志》：进逵领众逼宜春，出长沙，耀兵金波亭，有蜜蜂集伞盖，遂令毛玄③领兵南下，以潘叔嗣、张文表为前锋。至醴陵，拥众叛，进逵走，叔嗣追杀之于朗州城下，行逢斩叔嗣于市。七月辛卯朔，以行逢为朗州大都督、武平军节度使。十月壬申，以宇文琼为武清军节度使，知潭州军府事。是日，闻常晴生生母之丧。王荫堂秀才及夏秀才

---

① 据《旧五代史·太祖纪》，"张崇"，当为"张崇嗣"。
② 据《旧五代史·世宗纪》，"七年"，当为"七月"。
③ 据《旧五代史·世宗纪》，"毛玄"，当为"毛立"。

同来。二龙来。

十一日　晴。唐崑山大令自城入乡。由常宅来，闻少荃有督黔军之命，小荃来督吾楚。国家渐有畏忌藩臣之意，故周旋慰抚如此。崑山来晚，设饭已冷。夜观梦缇作汤圆，至丑始罢。

十二日　晴。卯起送崑山，遂早饭。午后骑行至王、贺、李三家答拜。至吉人家，见天将雨，因留止宿。吉人款待殷殷，使人不安。夜为定其先集，又观《叶向高集》二本。乾隆时《翰林馆赋》四本。子初就榻。家中一龙来。

十三日　雨。吉人将同往仪安家，余襆被巾箱皆无雨备，遂骑而还。雨漫空如雪，其细不可见，油衣不能御，裌袍沾润，泥溅于襟，扬鞭直归，渡头滩浅，不及马腹，故不下马而过蒸也。此朱晦庵九江之一。今日真不减宋康王泥马渡江矣。归家，一龙来。

十四日　阴。巳起，午饭。梦缇病，一日不食。五龙来，灯火甚盛，以妻病，未之赏也。戌正即寝。

十五日　雨。卯初，梦缇渴欲饮，呼婢进茗。即起盥洁，祠三祀。吉人来送陈酒，云四十年家酿也。顷之，自来，留饮，宿西斋。亥正拜三庙，礼毕受贺。梦缇病卧，三、四、五女皆早眠。食汤圆十枚。二龙一师来。夜至丑寝。

十六日　晨雪，未晴。吉人午时去。校《五代史》二卷。观其将富兵横，矛戟森森，与今时无异，恐中原复有五季之势，为之跪杌。余去年过湘乡城，如行芒刺中，知乱不久矣。梦缇稍愈，夜月。

十七日　阴冷。儿女倍书各三本。功儿《诗经》未熟。校《五代史》二卷。遣佣工周满去，有言其私邻妇也。

十八日　晴。倍书各三本，校《五代史》三卷，种竹五竿。

视插枕柳已芽，芍药苗白，桃蕊为雀所啄，命捕之。

十九日　早雨。午刻，贺金滩来，言人命事。与功儿说《诗·邶风》"狐裘以朝"，知锦衣狐裘，诸侯朝服。因言《秦风》"锦衣狐裘"为朝服，"黻衣绣裳"为祭服。又说《丰》及《东门之杨》为亲迎，女有不至者，诸侯因此不亲迎云云。夜梦伯元，笑语如平生。余因问："君死已久，何以仍无恙？"伯元云："余未死而人殡我，至咸丰九年修墓乃得出，变姓名在左季高军中，今始复位耳。"又言"冥中有鬼，惟鬼客舍，主人曰乌，买卖甚刁诈"云云。索余赠衣，余以氍裘赠之，且言此裘窄袖，君子之服也，曩年客乐平时衣，今以还君，廿年矣。其语甚了了，醒时为怊怅久之。

廿日　丙戌，丑正雨水。巳刻，王、贺二姓遣信要余往元功塘公议息讼，戌正始归。早雨夜霰。

廿一日　阴晴。王、贺诸人来，言讼已息，请书与程春甫，托罗衡阳了之。校《五代史》，倍书各三本。晚携六云登山。

廿二日　晴。将种竹织篱，农人言二戊不可。校《五代史》二卷，倍书各三本。

廿三日　晴。校《五代史》二卷，第四本毕。晚过邻农王氏新宅，屋舍甚整，令人有躬耕之想。倍书，两儿各三本。

廿四日　晴。校《五代史》五卷，第五本毕。

廿五日　晴。校《五代史》三卷。晚渡蒸，视石泉，渫不可食，且生鲋矣。两儿倍书三本，非女书皆生，不可理。夜至子寝。

廿六日　晴。校《五代史》毕，补《五行志》于欧书，补《礼志》未成。贺氏来送钱，却之。

廿七日　阴晴。改《五代史·本纪》未毕。夜与梦缇议为非女办装。

廿八日　晴。水仙尽开，芍药芽发二十余枝矣。课工穿篱，拟为花架。

廿九日　晴。早起，梦缇尚睡，因复寝，至巳起。骑行四十里，至杜家台访马岱卿，留宿客房，是夜风。

三十日　晴。晨起与岱青诣夏濂春家，中途逢夏来，还。叙一日，同坐七人皆夏氏也。夜仍宿马宅。

二　月

二月初一日丁酉朔　阴晴。夏秀才招饮，坚留停宿，力辞而行。骑六十里至城，宿春浦宅。得曹孜轩书，左氏赴文，孟辛于去年十二月十五归骨矣。乙夜与春浦同访萧绮笙章京，即送其度岭之行。

二日　晨雨。在和送雨衣至城，知章凤渠已十寅时病故，骇叹久之，要春浦同临其丧。子妾殊无章程，因留料理，至夜入城。是日，见李竹屋、朱叟、龙经历。

三日　雨。巳刻至清泉学舍，视凤渠大敛，同官惟李、朱至，王清泉竟不来。因与竹丈言：昨夜遣信告王知县，非欲其来，欲其知世间有视敛之义耳。若人人告之，至再至三，至百至千，彼必知天下尚有恩谊之说，盖清议不可少如此。李、朱旋去。廖都司、张蔗老皆来唁。未初，余亦归城，访张东丈。陈培之少尉及罗立庵来谈。

四日　阴。早饭，竹丈来。与春浦同诣清泉学舍，观凤衢家人成服，至则朱广文先在，四秀才来助丧。申刻出，访峋云及段培元粮储。培元文雅彬彬，湖南军功中最有学子气象者。夜归程宅。

五日　阴雨。不出，作章、常二挽联，薄绫如竹纸，自书之。凤衢联云。城南旧友散如烟，惟与君廿载数相逢，最难忘夏口藏船，湘东酿酒；新岁邀头裁满月，惊此日重来成永诀，忍独看园中柚折，池上荷枯。常晴生母挽联云。以不死济忠臣烈妇之艰，虎口夺诸孤，鬐毼衿缨今绕膝；当中年见家国兴衰者再，鹫峰参六观，老生病苦不妨心。是日，培元、峋云、立庵来。惊蛰，闻雷。

六日　阴晴。校《五代史》一卷。午后与春甫出，买皮衣笔墨，访沈老曦、唐崑山，晚归。作书与殷竹伍、杨云帆、程花楼、陈芳畹、黄再一、徐子云。是日陈泗来见。

七日　雨。校《五代史》一卷，倦眠。晚赴厘局饮，二客三主，童春海知州恩前未相识也。连日欲疾欲愈，此夜始安。

八日　雨。午后阴。校《五代史》一卷。观演《西游记》，申归。

九日　晴。辰正张蔗老来，同至柴步门，与东丈泛舟末口，顾少尉设宴舟中，暮还城。是日雪琴来，不晤。

十日　雨。遣在和往湘阴迎竹伍，午后行。校《五代史》一卷。申刻春甫邀饮，同坐者张衡州宾戚四人，李敬轩职方谈刘霞仙抚陕事，霞仙定可人耶？

十一日　雨。校《五代史》二卷，总校补毕。春浦招饮。同坐者东丈、蔗老、童春海治中、张鹤帆同年。童君谈穆武英事，言当时权相不取府道金银也。夜雷雨，丑寅时醒，闻雨声潺潺至曙。

十二日　晴。渡湘答拜雪琴，看鹤。归访立庵、仪仲、王清泉、童治中不晤，晤寅臣、竹屋丈、朱仙舟训导。晚至沈曦老处晚饭，同坐者峋云、春浦、许秀才、沈弟礼堂，食酱凫脯、风肉、鱼肚、煅鲴、香稻饭。是日，春浦长子商霖秀才始归。张都转，李、朱两学官来访不遇。作小诗二首,归示六云。十日春云压屋山,早眠应不讶宵寒。无端红药催离思,一夜新苗满玉阑。 艳曲新声偶忆云,绿杨风袅碧花裙。阶前朦月窗前雨,迸作春光四五分。

十三日 晴。北风颇寒,饭罢访张蔗老,同春浦渡湘至雪琴处,谈竟日,留饭,食糟蟹甚佳,同坐者仪仲、子春、耕云。晚与仪仲、春浦同渡。是日王清泉答拜,不遇。

十四日 晴。始更小毛。午观技,演《铁冠图》及《杨家将》,人如堵墙,嚣尘溷襟,乃出。赴竹丈饮,同坐者蔗老、岣云、寅臣兄弟、春浦七人,主客谈不罢。有一永顺人,自称为顾工谋害,及庶母谋毒令哑,不受钱帛,惟问路程。予与东丈求之数日矣,今日又至岣云处,因呼之来。自称前年在学馆,余审其字,乃始把笔所为,因送之东丈。东丈与之公文,不敢受,始信其真骗子也。当其来时,应对无方,而情词终不符,故予知之。晚归程宅。程委员殿英目席营送盂羊菘归,云仲敏不能事其母云云,及席营恶习甚详。是日,童治中答拜不晤。雪琴赠予远物八种及梅花四幅,漫作诗谢之,云:"姗佩迟来山自春,琼枝今斗百花新。逋仙未了梅花债,犹欠江南两玉人。"雪琴始下军时,予属以克江南时为我致如张、孔者两人。"虎仆鸾笺烟墨飞,与君年少吐困奇。如今各有闲身在,留写裴刘唱和诗。""糟蟹双螯酒面香,鲈鱼纤尾压熬霜。尚书枉忆江湖味,夜雪围炉割子羊。"湘乡相公屯河南时,走骑索糟蟹于雪琴,今更远不能致,而赠予蟹螯鲈鱼,故云。"修心元是不看经,要转《华严》作水瓶。龙井香芽天目笋,一灯闲似在西泠。"吴竹庄刻十三种释经,皆取最近于俗者。"旧踏苏堤过虎丘,轻携笠扇作山游。善游者四时必具一笠一扇。余杭便面劳垂赠,欲逐春风渡越州。""清供珍奇手自分,送来犹似带烟云。分明八咏亲题句,却是华阳九赉文。"雪琴自署八种,数之乃九种也。"懒和还山十二章,小诗投报不须偿。贪泉廉水凭君酌，寡欲多情两未妨。"雪琴嫌予所求太贪，今和诗则廉也。"归路全开踯躅花，小桃春色早夭斜。重三节近休为客，凑八诗成喜到家。"凑八诗者，余诗本七首，而以归途二句凑一诗成八，以答雪琴来书"凑八色"之语也。

十五日　晴。晨起拜程母生日，食面五碗。耕云、雪琴诸君俱来会。张小华丈遣其从子来约午饭。客散，睡两觉。贺仪仲命改其文，点毕，峋云来谈。申入府，赴张丈招，同坐者李敬轩职方、魏乃农秀才。魏言土匪结大成会，余言拜会不足为乱。张丈因言昔禽二匪渠，一称幼主，一称丞相，云："后年运至当即位。"既将就戮，乃君臣大笑云："当作平肩一字王也。"如此痴骏，何足称乱。二鼓骑马踏月归，误转一湾至正街，盖马性疑，妄行耳。老马识途，殊未然。夜与立庵花楼对榻，听其言淫事房术，皆不知而妄说者。

十六日　阴。晨起。以先考忌日，素食。辰骑五十里，秣于土地庙。驰行，申正到家，设荐始毕，家人方饭，食芥根菜茎。夜丁福归。月甚明，至戌寝。

十七日　早晴，午后雨。功儿作诗文甚佳，赏以一橙二笔。观妻妾女工，均秩秩有度，不负春日也。芍药苗长五寸余，白桃只三花，老树将萎，为之惘然。海棠花蕊亦不多，惟杜鹃白者最盛也。夜假寐，遂眠。

十八日　雨。翻《通鉴》三本。观左氏论刑书、刑鼎二篇，命功儿论之。

十九日　雨寒。儿女倍书各一本。翻《通鉴》六本。夜至亥寝。丑正春分，气至大雨，梦缇眠不醒。过六云谈一时许始寐，比觉向辰矣。《通鉴》乃胡克家嘉庆末依元本刻者，假自常氏。

廿日　丙辰，春分。晴。翻《通鉴》七本。司马结衔，胡本自九卷已下《汉纪》起，与前八卷殊异，未知当日进书，竟用何衔。岂前八卷先进，故未之改乎？后来刻者何以不改归画一，令人目迷也。夜作十二诗，和皞臣。余居城中十五日，出城门则万蛙鸣噪，如又入一世界，欲写此景而不能也，三改乃得句云："十日城中雨，陂塘一夜蛙。和风吹柳带，新水蘸棠花。逐路晴光散，依田乌舍斜。桃源非世外，只隔俗人家。"又改第九首结句云："饶君增胜事，终是在天涯。"余依原稿入集中，不录于此也。夜至子寝。

廿一日　晴。翻《通鉴》五本，点《遗教》《八觉》《四十二章经》三卷。夜雷雨。

廿二日　晴。翻《通鉴》五本。马氏据潭州，州城门有清泰门，吴容出御希萼，今北门也。杨涤出长乐门，盖草潮门也。希广葬浏阳门，东门也。边镐出醴陵门，桥折。注云：城东门。今南门之东有醴陵坡，则南门也。显德三年，周行逢以衡州刺史莫弘万权知潭州。衡州刺史又有张文表、杨昭恽。昭恽父谥，女为希广妃，昭恽女为周将韩令坤所虏。然报家仇，杀陆孟俊，亦一奇也。《通鉴》注引薛史云"昭恽，长沙人"云，今薛史无之。《拟室思诗》一篇，代六云作。诗曰：朝雨周四除，空房寂无端。言别未永久，荣华始欲蕃。期近思逾促，戚戚不暂宽。沉阴蔽所望，将食废晨餐。庭户无仿佛，何时照光颜？其一。　　青青园桑枝，熠熠飞蛾翼。出门日有程，思君复至夕。良缘百年中，飘若空中画。恩私良已周，佳期何由积？忧来不自保，怅怅自菀悒。其二。　　冲风入屏帷，扬扬搅余思。思心不皇宁，屣履其何之？昔分永暌绝，今为五日期。自君之出矣，芳草成华滋。思君如春水，澶漫谁能持？其三。　　床镫影复光，夜短何时明？忾然思君子，诉我故时情。华枕犹在御，独寐长悠悠。闺门下重关，但见明星流。自无翻飞愿，息意还衾裯。其四。晨兴临明镜，见我昔欢爱。人离还复亲，冀与我君会。从来向七载，诚愿永不遂。贱躯恃鸿恩，岂觉已愆害。自顾菲陋姿，非君孰覆盖。其五。　　无亲欲何依？

茕茕想念之。不伤年时晚，惧为中道遗。进人退亦礼，高义君所知。虽惭金玉质，承朐既有时。君子念簪履，偿来垂惠施。其六。

廿三日　晴暖。海棠、山茶并开。两儿倍书。翻《通鉴》三本。食饼。改作时文二篇，为人应科举式也。

廿四日　晴，暖甚，可御衫。作书与皞臣大儿验仙。教匠穿篱。翻《通鉴》四本。《通鉴》编卷，或分上中下各为上下二等，或云一二，或云甲乙，亦非一手。盖缮校分人，而君实殊不自检，亦可怪也。君实看书，以版承端，坐读之，宜其不能校改画一。盖必写成自校，不敢用笔涂乙耳。是日，功儿少倍书一本，非女一日不读书。

廿五日　晴，仍暖，申后风。点《唐书》九页，翻《通鉴》三本。为贺仪仲作其外姑墓铭。丈母之称，始见《通鉴·唐德宗纪》，即今称友母为伯母耳。是日，六云小疾，两儿倍书。非女作《海棠词》。夜假寐，梦入深山中，大雪，入一房，中有人熟寐，不知何人也。外山谷中有诵佛讽经之声，又闻二人喧笑，云彭雪琴与其友也。余在室倚卓子，视案上有一诗，题曰《咏童修撰》，诗五言古体，一"先"韵。大意言童先世河南人，当崇祯时，有高第者。童以状元来湖南，文采风流，照映湘上。其妻亦有才貌，盛宴游。已而童忤巡抚李某，告归，为人冒名应学使试，为武弁所挟，自认送考传递夹带，褫官，居顷之死。诗句艳逸，余高咏之，而彭、友并无声闻。咏未毕，外呼有盗至，遂出而醒，正子时也。梦绠尚未眠，旋就寝，一时许复往六云所，又一时许，闻雨雷大作。

廿六日　寅雨卯晴。起视海棠尽落矣。猛雨顷刻，不足滋润，适足摧花耳。然雨亦无心，为气所使，花开乘暖，暖极而雨，又何怨焉？因指示六云。六云又言："春雨愁人，富贵离别者甚；秋雨愁人，贫贱离别者深。"余曰："然。"余正居富贵贫贱之间，所谓出入苦愁者矣。辰后阴凉，点《唐书》十一页。申刻携子女、六云将登前山，大风不果。至后园，观春耕，农人送踯躅一窠，高八尺余，平生未之见也，植之后池，未知得性否？夜作《看耕诗》，欲拟陶令而不能似，至子乃眠。是日儿女未作字。

廿七日　阴凉，比前日可加绵二重。点《唐书》廿五页。独登前山，踯躅满岩，觉足力不及三年前者十五六，盖由习懒，非尽衰也。出舆入辇，为痿厥之机，圣人所以不尚隐遁，亦为耽安乐也，余将择日而行脚矣。翻《通鉴》八本。儿女倍书。夜假寐，比觉，已丑初矣。梦缇凡三呼余，余始起就寝。俄起听雨，雷电交至。

廿八日　寅雨卯止，阴寒竟日，可裘。翻《通鉴》三本。儿女倍书。符坚以纵寇赦叛，自亡其国，盖小人不可以礼化。庄、释之不争不杀，专论圣道耳。仁而无断，其弊与暴虐同，故佛氏之说不可为后世薄俗道也。圣经六艺之言，无专尚仁慈者。余近颇溺于宽恕，当亟戒之。点《唐书》九页。

廿九日　梦雨弥日，寒甚。翻《通鉴》三本。新移踯躅有生意，下金橘于池边。作书与保之，兼封发皞臣、雪琴、寅臣、春甫书，遣邓九明日去。夜雷，拟作《陈苗事疏》，子寝。

三十日　大雨。试书折子，字皆生毛，盖久不作楷也。手冷笔冻，翻《通鉴》五本，至子正寝。是日丰儿书熟，非女、功儿补昨日书。

三　月

三月丁卯朔　雨寒。起甚晏，点《唐书》十七页。儿女倍书。

六云怒妢女，推之于地，责挞之。新燕来。《通鉴》注："宋人以蜜渍物曰粽。"《玉篇》："粽，俗糭字。芦叶裹米也。"《广韵》同。无蜜渍之谊。宋永光挑刘义恭眼睛，谓之鬼目粽，卢循遗刘裕益智粽，皆以蜜渍为长。且岭南出蜜煎，今犹然也。胡注又讥义恭不宜名子以伯禽，则似不读《宋书》，盖著书之难如此。夜至子寝。

二日　雨。翻《通鉴》三本。两儿倍书。丰儿书熟。作《春怀诗》十二首。夜至子寝。

三日　阴。正逢上巳，惜寒气方盛，未能出游。在和归，得竹五、陈芳畹、七叔父书，云湘乡蠢动，省城戒严。可谓无事自扰也。申刻邓九归，得李桂老、沈老义、寅臣、春甫书，并豫丰拨钱备祭品，命家人治具，儿女散学。

四日　阴，有雨。致斋外寝。览马氏《通考》所引宋人禘祫之说。命功儿作《禘祫考》。夜视馔，至子正宿于外，梦缇至丑正方寝，六云丑初先眠云。

五日　晴。祠祭三庙，巳正行事，未初而馔，饮杏酪，应清明节候也。吉人遣送陈酒一瓶。戌初即寝。是日食蒸鲤甚美。

六日　晴，稍暖。两儿倍书。功儿《聘礼》不熟。翻《通鉴》四本。贺秀才来。晚行水边，树尽绿矣。夜食面条。作诗十二首。

七日　晴阴。丰儿倍书。功、非并无课。晚骑至太和洲，隃山而还。作诗十一首。自乙丑至今春，始得百首，为一卷。

八日　阴。书孟辛挽联云。奇气郁风云，凄恻五溪秋雨夜；灵文露鳞爪，流传万本桂阳图。孟辛平生尽之矣。午刻族子揩生来，自龙口徒步及此，近二百里矣。申刻仪安来，偕二地师同至。地师居其庄屋，仪安留宿南斋，夜谈至丑寝。

九日　阴凉。遣两儿陪揩生出游，因观技而还。午睡梦与裕时卿食汤饼，因广论和面起糨之法，未得食而寐。与仪安泛谈，至丑初寝。

十日　雨阴。早要仪安、熊地师、揩生便酌，饮馔不甚精，惟烧葱可啖耳。午初仪安去。周宇文护置毒糖馎以进世宗。胡注：陆法和具大馎薄饼。梁人入魏，果见此物，盖北食也。今城市间元宵所卖焦馎即其物，但较小耳。馎，丸饼也，盖今汤丸；云焦者，炒食之耳。近十余年士人多相呼以"尊兄"，初起于曾武英为侍郎时，与州县书，辄云"尊兄"。余谓之曰："法孝直称诸葛为尊兄，高俨呼高纬为尊兄，皆至敬之词，今何为尊之？"侍郎云："犹尊驾、尊姓耳。"京师轻薄人相呼辄云尊尊，余故不用此二字也。比三日两儿未点书倍书。

十一日　阴，微雨。翻《通鉴》七本，点《唐书》一本。《仪卫志》皇太后至妃嫔，皆有六柱，未知何物也。旧仆陈四来。夜至丑归寝。是日闻皞臣父丧。

十二日　阴晴。点《唐书》十余页，翻《通鉴》四本，作家书二封，又荐书与张衡州及其从子心泉。是日，曾祖妣生辰，无面。子初寝。夜雨。

十三日　晴。甲夜雨，乙夜大月。点《唐书》半本，翻《通鉴》四本。观诸臣立高、中之朝，亦有忠佞奸良之分，为之叹息。惟朱敬则一疏，论妙策刍狗，差为善谑耳。娄师德教子弟以谄，而失声于去官，乃鄙夫之尤。狄、张亦富贵中人，不足尚也。安乐公主有织成裙，正视旁视，日中影中，各为一色，今闪色也，直钱一亿。君实改宋璟讥萧至忠之言，以"萧傅"为"萧君"，此何异改"金根"为"金银"乎？抄《诗序》二页。食包子甚佳。遣功儿骑出，贺李姓生日。

十四日　晴阴。揩生、陈仆并去。骑至夕阳径，新雨绿阴，舟漾东日，杂花时鸟，白袷青骢，亦春游之最乐也。翻《通鉴》九本，十函毕翻一过矣。《通鉴》当昔未点群史时，讶其浩博，今日重翻，知君实特专补宋人《唐》《五代》二史之略，自唐以下采稗史为证，有裨欧九等阙误不少。自唐以上，尚有可增删也。凡一代奉敕书出，必有人阴纠之，《通鉴》其最也。申后至后圃，蔷薇落尽矣，半月未来，竟不及见其一花。归点《唐书》一卷，抄《诗序》二页。

十五日　大晴。夜大月。暴衣。点《唐书》一卷。暴书。申后眠，至酉正方起。抄《诗序》一页。呼六云出看月。

十六日　晴，至午雨，旋止，至酉大风雨。点《唐书》半本，抄《诗序》一页。中庭白杜鹃盛开，六云数之得二百四十三朵。之罘刻石，称仲春阳和方起，知秦亦用夏时，特正朔不同耳。

十七日　雨。作《穀梁申义》，得五千余言，未治他事。新秧已绿。

十八日　晴雨不定。作《穀梁申义》，凡四千余言，未治他事。食包子三枚，子正罢。《穀梁申义》成书，其义精而辞辨，恐有过求附会之失耳。欲坐重席，不得不如此。比三日阴寒。

十九日　阴。午携珰女循水登前山，行六刻乃归。桐花盛开，刺花亦满野，山上黄杜鹃殆千万本，草花黄紫遍地。张季鹰《暮春》诗，青条黄花对举，得体物之精。余因推之，春花红先，白次之，黄最后。黄，土气也。菜花，冬末开；葵，夏末开；菊，秋末开，皆土气也。家花则不然，人力胜也。梦缇言家花有规矩，野者不堪玩。余因戏卿："夫人宜为此论耳，彭雪琴必不为此言。"孙月坡咏野花云："折归持镜照，不及道旁看。"亦自谓得其旨。余论野花，正以横斜疏放杂于榛梗为贵，家花正以羞涩拘束婉弱娇贵为美，必不可植家于野也。家、野皆宜者，惟梅、桂耳，皆非丽种。若牡丹临涧，桃树当窗，非不芳鲜，殊乖物性。点《唐书》半卷，抄《诗序》二页。夜至子眠，为鼠所惊，复寝，至寅始寐。

廿日　晴。抄《诗序》六页，《小雅序》毕。点《唐书》半卷。夕携三小女循水至山下，采野草诸花，将昏，六云来迎，同归。是日丙戌，谷雨。

廿一日　晴。作《衡阳①传》二篇。夕与两小女登山，夜为功儿改《禘祫考》，未毕。点《唐书》半卷。熊弇来见，言陕西贼起。

廿二日　晴。早起。功儿出门，为猘犬所啮，招杨姓来治之，出白树根节一包，似松根而色殊，云名去风树，煮糯米为粥，食之三七而愈。杨姓言，狗瘐，狗疫证也，故传染，发则动风。又云狗瘐亦不妄噬人，人有灾星则逢之。余喜其言中理，留之饭。点《唐书》一本。唐州县名诡异者，有铁杷、<small>属合浦。</small>零绿、<small>罗州。</small>乔珠。<small>柘州。</small>松州以产甘松名，当州以产当归名。其土贡：苏州有飯鲴，郢州节米，通州白药实，瓜、甘诸州胡桐律②，北庭截根，交河煎皱干，伊州阴牙角，未知何物也。向夕，子规声甚厉，蒸暖。

廿三日　晴。早饭后即困倦，睡至未正方起，不成一事。申后作书与席研香、文丽峰、曹镜轩。始闻布谷。

廿四日　晴。大风，煊甚。作《衡阳志传》二篇，点《唐书》半本。熊弇去。

廿五日　阴凉。作《衡阳志传》一篇。阅《明史·本纪》二本，作赞九首。

----

① "衡阳"下当漏一"志"字，观下文可知。
② "胡桐律"，原作"胡相律"，据《新唐书·地理志》校改。

廿六日　阴。阅《明史》二本。《显帝纪》记六岁谏穆宗骑马事，知衔橛故事，而十余岁初读《论语》，不识字音，史臣粉饰之词也。作传二篇。夜梦缇过书斋，坐半刻去。

廿七日　雨。阅《明史》四本，作赞四首。明定礼，每月朔望祭火雷神，至今沿之，未知其特崇二祀何意也。棂星门，《礼志》作"灵星门"。上帝用龙椅锦褥。盖自古以来，祀天莫侈于明。世宗分祀天地，与太祖合祀天地，均以意为礼耳。然世宗意是，至罢父子并配之礼，则尤伟也。严父配天，而至孙即罢，亦立说之未思也。湖广祀，独李芾载祀典。又明诸帝皆不讳，至熹宗由校始避御名。作传二篇。

廿八日　阴。李福隆招饮观技，酉正归，马行甚乐，作诗云。

碧草春泉罨画溪，玉骢饮罢欲骄嘶。罗衣叶叶东风里，未许轻尘浣马蹄。　芳甸余春艳夕晖，管弦催送酒人归。垂杨细路频来往，只恐青山翠湿衣。作传二篇。

廿九日　阴。阅《明史》二本。明乐章鄙俚庸浅，殆不可耐，亦云一代之制，是皇帝所不料也。冷谦，道士，张鹗，妄人，而为制作之师，何数百年之无人！其朝贺则全用优人典牌，俨然一戏台也。郊祀乐章自称"蝼蚁"，宗庙自称"小孙"，尤为谬陋。轿中福寿板，今曰扶手板。八人轿始于明，弘治中文武官概用四人。嘉靖中霍韬言定制京官三品乘轿。紫禁城乘轿，始于黄淮。高禁钉靴，武造靸翎。嘉靖贵蟒，一品得服之。初贵斗牛，三品乃蟒耳。湖广衡、永、郴学政属上湖南道，凡考教官，以举人多少为殿最。明世宗辛丑考庶吉士，诗题曰"读大明律"。后有洪秀全尊天父为天王，所谓无独有偶也。是日微雨间作，夜作传一篇。

三十日　晦阴。作传一篇，阅《明史》二本。作赞五首，又传一篇。

四 月

四月丁酉朔　阅《明史》八本，皆诸《志》《表》也。作赞十首。连日阴而不雨。夜将作传，殷竹老至，为画图来也，县志非图不能起手，相见喜甚。

二日　阴，有雨。客来，停课。

三日　卯初大风，惊而起，顷之雨，至午晴，陪竹老登道山，测量四五处。

四日　阴晴。作传一篇。为功儿改《禘祫考》。

五日　晴。陪竹老登庙山，见七十老人曾凌云，健步过我也。阴雾不能望。下阙。

九日　雨。诣春甫处早饭。旋移寓西禅寺。普公往南岳，留一沙弥守庵，径入据之。仪安遣一医曰聂大年来，丁福送之至城，昨宿饭店，今遣迎之。

十日　雨。竹老遣呼铜木匠来，议制地平仪、记里车。作传一篇，校《穀梁申义》讫，装订之。

十一日　雨。送《穀梁申义》与李竹丈，作传一篇。杨耕云来访。

十二日　雨。遣聂医还，丁福送之。作《志传》一篇。常寄鸿来访，余昨函请入局，总理图表，兼代余采访，寄鸿许诺。

十三日　阴晴。入城，至春甫处、冯表弟处，与竹老、春兄渡湘，赴子春招饮，因先访雪琴，旋至杨宅，同坐者又有唐葆吾、左秀才。晚借三版船归，触估舟几破，踏月归。

十四日　大晴。李竹丈、张蔗翁、唐葆吾、马岱青、夏南琴先后来，谈几竟日。作《志传》一篇，校《清泉志》二卷。

十五日　雨，旋晴。入城，回看唐葆吾、春甫，访沈老羲、常寄鸿，还寺，作《志传》一篇。祖妣忌辰，素食。李竹丈书来，欲招客。

十六日　晴雨无准。入城谒张兵备，东、蔗二老，李、朱两学师，寻马岱青不遇。雪琴来访，并赠笔七枝，菜四篮。仪安来，留饭。是日始访峒云，遇沈老曦谈《天雨花》《五虎平西》，不见此等将廿年矣。

十七日　晴。作篆字不成，凡三易纸，余舍此未一年而全失故步矣。

十八日　晨雨，旋晴。以家中无人，暂归视之。辰初行，凡三遇雨，步行卅里，未至一里而昏黑，舆夫大惧，乃然炬而行，至家雨益甚。至戌寝。

十九日　阴雨。翻王船山《永历实记》及《莲峰志》《文集》，欲作传，颇倦而罢。是日，珰女生日，食包子。

廿日　大晴。作《船山传》及《廖孟津传》，夜未戌而罢，至亥寝。

廿一日　丁巳，小满。午晴未阴申雨。作《志传》，阅船山《黄书》，其见未卓。夜大雨。

廿二日　大雨，有雷。作《志传》，阅张子厚《正蒙》十八篇。昏暮与梦缇坐池边看萤，因忆八年前湘涟舟中夏夜望堤上灯萤影，曾有诗，今忘之矣。夜至亥寝，梦咢而寤，丑初复寝。

廿三日　大雨。早起。六云拘妢女于房，命放出，不肯，语侵我，怒而棰之廿。凡女子性柔，其发也至很，有非刑所可服、德所可拊者。孔子慨女子之难养，而竟出其妻。余少时殊不知妇德之难驯如此，盖惟严乃可治家，近日殊无威仪耳，当振厉以庄莅之，名士风流一豪用不得，《易》所以明家人之义乎？是日，检旧《衡阳志》有传者，并留其名，咸已著录。申初，常秀才新进来谒，仪安第三子也，名国篆，字素岩，同至者其二从兄、一族父字海平者，均宿南斋。夜梦八友为我作生日，皆夏服。设宴园亭，砌路烧瓦玲珑，方修未毕。宴处小屋三间，当门两陂陀，小屋在陂下，甚精洁。圆桌九人，推余首坐，而阙一位。余忆园主甚熟，而忘其姓字，问坐客园主何不来，客问为谁，余不能答。一客言是李伯元邪？余言非也。然心怪伯元知余生日，何不来。俄见一妪抱一小儿，顶发作双桃，见客遽入，闻其语声在耳，则梦缇呼婢语也。设席甚精，殽果始陈而寤，惜不见其俎实耳。起语梦缇："君前生定园中妪、幕上客而谪人间也。"

廿四日　阴雨如丝。阅《明史》一本。周王房睦㰣好汉学。庆王房真镭、宁王宸濠、汉王高煦皆反。宁王房谋㙔宸㳍曾孙。著书。谷王以上各得名。郑王房载堉善历。弘治十二年，雍王祐橒宪宗子。之藩衡州，乞移山东不果。正德二年，地裂宫室坏，王薨。福恭王常洵最骄，王之明为五日天子。皇子共七十七王。宁国公主，梅殷妻。庆阳议和，武昌黄宝妻。长平婚于异代，盖已改服矣。夜至亥寝。

廿五日　阴。阅《明史》一本。明开国功名，殊无可观。薄暮假寐，至子方寤，旋解衣醋眠。

廿六日　阴晴。阅《明史》一卷，《元史》一卷。世祖至元二十五年，调德安万户府军士一千四百六十七人分置衡州清化、永州乌符、武冈白仓，立屯田。二十七年，募衡阳县无土产居民，得九户，增入清化屯。军民五百九户，田百廿顷十九亩。湖南盗詹一仔诱衡、永、宝庆、武冈人，啸聚四望山。湖广左丞刘国杰破之，斩首盗，余众悉降。将校请尽坑之，国杰曰："多杀不可，况杀降耶？"乃相要地为三屯，每屯五百户，降者无田宅，使杂耕屯中，皆为良民。十四年，衡、永等郡寇发，贾文备以昭武大将军守潭州，悉讨平之。文备字仲武，蒲临人，后官湖广行省参知政事。张康字汝安，号明远，潭州湘潭人，祖厚安，父世英。康早孤力学，旁通术数。宋吕文德、江万里、留梦炎皆推重之，辟置幕下。宋亡，隐衡山。至元十四年，世祖遣中丞崔彧祀南岳，就访隐逸。彧兄湖南行省参政崔斌言康隐衡山，学通天文地理。彧还，具以闻。遣使召康，与斌偕至京师。十五年夏，至上都见帝，亲试所学，大验，授著作佐郎，仍以内嫔松夫人妻之。凡召对，礼遇殊厚，呼以明远而不名。尝面谕，凡有所问，使极言之。

十八年，康上奏："岁壬午，太一理艮宫，主大将客参将囚，直符治事，正属燕分。明年春，京城当有盗兵，事干将相。"十九年三月，盗果起京师，杀阿合马等。帝欲征日本，命康以太一推之。康奏曰："南国甫定，民力未苏，且今年太一无算，举兵不利。"从之。尝赐太史院钱，分千贯以与，康不受，众服其廉。久之，乞归田里，优诏不许，迁奉直大夫、秘书监丞。年六十五卒。子天祐。衡州净居寺碑文近千言，许有壬一览背诵无遗。有壬曾随父至衡。未至衡，见拓本耳。至元廿五年，振桂阳路饥民。廿六年，宝庆路饥，下其估粮米万一千石。桂阳路水旱寇乱，下其估粮米八千七百二十石振之。至元廿八年二月，常德路水。二十九年六月，华容县水。元贞元年五月，常德、沅江、澧州、安乡等县水。二年五月，醴陵州水，一为岳澧水。大德元年五月，澧州水。七月，耒阳县、酃县大水，溺死三百余人。十一月，武陵大水。至大四年七月，桂阳、临武水。皇庆二年五月，沅陵水。延祐元年五月，武陵水，坏庐舍，溺死五百人。七月，沅陵、泸溪水。二年，永州江水溢，害稼。泰定元年七月，辰溪县火。大德元年，桂阳路旱。泰定二年五月，茶陵州旱。大德七年七月，常德路饥。

九年三月，常宁州饥。十年四月，道州饥。七月，沅州、永州饥。十一月，辰州饥。延祐元年六月，衡州饥。三年五月，宝、桂、澧、潭、永、道饥。至治三年十一月，沅州饥。十二月，澧州饥。泰定元年正月，临湘、华容等县饥。八月，常德、桂阳、辰州饥。二年四月，潭州饥。天历二年十月，常、澧饥。三年正月，衡州路饥。至顺三年五月，常宁州饥。大德九年，桂阳郡蝝。元贞十一年，营道县暴雨，山裂百三十余处。至元四年，桂阳旱。十三年，永州、桂阳大旱。十四年，永、宝大旱。至元元年，沅、道州饥。二年，沅州饥。五年，衡州饥。湖南道宣慰司廉访司天临路湘潭州，元贞元年升衡州路，至元十三年置安抚司，十四年改衡州路总管府，十五年置湖南宣慰司，以衡州为治所，十八年移司于潭，衡州隶焉。户十一万三千三百七十三，口廿万七千①五百廿三。宋立兵马司，分在城民户为五厢。元至元十三年，改立录事司。县三：衡阳、安仁、酃。

廿七日　晴。翻《元史》二函。至元二十一年二月，邕州、宾州民黄大成叛，梧、韶、衡州相挺而起，湖南宣慰司使撒里蛮②是年入为翰林承旨。讨之，以征日本造船劳扰故也。二十八年，立湖广行枢密院，治岳州。四月徙治鄂州③。常德水，免田租二万三千九百石。六月，益江淮行院兵二万，击郴州、桂阳、宝庆、武冈四路盗贼。十二月，改辰、沅、靖转运司为湖南道转运司。二十九

---

① "千"，原作"年"。
② "蛮"字原缺，据《元史·世祖本纪》补。
③ "州"，原作"江"，据《元史·世祖本纪》校改。

年三月庚申，免宝庆路邵阳田租万三千七百九十三斛①。元贞元年七月②，衡州蛮寇窃发，以军民官备御不严，抚字不至，责降有差。六年十二月甲子，衡州袁舜一等诱集二千余人侵掠郴州，湖南宣慰司发兵讨之，获舜一及其余党，命诛其首谋者三人，余者配洪泽等陂屯田，其协从者振谕复业。五年，湖广行省发兵征云南诸蛮，八年③十月，蛮平。十二月，免潭、衡等路税粮一年，以转输军饷劳也。九年，潭、衡、郴诸郡饥，减直粜粮。仁宗延祐元年六月，衡州饥，发廪减粜。五年，流卫士朵带于衡州，以诸王不里牙敦叛，持两端也。泰定帝闰正月，衡阳县民饥，振粟有差。二月，衡州、潭州诸路饥，再振之。文宗至顺元年正月壬申，衡阳瑶为寇，劫掠湘乡州。丙午④，衡州路饥，总管王伯恭以所受制命质官粮万石振之。七月，衡、永诸处田生青虫，食禾稼。二年四月，衡州路比岁旱蝗，仍大水，民食草木殆尽，又疫疠，死者十九，湖南宣慰司请振粮米万石，从之。顺帝至元二年正月庚子，分衡州路衡阳县立新城县。

廿八日　申后雨。抄《左传》二页，已不能成字。翻《元史》一函。《元史》再翻毕。翻《明史·列传》。韩文为湖广参议，升巡抚，以一疏忤刘瑾得名。子士奇，湖广参政。张敷华，湖广布政使。杨守随知余盐非大事，而独论八虎。许进子诰建敬一亭。诰弟赞、论俱大官。雍泰、陈寿清节，抚秦有声。熊绣，道州人。潘蕃、胡富、张泰、张鼐、王璟、朱钦。左布政。右十四人，可删

① "万三千七百九十三斛"，原作"万三千九百七十三斛"，据《元史·世祖本纪》校改。
② 据《元史·成宗本纪》，"七月"，当为"六月"。
③ 据《元史·成宗本纪》，"八年"，当为"七年"。
④ 据《元史·文宗本纪》，"丙午"，当为"丙子"。

十一，而附三人于别传。何鉴为兵部，有方略，马中锡偾事，而与同传。陆完亦平刘七而通宸濠。洪钟、陈金、俞谏平江西盗。周南、马昊果锐。此数人皆可不传。

廿九日　早微雨，俄止。骑五十里至上杉桥，遇陈芳畹专信来借钱，并言二舅母死，黄觐臣等醵钱葬之。因令来人同行，至下杉桥雨至，行二里复霁，复前至松亭渡，雨大作，油衣不能御，左足尽湿。少避，雨仍不止，恐暮不能进，因急行。至西禅寺，普明和尚已归，与竹老同话。

五　月

五月丙寅朔　雨寒。午少寐，一口无事。

二日　雨。作书与与循、黄觐臣、陈芳畹及叔父，并借席研香银百两。

三日　雨。少霁，夜复雨。作《常文节传》未成。遣陈四往长沙，并送陈母银廿两。还黄少昆捐项百两，还舅母葬费十二两，又与陈四盘费钱九千。

四日　雨。将看经，春甫来，谈半日。为普明和尚写经签数函。

五日　晴。和尚设粽。午间常耕岑、程商霖来，留饭未吃，同至花药寺，夕归。夜看《小乘经》十部。

六日　晴。李竹老携孙来，坐久之去。得研香、花楼书，属迎孟辛母夫人来，作书与仲茗，别与孟辛妻一函商之。吴少村巡抚从祖弟颖函与峋云来访，云与碧湄、文卿俱友善，大论镜海之谬。颖函自江西来，游湘入蜀，盖张罗也。少村巨富，其弟殊贫，不似阿兄。

　　七日　晴。遣功儿归，在和送之，即往孟辛家探问。午后骑诣春甫，又答拜吴颖函，要段培元出谈，一时许还寺。下马大雨，迟一刻即沾衣矣。是日衡阳贺子泌淇。来访，谈文。

　　八日癸酉芒种　阴。雨晴屡①变，夜月又雨。连日检阅寺中经，见未见者十余种，此日翻毕。贺子泌送文来。

　　九日　阴雨。仪安荐匠人曾昭质来。为吴颖函题《独坐图》二律，又题《四艺图》。四艺，开封倡女也，以情死，作《睡鹤仙》记之云：汴宫流水咽。剩秋花，无人更与攀折。幽情自萦结。只繁霜吊雁，暗香藏蝶。轻怜重别。泪娟娟，罗衣皱褶。恨清尊易竭，关山一去，愁烟万叠。凄绝。微根地弱，残梦天寒，恁时消歇。人间一霎，生共死，为谁说。待看花人间，孤芳寻断，正是销魂时节。替西风、补入图中，伴他明月。峿云送时鱼，蒸食甚美。夜阅《僧科仪》。

　　十日　晴。夜大雨。为雪琴作《山房记》未成。是日蒸暖。

　　十一日　雨。清《采访册》。罗少庚秀才来，芝麓从子也。罗氏与吾家不相闻廿三年，今始略询之。芝麓长子最无似，而其子竟成立，亦可喜也。少庚居柑子园，自吾当门户，未尝往其家矣。夜作《山房记》成，索茶未得。

　　十二日　阴，见日。丁福来。入城至峿云处。入南门访张东丈。答拜罗少庚。东丈要李同知瑞澜便饭，因约同坐，遣马还，步回张馆，坐客有童春海、张蔗泉、王选三，步月归。是日张兵备赠画扇。

　　十三日　晴热。遣信与雪琴。耕云送文字。春甫、唐崑山、姚西甫、贺子泌、程商霖、姚子先后来。家忌，素食，和尚设斋。在和归，得左母书，云孟辛兄弟已分。

────────────────

①"屡"，原作"娄"。

十四日　晴。早骑往访常耕臣。贺同年、段培元来访不遇。午后李竹丈、吴颖函、罗立庵、耕臣、商霖同来，留吴、罗诸君午饭。商霖对阅节女名氏，日落始去。

十五日　晴。早饭后眠，至午方起。渡湘访雪琴，看字画十余种。耕云来，同饭。常生来借马，归寺，遣送与之。耕岑送题来，已暮，不能执笔。

十六日　晨起为耕臣作文一诗一，恶劣之作也。又作《石鼓山闲眺》诗云。二水空明一屿圆，丛丛树影接城烟。苍崖旧镇东西郡，薜碣空题汉晋年。六尺鼓鸣孙亮县，千艘粮运武侯船。于今弦诵留佳处，选士应逢宋子渊。午后入城，访李竹丈、张兵备、程春兄。竹丈言湖湘老辈皆有名法，又言贺耦庚尚书抚贵州，疏陈百年来银价，穆相以为笑谈。蔗农御史三疏劾琦静庵，于广东事若烛照数计，以留中，遂乞病归，逢人但问何处可避兵，而乡人以为其妾死失志，皆深负老臣心也。张兵备言省城官士浮冗，一年不如一年，米贵至六百一斗，诸县岌岌然。又言耒阳游兵劫杀事。过春甫不遇，见其子。寓书郑秀才催《采访》。将访罗立庵，待月不出，乘星光还寺。夜月甚皎。得镜初二月十二日书。

十七日　晴热。酣睡无事，夜校《节烈表》稿。

十八日　晴。早起，吴颖函来，留饭。耕岑及贺赤轩来。常生送马还。往耕云家，要同雪琴游酃湖。正午骑轿同发，不甚热。未正至湖边田家，农人云："有一室，夏凉冬温，出气如烟，一缕直上，数十年矣。"予疑是龙穴，而曾氏以为吉地，百计谋之。又闻宋总兵国永自芜湖回湖东寺，遣招之来，泥饮三十余杯，又加三大钟，耕、雪皆醉，宋尤沉湎。将行，耕云拉宋堕田泥中，耕云起，湿一股而已。宋卧泥中，三四转，出拉雪琴。雪琴持之，宋不能动，乃送之还田家更衣，而急登舆马。余意欲急还，雪琴欲便访宋，遂行至湖东寺。入寺瞻铜佛，寺僧送茗，立饮之。出过宋庄，宋坚留，余要雪急驰还城，耕云为宋拉，不相顾也。行五里，少待不至，遂行。从太史渡渡湘，误泊其上流。入新城，行里许，至屿云处。待月还寺，夜课毕矣。

十九日　晴。晨起，蔗老及芮问渠、郭余翁来，留饭。芮君孤身为客，持正不谄，但好洋药耳。午间作书与席研香、程明府，为贺君定文二篇。日暮，陪竹老入城答芮、郭，蔗老留面。遇章素存，狂谈一时许。过春甫，少坐还寺。

廿日　晴。食时雪琴、春浦、耕云先后来。耕、春留午饭，谈竟日。暮要竹老俱入城。送颖函，遇培元谈少顷，与颖函同过屿云，茶罢即行，还寺已昏黑。

廿一日　东丈来，送《庄注》就正之。通校《采访》新节妇已毕，包送商霖。税局张、吕二君来，早饭，已。去后，申。出试记里车，铜薄，轮败。

廿二日　送扇求东丈书。将遣丁福归，福事不了，改命在和同行，余亦假归，期明日发。西正乡人来告粜，余大惊，以为真荒也。夜思之，乃欲得减粜耳，减粜殊亦非善政。是日，城中无赖子围道府县署索谷。

廿三日　晴。入城乞粜。春甫得石米，乡人辞不担，知非乏米也。午间又闻谣言云："城中募勇入城。"至公所觇之，已树旗矣。是日，与培元、春甫、耕云论荒政，各有所见，而俱未妥，余不敢言也。黄昏骑访贺子泌、郑啸樵，俱未遇。是日戊子，寅正夏至。夜丑正骑行十里，曙。

廿四日　晴。骑且行且秣，未正还山，人马不伤。家中久无工力，处处尘积，始命泛扫之。以起早，未夕而寝，至子乃起乘凉，旋就寝。

廿五日　晴，有雨。为儿女理书，俱生，不成诵矣。渊明五男，不好纸笔，竟无闻于当世，余独何人哉！

廿六日　阴。始作《衡阳事记》。以考证为注，近代陋习，所谓未能免俗者也。遣在和至曾昭吉家，送钱三挂与之。

廿七日　晴。为儿女倍书毕，作《志》稿。午与梦缇论家道由妇人而隆，虽无夫无子，不妨为清门也。夜食粥。

廿八日　晴。倍书，作《志》稿。在和回。

廿九日　晴热。倍书，作《志》稿，午睡甚沉，醒食饼粥。

六　月

六月丙申朔　晴，午后阴凉。作《志传》，倍书，夜讲。

二日　晴阴。农人送绿豆。翻《唐书》四五本。倍书未如程。夜讲《书》《易》。庆来始讲。喻以六爻，妃六人。《乾》初若伯夷、叔齐，二若皋陶、稷、契，三若伊尹、周公，四若孔子，五若三皇五帝，七若箕子、比干，用九若舜也。因言古有不知退亡丧之圣人，盖其性高亢，与世不宜，若屈原、焦先亦近之也。庆来讲书似有悟入。余儿女皆小时了了者，庆来尤好新也。

三日　晴，未刻雨。作《志》稿，倍书，讲《书》《易》。夜月始见。

四日　晴阴。治凉棚，挂阶帘，作《志》稿，倍书。申刻，丁福送舅子蔡连生来，得两叔父、皞臣、觐臣、芳畹、与循、竹老书。闻七从祖母之丧及仲一夫妻死问。仲一客死蓝田驿，彼方唐代殂贵人多矣。七母为诸从父中最老姒妇，事从祖、祖母几七十年，姑殁，除丧而殂，其于子姓亦有恩礼，诚贤妇也。当作铭传之，亦以为报。又闻二妹得一子。又闻唐母殂而亲家夫人欲于期服内取妇，因命儿女议之。夜讲《书》《易》。至亥寝。

五日　晴。倍书，讲《书》《易》。《坤》六二："不习无不利。"荀爽以为阴不敢先有所习，则无不利。干、王皆以为虽所不习，无所不利。非也。"能不我甲"，诗人所刺，"学而时习"，孔子所传，何不习而利乎？习与性对，凡阴柔性，狃于习，故戒以积习之弊耳。先迷者不为天下先，以先则易迷也。西南得朋，阴气之始，东北丧朋，阳气之始，皆各有利也。得朋则与类行，义之和也，丧朋而终有庆，事之干也，丧朋即不习也。夜有雨。

六日　晴，有云而热。作《志》稿未一页而罢。因问家人："吾初读书，三伏灯下未尝少休，亦无蚊苦，今乃不能，起于何年？"不亟出门，则不可医矣。神仙家变形游市井，盖亦此意，弛而不张，不可为也。故隐者必躬耕，未有求享福而隐者。享福而隐，与俗人何异？余不能耕，聊以出游，为习劳之业。孔子栖栖，盖亦此意。樊迟请学农圃，欲止其游邪？夜设凉棚食粥。

七日　阴，午晴，风凉而气热，亦未能久坐。为两儿倍书，俱不熟。夜讲《立政》。《屯》卦："宜建侯而不宁。"郑作"能"不宁，如柔远能迩之"能"，其义为长。屯难之寇，皆非好乱，故建侯以能之，即求昏媾之义。昏媾者，和合之也。"小贞吉，大贞凶"者，屯难之君，膏泽不广，或能抚其一国，必不能临天下，故小则当吉，大则当凶也。夫治草昧之天下，宜求贤以自辅，徒恃恩泽，何能遍及？大人贞固，不为私惠，博施济众，尧、舜病诸，故曰"未光也"。上六云"不可长"，亦谓宜奋起济难，不宜徒忧劳也。而《象》言"勿用有攸往"者，正谓不宜独往耳。初九"居贞"，"居"读若居积之"居"，言积材以待用也。点灯后，试入室中坐片时，书字数行，亦尚能耐，以食饼而出。

八日　晴。检书，将往城中。作书与皞臣、镜初。夜为功儿改《祷雨文》。凡作上湖南天必五日一雨，六日则旱矣，十日未有不祷雨者。然为文颇难措词，余因改四句云："皇天哀此穷黎，心悢焚而俾遁。虽霎时其未可，嗟人力之已尽。"其末云："阴溥兮阳施，山出云兮水增波。歌华黍兮报景福，十日一雨兮万民和。"此衡阳已上霎词，他处不可用也。夜大风少雨，食顷止，遂罢行。作诗寄镜初。

九日　甲辰，酉初小暑。晴。丰儿倍《仪礼》毕，《书》《易》《周官》先毕。功儿倍《礼记》毕，余俱不倍。非女倍《书》《易》《礼记》毕，余诸不读。午后骑行至大胜，遇孟辛家使人来告迁析，作书复之。又得暐臣及竹老书。未，至台源寺，雨作，少停市中。寻夏濂春，要同访萧圜桥，比发已二更矣。乘微月，崎岖五六里，迷道，又绕行三四里，至萧宅。圜桥在城，见其二子、二从子。鸡再鸣，主人设食，比寝已晓。

十日　晴阴。早饭后濂春去。阅《十国春秋》十卷。光化元年五月，马殷将姚彦章请取衡、永五州，以李琼、秦彦晖为岭北七州游弈使，张图英、李唐副之，将兵攻衡州，斩杨思远，荆南成汭岳州刺史邓进忠降，改衡州刺史。开平四年冬，辰州蛮寇湘乡，溆州蛮寇武冈，命临州刺史吕师周将衡州兵五千讨之。乾化二年，蛮降。《旧唐书·地理志》：湘潭，后汉湘南县地，属长沙郡。吴分湘南立衡阳县，属衡阳郡。隋废郡属潭州。天宝八年，移治于洛口，因改为湘潭县。湘乡，汉钟武县，属零陵郡，后汉改为重安。永建三年，更名湘乡，属长沙郡。衡州中，隋衡山郡。武德四年，平萧铣，置衡州，领临蒸、湘潭、耒阳、新宁、重安、新城六县。七年，省重安、新城二县。贞观元年，以废南云州之攸县来属。天宝元年，改为衡阳郡。乾元元年，复为衡州。旧领县五，天宝领县六。增衡山也。在京师东南二千四百三里，至东都

83

二千七百六十里。衡阳，汉承阳县，属长沙国。吴分烝阳，立临蒸县。吴末分长沙东界，立湘东郡，宋、齐、梁不改。隋罢湘东郡为衡州，改临蒸为衡阳县。武德四年，复为临蒸。开元廿年，复为衡阳。衡山，吴分湘南县置，旧属潭州，后割属衡州。周羽冲《三楚新录》云："希崇禽希萼，囚于衡阳。既而悔焉，遽命舟楫追之。路经衡山，廖光图等劫而立之。"午后借书五本辞去，马上阅郑《志》三卷，至杉桥已夕，禾气甚热，三鼓至寺。竹老邀耕岑在此共谈，少顷各寝。余翻诸联、小说，至将晓始灭灯。

十一日　晴。申雨凉，感暑作寒热，竟夜沉沉睡，不省事。是早李菊坡来，江南秀才也。

十二日　晨雨，竟日阴晴，午后始起。竹老与耕岑出画城图，余后往，阓闭不得上。至春甫处，见唐崑山，旋与春甫至万丰看戏。还程宅，遣人寻竹老，已还寺，追之问故，则车铁断矣。萧圜桥、夏濂春来谈。

十三日　巳刻大雨，半时止，竟日阴凉。作书复皞臣，又凭李艺坡带江南书二函，一与眉生、碧梅，一致莫五丈，并诗寄莫云。山居易徂岁，索处难为年。江东与君别，蚀月二七圆。久客便所寓，怀归惮山川。沉澧日夜流，旷望秋风前。虽耽琴书乐，岂胜昔所欢。华发对藜床，缁衣感洛尘。旋逼既殊趣，风波谁与言。常谣影山句，枉勒钟庭烟。傥有松桂兴，暂来宅湘堧。傍晚与竹老同访艺坡，托致三书，未晤。至厘局访鹤帆同年，见蔗老、张、吕二公。

十四日　晴热。鹤帆来，谈竟日，问同年半已死亡，余略受官矣。日暮耕岑辞，与鹤帆俱去。夏濂春来。

十五日　庚戌，初伏日。卯初起，送竹老入乡，闻喧钟救月食，二刻止。辰初竹老始成行。寺中人尽出，与老僧对眠。起书扇，书上七父唁叔母丧，并还湘局银二百，托春甫寄去。午饭后与悦众师入城，至程宅，见商霖，知乃翁出吊，与谈图表事。过张东丈谈官事、文体、取士法。还程宅，春兄已回，知天津夷务甚棘。还寺雨至，一夜未已。

十六日　阴。出访萧圜桥，逢耕岑至，因留写课卷，至暮诣萧，归寺已昏黑。谢金卿来谈。

十七日　阴凉。过厘局，见吴朴农同知及局中诸公，廖青亭副将在焉。至春甫处算账，遇耕岑，同午饭，与春甫至山陕馆访耕云。雨至，借轿归，送竹老夫回，至戌雨大至。普明言南乡谷贵，以公田多莲子、凫茈田，夺禾利也。张咏拔茶，盖有所见矣。是日，雨中望云霞甚奇丽，作诗纪之云。夕气清陂塘，天容绚林壑。丹霞映玄霄，金晕相鲜灼。残阳明遥甸，素雨昏丛薄。丹赤煊西云，青苍负南岳。惊浪翻千荷，摇香满郊郭。萧萧同一声，愔愔触妙觉。雾近望仍空，光连象惟漠。到影如可陵，超尘视寥廓。

十八日　晨阴午晴，溽暑甚闷。曾昭吉来，得仪安书。午间耕云遣送远镜。春甫来谈，申雨。

十九日　阴。骑行十里至松亭桥，日出甚热，车败不可进，命邓八从船行，独骑前进。赊饭于台源寺，遇常氏信力同行，至家日将落矣。甫昏假寐，子初起，食粥二碗，旋寝。复仪安书。

廿日　阴凉。竟日睡无事。曾昭吉回。

廿一日　晴凉。为儿女倍书。与书皞臣、春甫，夜至子寝。

廿二日　阴凉。晚与竹老至石门，禾风甚热。是日倍书，夜倍词赋，作龙襄翁行状。

廿三日　晴热。族兄惕吾走书来，并送小菜，六云见之喜曰："此湘潭味也。"余云："汝何能知乡味，而意固可取。"因谕以成家之道。作书与皞臣及复惕吾论族子搢生录科事。录科无名，监生所畏，故远来求书也。

廿四日　晴。是日出行蒸水，待月出即起，行十里至洪罗庙，小憩寿佛寺。巳正行十里至大塘堰。车败，重治之，入李姓舍中久坐乃行。八里，饭于马溺河，十二里，至常宅，已昏矣。车铜复损，至亥乃来。

廿五日　庚申，大暑，中伏。晴热。移榻潭印阁。晴生属作其生母墓志，送《行略》来。

廿六日　晴热。观常氏藏书，取《说郛》销夏，阅廿本。仪安托请封诰。

廿七日　晴热稍减。翻《会典则例》十本，阅《旧唐书·本纪二》。渊起太原，挟侑据秦。岂乐推戴，望不孚人。结援召寇，疑子危身。徒言开国，未足称君。高祖一、孝广乘运，十八英英。虽矜己伐，善任股肱。授受无纪，作法其凉。刑惭管蔡，治拟成康。太宗二、治承考基，坐收高丽。有将无相，魁柄内移。高宗三、墨矜果悍，良史称懦。夫昏子暗，遂擅天坐。凡百奔走，如沸如火。穷妖白首，盖亦冥祸。武后四。是日仪安招陪竹老早饭。

廿八日　晴。辰起翻孙渊如《庐州志》、郑子尹《遵义志》，皆近代详核之作也。又观明王行、黄宗羲《墓名举例》四卷，浅陋无足取。阅《旧唐书·本纪》。孝和玄贞，皆肖①先人。率情苟礼，取乐于身。夷涂不履，覆辙攸遵。扶持圣嗣，赖有贤臣。中、睿五。孝明幼颖，七龄叱武。睿不知几，再作高祖。姚宋经营，乃败一女。西②内幽忧，宁忆玄武。玄宗六。刘氏盛推明皇过于太宗，又盛称代宗，皆别立一论者。宣兼文武，阴谋渡渭。假号绥众，亦克主器。艳妻导荒，父子弗比。闻丧感伤，未曰谐义。肃宗七。武始诛张，义正睿元。优容委政，亦足容奸。仆田既叛，程鱼始迁。终归厚德，贬护衣郎。代宗八。大历二年八月辛卯，潭、衡水灾。四年二月辛酉，以观察使衡州刺史韦之晋为潭州刺史，因是徙湖

_____

① "肖"，原作"有"，据《史赞》卷第十一校改。
② "西"字原缺，据《史赞》卷第十一补。

南军于潭州。秋七月己丑，以澧州刺史崔瑾为潭州刺史湖南都团练观察使。五年夏四月庚子，为兵马使臧玠所杀。五月癸未，以羽林大将军辛京杲为使。十二年五月辛亥，罢团练使名。孝文德宗建中元年四月壬戌，以衡州刺史嗣曹王皋为潭州刺史湖南团练观察使。三年十一月，李丞为使，皋移洪①州节度。四年八月，丞卒。十二月甲子，以留后赵憬为使。三月十一日丁丑②，憬为给事中。贞元二年四月戊辰，以元全柔为使。三年五月丁酉，以左丞畅悦为使。闰十月乙卯，以司业裴胄为使。七年正月，胄移洪州，常州李衡为使。十二年③五月，衡州刺史齐映为桂管观察使。八年正月，衡移洪州，苏州齐抗为使。十二月，李巽为使。十一年十一月己酉，潭州献赤乌。十六年七月，渭卒，八月，河中尹王□为使。十八年，太常少卿杨凭为使。德宗九。

廿九日　阴，微雨间作。翻吴镐《汉魏碑铭例》二卷，补王行而作也。翻《元和郡县图志》，岱南阁本胜于殿本。湘潭县，紧，<small>东北至州百四里，陆路二廿里。</small>本汉湘南县地，吴分立衡阳县，晋惠帝更名衡山，历代并属衡阳郡，隋改属潭州，天宝八年更名湘潭，涓湖溉良田二百余顷。县西七十里衡州，秦属长沙郡，汉为鄼县地，吴分长沙之东部为湘东郡，晋以郡属湘州，隋开皇九年置，罢郡。太和元年十二月丁酉，右金吾卫大将军王④公亮为使，三年，韦词⑤代之中书舍人。四年十二月癸丑，词卒，同州高重为

---

① "洪"字原缺，据《旧唐书·德宗本纪》补。
② 据《旧唐书·德宗本纪》，"三月十一日丁丑"，当为"贞元三年十一月丁丑"之误。
③ 据《旧唐书·德宗本纪》，"十二年"，当为"七年"之误。
④ "王"字原缺，据《旧唐书·文宗本纪》补。
⑤ "韦词"，《旧唐书·文宗本纪》作"韦辞"。

刺史兼御史中丞充使，湖南大水。五年六月，湖南水害稼。六年后，李翱自桂管来为使。八年，宗正卿李仍叔为使。开成元年，湖南观察使卢周仁进羡余二万贯、杂物八万段，不受。七月丙申，进十万贯，于河阴收贮。二年六月，给事中李翊为使。李宗陶[①]贬衡州司马，三年二月，起为杭州刺史。昭献统天，洪惟令德。心愤仇耻，志除凶慝。未矜夔魖，又生鬼蜮。天未好治，乱何由息。懿宗十五。咸通二年，康承训神策将军。率禁军及江西、湖南兵赴援安南，林邑蛮为寇。下阙。

七 月

七月八日 晴。翻《全唐文》九十六本，内少十六本。三百廿本一千卷毕览。内奇文有岑文本《拟剧秦美新》及陈子昂《郭姬文》，殊为独出心眼耳。待晚辞竹老归理家事。从仪安言，取山道还，渡桥迷道，误行田中十余里，月斜惧迷，乃还渡马溺河。丁福前道多误，行塍埒间，投暮乃至家，遽寝，天已曙矣。

九日 晴。午睡少时，倍书三本。

十日 晴。昨夜热甚，浓睡不觉也，晓起殊不凉适。改文一篇。夜倍书。讲《易·蒙》之《蛊》"见金夫"，虞氏以为淫夫，王注以为刚夫。金性虽刚淫，然"金夫"二字相连，必当时共知之称，非文王可杜撰为之也。今多以金为财货，古财货无专云金者。金者，刀兵之称。金革之金，众所共晓。金银之金，后世之货。此金夫谓挟刀兵而胁淫女，女惧而不有其躬，似顺而大不顺

---

① 据《旧唐书·文宗纪》，"李宗陶"，当为"李宗闵"之误，其贬衡州司马在开成元年四月。

者，蒙昧之性使然也。若好货财而被淫，此女性荡而贪，非《蒙》之象。又古无女间，未有以财求女之事。强暴侵陵，正文王时风俗。金夫，谓上上有寇象，故曰金，本三之配，故曰夫耳。上之[①]"不利为寇"，又谓为寇者皆不利，御寇者得利，施政教以禁寇，非谓为寇者别有利时。《蒙》六爻，惟五为童蒙本象，余皆训蒙者。《需》不速之客为乡饮射众宾，故三人也。夜独与梦缇纳凉室中，六云眠，呼不起。

十一日　晴，热甚。改文一篇，倍书，讲《顾命》。

十二日　晴热。讲《论语》。文胜质则史，史乃府史之史，非史官也。命家人庀祭器。梦缇手疸，不入厨，遣六云视饔爨。夜斋宿，丑正起，厨人方炊，家人始寝。是日丙子，寅初立秋。午间凉风至。

十三日　阴。卯初起，视涤濯。辰初祠二祀、三庙，巳正毕事而馂。连日热不可衫，此日承祭，将毕事，微觉热耳。馂多而渴，得杏酪解之，饭未饱，怯汗遽散。

十四日　晴热。倍书，讲《易》，改文。

十五日　阴。昨夜雨，有秋意。倍书，讲《易》，改文毕。夜校《尔雅·释言》《释训》二篇。腰痛。

十六日　晴。早晚凉。梦缇检行李从船付长沙。弥兄遣使来告期，期以十月二日非女当嫁。兼得辛楣书、媒氏书，即作复，以行李付来使将去。

十七日　晴。邓信去。遣在和送新枣、陈脯饷竹老，及与仪老兄弟借书还书。夜讲《吕刑》，儿女半遗忘矣。因就灯校补《顾命注》一篇，校《尔雅》三篇。

---

① "上之"，疑为"上九"之误。《易·蒙》："上九，击蒙，不利为寇。"

十八日　晴。得竹老书，云已请刘醉林画图。醉林之名，甚似画家也。曾地师来，言仪安欲迁其母柩，吾闻之"儒以诗礼发冢"，此其是欤？夜初在和回，得竹、仪诸君复书。校《尔雅》三篇。腰痛殊不减，呼马驰三四里，还，稍愈。

十九日　阴凉。五日之间，时候顿异，初所不料也。呼莲工剖莲子。作书与耕云，遣在和去。校《尔雅》二篇。

廿日　阴。校《尔雅》九篇，字句粗定。自书一篇，视之不成字。腰愈矣。

廿一日　阴。翻《旧唐书》十本。抄《尔雅》一篇。夜至亥寝。

廿二日　阴。凉甚，微雨。讲《吕刑》。连日心纷然，殊不能伏案。夜翻《旧唐书》二十本。刘氏甚诋李泌之相业，诚无可观。然谓其以左道进，则诬也。《新书》《通鉴》甚谀之，为其家传所惑耳。张博物进《金镜录》五卷，宋马避宋讳，"镜"作"鉴"，遂为张书定名，至今仍之，可怪也。至亥寝。

廿三日　晴，午热。在和归，得耕云书，闻崇侍郎使法琅西。曾侯治天津夷务，有民变之机，殊非佳兆。前十余年天津民拒洪寇，人人叹其义勇。今天津民又毁夷馆，杀领事官，民岂能为此，亡命掠夺之徒耳。朝廷政失平，则小人思动，假义而起，终激祸患，此事国家如阳罪民而阴纵之，民既笑其懦，又轻我政，甚不可也。若大申夷而屈民，天下解体，又不可也。朝廷有失政，为民所挟持，大臣士人当疏通而掩覆之，固不可抑民气，尤不可长民嚣，曾侯未足以知之。午食瓜梨，视梦缇治装，夜至子先寝，比梦缇料检毕，已鸡鸣矣。

廿四日　晴。卯起严驾，辰正，梦缇率非女及窕、珰、帏女陆行，丁、邓、萧妪侍。率莲弟骑送，至查江饭，又送二里许，乃归，申正还家，行甚迟也。入室虚静，颇为感怅。酉正眠，遂寐，至亥正起，旋寝。

廿五日　晴。两儿倍书，讲《书》《易》。

廿六日　晴，复热。始汇编衡阳《采访》各稿。倍书，讲《书》《易》。

廿七日　辛卯，处暑。晴热。编《采访》稿。两儿《春秋》不熟，读竟日。盼女左肩下生一疡，竟日不安，余亦小病。

廿八日　晴，愈热。编《采访》稿。倍书，讲《易》。《履》六三"武人为于大君"，谓大君用武人为政，则刑法暴疾，如虎咥人。夫军容不入国，爪牙非腹心，犹眇者不可明，跛者不可行也。今欲定民志而尚威刑，当乱世而贵武力，其败宜矣。《泰》上六"城复隍，不用师"，为太平而忘备，此武人为大君，乃拨乱而用武，均失之矣。午食包子五枚。

廿九日　热甚。倍书，讲《易》。《泰》之《临》云"于食有福"，未详所食何指，疑是食福贤人也。《洪范》曰："凡厥正人，既富方穀。"谓执政者当富之穀之。此云"食有福"，亦谓食之福之也。《周官》："八柄，生以驭其福。"天运平陂，勿忧不泰，能信用贤，食之福之，靡不治也。四云"不富其邻"，则不能养贤，譬"不戒"而欲其"孚"。孔子云"不戒视成谓之暴"者，徒心愿其然，实不能行，与五之行愿相反也。比夜地至热，四更不退，烦闷过三伏时。

晦日　闷热。念殷竹老若已出，恐不支此炎威也。丁福误取卓帷去，乡中无缯彩可作，陈坤求得半幅红呢，六云藏有半幅绿羽毛，并凑成之，竟整丽可观，缝成甚喜。凡物以适用为佳，古人困顿，得一士如鱼得水，不虚耳。丰儿倍书似胜功儿。申杪送轿六人回。得与循书，知梦缇于廿八日到母家矣。又闻介卿兄已回吾乡。新谷斗百七十。

八　月

八月乙未朔　晴。早起问两儿："姑姊何人?"两儿皆不知姑为父姊妹。渊明儿子不识"六""七",比此,真神童也。各挞三二十而罢。马岱青荐一王甲来刻字,无字可刻,且请其抄书,馆之北斋。点《唐书》十页。倍书。夜出池上纳凉。

二日　晴阴。祖考生辰,设荐。暇阅旧作诗篇,自乙卯以前有超秀之气,乙卯至丁巳三年,遂至二百首,殊多扭捏,求好之弊,宜大删削之。作《唐书赞》二首。倍书。轿夫回。

三日　晴热。阅《唐书》,作赞八首。倍书。讲《易》,编《采访簿》。

四日　晴热,午雨不凉。阅《唐书》,作赞,倍书,讲《易》,编《采访簿》。刘史志虽阙略,而事详晰可览。宋欧词人,固不知史,《新唐书》直可焚也。

五日　晴热。丰儿生日,放学,食汤饼。阅《旧唐书·志》八本,又以校《新书·百官志》。《新书》详于官职,而略于阶级,卅品之级不明。然史殊于礼,诸职掌略具而已,不必详也。夜讲《书》《易》。功儿作诗。是日晨未起。六云问《琵琶记》"雨过南轩"曲意云何?因告以孟主《摩诃池词》及东坡《洞仙歌》。因及海门师于丁巳夏覆试诸生以"摩诃填词"为赋题,而与循得第一,此风雅学政今无有矣。又念与循当赋此时,翩翩未婚,而今已鳏,人生风流,真如梦境,徒以好光景作恶因缘耳。因命功儿拟此词作一首,词成颇佳。

六日　晴热。功儿既能作词,因命之作论。乘暇补点《唐书》二本。《艺文志》须以《旧书》校之,自校二卷。将暮,呼功儿对校一卷。夜课蚊多，独携灯帐中，至丙夜而毕，家人睡熟，庭户无声。

　　七日　晴热。校《唐书》一卷。《新书》言宣宗不母郭后，及宣母为李锜妾，言之凿凿。刘司徒晋人，何必为讳？而盛羡郭后福寿，又言郑太后盖宫女，疑《新书》采访不实也。丰儿倍书，功儿作论，又作诗《赋得明月白露光阴往来》。余亦作之，诗曰。光阴靓遥夜，思子下庭阶。花竹摇风重，轩窗背烛开。虫声更岑寂，萤照独裴回。秋桂休惊响，无人起夜来。

　　八日　热。校《唐书》一卷。编《采访》各条粗成。昼热闷，夜蚊恶，殊不能有所作为。两儿倍书，讲《易》。《易》文简奥，至今几尽不可解。先师逸说今存者，惟言象而不及文义，如"鸣谦""颠颐""于丘颐"之类，自五帝所传，无此文法。余以意说之，心知其非，而犹愈于前之传者，亦欲次录，名为《周易燕说》，以授子弟，如《论语举义》也。

　　九日　晨阴雨，始有凉意，望雨久矣，意甚忻适。自抄撰《易说》十页，计四千字，未觉倦也。

　　十日　阴。撰《易说》四页，校《唐书》一本。两日骤凉，未识长沙贡院中诸君何如。夜撰《易说》五页。

　　十一日　阴凉甚，着帽。六云生日，出拜。庆来以其姊同日生而今离家也，惘惘然，伥伥然，余察其情，放学半日。撰《易说》九页。

　　十二日　晴凉。呼木匠治仓。乡俗治仓辄须一斗谷，余初不知也。补一孔如钱大，与之斗谷。抄《易说》五页，夜阅《唐书》一本，倍书，停讲。功儿近颇开心孔，且令优暇之，以发其机也。

　　十三日　白露，晴，晚阴。抄《易说》十页。与两儿至石原，寻梧子，未落，高不可攀。待连弟送马，至昏不至，复步归。夜至子始罢，独小婢未睡耳。校《唐书》一本。是日丁未。

十四日　晴。丰儿始抄《曲礼》，功儿作赋，甚有佳句，放学半日。兼携四女至龙江渡，欲济，无舟而还。抄《易说》十页，计六日当为四十九页，而有五十六页，夜抄未暇数耳。夜闻六云已睡，而窗外有声，疑是野狸，试惊之，则六云立门中，为之抚掌。

十五日　晴，微热。《易说》成一卷，自校一过，七日而成，五十八页，将二万字，非常之勤也。惜无小笔，书甚潦草。夜初月尚朦，诣三庙行礼，及中霤、灶，而祀文昌星行香。儿女拜月，食饼置酒，酒罢掷骰，至子罢。月甚皎。

十六日　晴。作《易说》七页，倍书，讲《易》。桂花。

十七日　晴。校《唐书》一卷。午假寐，梦至常氏宅，将乘大月游聚湖山。出门，邻家大火，烟烬覆屋，避入文节祠。晴生云柳氏火作，故及其家也。未出祠而醒。为晴生母作墓志，作《易象解》。夜月甚明，露冷不可出。

十八日　晴。祖妣生日，设荐。作《易说》五页。常宅人来，知竹老无恙，甚幸。又闻其登山勤苦，甚可感也。余为人作事用十分心力，余之友为余作事又倍焉。然则曾、胡言求贤不得者，定不求耳。即此知余之可为宰相，而知余所友之皆君子也。

十九日　晴热。命两儿检书，晚作《易说》。昨日帉女弄钏，失之。

廿日　晴热。作《易说》，检旧抄《礼记》，倍书，讲《易》。连夜月明，倦不能赏。

廿一日　晴热。常澹秋来，言天津战败。留早饭，止其庄舍。作《易说》，校《唐书》一本。

廿二日　晴。作书与竹、仪两叟，交澹秋带去。作《易说》，倍书。

廿三日　晴热。作《易说》，说《大畜》甚佳。庚臣来，徒步五十里，留宿南斋。

廿四日　晴。与庚臣同迎竹老，两儿侍。至南塘弯遇其舟，同归。饭罢，晴生来，不期而集，甚喜甚盛，同宿南斋。夜雨。

廿五日　晴，时雨，热甚。命六云治具款宾，坐中闷热，饭罢出坐，至戌刻乃雨。

廿六日　阴凉。庚臣欲去，呼轿马并不能得，徒步还，主人甚惶愧也。午间竹老呼舟去，与晴生同送至石门，水行三里，秋风吹衣，欣慨盈襟。晴生还余宅，飡饭亟去，已申正矣。余亦倦寝，至丑方起。

廿七日　晴凉。发行李，检点长物，留书未携也。作《易说》，计十二日成三十九页，分之一日不能四页，以象数繁赜耳，犹须细检，乃能成书。是夜，命两儿登舟。

廿八日　晴。率妾、女自寓宅登舟，是日壬戌，秋分，风水澄鲜，泛行甚适，廿里宿查江，见飞雁一行百余。

廿九日　晴。阅《唐书》一卷。

九　月

九月甲子朔　从台源寺骑行六十里，午正至西禅寺，询知竹老早至，因入城，至春甫处相见。顷之，仪安亦至。闻江督被刺，袄教主枪击天津县事，大乱扰矣。同仪老访萧屺山、张东丈，东丈未晤，夜宿程宅。

二日　阴，有雨。早偕春浦访喧寅臣于王仓，旋至仪安处，归饭，与竹老同访廖清庭，过雪琴处午饭，同坐者更有峒云、耕云、丁笃生。是日，雪琴赠非女奁物及画梅。耕云来访。

三日　阴雨。清亭招饮，因托买舟下湘，将登舟而榜人暴死，乃改坐其哨船，子女未至，且待之。因与竹、仪、耕三君，张心泉通判同渡，访张都转于巡署，乘舆归。是日屺山来访。

四日　大雨，蒸湿热甚。遣周桂及竹老仆人迎小船，至巳始至。屿、仪、春送非女添妆物。周稚威来访，得仲茗书，酉正登舟，泊湘东岸。是日曾祖妣生辰，以在外不获荐食。

五日　晨雨午晴。湘水长将及丈，舟行百五十里。雷石不榷，亦不看船，以坐炮船故。泊衡山城下，闻朱亭被焚劫，云流民为患也。

六日　阴，午晴。九十里至淦田，率子女等诣叔父。见二妹及陈甥云鸿。叔父处已雇舟，将走湘潭，二妹无舟，遂以我船借之。身率庆来登叔父舟，夜至四竹堑，见火光，复迎三弟来，炮船先发。

七日　晴。早行三十里至山门，入厘局，见吴少卿，留侍叔父。饭顷之，水师船过，云贼已渡湘。仓皇俱发，是夜行百廿里，至湘潭。

八日　晴热。早入城，至志局，见唐友丈，万星翁，秦麓生，张、李诸君，介卿从兄，十一从弟。复过团局，论贼事，遂与从兄弟同回船。叔父已上岸，换舟行。傍晚至长沙小西门外，以为妹等已入城，与梦缇作生日矣，试寻之，仍在舟中。

九日　晴热。侵晨入城，至宅，梦缇未起，陈母在宅，问讯毕，二妹先归。饭后至弥之处，遇唐研农，坐久之。出访杨蓬海、韩勉吾、朱若林皆不遇，归宅。吴颖函来，黄伯初来。出吊龙皞臣、李筼仙。李宅遇丁逊卿，知秩老已死，肩舆还。高主政来。夜早寝，至四更觉，不寐至曙。

十日　晴热。弥之、皞臣来，纵谈至未。程花楼来，谈会匪，云吾乡公请其查办，庶无枉滥也。仲茗来，绝口不言其家事。颖函又来，同出访若愚不遇，至皞臣处纵谈，芝生出坐。夜过答访邓鸣之，见罗秉臣，诣文心处剧谈，归，复饭而卧。是日，梦缇率妹诣张母。张母有女而爱，适陈氏，为妹叔姑，盖疏矣，而情甚亲，昨死于母家。妹居其家，闻死而惧其鬼，乃亟还，张母闻之勿善也。妹当往谢，嫂恐其不能辞，故往谢之。

十一日　晴，热甚。丁逊丈来。吴颖函来送纸。若愚来，代买缎匹。罗子沅、芝生来谈。夜为篁仙作家奠文，非礼也，而今尚之，推其义，盖读诔之遗耳。是日，孝兴头破出血，余责功儿，梦缇不服，遂相纷竞。妇人之护儿，虽严如梦缇而不免，可叹也。盖自言则可，人言则必护。

十二日　阴，昨夜雨，今晨热解，风寒甚。院司择此日换暖帽，可谓知天乎！辰刻鄢友石、程花楼来谈。午初若林、觐臣来纳徵，文心夫人及张四嫂开合受币。古人使有司，而今以有子女富贵之妇人，此可从也。弥之聘币甚丰，盖亦夫人所为。设茶款媒，俗曰：过礼日，女茶男酒；送奁日，男茶女酒。古醴宾之义也。午后出访力臣、仲茗，饭于仲茗家。昏归。过芝生略谈。

十三日　阴，微雨。出，报谒程、吴。诣篁仙家，陪吊客，见成静斋、唐斐泉、李仲云、唐荫云、张纯生、左锡九、朱宇恬、黄觐臣、许准吾、陈营官、毛孝廉、徐寿鹤、王葆元、郭筠仙、李臬台、黄藻臣、蒋章、陈伯屏、舒兰生，凡三十许人，与弥之同待至暮，无客而散。高济川来，郑耕五送文丽峰书至，未见。伯屏来访，友石要谈，均未得遇。丁逊丈言将有兵变。

十四日　雨。卯起，步送李伯发引，至大西门渡头返。拜客十八处，午未朝食，饥甚还宅。蓬海来，索作盂文。伯屏、汤惠老见过。刘竹汀来，未遇。

十五日　晴。皞臣、弥之来，谈竟日。招筠仙来食蟹，食罢，筠仙始至。吴颖函来借钱。皞臣送银。

十六日　晴。叔父举家来避兵。出访皞臣，要弥之同访吴南丈，出过朱若林、陈芳畹，还觐叔父。文心、若愚、仲云、罗子沅来。

十七日　晴。朱若林早来，南丈、谭文卿、李黼堂、黄子寿、唐斐泉、张力臣、余苹皋来谈。汪少尉肇昌来，未遇。午同力臣过友石饮，同坐有陈贻珊，纵谈饱食，归作文。是日，早诣陈母拜生辰。过文心谈，遇新化知县关某。是日族子擂生信来。

十八日　晴。劳仪卿、弥之来，弥之留食不托，月出始去。作书上七父、外舅，遣邓八去。

十九日　晴。单衫步出，答访仪卿，遇盛朴人，言花楼明府以荒诞撤差。花楼始欲往吾县办团，余止之甚力，非爱其名，报楠运之勤也，今果为辱笑，甚哉！访南丈、文卿、陈蓟生不遇。吊刘瑄臣同年。归寓，南丈来，以《易说》《谷梁义》《庄注》呈之。子沅比日来索馆。友石来，同过力臣。读曾、李夷疏及南丈诗旨，创说新而多确，近日经师渐异，恐风气又变矣。

廿日　晴。出诣詹有乾兑钱。过文心寓，遇黄翰仙、成静斋，谈久之。往来坡子街，遇杨耕云、黄子明。过子明寓，谈食顷。三访韩勉吾皆不遇，归，仲茗来。若愚比三日皆来久谈。得七父书，索信诣永州守令，托文心书致嵇零陵，作复上七父。又得杨云帆书，托其带粤货，俱至矣。

廿一日　晴。命非、粉二女上冢，三弟及两儿、珰女同往。皆不识涂，余躬率之去，拜毕，过皞臣兄弟谈，饭于其家。答访谭心可。子明来，不遇。

廿二日　晴暖。周南坡经历来。皞臣、文心、耕云、朋海先后来。仪卿长子凯臣名启捷来，问其得名之由，答曰：文毅官粤臬时，以己酉岁征张家祥于南宁，闻生孙而命也。过弥之处，少坐即还。若愚晚来。

廿三日　晴。子明、若林早来，同子明过筠仙处，遇南丈。归，全樨园、力臣来。步出访樨园、耕云、钟君黎愈、成静斋、翰仙。耕云已去，钟君，殷竹兄之女夫也。翰仙处遇黄宅生。二鼓归。是日，买菊七本。

廿四日　晴。弥之来，同过罗子沅、汤惠老，衯女同往，怀橘而归。午间答访劳公孙。邹咨山学师来。若林来。送门礼，宨女生日，皆忘之。

廿五日　晴。午过朋海饮，遇李黼堂于道，立谈数语。同坐者，文心、若林、弥之、力臣、谭心可。归，改朱卷。

廿六日　己丑，晴。翰仙、友石、子沅、罗芝士来。芝士，余总角交游，廿四年前余居杨园，从刘芝庄师读，芝士、庚甫及余子徵、陈聘三过从最密，今存芝士及余耳。竹伍女夫钟棣生来。

廿七日　晴。刘竹汀、余苹皋来。与竹汀同过筠仙饮，同坐者马少尉，欧阳匏叟、曾志明，谈僧王败走赵北事。

廿八日　晴。非女将嫁，风俗，前数日送奁具，本以嫁日仓猝拥挤，先事从容。《礼记》言：官陈器皿，官受之。《诗》言：烂其盈门。为正昏之日。《传笺》以九女为盈，不言余车。《鹊巢》言：百两将，百两盈。知古人亦先送妆具也。余草草嫁女，而诸君助妆者不少，裁用少半与女，而器皿用百人送之，知诸侯百两，非夸大词也。是日设具请二媒人朱若霖、黄觐臣，请力臣、朋海、若愚作陪。力臣先到，旋去。仲云来贺。

廿九日　晴。无事，看非女作篆。唐斐泉来。未后阴凉，出访弥之，衯女同行，不遇。见刘仲卿。还，访子惠、文心不遇，至石禄巷遇雨，因过芝生谈，见龙母及济生。钟棣生来。是日壬辰，霜降。

十 月

十月癸巳朔　非女加笄，唐人云上头，今云开容也。俗以有福寿妇人二人弹线，仆妪卒事。姻家送酒，女家宴客，是日至者八人而已。薄暮筠仙来，谈钱女事。筠仙未尝弃妻，而众人欲故意难之。余欲筠仙公言迎妇，妇必不至，则树倒胡孙散耳。若妇果至，必能相安，使老夫无妻而有妻，尤快事也。流俗之论，不明事理，不察人情，而天下倾倒于中，可笑也。是日仲云、斐泉来。

二日　甲午。非女出适邓氏弥之子曰国璘，期以午迎。辰刻文心二子来，文心、力臣、子沅、芳畹、若愚皆来。巳正媒氏来。午初璘子来，不执雁，余迎于庭，与之入，坐于客末，三茶毕，纵谈久之。天热甚，待非女妆，至半时未竟。婿衣棉，面汗如雨，因催内妆。婿升堂，又立一刻许，女始出，入轿加景遂行，客皆去。余过弥之称贺。辛眉自武冈陆行，刻期而至，二姓皆喜。忆廿年前，弥之兄弟雁行不离，使人羡妒。近岁以多故分析，颇不相谋，弥之遂不敢令其弟，而辛眉乖崖之名益著。余作书要辛眉来会娶妇，乃能刻日践约，然则乖者非乖，而疑畏者过矣，得此使上下欢然，两姓称庆，乃真快事也。坐两时许，新人不得出见，热甚亟归。朋海踵门入，余已解佩褪绅矣。

三日　晴。比日热似七月，易纱衣而出谢客。珰女畏生人，又恋其母。其母当过婿家会亲，余乃携珰女出拜客，凡入文心、竹汀、力臣、周南坡、若愚五家。又至姻家，见弥之继母及其妻女，婿出拜，入新房少坐，热甚亟归。子茂来。至夜，弥之兄弟来谈。

四日　晴。愈热，衷夏布衫而出，谒郭母，遂至弥之家。弥之设高坐，坐我于群客之上，非礼也。礼当以我为苟敬而客我，非所以优贤亲亲，余辞不能。就坐，未食三四肴，腹痛甚，强待终席而散，归即就寝。

五日　阴风。篁仙屡遣相要，遇暇过之，出哀启相示，似行状体，又出其乐府词及杂文属序，余袖而归。若愚来，余属借钱，而告不能，乃自往汪伟斋馆中谋之，得存钱，又许谋百千。归，辛眉先待于斋中，子沉继至，谈夷务。辛眉言当克江宁时，宜以劲兵实京师，而罢遣归农，非计之得。余欲徙曾、李都下，或实封云、贵，意正同此。然妄言耳，安有局外为出位之思乎？二鼓辛眉去，余亦寝。

六日　阴风，始凉。弥之来，早饭去。妢女日日索从拜客，携之过文心，怀橘而归。济生来，不遇。呼功儿同觉旧书，乃无所有。薄暮辛眉来谈，至三鼓去。子寝。

七日　阴，微雨。出答拜瞿孝廉鸿机，春陔主事之子也。瞿、李总角交，春陔贫而黼堂富，春陔又失明，省城人鲜寻之，黼堂日日步过穷巷访焉，亦近日之高躅也。黼堂非古道者，尤当亟称而表章之。午归，女婿来见，女亦继至，非礼也。《公羊》以为如双双之鸟，而今俗通重回门，余不能违姻家之意，乃别宾之。晚间弥之要过听曲。夜归，览辛眉《井言》，上下古今，多取少弃，志为博通之儒，盖宪章《志林》《日知录》而作，颇好程、朱，近王船山。然余于船山薄其隘，而不欲深非《井言》，则以船山已成之书自为一家，听其生灭可也。辛眉之学无师，而亦屡变，会当有精通时，此时不可与争也。王、邓皆豪杰之士，一则为宋后义理所锢，一则为宋后议论所淆。要之，两人诚宋后通儒，与马贵与、顾亭林伯仲乎！既翻廿二本，至子寝。

八日　阴雨。文心来，同过汤子惠。子惠言王舍人逢年穷死不能葬，天之畏权势而厌贫贱也如此。余昨与文心言，巡抚始至，及牧令到官，皆宜先礼贫士之有守者，以示薄俗。有味乎其言也。非女复归，夜始去。

九日　阴。过筠仙少坐，主人不出，余不辞而归。非女又归。余设宴请女婿，以劳恺臣、张宝善兄弟为陪。力臣来，纵谈。仲茗继至，留仲茗为宾，女婿为苟敬。殽果甚精，六云之力也。仲茗旋去，辛眉来，居首坐，筠仙亦至，席散，辛、筠共谈。筠仙言："天定胜人，人定胜天，古今无解此者。"请其说，谓："治乱皆由人心，则天不胜人矣。"辛眉云："即惠迪逆凶之旨。"余谓天定胜人。君臣父子诸伦，日月山川诸名，本非实事，而莫能违之，此天定也。天欲治而人欲乱，天欲生而人欲杀，此人定也。夜至子寝。

十日　阴。弥之招饮，同坐者邹谘翁、皞臣、觐臣、朋海、主人兄弟，凡八人。设馔甚丰，饮一日。与皞臣、弥之、辛眉步过篁仙谈旧事。篁仙云："湘中五子，皆不得意。"余谓五子未必为同荣辱忧乐之人，使篁仙得志，弃五子如敝屣矣。乘暮归，夜作《嘉会篇》，以箴五子也。

十一日　阴。叔父移寓孙家桥巷。余赴陈蓟生世兄饮，命两儿至陈宅。筵散，步访皞臣，见其子长矣，欲叩所学，而仲云遣催，遂往赴招。本约看菊，乃无菊看，徒叩珍而还。夜已二鼓，要子沅、汤惠老来谈。惠老言咸丰九年火药发火前，五夜闻鬼兵呼杀，既复鬼哭，火发之时，麓山寺壁皆动，奇灾也。

十二日　阴。皞臣、辛眉、仲茗、伟斋、文心、子茂、若愚先后来，遂尽一日。客去作书与曾涤丈，论荐彭笛仙。

十三日　阴晴。与文心过皞臣，途入书铺，得《通鉴》及

《艺文类聚》二部。适惠老与左子重来。惠老议价共三十二两。子重觅得《经典释文》《黄氏日钞》等书，价五十千。余自谓得便宜也。既至龙宅，弥之兄弟、筠仙相继至。文心先去，余五人遂留饭。皡臣挑筠仙论抚粤事，季丈劾筠老，而子重在席局脊不安，幸无连及耳。皡臣子验仙，清灵可赏，若得名师，当可大成，胜吉来一等。筠仙言："船山书精华在读《性理大全》。"吾闻之一惊，惊其一语道破，诚非通王学，熟读全书者，不能道此语。然《性理大全》，兔园册也。此与黎先生笺注《千家诗》同科，观其书名，知其浅陋，而筠仙力推船山，真可怪也。船山生陋时，宜服膺《大全》。筠仙生今世，亲见通人，而犹曰"大全、大全"，不重可哀耶？要之，论船山者，必于《大全》推之，然后为知船山，片言居要，吾推筠老。

十四日　阴，风寒。诣叔父寓，还过力臣，议孟星家事。弥之兄弟、翰仙、筠仙继至，坐饮至二更散，以左氏五百银归交梦缇，至子寝。是日，曾楠生妹婿自陕还，来，未遇。楠生复至力臣家，亦为门生所阻。

十五日　晴阴。船户来揽载，议价十九千。胡蓟门属济生为其四子纳采，今云过草庚也，以胥女草庚答之。弥之率其子及罗秉臣同来。旋出，过书店，得毛刻《十三经》一部，价银十二两。弥之以《通鉴》及《类聚》去。余别行，访贺竹泉久谈，归饥甚。筠仙昨言，有余生游左帅军中，欲去不得，问计刘克庵。刘云："寻小事与相反唇，则去矣。"余生从之，左帅大怒，叱之曰"□"。"□"[①] 者，满洲大人叱奴子走出之词也。余遂得去。而时人为之改古语曰："一字之衮，荣于华衮。"丁心斋司使闻之，喜

---

① □两处缺字，大致为满人用语中"滚"的意思。

曰："十年一对，今始得矣。"京师有携人妻逃出古北口者，时人语曰："彼妇之走，可以出口。"真绝对也。昨又与翰仙议仪安为文节请赠衔封典一事，翰仙云宜出奏，俟至京时议之。是日丁未，亥正二刻十一分立冬。

十六日　晴。召泰益班演戏于李真人祠。前二十九年，先孺人为从弟祷疾报塞也。凡塞神，以钱二百与庙祝，四十与班中掌鼓版者，余则包办于管班。余不能祠祷，命功儿行香。至叔父寓，遇若愚。还寓，惠老来，送印泥。始发行李。出买白菊，因至觐臣处，遇辛眉，取觐臣园中菊四盆而归，不待问主人也。任芝田来访。黄七嫂属为其从子觅生计。夜点邓七丈行状及皞臣、翰仙诗稿。送瞿春陔第三郎绣佩，贺新中式也。是日与循来，报生子。得郭五兄书。

十七日　晴。早起。先府君生日，在客未荐。发行李。点定翰仙诗送去。弥之兄弟及芝田来，同出过皞臣谈。赴刘竹汀招，客未至，因访仲茗，论其家事。申刻刘使来催，至则有二倡佐酒，同席为柳子元、秦翁、皮孝廉、常涤叔，倡女金桂旧识余于衡阳，意惓惓欲泥语，余辞以将去，不能醉也。朱雨恬遣人相招，踪迹至刘所，因步至朱宅。弥之、翰仙、济生、芝田皆先在，辛眉后至，纵谈甚欢。翰仙要余过韩勉吾，未晤。丁福误取道永丰仓，闻道边老妇言，有三胖人同行，轿从其后。知为弥之诸人也。至白马巷口，果遇芝田，将别去矣，谈数语，复与弥之兄弟同行。月色甚好，路上多游女夜行，盖省城近日风俗甚薄，筠仙所谓极力学广东者也。夜复阅邓丈行状，怯寒遽寝。是日连发曾侯二书。

十八日　晴阴。子惠、勉吾、文心来送行。非女归，余促家人悉登舟，步别叔父、陈母，乘轿过弥之、力臣。力臣处得罗小溪书。遇陈贻珊、曾楠生。登舟，芳畹、三弟先在，子沅来送，移泊西湖桥。宇田送酒。

十九日　晴。入南门，访楠生，遇于途中。复至书店买《通鉴》，前书为弥之所夺也。书贾故靳之，遂去不顾。过别芝生，未回。至弥之寓，方招客，留坐甚欢。左丁叟报仪庵凶问，骇愕不知所喻。余以深心交天下士，师友称盛，然犯难致身之人，惟严受庵、左孟辛及仪庵耳。受庵尚不必能当大事，孟辛、仪庵使相与辅翼周旋，岂独为一道主人？方今势趋重上湖南，其豪杰之士多阔略而少真实，吾欲倚仪庵而联络五府，结团立本，今闻遽丧，上游顿空。《诗》云："人之云亡，邦国殄瘁。"独伤之情，宁有喻邪！辞饮回船，过孙公符，探确信。至小西门，遇非女轿入城，寄声谢弥之。登舟闷卧，晚饭减一食，至亥寝。

廿日　晴。连日日无光，照人如隔一重纸也。入城欲买衣，因过力臣谈。过别汪伟斋、彭子茂，子茂不遇，见湘乡王步先。从力臣处得吴南丈《诗说》，出城行且观，未十页，自大西门至舟矣。南丈说诗，必合之史，虽未得实据，要如其说，则诗乃有用，真可谓知人论世，以意逆志者也。力臣录得副本，因以此册交弥之，还于巴陵，以赎吾所著三种。酉初开，行三十里，泊观音港。

廿一日　晴。辰开，微风至，未始盛。酉初至湘潭，入志馆，见唐友丈、秦麓生、万合楼，招曾岚生来。晚饭出城，至十二总广东马头登舟。遣梦缇归宁，酉正提灯发轿，以帏女行。

廿二日　晴。晨待六云治装，遂至日午，儿女尽诣外氏。余得为昏姻，外舅姑生日年节未一往贺，今始遇便，故尽室偕往也。酉初余始行，迷道，至亥正始到，贺外舅生日已迟暮矣。家云卿三兄及妻侄蔡子耕、妻外弟张三弟等先在赌牌。余不作此十年，试一为之，以对门连胜，竟不得牌，因先眠。

廿三日　晴。留蔡宅一日，与循竟日昏睡，不得谈。

廿四日　晴。从蔡宅雇夫至湘乡，行十二里姜畲，十七里云湖桥，十五里马托铺，入湘乡界。又十里宿新研铺。湘乡民团往来稽察者每十里立一簿，呼人问姓名而已。是日行五十四里。

廿五日　晴。午后欲雨不成，风甚大。行三十五里至孟辛家，见其舅父王翁、叔父星槎。入客室，左母出，言欲移长沙就仲茗。孟辛妻出，论移居事，以其母家田未雠，须闰月。余不能待，遂约明春迎之。未二更而卧。

廿六日　阴。昨夜浓云，欲雨不雨。左氏早具食，左母及星槎丈俱未及送，余辞而行，七十里，还宿七里铺，去姜畲七里而名也。庚戌孟冬，余经石牛塘故宅有诗，今廿年，情事又异，乃为数篇纪之。其一曰。故宅沿明代，艰难托子孙。石牛空识主，驷马不容门。荏苒人先老，苕亭屋尚存。寒塘休照影，青鬓晓霜繁。其二曰。旷土弥无际，苍苍一望中。田园民废业，家国道终穷。准拟十年计，横栽百万松。（自云湖桥至姜畲旷土方卅里。）犹怜卧龙客，徒作种桑翁。（卧龙种桑，自为谋耳。）其三曰。将军昔贫贱，乞食众人哀。（谓王明山提督。）一剑君恩重，三年甲第开。（余族中无赖子以故宅卖之。）愧无芹藻化，谁养栋梁材。（提督达后，人遂不能以礼教示之，故其性开爽而习粗鄙也。）莫根人才少，徒惊富贵来。其四曰。桥上当垆女，双金绣额圆。巧拢苏罢髻，（咸、同之间，妇女盛为拖后髻，曰"苏州罢"，盖服妖也。）娇索市门钱。旧日村牢落，穷嫠泣泫然。（庚戌过云湖，惟见老妇乞食，今则妇女施朱粉坐市门矣。）繁华非盛事，饥乱况频年。其五曰。此土真吾土，今游异昔游。儿童看作客，灯火照仍愁。鸡犬粉榆外，龙蛇战伐秋。负薪差自勉，料理敝貂裘。

廿七日　晴。大雾，行四十里，还舟，闻叔父先到。午饭后，至十六族母家，询知已发。与云卿至岸，寻舟不得，要云兄小坐，谈食顷，云兄去。是日，作黄五挽联云。万骑肃军门，拊背喟然，想见褐裘公子；斜阳依宝应，伤心行处，不逢飞鸟王乔。黄名上达，初至江南，有太子少保提督公负弩郊迎，盛具供张，黄于众中拊其背曰："阿利，阿，读若阿哥，湘人平等相呼曰"阿利"，盖"儿那"转语也。好便宜黄马褂耶！好便宜宫保耶！"提督公惭愧谢去。余游江淮，黄摄宝应，访之不遇，自此遂不相闻，故下联云云。又作王春波挽联云。

生同姓，籍同名，又鄂渚同游，官阁谈心移月影；病相缠，火相惊，更兵符相迫，清泉余响咽琴声。王名与余名同，宰清泉，故云。

廿八日　晴。登岸，至得一兄处，约云卿入市，买衣不成。入城至志馆，麓生留饭，因同看菊，购八本归。芙蓉园主留茶，遇黄翰臣、孙玉林、徐子云、段福田话旧，同饭于志馆。李润生来。万星老回馆久谈。鬀发毕，与云卿同诣玉生，仍劝其弃家行遁。玉生夫妻有凄惨之色，甚不达也。然先有子女成一家，今止一幼女，随母依亲戚以居，郭氏惧绝，亦人生之至苦尔。余命六云回舟。丁福米，云无轿大可觅，又云近十余里明火劫一齐家，蔡宅亦议迁徙，可怪也。玉生无烟饮①则可同往乡居，此苦乃自诒耳。乡人来信云："王明山大掠于南乡，奸毙民女数人。"恐传之过，或者王本不能治军，今又恃贵也。

廿九日　晴。在舟候梦缇等。麓、玉两公来访。午后媵属至。玉兄来索钱。晚入志局，遣梦缇省十六族母，俱止宿。

三十日　壬戌，小雪，中。晴煊。志馆早饭，登舟，催梦缇归。作挽联寄黄宅，并与书张力臣言左宅事。丁福求去，因遣之行。云兄买狐褂及床来，留谈。酉初发，五里泊杨梅洲。

闰十月

闰月癸亥朔　晴。南风甚煊。卯正发舟，行三十里，泊马家

---

① "烟饮"，今作"烟瘾"，下同。

河。宓女始授《礼》。

二日　晴热。南风，缆行四十余里，泊株洲上游。两女理书，并多遗忘。

三日　阴。北风，帆行。读《唐书》一卷。夜泊山门，行四十里。水师二哨官来访，一罗锦泰，一邹汉章，伯宜、岳屏之族人也。戌亥间得雨。

四日　雨水增及丈，北风。上空泠峡，景色似仲春时。三十里泊淦田，三弟在局，遣呼登舟，谈一刻许去。《雨过空灵滩诗》云。烟岫蒙蒙白，秋枫瑟瑟青。归帆开雾雨，细浪响空灵。水驿双鬟报，滩声一枕听。霜鳊不易得，随处问渔汀。

五日　阙。三十里泊金鸡潭。

六日　雨。北风，阻弯不进，榜行十余里始帆，行四十余里泊石弯。抄改新诗十五首。

七日　雨寒。读《旧唐书》一本。当武氏易代之际，人士无可仕之理。其高宗旧臣，已致显位，畏祸苟禄，密图补救以自慰其方寸，犹可取也。狄燕公以天授初入朝，身受非常之宠，处不疑之地，内总枢机，出握重兵，苟忠于武，犹为桀犬，心在唐室，将谁欺乎？中宗暗君，大臣所废，死生微矣，何与唐朝？荐张之言，以久不遇为请，望其尽节，盖为武谋，后之反正，非狄所料，且五王终败，大功安在？以此归美，抑又无名，而千载以来，声称不绝，惑矣。景龙朱[①]，桂州都督景城王晙奏罢衡、永运粮。初，桂州有屯兵，常运衡、永等州粮馈之，晙始改筑罗郭，奏罢屯兵及转运，开屯田数千顷。是日，行十五里，至衡山县，泊一时许，遣在和至陈宅视杉材，未合所用，俟躬至辰州购之。又行

---

① "朱"，疑为"末"。"景龙"，唐中宗年号。

十五里，泊雷家市。

八日　阴雨。北风，帆行六十里，泊站门，衡阳界也。闻竹老半月前绘图至此。读《旧唐书》一本。

九日　晴。北风甚壮，行四十五里，至衡州城，泊柴埠门，风止浪静。入城访春甫不遇，其子商霖文学出见，始知仪庵以九月廿六日死，将葬矣。春兄归，谈久之，过访张东丈，复至程宅谈，晚归舟宿。

十日　晴。呼小舟至，拨行李。春兄要医生萧丹墀文学至舟，视梦缇病，因留早饭。客去，余亦上岸访峋云，因同出访秦啸山总兵、李竹丈、段培元。峋兄复登舟少坐去。夜作书与张力臣。衣皮褂太厚，热作甚烦，遂寝。

十一日　晴。贺子泌来访，谈经义，问"汉有游女"。余言汉南盖沿蛮风，跳月唱歌以为昏，后被文王化，定昏礼，遂行亲迎。故游女不可求，非指一女也。又言《行露》诗，盖男女不待父母命而私昏，女父不从，如太史敫之于君王后，足正风俗，故曰"谁谓汝无家"，言女悦男，欲从之，女父不讳，而以礼义不可，室家不足也。与子泌同过春兄谈，托寄《桂阳志》与吾县志馆诸公，又寄陈芳畹一片，及桂阳曹敬轩一函，向索《志》稿。又与商霖同访萧丹墀不遇。归舟宿。

十二日　晴。换船讫。入城至春甫处，待发，遇祝价人、马穉泉、普明僧，坐久之，舟仍未开，复上船催行。至承口，泊柳下宿。

十三日　晴。巳初缆行，水程四十里，泊鸡窠山，盖以形似得名。王万澍改之为羲和山，羲、和二人，不得名山，若有"羲和山"，定有"尧舜岭"也。读《旧唐书》一卷，误检第六函，因就阅之。

十四日　晴。行四十里，泊西渡，夜月甚皎。阅《唐书》二本，无所论赞。

十五日　丁丑，大雪节。晴。北风甚寒，始知节候有验也。舟中以被为幕，家人伏聚其中，不能读书。缆行五十里，至阮亭渡宿。

十六日　晴。风止，行四十里，泊石灰町。余率丰儿步还石门，山月照檐，凉露垂松，欣然有山居之乐。入门则桂花微香，双梅已蕊，深窗独坐，悠悠自适焉。

十七日　晴。早起遣丰儿迎舟，己亦躬往，携三小女步还，至未始毕，起行李。六云贪得新床，功儿靳之，遂至忿争。盖女子之不广大有不可情度者。余遂留床自用，俟冬至日当予之。戌寝。

十八日　阴。扫书室，理书籍，张字画，遂尽一日。遣足送石至常宅。作仪安挽联云。灵药乞来迟，遥知鹤咳秋寒，洒血未倾家国恨；保安团练在，当此獍毛盗起，上游真觉桂零空。仪安以咳疾属余求药，未送而闻其丧。今岁议团练，院司求衡州总办之人，余举仪安，故云。保安，仪安所筑堡也。至子寝。

十九日　晴。霜气蒸山，寒苍可望。检长物，得二镜，以与六云。晴生送皮衣还余，其长工及账房司事先后来。薄暮倦寐，至亥起，理《唐书赞》。月出风寒，掩窗坐，至子正寝。

廿日　晴。阅《旧唐书》一本半。

廿一日　阴。阅《唐书》一本半。刘相叙高仙芝、封常清扼潼关事，令人泣下。又其叙夫蒙灵督责仙芝，及常清起自傔从为留后事，皆奕奕有神。而子京曲恕哥舒，为之极笔，殊不可解。当大乱初兴，庸主必以骄气乘之，促兵平讨，计日而定，一闻溃败，则斩大将。二世之于章邯，玄宗之于封、高，明怀之于孙、杨，皆是也。文宗能恕塞、徐，遂收曾、左之效。后之言兵者，慎无以军法误人主哉！王琚，衡郴刺史，河内人。夜坐未久，意趣索然，因就寝。

廿二日　阴晴。力臣专信来，约余会于沅州，辞以不能，复书令去。因寄笺叔父，又书挽联一付。徘回庭户久之。阅《唐书》一本。夜至亥寝。

廿三日　晴暖。阅《唐书》一本，亥寝。

廿四日　晴暖。阅《唐书》二本。刘作赞颇参差，不纯用四字句，盖知《史》《汉》赞体，如张、路传赞甚合例也。其载李泌与王琚同传，盖亦有见。《新书》采繁，家传不足信，而泌自此得盛名矣。夜至子寝。

廿五日　晴。阅《唐书》一本。关播招谕王国良，因论求贤而得李元平，盖言易而行难如此。刘史以妄男子言事作宰相者同传，正戒此也。亥寝。

廿六日　晴。阅《唐书》一本。

廿七日　阴。饭后肩舆赴吊常氏丧，至香炉寨，天开见日，申初到。先临仪安丧，后吊晴生母。与雪琴、岫云、春甫、耕臣同止潭印阁。作书寄竹老。

廿八日　阴。辰正晴生母发引，比出大门，巳正矣。送者未行十步，大雨沾服，宾从尽散。予归寓，大电以雷者二，顷之雨止。雪琴去而后还，坐谈一时许复去，予等留阁。

廿九日　阴雨。巳正还石门，薄暮至。弥之挽仪安联语甚壮云。过大梁者尚想夷门，况余同谱倾襟，空向衡云哭公子；得剧孟者隐若敌国，方冀维桑借箸，顿令承水失长城。

十一月

十一月壬辰朔　朝食时冬至，阴雨。午告非女昏成归，至于三庙，遂谒贺至节，受贺乃饮。夜寝微暖，知将雪矣。

二日　果雪，厚及寸。赏玩竟日，索炭不得，乃然枯竹枝，明照一室。至亥寝。是日，书萧屺山章京母挽联，联云。郎君许入禁廷，名誉动公卿，谁知画荻丸熊苦；新妇初谙食性，晨昏奠羞膳，犹是陔兰泪鲤心。萧续娶未一年，故云然。

三日　晴。雪消，山苍秀尤胜。新筑一室成，因额曰"快晴"。督莲弟及在和治菊畦。城信送马来，得七父书、麓生书。七父竟至永州，尚安稳，可幸。读《唐书》一本，段、夏两生来访，谈《西铭》。

四日　晴。阅《唐书》一本，与丰儿讲《通鉴》。亥寝。

五日　晴。阅《唐书》一本。萧复为舒王行军长史，以父名衡，改为统军长史。"行""衡"声同，盖唐时声读也。今则"行""刑"同声，与"衡"不近。高崇文不通文字，厌大府案牍咨禀之繁，不习朝仪，惮于入觐，朝廷用武人，其敝如此，蒋益澧似之。夜至仪安茔所，视之甚硗确，不可葬。戌始归家，少坐即寝。

六日　晴。早念雪琴当来，以为未能早至，至辰正未起，俄报客至，遂跣而出。谈一刻许，雪琴去。甫入坐，而王生来送礼，留之小饮。得耕臣片，云竹老已至常宅。客去，薄醉少眠，梦缇呼食不托，强起啖六七枚，至夜不饭。作《祭仪安文》。

七日　晴。先孺人忌日，设奠。问两儿记祖母否，功儿云忆之。丰儿失王母时甫一岁，宜不记也。然询其甲子亦不知，则蠢甚矣。是日独坐不事，至子寝。

八日　晴。早起入园，见苦竹出新笋甚多，因念草木早凋者皆美质也。松柏、竹樟、荆棘、丛灌，皆四时发生，而美恶异等，盖生气最足者不随时为盛衰，如大贤大奸，皆挺然自立，而宣尼独以后凋叹松柏，岂非以其胜梁栋乎？作书上七父，托春甫寄永州。午后骑行三十里，至水口迷道，从山田间行，由石坳至常宅。竹、雪、峋、春、耕臣诸公皆先在。饭后祭仪安毕，宿潭印阁。得张东丈书。

九日　晴。留常宅，夜阅《九华山志》。

十日　晴。与雪琴谈十六年前湘潭、岳州战事，思之如梦。又言衡阳唐玉田提督拳其兄仆地，逃出作贼，复从李世忠为捻子，投诚，至大胜关遇母、妹、外甥事，又如一部小说也。八都民传仪安已为神，因与诸公论因果及修道之要，竹、雪两公似不甚河汉余言，峋、春两公似不悟也。应以峋、春身得度者，当现峋、春身而说法，余之道未至耳。夜雨，追感战事，作诗一篇。

十一日　阴晴。步送仪安枢，行四里，至雪琴舟上小坐，饮酽烧龙井茶二碗，视枢登舟。衡阳人不知用独扛竹节舆机，挽郎皆泥行田中。又谬言枢重至二千斤，可怪也。枢未及安，天已欲过午，乃辞而行。至荷叶步，遇竹老从人来告资斧。行十五里，遇竹老相待于寒婆坳，因过王弯，借钱于陈商山秀才，留饭，食风鱼甚佳，辞。行十五里，至库宗桥宿，竹老先在矣。

十二日　阴。晨过白鹤铺，至常二嫂墓，视其地平平耳。仪安云大吉，外人云大凶，殊为多事，然其长子葬母羡门甚谬。雨至急行，过演陂，驰山坡甚乐，马少驽耳。茶于洗狗岭，宿于阴陂，行三十五里。夜雨。

十三日　雨。不可骑，呼小舟，行二十一里，泊神山。遣在和陪曾昭吉陆行，测地界及二小水源，上岸去。

十四日　雨。行四十里，二更至易赖街马头，昇登岸，与竹老宿峋云书房，夜阅杂书廿余本。

十五日　阴。早饭后与竹老至春甫处。得曹镜轩书，还《志》稿。介卿从兄来送七父寄书。出访张东丈。耕云来。全西园通判来，与朱烈轩同知同至，夜谈。是日晡竹澹溪，主人春甫子师也。西园言罗春山县丞有子已入学。春山非科目流内之官，曾馆余于郴局，迎送甚恭，当恤其后。问其子名字，西园不知也，作书田懋堂访之。

十六日至廿四日阙。

廿五日　阴晴。昨日曾昭吉回，行水步道已毕，将画图，而余久居城中，无事将归。得七父永州书。刻工艾姓、贺子泌、陈商山来谈。夜阅全祖望《经史答问》。出访沈老曦。王选三送菘、蟹。

廿六日　晴。阅孔广森《经学卮言》。论《齐诗》"四始五际"生于律。《大明》在亥者，《大雅·文王》以下三篇，律中应钟，举中篇以该上下，故曰水始。《四牡》在寅，谓《鹿鸣》《四牡》《皇华》，律中大蔟，为木始。《嘉鱼》在巳者，《鱼丽》《嘉鱼》《南山》，律中仲吕，为火始。《鸿雁》在申者，《吉日》《鸿雁》《庭燎》，律中南吕，为金始也。《氾历枢》又曰：午亥之际为革命，卯酉之际为革正，辰在天门，出入候听。卯，《天保》也；酉，《祈父》也；午，《采芑》也；亥，《大明》也。《常棣》《伐木》《天保》，律中夹钟也。《沔水》《祈父》《白驹》，律中南吕也。《六月》《采芑》《车攻》，律中蕤宾也。辰在天门，宋均以为戌亥，余以为卯卯天门，辰乃辰巳之辰耳。孔以次推《采薇》《出车》《杕杜》当辰位，依《小雅》次之：《鹿鸣》三为寅，《常棣》三为卯，《采薇》三为辰，《鱼丽》三为巳，《蓼萧》三为午，

《六月》三为未，《吉日》三为申，《沔水》三为酉，《黄鸟》三为戌，皆幽王以前之诗。自《无羊》以后，乃为变雅。故以《大雅》首三为亥，《棫朴》三为子，《皇矣》三为丑，而不数《生民》以下及《小雅·南陔》六诗，盖《齐诗》之异如此。孔又言《论语》"有酒食，先生馔"为食先生之馈，文意甚新。午与春甫同访朱烈轩同知、杨耕云、刘敬三。耕云处索得历日一本。敬三代买绸帐百十四尺。夜请竹老算《王制》古田、东田，与梅氏法合。郑君改经误字甚当，孔疏谬算耳。复七父书，送银钱四枚。

廿七日　辰初起。烈轩来答访。天雨，呼轿归石门，行五十里，薄暮。雨一日不止，轿夫甚苦，宿于土地庙。

廿八日　阴晴。在和遣轿先行，欲余骑马，初畏晓寒，勉骑行一里，甚暖，遂弃轿而驰。少憩于台源寺，因命在和待担于庙山，骤马而行，到家未午也。睡二时许，在和始来。夜坐无事，欲六云陪余蒱博，六云云："女君唯好读书、刺绣，不喜戏也。"余感其言，入书室读《唐书》一本。

廿九日　阴雨。梦缇来贺生辰而晚，余辞之，改辰为午，子女行礼毕，食薄饼、汤饼均美，然未饱也。夜读《唐书》一本。子寝，不寐，欲得食物，六云小疾先睡矣。

晦日　阴晴。计此月九日晴，八日雨，十三日阴，遂觉沉昏若九幽，知阴黯之为众恶也甚矣。夜理《志》稿，读《唐书》半本。作书与筠仙，为七父求永州讲席。亥寝。

十二月

十二月壬戌朔　大寒，中。阴晴。为两儿理书，讲《易传》。太极为一画，两仪为 ＝。四象者，三画之卦，惟有三阳三阴，一阳一阴各一象，故云四象生八卦，言画卦之始也。即《老子》一生二，二生三也。生三以理言，生四以象言。入夜微冷，亥寝。

二日　阴雨。作《志》稿，作书寄李、殷两竹老。读《汉书》，欲学其茂密，不能也。吾才不及司马，学不及班氏，若论识，孟坚差不如，但恨读书少，亦天所限耶？夜半寝。

三日　阴，暮雪。在和人城，余睡至未初始起，一食而已。夜检《志》稿。

四日　稷雪。竟日室中围炉，间理《志》稿。梦缇问"礼不逾节"，余答以过恭、过哀、过俭。

五日　雨霰。积雪半消。朝食后与六云塘上看雪，群山皆若淡墨埽烟，殊有画意。夜理《志》稿。比五日颇怠于学，明日当振之。亥寝。

六日　阴。晨起作《衡阳官师传》，寒甚手僵，书字多恶劣，至亥，吹火自温，复入书室，少坐即寝。

七日　晴。作《志传》，表章罗隐，兼考得于环为湖南观察使及前后官，甚快人意。日夕，段、王两生来谈，论孟子性善，荀子性恶。孟为贤智言故云善，荀为愚贱言故云恶。今蠢愚人欲食则绞兄臂，欲妻则搂处子，自以为率性也。若言性善，彼必不信，故荀告以恶，亦垂教之意，未可厚非。性善之说，未可全是，以欲食欲色，贤智亦有之，亦是性也。孟云"君子不没性"，则性竟是四端之苗，而非七情之未发者邪？孔子言"性相近"，则精深广大矣。又论嫂叔不通问，为命士以上言之。兄弟异宫，相见有时，不白母兄，而径问嫂，则致词宜云夫弟遣问嫂有嫌疑矣。若今同室居，时得相见，交语固其常也。问，乃遣问疾或问事，非交语也。

八日　晴。携珰女至道山桥，两儿从，倍《仪礼》二篇。作

《志传》。《宋史》赵善应寒夜远归，从者欲叩门，曰："无恐吾母。"露坐达旦。善应家贫，从者乃能侍之露坐，然何以不假宿逆旅而晚归也？见星而行者惟奔丧，孝子不服暗，何有半夜投门而不入者？此矫诬非人情，而史载之，谬甚。因检《赵汝愚传》附录之。夜先寝。

九日　晴。作《志传》。同梦缇至后园挑菜。两儿倍书。作《志传》，比日稍静，功课渐增，反暇于前数日，勤之效也。

十日　晴阴。始作《书笺》，成二页，携丰儿视仪安殡所，归作《志传》。亥寝。

十一日　常生笛渔来，久谈，属作其父墓志，午间去。作《志传》，连日文思甚壮，若有神助。夜雨作复止。亥寝。

十二日　晴。在和回，得竹老及汪伟斋书。伟斋寄学使观风题至，欲余作经解，为拔贡地也。书中云："卅年已困秋风，五十而思夏后。"为之哑然。廖君题有《春近》四绝句，想亦词客，故题颇纤巧。偶携姁女行田，以其题作四绝云。龙池璧水漾轻澌，正午风微日渐迟。杨柳未黄萱未绿，嫩春先转碧桃枝。　消寒连日泼新筥，试数梅花下酒筹。倚醉不知霜月冷，夜行初卸紫貂裘。　寒菜畦边偶一花，土膏潜长碧云芽。东风莫便催芳草，却恐游人早忆家。　雪上琼楼旋旋消，绿窗斜日透疏寮。为嫌指冷停新曲，近欲重拈白玉箫。复代作《咏史诗》一首，《姚江学辨》《中西算法考》各一篇。至亥寝。

十三日　晴暖。作杂文三篇，八韵诗一首。文有《求忠书院记》颇佳。王生来，言刻志事。夜录《书笺》。水仙盛开，与盆梅香相发。鸡早鸣，子寝。梦缇问"因缘妃耦"事，因为言爱不可极，怨不可结。假如夫妇相怨，必交失道也。若卫庄公不答庄姜，姜能无怨，夫必改而礼之。贾大夫妻不答其夫，夫仍媚之，妻终笑言。天下无一人独行恩怨之事，况夫妻乎？此论曹镜初尝发之，余更申其说耳。然男情易移，妇怨难消，故古圣重防女子；非防女子，实自防耳。人物各媚其妇，左氏以火为水妃，善谑哉！

十四日　阴。因作《九江考》，解《禹贡》"导山导水"，大有所悟。古言导山皆云山势，导水皆为水道，岂禹作账簿记账乎？郑康成以醴为醴陵，大别为霍邱，皆离江千里，而其说阙略。余乃寻绎，知导山为禹随山刊木之始，未治水也；导水乃施功治水时所行也。凡言"至于"者，禹所至，非水所至也。言"过"者，禹所过，不必施功之地也。言"会"者，已治之水也。经例既明，郑义大通，自以为昭然若发蒙也，乃作《九江考》。明日立春而值家忌，改于酉正行礼，微月正佳，意兴甚适，鸡鸣始寝。

十五日　阴。丙子，立春。曾祖妣忌日，素食设奠。一日无事。

十六日　晨雨，竟日阴。轿行三十五里，宿台源寺。渡水，一荒寺僧出，无一人，设榻厨房，竟夜微月，不甚寐。

十七日　晨晴。行三十五里遇雨，冒雨行二十五里，至城外，访贺子泌。余请其校《桂阳志》，已毕工矣，欣然携入城。至春甫处，竹老图已成稿，将归矣。自昨日早饭，至今申初始饭。夜访李竹丈，还宿程宅，夜雨。

十八日　晴。同竹老出过罗衡阳谈，顷之出，分道行。余过贺同年、张衡州，不晤。渡湘访廖清亭，复遇竹老，同过耕云、雪琴家，均未入门。渡湘同过王岣云，不晤，分道行。余过段培元，段遭父丧已还乡。访萧屺山，不晤，还程宅。屺山来，清亭及唐崑山、沈曦亭、岣兄、竹丈先后至，同饮程宅。春甫为竹老饯行也。是日子泌来，待余一日，余未暇多谈。夜作书复伟斋，并寄一片与非女。朱亭复有土寇之警，殊可虑。

十九日　阴。晨起送竹伍去，颇有别离之意，老人多情，引余怀耳。子春兄弟、寅臣同年来送行，沈老曦、唐崑山送路菜、屺山送路用食物，均受之。作书寄叔父、外舅、陈母、弥之、与循、俊臣、竹老。明日遣在和去。夜屺山见过，久谈，论马毂山事。谷永、耿育论朝廷不宜发扬贵臣阴事，余尝韪之。郑尚书若知此，必密以实奏，而寝其事，潜销其谳传及恤典而罢其举主可也。其罢举主，但云所荐非人，而密示以实奏，则得大体耳。夜书二幅。

廿日　早晴，舁行六十里至台源寺，遇雨，过荣第店，索面一碗，吃毕遂行。夏某送至店，托其寄一片与岱青，请其作文一篇，许润笔六千，云减价发卖也。雨行三十里，昏黑，借炬火于庙山，借笼灯于楂泥塘，复添一夫助舁乃归。舁夫王姓，从云南归，言刘蔭臣军事。又言杜文秀之妹送金师八对与贺冲天，行反间，后又降于全提督，誓为夫妇。全似说部中情节。又言回人衣重甲金盔，军器用义，官兵月饷一两二钱，日领升米，米肉县贱。刘得一苗女为妾，国色也，其姓薛云云。听未毕而至家，一日未饭，索饭二碗，食毕遽寝。

廿一日　雨。饭后理《志》稿，考衡阳古城。少休，常晴生来，请余作书与曾沅伯，留宿北斋。夜至子寝。

廿二日　雨。晨起送晴生还，舁行至龙骨塘，贺吉人妻生日及娶妇之喜。新昏家王氏有一老诸生及朗生文学二少年送亲。陪饭毕，已昏黑，又雨竟日，舁夫惮行，留宿斋中。其新郎因疹未合床，余亦未入新房也。

廿三日　阴寒。巳初辞归，申初始至。梦缇不为余磨墨十四年矣，今始研一池入铜斗中。是日送灶，变不亲祠，遣宦女代行礼。两儿、六云均懈怠，藏匿不敢见正人，余不日督之，恐梦缇真不能治此将败之家。渊明责子，以继妻耳，两儿全不畏严母，岂非顽钝之尤，念此叹恨。比年送灶，惟今年败人意，王戎所云：
"卿辈意亦复易败也。"作《女冠子》词一首戏遣之。年年箫鼓，总是
一家儿女。闹深宵。酒薄寒仍在，香轻春共摇。 饔飧何日了，车马不辞劳。消
受饧糕粥，更糜糟。夜雨，子寝。

　　廿四日　阴。为两儿理书。梓人来，属改刊《桂阳志》九页。
夏生为其师来索钱。岱青之贫，众所共知，然闻有资助，则如索
通，师、弟如此，亦自断钱源也。又得晴生书，送润笔土物八种，
殊俭于用，俱复书遣信去。夜阅《唐书》半本。寒雨，种梅花。

　　廿五日　雨。午后阴。作书请贺子泌课丰儿读，遣足去，附
书春甫。阅《唐书》一本。常生来，旋去。亥寝。

　　廿六日　雨。阅《唐书》二本。为丰儿倍书。《唐书·韦温
传》：温七岁能日念《毛诗》一卷。念书始见于正史。

　　廿七日　雨。阅《唐书》一本。丰儿倍《礼经》《春秋》《孝
经》已毕，明日放学。崔从廉正，除麹税羊算，不请门戟。子慎
由，大中十年入相。孙偓亡唐。兄子彦曾启乱徐州。崔珙，会昌
初入相。弟子远，乾宁初入相，遇白马之祸，为"钉坐黎①"。卢
钧仁廉著于南海，其妇女观出军而召乱，大中时入相。裴休不食
鹿肉，会昌中入相，领漕，无沉舟之弊。杨收神童，母俟其及第
始食肉，让兄，咸通八年入相，以赃赐死。弟子涉，乾符中入相，
涕泣，竟善终。韦保衡由进士，咸通中六年入相，公主薨，赐死。
路岩，咸通中入相，年始卅六，八年而罢。夏侯孜，咸通中入相，
出治蜀，无政。刘瞻，咸通中入相，以谏杀公主医官，即日罢相。
曹确，咸通中入相，谏伶官为将军，不听。毕诚齐名，积谷邠宁，
咸通中入相，以同官任情，固辞相位。杜审权，咸通中入相，出

① 据《旧唐书·崔远传》，"黎"，当为"梨"之误。

作苏杭使，再入相。子让能，昭宗时入相，以讨邠、岐赐死。刘邺七岁能诗，论李德裕冤，咸通初入相。豆卢琢，乾符中入相，大雷雨。《旧书》以十九人合一传，阅之迷目，故为次序之。夜命功儿作《岳阳楼记赋》，检滕宗谅、王拱辰、范仲淹传阅之。《宋史》以仲淹"以天下为己任"开朋党之风，此至言也。作秀才以天下为己任必轻宰相，至己作宰相时仍秀才见识耳。秀才好名喜事，宰相则之，必乱国矣。宰相倡此风，则天下秀才皆以天下为己任，而纷纷攻宰相，此时奖之不可，拒之不可，故相道乃穷。然则作秀才而任天下者，必终身不遇而可耳。此言自孟子倡之，宋儒述之，而天下秀才益多事矣。不意《宋史》能见及此，亦良史也。夜寒，子寝。

廿八日　雨寒。常吉人来送节物，得雪琴、春甫书，全西园书。子泌复书，定初八日下乡，似太早临，然当与快谈数日耳，不遽起学也。

廿九日　阴，夜雨，除日也。余小疾，已始起。望祠善化城隍神。午食年饭减省，用四碗一火锅，饭三碗。夜祭诗友，计十九年来未尝料人数，今数之，并仪安才十人。仪安不能诗，未必来享，余以恩纪祭及之耳。祭时妻妾必有一人在侧侍祠。今年梦缇以目疾不出，妾在灶下，亦未出也。欲待祀门而疾颇甚，遂眠，果体热不安。

同治十年辛未

正　月

十年辛未正月辛卯朔　阴。辰正雨水，中。起祠三庙、文昌星、灶、中霤毕。受贺。遣两儿出贺邻家。食枣，煎年糕。早饭罢，邻人老幼十三人来贺年，留茶去。梦缇以严怒待儿女，节候当嬉戏，皆凛凛然，然亦背之盗弄淘气，无所不至。父子之道苦矣。余欲助之威，则下无以为生；欲禁之，则下益玩法。汉宣帝言："乱我家者，太子也。"慕为贤明母而未得其术，其患甚大。故谈宋儒主敬整严之学者，其子弟率荡佚，败其家声，若用以治国，则天下大乱，此岂竖儒所能知耶？儿女既屏息远去，予不可与姜相对，遂卧一日，至亥寝。

二日　阴。早起见瓦缝微雪，业已下床，遂盥着，食年糕。入东斋少坐，见儿女摊钱，亦往看局。至子寝。

三日　晓起大雪满庭，厚二寸许。出赏雪，百顷皎洁，人迹殆绝，非僻乡不能有此清净琉璃世界也。竹树低垂，草莱森挺，冰雪能摧刚为柔，化柔为刚，前人雪赋未及此。命马驰行三四里还，妻、儿、女、姜同摊钱，余亦入局，至亥罢。

四日　阴，雪未消。常生来，留饭。刻字两王生来，旋去。午饮三杯。亥寝。

五日　阴晴。常晴生及二从子来，少坐而去。游民假冒流人来乞食，竟日始去。作仪安墓志成，亥寝。

六日　晴。雪半消，夜又雪。摊钱至丑罢，卯归寝。是日，雪、春两公送赆，夜作书复谢之。

七日　阴。李福隆来。夜算衡阳丁粮银数不符。作书寄春浦，并送《志》稿。夜至子寝。

八日　晴。阅《旧唐书》二卷。赵隐、张裼俱以子仕梁而得传，殆得斛米也。李蔚引名臣奏以谏饭僧，寻入相，守淮南、太原，有政声。崔彦昭思文。乾符初称善相，奉母孝。郑畋字台文，议抚黄巢，后捍岐陇，有重名。卢携举宋威不致，遂欲激巢乱，力倚高骈，卒得罪自杀，鄙夫也。凤阁王氏徽字昭文，权京尹，有抚绥之效，掌选无滞。_{三文补苴，郑极慨慷。始议官巢，谋岂不臧。携也鄙夫，酿寇促亡。赵张庸庸，蔚有谏章。}萧遘自命比李德裕，为同年所忌，不屈于田令孜，而召朱玫，以致僖宗奔播，躁人也。孔纬承命危难，借李昌符五十缗而达行在，亦致克用之兵。韦昭度将王建讨陈敬瑄，遂为建所弄。崔昭纬连藩镇以倾之，卒自受殃。张浚学鬼谷子，因杨复恭以进，后又欲假兵势去之，致李克用之师，然犹以重名为朱温所忌，潜遣盗杀，子格为王建宰相。郑綮寄钱庐州，贼盗不犯，杨行密乃送还京师。綮好论时政而致宰相，三月避位，犹知耻也。刘崇望定杨守信之变，弟哭麻以沮李溪，而兄不食。徐彦若、陆扆俱无相业，扆差有识耳。柳篚子以诗骤相，而报怨兴祸，天假手于昭宗也。_{遘比袁绍，召玫祸禧①。昭相十人，不若置棋。度伟相倾，纬浚致师。刘崇含光，禁林前驱。扆沮徐将，亦云识务。綮近知耻，璨为邦汋。乾宁好诗，衣冠逢虐。幽人好乱，克融还立。义（李载义）颇媚朝，两卒制体。牛谬论边，视为异域。杨（志诚）李（可举、全忠）再奔，张（仲武、允伸、公素）拔于军。李相善驭，收功蓟门。匡威淫躁，背镕自偾。张（匡筹妻）实女戎，再倾李燕（朱克融等列传）。田死魏乱，史狗盗城。逆生顺死，五姓（何进滔、韩允忠、乐彦祯、罗弘信、承业）窃名。威歼孙军，势弱乃平}

---

① "禧"，当为"僖"之讹。

（史宪诚等列传）。河中反正，李钺授王。义武应之，国势始张。田夺盐池，遂兴晋阳。爽起贼徒，见美澄清（重荣、处存、爽、二王、诸葛列传）。千里世将，威申南交。养寇自困，晚节为妖。青徐么麿，草窃一朝（高骈、时溥、朱瑄列传）。独孤女贵，恩萌异念。窦世国姻，阿奢何谄。武十九王，亡也如剡。攸绪巧慎，优游岩崄。太平类母，三朝焰焰。淑独犯难，凑流名检。开元肃克，外家自贬（独孤怀恩、德明、怀贞、承嗣、延秀、三思、崇训、懿宗、攸暨、妻太平公主、攸绪、韦温、王仁皎、吴湊、弟凑、窦馛、柳晟、王子颜）。元始任奄，思勖奋武。高开贿门，犹曰谨惧。静忠（李辅国）握珠，始典禁旅。朝恩观容，遂临戎伍。德倚窦（文场）、霍（仙鸣），大总文武。守澄立穆，掌握人主。前宋（申锡）后郑（注），俱困社鼠。田（令孜）、杨（复光、恭）崎岖，恭敢犯御。搏（王搏）欲和难，反死允（崔）口。光化荡除，四星掩蔀。欲检《良吏传》，以倦未果。还内室摊钱，鸡鸣乃寝。

九日　晴。携珋、衯二女至水边，蒸流盛长，弥然有春意。还阅《唐书》二卷。申泰芝，《吕諲传》作奉芝。唐代良吏多在刺史，盖非畿县希专割断也。治物之寄，令守所赞。唐别畿赤，外州劣县。大府之纲，长司攸典。高设按察，使权攸显。咨册三子，并称循选。杨蒙九褒，贾纪双善。张葱权木，严察为浅。高恤丞尉，庶乎知本。惠登涤瑕，隋歌来晚。酷吏之兴，端在盛时。始开丽景，以拑百司。李杨秉钧，罗织其私，毛敬裴毕，技终不施。（《酷吏传》）夏侯端忠于武德，有苏武之节而仕隋。清官劝人作反，徒欲立名取官，岂曰忠义乎？王义方名行有闻，其劾李义府尤为矫矫，当别立传。尹元贞、成三郎为周拒唐。王同皎、周憬但可为侠。苏安恒敢言触势。俞文俊越位戆言。王求礼可谓直节。燕钦融与安恒同。张介然、崔无诐□上见杀，有失守之咎。程千里生为俘囚。符璘降将反正。赵晔患[1]贼中早年。张伾能守临洺。《庾敬休传》惟叙官阶。诸人并不宜入《忠义传》。张道源孝子。

---

① 按，《旧唐书·赵晔传》"安禄山陷陈留，因没于贼"，"患"，似当为"没"。

李玄通陷贼自杀。冯立、谢叔方忠于所事。安金藏以乐工赠兵部尚书，封代国公。颜杲卿起兵拒贼。薛愿与张、许同功。袁光庭独保伊州。高沐、邵真、石演芬、张名振能引大义。甄济洁身求免。辛谠求救，贤于南霁云。高叡、李憕、卢弈、蒋清、李公逸、刘盛①、常达、吕子臧、张善相、刘放儒②亦孝子。贾直言饮鸩代父，鸩泄于足，事李师道、刘悟，能引大义。诸人皆宜别为次叙。《旧史》总载，盖当时宣付立传者，未能分别耳。守土殉城，六子致命（刘感、常达、吕子臧、李公逸、张善相、常叡③）。张（介然）崔（无诐）束手，未习军政。李（憕）卢（弈）危坐，毅色逾劲。壮哉玄通，醉观自刭。张（巡）许（远）薛（愿）颜（杲卿），愿名弗著。袁（光庭）亦保伊，伫胡卖女。辛谠挥刃，壮于南霁。在藩引义，甄（济）乎智士。邵（真）高（沐）石（演芬）张（名振），矯然泥滓。贾生（直言）饮鸩，移忠刘李。张（道源）孝改乡，刘（敦儒）鞭悦母。玄武操戈，冯谢不回。乐工（安金藏）剖腹，茅土自来。表其义侠，以愧三台。（《忠义传》□）文士六二，山谷污隆。并用麟羽，属我唐风。员（半千）谏控鹤，刘（蕡）识始终。桢较李杜，乃为雕虫。夜至子寝。

十日　阴晴。检书籍。子泌来，到馆。遣信要姚西浦不至，留彭静卿作陪。申初丰儿、宥、珰二女入学。舍菜，酉设饮，与子泌久谈，鸡鸣寝。

十一日　阴晴。子泌属余点《礼记》，兼笺异义，自《曲礼》至《玉藻》十一篇。常吉人来，留宿南斋。得春甫、晴生书。福隆遣二人来，拨钱与吉人。子泌谈夷务。子泌精于农田之事，复论开垦事。鸡鸣寝。

十二日　阴晴。治装，携功儿赴长沙。贺赤轩、李福隆以龙灯来送行，乡人亦以三龙来，升堂而拜。因悟《郊特牲》及《论

---

① 据《旧唐书·忠义列传》，"刘盛"，当为"刘感"之讹。
② 据《旧唐书·忠义列传》，"刘放儒"，当为"刘敦儒"之讹。
③ 据上文及《旧唐书·忠义列传》，"常叡"，当为"高叡"之讹。

语》言乡人傩，朝服立阼，存室神也。旧注以为恐惊室神，非也。室神非厉鬼，傩何能驱。若非知礼之家，不以朝服立阼，岂室神尽惊而去耶？存者，存问之义。乡人傩必入庙，入庙必有礼，众人以其喧哗，草野多视为儿嬉，而不答礼，故宜朝服立阼，以示为主。不答拜者，傩入庙本非宾客，疑立俟之而已。此非身历不知。余早年见傩入辄避去，今年适相值，见其入庙设拜，故悟此义也。是日留客饭八桌，共六十许人，扰扰竟日。至申乃行，廿四里入据江彭祠，静卿为主人。

十三日　早晴，后阴。静卿设食，彭氏来陪者四人。巳乃行，卅里至灵川寺，道中游珍珠广，僧六人击钟鼓而迎，余不拜佛，以其盛礼，不可不答，亦作一礼，然后与僧为礼，礼也。灵川刘生谈军中旧事，言陈玉成以数十万之众援安庆，人结如饼，炮轰旋合，苦敌十夜而解，自此贼败矣。不求战略，而虐用其众，未有不败，况狗盗乎！主人烧四烛，烛尽乃宿。

十四日　阴。行里许，遇在和及弥之家人，得弥之、芳畹书，无非及其婿书，仍遣信至家去。行四十里至白果，过赵氏药店，问梅卿同年，云已入城。复行十五里，至鸦口铺，遇一王姓，言相墓法。

十五日　雨。添一夫，行五十里，宿石弯。旧送与循诗所谓"石弯双折垂杨枝"者也。市人放花爆，亦有节景。

十六日　雨。挑夫病，不能行。五里至古塘桥，访翁佩琳于青石坤树德堂，借一力，从梅龙巷取梅花渡，越山行。功儿骑导，访检头坤，登蔡家岭，至外舅家，已二更矣。妻父小病，余今日亦腹痛大作，竟日不食，连进姜橘汤二瓯而眠。是日丙午，惊蛰节。

十七日　阴。早起。梦缇遣人送书来，即留来夫同行。过访李云根丈，至县薄暮。到志馆遇万鹤楼，留夜饭。唤船夜发，一夜雨行四十里而曙。

十八日　雨。午至长沙，遣功儿先入城，弥之遣人来发行李。舟人王姓谈三河败事，涤庵骄气为之也。未正至弥之宅，少愒，出寻四叔父，因过访筼仙、文心、皞臣、正斋母夫人、李仲云兄弟，叔父已移湘潭矣。黔局亦不知何往，使人如有朝市迁流之感。皞臣病甚，入室久谈。三李均未遇，还过筼仙，遇唐荫云、左壬叟，言王孝凤劾丁巡抚谋杀马总督，其词不经。还寓，至四更乃宿。

十九日　雨。晏起。始沐，仲云来。芝生、黼堂、筼仙、健郎、文心、筼仙继至，遂尽一日。谈徐寿蘅荐余于朝而蒙显责，及马总督事，又拟论修通志事。筼仙又云王司使欲一相见，然未闻司使何日来访余也。筼仙又言其傲忤张力臣，及力臣足恭之状，余甚疑之。黼堂言刘御史却八百金而保全其名，已以银二两报之。芝生言皞臣将于三四月招功儿往就学，今暂寄弥之也。夜刘仲卿来谈，托寄京信。湖南九府四州厅，其半无名人，余亦不能访求表章之，未为知好贤也，愧甚愧甚。因与筼仙论志事而觉之，书以为他日之鉴。

廿日　阴。弥之设荐。余早出谒陈母、左孟夫人及力臣，还就席。力臣、芝生已先至，文心、筼仙继至，纵谈《庄子》，酒罢已暮。全西园来答拜。夜命非女作词，以"灯前细雨檐花落"为题，成一词不佳，余欲作未能也。

廿一日　晴，晚阴。出吊黄子寿、杨朋海，过文心饮。东丈遣相闻，约会于文心宅，同坐者弥之、力臣、芝生，论附洋舶事，酒罢日西矣。与力臣过筼仙处，索《庄子注》。筼仙盛许为知言，惜无副本，不得留正。旋回，过仲茗，见左母，论迁衡阳，左母不欲，余揣其意，恋仲茗也。因先为仲茗谋之，而事果行。坐顷之，辞归，欲登舟而城闭，还宿弥之宅。罗秉臣自乡来，同居停于邓氏，少谈各散。作书与程春甫，并寄家书。

廿二日　阴。早起力臣来，送汇票十七万钱，又馈赆白金二斤，而辞曰："助功儿膏火。"余前早与芝生让坐，以父子不同席，遂坐芝生之上，戏言今日以子贵也。今馈赆而曰与功儿，故余谢之曰："想亦以子富之义耶？"弥之设汤饼、煎饼为饯，已食而行，舟中杂客六七人，有杨子争席之效。是日不发，泊西门对岸。

廿三日　阴。早行十五里，泊三汊矶守风，遣在和入城送书，请弥之寄丰儿。余本欲携书疏入京点定，因此船不可写字，洋舶更不必施笔研，在京日无几，故不作著书之想。读《庄子》七篇一过，夜早眠。本日会计：此行入程拨银八十两，常拨百八十两，彭赠五十两，程赠廿两，外舅与廿两，张赠卅二两，计共三百八十二两。

廿四日　阴雨。行七十五里泊青牛弯，午间过靖港。在和来，李荇仙片遣陈升来随余至京，以其京城人，习北俗也。得弥之《细雨词》属和。抄《穀梁申义》三页，文心所属也。

廿五日　风雨，始雷。守风青牛弯。抄《申义》五页，和弥之《细雨词·睡鹤仙》云。别愁萋满院。正晚来，疏帘和雨都卷。春痕背镫见。又烟丝碧润，露华红断。潇潇线线。绕回阑，寒轻夜浅。被东风、迤逗相思，刚落檐花一片。　休缱。红楼隔冷，珠箔通光，做成闺怨。天涯纵远，诗共酒，尽消遣。但西窗剪烛，东阑对雪，年时几回相见。好殷勤，爱惜良宵，莫催银箭。

廿六日　雨。仍泊青牛望。抄《庄子序》。作书与筠仙、文心、弥之、力臣。

廿七日　阴，大风。唤渔艇，逆风行九十里，夜至营田，投竹老妹婿易子杰盐店中。大雷雨雪，已而大雨，至夜半止。

廿八日　晴。晨起肩舁行三里许，访殷竹伍于屯民段，屯，读若军。见其长子、三从子及其从孙，殊儒秀，无村气。其三子默存

赠余以诗。早饭待至未，又坐至申，辞而行。竹老赠余食物及全
毂，副以钱二万，亲送至营田市，视余登舟乃归。促舟人即发，
行三十里，泊琴岐望。邻舟有太子太保旗，厚庵子也。又有一钦
差大臣，则不知为谁。

　　廿九日　晴。早行九十里，欲泊鹿角，入孙坞访吴南丈，舟
子方将帆风，余亦念匆匆不尽怀，俟归途寻之，遂行七十五里，
泊岳州府城岳阳门。登城楼，观新修工规，殊不壮丽，不知何用
六千金也。与道士谈彭雪琴、曾沅浦、谢麟伯。道士又盛称尚太
守庆潮之美。楼下刻石有李沄自陕甘督楚，自署星沙人，余甚讶
之，及审视，乃自督幕旋楚耳。其人全窃张竹汀之名号，又欲督
楚，未闻楚督剿袭一御史之名也。一茶而去。登舟复发，行廿五
里，望江口正从西东进而为洞庭，前望澧口，乃在湘西。马君以
为江东至于澧，误甚矣。澧口谓之布袋口，在鹿角下五里，江口
今谓为荆河脑，在陈陵矶下十里，江去澧八十五里，洞庭两受之。
《山海经》所谓九江之门，即君山、艑山。先秦人说九江，盖亦误
会《禹贡》"东至于澧"之文耳。余自甲寅至今，凡七上岳阳楼，
甲寅十月、十二月，壬戌五月、十二月，甲子九月，乙丑五月，今辛未正月。经
十八年，而皆独游。当乙丑归时，自以为不复再至，今复翩然来
此，古今须臾，可胜慨哉！览李竹亭刻石之词，辄作一首，归与
道士刻之壁上。用辛稼轩《摸鱼儿》韵，云。问汀洲、几多芳草，青青
远黏天去。少年儿女春闺意，又对流光重数。留不住。烟波恨、逡巡踏遍湖边路。
凭阑不语。待更不伤心，此心仍似，一点未飞絮。　人间事，离合悲欢总误。无
情犹有痴妒。愁来漫写登楼赋，未遇解人休诉。梁燕舞。还只恐、洞庭也化桑田
土。当年战苦。谁更忆周郎（谓雪琴），风流尽在，千古浪淘处。词成已行五
十里，至螺山鸭阑对岸也。是日行二百四十里。

　　晦日　阴风，颇寒。早行五十里，至新堤，小停买米。旋发

七十里，过石头关，小石阜上刻"赤壁"二字。凭篷远眺，感孙、曹之战，孟德不先收南四郡，从安成、醴陵袭豫章，而欲先平劲敌，故宜致败。然兵势无常，多以攻坚收功者，事后论事，易为识耳。沿江碧草映天，春色远秀，江鱼肥美，帆樯安闲，惜不得携家闲游，一快情郁也。泛宅浮家，人生之至乐，但儿女累人，他日两儿能当门户，终当一了此愿，不能效禽、向步入五岳，有芨涉之劳矣。申初泊老矶头，汛兵云赵夹口，鱼童云上峡口。去嘉鱼县城十里，有水师坐船，盖都守以下官也。询营兵知为千总。登岸见菜花、蚕豆花，其香扑人，麦苗青青，民居垂柳嫩黄，鸡犬安静，有村居之适，忘其频年水患为苦也。是日行百六十里。

二 月

二月辛酉朔　春分，中。晴。泊小泠峡，呼厘局验船，巡丁辞不敢上。近日厘局皆谦谨，以改用官吏也。余出游廿余年，未尝以早春泛江，今为此行，乃知汀洲芳草，伤心如此，古今诗人，岂欺余哉！作小诗志之，《青草湖曲》云。湖草最先春，芳心自千里。汀洲偶然望，客恨连天水。平生不省江南怨，柳眠花飞春始见。谁知露叶烟丝中，一水一堤情万重。平波隐隐随空曲，极浦萋萋迷雨风。湖光草色春相引，扁舟暗觉东风近。行人来去莫相思，天涯易尽愁难尽。又忆壬子二月朔日春分作小诗五首，此时初聘梦缇，故末章云"正忆绯桃色，无言解泥人"云云。今廿年，因效五代人"四月十七[①]"小词作《女冠子》云。二月初一，十九年前今日，正春分。酒绿香如雾，腮红晕作云。娉婷轻嫁了，旖旎暗怜人。惟有迷离梦，暂留春。是日，行百六十里，泊东瓜脑。榜人落

---

① "四月十七"，原作"四月十一"。按，韦庄《女冠子》："四月十七，正是去年今日。"

水，衣裤尽湿。盖余学道，而好作绮语，故以此相警也，明当戒之。李云丈昨与余言，向老久静，不知七情为何物。余已能去怒惧恶欲矣，而未忘哀乐，亦缘文词为障，《庄子》所谓以香自煎也。携妾不障道，殆非诚语。

二日　晴阴。行百里至汉阳，望武昌对江三城戍，雄阔冠东南，水陆形便，宜可建都，而自古皆以江陵为天府，所未解也。咏芝经营指挥，坐致富强，而身未终享，官、李庸庸居而有之，天下以为固然，凡事颠倒何可胜道。然鹏之运也，则天池负风；鸠之飞也，则枌榆抢地。庸人何能居大镇，彼视为一城一墙，儿女之闺房耳，而余乃张大其形势，不亦过乎？舣舟晴川阁下，遣问许总兵，前托春甫介绍为觅洋舶，书竟未达，余又不喜见武人，遂泊沔口南岸嘴，步至汉口万安巷，访程尚哉，十二年不见，老矣。尚哉云郑尚书已刑讯张文祥，作海寇定案。又言盐务行引，皆自下流逆挽，不从便运，盖有深意。当淮纲盛时，川、粤并不多产盐，余言当就场征课，尚哉虑灶户数万家失业。余于盐法未数数然，不知何者为长计也。询知李小泉已入觐，廿六日陆行矣。作家书，兼致弥之。夜间不眠，邻舟盗铁锚去，殊不闻声。

三日　晴暖。晓起眺望江汉，作诗一篇。遣在和买铜器，至夷人信行定船。作书与殷竹伍云。高轩暂话，群从欢然。策马应科，反劳遣送。钱赠隆厚，躬枉湖濒。斜日将沉，未能款曲。别情载路，感荷交并。登舟始知二万赆钱压舟同下，盖以闿运前阙地主之礼，故琼琚以报木瓜，或者仁兄廉介久闻，不欲费故人夷器之馈，不然无此礼也。谨即载往沪上，代购胡书并火轮各机，但未知子登去否，及行程办否耳。舟达沔口，帆樯安闲，二日觅舶，四日发去。久居山中，颇惮远游。直尺枉寻，殊近多事。惟以习劳自勉，不敢告劬。比至京师，即谋归计。洞庭水满，试一临江。相见在近，谢不多及。竹老从子默存赠予诗，末句云："衡岳云烟洞庭水，载将春色上蓬莱。"佳句也。聊押韵和之云。竹室铜盘有异才，明珠五六夜光来。白鱼岐转沙棠楫，三凤声和紫阁隈。春色姜姜连去浪，晴光滟滟动离杯。长安卿相须年少，莫把丹经问老莱。向午煊甚，念山中当已绵衣，行人可单衫也。夷行嫌银低，又不肯用其国旧钱，余遂不作上海之行，遣顾小车三两至汝宁，每两六千二百，车行加篷钱各五百。酉初行五里，宿汉口街尾通济门内，旧名三家店。初月一钩，林树新绿，夷人建楼屋甚盛，树已成阴，不胜辛有伊川之感。小车余初学坐，两仆均为平生未经之事，试观其吃亏何如也。刘庸哉言凡事最须耐烦。邓保之云吾等当吃亏。余今愿行其言。是日，程尚哉来舟中答拜。作书与弥之、春甫，寄梦缇，兼告陈母以不复求试之意。交车行送信行，

未知达否。

四日　晴。行十五里，饭于澹水池，十里至油湖。以须两渡，觅舟溯濊口，驿馆寂然，旧垒弥望。居人言官兵过，无不扰民，曾军与僧军同横，惟胡抚军差戢耳。论兵贵智，非料敌也。智足以知情伪，则兵将不敢骄，涤老不智，故不如文忠矣。濊口至双庙才三十里，而驿人言四十五里。又十五里，宿雷家集。辇夫甚驯朴，吾此行所逢船车人皆良善，盖心平和则逢吉祥，感兆之理也。汉口尾边为沙邑，无复麦地。然自汉口起，平原湖皋颇有北景，兼以小车客店腥臊如燕、赵，使人登车即有河朔之感。雷集人颂黄陂旧令朱君循政不容口，且言其精技击。云湘乡人，名际昌。余不知也。

五日　晴。行十五里，饭于火烧桥。辇人云：有贩猪人误烧人积谷，罚令造桥也。又卅里羊店驿，孝感地也。辇人取驿右小道行，云近十余里。卅里至杨家冈，店屋甚盛。十五里宿刘店。黄、孝人读"冈"，俱作去声。

六日　晴，北风。廿五里过小河驿，城若大县，前当富繁，寇乱焚半矣。驿道渡水西行，径道循水左右，澴水也，自孝感来。

入汉卅五里，渡水即阳平口。上下二梁，水涨有义渡舟。十五里宿二郎店，早饭长冈。题神女祠二律云：解珮曾过汉水浔，重扃今叩玉墀阴。相当便许分明看，不语方传眼色深。纵作锦鞋终有恨，得拈裙带已同心。蕙榜春月应长好，谁识青轩夜独吟。玉女留门凤掩扉，坐中春色有谁知。青鸾暗啄鸳鸯瓦，仙鼠偷眠翡翠帷。芳草有情遮去路，杏花无计避相思。红巾本自君怀得，抛向君前赠别离。是日，初见李花。溳水右关岩前有石觜，辇人云"猪母觜"，年倾黄豆一车为饲。今夜计账，自长沙交在和九千，殷送廿千，换银九两余，得钱十六千六百。计三次换船并饭食赏钱十一千，发车行钱八千一百，余路费钱十三千五百。

　　七日　晴。风日燥亢，尘沙扑人。十里饭于彭子冈，辇人云恶婆冈也。五十里过三里城，土人筑大堡以防捻寇。同治初大发兵，二王、三相、三督、四抚，驰骛防守，屡败于寇，论者以为必不能平，然刘省山等一战而定。廿年巨患，倏然而消，非兵力能胜也，民寇不合，而官兵四出，寇不能存，所谓坚壁清野之效也。若洪寇稍与民合，故必大胜而后定。凡治盗贼宜审其机，若明者治捻，不劳兵力，专委守令，省费亿计，庸人不能，则大举以图之，及其成功一也。洪寇势大，非稍用智略不定，今之曾、李，少胜洪、陈，因收其功，亦非天幸。后之论者，未识几人知此。十二里至沙子岭，全入山中，为河南罗山县地。沙岸大石如岛，高可七尺余，里人云：西域胡言中有自然金盆，欲凿取之，土人不肯。又行十里，日西，余试步行七里而暝，颇为沙石所困，改乘后车，一里至杨家坊宿。道中棠梨盛开。

　　八日　晴，南风。行廿里，早饭塞冈。三十五里三里店。辇人用牛挽行沙中里许，钱廿。云路有卅六坡，例加人挽，须百廿钱，因车轻省费耳。渡汝水，自息县来入淮。渡水为三里店，信阳地也。卅里宿九家店，遇汉口德昌店商余姓，谈夷商奸诈及日本陵蒐英夷之状。又言贼据征州，遗民拔手归种，岁得大收，而尽为贼掠，民、贼自此俱困矣。连日北风沙起，今乃不能扬尘。仪安常云："北风沙自塞外来，余风不能扬沙也。"以余度之，北风劲，故卷地而起，仪安言或然。

九日　晴。早南风，行廿里，饭于消黄店，信阳地也。十里渡淮为堵沟，正阳地也。过寇垒二，城壕犹存。六十里宿正阳县南门外，未至正阳八里。有垂柳桃花，北风扬尘，殊无春色，作诗一篇。

十日　晴。大风扬尘而不翳日，盖余诗所感。行廿里，早饭山东铺，六十里马乡，汝阳地也。风甚不可行，车夫欲止者数，以贪赏强进。六十里宿汝宁府南门外，渡石桥，可八九丈，所经最长桥也。桃花缘路八九树，瓣长于湘、汉，花色艳不如。至府遣觅大小车皆不成。

十一日　晴。大风停一日，呼马牙人来选马，入南门，尘涨眯目而还。汉贡汝南，鸣鸡入禁掖，汝阳诸县鸡种果大，然鸣声不异余方，犬豕耳皆绝大。妇女装束甚村鄙，黄叔度妻未必尔尔。道旁府县德政碑相望，城中荒冷无佳胜处，府治殊不宜在此，欲控襄、汉、临淮，或移周口可耳。凡大城无繁富之实，徒烦官吏，无益控守耳。

十二日　晴。行十八里，饭于油坊店。辇人言：店北二里许，有孝感张氏，富室也。其祖以负担挽辂起家，存其车筐，以示子孙。此与宋武意同，而其子孙能勤俭念先人，刘季奴①不如也。又言：昨汝宁府悦来店妇女皆工技击。五十七里临颍塘，上蔡地也。又廿五里宿东岸。车中偶念夷务，拟陈一疏。比夜月色皎然，春

①"季奴"，当为"寄奴"之讹，宋武帝刘裕小名。

气和煦。东岸旅店尚在大道北，仍从市南行，方投正道也。

十三日　晴，甚煊。行廿里饭于乌台，十八里过商水东郊，遇数车谒太昊陵者，皆扬旗发炮而行。又十八里至周家口，汴、汝、泗三水交会处也。入店，衣一绵略寒，二绵又暖，方知裌衣之用。黄冈林职方镛同年之从子字午山来访，因到三日无车，留待旅店。儒素知学人也。谈久之，言张香涛视学湖北，立经心书院，以兴实学，曾聘莫子偲为院长。子偲不就，今为薛介伯，亦知名士。夜步月往答访午山。遇一陶生，昨与余同寓，见余草疏而云用功甚好，自云将观北闱，真木天中人也。

十四日　晴。略少旱熯之气。早起步市中，至剪股街，见淮宁、商水二令示禁小钱。市中金针行最盛，未知为鹿葱为穿线针也，此处土宜鹿葱，盖是草非铁，言考据者必以吾言为然。小车自汉口起至周口，程行十日。辇人有歌曰："七紧八慢九消停，十天到口正相应。"又言陈州路漫云："脚踏陈州地，十里一十四；脚踏陈州府，十八二十五。"公车行者率言辇人不进，以钱少耳。余从汝宁加钱千六百，一日半而至周口。又换二车至汴梁，每车价二千八百，殊不昂也。遣仆买一马，钱十九千，整顿遂行。林职方之子藻卿来访，年廿矣，前年归娶，贫不能成礼，仍还京师，京官之贫如此。因约同发，渡汴廿里宿许家集。

十五日　阴晴。行八里，早饭于桃李冈。梨桃杂开，榆柳相映，骑行甚适。辇人病不能进，强行六十里，宿陈家楼，扶沟地。

十六日　小雨旋止，竟日阴。是日丙子清明节。先府君忌日，素食。五里饭于毛桥。廿五里吕潭，大市也。骑行廿里，辇行十五里，宿江村旅店，颇静洁，云陈州太守昨宿此。出门寻得三碑，嘉庆初岁贡王步云作，言江村自来不知差徭，自扶沟某令为知府，具馆舍，而民始苦役。属吏为上司具馆舍，乃情理所应有，而遂至开徭役之弊。官中一举措，诚不可不慎。自周口至此，皆小车经道，道中行人甚稀，虽有大车辙南去，车所遇财三五两耳。北地春景宜雨，南方宜晴。汝南已全北景，古人称中原，风景殊不及泽国明秀。未必人情好燥而恶润，好尘土而憎花树。彼不见南方佳景，徒以卑湿概之。故后世北人皆乐南方，而北日益贫弱。窃意圣人之讲沟洫，兴水利，必早知今日北不敌南也。

十七日　阴晴。行十五里，饭于邸阁。廿五里过通许北门，有碑云："宋置县，名咸平，金改今名。"又五十里宿赤仓，稍在大道东，祥符地也。初欲宿望陵冈，余至一破寺，问塾师汴京遗迹，塾师甚窘，仆来促去，乃免。是日骑行廿里。

十八日　晴，西风。行四十里至河南省城，入东门，步行城中。城中巷多云"角"，宋人碑记常云"南角""西角"，妓曰"角妓"，称角盖沿宋旧名。陈升先觅南土街一店，无茶水酒饭，所谓干店也。遣约尹杏农一谈，杏农以谒巡抚为辞，夜遣要饮，相见甚欢。然观其意颇郁郁，若有求而不得，视在台时两人矣。夜大风起，笼灯而还。

十九日　晴。早又买一牝马，钱十八千。觅篷车一两，与林君兄弟同乘而行。廿五里至黑冈口，待渡，有县差来争马槽，午山叱仆棰之而逃。酉初渡黄河，顺风泛舟。车夫云："赵藩使母所设义渡，大车取钱二百，以次为差，商贾便之，故不由陈桥驿道也。"十五里宿围场，封丘地也。

廿日　阴。行四十里，饭于延津南门。又行五十里，日暮。夜行卅里，宿卫辉府城北门，汲县地也。见管才叔题壁恶诗，旁有恽亦韩嘲笑之词。才叔诗言"年卅"，盖咸丰九年之作。夜不饭，吃饼三枚。是日西风甚狂。

廿一日　晴。行五十里，饭于淇县南门。淇水润泽犹存，稻田盈望，村落甚秀。昨过汝、颖①、河、汴，沙石枯焦，意宋以前尚不至如此。凡地气将败，则水邕沙长为害，今北方尽沙漠，不可兴矣。江、汉之间，亦有邕沙，然则古人言海中扬尘，定不虚也。天下皆沙，则神、禹恐不能施治，佛氏所言三灾，意即指此。地球将毁，土不生物，安得圣人及时治之，为之感喟。骑行十五里，乘车廿里，宿大赍村，观戏半折。淇女尽梳元宝髻，殊无靡曼之态。

廿二日　晴。早行五里始曙，四十五里饭于汤阴，余两过皆由城外，今始见城也。四十五里宿安阳桥北，桥碑云"鲧背桥"。元时建汤阴，有吴下阿芙题壁诗，甚楚楚可怜。

廿三日　晴。行卅五里，渡漳，饭于平乐，饮人参酒半杯。廿里过磁州，林属于山，风物殊秀，州北门外，市廛尤盛。行廿五里至石济闸，民房多为寇毁，荒凉盈望。骑行十里，宿太城铺，非正站也，以日暮投宿。滏水以北，妇女颇多，古言赵女，以其多耶？

廿四日　晴。早行廿五里，骑行十里，过邯郸。乘车行廿里，饭于黄果村，入卢祠，观旧题犹在。筠仙题，不知为何人所恶而画破其款，可笑也。四十里过临洺关。问永年县城，在关东里许。大风蔽目，飞沙涨天。自祥符至京，冬无雷，春无雨，每值阴霭，必有大风，旱甚可忧也。自磁州北经寇乱，凋残满目。余前过临洺，有诗写其荒寂，今临洺稍盛，而邯郸尤敝，因作一篇寄示六云云。君不见，昔日汉宗置酒论恒赵，慎姬清瑟声要妙。壮心苦忆年少时，凭阑自指邯郸道。慷慨悲歌泣数行，人生哀乐信难忘。魏公英姿定河朔，邺城余恨惜

①"颖"，原作"颖"。

分香。二公得意尚如此，何况丛台兵火荒。旧游飞沙没车轨，七年闭门风日美。闺中偶论清苑游，有梦不渡漳洺水。羞言十九处锥囊，岂忆三千躢珠履。鼓角歌钟两寂寥，门前五柳春风里。归云无心仍独飞，黄尘何意污人衣。颓墙败壁凄满目，榆荚棠梨春影稀。朝市兴亡如转毂，忙者自喧闲自寂。惟应岁月同迁流，玉颜暗老蛾眉蹙。画阁鸣筝久集尘，渑池击缶任旁人。徒怜赵女如花貌，一闭阿房十一春。诗中多用旧诗中语，以彼时六云年十八，故以玉颜暗老为寓意耳。结句则六云未必知其意，待后来读者妙悟得之。行十五里，宿搭连店。店出搭连布。搭连，囊橐之称，未知其字。沙河地也。

廿五日　晴。行十八里，步二里，至沙河城。见县令劝种桑及沈幼丹请立算学通谕。幼丹始以攘夷要名，晚节附会以求合，真鄙夫也。若随流平进，仍不失督抚之位，好名心亟，乃至于此，悲夫！自祥符北，明人石阙弥望，工费甚巨，每得一第一官，必竖通衢，此甚可笑。但吴、楚间存者甚少，何以北方不作柱下石用之。行卅里过顺德府城。邢台地也。余两过皆不由城中，今始游览。城南门外廛市甚夥，入城可里许，鼓楼当冲途，而建关庙塞之，车行两旁，城制甚奇。余欲步入，畏日不能下。至北门外，无店可秣，勉投镇标拨马店，早饭已日午矣。风霾遽作，行五十里，昏暮，道旁有游徼、屯兵护行人，时呼相闻。乞火笼镫，又十里，宿内丘南门外，车夫借余马引车，而后能达，其马鞭之不行，真驽骀也。夜食豆粥。昨日车中咏卫诗《泉水》《蝃𬟽》《竹竿》三篇，[①] 皆言女子有行，远父母兄弟，传、笺各随文解之。窃谓言重词复，不可不察，三章盖一事也。《蝃𬟽》止奔，而言"在东莫敢指"。隮西而雨，为怀昏姻。若寻常奔女，何不敢指之有？齐在卫东，昏姻之国，隮西而雨，阴盛可知。"女子有行"，盖宣

---

① 《泉水》属《邶风》，《蝃𬟽》属《鄘风》，惟《竹竿》属《卫风》。

姜也。齐人强公子顽通宣姜，以强公室，亦如田恒纵宾客通后宫二女。二子皆托为宣公之子，故后戴文得立，其事必秘，史臣知之，大夫刺之，国人未必尽知，列国未必尽闻，故畏齐之强，而言"莫敢指"。"隮西"，谓在卫为小君。"崇朝而雨"，刺其淫也。夫女子从夫，当远其父母兄弟，而乃如之人，怀昏姻之私，强与人事，以私生子，而托为公子，岂非大无信乎？不知国强不在子孙之众多，而徒欲树党，岂非不知命乎？故卫女嫁者皆耻之。《泉水》之女，思变诸姬，宁问姑姊，而不省宣姜，以遄臻之有害也。《竹竿》之女，钓淇莫致，自闲以礼，而出游写忧，以宫闱之多黙也。二女皆以女子有行，微刺宣姜。故《蝃蝀》取其言而适斥之，比例而观，殆不虚矣。"有狐绥绥"，盖亦刺顽。"无裳"，失下节也；"无带"，不自束也；"无服"，非所事也。淇、卫之望，故主言之。《相鼠①》之诗，促其"遄死"，乃赐死之词，非诅咒之语。疑当时别有大臣，效顽所为，文公立而赐之死，然后国俗正也。"许人尤之，众稺且狂"，言许人以卫女为稺狂，非穆姬敢以许人为稺狂，故下告"大夫君子，无我有尤②"也。"众"，王引之读作"终"，是也。《谷风》之妇，盖以无子出。《氓》之女，自主其昏，盖孤女也。若淫奔，不得自言"不爽"，及责人以"良媒""信誓"也。若再嫁则不得言"总角"。

廿六日　早阴午晴。昨夜得雨，郊原晓润，风静尘轻，骑行六十里至柏乡，过魏文毅墓，扪碑读文殆遍。魏氏葬者数十冢，人人有碑，而无佳文。早饭南门外待车，久之始至。睡至日西，辕马未饱，复骑与藻卿同行，五十五里宿赵州桥，车至乙夜始到。

---

① "相鼠"，原作"硕鼠"。按，《诗经·鄘风·相鼠》："人而无礼，胡不遄死。"
② "无我有尤"，原作"无我尤"，据《诗经·鄘风·载驰》校改。

过柏乡魏裔介墓，作诗吊之。兴王初革命，求试太匆匆。（文毅丙戌进士）守道归仁主，真儒岂诈忠。秘书参贵近，高论启宸聪。今日攀松树，徒怀劲直风。

廿七日　晴。行四十里，早饭栾城南门。又六十里，宿真定南门。渡滹沱时已昏暮，城南无店，强宿车厂中。邯郸、顺德皆北无店，真定南北俱无大店，城甚荒寂。早过赵州午山，往东门柏林寺观吴道子画，水云已剥灭将尽矣。

廿八日　早阴午晴晚阴。行四十里，过真定城，至伏城驿早饭，较比日差早。又行五十里，由新乐东门外过。前过临城，昨获鹿，今笔城，皆去县城远，而置更铺颇谨，缘途屯戍，声势相接，乱后不可无此。自新乐十里而暮。午要藻卿同行①，十□里入官树阴中，如行深山，景色幽异，以阴暗未宜骑行，下马待车至复骑。投明月店，遣在和觅居停，主人待余以下室，谩云满无住处。藻卿入视之，上房虚无人，乃入据之。此次随人皆畏人如虎，至不敢开口向人语，亦可笑也。明月店店大异余处，旧有技女，而今无之。栾城旧无，而今又有，盖避兵去耳。昨始见蛾蝶，今见新昏轿三乘。

廿九日　阴。早饭定州十里铺。车夫马暴死，骖马亦死，强行投清风店宿，行六十里。清风店以清风泉得名，市肆昔盛，今荒落矣。夜间有四川南川举人傅垣西来同店，言行路之苦。伊自家二月初启程，昼夜驰行，始能至此。又言何贞老督蜀学政，为近日第一，及吴仲宣督蜀，颇优士人云云。晚饭食炒肉甚佳，夜雨。

卅日　晴。早行五十里，步十里，饭于方顺桥，满城地也。

---

① 原文错为"要藻午卿同行"。

换轿车行六十里，宿保定西门。旧游满六年，道路皆不复省记，欲入城中，门闭不得入。林生兄弟晚来同寓。

三　月

三月辛卯朔　晴。五十里饭安肃北门，六十里宿白河，过故城，镇市店亦盛，未知为定兴故城安肃故城也。是日谷雨。

二日　晴。早行六十里，饭于松林，过涿州桥及琉璃桥，七十里宿窦店。

三日　晴。行五十里，过良乡东门外，饭于长新店。十里至卢胸桥，关人问税务，取一片去。卅里入彰仪门，门人求饭钱，予以百文，皆无稽留。入城投粉坊琉璃街黄晓岱御史宅，问镜初已移出，遂止晓兄宅，见其弟樾畴五兄及其二从子。遣信要镜初至，谈至戌去，复少坐，还寝。

四日　晴。早饭后与晓岱同车诣倪豹岑宅，遇高仲陶梦璧，碧眉弟也。谈顷之，复同访许仙屏未遇，见刘云生，南海人，云与筠仙交好，晓岱亦称之，余在广州未知其人。觅车与晓岱分行，余访镜初，遇徐叔鸿，谈久之。同访与循，烟具横陈，赌友杂沓，殊不可坐。遇周禹门主事，云十八岁时，县考曾相见也。与叔鸿同出，访周荇农学士，留饭至暮，示余以章学诚《文史通义》，因假以还。夜与晓岱同出，访左楚英、蒋寿山两同年，过唐斐泉宅，未遇。还阅章书，言方志体例甚详，然别立"文征"一门，未为史法，其词亦过辨求胜，要之以志为史，则得之矣。章字实斋，毕秋帆督楚时修通志者也。《诗》亡然后《春秋》作，此特假言耳，《春秋》岂可代《诗》乎？孟子受《春秋》，知其为天子之事，不可云王者微而孔子兴，故托云《诗》亡，而章君入诗文于方志，岂不乖类。晓岱云赠答诗可入传注，亦裴松之之例。余以诗词不入志为宜，特修《桂阳志》，为人所牵，而载之《小说篇》。他日修志仍不选诗，自余佳文要语各附本传，乃合体矣。

五日　晴。叔鸿送银票来。始往见钱辛伯师，未遇还寓。刘云生、许仙屏、倪豹岑、高仲陶、碧眉之弟也。张香涛先后来。晓岱招同诸君饮。同坐者有史香圃懋兰，长沙武举也。香涛言直督议开水利，余言沟洫非引大川之水，以蓄雨耳。豹岑言沟洫有不可行之地。云生言本毛旭初以限防英夷，特假名水利。又言天津张太守激变好名，故入人罪，发遣犹为轻典。至亥散。

六日　晴。早诣镜初，遇云生，又谈夷务，盛称文尚书有弓燥手柔之巧。镜初亦言今政得黄、老之道，余不以为然也。两君疾悠悠之口而为抑扬之论，岂足以经远乎？留饭毕，晓岱至，同车诣叔鸿。还寓检笔墨入城，至观音胡同，与翰仙同寓，见瞿子久，春陔兵部次子也。黄倩吾来谈，访黄小麓。是日入闱，考官为朱凤标、毛昶熙、常恩、皂保，知贡举为志和、潘祖荫。

七日　晴。黄泽生呼我起，同饭。与子久访诚静斋，遇萧雨航，言山东旧事，不忆之矣。还少憩，樾畴来，呼我起同饭，与子久访叔鸿，遇之砖门，见余名已改今字。遇与循，得卷票。还见豹岑车在仲陶寓门，谈数语，入仲陶室，少坐而还。寄家书。

八日　晴。晓起入贡院东右门听点，午初入场，坐"闱"字号。申初大雨，一刻止。

九日　晴。题纸下。"有子曰信近于义"一章。"人一能之"五句。"天下之善士"二句。"移花便得莺"得"移"字。酉正，文诗成，写二篇，早睡。

十日　晴。写文诗毕。辰正出。晓岱坐待，索文看之，面色如墨。予问尚有望否？怫然云："尚何所望！"

十一日　晴。午入场，坐"寒"字号，夜雨甚冷，有乡人同号，携有夹褥，惟恐余借，言语支离，甚可笑也。以夹衫蒙头而睡。

十二日　晴。题纸下。"日月丽乎天"二句。"日肃时雨若。""大发尔私①"四句。"春，城小穀。""大夫以鱼须"至"可也"。酉正俱成，写四篇，然烛半枝毕之，夜甚寒。

十三日　晴。辰正出。

十四日　晴，甚热。巳正入，坐"生"字号。与程雨苍同年同号。高明区君，名为梁，字慎铭，头场同号舍，今复同坐。武陵梅君，名垛，字石卿，即后湘潭学官也。来访余，谈久之。

十五日　晴热。题纸下。一问经注篇目。二问正史得失。三问畿辅水利。四问练兵。五问农官。余以练兵无益为对，嫌其骂题。五问乃以骈体敷衍了之。石卿抄稿而去。申正毕。雨苍初成一篇也。

十六日　阴。晓气溟蒙，春蒸甚润。晓起已纷纭出场矣。归翰仙寓，与同出城。晚与翰仙同访皮小舲、蒋寿山。小舲处遇陈伯屏。是日苻老来，索余《易注》及《穀梁义》去，并携文稿去。

十七日　丁未，立夏。早雨旋止。饭后刘云生来谈夷务，云英人欲兴兵端。又言养兵无益，及洋炮轮船不足学造。持论甚核，与余意同。出访斐泉，遇黄翰臣、周禹门、曹价藩、叔鸿、幼梅、子久，谈久之。斐泉要余及翰仙、叔鸿诸君饮于广和居。苏少泉后至，食北菜，均不能适口。余近岁颇留意于肴馔，遂至择食如此，宜戒之。归寓，林笙谷来访，苻老招饮，同坐者樾畴、翰仙及子久、张少衡、冶秋。余要镜初同谈，镜初论尧、孔不及释迦，佛弟子之常谈耳。天下入世法至圣人而止，自宰我以孔子贤于尧

---

① "大发尔私"，《诗经·周颂·噫嘻》作"骏发尔私"。《毛传》：骏，大。

舜，后世遂以西域圣人胜东土圣人，岂通论哉？苟老示余《经解》，考小縠地所在，见引《水经注》云，去鱼山四十里。欲求地图考鱼山所在，未暇也。又示我翟云升所校《穆天子传》，即以赠余。还，值雨初过，云阴甚浓。镜初复过晓兄宅，少谈去。夜雷雨。

十八日　晴。早起访刘筠生于虎坊桥，不见十二年矣，适逢其开复知县来引见，相逢信有缘也。筠生任县令十年，而全无官气，比之梅生、杏农，诚为质美。留早饭，与同访敖金甫、张叔平。又与叔平同至琉璃厂，寻旧书不得，同余还寓。斐泉来谈久之，复与叔平、筠生同寻与循不遇。两君去，余卧与循榻上，少寐起，赴仙屏饮，同坐者晓岱、翰仙、豹岑、云生、镜初、仲陶、谭某，纵谈几有殬言矣。晋人风流，其先任达，后遂忘名教，故知礼之不可已也。曲终奏雅，犹为改过。至亥始罢。

十九日　晴。早饭后出谒客廿一处，见者周禹门、黄翰臣、夏竹轩、曹价藩、张竹汀、胡湘琅、谭心兰、程雨苍、罗海安、汤霞轩、黄立五、林午山、隆太初、吴嘉甫。驰驱甚倦，还欲少休，而钱犀安师在寓相待，谢麟伯继至，遂与麟伯同车至叔鸿处，贺其父生辰。留饭，同坐者黄艺圃指挥、晓岱、涂新畬、毕纯斋、楚英、价藩、小舲，至亥散。与麟伯同过镜初说鬼。

廿日　晴凉。饭后拥被眠，筠生、竹轩来，皆未见。敖金甫、香涛来谈。黄宅生携余《史赞》去。晚与樾畴同过涂心畬、毕纯斋处小坐。

廿一日　晴。与循、筠生来谈。过钱师处未晤，还至湖广馆，同县京官周禹民、黄翰臣、胡湘亭三主事招公车十四人饮，余坐西席，同坐者黄丙斋、谭心兰、吴仲芳、朱卓夫、万春潭、黎宝堂及周、黄二主人，至戌散。纯斋过寓谈。三日翻《日知录》一过。

廿二日　晴。与樾畴同访刘筠生，遇倪豹岑，还访荇农未遇，见其子虎生，谈久之。晚与翰仙同过寿山、云生、张雨珊兄弟寓小坐。雨珊寓保安寺，余十二年前旧寓也。寺新修，制度未改，旧游宛然。遇子久同还。是日，吴子健元炳学士来访，石臣弟也。石臣质朴，其弟温藉而有光辉，殆胜其兄。程虎溪来。

廿三日　早阴。今帝生日，闻礼部言：上衮衣躬执役事于两宫之前，外议以为过礼也。心兰及杨润生来，筠生及李少白来，午山来，荇丈、意山、芝亭、楚瑛、子久来，同要晓岱、寿山、纯斋小酌宴宾斋。散后访筠生不遇。

廿四日　竟日昏霾，若将有大雨至者，至暮终无雨。过周禹民处少谈。是早云生来，午间纯斋招饮未赴。

廿五日　晴。作家书及寄外舅、弥之、子泌、力臣书。家书无事可报，小别亦无须言相念，乃仿八朝人空话为之云。十年相守，一旦分襟，既殊少小之愁春，复异关山之远役。想卿独处，应不劳思。然孔雀五里而徘徊，文君白头而蹀躞，况于燕、楚之异地，凉暄殊节者乎！当阶红叶，寸寸芳心。入宰燕雏，喃喃款语。中人偶望，远感仍来，又足以驻景延年化公为童者也。沔口还书，已恨汀洲之草；都堂纳卷，独听残月之钟。虽曰暂游，诚为多事。但道远难梦，昼永空销。已鹜缁尘，终迟革鞿。分无壶公缩地之术，而有景纯愿夏之心。岁月将驰，优游而已。子吟桂树，我咏条枚。既见不遐，方谋同老。安神房内，蠲忿忘情。如曰相思，手书为慰。又与弥之书论京师友人云。刘通而劲，吴稳而清，谢任真超，张居华贵，高专温藉，许太忽忙。下语颇确。申刻斐泉、子久来，云镜初等相待，欲吃梦，与翰仙同车去。至宴宾斋，梦神为曹价藩，同局者又有王晴舫、曹五叔、叔衡共八人。至戌归，镜初逃席先去。

廿六日　晴。早饭后访筠生、李少白、豹岑。还寓，筠生来。与翰仙同至琉璃厂看屋，遇周吟樵谈数语。又访叔平，托觅书籍，与翰仙同归。晓岱招饭，同坐者有雷菊潭、武冈人，甚言保之乖僻。陈文园、金曙堂、黄宅生，戌初散。雨珊来，谈诗词，至子初乃去。左邻火，焚棚架，起看已灭。

廿七日　晴。早饭后过与循处，不遇，遂留其斋，抄《灵飞经》二千字。与循归，与谈近事，终夜未寐。

廿八日　晴。早约筠生来，因议移寓与循处。还晓岱宅，闻端门火灾烧卅丈。觅车赴天宁寺，香涛招饮，同坐者杨、李、钱、王、仙屏、翰仙，至酉散。麟伯复约赴龙树寺，同乡十八人共饮，遇李筱泉于槐树下。筱泉呼余，问何为而留须，余视筱泉亦老矣。因有二三品朝官不相识，一揖而退。至亥酒罢，还与循寓。

廿九日　阴。日色甚惨。午谒钱师谈《易》，还小坐，赴林笙谷招饮，同坐者有河南高雨人治中、林静山孝廉、湖北陈子政郎中、洪右臣庶吉士、翰仙。亥散，翰仙送余还贾寓。

四 月

四月庚申朔　晴。抄《玉藻》二千百十四字。考郑注说国君"播本，士竹笏，饰本以象"，文谊甚明。而孔疏说"本象"乃以竹为本质，何谬如此。"史进象笏"，上云"适公所"，则诸侯之大夫。熊明均云："有地大夫。"则大夫孰无地乎？熊氏云误多"象"字，是也。凡夕食不炊，以熟饭水浇热食之，故通谓浇饭为飧。侍食之飧，则既饱，食已难，迫而强用汤浇食之，所谓强饭也，三而止。孔子食季氏，欲速食而去，故不食肉而飧。飧有三名，水浇则同。水浆不祭，若祭者，《公食礼》"宰夫执浆，宾受，坐祭"，所谓为己僎卑也。公遣宰夫躬执僎卑之役，故宾为其甚卑而加敬，其余虽本国臣不祭，以宰夫不执也。冠用缁布自诸侯始，天子则用玄冠，不云加布。郑以紫緌为僭宋服，未闻其说。案紫色非列采，盖季康子之奇服。《论语》"吉月必朝服而朝"，《记》云"卒朔然后服之"，盖即记吉月朝服之义。疑鲁不视朔，故不皮弁，而但朝服以视朔。后因遇朔不朝服，故孔子特言之。"而朱里"，"而"当作"君"。"终辟"，"辟"读若襞积之襞，今云积珠子也。"凡带有率"，"率"者，今云惟针子也。孔子，季氏之士，故阳虎得馈蒸豚，而孔子以敌礼往拜谢之。孟子误记礼文，以为阳虎假季氏命以赐之，非也。万春潭、荇丈、叔鸿、左子谦先后来，自未谈及戌方散。

二日　阴。饭后过云生处，兼逢仙屏，谈一时许。至晓岱处，要樾畴同访镜初，遇张子容，名惟僡，甚称余经文。坐顷之，与樾畴同过贾寓午饭。周静斋、郭意亭、周禹门、万春潭先后来，至戌亥间尽去。荇农言近人课八韵诗《赋得牛戴牛得弓字》，无合作，欲余为之。戏作云：选角逢良匠，全牛在目中。价论兼镒换，名与戴邱同。蜀使疑金便，齐师误火攻。犁驳嫌异体，项背俨争雄。重累徐熙画，低昂敕勒风。横腰双剑卖，回首一群空。岂有犁将犄，浑如鹿长茸。莫辞供五库，欣荷帝铭弓。

三日　晴，风日亢燥。饭后阅《通鉴》二本。雨珊来，将同过麟伯，遇黎宝堂而还。午饭后访荇农，出示《虱处头而黑得生字》八韵诗，中有云："蚊比巢从睫，虫原叩有声。沐防三日具，细逐片云行。"行韵甚巧。后有云："射去疑如铁，裤中或不黦。尚书夸早贵，彼豸亦分荣。"视余"牛"诗有工拙之异也。是日壬戌，小满，中。

四日　晴。雨珊、心兰、春潭先后来，留心兰饭。周同年沃棠来，陆太初来。答谒文允臣。胡湘亭来，旋去。筼生来夜谈。有人自内出，传言湖南十四人，无余卷。余来本不为试事，而勉赴试期，今银钱在南，浮寄京师，必当坐困，徇人之害如此。余试文有云："独修于家，则悔吝无因而至；一接于世，而荣辱忽已在人。"有味乎其言之哉！余前自谓能无怒欲，未涉世之谈耳。一经小试，辄已怫然，除情根，信非易易，况又沉酣于哀乐乎？非与循及朱桐轩不能为我针砭，谚曰：经一事，长一智。谅然。明当扫除世缘，一雪此羞。比日市上芍药盈担，繁华秾丽，使人思小院春光，复有天涯之恨。

五日　阴。晏起，索饭未熟，出还黄宅，饭后仍遣仆襆被来。陈文园理泰言："李谅臣世申诗赋甚工，郑炳臣业晋有志经学，皆长沙生员中有名者。谅臣年卅，炳臣老矣。"饭后访子久、斐泉，遇徐寿鹤、苏少泉。大风起，还寓。

六日　晴。拟温《周官经》，甫开卷，人客间至，午后与樾畴赴寿山招饮，同坐者芝亭、子谦、雨珊、竹初，酉散。

七日　晴。早饭后与晓岱同访豹岑、仲陶、竹轩、伯屏、小舲、子久处，皆久坐乃还，大风扬沙，几不能行。午饭后与子久同访左丁叟不遇，过李幼梅处，遇何伯元，谈顷之，已暮。幼梅复同至叔鸿处久谈，吃面，二更还，子久笼灯送至门。

八日　晴。饭后与樾岑同过笃生、区慎铭、名为梁，肇庆高明人，场中同号。叔平处，看书画。小麓来谈，四人同至延寿寺，访郑兰生，见叔隽。还寓与翰仙同访雨珊不遇，至小舲宅。同年京官六人同要会试同年五人会饮，主人至者黄、左、蒋、皮、徐五君，余及梁、吴、龙、韩为客，陈伯屏为宾，至戌散。与寿山、楚瑛同过苻农，谈顷之，还寓。

九日　晴。写扇二把。蒋秩臣、寿山从子。兰生、麟伯、斐泉、心兰来。酉刻与翰仙同车赴湖广馆，斐泉为主人，同坐者涂心畬、左亦仙、斗才，蜀人。胡湖庭，戌散。

十日　晴。辰初至保安寺雨珊寓室，待叔鸿同饭，偕游圆明园。入顺城门，出西直门卅里，访廖枫亭参将，承恩。留饭，同廖车游六角桥、八方亭，名廙如。访砖殿铜殿，皆已毁矣。湖水半涸，铜犀无尾，以荆棘围之，东南诸山苍翠无恙。还寻扇子湖澄怀园旧游，无可识矣。游鸣鹤园，惠王赐第也。戌初归泄水湖，即廖所居。廖君，澧州人，被水灾，依其姻家，入都补兵伍，从赛、僧军，得官至副将衔圆明营步军西营游击。甚好客，命其妻出拜，夜宿其园室，与雨珊、叔鸿同榻，夜小雨，旋止。

十一日　晴。甚烜。廖君设饮，午至故宫角门，寻董二太监同游园中，循出入贤良门西行，过正大光明殿、勤政殿、保和殿，皆无复阶陛。由殿下循石路稍西，过极福堂，后寝也，堂东为帝寝，题曰"天地一家春"。皆临前湖。湖前石山为屏，即正殿，湖后皆坐落，名不可胜纪。益东为福海，琼岛在焉，甚远，不可往，乃西上石山。题曰"四面云山"。望湖水山树，苍秀静旷。后湖前文宗新建清晖堂亦毁矣。穿石洞，登一亭，又西至双鹤斋后殿，曰"廓然大公"。房舍未毁。登龟背桥，行廊相通，然俱低窄。太监二人引行，谭道、咸宫中事甚晰。日西欲归，循石道出，过舍卫城，廿万尊佛均毁矣。至董监处少坐，还廖宅辞行，与雨珊同车入平则门。叔鸿在后，得题名录以示余。子久中式，同年十九人，同县十五人，均下第。饭于保安寺，雨珊送余还，过子久谈数语。天风雨雹而雷，遂别而归。

十二日　晴。饭后要翰仙同过镜初、叔鸿，遂至便宜坊天聚楼吃烧鸭，几凳宛然似十二年前位置，鸭炙殊不美，忆往岁脆嫩，殆有百倍之劣。宋嫂鱼羹，因时美恶，岂独士大夫一蟹不如一蟹而已。叔鸿遣要雨珊兄弟同饮，叔鸿兄寿鹤先亦同至，七人谈久之，散去。余独过云生、仙屏，至子还。金楚英送墨卷来。

十三日　晴。午日燥烈殊甚，遣送马与叔鸿，便令在和扫除协中馆寓室，将移居焉。协中会馆，太谷人建祀关侯，俗曰高庙。念往日友朋追寻之乐，不觉心恻。未正访荇农，未起，亢旸不可行，疾还黄宅。申初过楚瑛从弟子谦、松年处谈，罗君芝士弟子也。往与芝士过从，两君初授经，今不觉廿年矣。戌初移寓寺中。叔鸿先除三间屋，篆额曰"定庐"，苇树幽胜，窗户静洁，佳处也。

十四日　晴。作书寄刘景韩、蒋养吾，兼托耕云寄家书。抄诗未毕，麟伯、雨珊来约游万柳堂，余怯风日，未欲往，俄而镜初来，遂定同去。坐曹车，道农坛下，约十余里始至夕照寺。周桂坞、左丁叟、叔鸿、野秋、成静斋均在，云待久矣。坐把翠轩吃面，至万柳堂，廉野云别业也。子昂有图，今无，吕才补之，阮元记之，存壁间。康熙中冯溥得其地，募人种柳五株，即为地主，傍城堤上，柳阴浓绿，今无一存矣。堂左有楼，石廷桂摹仁皇御书于上，盖后归石氏也，今为拈花寺，无可观者。叔鸿欲出沙锅门，看肃王墓盘松，镜初不欲往，麟伯调停其间，乃登法藏塔。镜初云弥陀劫前为法藏比丘，故造塔藏舍利。塔七级，殊不高，入其中，如笼鸟窥外，余遂先下。日夕亟还，过前门，至镜初门下车，步还寺，镜初送余至小丘上，各踏月而归。

十五日　晴。祖妣忌日，素食。镜初来，竟日谈。翰仙、毕纯翁、寿鹤兄弟来，日夕去。与镜初步麦陇中，乘月各还。书与李少泉。夜醒闻雨。

十六日　阴凉。书扇三把。午饭甚晏。出访张香涛，至其门，不识其家，见车马在门，逡巡复前，寻不得，乃还问，香涛适出矣。过镜初宅，与竹丈、价藩谈。还寺，顷之，竹丈及二从一族曾孙字六皆来，月上乃去。寿山送历日一本。

十七日　晴，风凉。为张雨珊书册页十六，皆录《春怀》诗，就便改正。又书扇一柄。舒兰生送《淮南子》来，明刻至陋，以价贱得之，因读十余篇，皆模《庄子》，而直抄其文，以为贵人之谈柄，作枕中之鸿宝，所以不废者，博富可喜也。近世浮丘子所以可厌者，空疏可笑也。余初读刘书，但讶其奥博，今重披览，语语皆习见之文，其实于《鸿烈》未成诵也。以其有片段可寻，故易熟如此。《吕览》则不然，其精深缘于六经，可为学者之山渊矣。荇农以扇索赠诗，久不得也。夜坐无事，聊作一篇云。长沙学士才名羡，澄湘楼下初相见。当时鼓角翻江波，取别匆匆若飞电。七年卧疾黄鹄矶，即君留滞周南时。汉口霜凫冻冲网，有酒相呼斟酌之。我年过壮君已艾，众中许我倾流辈。鹦鹉洲前狂笑来，祢衡惊起仍相怪。古来盛名多零丁，看君早入承明庭。浮云富贵长过眼，三台跂足如蓬瀛。嗟余抱璞求高价，白须趋走都堂下。人生得失苦相欺，与君同被时人嗤。一回相逢一回老，惟有诗思如婴儿。郭侯知君复知我，酒边论君每移坐。为言年少妒风流，高堂挟瑟双倭鬟。即令老去看文君，丝竹余音不忍闻。颇忆东山谢安石，还如西第沈休文。南涯明月清光绝，古往今来圆又缺。且应击缶对高吟，莫遣当窗照华发。余亦长歌归故关，白云幽涧水潺潺。他年乘兴一相见，分作淮南大小山。诗成已鸡鸣，少坐乃寝。

十八日　早起稍晏，饭后过保安寺，答访曹六皆，与静斋、雨珊兄弟过何伯元、麟伯。日烈不可步，已而大风扬沙，过柴市，见陈尸三，肥白无头，复无衣蔽，视病死者差可观也。然劫盗本迫饥寒，何为冤斩之，令人恻恻。至黄小麓处，静、雨三君去，余久坐，观黄《易》，文笔健畅。小麓赠余影宋《列女传》，价三金。又观抄报，刘荫渠起为粤抚，吴子健开缺迎养，蒋菊人原品休致，枢廷于刘独得之。车还，过晓岵不遇，遇左丁叟于唐门，同入，斐泉招三张、成、曹小饮，余视子久写大卷半行，出。还寺，镜初先至，已而复来，谈一时许去。感风早眠。

十九日　戊寅，芒种节。晴，大风，观尘海比云海尤壮。昨夜小疾，不朝食，过午乃饭。月湖僧、莼斋及其族孙刘筠生先后来谈。申初赴云生招，同坐者陈一山、乔松、晓岵兄弟、豹岑、镜初、仙屏，以余为客。主人又有王补庵衮，老吏也。一山诗壮秀，非岭南词家。并世能诗者大有人。至亥散。坐曹车还寺。雨珊自号词缘，欲余为说，说曰。有缘之说，自释氏阐明于世，乃至无圣凡不离于缘。湖外旧无词家，船山曲妙一时，而词掉书袋。近世邓辛楣词近南宋，然伤秾涩。此外才慧文人，皆不措意，岂非缘不偶耶？雨珊才清思深，而尤好为词，好者，缘也，才思所以满缘者也。词于文章，文章于道，不逮大海一滴水，然非缘乌能相近乎？既自号词缘，属叔鸿篆之，闿运述其说。辛未四月甲子徐树钧并书。是日林午山来，未晤。

廿日　晴。早饭复初。湖北何伯方索书，名盛矩。书道上二诗应之，刻工送《桂志》十四版来，殊草草不成款式，姑令装订，借寿山廿金与之。雨珊、少衡来谈，日夕去。晚饭食蒸杏甚佳。

廿一日　晴热。荇农来谈甚久。竹轩同彭集初来，彭丽生之子也。言其妹烈冤甚详，欲余为诗。余不为节烈忠孝诗久著名矣，而彭请不可辞，允为作之。送两君出。过钱师未遇。邀翰仙过寿山、叔鸿处谈。叔鸿处，遇易汉乔、雨珊、六皆，待寿鹤还，至夜乃归。顷之雨，是日，仆人张升来，长安人也。

廿二日　晴。早起作诗云。独居临晨风，悠悠庭树阴。所思不可见，天路霭深沉。良友欢初遘，穆如来德音。和颜惠相怡，奥趣赏人心。谁侪西方美，迟余晚相寻。京尘易为缁，末路类青衿。均倪信可和，愿欲结朝簪。猿鹤已余狎，岩阿终寤吟。　　恒风无休时，思心怨朝阳。离披小麦蔫，萧散春苇长。贤臣怀膏泽，忧时步傍皇。曰余泉石人，宁此共枯荒。既来观憔悴，重户避炎光。泠然君子声，披襟赠风凉。庄生有遗旨，旱浸已无伤。胡然怨泥中，归与斥鹦翔。幸能乐蓬艾，内外各依方。君留九门下，未异汗池旁。曹张去骎骎，岂不劳辙行。所愿尊酒会，终然绝高张。燕歌烦我心，雅咏馋赓扬。日出，骑访笙谷未起，过筠生，舍马遣归，索面一碗，味涩恶不可食。复过舒叔隽，索面亦劣。要兰生出，寻书，得《尚书大传》一本。过叔平、小麓，均托寻书。日已西，遇麟伯、二张、成、徐、丁叟于途，约会饭广和居。余过荐农，少坐还寺。方食，麟伯来，告以倭艮峰大学士之丧，当入城临，不复聚矣。

廿三日　晴。刻工来送书，令其装十部。镜初、王晴舫、雨珊先后来。镜初告行期，同访月湖于龙泉寺，观诸僧晚课。还写诗于扇，以赠麟伯。

廿四日　晴。早饭后出送镜初，遇叔鸿。余视镜初登车南还，旋还寺小憩。杨商农来访，谈半日，留饭，同至南横街，商农欧吐甚苦，遂劝令觅车还店。余答访彭集初，送纯斋行，因过子久，遇晓岑于心畬处，逢伯屏于途，夜还。刻工送《桂志》来，甚草草，不可用。

廿五日　晴，大风。早饭前陈亦山来，留饭，谈领表形势，甚有壮志。午间斐泉、叔平、翰仙来，翰仙留午饭，谈徙民江南事。云生、豹岑先后来，豹岑传潘伯寅翁、叔平语，致问殷殷。又言今日天子升殿，朝会甚盛。

廿六日　早阴，午后雨，至暮益繁，似南方春雨。早饭后至保安寺访雨珊、静斋。与静斋同访商农，见杨泰阶，醴陵丁卯举人也。遇雨，与静斋同车还其寓。雨珊世父竹汀翁来要饮天聚楼，同坐者更有六皆、子衡，食品不美。至酉散，车还。夜为商农作书与曾侯、何莲舫。

廿七日　阴雨。遣送《桂志》与潘伯寅。为彭女作二律云。长沙二女传高节，晋代留芳始在兹。断臂岂明贞妇恨，露筋遥拜女仙祠。箱奁碧绿空留施，图史丹青有怨思。一月沉吟八年梦，始知冰蘖是甘饴。　一死从容饮玉丹，九重延伫结幽兰。清心直映重湖底，冤气能令六月寒。周李上书镌石定，郭黄遗义铄金难。人生忠烈原非幸，泉路重思泪暗弹。此二诗虽不佳，殆可谓题无剩义。

廿八日　阴雨。昨夜廉纤至，今朝食时颇似南雨也。饭后睡至申乃起。夕食体中似稍佳。笙谷招明日饮，辞之。香涛来，久谈。夜坐念《玉台》诗，夏景绝少。余好为闺语，亦不叙夏日风物，乃补作《九夏词》，不恃景物点缀，专取白描也。其词曰。玉阶风过朱成碧，单罗褶作轻云色。重衣隐肤初避人，那惜余香遥度君。　　窗帘早凉调新燕，晨妆手轻云发卷。脸红初润不施朱，当轩发色胜芙蕖。　　洞房四角通光影，屏帏风轻罗袂静。碧纱帐薄裁隔烟，语郎长日不胜眠。　　槐阴梦起新蝉语，映帘斜日如初曙。玉纹越簟融粉光，谁能轻薄学啼妆。

廿九日　晴。早寒晚热。午间麟伯、桂坞、雨珊、冶秋、叔鸿、丁叟及寿衡侍郎子闰生同过，邀游陶然亭。余正午餐，不得独食，遂去吃点心，不饱。麟伯再坚广和居之约，余与约不得再负而后诺之。遂至晓岱处，翰仙留饭不吃，枵腹而往赴席，兼要翰仙同行，至则杳然，盖好人之荒唐，其天性也。以脾气著名者，言必信，行必果，吾独无奈此好人何。遂与翰仙同车还，至珠巢街而迷路，车夫亦好人也。遇此两好人，而圣道穷矣。又回车至堂子巷，乃得归，翰仙小坐去。又作《九夏词》五首云。中庭月地明如雪，云鬟冷处流萤滑。玉簟端然一尺腰，可怜无计度良宵。　　井华煎香供新浴，粉汗轻红凉一握。玉体凝脂羞自看，感郎娇惯不羞难。　　珠兰瑟瑟香如蜜，清泉朝露劳相惜。帐中微暖一夜开，谁能取冷入君怀。　　冰纨避午深深过，翠刀破瓜凉满坐。寒香散衣生绡轻，皱颜拭粉玉钗横。　　荷池急雨风初断，十二重帘一时卷。昼长无事最相饶，怪君从妾索良宵。

卅日　阴。出访伯寅，谈著作须为朝官，及朝官不能著作云云，风采未减昔日。过寿衡处未遇。至琉璃厂遇静斋、少衡，同过叔平小坐。还至保安寺，与雨珊、六皆谈顷之，出谒钱师不遇，还寺少愒。商农来，留午饭，与同过价藩、禹民、翰臣、荇丈、小舲、伯屏处，遇周福生，翩然美士也。李云轩、郑太生方打牌，少坐独归，已夜矣。

五　月

五月庚寅朔　晴。伯寅来，旋约饮龙树寺，与香涛同为主人。四方之士集者十七人。无锡秦谊亭名炳文，善画；南海桂皓庭文灿；绩溪胡荄甫澍，子蓟之族也；吴许鹤巢赓扬。赵㧑叔云戴子高属访余，必欲一见。元和陈培之倬；会稽李纯客慈铭；赵㧑叔之谦；长山袁鹤丹启豸；洪洞董研樵文涣；遂溪陈乔生亦山；黄岩王子裳咏霓；钱唐张子余预；福山王莲生懿荣；南海谭叔裕宗浚，玉生翁之子也；瑞安孙仲容诒让，琴西子也；朝邑阎进甫迺焮，丹初之从子也，其父与余同居月余，而忘其字，寓内城西洼沿桂中堂祠堂。研樵曾与文卿同寓挂甲屯晋阳馆，余尚识之，亦山最熟。皓庭、纯客皆曾相见，王、张、孙不多语，孙年最少，亦廿四矣。胡、赵同寓果子巷，胡官户部，明当访之。伯寅各出一纸属书，意在得诗也。余归，乘兴作一篇云。西京重惇海，六艺赖昌宏。岂惟群廉孝，兼得翼承明。华选今在兹，大雅竟谁名。达人独讦谟，敷席礼奇英。元辰耦休暇，胜集耀西城。高轩静风埃，夏雨宿余清。谈酢时间作，赏乐既云并。嘉鱼昔何美，苹鹿贵款诚。曰余久邻德，无德厕周行。群贤实元凯，济济作皇桢。苞稂岂终慨，行苇泽无赢。得人斯维竞，企子陟台衡。西园徒文宴，愧兹冠盖情。又作赠香涛云。良使阆儒宗，流风被湖介。众鳞归云龙，潜虬感清唉。振翼天衢旁，嘉期偶相对。陆荀无凡言，襟契存倾盖。优贤意无终，归仁得所恶。招要宏达群，重续城隅会。方年各耆妙，比迹殊通晦。宾筵导温恭，明体俱撙退。从来京洛游，俊彦相推迈。流飙逐颓波，倏忽陵往辈。终贾无久名，音恭岂专贵。飞蓬偶裴回，清樽发幽噎。金门隐遁栖，魏阙江海外。聚散徒一时，弦望旋相代。君其拔泰茅，人焉远唐棣。无曰四难并，终然奏阳蕤。

二日　晴。雨珊、嘉甫、月湖、笙谷、价藩、伯屏、金曙堂来。嘉甫殷殷论作令，余告以直道可行，捐班不可为也。董研樵送所作诗稿来。伯屏论居翰林当读何书，自言失学。余劝以勤读多看，即从作赋学起，自名家矣。

三日　晴。从荇农处假得岑建功所刻《旧唐书》，补校前所作赞，竟遗儒学未及，亦可怪也。翻董诗四本，专以避熟为主，词意生苦。笙谷云其命薄，殆不虚也。叔鸿遣要晚饭，吃烧猪肉，至者价藩、李幼梅、向子正，饭后又与叔鸿索四笔回。

四日　晴，大风。翻《旧唐书》，补作《孝友传赞》。刘史传孝友必衣冠盛德，诚史臣之体也。《隐逸》惟载征士，仅王绩一人为隐士，则失之过慎耳。新作方技、隐逸、列女三赞，此本去年除夕可全毕，一解怠遂至如此，故为学不可不自策也。伯寅遣馈节物卅金，受之而不用，存之翰仙处。黄昏时雨珊来告别，有不自得之色，余亦惘惘无多语，送之渡洼而还。夜归，尽补外国及逆臣传赞，于是《唐书赞》成，为之一快，若在去年，成亦未觉其难也。此如失守江宁不见罪，而克复江宁为大功，人情大抵然，故赏罚难言矣。比日闻益阳、龙阳失守，以余料之，谣传之奏报耳。李督、刘抚必能使南人不反，若反成，亦无暇奏报矣。

五日　晴，端午节。是日甲午，卯初夏至，中。去岁在西禅寺，僧供角黍，今则无矣。角黍唯六云能作之，余亦不中啖。午初翰仙来，论湘抚迟报军事，余意覆奏必云北抚早报耳。去岁江西先报，而尚无谴，况今有李督为缘饰耶？失守小事，何足烦朝问。近日外权偏重，亦不可长也。假使刘抚去，又未知何抚代之，使人闷闷。午过价藩饮，同坐者张少衡、向子政、金曙堂、郭子庭、曹六皆、润之、李幼梅，西散。赴晓岱饮，已散矣。与晓岱同过亦山、豹岑、荇丈，仍还晓岱处。知葆芝岑入觐，及郑王承志谋刺主事福某事。夜还晚饭。

六日　阴。车出访笙谷、金甫、黎葆堂，均不遇。送雨珊行，亦未相见。过小麓处，同买团扇、铜墨合诸物。至叔平处小坐，遇谢孟余给事。至湘潭馆，闻尚留二人未出京。还黄寓小坐回。是日洪编修良品来访。夜雨。

七日　晨雨，午阴，晚晴。再闻布谷，颇有归思。余在家已恨此鸟，客中尤厌之，为其声壮而鸣痴也。幸其一鸣，便不复闻。小舲来，请其视同寓山东杨生病，病深矣。若南人骄贵，医卜盈门，北人殊不自重其生如此。遣问豹岑幼子，已死，余相之，早知其不秀也。越畴、叔隽及其从子兰生来，舒氏仆甚无状，怨其主人不归也。世家奴多如此，吾不可以见之，低头而已。连日检《禹贡》作笺稿。夜得力臣书。

八日　阴雨，晚晴。王六潭来访，赠黄岩人诗文四种：宋《杜范集》、戚桂裳《东辇集》、赵韵花《酝香楼集》、王乐雍《炳烛斋诗》。韵花，盖妓女也。夜作《禹贡笺》。闻夷船泊海口，意不可测。

九日　雨。午初晓岱来，雨甚，谈一时许，愈滂沱大作。余欲入城，车待已久，与晓岱同出门，分途行。余入城，至豹房法华寺访葆芝岑未遇。雨中行将廿里，甚倦，因过香涛谈，观其《宴集诗》。饥甚，辞出还寺。晓岱恐余傲寿衡，镜初防余忤涤丈，皆未为知我也。余待两君甚恭，两君于我甚厚，所谓夫妻打架常事，和尚扯闲奇事也。

十日　阴。比日凉甚，午过叔鸿、翰仙处。叔鸿处遇张竹丈，久谈，避雨，将由刘云生处归，恐雨大至，急还，已而无雨。小麓来谈。老子丹诀云：近多炼师，黄金可成也。越畴画居然成章，余读书卅年而不能成，愧甚愧甚。夜借得段长基州判《地理表》观之，阙落殊甚。重检严氏地图，全不辨山川，述作之难如此。注《禹贡》"豫州"毕。

十一日　阴凉。张升不守其职，遣之去。午饭甚晚，出，答访王子常不遇，还过云生，辞以移寓不见。云生与申夫一流人也，不近人情，而以为率真，故所至受诟病矣。还寺，李敬轩来，谈长安形势，尚王，以为可都。寿衡来，谈时事，问人材，至夜乃去。寿衡与伯寅均偬傥光华之材，寿衡好奇，故学识日进。

十二日 晴。书扇二柄，并楷字。新庶吉士毛少卿、陈文园、曹润之、瞿子久来访。逸山及其同年新宁余云眉名尧寿来谈，余亦偬傥，逸山云留心经世之务。留面去，日斜矣。叔平遣送角黍，误致扬州馆王生，王遣人代送来，食二枚。出访寿衡，先过晓岱，遇斐泉，同车往，谈一时许，斐泉先去。寿衡言湖州陆存斋甚有藏书，朱久香刻有《左传服注疏证》；又纵论督抚材能，及浙江石笋甚奇；又言饮馔之法，无所不通。遣车送归。先过晓岱门，晓岱下车，余遂乘月还。注"梁州"毕，又注"雍州"，夜半毕。

十三日 壬寅。晴。祖考忌日，素食深居，敖金甫来要饮，辞之。月湖僧来，谈甚倦，少寐。葆芝岑来，谈一时许，言丁果臣已回长沙，兼邀招毅生去矣。又言越闽民情及内政甚敝，云湖南不易治。余因诘之云："湖南士民甚驯谨，而诸公言跋扈，此大谬也，君何以亦为此言？"芝岑亦不能举其实证。又言王补帆之能而盛赞李黼堂。又言此寺廿九年前曾读书其中，今同学俱不可寻矣。

十四日 晴。食苦瓜甚美。洪右臣、林午山来。右臣以诗稿四本见示。又论为学之要，甚有进修之志。谈至半日，将饭而去。日夕出访子久、文园不遇。遇子政，同过湖①襄亭，禹民、翰臣、幼梅先在。禹民言文园分别甲乙榜。余欲为文园辨。禹民云其仆问京官，非科甲者即不拜会。乃疑余为文园游说，进言之难如此。

———————————————

① "湖"，疑当作"胡"。

坐久之，始知齐新甫在对房，亟往问讯，酬应之难又如此。新甫
余旧交姻家，初以为引见后去矣，今日始知其在京，且崎嶇于京外
官也。归抄《禹贡笺》二页。初更后，叔平步月见访，相见喜笑，
开窗延月，蒸鱼进食。谈画梅，时人不能出五枝，及山水金碧古
图已失，今无从画，乃始写意耳。叔平于画深有所得，其言无装
饰，当为近代名通家也。留宿余榻，对枕谈至曙乃去。数年来夜
坐甚稀，今年第一回也。

十五日　晴。始更纻衣。早起遂不能寐，饭后少瞑。芝岑送
满制糕饼一合，分少许与叔鸿小女。抄《禹贡笺》三页。说鲧障
水，其识高明，特太早，违时耳。鲧公数千年乃有知己，自诧何
其通了如此，时有赏音，岂非许、郑。作诗赠芝岑云。喜气龙楼晓，
恩光豸绣新。军容依仗进，天语略班春。乡国今为客，圆明昔望尘。九迁非幸宠，
真作老边臣。　　虎穴探犴犴，驼装费转输。屡闻搜粟尉，亲问牧羊奴。（君新从
南海督黔军，输相至轻，复议减价，力持不可，仍得十余万金也。）大体仍长算，
三郊有峙刍。此行光照乘，何用海南珠。　　十丈甘棠树，长沙似故乡。别愁兰
芷地，新谱荔枝香。兵驿归廉使，澄清寄海疆。沅湘近飞檄，无计觅循良。
南洼太平馆，公子读书台。（余所寓寺，君旧读书处也。）林树从新长，轩窗俨旧
开。不辞言荏苒，且共月裴回。犹有阶前石，应知听屐来。（君入觐，亦暂客寄，
而手疏相问，谓有地主之谊，故戏及之。）是夜甲辰望，戌亥之交月食。

十六日　晴。辰正未起。张冶秋来，留谈一日，要之同车过
米市，冶秋还寓，余访寿衡，谈一时许，复同车访荇农，谈一时
许，夜已分矣。本出看月，月乃不明，所谓美赏难并者乎？三更
还，抄《禹贡》二页。

十七日　晴。巳初始朝食。抄《禹贡》一页。周禹民来，晓
岱、叔鸿继至，未刻去。少愒，得芝岑、荇农片，告酒集事。余
欲与荇老同作主人，荇老意欲独办，芝公亦似欲为主，且俱听之。
酉刻车出，将访余云眉。至街中见寿山、翰仙，同过斐泉，遂入

坐，更要楚瑛来谈，竹丈继至，谈一时许。访小麓不遇，见彭子茂在周鹤泉处，问省城四月内近事。送子茂还店，雨云甚厚，亟还寺而霁。连日因月佳夜游，及游无月，意殊懒矣。叔平来，未遇，留《古文苑》一册而去，写诗一首为证。

十八日　晴。午后阴。抄《禹贡》四页。此日意兴甚佳，不昏昏矣。翰城来谈。晚出答访余云眉，逸山留饮，食鸽鸭，同过晓岱。二更觅车还，车夫惮远自去，余正厌乘，遂步归，畏狗，因过珠巢街，呼曹仆送至旷野，乃独还。香涛赠诗，兼送银廿两，复书暂存彼处。

十九日　晴。食时香涛来谈经，云常州有许子辛注《禹贡》多心得。又言鹿都匀建专祠，欲余作碑，而欲借李帝师之款。余言汉碑人人可署名，不劳借也。顷之送行状来。庙碑存者，惟蔡中郎桥公东西二碑及孔庙碑，皆非此式，《表忠观》正是此式，又无体例，当考索之。晡时翰仙来，待余饭罢，同车出，至黄宅，取银交小麓，欲为夫人带少许京物也。夜访麟伯、子久，并不遇。天风云阴，早还。

廿日　晴凉。午雨。寿山来，抄《书笺》五页。昨小麓言《参同契》本《易纬》，魏伯阳补作三①相类，故有二序。其言甚确。申后访叔鸿不遇，过子久、文园处久谈，吃沙果。遇价藩，云前交空函，乃雨苍塞外书也。余视其字②似力臣，误以为力臣书，十余日不之省，归乃重思之，其书六字云："君高升，极鼎足。"三月所寄也。又云与诸同事打破猜透之。夫鼎足势成，则余无事闭门耳，何高升之有？雨苍错料天下事，而何打破之难乎？

---

① "三"字疑有误。
② "字"，原作"子"，据文意校改。

夜闻醇王操练火器，果精熟，然不知临陈之无用也。是日己酉，小暑。

廿一日　晴。午遇小麓，呼之起，将出，云阴，遂留半日。遇叔鸿、小舲、赵季海、子茂长谈。申刻过金甫处小酌，同坐者但幼湖、景某、颜建侯、李湘门、廖言如、筠生，设食尚精洁。饭罢将出，车皆不到，来往三四，然后敦仆往觅，京城车必俟候门外，不似外间轿夫，此盖敦仆未能料理也。送筠生至店，还寺二更矣，雨大泥深，殊不驶行。是日，楚瑛、筠生、湘亭、新甫来访，均留片而去。余昨闻香涛言，有许生能治《禹贡》，因缘访得之，俗儒也，装模作样，中无所有，谓荆、扬不逾五岭，梁州有南海，岂非梦话。

廿二日　晴。晚热，得风而解。叔平赠画扇，月湖僧来，请作《募经疏》，拟《鹿丕宗祠碑》，草创粗就。夜雷雨。

廿三日　早晴。昨夜不寐。蒋寿山太夫人生日，将往贺而晏起，饭罢黢发。竹丈来谈，值雨，久坐去，已未正矣，雨不止。饭后将睡，寿衡遣车来迎，冒雨往，留饮，同坐者竹丈、幼梅、叔鸿，观张旭正书《郎官壁记》，云出自王敬美家，伪作也。字仿欧、虞，而不知用笔，乃云唐拓。毕、耆两相藏之，陈沧洲、王梦楼有题跋，皆不甚确，富贵人收藏希物耳。竹丈言去岁有太监欲刺宝尚书，近日风气殊可虑。余幸不立朝，若当权正色，恐有伯宗之祸。圣人不死，盖知几括囊。余初以为人无不可化，一试于与循，而大不验，故感而记之。徐车送归。雨竟日，夜平地水二尺，少寐旋醒。起抄《禹贡笺》三四行，已曙矣，晓色照人甚倦，因复寝。

廿四日　早晴。午后雨。文园、子久、伯屏先后来谈，余昨梦六云，因出行水濆，携一女而去。六云所出四女，而仓卒询三女。此梦甚异，姑记之以待验。筮之，卦遇《鼎》之《旅》，曰："鼎有实，我仇有疾，不我能即，吉。"《鼎》初得妾以子，我仇匹也。妻有疾无子，故妾欲即之。今妻有子，而妾携女行，从水去，以阴从阳，庶不干嫡。盖妾当生子，而妻疾之兆。《旅》曰："得童仆，贞。"有疾无尤，未至死也。

廿五日　晴。久未访竹翁，因出，过价藩，看青州魏、唐诸碑。伏魔寺答访毛少卿不遇，与曹润之谈读书。今年吉士皆有志于学，足知湖南风气之转，惜余无力，不能倡之。至保安寺，竹丈已出，见野秋，看苏灵芝铁像碑字，殊有笔气。过地藏庵，访但幼湖不遇。至小舲寓，见李幹吾、世法。周莪生、蒋寺城、子久，与伯屏、幹吾同至庆乐园。翰臣招客，坐上有禹民、新甫、湘亭。莪生继至，要周鹤泉同来。诸君大会，必有侑酒，上坐四旦。余懒于应酬，遂先归。过晓岱昆季，谈少顷还寺。乐部中一武旦，年未十二三，班中护惜甚至，盖倚为门面也。京班旧多老手，今乃恃小旦卖技为生活，其穷可知，京师遂不能养此辈，可为三叹。夜寝，觉湿蒸甚重，起作诗赠韫原。即文园也。

廿六日　晴。抄撰《禹贡》，成卌八页，钉纸已完，遂辍工。计廿日，偶暇为之，未能专工也，然亦有效。为韫原作《大禹勤求贤士论》，朝考题也。以《皋陶谟》说为禹立科目，似较家令为核，家令亲受书伏生，生老故不传大义耶？抑忘之耶？《淮南·氾论训》云：禹之时，以五音听治，县钟、磬、鼓、铎、鞀，以待四方之士，一馈而十起，一沐而三捉发。亦可为说，然不若用经义之切当耳。余近说经史，有左右逢原之乐，殆将通矣。子久来，问读书之要，因以所闻者书之于扇曰。夫学贵有本，古尚专经，初事寻撷，徒惊浩博，是以务研一经，以穷其奥。唐以文多者为大经，文少者为小经，限年卒业，立之程课，解列六艺之名，而视性之所近。今亦宜就己所好以求师说，师说存者，如郑君《诗》《礼》，何公《春秋》，皆具有本末，成为家学。其已绝复明者，若李鼎祚《周易集解》、孙星衍《尚书疏证》，亦能抱残守阙，上绍渊源。但求一经，群经自贯，旁通曲证，温故知新，恃源而往，靡不济矣。古今学术，约有三涂：一曰儒林经师之所传习也；二曰文苑学士之所极思也；三曰道学儒生之所推致也。文苑之中，复分三等：长记述者，谓之良史；精论述者，谓之诸子；工词赋者，谓之才人。史以识为先，源出《尚书》。子以理为骨，源出《论语》。词赋似小，其源在《诗》。《诗》者，正得失，动天地，吟咏性情，达于事变。观夫京都之赋，该习朝章；枚傅之篇，隐维民俗。今馆阁作赋，赋岂易言。诚能因流讨源，举隅知反，则山川形势，家国盛衰，政俗污隆，物产丰匮，如指诸掌，各究其由。故曰登高能赋，可以为大夫也。况赋者，兼通训诂，尤近《雅》《文》。（《尔雅》《说文》）而子云叹其雕虫，宜德祖讥其老妄矣。夫赋无空疏之作，世鲜通博之家，但患为之不精，何至远而遂泥，于此留意，是为政也。荇农、樾畴暮来。鹿滋轩同知传霖来谢作碑。

　　廿七日　早晴。欲答访翰臣，遂过圆通观，访魏子纯吏部、郭子恬刑部、潘虎臣工部，皆新进士也。旋过翰臣、禹民，皆方起，留谈。顷之小舲及丁竹云至，云约打牌，余聊留入局。过午大雨，遂竟一局，二更散，负百廿千，宿于翰臣榻。是日周莆生来，亦至夜不能去。

　　廿八日　早晴。主人未起，余开户而还。至寓见荇农书，始知芝岑负约不至，荇老甚愠，并群客亦不要矣。文园来，至午大雨，留谈两时许，极论为学之意。午前魏子纯来，亦芝士弟子也，曾馆子明家，与谈作吏部。余无力济物，惟劝人为善，差不倦耳。伯屏招饮余庆堂，呼车不至，步行泥泞，不得已而还，甚负之也。顷之杨三车至，遂出，至大街，客车已集，入见晓岱及郴州陈寿山、张恬臣。寿山云曾在杨氏同席。恬臣曾见《桂志》也。内屋有周子岩、人甚朴实。子容、楚瑛、新畬、子政、子纯、幼梅、竹老、麟伯、桂坞、小舲，后至有一孙君，未交言，不知何许人也。

酒罢至麟伯处，看竹老奏稿，桂坞亦在，俱云未妥。竹老欲去，遂各还。夜雨不止。

廿九日　晨雨甚密，竟日浓阴。考《禹贡》数条，为竹老拟折片一件，余无所事。

卅日　大雨。鹿滋轩送润笔白①金，并贻先集，鹿伯顺之文也。文不离明进士习气，其最得意者，在除定兴籽粒税耳。中论孙承宗备边事，近知兵者。京师雨，车步皆不可行，欲出不得。

六　月

六月庚申朔　初伏日，雨。午晴，出访晓岱，大雨旋至，觅车还寺，遂出答拜滋轩，不遇，过幼梅处，索小门丁食之。出访寿衡、荇农，问"刑赏忠厚之至"出何书，未能指证也。新进士中当有知者否，无从问之矣。两遇子久，略谈数语而归。书册页十五页，抄旧词与小舲，既书二句，嫌结句不吉利，乃就改为《南乡子·赋得惜花春起早》云。春恨压屏山。细雨欺花困牡丹。雨若再晴花再艳，应难。唤起双鬟摘下看。　凭软曲阑干。晓逗微光似不寒。忽地玉阶风过，觉衣单。重入罗帏又懒眠。此词甚有北宋人意致。

二日　早雨，晚止，凉甚，至夜倾盆。蚊飞成雷，北方有毒蚋伤人，肿痒至数十日，创不平复。春夏之交，初不见形，今乃睹之，似牛蠓而色白，此间呼为白灵，至伏日长大，故为人所见，遂不得免。又词人言"飞蛾扑明烛"，今以为蚕蛾。蛾虽扑光，然不多死，且有无蛾之地，飞蚁则枕藉于灯下。蛾，古蚁字，因而误耳。□虫争集，不过妨我抄书耳，吾当避之，则彼技不施，遂

①"白"，疑应为"百"。

灭灯而睡。是日郭子恬、庆治刑部来访。

三日　霁寒。无所事，晡后出访叔鸿，遇寿衡，翻《白孔帖》及《玉海》，求疏题所出，未得也。过香涛不遇。谒钱师，剧谈经书。发学官者，《易》《书》无佳本，复无师学，他日一通人径取上旨足办矣。余《易说》极见贵于犀师，谆谆属录一通。余前送去时，即云发抄。至今未能抄一字，盖贫甚也。携归晚饭。

四日　晴。蒸热颇似南方五月。为楚瑛书横幅，兼书扇赠寿山。余携《桂志》入京，择人赠之，人无解者，故赠诸同年各一部，唐、皮、左、蒋。潘、张、徐、周、葆、李各一部，则各有所求也。张、瞿各一部，则交情也。倪、钱各一部，则彼所索也。郴州月湖僧欲募化请经回湖南，为作疏头云。盖闻释迦垂经，菩萨作论，经论弘演，本传中土。中土禀五行之秀，尤好文词。故达摩际断，而梁武不契，使遇世尊，因物度物，台城之灾，立可澹销，何至以求蜜之殃为舍身之无效。故知玄奘翻经，用成贞观之治，教各有宜，而面壁之功劣也。末法不闻深义六七百年，本朝三皇，以佛应世，颁法藏于直省，选上德为法师。近今凌迟，钟磬不鸣。余惟敷教之方，莫若讲坛之设。况今湘州繁会，才彦云集，虎士脱剑，泮林未修，直切救时，佛法第一。南岳藏经，岁久缺蚀，又僻于深山，赴会艰难。尝欲修复麓山渌潭道场，延僧开经，然世尊制诸比丘不得安坐受施。又欲广诸功德，及诸海内，未能出家行殡，此愿未酬。今郴州僧习圣发大宏愿，广历十方，求诸檀那，助资请经。先至神京，以结胜缘，乃由江、淮，以及秦、陇，皆兵燹之地。福种之留，具此一念，龙天必应，闻言欣悲，何假劝募。谨为疏引，使习僧持诣福德居士门，随缘得之。夜蚊成雷。

五日　晴阴。昨与叔平约午谈，勉步往，汗下如雨，解衣看画稿数十本。遇香涛兄远澜，名之漪，云南丽江令也。叔鸿继至，拊掌甚欢。日夕归，从孙公园误入一巷，遂不辨东西，信步来往十余巷，穿入永光街。过金甫谈，饮苦茗甚佳，借烛独还，夜行反不迷道，以留心也。见抄报，陈少海尚一直隶知州，何宦涂之淹滞。少海凶问，得之半月矣。初起乱，余即忧少海不能免，以久留乡里，斡官事太多也，然不至杀身。岂有宿业耶？叔平拳拳有故旧之谊，金甫亦叹息也。

六日　乙丑，大暑，中。晴。昨夜不寐。今早起，饭后过黄宅，晓岱三昆季未起也，留坐久之。鬀发毕，与樾畴同过小麓，亦尚未起。待其饭罢，同步至桂林轩买妆奁物百廿千，近物甚昂贵，而无佳者。小麓畏暑亟还，呼车与樾畴同过其寓。午饭复与翰仙同车出访麟伯不遇，过叔鸿谈，遇张子容惟俦，余投暮还。今日南风，湿气尽除，翰仙云，方知解愠阜财，言不虚也。

七日　晴。早起作烦热，不思食，此暑炎所致。因命买瓜食一半，果觉腹中溃动，小泄而愈。治小疾药力不旋踵，但须知证耳。午间向子政、李幼梅来谈。顷之月湖僧来，论募化事。客去得安眠一时许，饭二碗，食豆粥，甚不甘。

八日　阴凉。疾愈气弱，早未饭，午饭一碗。卖靴人来，强欲吾买，勉为留三双。逸山来谈画，云叔平画梅，入门未得正法。余令作一枝帖壁上。晚间豹岑来，见叔平画，亦云未善。令视逸山作，则云可学。逸山本初学，豹岑素知其能画，特未知此梅为所作也。元鉴不爽，殆称真赏，余为拊掌大笑。是日遣书约芝岑同行，得书云须七月，兼属改《谱序》。是日凡再出寺，皆未百步而还。食瓜有作。河朔留佳蔓，京华破碧瓟。寒消三日酒，味省十年香。玉手曾团雪，龙须只独凉。无因凭驿使，一为款渔庄。　蝉鸣清昼迟，消夏辄相思。黔赣间曾品，蒸湘恨不宜。餐霞堪送老，种玉恐无师。却笑蛮方长，炎天贡荔枝。

　灌园徒有愿，消渴苦难胜。客里逃三伏，归来守一塍。风沙撼西域，烟雨满东陵。此物能忘暑，青蝇莫语冰。　五色同甘脆，苞苴压李桃。剖香初满席，画水不胜刀。风入疏帘静，星悬银汉高。生绡最芳泽，拭粉莫辞劳。（凡食瓜，瓜香必透肤出，衣生绡乃传其香，罗纨不能也。）

九日　晴。早凉甚，可二夹衣。午饭过圆通观，寻子久未遇，与潘工部、郭刑曹谈良久。至晓岱宅。与翰仙同访逸山不遇。过寿山不遇，与其从子秩城谈数语，翰仙还。余访夏竹轩不遇。过小舲、伯屏处，寿山、心畬亦来，宾客喧阗，打牌不成而散。过寿衡宅，则已前招余矣。余初闻寿衡饮馔过人，因求代治具，要同志数人饮，而难于铢两悉称，乃约伯寅、豹岑、香涛、荇老、晓岱，试为一集。伯寅、豹岑卒辞不至。食面茶、珍珠米粥、茄脯甚美。得种木耳香菰法。木耳以新木盆，菰用湿沙。设馔太多，饱不能遍。寿衡云无虎豹故也。"虎"谓伯寅。子散，坐徐车还。作小米粥法：以米为骨，置细面盘中，滚之如珠，以水若煮汤圆法即成矣。

十日　晴。晏起，刻字人送版来。子久来，谈甚久，为余抄改葆芝岑《谱序》一篇。月湖来谋募化，甚有俗僧之态，遣之去。少愒，卖翠化人选钗枝。戴宝函同翰仙米，戴，武陵副榜，名世绅，翰仙子师也，余前访之，故来报谒。为豹岑写小幅五行。

十一日　庚午，伏日。阴。睡半日，傍晚周禹民来。

十二日　晴凉。为禹门作《谱序》。价藩、右臣、午山来。出视文园疾。夜作诗未成。

十三日　晴凉。作《圆明园诗》成。彭子茂、张竹汀丈来。饭后访叔鸿、荇农、楚瑛、豹岑，豹岑未遇。归，晓岱兄弟在寺留待，谈至月高步还，余送至大道。月中行，甚有初秋之意。香涛《和食瓜》诗甚佳。

十四日　晴凉。叔鸿属写篆字，久不作此，笔势全非矣。寿衡《和食瓜》诗，意境开拓。遣问伯寅"刑赏忠厚"语所出。复云庞葆生拟题，即从《古文渊鉴》中寻扯，不知出典也。南书房侍臣议论如此，使后生何述。夕访香涛不遇，过竹丈，遇之于途，与星畬同车，云将访叔鸿。余过粉坊，遇翰仙，遂同由价藩处，将往叔鸿处会谈，则星畬已在，云竹丈去矣。翰仙、价藩送余还寺，踏月还，夜月甚佳。

十五日　晴，稍热。早起见日出，苍蝇始飞。因思《齐风·鸡鸣》诗首章言晏起也。妃侍寝而警寐，以为鸡鸣当起，岂知已日出而苍蝇飞鸣，不觉失时，故下章乃见月出，而以为东方明矣。月出即起，又过于早，君必怨其惊寐，故下章言非不甘与子同梦，恐群臣因君晏起而憎妃宠，托为君词，以深道其款款也。夫人称"君"，不得曰"子"，故知为托君词耳。闺房旖旎之词，足使贤者倾心而愚者自励，安得此婉娈姝子以妃君子哉！叔鸿来，尚未饭，匆匆而去。朝食后颇热，将卧，曹润之来谈，有志经史之学，以余为老马也。今年三吉士皆下问于余，益知余不可以再求试矣。荇农送诗来，伤心于故宫，至为发病，余诗不能愈疾，而反致人病，如何其可。午饭后访子茂、小麓，遇与循，憔悴不似，为之惋恻，无可致词也。过寿衡、晓岱，皆乘车往还。遣送诗伯寅，并询疏题，云："东坡已不知出典，宁□散为三百东坡也。"伯寅复书云："为之失笑。"事正如此，他日问信近于义，则以辛未会墨为数典之祖矣。香涛亦遣信来，索《哀江南赋》稿，并还余所注书。

十六日　阴。昨夜香涛来，谈至寅始去。帐蚊相扰，至将晓乃眠，不知曙也。巳初野秋来，始起朝食。福严寺僧海庵来，致衡山诸友音问，并云汤子惠已死矣。谈久之去。野秋留午饭已，同出访叔鸿，旋要之同过涂心畬、陈伯屏处，伯屏新移涂宅也。过晓岱，与翰仙同出。过斐泉，少坐，黄、张至圆通观，余送叔鸿还家，至南横街，遇价藩将东去，遇余等而还。叔鸿未饭仍归。余与价藩过保安寺，访竹翁，留食饼，待月而还。

十七日　阴，不凉。昨夜微闷，不朝食，午初饭一碗，始浴。从叔鸿假得红漆盘，甚似家乡器物也。楚瑛、斐泉来，将出而暮，遂罢。

十八日　阴。出访洪右臣，先过笙谷谈火锅事，因要午山同至右臣处，遇张吉士楷，略谈而去。右臣、午山要听戏，至庆德园，人多不可坐。往听四喜班，竟一日，十二年所未有也。还将雨，过小麓处少坐，至骊驹巷，泥不便行。过云生，谈夷务，云崇侍郎至法国，见侮于其君臣。外夷皆不直我，以天津所杀囚非真犯也。又言陈荔秋欲送机器，曾、李右之，毛旭初独异议，云生主毛说也。觅车还，至寺。大雨竟夜。

十九日　阴晴。午颇蒸热。过叔鸿、香涛处，皆久谈。香涛处食瓜，谈《易》。又言旧祭天地日月，皆别有乐器。夷人入京，日坛器毁，所司不能制作，乃假月坛器用之，垂帘兆也。太常工人不知制度，竟未能制。又言"随"盖古"骹"字，故《易》云"不极其随"云，其必实指一物。"夬"盖象手持刀刻画之形，故云"易之以书契"。香涛自云喜高邮王氏之说，新而中理。又言"孚"为抱卵，因为凡胎卵之称。豚为胎子之多，鱼为卵子之多，故云"信及豚鱼"也。有它者，蛇食卵。鹤鸣者，鹤或胎或卵。"有孚挛如"，挛生子也。又言"需于血"，"血"当作"洫"。当采之入《易说》。"需于洫"，所谓决渠降雨。

廿日　雨，夜大风。读《列女传》七篇。晓岱来谈。日昃出访曹润之不遇，将往铁门，泥不可行。从幼梅借车，遇周虎生，遂同幼梅至寿衡处晚饮，同坐者贺仲肃，梁、杨两君，皆浙吏也。至子散，坐李车还，水深一尺矣。作面茶法：炒面好水调无滓，先用锅煮水以待，入面略煮使稠，加芝麻酱，微盐，起锅入盏。食新苹果，寿衡云柰别种也。观褚书《魏王造像记》，仲肃云《三龛记》也。又闻周寿山死矣。怀庭在杭州书局，子登与丁雨生不合，流离杭州，今往江宁矣。

廿一日　庚辰，三伏。早雨，午晴阴。为价藩录《圆明词》，并作注数千言。日夕野秋、少蘅同来。荫渠移抚广西，苏虞阶调漕督，张移广东巡抚，许仙屏提学陕甘。

廿二日　辛巳，立秋节。阴雨，寒可绵。刘云生来，言世道人心万无可转，劝余修饬己身，然后劝训友人，以回风俗。不知余已屡以正论直言见咎矣。然非正直之咎，不自修而好议论之咎。秋雨凄清，颇感归思。申睡，梦有人请余作文而问为纵体缩体。梦中亦知有纵缩二体而未能辨，问于长老，长老告余，言凡作寿文，一寻五缩，寻者总括，缩者分列。余自念，余为散体无此文格，仍是纵体而已。命六云检纸将作书复之，六云必欲寻他人名片，遍检不得，未及书而醒。周荇丈送《和瓜诗》及赠余诗来，齿宿意新，和韵而不见痕迹，最为妙作矣。若不□□，未见其巧阙。润之以芳脂，则涂油也。故梁元世子以五色线辫鲍泉须，辫须古制，五色为异耳。又宋画《列女传图》，徐吾似弓鞋，云出顾恺之。

廿三日　雨寒，始绵。叔平赠研来，云荫渠旧赠也。为逸山看定诗稿二卷。偶阅《古文苑》所录齐、梁诗，久不拟，仿若逢故人。聊拟作《南洼高阁感秋诗》云：暮雨下太行，秋风吹蓟县。桂树未皇荣，兰华忽已晏。阴云俦櫺端，凄氛掩京甸。悠悠咫尺间，佳人不我见。巾车久裴回，逝舟日遥衍。谁谓情可通，千言不如面。夜雨尤甚，香涛来，相见甚喜，客中破闷，致可乐也。谈《易》"大壮"，当为"大戕"。"戕"，伤也。卦中"壮"字皆可通，惟《序卦》"《遁》受《大壮》，不可终《壮》而受《晋》"，"壮"字似当作牂牁之"牂"，系船物之杙也。刚以动，故被系不得遁矣。故以《壮》制《遁》，以《晋》通《壮》也。系羊本作"壮"，后乃改偏旁作"牂"耳。又论《损》"三人行，则损一人"，谓三阴进，则一阳被制而从阴，临象成阳，被制不行，《传》言有□也。"一人行"，而下从二阳，则得友而成《泰》。故《传》言"天地细缊"，"男女构精"也。皆精确，发人所未发。

廿四日　雨。叔鸿送文来，《圆明园诗序》也。文甚古秀，笔有逸致，夜为点定之。

廿五日　晴。与月湖僧访海岸僧，闻龙华寺欲卖，其价甚廉，宋兴诚寺也。香涛招往快谈，遇陆广霁编修，询知"刑赏忠厚"语出伪孔《书传》，云故友杨汀鹭所说。杨名开第，以殉母死十余年矣。王莲生同夜饮，谈金石文字。

廿六日　晴。出访叔鸿、价藩、文园、晓岱，过夏竹轩，问桂阳有来书否。过杏农，未起，与金曙堂谈顷之。过禹民、翰臣，还寺。叔平送画二幅。麟伯、翰仙、伯屏来，彭稷初来。

廿七日　晴。蒸湿甚热。海岸及估客数人来。翰臣、葆堂来，留饭。叔鸿米，酌叙文增损。仙屏要饮，豹岑、云生及余为梦神，马雨农学士、谭敬甫、敖金甫、黄晓岱及仙屏展梦，不居招客之名也。雨农言明年将有恩科，以母后四十生辰作万寿也。余大以为不可，惟豹岑稍然之。祝厘之礼，必过五十，三十称庆，已有前鉴，况女四十而可寿乎？亥散，步还，甚热。

廿八日　阴雨，蒸热。寿衡送长沙汇银百两来。始食蒲桃、梨，皆未熟。午至翰仙处看皮衣，即要月畴、寿山同至柴市店中看衣。还，热未减，夜半大雨。

廿九日　小寒，阴晴，时小雨。曹润之来谈，因同出，欲吊桂坞，至圆通观而雨，遂还寺。潘工部迎大驾于太庙，先一日视祝版也。上九叩礼毕，即还。孟秋时享，遣恭王代。潘云传筹三过，黄伞先出而辇至，仪仗皆夹道先设之。午饭后酣睡。麟伯来。阅《淮南·说山》《说林》《修务》三篇。

七 月

秋七月己丑朔　晴凉。斐泉午来，价藩晚过。与价藩同诣翰仙，观镜初书，六月初自江宁发，云途中甚苦雨，江南蒸湿尤甚也。暮还寺。

二日　早起，逸山来作画，同饭。诣香涛，尚未起，因访其同居王莲生，出视唐马氏张女墓志，云出土始拓一本，而鬼物为祟，故题曰"无双本"。观仇十洲画《登瀛图》，伪作也。唐六如《金陵图》尤伪，无可观。逸山一一指其疵。坐两时许还。日夕，荇农来，谈甚欢。莲生出示牟庭所著书目。乾嘉时，栖霞诸生乡中议论甚多，独考定《易林》为崔篆作，非焦氏。焦学传与京房，主占候，梁人。而今《易林》题"建信天水"，乃"建信大尹"之讹，"建信"即"建新"。其说甚佳。又言《艺文志》言《尚书》古文经册六卷为五十七篇，而《史记》书篇名有六十三篇，当合《太甲》《盘庚》《康诰》为一篇。六十三篇去六篇，是五十七也。其云为四十六卷者，又加《太誓》一篇，《汤诰》《咸有一德》《明居》三篇，《伊训》《肆命》《徂后》三篇，《咸乂》《太戊》二篇，《高宗肜日》《高宗之训》二篇，《太誓》《牧誓》二篇，《馈禾》《嘉禾》二篇，《多士》《无佚》二篇，《召诰》《洛诰》二篇，《丰刑》《毕命》二篇，皆共序。共序者，共卷五七，去十一，是册六，出于杜林漆书，杜林得书目一卷耳。言亦精确。又曰孙卿子云：《诗》《书》故而不切。故者，训故；切者，实指。以不切，故有四家《诗》、二家《书》，因作《诗切》。观其序意，不知《诗》以垂教，而以后世诗说之，遂使周诗若唐诗，殊不可以言经。又言《汉书》赵广汉"精钩距"，是"通句股"。故云马价，先问狗，已问羊，又问牛。假如狗得三，羊得五，牛得十二，即不问而知马价廿也。狗为一率，羊为二率，牛为三率，四率为马云云。其说甚新，而作《重差图》。牟氏终身著书，皆骋己说，又不如王夫之，然其佳者胜之，考据长于王，时为之也。

三日　晴。买粉翠奁具四十五金。子久、彭稷初、香涛、小麓来。子久赠余书、梦缇折扇。稷初来，谢余为其妹作诗。小麓送银卅两。香涛自午谈至酉，留饭未饱，复要余及小麓至宴宾斋，遣要董研樵来同饮，意不在酒，借地坐谈耳。香涛欲余习《左氏》学《韩诗》，仆病未能也。研樵言吕洞宾附卟改诗，有句云"夕酒连晨醉"，卟改"连"作"回"。又云："松标太古春，雪异人间白。"小麓云吕诗派似之。小麓又论禘祭为三年后致亡者于天，而大祭之，《国语》所谓终王者也，故曰"不王不禘"。禘于明堂，以新配天，故推远祖而及祖之所自出，若夏、周禘喾是也。群庙之主偕来，故《公羊传》曰："自内出者，无匹不行。"言新亡者必合群祖而后配天也。"自外至者，无主不亡"，言就明堂太祖庙也。以新禘，故有大蒸尝。又三年而就祖庙祭，又三年而就曾祖庙祭，又三年而就高祖庙祭，则群主亦皆往，故曰祫。各皆二年而还太祖庙，仍曰禘。亡者先就太祖庙配天，而后入庙，故曰"先王飨于帝立庙"。其说甚佳。饭散，街车皆卸，待驾而还。

四日　晴。风凉而日烈，欲出未果。马雨农学士来。王莲生来，许赠我郝氏十种。作书与涿州牧郝近垣，兰皋之孙也，求其祖书。又与书左季丈、蒋璞山，因仙屏寄去，皆通候，无事。楚瑛来送银廿两。晚候竹老，遇晓岱，出过董研樵门，入谈，携其诗稿归，抄本颇胜所刻也。又赠《声调谱》，夜翻一过。声调之说，诗中必有之理，然按谱填之，则断无人能为，要当吟咏自调耳，赵氏已多事矣。

五日　晴。早起，过翰仙，要同入城。翰仙当入部司，不果偕，留饭其宅，遂同樾畦访逸山、叔平、小麓。樾畦留小麓处，余独访马雨农不遇，过寿衡、叔鸿处，少谈还寺。林午山来，留饭去。夜临北海书，未能提笔，殊不得似。

六日　晴凉。早饭后为子久书与曾侯。海岸来，翰仙继至，同车入城。至二龙坑劈柴胡同见豫庭二儿。一曰徵善字信甫，出继故郑王端华；二曰承善，年十八，甚英发。园亭荒芜，竹树犹茂，台倾池平，为之怅然。出过麟伯、桂坞，谈顷之，复访谭敬甫、王补庵不遇。至米市口下车，步过正孺饮，赵抑甫、胡荄甫、香涛先在，潘太翁绂庭后至，莫次公酒半始来，戌散。

七日　阴。伯寅来送行，并赠书，赆银卅两，云当入直，未能再晤也。意拳拳而色匆匆，甚有惜别之感。午间览所赠书四种，内有王象之《舆地记》，中《碑目》二卷，可备考核。天阴殊重，恐雨，因先至晓岑处，请樾畦买衣。申正过荇丈处，设酒饯余，寿衡、晓岑先在，研樵、翰仙、香涛后至。亥散，微雨步还。

八日　丙申，处暑。晴阴。潘太翁来。晓岑、豹岑、云生、马雨农、谭敬甫载酒饯仙屏及余于寺，金甫本约为主人，酒罢乃至。价藩、彭稷初、幼梅、心畬、禹民先后来，故郑王子徵善来，余本约豫庭子承善来，字智甫，又云禹阶。其弟同善，字禹襄，独与母出居于外。盖豫庭二妾不和也。而以无衣冠不能至。旗人仍习气讲排场，不能变也。谈久之，无策可振之，宗室禁严如此，亦定制之未善耶？夜坐凄清，有诗为证，以七夕饯饮为题云。云聚感天衢，星离怨河曲。念别霄始清，联镳宴宜数。澄阴绿槐市，帐饮藤花屋。良节动秋吟，深情驻行毂。是夕最妍洁，遥思几翻覆。佳人望何远，岁会欢已促。昔伤灵匹睽，今悟前游续。乖违岂仙然，间关念予独。漏转酒未阑，尘清雨犹宿。凉飙袭曲房，轻帘影明烛。留连如可思，贻君忆川陆。

九日　晴。辰出辞行四十处，皆居方三里之内，殊不为劳。午赴竹老饯饮，酉赴七同年公饯，设馔均美。是日芝岑、荇老、仙屏、香涛共赆银百六金。买小毛衣四十八金。

十日　晴热。早凉可绵。夏竹轩、麟伯、子久、野秋兄弟、小舲、芝岑、豹岑、王补庵、谭清臣、毛少卿来。豹岑夫人欲回南，遣人至通州顾船，余亦托豹岑多觅一只，因东便门船至通，须京大钱卅余千，与车价略同，改由陆赴通也。补庵与云生至交，皆欲为一代名人，然无奈官何也。潘太翁送其诗词来，词甚雅细。麟伯送蒸盆一，包子二盘，因留少卿饮，兼邀幼梅、子久来，叔鸿同至。亥寝。

十一日　晴。研樵赠诗，云生赠扇，皆送别之辞也。方起，笙谷、云生、海岸、**扐叔**、斐泉、香涛、月湖、叔平、小麓、莲生、研樵陆续来，剧谈一日。**扐**、香、叔、小、研五君坐最久。研樵以其嫡妾不相能而问于余，盖意料余善处耶？亦知余家亦不相能耶？余以正言告之，当自屈以尊夫人，以慰妾，则得之矣。文宗作卅万寿而裁损后生日之礼，盖礼臣不知尊嫡之义。故今垂帘，遂为两尊，非古圣诗书之义矣。因今日为皇太后生辰，忆庚申之事，故及之。其相讥也，小则不过问，要无使妾胜嫡，则自立于无过，而妾不敢怨。近世争以家事为讳，而不谋之朋友，若研樵可谓贤矣。余虽言之，仍当还问夫人，以决是非，故特记之。应以嫡妻得度者，即现嫡妻身而为说法，妇人之性，非余所能尽知也。**扐叔**赠余名印，同人以为奇遇，不易得也，然刀法殊不在行。

十二日　晴。早晏起。子久来，逸山继至，同出过圆通观少坐。至晓岱处，遇叔平及马姓武官。旋与樾畴同出买衣，至叔平处观画。买乾隆时笺纸及匠画工崽四幅。还过禹门晚饭。笙谷前招，几忘之矣，道中始忆之。遣人往探，适逢催客人，遂同往，客未尽至，顷之入坐。同席者王鲁香礼部、洪右臣、王弟优贡一等知县某及林氏父子三人。设馔皆家制，颇有真味，为之一饭。再至周宅，已饱矣。同坐者小舲、李果仙、郁华、魏子纯，主人陈伯屏、周禹门、黄翰臣。至亥踏月过子久，谈数语而还。

十三日 晴。子久、研樵来，与研樵同过龙树寺设饮，同坐者张松坪德容、温味秋忠翰、伯澄、香涛，秦谊亭后至，剧谈半日。要伯澄同过寺，快谈一时许。研樵属题杜像，云出自南薰殿本。伯澄云本朝南薰殿藏历代画像也。是日新放本省按察涂，名宗瀛，安徽人，旧为江宁府。

十四日 晴。翰仙、子恬、子纯来。买皮衣四件，检行李。题杜像云：内府传真迹，乡祠祀昔贤。文章曹植后，图画剑南先。旧静千官影，今归尺五天。平生忧国意，凄恻曲江边。 清高遗像在，无命作宗臣。失路依藩府，留诗觅替人。迟回度陇日，秀发使韶春。相对同忧乐，宁关宠辱身。出访荇农，齿痛不能见。过胡襄庭、齐新甫及李果仙处，皆无聊之应酬也。赴香涛招饮，同坐者潘太翁、伯澄、松坪、逸山、研樵、味秋、莲生，伯澄、香涛皆赠余诗。伯澄又题杜像一篇甚佳。松坪为余题《食瓜图》一词，谐语甚趣。潘翁亦立成一绝。研樵云拟作未成。莲生赠余玉印泥合甚佳。香涛泛谈及余前咏二物对句甚巧，余不能忆也。前十年曾行酒令，以不相类二物各咏一句，赋得翎管、水烟袋，余句云："双貂翠珥云南玉，二马黄磨汉口铜。"二马车，水烟袋之名，以汉口为佳，故有此对。一时无聊，流播京师，余因言謔笑不可不慎也。又谈"蒹葭苍苍"，为老而可用。余年四十，香涛云正苍年也。伯澄云五十曰艾。余因广之云：一岁曰赤，十岁黄，廿朱，卅青，卌苍，五十艾，六十耆。耆，黎也。夜饮极欢，至子散。

十五日 癸丑。晴。治装出京，与豹岑家属约同由运河旋南，舟车皆倪家料理。余早起作书与伯寅，为子久索书。片与芝岑，令陈斌随之出京。买乾隆内制笺纸四百，京钱十八千文。车价廿六千，两辆单套，至通州也。晓岱、翰仙、寿山来送行，视余登车者价藩、樾畴、子久、戴保函、子恬、潘辅丞六人。价藩独送至延王街口。余至倪宅会齐，未初启行。张厚甫孝廉太湖人，名塗。同倪婘行，其内戚也。共七车，尖于定福庄。傍城一带皆贵官坟园，此方尤重扫墓，男女络绎，使人思古不墓祭，不修墓，为防贪痴流敝耳。投夜至通州，云四十里，殆可五六十里。小船拨登舟，舟行略似拖罟，舟人云名"京胯"，亦云"大划子"。船价至江宁百廿两。余占一舱，价四十，先与十六金矣。道上落去靴叶，后车人得而争之，遂还与余。余托豹岑换票，得银三两，而落舟舷边，入于水，探之深八尺，不可取，盖信失物有数也。此次入都与前庚申若印版文字，殊不可解。本日会计：共到京入银四百卅两。买纸绢等┃四两，香翠等四┃五两，冠靴等┃五两，帐被等┃两，皮衣百六┃两，送钱师廿两，船价四十两（尚存廿四），果菜六两，与在和八两，刻书廿两，计新增书《穆天子传》《淮南子》《列女传》《古文苑》，帖《碧落碑》《铁像颂》《先茔记》，房钱三两，吉林参二斤，砚一方，笺纸四百，画六幅，玉印合一，印一，玉杯二，冠二，帽一，带一，衣二，袍褂三，被一，帐一，皮箱二，女衣二，女鞋六双，靴三，翠花卅件，香粉一包，扇五，赠诗四，赠书三。共行李二担，约四百斤。余银十六两（连船价四十两），在京计用九十余两，共来去用银八百卅两，凡百廿三日。

十六日　晴。早凉甚。倪宅遗信物在京，遣人往取，留一日。作《建除谱》，始知其分派之由，不关休咎，惟"除"字不作除去解，与《诗传》合，盖古谊也。夜大雨，顷之止。得豹岑书。

十七日　晴凉。行一程，泊西岸码头，云九十里，殊不足六十里。两岸禾黍半青半黄。

十八日　晴。晏起，午睡，两梦还家，以舟行摇摇，使人倦怠也。榜人发甚早，行二程，泊杨村西岸，云百八十里，驿程百四十六里。武清地也。陆至马头九十。

十九日　晴。帆风行八十一里，午后至天津东岸，岸上袄教堂制作颇精，在工部关之上，水师环其下，旗帜甚盛。袄教之与佛教，俱为异俗，先王之所必禁也。中土教衰而他教始入。佛之来也，中土自迎之。袄之来也，外夷强致之。魔道之分若此。然若谓其大为我害，则必不然。吾闻用夏变夷者，未闻变于夷者也。人心趋夷，虽无外道，岂能为国？俗人以李少荃之月课，为胜于法琅西之礼拜，岂其然乎？

廿日　晴热。泊天津，片告少荃，而竟不来。倪宅有事留一日。

廿一日　晴热。早入天津北门，石路滑不可行，还舟，至申开，行五里，泊南门外东岸。舟人云非顺风一日不能到，水没纤路也。夜闻厚甫谈其县司空山之胜，云月夜时常见龙舐丹沙，石壁峭阻，不能上也。

廿二日　晴热。过杨柳青，西岸。大市也。北方无复水道，旱则平陆，潦则洪沱。余推其故，自五胡久据，民务于战，沿及明、清，不能课农，故化中原为异域，以上农为游惰。因作《望水诗》一首，已录。补注《庄子》数条。正月此日亦于舟中读《庄子》，半年而复读也。晚泊独流下十里东岸，出好酢，静海地也。行六十三里。

廿三日　晴热。连日向西南行。余居前仓，正被日熇，不减三伏时。午前望川流，水性不似江南。作《青玉案》词一阕，殊不尽意。行五十五里，泊西岸胡家新庄，静海地也。点《淮南子》二篇。

廿四日　壬子，白露节。热晴。点《淮南子》二篇。《览冥训》乃淮南客讽谏书也，沉郁悲凉，使人兴感。过青县，两岸屯兵颇众，皆置之无用地耳。行六十里，驿程不载。泊司马庄西岸。白露届期，舟暑未减，晴窗风槛，有忆凉时。作《寿楼春》一阕云。看西风吹云，只偷年换节，助老欺人。刚有疏芦瘦柳，为他消魂。残月影，秋烟根，又豆花依依遮门。奈暑气低篷，阴尘笼店，无趣问江村。　良时去，佳期新。怎闲眠闲坐，闲过黄昏。忆得新秋凉味，画楼平分。嫌酒暖，愁香薰，到恁时罗衣温存。空梦着今宵，银河玉阶清露痕。夜微雨，醒闻一蟋蟀鸣甚壮。

廿五日　晴。行七十五里，泊花园西岸，青县地，东为沧州地。岸上林树幽静，妇女贫乞，往来颇众，亦有大小车辙迹。

廿六日　晴。早行廿里至沧洲东岸，入城西门，行里余，殆无鸡犬声，城外房屋多颓倾闭塞，快快而返。北方州县若此者甚众，而欲壮三辅，难哉！又行卅里，泊砖河东岸，沧州地。问土人，云林凤祥、张总愚未乱时州城尚繁富，近愈敝矣。

廿七日　晴。南风甚壮，缆行五十四里，至亥始泊七里堰驿程名戚家堰。东岸，南皮地也。陆去拨头冂里，水十八里。拨头，大市，交河地，与南皮夹河。见香涛兄远澜舟泊焉，未得通问。

廿八日　阴。顺风帆行漕渠，水刚流疾，舟水相激，声甚壮。早热午凉，雨为风散不成。出望北岸，苍苍有秋意。过东光，已行五十二里，遂泊谢神祠下。余偕厚夫步入城中，从西绕北望南，殊无廛肆。问药店一马姓，云此县赋税，官取浮余者，除用度，岁可得六千，而甚訾县令，浙江陈姓。城内又有甘捐局。云进士官不顾声名也。秋风卷地，吹沙入舟，河山已复摇落，作《秋风辞》一篇。是日仅行半程，至未而停。

廿九日　阴雨。倪仆还京，附书豹岑、香涛、研樵。又告香涛北方兴农田之事，及寄词与潘太公。告研樵以和妻妾之道，大抵主于谨鞶笑，使妾有畏而已。船留不发，议论久之始行，盖船主不能说众心，故长年偷惰也。帆行二时，廿三里过连镇口，西岸。

云景州地。渔师甚众。又廿三里，泊一渡口，土人呼十五里口，吴桥地。陆去连镇十五里也。夜寐不着。

卅日　风雨。帆行六十五里，过桑园。又四十五里，泊松官园。驿程不载，无店有村，德州地，陆程廿里至州。行百十里，始及夕食时耳。比日点《鸿烈训》廿篇全毕，复以意释古文《穆天子传》奇字，皆无聊之攻课，差胜无耳。夕观村人剥枣。

八　月

八月己未朔　阴雨。帆行卅里至德州，东岸。欲买藤冠，为邓佣所误，泊舟二时许，不可以小事久留众人，故不复求之。复行十八里，泊芦菔渡。点《尚书大传》五十一页，加笺□焉。食参蒸雏鸡颇美。

二日　阴雨。帆行廿七里，过四女寺。舟人云：昔有四女，学道不嫁，其父与约，令溉枯槐，槐复茂者，许遂其志。三年之后，枝叶青葱，父便感悟，舍宅为寺，故以四女为名也。又三十里泊故城。西岸。故城，盖德州故城也，今属河间，古名清河，城甚荒寂。船漏检箱，扰扰久之。

三日　风雨，不能行，强缆数里，泊一荒洲，德州地。抄己所作文一篇。

四日　风雨，不能行。寒甚，着大毛褂，灾异也。连七日小雨大风，阴晦甚盛。夜坐校《尚书大传》。偶念家中待余久不归，未知梦缇以主持家事而倍振作耶？抑怨望耶？近岁余两人颇不能相知，比往年殊异。健妇持门户，则必化柔为刚，其敝也，可不夫而独处，故昔人以司晨为家索，势使然也。余鲜兄弟，而惟恃内助，乃使家事悉仰成焉，非独过劳，又惯其性，未知古人何以处此，岂当托于友耶？深山之中，何从得友。感念叔平，因作书，俟至临清寄之。叔平三兄函丈：法源之侣，半月余耳。京华重至，独觌同心，一夕对床，十回造膝。其间信使赠劳相望，濒行复荷步临，兼投硕果，匆匆促辔，未及重辞。途中检点来章，把持赠物，恩情盈路，交谊恻心，风雨孤舟，始增忉怛。虽平生轻别，弦望有时，日月几何，动期一纪，心乎菱矣，能不悲哉！归溯漕渠，忽焉经月。秋阳暴暑，则生绤欲烟；寒飙吹雪，则狐裘如水。气候之变若此，其可骇也。居民被潦，十室九倾，梁秭红稀，枣林黑烂，吊僧、胜之旧垒，见英、法之新仪。欲泣则近于妇人，五噫亦嫌于逐客。唯可高歌送日，嘘气成云。今之出山，迷途未远，天下之事，岂鄙人所可问乎？喧寂异居，应求同气，倘逢驿使，无玉其音。闿运白。

　　五日　阴雨止，未申间见日。行五十里，维舟郑家口，故城地。西岸。与厚夫登岸，市肆皆闭门，久雨故也。复行廿里，泊南家浅，恩县地。抄《尚书大传》一页。

　　六日　阴。行十里过甲马营，东岸。又卅里泊武城县，东岸。入城，土垣修洁，壕树青茏，西门内有弦歌书院，以此武城为南武城，殆误矣。此为齐地，子游、曾子皆不得至此也。是日抄《大传注》十页，今年始治正业也。

　　七日　阴晴。行卅里过油坊。东岸。又卅里泊王家浅。西岸。抄《大传注》十页。论周服九章及虞十二章，为郑误说，用伏生说。以五色用粉米、黼黻二法绣之。粉米即今打子花。粉，碎也。如碎米点。黼黻即攒纱。又曰纳锦。皆两已相背，黑白成文也。皆绣而非画。其说甚新。夜雨。

　　八日　晴。行卅里至临清州，过二闸。与闸头钱百文。二闸曰砖版闸。书吏持帖求赏。凡过闸先须少与以钱。否则后难继。泊钞关下，有明万历时主事萧复阳题字。今州官署毁，借居税局。城外店肆犹盛，城中破屋将为茂草矣。将入城，以远而罢，望西门楼犹亭亭然。山东吏治久废，至一直州廨廿年不营复，亦可叹也。知州管关，倪宅持帖去，即得免票，无留难也。官船皆与笔资四百文。则贵于商客。夜月。抄《大传》十页。注少。

九日　丁卯，秋分，中。阴晴。抄《大传》十页。书纸将尽，故先抄《五行传》，小字较多，日可省一二纸也。舟人半夜发，扰扰终日，仅行六十五里。将泊魏家湾，有巡检。清平地，云周之贝丘，去东昌七十里。而邻舟不住，又匆匆而行，殊为可笑。自十五日东行，凡廿四日，行七百八十里，以水道计之，千三百卅里不足。吉行五十，殆谓此也。夜闻人言河坝将开，遂发。至子少休。

十日　阴晴。自昨夜暗行，至今午至东昌府聊城西门外，水程云百八十里，可百四十里耳。共过三闸，少泊，仍冒夜行。是日因无纸，意不欲多抄书，恐纸尽也。及买纸至，而前纸仍余三页，徒自误耳。夜乃急抄成十页。子夜到周家店，去东昌三十二里，水浅胶舟，遂止不前。舟人议论，竟夜不寐。

十一日　晴。遣在和还东昌觅车，倪宅仆往张秋觅舟，将择利而从之。已登岸，问拨行李车价，岸人大喜，以为此奇货可居也。六十里小车索千五百钱，亦殊不多，而情状可笑。还舟抄《大传》十页。邻舟德定斋名葆。县丞、周笙鹤县令来，谈水。德曾任石城，为李黼堂所劾。周，新进士也。在和回，东昌车价尚平。夜半水发遂行，舟人欢噪。

十二日　晴。昨夜至今酉初，缆行七十里，至八里庙，入黄河，泊河岸东。河至张秋穿运，船收在八里庙阳谷地。也。连夜为舟人所扰，今午大睡三时许。抄《大传》十页，计七日得九十页。中两日抄甚快，今稍懈怠，仅得如额。

十三日　晴。舟师补帆，泊一日。昨夜望月作一诗未成，补成之云。游客便江湖，河舟始乘兴。翩然夕风前，览此清秋胜。汀洲漫安流，轻烟拥平乘。鱼山青若云，澄渊月如凌。南舻既津通，东行恣游凭。徙流念周衰，会穀歌侯应。寒露川梁深，飞光别愁凝。谁言一苇杭，鳞鳞不余朕。豹岑弟子叶竹香来，其父字醉菊，令邯郸，死于京寓。其姑夫蒋朴山助之资，扶柩回新建，愤道路之阻滞，余劝以耐烦也。夕与厚夫登岸，至河神祠，观明景泰时勒碑，及徐有贞碑、万历时谢肇淛碑。言景泰时河决张秋，为东南害，及万历时霖雨祠坏。云自明时已名八里村，今云八里庙也。明诏书及谢文俱雅饬可读。祠废，仅存神像耳。庙祝老鬈，苍古可观。抄《大传》十页。

十四日　晴阴。早起。倪恭人请厚夫与余为其门生觅船，得一衡山船，遣令过载，办理尚如人意，叶生颇快。归抄《大传》十页，夜抄八页，四卷成，共百十八页，明日当序而存之。夜半叶生来谢舟。

十五日　晴。早起闻舟人与在和口角，起呵止之，倪宅内婩旋又口角，何秋节之热闹也。饭后遂呼水手荡舟至张秋买毡货。床毡称四六，大毡行铺则云三六，又有毡帽、毡包、毡女袜、桌毡，为买需用者九两五钱。此处平用漕加三，称亦用漕厘三，可笑也。夜归，月不甚明，和衣假寐，至曙起，望月犹可三丈许。

十六日　晴阴。晓发，行六十里至彭家口，入黄河汊，逆风不能上，未午而泊。登岸至西龙山看村戏，山去东阿十里，产石。乾隆中县令封禁，以民多避水上山，惧铲平之也。夜向德定斋借《运河水道程记》，抄三页。

十七日　晴。北风，帆行，溯河六十里至戴家庙。清秋朗然，黄流激湍，意兴甚王。前舟入汶后驶行不泊，遂亦衔尾而进。至夜行三十里，泊王家庄，汶上地。叶竹香来，言其曾祖名之筠，目睛有赤点如豆，明察秋毫，能自见颈发，八十余于稻米上书"天下太平"字，臂力过人，终于县令。

十八日　晴。缆行四十里，过分水龙祠。祠当汶阳，祀龙神及宋公、白老人。初开运渠，引汶南流，北水不旺，白叟指其地，令分水南三北七，言已不见。宋公则明河督也。余至祠下，视其水，所谓投稻秸而分流者必不可验。漕渠成否，无关国计，何劳诸神出为护持，是知人力所并，神祇亦为所转，至今思之，殊多事耳。北漕永不可通，则燕、赵尚有富强之日，天生贾鲁，以误明、清，仰食东南，骚然烦费。至于南粮既阻，海运方兴，误解《禹贡》，甚于莽读《周官》之祸，他日有明君圣相，宜采斯言矣。过祠十余里，渠旁林树幽映，水流静碧，楼船相接，颇洗寒伧。曹镜初至徐、扬而始浣洛尘，已为晚矣。夜泊寺前铺，汶上地。是日行七十里。

十九日　晴。早起。泛舟望汶、济西南，湖泊弥漫，民田村舍，尽为巨浸，皆河水所灌也。江湖水入，退即淤沙，数浸数枯，沃壤为漠，最害于地利者也。若不急治，齐、鲁亦无以自给，而江、淮愈为人所觊觎，南北交困矣。行六十里至济宁。寄书徐、黄、周三君。伯澄先生侍郎阁下：兴平快聚，几欲忘归，江湖之人复知阙下之乐，以主持风雅，如东海之纳川也。漕渠秋清，游人欣慨，南衡北斗，俱在天涯。独痳独兴，劳于转毂，非有翰墨，岂代萱苏。但浮云西驱，龙门难望，胜游招致，亦忆归人，今寄上近作诗一篇，并《补注书大传叙》一首，聊当面谒，见寂寥之远致，期奇赏之奖成。驿便将书，以荣空谷，短笺奉谢。敬颂安和，不宣。　　自庵大丈学士函丈：北行南返，自致途穷。奖许之余，加以赆钱，少陵以左丞一诵其句而回首渭滨，以此况之，当何如矣。临行三会甚乐，而从者不来，趋以奉辞，又闻卧疾，欷然惘然，载①此情而还耳。漕渠风水顺利，于仲秋中旬竟达沛宁。途中补注《尚书大传》四卷，抄序呈览，还山再当奉书，先谢厚意，不胜区区。

晓岱仁兄年先生御史：京华假馆，恩纪绸缪，未步后尘，尤孤至望。但芙蓉桃杏，各有其时，他日华年，终持白帖耳。漕渠安泛，秋色清佳。周店胶舟，一夕水

① "载"，原作"戴"，据文意校改。

至，渡黄百里，皆得顺风，以此卜之，颇获天佑。惟河流到灌、沂、兖沦胥，满目波涛，慨然有议河渠兴农工之想。思深忧集，不复愿归，俟至南昌，当谋资宦。三年之后，赋亦百万钱，乘传而行郡国矣。因倪宅致书，先附申谢。晚与厚夫同入东门，出东门还，从南门登舟。河督署已为茂草。云二月曾一至州，州官亦出，城中颇繁盛。泊西门。

廿日　晴热，可单衣。舟人觅带小货，请停一日。薄暮过闸，至西岸闲眺还。夜雷电，风雨甚凉。

廿一日　晴。东风甚壮，不能帆，傍岸行。风稍定，渡南阳湖，采菱，作一诗云：湖天中朗然，乘流纵虚棹。秋云气澄鲜，轻阴愈光照。浪浪驱卧听，（张厚夫以"潺潺"似泉声，故改为"浪浪"。）皎皎明孤眺。空清信无边，逸兴翩已到。微波积深青，晴澜激寒峭。文鳞既承桃，浮藻若可钓。偶怀持竿人，因歌采菱调。游隐岂异情，欣寄从所好。烟开防山秀，树密湖陵奥。尘缨久已遗，长谣涉江操。行八十里，泊南阳闸下西岸，鱼台地。夜不寐。

廿二日　晴。晏起未发，放鸭闸下。初舟人献鸡鹜各一为节物，余未欲杀之，散放仓中，工人恐其走，牢系之。昨夜有客附舟，空鸭仓居之，遂系两足置船头一夜。解之不脱，刀割其系，投使从群。虽知终被刀俎，且令得一时适，倚窗观之，甚快意也。甲子秋在江南道中，曾放八凫入水，皆不能飞游，卒为傍舟得烹之。鸭本不飞，而游泳自乐，物固有以无用为用者夫。舟人惮行，诡云当待风。泊一日，夜寝甚安。

廿三日　阴。行七十里泊徐家口，舟人曰徐家营房，滕县地西岸。日尚初西，同行舟并停也。

廿四日　阴。闲甚无事，读郝氏《尔雅疏》，将刊补之，惮繁未起手也。帆行九十里，将泊郗山，滕地东岸。见后舟不拢，匆匆复发。四十里至万年闸，未欲泊也。闸版石启，又芒芒而停。西岸峄地，沿湖石堤数十里，殊为劳费。今皆破散矣。是日从湖中行可五十里，莲荇犹绿，湖水不及南阳。

廿五日　癸未，寒露，九月节。昨从堤上望湖水，案郗山湖，即巨野泽也。《禹贡》大野属徐州，《周官》□州，《汉书》山阳。《水经注》云"南通洙、泗，北连清沸"，郗山湖正当之。《大传》云"巨野菱"，今泽中犹多菱芡矣。行四十里泊台庄，峄地。东岸有保甚大。至关祠，一军官让入少坐。言昔避寇入保者共三万余家，旧设台庄营参将，分八汛，兵六百余人，今裁减犹五百人。山东人相见皆让路，问答皆起立，甚有礼，异余邦也。

廿六日　晴。行八十里，泊一村庄，下邳州地，曰张家庄，非正地名也。前数里曰某庙，乃站口，以其名庙，亦懒问之。夜数觉。

廿七日　晴。行卅五里，泊陶弯。凡烧匋器穴名陶，以必依阜为高也。许氏字书有"窑"字，从羔声，自是瓦陶别呼。而今人以为古写，形声相远，强附为文，舍最古之皋陶字而不用，可笑矣。登岸行保中，见宿迁龚令催湖课告示。此间物产丰殷，米肉价贱，殆沃土也。然民气殊寥落无欢意。问贾人，云时有土寇劫掠。自余初经此已然，未知予自悲羁旅而视人皆悲耶？抑民果不乐耶？舟人不行，任停一日。

廿八日　阴晴。晏起，舟人亦晚发，同舟人皆不催问，余屡欲诘之，以异众而止。行七十里泊宿迁县西岸东门外。与厚夫入城，步二里许，城小而低下，形势颇秀。买丝带六副，妇女系藕覆及裤履者，杂色者六百一两，大红者千二百一两，犹可减少，不便与市贾论价，故随而与之。宿迁城在大道西，余前两过，皆未入城。城中石路亦无车辙，城门有军官捕贼告示，云得贼马驴招领，又言高粱茂时，劫贼辄来。盖习俗好剽掠也。感事作诗云。

东道曾三宿，秋城始一看。织绚民利薄，紫带漕渠寒。骆马方征税，椎牛自揭竿。

空言米肉贱，难遣吏民安。　　夜客逢秋雁，传声似唤人。芦花凉自袅，城火望来真。苦战难惩盗，丰年始见贫。弭兵殊未得，何处免风尘。

廿九日　晴。是月小尽。桃源县寄嘲尹杏农，作八句云。御史贤声久，才多困一官。上书忧国易，持笏看山难。汴泗波澜小，江淮桂树寒。桃园津要地，休作避秦看。行七十里泊蛇渡，桃源地东岸。

九　月

九月戊子朔　晴。早行廿里过桃园驿，众兴集有商船欲逃厘，托云余舟，而不余告。巡丁觉之，拘系一水手而去，捶打出血。余视之两俱可恶，遂不过问，催舟急行五十里，泊马头西岸，清河地。

二日　晴，甚暖。早过天妃三闸，行卅里至清江浦，未过闸，为江督船所阻，不得前。昨闻涤丈至此，果得相遇，急往寻之，而巡捕以例依班传帖，久不余达，待二时许矣。若十年前必直入大呼，今老不可怒，遂待至三时许，而后刺通，相见甚欢。左右以为未尝见客谈笑如此。甚矣，权贵之不可居也。所见客皆不能欢，则其苦可知。余欲以所作经说质之涤丈，而仓卒不尽怀，自请同行至徐州，而后仍还淮安，舟中可快谈。又闻镜初亦在此，遣问，云淮扬镇道公请相侯，作陪客去矣。已而镜初游说欧阳健飞持帖来迎余，音尊三席，左则钱楞仙，右则张酉山。主人三人：营务处二人，一则李勉亭，十二年不见矣。幕士二人：一为薛叔畇，晓帆明府之子，其弟与余同年；一为陈蓉斋。看戏七出。见《王小二过年》，因语涤丈："此必中堂点也。"曾问何故，余云："初起兵时已欲唱。"涤丈大笑，因遂请和季高，曾色甚愉，但云："彼方踞百尺楼，余何从攀谈。"戌散，还至镜初舟，又过勉林舟，三鼓还舟。作书与吴竹庄，送《桂志》一册。书与豹岑告别。又作《书解》一篇。鸡鸣寝。

三日　晴。未曙，有盗登舟，榜人觉呼而去。余遂起，至辰车行卅里，饭于鱼沟。道州旗旌车马甚盛，主客不相顾。余无所归，欲入辕门，则曹、薛、陈三君均在外，王人虽尊，不可加于幕府，王人，客也。幕府，贤也。遂从其类，依镜初焉。余为薛、陈二君言湘营旧事。薛云李少荃云："自鸿章出而幕府废。"人之无耻有如是耶？少荃首坏幕府之风，以媚福济者媚曾公，而幕府坏，军务坏，天下坏，曾公亦坏，乃为此言，故余不得不记之。君子表微，恐误后世也。夫记此言于草纸簿中何能示后世，然一记则少荃已服上刑，此《春秋》之义也。又行三十里，宿众兴集，一日未见主人。群雁清唳，殆似家鹅。

四日　晴，霜寒，至午乃煊。行四十里，尖仰化集，桃源地，有桃园驿。又行五十里，宿宿迁县钟吾书院。是日两渡漕渠，夜诣涤侯，谈修志事，涤丈似以善恶兼载为不可。

五日　晴暖。行四十里尖早河，宿迁地。供帐于龙神祠。遇徐海道、吴子梅及直隶营官吴小轩，名长庆，武人也而有文气。又行五十里，宿旧邳州城，康熙七年前邳治也。明河患沦于水，因迁治今城，去此九十里。旧地割以益睢宁，即于旧城分界。是日邳州差人为兵所捶而逃。余饭于欧阳健飞处，与勉亭同坐，食蟹虾俱鲜。在和与镜初之随兵争利而嚣，余谕止之，而令在和谢罪。两怒俱解，可谓善教也。诣涤丈谈。

六日　晴，煊甚。驿道洼水，迁道行三十里，尖石牌，睢宁地。柳将军庙有老僧，名宗持，八十一矣，健而和。又行三十五里，宿双沟，铜山地。与镜初寻勉亭至街后，一冢书"明烈士王载鸿墓"。视其碑文，云烈士明季诸生，灵壁人，与妻曹氏同殉甲申之亡，仅传遗诗数首。冢中二人适与冢外二人同姓，亦因缘之巧也。勉林与笃臣、健飞同寓，小轩亦至，诣涤丈问疾。夜与叔耘谈人材，约尽一烛，未爇而寝。闻外间人声如苍蝇，初不为意，已而有言急取湿絮，知失火也。起看已然透屋顶，遽呼镜初挟袜而出，念吾家子敬雅步下床，非不可学，不必学也。同寓人俱出，余乃至行辕呼材官派兵救火，又寻巡检出救，又至勉亭处呼二营务大人起。勉林出视火，余踞健飞榻外，径卧一时许，事定已丑初矣。未失余物，惟去一灯盏耳。

七日　晴，早凉午煊。行五十里尖于杨家洼。杨绛州别业，杂花颇艳，有村落秋兴。又行四十五里，至徐州府城铜山县，城外一水，盖睢水也。城低于堤一丈余，随制军居考棚，两问疾。日记本得之火焰之中，殊可宝也。姓名幻入《红楼梦》，夫婿曾麾赤壁兵。（戏赠贾小乔瑚。）

八日　晴煊。出访徐海道吴子梅世熊、铜山令张金门振镳、吴提督小轩，皆报谒也。张与余为乙卯同年，广西人，年卅六。又诣笃臣、勉林、方元珍，名同谟。皆不遇。至健飞处少谈还。发京信与翰仙、叔鸿、麟伯、寿山、楚瑛、斐泉、价藩、筱林、伯屏、禹民。涤丈来，介见方子可，元珍之子也。程尚哉子来谈。

九日　晴煊。出南门，至校场看操。朱徐州供饭，吴兵备为主。马射未毕，还登戏马台，一无所有。至云龙山见院长刘慈铭，星房都转子也，属问何莲舫寄银事，与谈夏光通存甫及夏宅近状。镜初、叔耘登放鹤亭、石佛山，余不欲往，独与刘坐久之。待二君至，蓉斋又来，乃还。涤丈遣问归否。因见新闻纸及李少泉书，言法夷欲兴兵端。余正欲言，方元琛至，未尽其词而罢。

十日　晴。独至城西门，访燕子楼故基，正在城上，今为炮台。文天祥诗云楼在城东，而此改在西。苏轼又云徐州城大，而今城小。唯戏马台在南不改耳。还作九日阅武诗。刘慈民、庠。元珍父子来谈。吴兵备、张同年先后来送行。蔡县丞三来求见，余辞之。为托兵备及张铜山求一差，以其与夫人同姓也。夜过涤丈谈家事，及修好左季丈事。涤有恨于季，重视季也。季名望远不及涤，唯当优容之，故余为季言甚力，正所以为涤也。此隙起于李次青、刘霞仙，而李、刘晚俱背曾，可为慨然。

十一日　戊戌，霜降，中。晴。从徐州府城行九十五里，仍尖杨洼，宿双沟。双沟旧店火焚，改馆街后。夜与叔耘、镜初同诣军门闲谈。阅《徐州府志》，颇雅洁。

十二日　早雾，至午方晴。行四十里，仍尖石牌。睢宁令刘君仟来访，涿州人，未及问字而去。又行卅里，宿旧邳州。阅《铜山志》。铜山，雍正十一年置，以县有铜山而名，可谓不典。《吊燕子楼四绝句》云。烟锁彭城暮色秋，绕城无复旧河流。唯余节度东楼月，照尽繁华照尽愁。　罗帐留香被不温，只将寂寞报深恩。安陵约死非难事，争及三妃泪竹痕。　洛阳霜露不同归，自检空箱旧舞衣。颇怪韩冯为蛱蝶，尚贪生作一双飞。　婉娈恩长一死轻，舍人原不解深情。多应爱惜花枝好，不放云鬟白发生。

十三日　早雾晨晴。行九十里，仍尖早河。晚渡顺河。与勉林、笃臣同寓，夜踏月。勉林言赈荒事。宿迁令龚舜衡来谈。

十四日　阴。午后微雨。行百里，至仰化集甚早，待薛、曹、陈三君至乃行。到桃源驿，雨势已成，大风微凉。淮扬道刘受亭咸，萍乡人。来谈。夜大雨。见廷寄问李世忠。

十五日　雨寒。车行泥中甚迟，四十里仍尖鱼沟，三十五里到清浦。吴总兵家榜字昭杰，以长龙船借我。登舟，先至涤丈处，小坐回船。漕标游击吴某来谒。镜初来，同探勉林疾。健飞送酒菜，与陈、薛二君同酌。连日为鱼翅所熏，虽未一尝，而甚厌见之，若连啖之，不知作何状也。昭杰遣丁差官来_{泰州人。}听使。

十六日　阴晴。巳发清浦，行四十一里。午寐，过淮安未觉也，起从窗中见城门书额乃知之。帅舟未至，留待二时许。涤丈招饮，遣小舟来迎，复牵舟溯流二里得遇，与镜初同酌，食粉蒸鱼翅甚佳。且饮且行，廿七里泊平桥，乃还本舟。夜过受亭舟，至勉林处，又相遇健飞，并拉饮，同坐者又有笃臣、朝杰、田萧臣，观饮甚豪，为之尽欢。丑散，露下月明，惜稍寒耳。稍坐鸡鸣，作歌以记豪饮，文多不录。

十七日　晴。昨闻苏抚张之万督闽浙，何小宋移抚苏。受亭云山西抚盖钱姓得之，至扬州知为鲍花潭，人颇讶之。余言山西抚本京缺也，近日迁除，皆在人意中。又言景剑泉逼棚规，天长令投水死。涂臬使开银号，而为市侩所劫，云欲京控。涂讲宋学，固宜如此，景似未至若是。至安庆则物议沸然，然无如何。巡抚犹可使小儿为之，总督一方重臣，今不论贤否，但论小泉、子青，岂可踞此坐。瑞由故相，吴推旧恩，余四皆起军功，固副中外之望耳。行百六十五里泊高邮。涤丈和赠诗一篇。健飞赠银，辞之。汤衣谷遣人觅镜初，喜得相遇，瘦损无复容光，意趣亦减。

十八日　晴。卯初衣谷来谈。至午出望露筋祠，七十里过邵伯埭。涤丈复特设招饮，镜初同坐。行百六里，水驿云百十里。泊扬州徐宁门，东南门也。酒罢登岸，与镜初同至会馆，见黎友林兄弟，复访莲舫、子偲丈。莲病偲去，见杨子春，托其告衡州友人，云余在此逗留之故。健飞送袍料，友林送纸，均受之。叔耘来，云刘开生至，未得相见。夜过勉林，笃臣、竹林、友林先后来。扬州城中尚荒落，不似苏息时。

十九日　阴。方子箴送馔，过镜初船对饮。白云轮船至瓜步来迎帅舟，缆其后，行五十里渡江，十八里泊金山。恒副统惠、字泽民。方子箴、沈仲服、秉成，常镇道，新授上海道，能写北碑。薛世香、书常。师竹安、荣光。吴朝杰招陪涤丈会饮山寺。登藏经楼、留云亭，下至山堂，设席廿坐。同坐者徐仁山、笃臣，主人二坐，迭来陪谈，惟薛不至。戌散，大风。朝杰送馔。夜过探蓉斋，送健飞行。李质堂提督朝斌。来访，言苏州会馆事，托余致意雪公云。勉林同来。

廿日　晴。早起欲留，船不前，而进退皆为舟塞拥，至镇江南门，与镜、蓉、耘三君同入城。至镇江府前，旧铁瓮城已毁，鼓楼将圮，登其右，有明钟尚悬。从丹徒县门前出北门，登北固山，望金、焦如两鼓。大江当前，雄城助壮，实胜金、焦也。下至甘露寺基，寺僧送至试剑石边乃还。登舟，劼刚来省亲，过舟谈。朝杰、仲笏招陪同饮，镜初、健飞亦至。夜诣涤丈辞行，涤丈旋过舟送行，并赠赆，受之。质堂送路用四品，受之。与朝杰借丁外委送余，车还。劼刚要同诣江宁，定明日待轮舟，先移行李过仲笏船，夜作书寄伯足、子偲。

廿一日　晴。晓过镜初船早饭。帅舟往丹阳，从舟毕发，乃同劼刚至风神庙，仲笏所扫除也。健飞与成楚材副将设饮祠楼。金安清眉生来访劼刚，同坐至席散乃去，未相问讯也。时时横肱坐，余肘之。金出问曾："彼何人斯？"曾告之。乃曰："我固疑是此人。"世香、竹安招同劼刚、健飞饮于金山寺，观东坡玉带及仁宗赐砚及玉佛像。戌散，舁还仲笏船。健飞来谈。是日泊镇江关下。

廿二日　晴。辰刻过健飞舟早饭。白云轮船来，劼刚要登舟，委员马汉卿延坐中仓。仲笏送馔，谈饮舟中。酉刻至江宁，移行李过铁皮轮船，遣丁外委送襆被至吴子登寓，己与马令步行入旱西门。少憩马宅，呼舆至夫子庙尊经阁吴寓，子登出见，留宿书斋。丁外委甚能，先送襆被入矣。投夜入城，事颇皇遽，得主甚喜也。

廿三日　早起，桂香亭来照像，因约游莫愁湖，先至书局访戴子高、张文虎。出水西门，登湖楼小坐，循步檐至小亭。香亭要饮其寓，戌散。闻子愿之丧，过吊其庐。复访梅村，喜其健在也。问"箇籧枯"之说，云俱见《吕氏春秋》，又告余以诸子校本。亥还吴宅。

廿四日　晴。早过督署，见劼刚兄弟及陈嵩生、栗诚，颇拳拳相留，为之久坐。出还吴宅，与子登同出，买马褂一件及帽鞋等，遇厚夫侍者朋九，衣饰甚都。劼刚赠《史记》《国志》。子登赠《墨车照帖》。酉出城，至下关登轮舟，已夜矣。出江宁城，若冬日须巳午便行，否则不便。与欧阳心泉同伴，牧云翁长子。因遣丁外委回瓜州。管船委员邵紫成同知处我以房仓。夜煊甚。

廿五日　晴。卯刻开行，百廿里泊芜湖。补忆金山诗寄方子箴。长江双岛瓜步头，金山南路看客舟。轻阴竟日扫烟霭，悄然万顷当清秋。豪情不数孤游乐，谁能寂寞招猿鹤。拟金伐鼓横大江，铙吹空响摇旌幢。元侯临军好整暇，始上浮玉开晴窗。宾僚衣冠尽英彦，了了山川眼中见。云连北固起楼阁，涛随东海驱银练。古往今来同逝波，江南江北兴亡多。人生随境作哀乐，遂令景物如空华。安知至人有真赏，坐收元气清山河。江淮大定经八载，往者非复平非颇。纷纷治乱偶翻覆，亦如江流变平陆。冯轩把酒呼浮云，千年不改焦山绿。水中蛟鼍那敢横，天风但有波涛声。夷舟双轮作前导，一丝牵过微澜生。昔思掣鳌访龙伯，移山转海何由得？即今俯槛看凫鹥，万里云帆过枕席。山堂望远形神开，苍然暮色群山来。主人金罍不辞醉，更倾秋水成新醅。胜游遭逢亦偶耳，高轩欲去须裴回。出城列炬喧江上，舳舻安闲箫鼓壮。留云亭前夜望空，山色娟娟□相向。扁舟西去江湖间，门前灵境唯君山。巢由有时在箕颍，邹枚未碍游梁园。试将魏阙比江海，岂令鸥鹭欺鹓鸾。他年披榛访日月，且磨萝石镌苍烟。

廿六日　晴。卯刻开，行百八十五里，戌泊荷叶洲，大通对岸江浦也。是日癸丑，立冬节。

廿七日　晴，风，稍凉。行百八十里，未正泊安庆西门外。步入藩使署，访吴竹庄，留止署中，与管才叔对榻。见许余山、钱榆轩，竹庄客也。竹庄以酒后忤英抚，乞假一月，有去志，留余换船移行李。

廿八日　晴暖。饭后出视吴舟，旋登岸。才叔前求母墓碑，未得寄稿，令抄一通。

廿九日　雨。竹庄设宴钱余，有画师同坐。

卅日　晴。为吴竹庄题《延穷图》四绝句，赠余藏墨丝带、《庄子注》《广列女传》《指月录》及夷钱四十枚，皆受之。未刻登舟。

十　月

冬十月朔戊午　晴。北风，帆行百廿里，泊华阳镇。船窗清敞，天水朗然，心数归期，不皇赏咏，亦可笑也。谢康乐云"周览倦瀛壖，况乃陵穷发"，彼以久居耦游耳。余水行七十五日，饱于烟波，留此佳境，为他日卧游之图画，且以见尘虑之未消矣。爱缘所牵，如蚕自缚，则何贵于学道哉！作书寄伯寅、笙谷、正孺、云生、马雨翁、敖金甫、张竹老，并谢钱行。

二日　卯刻将发，大风阒。雨，暮飞雪片，浪打舟至岸□三版，勇丁助掀之，一时许乃得水，仍移泊昨缆处。子偲藏书。书今见在。壬父积爱，爱落何方？此中大有得失，到得哀乐穷时方为自在。终不成子偲不知书将不去也，被后人议论着。

三日　晴。始寒，衣裘。南风，舟复不发。阅《指月录》，大似白日见鬼。当时诸僧亦复错送身命，故佛法至宋衰矣。虽然勘破，竟不知"露柱"是何物。

四日　晴。南风，仍泊故处。夜大风，舟振荡不安。因作文，引子路缊袍事。不耻狐貉，谓虽贫贱而见重于人，非已不惭也。贫不羞富，稍有识者能之，况狐貉非贵人衣，正使子路与盐商立，何处可耻？又下文"不忮不求"，别是一事，非孔子称之，类记之耳。不忮害人，不求责人，则人不怨之，子路所常致力者，子言是亦一道耳，虽不臧何足为臧？盖人贵自修，不徒免怨，故勉尽之。如□说，则一予一夺，何其太速。

五日　晴。舟人待风，四日不得，乃勉行，西风正打头也。望小孤单椒秀绝，似园林片石，作诗云。径欲移危石，当门作翠屏。金焦未崭绝，云树倚空玲。险压江流去，寒教日气清。风波太孤冷，挥手谢仙灵。

百尺岑楼在，神工云构贯。年来喧鼓角，天遣助江山。血浪看犹涌，沙鸥影自闲。归舟何太急，只欲趁风还。"还"韵神理不匮，有"江上峰青"之乐。行八十里泊太平关，彭泽地。夜读《庄子·外篇》十五篇。

六日　晴。行四十里，泊龙潭口，日方四也。舟人通呼柳丝桥，桥在口内十五里，余十年从湖口往建德，尝过之，亦通饶州也。剃工言今皆湖北倡家，卖酒唱歌为业，口岸棚屋数十间，茶烟馆居其半，桥市亦如之，起同治时。闻之怃然。昨夜不寐，偶作子偲挽诗，成二句，日间遂成廿韵，凡十八折转，无唐以后言筌，真名作也，惜无人赏之。阅《庄子·杂篇》四篇。《外篇》皆庄子所作，文有首尾衔贯，异于《内篇》分段也。《杂篇》同于《内篇》，同自为段，而无甚精深。《寓言》为周自序。《列御寇》篇弟子记周杂事。《天下》篇叙《庄子》全书，其文雄深，盖高弟子所作。《让王》四篇拟《庄子》而作，浅陋可闵，大似楮先生一流人所为，必非周、秦人。

七日　晴。行廿五里至湖口，登石钟山，最高处为飞捷楼，亭院十余所，石洞最妙。雪琴专营之而复舍去，真英雄也，吾所不及，裴回久之。还舟，入彭蠡卅里，泊大孤塘。竹庄为送余，舟税费廿金，虚承其惠，甚为惭荷。凡行途宜少诣人，殊悔孟浪耳。本可一钱不费而至汉口，何苦以猪肝累人。

八日　晴。泊姑塘。还关税，税丁丈船，当税六两九钱，依钱价折至九两。余登岸，买磁器两席，白定百廿八件，博古百廿四件，九子碗九件，共钱卅一千有奇，合银十六两有奇。午初开行，顺风扬帆，过彭蠡，作诗一篇，如有神助。又寄题莫愁湖亭一联云。同治十年重新莫愁湖亭，桂芗亭司使要游索题。余案乐府词，莫愁，河中人，嫁卢氏，卢亦北方名族。而石城艇子，说者歧异。盖丽质佳名，流传词赋，如宋子、齐姜之比，不宜侪之苏小、真娘也。故为引附，以谂好事云。　莫轻他北地胭支，看画艇初来，江南儿女生颜色；尽消受六朝金粉，只青山无恙，春时桃李又芳菲。船窗清闲，望南康城在西，庐山隐于烟霄，益知《禹贡》东迤之说，为指鄱阳湖，郑说精确也。太史公登庐山而观禹疏九江，自禹以后，几人有此盛览？远公、谢客未免小眉小眼。"小眉小眼"，蒋□堂语。余今日所作诗，方直接史公，一吐壮气也。行百廿里至吴城，登望湖亭，似胜岳阳楼。小童开窗，余心悸，似梦中常登之危楼，但不见水耳。夜移舟过对岸，泛下十里，泊竹庄所居吉山，三更始至。

196

九日　晴。竹庄寄家中信物，舟留一日。作书与荇农、钱师、涤丈、镜初、勉林、寿山。午至吴宅，半亩园地甚小，而亭室狭矮，饶有别趣。藏书满万卷，亦足自豪。

十日　晴。南风甚煊。移舟仍泊吴城。作书与香涛、竹庄、果臣、方子箴。遣问陆路可行否，云大水断道，一日不能至。

十一日　戊辰，小雪，中。晴。行六十里，过昌义，有巡检，泊桥下，有水师营。计程不足百里，舟人妄报耳。

十二日　晴。煊甚。行五十里，初泊鸡笼山，移泊杨柳桥，去城五里。

十三日　晴。早至江西省城，泊章江门，新建地，滕王阁故址下。当余廿岁游南昌，初不自意能成立如此；及余卅岁重游，又不自意不富贵如此；今余册岁三游，盖不自意老大如此。城郭旧游，已不复忆。因令吴守备导至镜海寓，谈久之，留早饭。出访邱云斋，与同出寻旧书，询庄木生店已闭矣。浣薇轩颇有书籍，价不甚贱，只购《诗纪》一册。又觅故衣不得，独访霞轩，闻寿衡复补侍郎，颇出望外，然余早为香涛言之矣。还邱宅晚饭，镜海遣迎去，宿其斋。

十四日　晴。霞轩招饮，命肩舁先还船，犒赏水手。作书谢竹庄。入城赴霞轩之约，镜海继至。霞轩第五子字又霞，今名鹏运，补御史，将出作监司矣。年廿余，知慕余《庄子》之学，因令出陪。席散已暮，至邱宅少愒。镜海招饮，杨素园、李芋仙作陪。素园名照藜，补用知府，余廿年熟识，每至必见之，然未来往也。亥散，留何斋。镜海言所作骆文忠、江忠义诸人挽联甚佳。又高谈学问之方，则甚鄙谬，盖文学不可以聪明悟得也。比夜主人去，独坐看《荡寇志》至四更，说部而有其子跋语，云"先君子所为"，亦天下奇闻也。

十五日　何宅早饭，镜海从子出陪，亦云少时向慕余名，至今犹忆之。饭后出遇吴颖韩，吴不识余矣。余闻人言，吴取妓为妻，妻复为妓，人皆不齿之。余遂呼吴与言，要其同至邱寓。与云斋觅旧书，得《晋书》，配余十七史中所失去者。复得《书录解题》，亦难得之本。买尺木堂纸笔。暮还邱宅，送其二女银钱二枚，买书价银十两。芋仙赠余《墨子》《韩非子》《荀子》《春秋繁露》。云斋荐随丁张贵至。昨日过孟辛外姑之门，因入视袁夫人，光景甚窘。因遣人问有书与其女否，袁夫人言寄声六儿妇，六郎枢须早下葬云云。午过杨安臣，致寿山意。安臣夜来答谒，并送程仪五种，受之。镜海送银，却之。云斋招同安臣、李仲寅夜饮。镜海来谈，至亥去。

十六日　邱宅早饭未熟，先登舟，命过载入城。游湖心亭，东湖水浅狭，不似当日矣。过芋仙，未起。前日遇文竹云，因过访，亦未起也。还邱寓，霞仙送银，自来致之，三辞而后免。饭后登舟，颍韩来谈，并送《齿谱》，易公申所作。申刻开舟，移泊文公庙。

十七日　晴。遣问《旧唐书》残本，索价银八两，遂置不买。辰正开，行六十里，泊岐山，丰城地。注《墨子》四篇。

十八日　风雨颇寒，似冬景矣。行百廿里，泊章树，清江地。注《墨子》七篇。墨翟真乡曲善人也，专忧人之国，而患其贫寡。虽知尊贤，未为知本。虽曰救时，仍治其末。差可与荀、孟同功，尚不及申、韩也。夜雨敲篷，拥被稳卧。

十九日　阴。时有飞雪。行六十里，泊滩头，临江府城西北卅里，清江地。忆壬子冬过此遇雪，坐一破篷船，携一蠢仆，泊舟中流，至午始起，吃羊肉面一大碗，吟《白雪》之曲，意兴甚高，不知何等乐也。今坐官舫，具厨传，行装甚富，图史左右，不唯诗兴不似往时，即羊肉面亦不欲吃。此岂境能移情，盖少壮自豪，老大自衰，虽以吾强自标致，有不觉其颓然者。然则索乳争枣栗时，其意气复当何如？夜阅《墨子》一本。

廿日　晴寒。读《文选》词笔八卷。注《墨子·经说》廿余条。行六十里，泊罗坑，新喻地。

廿一日　晴阴。读《文选》赋六篇。点《墨子》半本。行六十里，泊新喻浮桥上东岸。

廿二日　晴。行七十里，泊严家渡，分宜地。

廿三日　晴。行五十里，泊涧前弯。分宜县上有小浮桥，甚整洁，题曰"春晖桥"。稍下有高阁，曰"瞻岵"，亦有佳树临川。先将往游之，以其名似讲学家，又既曰"瞻岵"，则游客当助主人悲思肃敬，不可嬉游，故止不往也。看《荀子》四篇。荀、墨、孟皆务诋人以自申，然后知《庄子》之道大也。夜梦，当有怨者来杀我，或劫我，甚惧，而无以待之，独寝一榻，屏息以听。既而闻屋上有声，若掷樵苏，心以为至矣，甚战栗，单衣而起。一人短衣执箕帚入，不相识也，起而迎之，强云天寒取衣自覆。其人干笑，似以我为强颜也。已坐而言："君妻果能明，余顷知之习矣。"又问："画扇已有人先画之耶？"取以示我。余心喜以为怨解矣，佯不知而索扇。有一人持画谱来，则僧鞋菊花四本，下方一丛，每花上题一"蚨"字。其人悔恨，似以为不知而致误，愧其不若人也，取以拭手，怏怏而罢。余窃喜免于大难，又若前此已经斯事，更谓之曰，花上题蚨字，盖此花即青蚨耳，古人题以为记，故今传之云云。此梦甚异，因起记之。

廿四日　晴。注《墨子》八页。阅《韩非子》一本。行四十里，泊石壁，过午而停。

廿五日　壬午，大雪节。昨夜微雨，竟日阴。行卅里，午初至袁州府城，泊桥南。遣觅小车五两运行李，每车六百文，一挑五百文，一轿千二百文，送萍乡。本约即发，装毕已暮，行李先去宿店中，余一人留船上。静忆北固山之胜，欲作诗，将一月未能道只字，忽得句云。江流半天地，高城捆阳隁。余险未及宁，为山何壮哉！奔情极远流，岂忆身崔嵬。长风过我前，收虑坐丛台。平皋引逶迤，恍若在堂阶。双鸟左右之，灵象夹我怀。空明白日光，势与浮云来。安知观听中，率尔陵九垓。愿学成连子，挐舟沧海崖。

廿六日　阴雨，不湿道耳。舁行七十五里，宿珠亭山。道上颇有土倡留客，余初诧之，既而思宋玉赋云："逆旅主人之女，为臣炊雕胡之饭。"则此风最古，余自少所见耳，因和颜接之。

廿七日　雨。行七十里，宿水口，萍乡西八里。逆旅妇泥余不去，与之四百钱乃免，兼再三谢之，彼妇甚欢也。柳下坐怀，未为难事。所难者如阮籍眠邻妇侧而人不疑耳。余素不逆人之意，尤惧逆奔女之意，颇以自喜，为作一诗纪之，文录于后。萍乡赠逆旅主人女："浮舟就渌口，乘樏度醴西。寒风卷行幰，密雨沾路歧。桄镫始欲照，雕胡方自炊。婵娟主人女，留客初昏时。低鬟工巧笑，拢袖掩冰脂。袟香长护乳，绵柔稳著肌。撩情烛应摇，非眠服①自垂。不缘心震荡，唯伤容盛衰。劳君玉钗挂，密意久应知。杨子有争席，长卿无丽衣。常羞孟氏幂，将抽叔子茨。留君爱款款，还余情自持。思多长夜短，室暗晓声疑。眷眷门前路，繁霜徒见欺。"（戊寅乃改作"触"，"拢袖"句不似冬日语。"掩"作"捻"又纤仄。所谓艰于一字。古人言夜长夜短者多矣，"思多夜短"，未经人道，可谓百炼之句。与"山青若云"，只是工转换耳，惜不令伯元见之。)②

廿八日　阴晴，甚寒。行廿里至湘东，觅舟而发。行卅五里，泊见头洲。舟人云：有神人网仙鲤，逐至此处，鲤鱼举头中流，网之已去。至醴陵下网，误冒石壁，鲤遂升天，至今壁上有鱼形也。

廿九日　小尽。阴，午前飞雪。行廿五里，泊醴陵桥下，一时许复行。舟人欲至家，投夜泛滩六十里，宿石亭，醴陵地。听棹唱山歌，文情并美，有古诗之意。大抵借男女之私，以劝诫村人，乃知风骚美人之词，托意正如此也。又有《裁衣歌》云："我的衣要联，鱼骨头缝云托云，暗托肩，韭菜边，粗粗绵布要做缎子联。"风趣殊美，且见一时之制，古乐府不过是也。

―――――――――

① "服"，疑为"眼"之误。
② 此诗原录于廿八日之后，据上文移前。

十一月

十一月丁亥朔　阴晴。北风作冰甚寒。强行卅里，宿漉口，醴陵地。读齐、梁、陈诗数卷。古艳诗唯言眉目脂粉衣装，至唐而后及乳胸腿足，至宋、明乃及阴私，亦可以知世风之日下也。余作诸诗，惟昨一首言及乳，故记其言于此。

二日　晴冻。行卅五里至淦田，登岸见叔父健在，喜甚。又闻吾家有一人入学，尤为大庆。自余入学来廿二年矣，家中无人应乡举者又十五年，衰族之可叹也。得一族兄死，余尚负其一篇文字，当还寻补作之。换舟至衡阳，匆匆一饭而行，十五里宿花石戍，仍吾县地，杜子美泊舟所也。二妹家佣妪李氏子附舟还鹤桥。

三日　晴，大霜。行八十里，泊黄田，衡山地。

四日　晴。严霜滑不能步，南风甚冷。行三十里，过衡山县未泊，又十五里至雷家市。

五日　晴，霜。余廿六岁始于建昌道中识霜，作赋一篇，而佚其稿，今又十四年，而知衡湘故自有严霜若此之厉也。川光为霜所蒸，晴日如雾。作书与刘岘庄。岘庄先生侍郎节下：伏处湘濒，闻高名旧矣。荣晦异趣，末由相逢，今秋在江淮，涤丈盛言节下之美，以谓不可不见。至南昌，霞轩亦云然。然闿运客游九州，寡于介绍，辕门尊严，恐适伤贤侯下士之名，故不敢径谒也。镜海深蒙知赏，亦言不可轻干，空怀慕仰，失之夹毂，歉甚。方今时政因循，兵气未靖，士女游惰，侈靡日增，吾乡伏莽尤多，江汉殆无复纲纪。闻有能政如节下者，虽在山海，犹思自结，况异苔同岑、交榆映社者乎？他日缘会，终当抵掌华轩。先此道意，以代踵门。想宏达远揽，恕其率尔。敬颂台安，不宣。王闿运再拜。岘庄于督抚中有能名，故与书试之。又书与李若农。若农先生侍者：自乙丑在清苑阁，黄御史传雅意，采访及于非材，感荷皇惕，恨不得一登门也。今春以赴试为名，出寻通彦。至京师，论名品者无不以执事为称首，中心钦钦，务欲一当，故迂道南昌，就询轺车。窃以为若在康、九、袁、临、吉、瑞之间，犹可随传骁骁，借窥冰镜。乃娟娟秋水，远在东垂，别家经年，役车岁晚，怅然西迈，劳也如何。香涛与阁运一见欢然，十旬款洽，虽才谢若人，而谬蒙引纳，独不得与执事上下其论，以豁鄙怀。闷闷存存，诚不自已，故于还山遗书相闻，以达十年迟仰之忱。江西素多文人，今当选贡。搜岩访穴，必有国桢；浏览名邦，定多赋咏。傥承相示，幸甚无涯。十一月壬辰阁运叩渤。

善化许次苏者，以奔走形势取官，一摄盐运，致资巨万。晚节满足，恣意自奉，居扬州，操衡纩以候交游，甚自得也。长子娶同府王氏女，貌陋性刚，积不相能。许溺爱其子，亦厌王氏。许子娇逸，惑于野容。扬妓艳者，号曰金珠。金珠有五，最名者为洋金珠，许子娶以为妾。妾之入也，泾渭相形，鸠鸠同室，嫌猜日构，妇愈不容。会其有身，谋因产而毙之。王氏知其情，迎女以归，及生一女，遗信报许。许父子因此枉证，报书离昏，云非许氏之种。女方在床，闻信号踊，即以剪断女喉，因自刺死。死之日，许氏次子即见嫂至，发病谵言。其妇审知嫂声，焚香跪祷，言非其罪。即作鬼言："渠兄非不能书，何为代作离昏，今当索命，先须为从。"呼詈三日而死。家人皇皇，咸谓冤至。次苏自恃钱神，以己福厚，不为意也。未半岁，次苏发疾，见其妇来，囔语喃喃，唯诉非己。鬼又附言："汝，家之主，咎当有在。"音声朗然，闻者悚栗。如此旬日，病遂绵惙。稍醒，谓子："此事发矣，吾不能免，汝宜慎防，渠后六旬，必来索汝。"言讫而死。由是王女之厉，煊赫淮扬，道路言者，至不敢有偏斥，常若王女之在傍也。越六十一日，许子果暴疾而亡。或遂言洋金珠亲见女君指而詈曰："汝亦当死，且留汝寡居数年，亦后殛汝。"余至淮浦，闻之灼灼，即今岁六月事也。余谓曹镜初言，天下事矫枉过正，但取快意，非圣、佛之法也。王女一死而报以三命，报之过当，盖由冥司诸祇瞋恨最盛，助之为虐，以理论之，此女徒增罪孽矣。若能化冤明亲，达之大道，许氏父子何足剪除，王氏超然，永离鬼趣。而为此过甚，荼炭一门，虽足快一时，固非至道之所喜乎！何镜海，明恩怨者也，乃以此事为足劝惩，劝余记之。今世俗惊呼之声曰"阿呵"，字见赵书《陇上歌》"阿呵於乎奈子乎，鸣呼阿呵奈子何！""呵"，或读若火，或如字。"阿"则皆读上声。又余尝与香涛论"欻若"字用最广，而无正字，亦不见他书也。是日行八十里，宿白马料，衡阳地。

六日　晴。行廿里，午至衡州城北，泊石鼓山。晋庾阐为零陵刺史时有诗。自鸣钟始见《旧唐书》，云"拂菻有候时金秤"。菻方盖法琅西也。以其有坠，故名以秤。登岸诣程宅，主人适出，坐久之，其子师段晴麓出谈。乘兴访张蔗丈不遇，复还程宅。春甫回，闻刘抚解任，吴子健除湘藩。商霖还，谈久之，留宿春甫前斋。

七日　晴。先孺人忌日。呼舁三人，还石门，竟日不食，未昏到家，梦缇已还母家矣。功儿于五月从睟臣读书。弥之赴荫渠招至桂林，岂欲出山耶？五月十日六云生一女，至今始知之，名之曰滋，小名蒲芳。滋者，多也，女滋多于是矣。夜与子泌谈，常寄鸿亦至。子宿侧室。

八日　晴。留寄鸿半日谈。与子泌谈竟日。功儿言其在长沙取经课，曾列第三，未假人助，甚可疑也。

九日　晴。丰儿不问而擅出，余罚令作《履霜操》，不成当逐之。已而作六句，尚通顺，亦未知有假借无。

十日　晴。子泌欲解馆，勉留一日，令作数骰为饯。子泌乃要功儿外游不归，余待之至暮不得食，戌饭不能多也。子泌问"祭仲行权"事。《公羊传》言：是不可得则病。余未得其确解也。

十一日　晴。子泌去。行李船至，暮到石门，晚检行箧。在知守舟乃先私还，靴尖踢之，犹有军中习。是日丁酉，冬至。余以衣冠未备，遣功儿行礼。

十二日　晴。比日连八晓皆霜，昨今无霜，天气稍煊。海棠霜中作花，余归尚余三朵，六日不谢，盆梅亦发矣。为丰儿倍《春秋》《礼记》各一本。

十三日　阴，煊。更衣小毛。丰儿倍书至"从服，公子之①妻为公子之外兄弟"，文有疑难，因命作解，亦尚通顺。功儿作文仍无章程，以余观之，丰儿尚少进也。

十四日　阴。为丰儿倍书，点《礼记》。明日将告至，斋宿于寝。

十五日　阴，暮雨。抄《礼记》三页，倍书二本。是日晨起谒庙，始理家政。作书与荫渠、弥之、皞臣。

十六日　阴晴。抄《礼记》三页。为丰儿理书。盼女始学仞字，即识十字，因事多，懒专教之耳。

十七日　阴晴。抄《礼记》三页。解"妇人不杖"，据《礼记》以为出嫁之女子，似胜郑君也。

十八日　晴。遗书及土物送雪琴，得其回书。倍丰儿书二本，《礼记》全不上口，亦姑任之。抄书三页，夜月甚明。

十九日　晴。读《礼记》一篇，抄三页。检《衡阳志》稿。王姓来，欲求一文弱事，给日食，无以应之，许以月千六百文，请来抄书，约以十二月来。丰儿倍书二本。

廿日　早阴午晴。抄书四页，倍书二本。盼女念母，携之出游。邻狗噬杀一鸽，蒸食之，夜饭二碗，归家后甚加餐也。

---

① "之"，原作"三"，据《礼记·服问》校改。

廿一日　阴。叙《志》稿一篇，抄书三页。

廿二日　阴。检衡阳钱漕数目。抄书三页。王生兰台来访，谈《尚书》。

廿三日　晴。抄《丧大记》一篇，成，共廿九页。

廿四日　阴，煊甚。算衡阳钱漕，未得总数。抄书三页。始命功儿抄《书笺》，每日一页。

廿五日　晨雨，竟日阴。抄书三页。自检《书笺》，命功儿每写一页，辄送余笺之。

廿六日　阴晴。抄书三页。检《衡志》。作书唁俊臣，并寄奠分，请颜接三致之。书与筠仙。是日壬子，小寒节。

廿七日　阴，颇寒。六云遣邓八至城，为余办生日食物，余不禁也。笛渔来送仪兄墓志四十分，雪琴书，甚有法格。抄书三页。

廿八日　阴。携衯女出行山间，家人为余张设，两儿放学，邻人来送庆物者十三家。常吉人自来送酒。比暮，笛渔复来，留宿内斋，吉人宿东斋。夜饮，食河北面、小米粥。

廿九日　阴，微雨。早起家人并贺生辰。李福隆来，留面，共三席。午间，隔岸三陈生、两王姓送礼来，并留饭，及邻人凡十八人。竟日喧扰，至子乃罢。常生及李客未午饭去。吉人仍宿东斋。

十二月

十二月丙辰朔　雪至地已融。午初吉人去，余少愒，命家人检张具。

二日　阴晴。抄书三页。王兰台偕罗春根来访。夜作书寄湘潭、长沙，各送京物。

三日　阴晴。遣张贵下湘。抄书三页。夜得殷竹坞书，送《衡阳图》来，遣曾昭吉赍至，留宿外房。得孙君贻书，问作文法，芝房之子也。

四日　阴。抄书三页。王生来抄《周易》，馆之外斋。昭吉去。命六云试歌唐人绝句。六云云四句嫌无尾声，须重一句。唐诗唱《阳关》第四声，为"劝君更进一杯酒"，此言暗合。

五日　阴。早雨。理《志》稿，抄书三页。常晴生书来问京物，计所托买价八十六金，便以付之。又得其母墓铭卅分。沅浦书居然成家。六云读唐人绝句，日二首。

六日　阴雨。抄书三页，理《志》稿，作《书笺》。

七日　阴雪。作《官传表》两篇，抄书页半。是日寒，居内寝未出。

八日　阴雪。早饭，雪琴来，留谈竟日，食馄、粥、杏酪。夜访彭，舟已去。

九日　阴，小雪，至夜屋上可寸许。抄书二页，笺《书》一条。王生抄《乾》卦毕。

十日　雪。稍暖。抄书三页。邓三回，闻梦缇尚留母家，甚不怿。夜月。

十一日　阴。抄《祭义》毕。笺《书》二页，补连日所阙工皆讫。说"五礼五器"，依经文为证，甚确。

十二日　丁卯，大寒，中。阴。抄《仪礼》二页。呼缝人来作铺垫。作《官师表传》成。六云读唐诗，窔女讲二首，亦明白。

十三日　雪。散学一日。抄书纸尽。

十四日　雪。笺《书》二条。夜与六云池边看雪，连六日积皓未销，山如淡墨，水碧无波，殊有幽冷之致。

十五日　穄雪如珠，入雪有声，若碎玉。曾祖妣忌日，素食，设荐。抄《杂记》三页。

十六日　雪。抄《杂记》二页。骑出道山，田塍甚窄，须把滑而行，甚不调适，数步而还。连日不霁，山中人迹绝矣。

十七日　密雪。早饭后梦缇携二女从雪中还，冷寂孤居，忽逢良会，始知风雨人来之快意也。夜遣人入市，得力臣书，云孟星母夫人已殂。又闻刘抚事由巴玉农将军。近日将军颇生事，以枢廷私书而去一抚，亦为贵豪持权之渐。

十八日　雪始消，阴。笺《书》一页。为梦缇与女妾讲《列女传》一篇。亥寝。

十九日　阴。抄书二页。讲《列女传》。亥寝。

廿日　阴，雪犹未消，寒气殊甚。抄书一页。常吉人荐李妪来，作书复之。王鼎坤来，抄《乾》卦毕。夜寒，讲《列女传》。早寝。

廿一日　阴。抄书二页。讲《列女传》。六云读唐人宫词，得卅六首。丰儿倍《礼经》《周官》俱讫。略理家人岁课，将放散诸人，使各少休也。一岁之功，欲于此月整理之，殊忙而无益，然不可已，因知古人督劝张弛之道，亦复如此。□□□□□□侧室。

廿三日　晴。作年糕百斤。往岁和粉，生熟难调，今年甚易熟，以为佳兆也。夜梦缇祀灶，命两儿作《灶神司命考》。子寝。

廿四日　晴。杀家猪作腊肉。养之一年，得二百余斤，计利十倍，然余家不能获其利，徒多费耳。畜马之家不察豚，岂真恶言利哉！是夜笺抄《尧典》卅六页毕。作书与孙君贻，论作文法。校改《易说》。子寝。

廿五日　阴。作书与子泌、春甫。讲《列女传》。论定姜以送去妇为美。余家有夫死而妇去者，其姑怼之，惜未读《燕燕》之篇也。

廿六日　雨。欲出城而不可行，遣在和去。抄《礼记》三页，笺《书》一页。讲《列女传》。是日辛巳，立春，酉正行礼。夜食粟糜、薄饼。

廿七日　雨。笺《书》一页。讲《列女传》。抄书暂停。夜闻梦缇咳，似有重疾。中夜还寝。

廿八日　雨。笺《书》一页。讲《列女传》。张贵回，得力臣、皥臣、邓氏婿、芳畹、镜海、县志局及叔父书，又闻晓岱母丧。亥寝。

廿九日　阴寒。在和回，得子泌、春甫书。笺《书》二页。讲"颐雷垂拱""颐雷如矢"。以中雷为内朝出入之节，以端行为朝服，弁行为庙中之服，其谊甚新。亥寝。

除日　阴。早起，望祀善化城隍。未中吃年饭。戌刻梦缇祀灶。子刻报祀司命、灶神。谒三庙。家人辞岁。祭诗。丑正命功儿祀门。家人皆睡乃寝。夜大雪。

同治十一年壬申

正　月

　　十一年岁次壬申正月丙戌朔　晓觉已辰正矣。六云先起，乃呼儿女皆起。已盥漱，冠服，祀二祀、三庙。受贺。食枣莲、年糕。巳正饭。大雪平地五寸，风光甚丽。邻人来者十五人，邓五、陈六、钟二、刘一、杨一。留茶去。两儿出贺年。抄所作诗三首。夜至亥寝。

　　二日　雪。妻女摊钱，至子乃罢。

　　三日　雪复积四五寸。午睡两时许。邻人来贺年者五人，留茶去。邻妇来亦如之。摊钱至子寝。

　　四日　晴。雪消一半。春雪与冬雪大异，虽无日亦自消矣。舟人来贺年，不坐而去，不知何姓名也。补作雪诗一首。子寝。

　　五日　晴阴。笺《书》一页。又命丰儿翻《说文》。"㕁"字古作"㘩"。《尔雅·释文》："宧，深貌。"解"颐雷"为深入堂㘩之下。又考得"庿"有门庿、堂庿之名，以补郑注。亥寝。

　　六日　晴。家人浣衣。竟日未出外斋。夜月甚佳，携宷、纷、帉三女出庭中放花爆。是日贺赤轩来。

　　七日　晴。携珰、纷、帉三女及两儿渡龙洞，登石山，望来舟甚多。蒸流雪水盛涨，东风颇狂，渡舟横流，激浪有声。归剃发。李福隆来。夜掷投。亥寝。

　　八日　阴。王鼎坤来，值余将出，少坐。余骑渡龙洞，从南塘弯过红螺桥，复渡蒸水，至龙骨塘，还取夏家弯、道山桥而归，答拜九家，入门已昏暮。晚风甚寒，食薄饼、杏酪，复饭二碗。六云无礼，午间训饬之。余自忏悔，即前说也。

九日　晴。笺《书》二页。与梦缇携妾、女出踏青，从茶山循常墓前还。王荫堂王氏子来。亥寝。

十日　晴。出外斋，理《志》稿，笺《书》一页。亥寝。

十一日　丙申，雨水，中。早雨。曾昭吉来，留饭去。晡后携儿女至夕阳径，观蒸曲林树。珰女屡欲登山，余着扬州鞋，不能登陟，扬人士骄稚如此。薄暮常晴生兄弟来，宿东斋，谈至丑寝。大雨。一龙来。

十二日　雨。懒不欲起，辰正乃盥。晴生兄弟去，复假寐片时。郑六叟来，强出。还掷投。一龙来。子正寝。

十三日　阴。四龙来。黄龙蜿蜒，本兴自汉。雷鼓惊蛰，雊钲散寒。加以烛耀，亦助群欢。节物足纪，以祛郁烦。夜掷投。雨。

十四日　阴晴。左秀才鉴及对岸客五人来，未见。笺《书》一页。掷投。亥寝。

十五日　阴晴。九龙来。王南台来谭《书》，以余所说"元祀，天降威"为未安，余深然之，未知所易。本区人夜以龙至，留茶而去。亥祀三祀、三庙。礼毕，梦缇始出。食汤圆，古谓之馄，煎食之，今以馄为饼也。丑寝。

十六日　阴雨。清理书室，定程课，意大振作，复初入乡中之业，未知能否。梦缇理家政，大庀器具。余午睡至申方起，夜早眠。

十七日　雨。早起定日课：辰课读，午修志，酉读史讲经，亥抄书、课女、教姜读诗以为常。阅《宋史·列传二十》。李琼宜在《五代史》。陈承昭不知其里籍，乃云江表人。知水利，治惠民、五丈河、朱明池，官龙武统军。李万超杀契丹使，复潞州，有功于汉，宜在《汉史》。白重赞唯识马缵伪制，他无可称。王仁镐、陈思让或可附见《周史》他人传中，从孙若拙为瞎榜，亦不宜厕于诸人之列。焦继勋字成绩，守西京，息盗劫。子守节，香药墚①课，真宗不迁其官，犹有帝度。刘重进、袁彦并庸庸。祁廷训贩竹木，张铎侵曲饼，李万全能挽强，田景咸、王晖尤龊龊，可删。此卷至戌课毕。作书寄竹伍、果臣、子健、非女。是日得芳畹书，朱若林、张嗣沄、果臣并有书。子登有书，尚是去年春夏间语，人已相会，而书后达也。夜待两儿交卷，闲坐无事，再阅《宋史》一卷。李穀字惟珍，有人望，无政绩。昝居润称知人。窦贞固准继烛。李涛滑稽。王易简论渐治，有二品楼。赵远②字上交，长愚，复糊名，卒以鬻第败。张锡小官。张铸善蝇头书。归谠、刘温叟传呼过帝，有清节。子③烨有行谊。光范不敢知举，善供亿工役。几有丁略，好言乐。刘涛、刘载、桯羽皆以知举得立传耳。

十八日　阴。斋中读书，皆能如课。窦俨字日章，为开封判官，面叱贾琰。人宗时领尹，出俨于外。后即位七年，令参知政事，赏其公正。此事可书帝纪。石熙载友于异父弟，事继母牛氏以孝闻。古有继父同居之服，若凝绩可谓继兄也。史称其严谨有礼法，则过矣。岂有严谨之家，而留异姓乎？李穆直词以告李煜，庶乎能传常言者。亥寝。

十九日　阴晴。陈使去。书课如额。抄《礼经·士丧篇》。

---

① "墚"不可解，疑为"增"之误。《宋史》本传载焦守节"监香药榷易院，三司言岁课增八十余万"。
② "赵远"，原作"超速"，据《宋史·赵上交传》校改。
③ "子"，原作"了"。按，《宋史》刘温叟有子名烨。

"繶缫绚纯"，注引《士冠》"缁绚繶纯"。疏云"繶虽在上，亦用缁可知"。"繶"字《说文》无。郑注《周官》云："礼家说以采丝砾其下。"郑司农云："下缘。"贾疏二《礼》皆以为"牙底相接之缝"。又口授份女《罗敷行》。"敷"本一作"纣"，声不相近。《说文》："紺，布也。一曰粗绸。"则罗、紺皆丝货之名。戏作一对云。好如秦氏，名是罗紺；娇入左家，字为纨素。是日三客来。夜阅功儿文，颇佳。亥寝。

二十日　阴雨。书课如额。得刘岘庄书。《宋史·李惟清传》：官盐一斤，钱六十，茶百五十钱一斤。三四斗稻方可买一斤，则斗稻二十钱。稻盖谷，非米也。钱澹成修《太宗实录》，不书义犬。甚称太祖制边之能，在不立行营部署。苏太简为学士，年未满三十，为参政三年余，卒，年三十九，赐玉堂之署。郭仲仪为真宗师，赐诗云"启发冲言晓典常"，甚似圣制诗。李言幾母梦八仙授字图，即今所传八仙邪？后刻七经，合五经为十二经。辛月翰烧壕草而盗自首。王楚望善读进士卷，性苛察。陈恕亦苛察，两人相忤。温仲舒与寇准谓之温、寇，徙羌渭北，人言其生事，后获巨木之利。巨木之利几何，何至登于国史？王化基永图。请立尚书，子举正能举宪职，孙并尹两京。夜至亥寝。

二十一日　阴。课如额。讲"孚号有厉"，以为若舜退四凶，盘庚迁殷，虽令出民信，不能无危，其危乃所以光也。张宏字巨卿，赵昌言字仲谟，与梁灏、陈、董游饮，几兴大狱。"鼻折山根，颇有反相"，以威断立名。陈恕字仲言，南昌人，少为县吏，为三司使。太宗留意金谷，亲召司吏询问。又募吏言利病，创立茶法，能不尽利。至真宗，命条具钱谷，则托言恐启侈心矣。赵得王旦，陈得王曾，好门生也。恕之荐寇，颇有大臣之度。魏垂天判三司，分十道，理文簿，请复封驳。刘禹谟骤用。张洎论长史，庶能正名，初不奉准，后乃愈谨，善迎合者也。李直臣谏义军。柴禹锡告廷美。张逊置権易署。杨守一、赵镕、周莹亦佞幸之臣。王继英①，祥符人，赵普幸史，四子至大官，五显。论澶渊事，颇识兵机。史臣称继英，以其贵盛也。陶毂本澧州刺史，唐彦谦之后。扈蒙颂圣功。王著披发见帝。王祐②，旦父，保全符彦卿，不足立传。孙质送范仲淹。杨昭俭、鱼崇谅，全无事实，又非宋人。张澹与殿试，黜官，与今翰林考同。高锡请禁兵器，而诣匦上疏，可怪也。

二十二日　雨寒。课如额。夜寒早寝。

二十三日　寒雨，甚闷。课敷衍如额。颜衍以送上司礼物受杖，入宋唯以致仕为荣。剧、苏一怒③一酷，俱定《刑统》。赵逢"铁枨"乃规避兵事。高防采没边珝狼山盐、秦巨木。④ 冯瓒守梓州。段思恭判角市硇沙灵州，赵普以交通秦王陷之。王明平广州有功。许仲宣谕交州得罢兵。杨克让市银作器。侯陟倾邪。李符附赵普。魏丕鬻马骨，典工作。董枢桂阳银⑤。吴虔裕不告老。张廷翰赂马。张藏英报仇。陆万友银坊。李韬守白文珂营。郭廷谓，南唐名将。赵延进持书，不依阵图。夜雪，寝闻屋瓦声，重溯篷背茅店之情，始得知此闲适之美，为之不寐。

二十四日　雪消，阴晴。坐室中如雨未止也。《宋史·传》连篇累卷，无一可传，史臣想甚困窘。但尔时年代未远，作传必当

---

① "王继英"，原作"王纵英"，据《宋史》本传校改。

② "王祐"，原作"王祐"，据《宋史》本传校改。

③ "怒"，当为"恕"之讹。《宋史》本传云："可久在廷尉四十年，用法平允，以仁恕称。"

④ 此句当有误，《宋史·列传第二十九》载高防知秦州，"岁获木万章"，边珝知通州，"课鬻盐于狼山"。

⑤ "银"字当误，《宋史》本传载董枢曾兼桂阳监使。

世名人，如近日罗泽南、李续宜之流，以叙述不工而至如此。名者，实之宾也。有实而无名为幸邪？传名为幸邪？无名为幸，则圣人何异乡人；传名为幸，则潜德不如文士。令人懵然。亥寝。

二十五日　晴。课如额。《宋史》：王昭远坠于冰，二公傍扶出之。"公傍"，今跟班也。

二十六日　晴。辛亥，惊蛰节。刘保勋少寐。滕中正举四爵。刘蟠能食淡。孔承恭刻木于道，令"去避来"。宋珰无一事异人，惟不肯告病。袁廓凿冰。樊知古作浮桥采石，耻于外运，在蜀致王小波之乱，司波①，顺遂炽，以榷蜀锦者众也。郭载同知古奔出。臧丙请治石州宿直人罪，以冯汝士自杀也。徐休复无事。张观请太宗临朝少讲话。陈从信计费运米。张平市木大积。王昭远治勤州铁山。余子俗吏，空劳考绩。尹宪。王宾妻妒，从至亳州，杖一百，一夕死。安忠不愿为大将军。《宋史》汇为一传，今无可书。午携丰儿及三小女出游，傍山，因下至王之大、邓六叟处，答拜新年。还，彭静卿、王兰台先后来。昏游夕阳径。梦缇始移中室，余戏之曰："四十致仕，不亦早乎？"亥寝。

二十七日　阴，午后雨。课如额。丰儿为邓六叟招去午饭，连日《礼记》甚生。张鉴督王继恩胜军出境。姚明白论血山，太宗毁假山。索湘为转运，锹水济军。宋太初为中丞，狱成乃上闻，三教合一。卢之翰无可取。郑文宝喜言边事，而无所成，唯知弃地。王子舆敏决。刘综请以河朔人充本土州县。卞衮残酷。许骧父为商，见进士羡之。裴庄请置广听院西垣学士，闻者嗤之，史亦云无学术，未知何故。牛冕、张适、栾崇吉起令史。袁逢吉四岁诵《尔雅》《孝经》，七岁通《论语》《尚书》。韩国华，琦父，

————————

① "司波"不可解，当误。

与裴庄俱为江南巡抚。何蒙请以金代税，真宗不许。慎知礼岁读五经，子从吉善作馔具。夜读《易》二卷。

二十八日　晴。早起抄《礼经》一页。招王兰台、彭晋卿午饭，谈半日，酉散。夜阅《宋史》一卷。诸课并停。山蕙作六花。

二十九日　雨。课如额。夜阅《宋史·寇准传》，言帝问左右："吾目中久不见寇准。"左右莫敢对。《丁谓传》又言帝欲以江淮间处之，两府并闻其言，王曾质之。自相岐互。今案仁宗初元再贬准，则后意可知，然谓帝不知则未闻。真宗昏愦他状，何独于准而然。准谋废立，罪有应得，而仅仅谪远，又得取洛带以敛，宋政诚宽矣。夜早寝。

二　月

二月乙卯朔　早晴晚雨。春蒸甚润，似去岁三月十六京师骑马出前门时。夏彝存介兰台来借《诗疏》十四卷去。课如额。《宋史》：陈尧咨为翰林学士，以先朝状元，班旧学士蔡齐上。翰林馆班次不论前后辈，此以先朝初榜特升，今不能，然仅私论前后辈耳。宋公序试礼部第[①]，今会元耳，而能伏阁争郭[②]后之废，又不对资政策。祁去三冗，节三费，甚得本论。又不用马，与今宰相曾、李用夷器攻夷之计不同。而包拯甚疾其兄弟，遗令亦能自知。《刘沆传》：衡州大姓尹氏，欺邻翁老子幼，欲窃取其田，乃伪作卖券，及邻翁死，遂夺而有之。其子诉于州县，二十年不得直。尹氏持积岁税钞为验。沆曰："若田千顷，岁输岂特此耶？尔始为

---

① 据《宋史》本传，"第"下当漏一"一"字。
② "郭"，原作"吕"，据《宋史》本传校改。

券时，尝如敕问邻乎？其人固多在，可讯也。"尹氏遂伏罪。"如敕问邻"者，盖宋制田券当有证佐，如今中人也。

二日　晴，蒸热。更夹衣出，登前山，携珰、妢两女。珰女上山如飞，甚有樵牧童子之风。余以扬州鞋，一步不能行，匍匐而下。课如额。新柳尽绿，池边赏之。

三日　晴雨无准。课如额。后园李树已作数花，天气似三月时。

四日　晴雨无准。为两儿倍书，并不能上口，前此为枉费力矣。古人本无读书之法，今人能颂五经者，不过数人，余自恨不能熟读，故令两儿读之，亦殊无益也。《宋史》：高琼疾，真宗欲亲临之，宰相不可，盖都指挥使，贱役也。琼子继勋颇识行陈，然号曰神将，则以擒盗于蜀耳。范廷召恶闻禽驴之声。驴声吾亦恶之。葛怀敏，霸子，非名将，郭逵知之，其败颇似李涤庵，然则涤庵亦非名将也。泾原路镇戎军褊江、定川寨，在渭州西。曹利用使契丹，自以为功，直斥李迪。迪诚懦儒，有以取之，遇王曾无计矣。章献呼为侍中而不名，孙继邺知其祸。张耆居室七百楹。杨崇勋尚作真宗弟子，可笑也，泄寇准谋。夏守恩等并无可书。史之芜杂，莫《宋史》甚也。夜风。

五日　大雨竟日。池上看新柳，裴回往来，作小诗赠之。新柳柔枝碧到尖，不因风起总纤纤。楼前一夜春分雨，挂作重重翡翠帘。　带雨和烟手自移，如今看到碧丝丝。行人莫讶成阴早，未遣伤离折一枝。李谘计粟盐算缗价，一黜一陟。夏侯峤翰林侍读之第一人。盛度一言而罢四相，有人拜则骂之，与张咏同。丁度献《王凤论》，论大钱不可用，言弊衣直数百钱，则钱价至轻矣。张观弛盐禁。郑戬习边。明镐不治杀倡妇者，平王则。王尧臣，状元，罢蓫课，守贵州。孙抃作中丞，喜荐人，不纠人。田况谏攻元昊，与韩、范齐名。春甫、俊臣书来，约余入城。得方子箴、黎友林书。夜入房见儿女横卧，呼起令睡。

六日　食时大雨。新生员刘生来。刘质夫族子也，年三十二，殊无雅致。留饭，待雨住乃去。未间夏南琴来，送土物四种。论作志当传与否，甚有武断之词，余随语应之。夜至子乃入侧室眠。客宿东斋。

七日　晴。客去。余少还坐，殊扰扰不定。近岁精神颇困酬应也。与梦缇坐池边看新柳，又至蒸水岸观涨。还乃作《志传》二篇。为两儿倍书。三女功课未暇也。丰儿问"鹳鸽宜穴"。余说以"鹳鹩，鹔鹩，如鹊，短尾，衔矢射人"，在"鸟鼠同穴"之次，证为穴禽。鹔鹩合声为鸽也。丰儿又以追王太王、王季为非礼。余言自迁邠后，周已为外蕃，其势敌商，非殷侯服矣。商王以术羁縻之，封为西伯，以捍御戎狄。虽受其封，势非相制，自创之业，亦非商恩，故推为王也。禹不帝鲧，汤不帝主癸，明人臣不可帝矣。夜还寝。

八日　晴。晨起补抄《礼经》一篇。书课如额。唯未修《志传》耳。得子泌书，言"举者出户，出户祖"，毛本误作"尸"，"出户"是也。

九日　阴。晏起，书课如额。亦未撰《传》。韩丕知制诰，文思艰涩，为宰相所诟。师颃①字霄远。张茂直以发鬈不死。梁颢，字太素，登第十八年，年九十二卒。杨徽②之恶寇准，喜李昉，十年流落。吕文仲读《文选》，与王著均侍书。著，成都人。吕祐之借钱得货，遇风悉投之。潘慎修，江南使，奉表请罪。善奕，累

---

① "颃"，原作"顽"，据《宋史》本传校改。
② "徽"，原作"微"，据《宋史》本传校改。

为巡抚。杜镐强记闻，忌日鼓吹，以武王①载木主歌舞对。查道，雷破柱不惊，僧劝以仕，得冰鳜。赞曰。侍从之贵，兴自太真。诸子碌碌，并以位传。查感冰鳜，潘念旧君。杨之恶寇，自托老臣。吕王书史，亦与丝纶。夜雨。

十日　早雨。骑至石门，附舟行六十里，至台源寺，答访夏南琴，已至昏夜，请一王生引道，至伞皮塘海会庵，夏所馆也，留宿其榻。

十一日　阴晴。遣约马岱青来谈。论骈文，余以为最忌大开合，又忌合掌。岱青似不以为然。此君专恃己长而讳其短，故学问少进，亦可惜也。午饭后同至台源寺故址，又逢一夏生及杀人之高生。有人至高生馆，生师不在，而踞其坐，遂相口角。及出，此人被杀，讫不能明也。裴回往来，遂至日夕，呼舟不得，颇为所窘。夜始得一舟，登舟大睡。及夜半醒，初忘身在何所。

十二日　晴。过巳始起。阅《宋史》。原鲁悻悻，击蛇辞酒，如见其状。行六十里，至申到衡州府城，访子泌不遇。春甫方宴客，即入席，饭罢同至俊臣处少坐还。俊臣、子泌来谈。遇陈培之少尉及冯姓、萧姓，谈钱粮事。亥散，与子泌宿程宅。是日丙寅，春分。

十三日　阴。春甫请客，复与席。坐客为魏召庭、彭寄生、廖青庭、贺寅臣、马智泉。将出，遇俊臣、罗荔安，还，谈至夜，雨。

十四日　阴。渡湘访雪琴、子春兄弟及春庭。子春处召客，同坐魏、彭、丁、贺仪仲，食烧鸭。春庭遣舟送还城。访峭云、童春海、陈培之，遇接三同至程宅，谈至鸡鸣始眠。

---

① "王" 字原缺，据《宋史》本传补。

十五日 晴。早起贺程母生辰，留面。耕云兄弟、春庭、仪仲、春海、培之、峋云来答拜。沈曦亭遣弟理堂来答拜。常耕岑、段晴六、常七兄、张蔗丈来谈。午饭后出访荔庵，遇俊臣，同至其寓，谈至亥散。比日闻蒋朴山、左丁叟均死矣。李子和得闽督，文卿得陕藩，邵汴生得晋抚，新命也。得筠仙、张雨珊书。

十六日 晴。先府君忌日，素食。接三来辞行。寅臣来，同探李竹老病，甚危惙。看赵、李祠新工。

十七日 晴，甚煊。早与春甫渡湘，赴青亭招饮，同坐者子春兄弟、魏召庭。饭罢，耕云要同青、春渡湘看石鼓山院工程。耕云久与蔡可堂谈，余三人先还，赴雪琴招，同坐者俊臣、峋云、魏生，看桃花石洞。昏渡湘入城。俊臣同至程宅，先过贺仪仲，谈顷之，还寓，谈至亥乃散。

十八日 晴。与春甫过峋云早饭，看屋，遇萧圁桥同饭。午还程宅，议以四百金与峋云质其宅。峋云借钱不得，余代借之，非为屋也。俊臣来，仪仲来，报曾侯之丧，凄怆久之。午间王选三要饮，已再辞不获，勉往赴之，同坐者张蔗丈、金理堂同知、青庭、春甫。昏夜家人以马来。

十九日 雨。不能行。酉刻出城，宿子泌家。

二十日 雨，寒甚。俊臣、仪仲约为婚姻，设饮招余入城，酒罢复还程宅。是日得芳畹及吴子健书。作书寄张岳州、张衡州、张永州、颜接三、张力臣、郭筠仙。

二十一日 雨小止，阴寒。渡湘遇耕云同船，因访雪琴，详问曾侯死状，无疾而在正寝，近有道也。过冯宅，看紫牡丹，杨园看花。子春招饮，同坐者寅臣、仪仲、青庭、萧屺山。夜还程宅。

二十二日 雨。屺山来，同赴仪仲家饮，坐客更有子春兄弟，俊臣未至，留马青庭处秣之。身留程宅，襆被寄贺宅，殊不便当。夜间俊臣来，春甫治具为之餪生日，有八七客来贺，留饮。俊臣留宿，连榻。

二十三日 早雨，午后晴。俊臣生日，春甫为设汤饼，午设宴，有江瑶□乳甚佳。

二十四日 晴。俊臣还四竹寨，余亦骑还。辰正出城，过子泌小坐，欲待草笠，张贵殊淹滞，遂骑而去。马绝驶，不可勒约，少纵即驰，到家九十里，日方斜耳。热甚，换衣而冷，蒙被卧，日夕起，饭二碗。亥寝。

二十五日 雨。久不骑，昨行一日，腰痛，睡两时许。阅《宋史》一卷。《陈希亮传》文似志状。希亮，慥父。盖慥友苏轼所为也。

二十六日 阴雨。入书室理日课，写经二页。算衡阳丁口数。阅《宋史》一卷。讲《列女传》。明日祠事，斋宿外寝。

二十七日 辛巳，清明。阴雨。祠祭三庙，巳正行礼，午正始朝食，率家人咸馔。申正入内斋，点抄《易》六十八页。丰儿问"牲出入"，疑已杀不可为牲。检疏引"醴其犬豕牛羊，出烹于外"，故云牲出也。功儿问"尝""许"。《毛传》云"南西鄙"。余以尝为薛，薛近齐，齐在济西，故尝为西鄙；许田泰山下，为鲁南鄙也。功儿今日写呈礼节，字体甚佳，赏羊毫一枝。讲《列女传》。亥寝。

二十八日 晴。倍书写经。午睡一时许。常霖生及三从率仪安长孙来，小字掖门。留饭，宿书斋，霖生先去。亥寝。

二十九日 晴。笛渔兄弟早去。留寄鸿助理《志》稿，检《选举》《诰命》《实官》三表。写经、讲经、倍书。阅《宋史》一卷。陈、杨振靡，运使善交，游于丁、王，不损其操。沆虽恶洵，未败浮嚣。马元方贷民钱输绢，下其法于诸路行之。被酒欧知州。薛田、寇瑊置交子务。瑊治蜀夷，颇有淫纵。以妻封邑回封①祖母，自瑊始。杨日严、李行简、章频，无事。陈琰。李宥，成之孙。张秉每宴会，自挈肴膳而往。张泽行②、郑向、郭稹累荐充直讲。赵贺察吏。高觌、袁抗、衡州推官③。徐起、齐廓、郑骧，皆无事。张旨，安平尉，善捕盗劝捐。齐公弼④蠲税。亥寝。

晦日　晴热。课如额。寄鸿作《恩赏职官表》甚核。夜阅《宋史》一卷，殊无可书。王臻治闽人服毒诬仇。吴及亦然。鱼周询，庆历对时政五条。贾直孺慕汲黯，喜言，以菌啖人。李京无事。吕景初⑤攻狄青。吴及力请减宦官，初为检法官，抗三司之议。范师道裁女御才人。李绚饮酒，闻于帝，命转运湖南。何中立无事。沈邈在广州与妇女笑言，当能粤语也。庆历求言，鱼生切对。吴患阉儿，范防女谒。直孺慕汲，颇嫌细碎。绚以酒知，始按湖外。景初攻青，一何多怪。子初还寝。

三　月

三月乙酉朔　晴。课如额。未讲《列女传》。作书唁曾劼刚并送曾侯挽联。平生以霍子孟、张叔大自期，异地不同功，裁定仅传方面略；经术在纪河间、阮仪徵之上，致身何太早，龙蛇遗憾礼堂书。又与书弥之、荫渠。阅《宋史》一卷。

① "回封"，原作"曰封"，据《宋史》本传校改。
② "张泽行"，《宋史》作"张择行"。
③ "衡州推官"四字原误入正文，据《宋史》，当为注文，今改正。
④ 按，《宋史·齐廓传》："齐廓，字公辟。"
⑤ "吕景初"，原作"吕万初"，据《宋史》本传校改。

二日　晴。检《志表》稿。竟日停诸课。

三日　阴雨。昨与寄鸿约踏青，因雨不果。课如额。得臣度领，衣锦广南。鼎称强干，绩败禁盐。讽发曾粟，诡激自任。直奖王济，高下在心。余子斗筲，及颇清廉。（刘师道等列传可删。）大年精爽，媚于天子。手录时文，变例为史。明远典诰，凤毛继起。子仪出院，殊面有泚。始重论策，号为振靡。景阳工奏，徒勤案几。泌开四库，引体讥偶。汉公献议，拱正和戎。纶请封建，华论劝农。公礼淹缓，亦有文征。柴耻见劲，宋政未弘。

四日　阴雨甚暗。课如额。午间邻家以伐树事罚酒，请寄鸿及武生杨春轩、彭静卿，余作陪客，至酉散。阅《宋史》二卷。乔维岳以肥乞外。张雍守梓州有略。在三司置簿，有"急中急"之目。董俨险躁。魏廷式不肯与宰相议事，裁判湖南讼产。卢琰无事。宋抟沈漕。凌策六印加剑，王旦颇喜之。杨覃钳民手送粮而请减刑。陈世卿佐雍守梓州，懦儒皆遣出。李若拙两使交趾。陈知微无事可书。雍之守梓，世卿佐之。放遣懦儒，盖得兵宜。廷式乘传，自结主知。凌印加剑，六牵蜀丝。拙能越使，抟干漕司。乔之乞外，食蟹何肥。

五日　阴晴。陪寄鸿过红络桥，观优演《刘金定》。余洪学仙，为鬼还山，感叹今人，念曾侯魂归故山，真如大梦，惜其赍志有不敢行者，可悯也。丰儿侍行，昏还。春阴夕丽，景物甚美。夜寝。曾昭吉送图来。

六日　阴，夜雨雷电。课如额。丰儿书生，限令夜读。阅《宋史》。上官正扼剑门而李顺气沮。卢斌救曹彬之败。周审玉、裴济镇定兵乱，济死于夏人。李继宣御契丹。张旦父子没于契丹。张煦[①]御王均。张佶捍夏边。

七日　阴。课如额。桂女《列女传》尚余二赞未读，故停讲。王兰台、夏彝存及一夏生同来。夏问《诗》"展我甥兮"，余告以

---

① "张煦"，原作"张总"，据《宋史》本传校改。

国人以为齐侯之子。非雅谈不可说经。王问"自牖执其手"，答以未详。伯牛疠疾，故先师云不欲见人。然自牖执手，或为就明处视之，未宜不见面而又执手也。若不见人，何必执手乎？阅《宋史》。

八日　阴。课如额。未讲《列女传》。阅《宋史·王曾传》。曾殊庸庸，似潘文恭。因阅潘笔记，乃知状元、宰相自是一种人，有缓重之度耳。夜雨。

九日　阴晴。写经一页。携儿女出行，渡红螺桥，取南塘而还。夜微雨。

十日　晴。课如额，未检《志》稿耳。

十一日　阴雨。课两儿倍书，暂辍女讲及《志》稿。邓爱侯文学来送《陈玉清传》稿。

十二日　雨晴。曾祖妣生辰，设荐。遣在和往各都送启。得弥之、荫渠、镜海、雪琴、耕云、春甫、寄鸿书。改《昭忠祠记》。闻曾侯赠太傅，谥文正。内出毛旭初为江督。翰林渐出，国政将改易矣。见廷寄，催雪琴入见，盖将大用之。曾昭吉送图来，始理水道。

十三日　丁酉，谷雨，中。晴。写经阅史，教字背书，皆如额。出访王兰台、邓爱侯于咸欣寺，两君送余还坐，待月乃去。

十四日　早大雨，旋晴。课如额。阅《宋史》。张方平争刺壮丁，议西北，得轻重之理。然讲漕运使富弼读奏至漏尽十刻，檄出王安石，盖亦王旦、李迪之流也。王①，状元，亦恶范仲淹，又争新法。张昇言仁宗孤立。赵概和平，比娄师德。胡宿通五行灾异之学，不学点金。

---

① 即王拱辰。

十五日　晴雨无准，夜大雷雨。课如额。未阅《宋史》。为张雨珊妻作墓志，文思甚涩。

十六日　阴雨。作书复春甫、耕云，兼与书竹伍。诸课如额。宋郑獬论求言，甚中后代之弊，然欲置官领之则赘矣。赐烛入舍人院而外不知，死不能葬。陈襄始倡性天之学于闽，与陈烈、周希孟、郑穆号四先生，荐三十三人，首司马光，终郑侠，皆平青苗法者。钱公辅、孙洙。丰稷一年徙六州，章惇欲因以道路困之，策甚奇也。吕诲首议立英宗，后劾韩琦争濮议，又首论安石，三居言官，皆弹大臣。刘述六论章辟光离间岐王。刘琦、钱颛共劾安石谋杀刑名。颛大骂孙昌龄。郑侠之诋王安石，中其深慝。因旱上《流民图》，神宗不寐，立罢十八事，三日大雨，亦一快也。及后又上图，则无聊矣。终得善终。

十七日　晴雨相杂。王生抄《易·上经》毕。功儿抄书成一本，余课如额。惟未讲《女传》。扮女小疾。梦缇连日不饭。

十八日　阴雨。课如额。自抄《书笺》一页。石普自夸陈图，使曹玮必胜。请罢建醮，省七十万缗。张孜，人以为真宗之子，韩绛至家居待罪以争之。许怀德奉敕减年。李允则诡治守备，用之今日，大得朝誉矣。张亢①喜论兵，颇中时弊，亦能行陈。刘涣请章献还政，后将黥之。又争废后。弟沪城水洛。刘平请讨元昊，宜其以轻敌败。援延州，先进至三川口，还行二十里，雪中劳困，日暮遂溃，徒死一铁杵郭遵耳。遵弟逵遂亡宋矣。任福亦轻敌，死一铁杵王珪，皆范雍、韩琦不知兵之过也。桑怿善捕盗。耿傅以督粮从死，甚不值也。夜至亥寝。

十九日　晴。课如额。抄《书笺》二页。景泰、王信、蒋偕、

---

① "张亢"，原作"张元"，据《宋史》本传校改。

张忠、郭恩、张岊①。张君平，父死王事。已习水利，未称善变，可谓大谬。史方、卢鉴、李渭、王果。郭谘善方田，三司倚以均税。以水御敌马，毛旭初之师也。又欲以独辕弩制胜，又李少泉之师也。田敏为曹彬传书，契丹惮其锋。侍其曙。康德舆庸劣。张昭远。景郭恩麟，蒋张英贺。虽曰死绥，未云致果。②敏袭北平，毡帐移营。谘夸辕弩，阻水勒兵。

二十日　晴，大风。课如额。笺《书》二页。王安石避吏于厕，好改刑名，逐名人三十人，以子死而自免。王安礼颇与兄异同，以判狱动辽使，颇有吏干，而累为御史攻去。安国则以论兄而为帝怒，卒以兄累夺官。

二十一日　阴冷。将出捉马，马登山逸去，会雨而止。课如额。夜间子规甚悲。亥寝。

二十二日　雨。课如额。侧室眠。说"降水"，有珍珠船之获。

二十三日　早晴，旋雨。作书寄葆芝岑。得峒云、寄鸿书。说"小人革面"，新奇可喜，当录寄香涛证之。京华再游，殊令人思，故隐士不入城市，有由也。李清臣阿时，策倡绍述。焘稍持体。段③工排击。宗孟奢妄，璪最反侧。谁谓蜩螗，化为蟊贼。挺老至开，韶取熙河。向能供粟，鋆成夏和。聊快时用，不足称多。熙宁十钻，愚躁一哄。秩好新法，低首侍从。绾游王吕，计拙弥缝。儿进重图，益京乃用。陶始攻琦，姜生奠控。元丰初，双流蹇④周辅为三司度支副使，始请运广盐数百万石，

---

① "张岊"，原作"张巴山"，据《宋史》本传校改。
② 以上四句，原误入正文，据《宋史》，当为赞语，今改正。
③ 查《宋史·列传第八十七》，《黄履传》有"每（蔡）确、（章）惇有所嫌恶……履即排击之"语，"段"，盖"履"之讹。
④ "蹇"字原缺，据《宋史·蹇周辅传》补。

分郴、全、道诸州，而增淮盐配潭、衡，湘中愁困。_{颛主夏事，参兴青苗。俱好静镇，边书不罢。}张景宪按啰兀①城为部使，仁宗时多课，新法行，不劾一人。张瓌谥钱惟演，讥刘沆②。为两浙淮南转运使。三司督羡余，进金半两不足。钱象先③蔡州留讲。韩璹④为澶州，后郡守不能改作。王吉甫争白露屋。孙长卿不收园利。周沆、李中师。马仲甫开洪泽渠。王居卿立河埽。孙构兴夔辰五溪。张诜开泸州。沈遘刺事，知人食蟹。从弟括作《南郊式》，知辽地界，多论著。李大临为秘阁校理，自秣马，大似刘庸斋。辰溪贡丹沙，至叶化为雉，汝州李大临知之。吕夏卿通谱学，作《新唐书·世系表》，死时身如小儿。祖无择有重名而无事。楚建中披腹受夏人箭。张颉知益阳。卢革十六登第，卒年八十二，子秉亦状元。夜至子寝。

二十四日　阴雨。课如额。《宋史》殊令人昏闷，暂停一日。检《汉书·志》，令功儿抄读之。丰儿温《三礼》《书》《易》一遍。《春秋》两过，较前稍熟，其问经义，颇有所解。

二十五日　大雨。与梦缇后池看雨，六云、诸女皆侍。顷之电起大雷，余声簌摇，雨旋小疏。入书室，两儿云窗纸震动，近骇霆也。山居春雨景剧佳，城中但知泥污之苦耳。课如额。颇欲作诗，为经史所阙。

二十六日　晴。写经笺《书》二页。阙。诸课皆停。阙。

---

① "啰兀"，原作"罗元"，据《宋史》本传校改。
② "刘沆"，原作"刘阮"，据《宋史·张瓌传》校改。
③ "象先"，原作"家先"，据《宋史》本传校改。
④ "韩璹"，原作"弗□"。按，《宋史·韩璹传》：韩璹以右谏议大夫知澶州，"澶州民怀思之，他日郡守或欲有所为，民必曰：'此已经韩太中矣。'以故辄止"。据此改补。

二十七日　阙。留饭，夕去。早眠。

二十八日　壬子，立夏。晴。笺《书》一页。检《志》稿《采访》，略率殊甚，无以下笔。

二十九日　晴。课如额。阅《宋史》。李师中识王安石乱天下。滕甫慷慨。陆诜拒纳绥州。赵卨荐郭逵而误交事。

四　月

四月一日至九日阙从石门赴湘潭事。

十日　晴。行二十五里至湘潭县十六总。□晴生过铁店少坐，余邀之至敬一堂，蔡氏留馆，门琐，强开之，坐一时许。晴生觅舟去，余骑行过孙家巷，入视十六从母及云卿族兄，留饭，且知七父已到志馆，因入谒，留宿。得李若农书。见唐友丈、李润生、罗藕畦、张笛村、郭午谷、吴仲房、万鹤楼、邓葵甫。是日馆中宴客，余陪饮，客为吴莲石、任芝田、陈芝轩、郭子田。陈，湘乡人，督销盐局者。

十一日　晴。早饭后骑行七十五里至长沙，入南门，投皞臣宅，见其兄弟，知胡蓟门以怅水死。吾县英材，多沉湘波，可怪也。夜与皞臣同访次青、意城、研生丈，又过笏山，询少海死状。少海尚有母在笏山寓，去年亦死。夜止宿龙宅。

十二日　晴。邓氏婿来。辰出访瞿子久、陈芳畹、张雨珊、吴南丈、何镜海。遇意城于何寓，谈久之。出视非女，还过正斋家，吊其母夫人之丧。又至力臣家，遇笏山及新长沙令劳香亭。视孟辛妻子，访蓬海，过黄子寿，谈久之。过孙公符兄弟，与晴生少谈。遇殷绍曾于道。夜还龙宅。次青、篁仙、朱香荪、力臣、孙公符兄弟、晴生、绍曾先后来。

十三日　晴。芳畹、蓬海、笏山、镜海、南丈来。杨商农来，坐至未，遇雨，遂不成行。非女欲归，余以其子夭，姑方忿恚，止之。夜仍止龙宅。得徐芸丈书。

十四日　阴。风凉。辰出城，省墓，行三十里渡诞登而霁，遂行，投暮入湘潭城，宿志馆。夜过县令麻竹师明府谈。见王怀钦。

十五日　晴。戊辰，小满。祖妣忌日，素食。居志馆。张甥来，年十八，字韵笙，名则未问。从子馦来，及其师子黄亦星来。谈顷之，黄寅宾、亦星父。袁喜亭兰皋翁子。来。晚出，至外舅寓所，闻其家已析产矣。夜还志馆。

十六日　晴。怀钦、邹谙山、从妹夫段福庭及其子、族子代绅、鸿□妻侄子耕、从姊夫徐子云、万星畲先后来。星畲主请罗研丈，而俟张于其事，故后至也。申刻骑行，渡萃湘渡，复渡集义渡，宿吴家巷，行二十七里。

十七日　晴热。骑行八十里，从茶园铺巷取道淦田，省叔父，宿局中。是夜月食。

十八日　雨。午刻骑行四十五里，宿大桥，衡山地。

十九日　雨。行四十五里，至衡山城东门外，大雨，城中水奔涛，出门冒雨行二十三里，宿贺家山。

二十日　阴晴。行二十二里，饭于九渡铺，衡阳地。四十都产桐、茶，有尹家店，少妇当垆，未察其所为也。饭罢，行五十里至衡州城。寻春浦未遇。至峭云处问移居事，云其妻为妖所凭，犹未愈也。城中不可放马，复行二十里，宿版桥，已乙夜矣。

二十一日　晴热。行七十里至家，始未刻耳。在和在后屡遇雨，余一无所沾也。去岁浴未净，今始浴，浆如泥，京尘殆浣矣。夜至亥寝。

二十二日　晴热。休息一日，未昏而眠，遂熟寐，至子乃解衣寝。夜三闻雨。

二十三日　阴凉。抄经笺《书》，读史如额。讲《谷薤》诗，欲上知小民之情，轻弃室家而重农务积也。蚩蚩之氓，何足为刺。兔狡雉介，狡者恒免于难。乱世兴兵，善良先死，如李涤庵、多礼堂诸公皆雉也。其存者富贵优闲，皆兔也。是日牧儿见赤虎于前山，余常携儿女登览之地，虎背有旋如金钱，尾黄黑文，云在弯冲食一牛而至此，呲呲逼人。人虎相伤耶？两存耶？亥寝。

二十四日　阴雨。课如额，未检《志》稿耳。笺《般庚》一页。阅《宋史》，甚厌其冗俗，不若与六云谈。乃废书而眠，晓乃还寝。

二十五日　阴雨。课如额。阅《宋史》既烦闷，乃静心专看之。苗授，苗傅之祖，战河湟有功，云毡牌且至，羌遂惊乱。盖彼时藤牌为制胜之最。王君万亦王韶裨将。子赡①夺十一官，盖降十一级，不依品，依转官也。张守约，欧阳修所荐任广南事者，亦以平羌得功。荐燕达等，名知人。王文郁、周永清御夏人。刘绍能，羌人内附，守边四十七年。王光祖②御吐蕃，子襄得萧禧青罗泥金笠，盖今纬帽。李浩功在黔。和斌，广西、秦渭争欲得之，今奏调也。刘仲武亦名于河湟。曲珍，陇干人，家世材武，徐禧不用其言而殁，珍缒而免。刘阒。郭成，成庙曰“仁勇”。贾嵩、张整。张蕴征安南，后御夏，娶皇后母。王恩不用车战。杨应询在北边无一可取。赵隆不附取燕云。赵挺之力排元祐，与蔡京不相下。张商英继京有名。刘正夫与京小异同。何执中谨事京，最

---

① “赡”，原作“瞻”，据《宋史·王赡传》校改。
② “王光祖”，原作“王克祖”，据《宋史·王光祖传》校改。

富贵老寿。郑居中亦有时名。张康国、朱谔、刘逵、林摅、管师仁皆京党。侯蒙稍自立，为户部不知钱法当改，与郭筠先不知广州换守，同为无术。

二十六日　晴阴。课如额。追念正斋，作其母夫人挽联云。壸仪礼法自成家，忆当年总角娱游，两孤成立，岂料衰门难盛，屯难偕臻，一失母，一亡儿，凄绝庚申悲往事；姑氏凋零危若线，惟令子湘城流寓，三徙传名，即今暮岁看孙，诗书有泽，传贤明，传贞顺，编题甲乙补刘书。宇文昌龄，状元。张阁①当制遒拔。张近、郑仅皆从官。许幾、程之邵理财。龚原、崔公度皆王党。不知何以须传，且时代亦在前，何以反后于何栗。盖与下卷沈铢等同卷而误分也。

二十七日　晴。感寒卧一日。

二十八日　晴热。得周桂信，云岣云已下船，其住宅质于我。耕云、春甫、接三、晴生为我釀三百七十金，得之，以便入城修志书，促遣人料理。乃遣莲弟送马先往。余觅船将行，王兰台、夏彝存、段晴麓来谈经义。命两儿检行李书籍。

二十九日　晴，有雨。巳初发舟，携两儿及珰、妢二女行，张桂侍。行六十里泊草塘，未至西渡二三里。夜热甚。

三十日　晴热。行九十里至太子马头。《桂阳志》所云太史马头也。宅小房甚多，皆暗湿不可住。左斋稍明敞，携儿女居之。甫入宅而大雨。旋夜，襆被而寝。梦余三姑子俱在余家，而不相见。余寻之，夏容甫出，云："有人杀人而遗其尸。"余言此不足忧，觅人负出之。负者人索百余钱，许之。见其以布裹尸出，遂醒，近三更矣。容甫久未见梦，今入宅而梦之，可异也。因而记之。

---

① "张阁"，原作"张闳"。按，《宋史·张阁传》："京免相，阁当制，历数其遏，词语遒拔。"

五 月

五月甲申朔　雨。料理几席。峋云、春甫先后来。春甫谈半日，饭后去。

二日　雨。督两儿读书，抄经笺《书》如额。《宋史》自宇文昌龄、许幾、程之邵、龚原、崔公度、蒲卣、沈铢、路昌衡、谢文瓘、陆蕴、黄寔、姚祐、楼异、李伯宗、汪澥、何常、叶祖洽、时彦、霍端友、俞栗、蔡薿二十二人，人既无算，位复不高，不知何滥传之。是日芒种。

三日　阴雨。检程生赋，改数段。又检《说文》脱页，抄补半版，遂移半日。峋云索屋价甚急，出寻春甫，借三十金与之，乃得成行。便访蔗老、曦亭。蔗老出移榷戍不遇，曦亭处食粽而还。

四日　阴晴。检视峋云存书，得夏噱甫注吴次尾《剥复录》甚核，观之移□。春甫送节物六种，受之。呼□□来开牖塞户。夜笺《书》一页，雨。

五日　端午节，晴。湘水二日长及丈余，下水船驶如箭。张蔗丈、鹤帆同年、章芝林来谈。春甫及沈礼堂来。程子商霖晚来。夜笺《书》一页。

六日　晴。写《礼》抄书如课。为两儿倍书。未刻出，访竹屋丈不晤。过蔗老，留饭。同坐者廖总兵、蔡明府、芝林、鹤帆及罗、郭、萧三君，食菜过多，未暮散。还宅，两儿犹未饭也。蔗老论"君子疾名不称"，以为圣人以名诱劝世人，其论甚确。

七日　晴。竹屋来谈，精神尚完，固益知读书修业可以延年也。写经笺《书》倍《书》如额。阅《宋史》。贾易、董敦逸攻苏氏。上官均争经义取士，请复常平，罢青苗，而攻吕、苏，起史祸。来之邵以司马光为鬼诛。叶涛当制，丑诋元祐。杨畏专为宰相作鹰犬，为"杨三变"。崔台符字平叔①。杨汲亦□官。吕嘉问行市易，为"家贼"。李南公子谳献蟾芝②。董必城通道六寨，置靖州。虞策论国用，弟奕③亦佳吏。郭知章，曾布之党。崔鶠再上书攻蔡京。张根䞕封祖父母，已遂致仕，言花石纲。任谅论直达纲，又论辽事，甚合古法，而非当时情事也。周常碌碌，亦云京不能容，盖以论节俭也。夜常耕臣来谈。《盘庚》笺毕。

八日　阴晴。晨闻罗井泉美，携纷女往寻之，殊不清冽。还，热甚，欲解衣，则段晴麓在客坐，与谈《春秋》，待余饭罢而去。写经笺《书》阅《宋史》如额，未倍儿书耳。《张浚传》掩其不善而著其善，使人视之，浚有功无过，果可信耶？此必采其家传语也。

九日　晴热。写经一页。饭后春浦来，谈竟日，晚偕出市肆，买纟布。

十日　晴阴有风。抄《易》人来校讹字。呼土工坼屋，因布置器具，遣迎媪。颜妪来上工。午间感朽湿气，头闷不能饭。刻字人及贺金滩来。刘程夫来。夜写经一页。

十一日　阴雨。病卧一日。夜起写经，命功儿抄《书笺》。耕臣及夏濂春至，不能出见。家中遣人来，得竹伍书。缝人一工来。

十二日　雨。课如额。李光乘时肆言，幸国之祸，惟善待乱军，守宣州有功。为秦桧党，面叱秦桧，举措如古人。许翰，李纲党。许景衡，高宗思其忠直。张悫立巡社。张所，进士，李纲

① "平叔"，原作"平反"，据《宋史》本传校改。
② "蟾芝"，原作"幨芝"，据《宋史》本传校改。
③ "奕"，原作"亦大"，据《宋史·李奕传》校传。

以为将才。陈禾引衣劾童贯。前辈也。蒋猷亦多言国变，引去。良臣起于乡兵中，与金人战即有名，入为康王左军统制，用法严，金山水战，实寒敌胆。平闽寇及湖南白面山。置为嵬军①，始胜于仪征。为武功第一。木工安窗竟，缝人加一工来。

十三日　阴晴。祖考忌日，素食。竹丈招饮，以其老贫，设食不易，强诺之。又与萧杞山连席，亦少食肴品，但不饱啖耳。梦缇携窅、帏二女来，夜归始知之，在途遇大雨也。是日写《士虞礼》成。笺《书》一页。亥寝。

十四日　阴晴。夜雨。是日倦卧一时许。唐崑山来。昨日与子春、寅臣兄弟及杞山同席，闻言近日有食菌遇毒者六人，皆见阎王长须，浙江人，责数谭生，以口过令其自言。子春父立山先生着衫见诸人，颇为缓颊，仍携仆持水烟帒侍后。冥王亦单衫。六人言皆同。竹丈言魏叔子云："笔削穷而有果报，果报穷而地狱兴。"此为名论。余因推言业缘之说，凡毁誉亦缘也，然多毁究由少道。韩退之云"道高毁来"，则未闻道之言。是日笺《微子》成，自校《易说》二卷。亥寝。

十五日　戊戌，夏至。晴。夜骤雨，一刻止。写《礼记》三页，笺《书》一页，阅《宋史》。是日答访唐崑山。亥寝，大雨，始闻蝉。

十六日　阴凉。笺《埤誓》成，写《礼记》三页。洪迈知婺州，军士拥其轿。外官坐轿，始见正史。胡铨请斩王伦，亦非奇议，金人何至募书千金。其请斩宿州败将，则名论也。铨流衡州，后归庐陵，以名位善终。王德，刘光世裨将，似鲍超，封侯，赠少傅。王彦隶宗泽，两河健将，岳飞前辈，后守金州，将八字军，

①　据《宋史·韩世忠传》，"为嵬军"，当为"背嵬军"。

怯懦有名，而史称其勇锐，推为名将。魏胜翻取海州，金之叛民也。张浚遂夺其州，何以使人？卒以弃海州陷胜于死，义兵夺气，宜矣。杨再兴，曹成贼将。牛皋、张宪宜附飞传。胡闳休，盖小说所谓骂阎王者。白①时中、冯澥宜与唐恪等同传。徐处仁似曹辅。赵开列蒲江六井盐额，谓之鼠尾账，可对鱼鳞册。

十七日　阴雨。写《记》笺《书》阅《宋史》如额。家中遣小奴来，六云留乡居不至，殊嫌孤弱，晴当往视之。亥寝。

十八日　雨。课如额。春甫晚来谈。夜阅《宋史》，戌寝。

十九日　雨，凉甚。耕云来谈。今年夏寒，殊似李申夫罢官年。城中不及乡中干敞，甚懒闷也。课如额。作书致霞轩。规守郢、颍，赞锜破②，功赏未酬。季陵论攻失节士大夫，其言甚是，意则非也。二卢绩守东西，典州。庠不讳党，四命承休。卫优高丽，乃能抗金。刘箴十端。张觷授蔡京子弟，问其学走③否？始荐杨时，其造舟，以一小十倍算一大舟，则谬矣。曹勋以状元为武吏。夜至亥寝。

二十日　雨。一日不止，至夜弥盛。午间异出答访黄禹臣式燮，翰仙族子也。在东洲盐厘，昨来访，言缉私当多设子店。刻字人艾贞安来。马岱青来。写《记》笺《书》如额。夜别笺《金縢》一页。亥寝。

二十一日　雨，日夜不止。写经笺《书》各三页。亥寝。是日艾刻工来入馆。庚臣来。

二十二日　雨。写《记》笺《书》各三页。《杂记》毕。出

───────────

① "白"，原作"向"，据《宋史》本传校改。

② 据《宋史》本传，"破"下当缺一"金"字。

③ "学走"，原作"学是"。按，《宋史·张觷传》，张曾谓蔡京子弟曰："汝曹曾学走乎？"

答访杞山、子迁、耕云，兼访段培元、仪仲，见谈。访①廖青庭、寅臣不遇。暮渡湘还，水正涨，云承水、钟水出蛟也。蔗老来，闻曾涤丈柩已至长沙，余初起馆，未能赴，伤之。戌寝。

二十三日　雨。湘涨似月初。携两小女出观久之，无一下水船，盖桂、零近凋敝如此。写《记》笺《书》各三页。讲《列女传》。亥寝。

二十四日　雨阴弥甚。写《记》笺《书》如额。《金縢》成。阅王夫之《永历事记》及《列传》。子寝，鸡鸣矣。讲《列女传》。

二十五日　雨阴。写《记》笺《书》如额。亥寝。是日耕臣来。

二十六日　雨。课如额。昏假寐，遂至四更，起少坐，宿书室。

二十七日　雨。巳刻见日，已而大雨。廖青庭来，云将下湘，余未能去。午骑访李竹翁，称病，未入视也。彭寄生、常笛渔来。夜补课如额。比日理《全唐诗》，付坊贾重装之。寝不寐，起小食复寝，已鸡鸣矣。

二十八日　朝雨。段培元来，见示京抄，知倪豹岑出守荆州，成俞卿得郧阳总兵，沈玉遂甘肃总兵，皆相识者。黄孝侯得正詹，而不知马雨农何往，岂有事故耶？问阅京报者，云已转阁学矣。笺《书·大诰》成。出访詹诚之，谈作墨，云松烟最粗，唯桐油烟可用。五石油得百两烟者至上上矣。杵不能过万，过则黏矣。李廷珪墨能入池水经三年者，用漆不用胶也。过厘局晤二张一章。蔗翁言刘云房取管嗣铭"享礼有容色"，享礼平列，下接"私觌"，

————————

① "访"字原缺，据文意补。

据《礼》笺传。房官不荐，改命他人乃得中。又盛推刘有学问文采，以不礼乡人见恶，惟好与江南人游耳。余因言尔时湖南风气未开，诚不足多友，因及左景翁死年七十，早作名士而无所成，可惜也。夜检《志纪》。亥寝。

二十九日　晴凉。抄书无纸，停一日。遣约春甫来，议刻志事。段子迁来，闻峋云妇死。阙。

六　月

六月甲寅朔　朝食未毕，仪仲来，寅臣继至，同出过李竹丈，欲约同舟下湘。竹翁老衰，余劝其勿往也。出看李忠节祠假山，遇罗秋云，索点心欲食，而刘敬六、左逸仙、陈甲来，同登尊经阁，纵谈至未申间乃散。还浴乃食，倦宿书室。

二日　乙卯，小暑。晴热。写《记》笺《书》如额。薄暮蔗老、鹤帆来谈。亥寝。

三日　晴。写《记》笺《书》如额。书郭母挽联。丰儿论晋《无衣》为刺诗，合于古义。夜热，亥寝。

四日　晴。出访黄禹臣仍不遇，过龙神祠，遇王选三。还，写《记》笺《书》如额。夜热，子寝。是日祝澹溪及程生来。

五日　晴。写《记·少仪》成。王姓抄《易》卦成。申骑至西禅寺，与普明僧谈，功儿、帉女侍，暮还。六云携滋女来城，夜宿南室。

六日　晴。春甫、崑山来。写《记》笺《书》一页。周桂从余二十年矣，今将绝食，命其母、妻、女来，与以傍屋饭之，投夜乃至。余熟寐不觉至曙矣。

七日　晴。庚申，初伏。写《记》四页。耕云、耕臣来，王代山去。

八日　晴。招唐崑山便饭，食饼，兼约蔗翁、鹤帆、仪仲、春甫，日旰不得食，主人甚窘，至申乃散。詹成之、沈曦老来，谈昨失马，属王选三觅之。夜间王选三来。客去倦眠至戌寝。

九日　晴。写《学记》成。笺《书》二页。艾寿峰来抄稿。作书寄雪琴。扫除后院纳凉。

十日　晴。辰初王明轩清泉来访，以未谒地主，辞不敢见。酉刻往答拜，因访童衡阳，夜归。

十一日　卯刻童衡阳、王清泉同来，索观城图，因借以去。贺世兄来还钱，余正乏用，始知借账之有益也。普明及其徒来，谈设千僧斋之仪，必供一僧为主，及布施衬钱结斋之法。阅《宋史·志》。

十二日　晴，夜得雨。写《礼经》三页，殊不成字，笺《书》一页。

十三日　阴凉。写经笺《书》如额。暮乘凉访春甫，遇艺老。俊兄从江南还，留谈游踪，遂宿程宅。

十四日　晴，蒸热。早还笺《书·酒诰》成。艺、俊两君来访，旋要过春甫处午饭，食火腿甚佳。詹诚之同坐，谈阴阳，夜还。

十五日　晴，夜雷雨。笺《书·梓材》成。程州判求作文寿其母。因叙幕友盛衰，为文千余言，殊可备考据。夜凉，亥寝。

十六日　晴，笺《书》一页。作书寄程生。昨与艺公谈扬州伎欲从良，属意巡抚劝艺公纳之。将发书矣，因其已久失身江湖，人多识之，艺公年位均尊，似不雅闻，遂止不说合也。

十七日　庚午，中伏日，大暑，中。晴。笺《书》一页，检《志》稿。左斗才、逸仙明府来，谈去年京师同席人，殊有科名之感。程夫来，欲余荐之当铺，为予书段培元。培元已赴吊曾侯去矣。寄鸿来，言曾家见吊客不开中门，又不回帛，省城颇怪之。

十八日　晴。夜有雨。耒阳足回，言已得马于平原中，盗马者不知谁也。典史周翔阁书来告，即作书，与以二夷钱，属交去足领回城中。失马不利卖而利寻，寻之赏犒同于卖，而人人得分钱。又马止一卖，不止一寻，此钱思公子弟所以盗笔格也。此次余定计不寻，而众人强𫠜之，亦去五千矣。笺《书》二页。

十九日　晴凉。梦缇思女甚强，余送之往长沙，畏暑，怯小舟，久不成行也。仆人来告，逸仙下省有大船，因附同行，携丰儿、帏女，俱薄暮登舟。与逸仙谈至子正寝。

二十日　阴。未得大雨。帆行甚适。向子谭首佐康王军资，两知潭州，一走一执。其云夺南楚门，盖醴陵门之改名。陈规为安陆令、德安府，不与贼妓，协刘锜守顺昌。季陵奏疏可观，殊不见佳处。① 二卢称材，知原守温、台，法原守兴、阶、成。陈桷从福州乱兵，诡奏帅臣自弊，朝廷以为知权。此与近日徐之铭杀邓尔恒事大同。胡舜陟守庐。沈晦以才具称。李璆治蜀有称。卫肤敏力争后族从官，事无大如此者乎？刘珏论营缮，陈十端，在靖康时。刘一止，高宗亲擢，由六察除二史，宋惟三人，而以论执政，一日即罢。胡交修世掌丝纶。綦崇礼由起居郎拜舍人，赐三品服，后又以御笔除学士词命。夜泊老雁塘。

二十一日　晨雨。阴凉。行二十余里至衡山，泊一时许复行。水静风凉，笑谈甚乐。阅《宋史·勾龙如渊传》，言勾姓本出勾芒氏。避高宗名，更勾龙，似高宗名芒矣。高宗名构，盖"勾"字本作"句"，而读为"构"，今改作"勾"，读"钩"耳。夜泊淦

---

① 此句原误入注文。

田，颇冷不欲上岸，遣妻女至叔父处一省视，闻若愚丁忧往蜀矣。三弟来舟中少坐去。

二十二日　阴凉。阅《宋史》。戌刻至湘潭，登岸至志局，见七父及友石诸君，谈少顷还舟。

二十三日　晴。丑初开行，巳初至长沙，舣舟南湖涧。登岸步三四里，至南竹冲临曾文正殡所。途遇劼刚，吊问数语，辞劼刚，令还城，余仍至曾墓礼毕，与守茔刘提督谈数语。步还，从南门入，过李仲云、篁仙、朋海、皞臣处，皆久谈，饭于皞宅。暮还舟，梦缇已入城矣。

二十四日　晴阴。申得雨。送丰儿至其姊家。辰初入城，访李竹丈、贺仪仲、皞臣、筠仙，皆久谈。皞臣至舟，未遇也。省陈母，无非夫妇皆在陈宅，坐少许。赴朋海招饮，同坐者篁仙、镜海、镜初、商农、伯屏，至酉散。是日过笏山处少谈，遇成隐吾，言左氏婚事。阅邸抄，董研樵放巩秦阶道。马雨农得阁学。又闻楚瑛卒于大同，谬传也。文锡已撤内差，张御史景青疏劾甚轻，无宋、明沽讦之习，名奏也。投暮还船。

二十五日　晴。唐崑山米。午初入城，过皞臣处，遇何镜海，过吊二曾氏，皆不遇。至筠仙处早饭，同坐者黄子寿、子恒，刘、姚、汤三地生，酉散。访张蕉丈，遇成静斋。子寿至舟中相访，不遇。

二十六日　晴。换小船，亦洁净可坐。程花楼、文荔峰、裴月岑来，久谈。月岑言夷兵最畏地网，可以困虏。又言吴莲石即志局所陪之上客。因伎女而拘杖团差，刘巡抚右吴，郭意城至欲以去就争之，可怪也。朋海、商农、黄兰丞先后来。兰丞白铜烟袋甚佳。论保甲事，亦有才辩。午间与朋海同入城，过镜海处，遇力臣，同至篁仙处午饭，果臣先在，次青、香孙后至，酉散。与果臣同过左子重处少谈。左宅朴陋，颇有先辈风气。夜宿荷花池丁榻，与次青谈至四更。访罗研丈，蔼然可亲矣。余小时为研丈激赏，以文字相知者二十年。自县志招余主修，力辞不就，终有陵逼之势，使一人局将夺罗五百金，故可恨也。罗乃嗾张倬汉力攻余文，余遂不为众论所与，既为张困，罗亦不怨余矣。怨起于不防，消于不争，可为龟鉴。

二十七日　早雨。左子重来访余于荷池，饭后过张蔗丈处，同雨山访商农不遇。至陈母处，遇左孟辛夫人，议罢昏事。未刻答访月岑，遂留香孙处晚饭，同坐者筠仙、皞臣、镜海。夜论志事，戌散。宿龙宅。

二十八日　晴。早饭龙宅，旋过花楼处早饭，便访汪伟斋，假钱三万程氏，同席者荔峰、孙玉林、吴、赵诸子。未饮子寿处，同坐者皞臣、朋海、镜海、力臣。谈祁门兵事，传闻失实，余力辩其诬，何以父母为誓，辞色甚窘，既而悔之。还宿龙宅。芝生比夜皆出谈。香孙夜来谈。

二十九日　晴。比日盛暑，余日不再食，徒步日中，亦无所困苦也。已集张宅，先过孙公符、左仲茗处少谈。力臣设宴园中，字画十余幅，皆明、清王氏名人之笔。同集者筠仙、次青、香孙、皞臣、筎山、镜海、二黄、镜初，兼命丰儿侍坐，申散。过镜初寓假寐，遇陈杏生，酉出，复集月岑宅，皞、筎俱会。香孙出，谈修《通志》事，余谓须先清厘定增减乃可言也。皞臣以轿来迎，同过商农处，少谈，还龙宅。

七　月

七月癸未朔　晴。作书与徐仁山，论郭、钱昏好事，略云。太仓之出，事起匆匆。媵妾侍奴，不能委曲，鱼轩炫路，火炬留城，事为通国所知。去以夫人之礼，初何尝有幾微谴斥，毫发参差？既而翩帐共归，拂衣永诀，群言交责，观听惊疑。于是有还书之事。言词褊急，宜若过情。而妇顺弥贞，深居思咎，默而自守，又已八年，两姓前愆亦可消矣。此论殊足尽其事变。持示筠仙，筠言李少泉亦有书来。钱女若来，须在余家暂住察看，余亦应之。又以告徐，由官封寄扬州。筠仙又追书与皞臣云和尚劝间奇事。今不惟劝间，又迎其妇居于庙中，奇之又奇也。余思之不过为畏事者借口耳。酉过力臣，要朋海来，借五百金分五家，犹未能足数，以余积年所藏者足之，先还左氏也。投暮还船。

二日　晴。昨夜热甚，以熟寐受暑，颇惮行。已而大风，邓氏婿来送行，皞臣、笏山继至，笏山以二十金易余《桂阳志》。丰儿登舟，梦缇亦来，遂发帆，行甚疾，四时许至湘潭。余病不能起，竟夜昏然。

三日　晴。午后阴，颇凉。辰遣丰儿觐七父。李荷生属为其父母遗集作序，诺之三年矣，忽忽忘之，今乃为作数语，病不能写也。闺房酬唱，传自秦徐；钟嵘品诗，称为有妇。自是以后，作者滋多。然嘉感皇灵，淑嗟茕独。虽流篇什，未荣黻佩。才丰遇啬，自古然矣。吾县邦媛，嘉道尤盛。家姑传徽于大宛，梧笙燕誉于江湖，虽夫婿清华，家庭具美，读其遗集，何异商音。将非清瑟之悲哀，非帝女破弦之可禁乎！李氏世有闻人，至蓝田丈而不得仕进。孺人黄氏，诸父皆一时名士。虎痴先生与邓湘皋丈齐名，邓丈采辑湘沅歌诗，虎痴助其搜集。其时女士之作，莫盛于潭焉。孺人少依季父，问字习经。长适李门，才秀相映，安贫劝隐，煮茗弹琴。姻鄙闻之，以为仙侣。少无离别之怨，室有欣赏之奇。影响相随，终焉可也。俄而蓝田丈以客游至浙，感疾还舟，卒于鄱湖。行箧并散，随身诗卷亦付飘零，并孺人三十以前之作皆失其稿。艰难迎柩，哀顿毁容；畴昔闲情，徒增忉怛。盖钟期绝音于赏心，郢匠辍斤于涅质，况乎连枝半死，独茧不丝者乎？次子龢，既克凿楹，乃谋编竹，广求遗咏，各得数十篇，或在删弃之余，或为随笔之作。然杯棬之思，一器犹珍；风泉之悲，宛然如见。比夫选录，固不相侔。以闿运谊托崔卢，学窥陵统，宜明孤臆，以付传人。窃以比竹双声，宫徵之谐已末；芳兰并气，咷笑之应方同。情有合离，时无哀乐。廿年以往，自置千龄，才遇偶然，当前为快。固不蕲之身后，亦何论其已工。至于宝刻遗文，寄其孝思，睹而呜咽，别有感凄，则直通性情，不在章句。雅音未寂，其必有弹乌雏之操者矣。是日缆行四十五里，泊上弯，株州上十五里。

四日　丙戌，立秋节。北风，帆行凉快，未暮泊淦田。上岸省叔父，坐定而雨大至，食顷止。遣迎梦缇上岸，携子女俱居局中，余还舟。

五日　晨雨，竟日间作。已发淦田，行四十余里泊黄石望下。

六日　晴。南风，缆行五十余里，泊杨园。比日大睡，一无所作。

七日　晴。南风，大热。自登舟至今半月，惟此日觉闷暑损人，夜坐篷顶作《七夕诗》。夜泊龙石港，行五十里。

八日　晴阴。其热，竟日偃卧。梦缇、帏女均病暑，颇以行舟为苦也。暮遇李竹丈船，彼此过谈，联泊堙门，行七十里。堙门去衡州四十里，而图志无名，惟有七里站之名耳。

九日　晴。缆行竟日，薄暮始至寓中。

十日　晴。春甫来。王代山来，送所抄《易》半卷。

十一日　晴。命功儿抄《书笺》。竹丈早来，谈龙山岩壑之奇。又言明人采办材木，乘水放下，塞酉水不通舟，其木横直架构皆巨材也。其地狭而饶沃，稻一穟至三百粒，长沙穟多者不至百粒。山僻穷乡，诸物皆美于都会也。夜出访春甫不遇。

十二日　晴热。为族兄得一作《中和堂记》。视功儿抄书。夜斋宿。

十三日　尝祭，望祀三庙，未正行礼，酉初利①成而馔。六云作饼甚佳。

十四日　雨，雷水如瀑。功儿笺《书》，余检箧得《墨子叙》，更点定录存之。

十五日　晴。功儿笺《书》。余作书上七父、外舅、云卿兄、揩生族子。夜写《墨子序》，注其《经说》。骑至雁峰，观城中人作中元，宛如十八岁在戴氏祠读书夜起时。尔时曾作盂兰盆歌，今决不作矣。夜携盼女及两儿看河镫。笺《召诰》成。

十六日　晴热。功儿笺《书》。孙渊如不知黎水所在，余考之，即淇水也。地理之学，初未究心，今忽有逢原之妙，甚以自喜。注《墨子》数条。丰儿问："郑注父为天子、诸侯，子为士，谓以罪诛者，何以知其然？"答曰："长子必嗣，支子不祭，自非亡国天子诸侯之子，不得为士也。"

十七日　晴。早起凉风入席，颇有秋兴。作书寄筠仙。筠仙仁兄先生道席：盛暑还舟，神与北风，得上昭陵滩，乃逢狂雨，回望书屋，兰雪洒然。抵寓后复逼秋阳，七日不事，暇检故箧，得旧点《墨子》。墨之色黑，可以胜皓皓之日，遂补注数千言，并为序其意，抄稿呈览。镜初居士方欲觅《墨子》本，先生所藏有佳本乎？墨学久不传，我圣朝稽古右文，九流并包，岂可不讨论绝学，以诧来世。幸以余闲，与曹居士共论之，闿运愿为禽子，再拜再拜也。其书唯《经学②》四篇最奇，闿运所注尤傀异，吾斯未信，冀闻先觉。相处恨远，尤冀移居衡山，以永朝夕。省城扰扰，可以如仁义为蘧庐耳。前闻皞臣述追书云云，何其胆小。江南书来，方知料事之明，此易见也。因意奉书，唯以居恬和为颂。闿运再拜。补作曾侯哀诗。又书与皞臣、力臣、芳畹、镜海、笏山、春甫及詹诚之。□玉笙来相宅。夜出访仪仲，谈未尽兴，复往石

---

① "利"，当为"礼"之讹。
② "经学"，当是"经说"之讹。

鼓，欲寻萧杞山，门闭不可呼，以读科举文者聒耳，亦畏扰之。步月还，殊热。

十八日　晴热。午出访李竹丈、段培元，还已过晡矣。竹丈论诗，颇道人意中不安处，惜其未知古法，不能为余改定，要亦可为师也。夜送《书笺》就正之。功儿抄《书笺》一页。

十九日　晴热。检衡阳陈亡人数，至未颇倦，得大雨少寐。起检《墨子·经说》，颇寻得错简端绪。珰女晨见一小儿逾窗入，拍手戏房中。疑是肉芝移榻。候之至晓，无所见。

二十日　晴。壬寅，处暑。检衡阳军功武官，至申颇倦。仪仲来，同过石鼓，屺山留粥，送归，已二更矣。

二十一日　晴燥。检衡阳列妇作表传。段培元来，谈李黼堂善过河拆桥之法。刘岘庄作客如居家，而甚推沈幼丹。笺《书》二页。至亥寝。

二十二日　晴热。作《列女传》两篇。王清泉课士"小国如蘩赋"，又"濯锦以鱼赋"，皆佳题。命功儿作之，不能成。

二十三日　晴热，不能伏案，歇一日。口授功儿作小赋及诗。夜有电无雨。

二十四日　晴。改旧《列女传》稿。王荫棠来，言五月获积盗周刖耳及其党，俱沉之水。前三年余所购捕不获者也。笺《书》一页。丰儿抄《礼记》成。

二十五日　晴。检《列女传》未数条，王兰台来访，饭后同访贺子泌。子泌疾病，面色如纸，不能坐起，余与谈半时许，精爽稍胜。暮过程宅，访段晴麓及春甫父子，闻扬海琴连舟过衡，将居浯溪。海琴雅人雅甚，故余不欲访之。夜宿侧室。

二十六日　晴热。昨夜晴麓、兰台均宿书室。早饭后晴麓去。贺金滩及常吉人之子来，留饭去。近日西乡以口角大讼衣冠殷实之家，来者四十余人，荫堂、金滩为之主，余劝以和息，然已大扰矣。若余在乡居，当不至此。兰台要两儿同游石鼓，申还，饭后兰台仍去。余书室有毛手夜出，丰儿曾见之，故客避不孤宿也。

二十七日　晴。凉风始至。与兰台过李竹老处，遇刘弼臣，闻李太守欲访拿萧圜桥。余因问李君，审能致其罪否，不能则访拿一次，张其声势而已，不如召之来，督令读书。张石樵、春甫、仪仲、罗立庵先后来。与仪仲闲步过沈老曦，值其侄孙将死，怏怏而返。笺《洛诰》成。是日计算今年二百四日，笺《书》百八十八页，一日一页，尚少十六页。其实一日有至四页者，但有时以事未暇，不及补笺，遂至日计有余，岁计不足，当即补之。夜凉独寐。

二十八日　阴，晨有雨。兰台去。补抄《书笺》八页。屺山来。翻《明史》，作《事纪》一页。亥寝。

二十九日　晴凉。文元周店送《经解》来。沈老曦来。笺《书》一页。作《事纪》一页。

三十日　晴凉。骑出答拜胡经历。连日翻诸家经说，笺《书》三页。耕岑来，同出，答访张石樵，过程商霖书房暂坐，夜还。

八　月

八月癸丑朔　晴复热。晨笺《书》三页，《多士》《毋佚》并成。翻《经解》。笺《书》二页。

二日　晴热。童衡阳来谈。祖考生日，晨设荐。食汤饼。《衡志》开刻，设酒犒刻工六人。笺《吕刑》一页，《君奭》二页。翻《经解》。

三日　晴热。水口两刘生来。笺《书》二页。翻《经解》。检明代衡阳政事，多佚不传。

四日　晴热。段子铨来，为十一都争讼事，殊不易了。衡阳好讼之习，自宋相传如此。晚命丰儿登城，数垛口，量厚薄。余与子铨过王、贺二家，劝息讼，无成而还。北南俱发火，南门外焚砒霜行，去余居可百许步。春甫命人来护视，子铨亦来，火自酉至亥熄。笺《书》二页。

五日　丁巳，白露节。热如三伏。春甫早来，留饭。十一都七八人来学讼。昔太公为讼师而得散宜生诸贤，余竟不能也。丰儿生日，食牢丸过饱，不夕食。笺《书》二页。检《衡阳人物志》。

六日　晴热。巳刻渡湘，骑访廖青庭、杨子云兄弟，与耕云同渡，至同仁堂及贺寅臣、王右卿、李竹丈、春甫宅，饭于李忠节祠。夜宿侧室。

七日　阴。耕云要至春甫宅，劝十一都人息讼，遂访童衡阳，夜还。笺《君奭》成。亥寝。

八日　阴凉。夹衣甚适。仪仲来，同出，兼携纷女看天后宫花。与李翼卿谈，又过李忠节祠，穿石洞，看秋花。至培元处看花。闻刘秉璋仲良。放江西布政使。王霞轩又署臬使矣。晚携珰女出看戏，暮还。笺《书》一页。

九日　晴。检《志》稿。子春、笏卿来谈。贺子泌来，病半年矣，见其能起，喜甚，留饭，遂竟一日谈。夜笺《书》一页。

十日　晴。检《志》稿，笺《书》二页。耕云暮来。夜作书与李筱泉、吴竹庄。

十一日　晴凉。六云生日。子泌能步行见过，谈半日送之出，至书店寻书。暮访仪仲，谈蒋霞舫与梁矩亭讦奏事甚详，起衅因索火腿，罢官者四人。干糇失德，不在民也。秋月甚明，无端生感。

十二日 晴。检《志传》。得殷竹伍书。笺《书·多方》成。暮渡湘，与仪仲访秋于蓉菊山房，秋花零落，瘦鹤支离，有天涯之感。耕云来，代陪客，因同至其宅少坐。夜渡湘，秋风甚壮。

十三日 阴。检《志传》。笺《书·立政》二页。骑访子泌，夜还。李易卿、陈冕堂来。亥寝。

十四日 阴，有雨。立庵、晴麓、商霖、耕岑先后来。检校《志传》。笺《书》二页。

十五日 晴。早祠井、灶、门三祀。立庵来。夜拜三庙，礼毕，家人贺节，设饮看月，月光皎然，大星皆隐，鸡鸣乃寝。

十六日 晴。笺《书》二页。检《志》稿。子泌来。

十七日 晴热。乡中人来。笺《书》二页。借《列子》，命丰儿抄之。丰儿作赋颇有佳致。

十八日 阴，有雨。祖妣生日，设荐。笺《书》一页。作《志传》。得皞臣书。桂树已花，令人思山林之乐。

十九日 微雨竟日。骑行九十里还石门山居，将暮始至。途中唯弯坤有桂花香，至门乃闻老桂浓薰，秋藤过墙，垂柳出檐，鹈鸠啼暝，凉雨随至，视石砌皆如银装玉琢，令人心神俱爽。不居城市，岂知此乐。因倦早眠。

二十日 阴晴。作三律题壁上，以志终隐之愿。遣信约王兰台来谈，同至夕阳径，暮乃还。二更后寝。

二十一日 晴热。遣人采桂花，皆已枯，不可致。夏彝存知余还，与兰台来相访。偶翻船山诗，得郭凤跅二事。食山芋甚佳。是日秋分。

二十二日 晴阴。四更起食还寝，待天明，乃行九十余里至城，始夕食也。遇萧圈桥于道，下马谈数语。

二十三日　晴。春甫、沈礼堂来。寅臣来。检《志传》稿。王荫堂子来。笺《书》二页，《顾命》成。

二十四日　晴。耕岑来。检《志传》。

二十五日　晴。遣丰儿仆马送纷、滋二女及六云还山居，亦就便照应种菜灌花诸事。已发，当以两日至耳。仪仲来。作书与李若农、王霞轩。笺《书·吕刑》成。

二十六日　阴，晨雨。检《志传》。笺《书》二页。

二十七日　笺《书·文侯之命》成。检《志传》，将清厘毕矣。出过春甫、寅臣，还看戏于屠夫会馆。见扮观音者仆仆往来。叹大士以迹近遭此侮弄，而佛法无碍，不可怒也。学佛者诚不可入此五浊之世，故仲尼独受天刑制礼法矣。得成总兵书，送沙袍料。

二十八日　晴。笺《秦誓》成。王岱山来，送所抄《易传》至，犹未竟也。出登岳屏书院，地不幽胜。下至花药寺，寻普明，谈少顷而还。

二十九日　晴。乡间人来索钱，从仪仲假二万钱与之。因同过竹丈、祝澹溪、张蔗老处，皆久谈还。申生以死安骊姬，知君非姬寝食不安，子之善体亲心者。今有姬如此，去之则君不安，留之则国家大安①，当如之何？亦先多方以安君，毋使姬独安君而已。《采绿》不哀旷怨，而刺旷怨，然后知《诗》之无邪。

九　月

九月壬午朔　得俊臣信，来催周叟寿文，甚懒作而不得辞，

---

① "大安"，似当作"不安"。

唯恨明人之作俑耳。检《志传》稿。讲《讼》卦"归而逋"，"而"当读若"尔"。

二日　晴。萧圜桥、黄瓒臣来，张蔗老、耕云、耕岑继至，夜乃去。检《志传》。

三日　阴雨颇冷。祝澹溪、罗秋云来。翻《经义丛钞》，采方廷瑚"上宗奉同瑁"，"同"，古"钟"字。《说文》"钟，酒器也。""兴旧耆欲"，洪颐煊以为"兴旧耆欲"，"旧"，古"观"字。前十年阅孙星衍言郑不识古文，今始得此说。洪、孙相友善，故孙用洪说也。

四日　朝雨，竟一日。检《志传》毕。曾祖妣忌辰，设奠。夜雨滴阶，颇怀凄恻，人生愁绪，何必羁孤。因检书篇卷，得册六、五十七之异，不胜狂喜，解忧过酒远矣。

五日　阴晴。出询春甫乡贤及石鼓五祠，不遇，还。晴生来，送之渡湘，风作水激，颇有江湖之兴。检志书《典礼》。

六日　晴。纷女生日也。去岁今日几焚于火，余不焚死，而涤公疾死，岂胜怅然。登雁峰，右得一亭，甚收湘川之胜。寺僧贫甚，不能造屋，可惜也。作诗记之。《乘云寺右阿秋望有作》：承湘苇可航，信美岂宣旷。登丘览回势，曲直秋涛壮。紫盖横青云，苍苍送江漾。目穷想逾骛，风起帆初王。澄阴霭晴城，平芜秀霜嶂。尘中绿槐合，桂谷丹华扬。但惊祝融高，岂识幽人尚。卷阿隐余情，山海劳君望。且宜树松竹，蔚焉托闲放。又作周序。桂阳居五领之中，耀鹑火之祥。自汉以来，文教累洽。学校专官，始自有宋。而衡州宋文仲当孝、光时为学录，膺部使之荐，芳徽流传，想闻弦歌。今乃有衡山春帆周先生。先生来司训吾州，适东南兵寇方兴，窥临岩城，学子奔进。士杰投簪擐甲，驰驱往来，岁月不遑。州官握符，欲解靡由。学舍被兵，薪木毁伤。他人闻当补桂阳学官，则百计避去。惟独先生幅巾儒衣，从容有常。亦督义徒，部署城守。始或发策，洞中机要，州人奇之，而未有以测也。风尘廿年，乃获宴安。荆榛既开，皋比再设，群从诸子得游门墙。因暇过从，谈燕甚欢，审其风规，弥钦异焉。先生夙禀含章之贞，少无适俗之韵。爰在弱冠，蜚采泮林。于时宣宗初元，士重科第。左中丞江左俊彦，搜岩撷芳。长沙两书院，非材不选。鼓箧之士，英英一时。祁相国以博洽之儒，视学湖外。适会选贡，兰芷并升。连冠大庠，第名居首。同舍敛衽，伫充翘材。犹以英妙不先老宿，奖其青云之志，屈其一蹴之能。果逢薛卞，屡扬文誉。时则罗文僖、劳文毅，咸青衿之秀子，騕褭之捷足，联袂云路，策名天衢。才同运殊，忽焉在后。十载文战，减产增贫，浩然西笑，言游八水。夫汉廷试士，先讽律文；有唐设科，别开名法。儒吏分途，由来旧矣。而以达政之材，试通艺之效，佐治州县，沛乎涌泉，无困簿书，有称几案。兼心恤民隐，多劝平反。车币交迎，遂显关陇。业本儒术，士林推贤。雍州文学，响然求友，金闺兰台之隽，投纻赠缟之欢。暇游旧京，访碑咏史。罗、劳二公亦以分司莅陕。文酒之会，乐于麓山，闲则投书，间以谐谑。先生雅抱素志，本无宦情，及乎强年，已谋归计。谓友人曰："渊明作令，徒劳解印耳。青毡冷官，可以优游。"乃注籍训导，因旋乡里，一摄宁乡，诸生颂之。又十五年方补今官，三及俸满矣。例久当迁，又恬憺不问。屡书上考，而名宠无惊。教女课孙，自适而已。令子持家，孺人偕老，观其晚福，其胜乎佩金印、建大纛者与！士杰闻之，显晦时也，福寿天也。先生当尚文之时，而声誉徽美，值明法之世，而详慎著称。左、祁，文宗也，异等拔之。张椒云，老吏也，而倒屣迎之。平生不可谓不遇。今日者，以杖国之岁，为乡饮之祭酒；当悬车之年，无贪荣之高位。使其早据要津，极恣于富贵，则进退失据矣。赖以闲静，处之裕如，耄期称道，孔子所宾。学校之官，正养老之地也，自有虞氏而已然，况群弟子之扬觯乎！虽不习文，窃慕零、桂耆旧之传之作，俾诸生续而赓之。得王峋云书。

七日　晴。渡湘访常晴生于彭、杨二宅，皆不遇。从柴步门入城，至天后宫看戏。夜食饼，至戌寝。是日戊子，寒露。

八日　晴。梦缇生日，儿女拜贺，设汤饼，食毕已过午矣。出过仪仲，遇屺山，云皮六云考拔，外间有烦言，嫌太骤耳，若乡、会试作状元，人亦不能议之。过寻祝澹溪不遇，遇耕云，闻州县常祀有历代帝王及日月，当借《会典》考之。夜至亥寝。

九日　晴。作《衡阳货殖志》成。携两儿登雁峰寺，烈日照空，令人炫畏，遂还。复俊臣书。培元来，闻文式岩放桂藩，兼召用仓少坪、严渭春。雪琴已入京矣。夜月甚皎。丑还寝。

十日　晴。检《衡阳艺文志》。童治中招饮，约辰实未，散已酉矣。耕、春同坐。夜讲《大有》"无交害""匪其彭"。《大有》以有为义。初三何以有害，又谁当小人？盖初变则《鼎》"颠止"，三变则《睽》"人劓"，不应五，则小人也。

十一日　晴。检《艺文志》及《书》目录。功儿抄《书序》成，故自定目录四纸，分亡佚及百篇之次第。夜携珰女上雁峰寺看月。两儿讲《谦》卦，说"扨谦"为"指扨"。仆役亦用《谦》道。

十二日　晴。至子泌处寻《华阳国志》，得重安侯李阳。因求李阳不可之言，检类书未得也。夜与子泌过程宅，还检《褒忠传》。亥寝。

十三日　晴。作书与朱香孙、裴月岑。挽胡蓟门。湘水古伤心，恨十载人来，拍岸惟奔千叠浪；遗书终不负，便万金家散，凿楹犹有十三经。作《褒忠传》。至沈老曦处寻小说，乃得李阳事在《王衍传》。

十四日　阴。昨夜月甚皎，独步苑中，方欲延赏，及晓起，已将雨矣。邓在镐来，言有盗穴墙欲入，人觉，取酒壶而去。遇一糊涂知县，遂坏一乡土风，可恨可恨！作黄母挽联。名门仰母仪，南陔长养三枝桂；时贤尽哀诔，空谷殷勤一束刍。兼书唁翰舟。检《志传》。耕岑来，云已得衡山聘，将行矣。

十五日　阴，有雨，热似七月时。仪仲来，屺山继至，闻长沙选贡得人，喜而有作，奉寄李谅臣、王怀钦、殷绍侨、皮麓云、胡大兄家樾。是日《书笺》成，计始功去年十有一月廿有四日，至今二百五十六日。

十六日　阴，有雨，愈热。蔗老、春甫、礼堂来。作书与成俞卿楚材。总兵，谢送沙袍。

十七日　雨，寒可绵。得张东丈和词及书，情深于文，殊增凄恻。仪仲约访耕云，昇出至江雨田同知处，访蔗老，要同渡湘，至则已晚，不及登楼。约屺山来，纵谈而还。细雨蒙蒙，大有寒色。录《褒忠传》毕。作书与朱香孙。香孙仁兄先生道席：长沙快叙，归梦犹欢。秋风忽凉，佳期未践。桂香招隐，葭露遗贤，当乎此时，无任吟想。迩来集会，论何文政廷璋一案，致劳神蛇金刚之伦左祖右袒，吾等局外，不妨私议，试以尊意报我，无若郑尚书屈杀张文祥也。《衡阳图志》寂寥，无甚可观，须十一月乃得刊竟。近撰《周易》《尚书》并成，《尚书》实古今之名作，尚有未通者，须良友讲论，俟之来年耳。人便奉笺，祗颂多福。闿运再拜。

十八日　阴雨。一绵尚寒。检《列女传》。莲弟自乡宅来。功儿仍抄《礼记》。

十九日　阴雨。作书寄皞臣、力臣。讲《噬盍》中四爻为戒在位肉食者之词，引《礼》为说，甚有证据。此日危坐，竟日不懈，至酉觉倦少憩，戌起子寝。

廿日　阴。曾祖、先妣生辰，设两荐毕，食面。送省信及衣寄陈母。检《志传》。晚过春甫处，见雪琴奏水师积习，文笔条畅，侃侃陈词，大似涤侯手笔，文与年俱进，方知徐公不以学问为长也。得李小泉书，文词亦美。其幕中亦自有张子布一流人。夜寝不寐，起独坐。霜雨寒风，已有冬意。

廿一日　阴。午间七父及族子藜来。张从九自省来，携有陈芳畹信物。申送七父登舟，同船上至门外湘岸小泊。送藜去，仍下。答访张君。小泉赠《说文义证》《经典释文》《文选》各一部。又得竹伍及其从子默存书。李竹丈来。

廿二日　癸卯，霜降。阴。寅臣次子娶常氏女。早过贺寄鸿，即至贺宅，待新妇拜见。与春甫过段培元。阅《经钞》。作书与小泉。小泉先生尚书大公祖节下：九月廿一日得赐书，及寄惠官刻书三部。循览来教，文美谊高，以宏奖之心寓乐仪之训，虽薄植谫闻，未足承荷。然九九之见，一一之吹，因事量材，通于为政，以兹宣德，敢不拜嘉。间登雁峰，延望江、汉，秋清铙吹，霜肃戟门，载路依仁，还辕保福，幸甚幸甚！闰运八年闭户，一出求书，经史研寻，斐然有述。比已写定《易》《书》笺说，方搜治《公羊春秋》，他日谨当缮本呈鉴，或资过庭之训。昨检所寄《文选》，重出一函，想侍史偶差，致以二部为一。此多上册，则彼少下函。傥系架藏，无难更换。今谨奉上，希饬查明，将下函补发，以成全璧。如无从考索，即希别赐一部。重为琐渎，无任悚惶。复谢嘉仪，恭叩侍福。闰运叩头叩头。又与李玉阶书，索《通鉴》。鸡鸣寝。

廿三日　阴。江雨田同知及张蔗泉丈、李竹丈来谈，同江、张至雁峰，还赴贺宅饮。李仲京镐。中宪见访，因往答拜。暮过春甫，谈数语还。亥寝。

廿四日　阴。子泌来。王鼎坤抄《易说》毕。篁仙自省中来，久谈。申刻登篁舟，舆马甚都，仆从亦盛，所以报京师之白眼也。见其局促小舟，令人有灸羊之意。因赴李衡州剧饮，同坐者耕云、春甫、丁笃生、吴厚庵。李命伶人侑酒，有周生，年廿许，衡州以为美旦，与语羞涩，颇似三十年玉凤也。篁仙云："李廷璋父逼其子妇、孙女死，诬以挟左道。"与外间所传甚不同。观戏至丑乃散，房中无烛矣，少坐即寝。讲《列女传》六篇毕。并抄《颂》，寀女诵之。

廿五日　晴。早气颇寒。再登李舟，遇仪仲，约午饭，还为朋海写横幅，并作书与之。又复殷默存一函，荐周桂。作雁峰东寮一联云。明窗啜茗时，半日闲，三日忙，须勘破庭前竹影；画船携酒处，衡山月，巘山雨，冷思量城外钟声。申过仪仲饮，同坐者屺山、耕云，皆陪篁仙，食芋甚美。酉散，亥寝。与耕云借表还乡用。

廿六日　晴。早命仆夫送梦缇及三女还山居，就安便俟月辰也。培元来谈。王兰台、夏彝存相从读书，留居左房，余自骑送梦缇行十五里而相及，暮宿土地庙。行五十里，借村店妇室安顿媵属，未戌而息。

廿七日　晴。辰起同行至台源寺，余先归，未初至家。饭罢，携两女及妾从茶山至弯坤，遇梦缇舆回。六云见木芙蓉呼之为葵，云红葵白葵，岭表通称。因悟柳浑诗以戎葵似牡丹，不虚也。凡唐诗言葵花，疑皆木芙蓉，惟向日葵则非耳。晚桂余香，初菊将花，裴回久之。暮雨忽至，未亥而眠。

廿八日　阴晴。就原轿携衯女出山，行三十五里至台源寺，从荣弟、夏翁借一空房停行李。南琴及凌晴生来谈。夜间一法师来，令言狐鬼，次且不能对。

廿九日　晴。早饭土地庙，未至城。戌寝。

卅日　晴。至厘局见吕小香。登雁峰，视新成东寮，遇春甫、接三。闻长江提督授李与吾，用人之难也，去一人，易一人，又不如所去者，若争之则起嫌疑，忍之则非任事之义。夜检《志表》。

十　月

十月壬子朔　检《志表》。遣火夫去，寄食刻工处，以用人不称意也。得皞臣寄诗。午过春甫，陪接三饭，同坐者唐叟、傅客、山西太平人。唐葆吾。归将至门，街间地光如月，仰视见一流火，碧色，大可升许，尾作赤焰，未至西南隅而没。盖电气之小者，离地可里许耳，似有声而未谛也。所见流火，未若此之巨怪。

二日　晴。子泌来竟日，与登乘云寺，还夕食。接三来。是日乡中客至者数人，邹荆山翁为著，余不记姓字也。夜检杞国事，悟杞在周已非二王后，盖既封鲁则退杞也。《春秋》唯宋为公，杞常为伯，知非后削之故。《左传》曰："诸侯宋、鲁，于是观礼。"孔子两言"杞不足征也"。

三日 晴。寄鸿来。撰《表》。仪仲来谈。得力臣书。

四日 晴。诸生出看操兵，独坐理《志》稿。申至雁峰，赴江雨田、张蔗丈招，陪永兴孙子培、耒阳刘子昭、常宁孙兰士、金丽堂、童衡阳、王清泉、李衡州、蔡永安、耕云、春甫、郭翁育之。饮于乘云东寮，至子乃散。闻雪琴署兵右，赏朝马。

五日 晴。书答张永州，兼检《志传》。晚携纷女登雁峰右阿，望山水城郭清旷如画，裴回久之。王巡抚登山寺，寺外喧然，乃还。作书寄张东丈。

六日 晴。寄鸿来。检《图表》。蔗老、雨公招饮雁峰东寮，同坐者有罗培堂，闽商也。清泉友人来，设席同饮。午间李恭人携子女来看花，其子纯乎长沙人也！亥散。

七日 晴。蔗、雨重招宴，听曲，少坐而还。是日戊午，立冬。比日皆衣袷。

八日 晴。得三弟书，知从父中风不遂，方将娶子妇，观书意尚明晰，或不至遽凶耳。寄鸿来，同访澹溪，校正图地名字。

九日 阴雨，始寒。澹、寄来。检《表》。耕云招饮，辞之。淦田人去。

十日 雨寒。寄鸿来。检《表》。

十一日 阴晴。得保之书，知弥之未归。闻雪琴得弹压宫门差。是日停课。

十二日 晴。检褒忠、世职《表》已讫。出过仪仲，同访培元。西禅寺僧送橘。

十三日 晴。晨过春甫饭，同坐者江、张、唐葆吾、耕云、蔡齐三、金立堂，申散。与江、张诸君至江寓少坐。与蔗丈访李竹丈，闻其将验看，欲乞病，李衡州慰留之，许为作书告子健，待其行，当为达之。作罗姓寿文。

十四日　寄鸿来。检《表》。得笏山、力臣书。笏山笔札甚进。萧杞山弟礼卿代整时表来，此表坏一年矣，居然可用。夏生还乡，春甫馈蕈酱。昨梦身为女三世矣，有夫将杀我，知其谋，自投于井。入水见异光，若彗星上属于天，以此念正得以文章自娱，佛氏生天说不诬。光缘竿而上，竿傍立一人，若仇我者，怒目而视，则从弟世钟也。冤亲亦有所由，何以度之？江雨田送菊廿盆。

十五日　晴。寄鸿来。对《表》。子泌、商霖来谈。作书寄保之。醴陵罗权如埙之从子来告乏，并示其伯父诗。

十六日　晴。培元、竹丈来，论屯田。夜检《礼志》。

十七日　晴。检《礼志》。午间屺山来谈，同登雁峰，下，赴李竹丈饮，同坐者吴称三训导、德襄。李先白父子，言恭王调和两宫事。竹丈盛称李兰生协办之贤。称三索题石笋山房诗，云石霜寺即在山后，又有明兰寺，皆古道场也，并示诸公题咏。余为题云。去岁乘欐度醴东，霜山晴簇青芙蓉。廿年九过负清景，灵岩近在东山峰。山人为我话奇石，夜窗斗撑千丈碧。石霜寺外钟泠泠，溪声不喧松声寂。小斋平天风月宽，藏书避劫如仙坛。四文阁灾武英火，独抱遗卷明琅玕。暂辞松筠琐门去，却入夫夷最深处。归时双笋应更高，劳尔年年长烟露。

十八日　晴。吴称三及竹丈来谈。检《礼志》。

十九日　晴。子泌来谈。纷女点豆。补作《魏瀛传》。命木工治后院破屋为书室。携纷女出看戏，甚不可观，而纷女好之。人性各有所好，纷之好城居，喜繁华，天性也。梦缇之风衰矣。

廿日　晴。早不寐，午乃昏睡，申起。检《礼志》。翻《明史·职官表》。

廿一日　晴热。杨子春取孙妇，余欲不贺而情不可，自出觅对笺衣料送之，以无钱，当赊贷也。便命丰儿携帉女同出，安置之戏场，自往墨香斋，得一幅纸。还过仪仲，视其迁寓，遇寅臣，谈顷之还。屺山、晴生来谈。曾昭吉来。检水道地名。

廿二日　雨凉。渡湘至萧、杨宅，子春留饮，同坐者江雨田、张蔗丈、萧屺山、常晴生。子春女婿谢姓，村人也，夜还。子泌来，留宿。

廿三日　阴。作书与殷竹伍。昭吉去。检《志》稿。讲"景员为河"，以为九河合一，殷以为受命之祥，而周亦颂衾河，以证予《禹贡》之说。

廿四日　雨寒。子泌来，代领学徒，余将往淦田省叔父也。是日已晚，因请子泌同校定衡阳书目，依《七略》编之，夜谈至子寝。

廿五日　晴。春甫来，云罗翁欲以四十银饼为润笔。恃文买钱，未必遇如此好事之人，余文不卖，因辞之，云器币则可受耳。与子泌定《艺文志》。夜作《志传》。饮酒二杯。得成总兵、陈芳畹书。

廿六日　晴阴，颇寒。五更起食，质明携帉女行。至庙山将暮，乃舍轿徒步，令舁夫更迭随行，到家方上灯。因悟"贲其止，舍车而徒"之言，谓不通车则义当徒步也。至家知昨日复得一子，产母平安，且以为喜。又女来无已时，得此小住之。

廿七日　晴。午时洗儿。翻船山《愚鼓词》，定为神仙金丹家言，非诗词之类也。《柳岸吟》《遣兴诗》亦禅家言。《洞庭秋》《落花诗》则无可附。《伊山诗》。心识回峦外，沿溪曲径深。云烟开绿亩，金碧动青林。香篆迎风入，钟声过鸟寻。萧清初觉好，风雨更幽岑。又败叶庐侧有梅冢，船山七岁女瘗焉。

廿八日　阴，有雨。将行而停。闲谈竟日。筮子名，得《屯》变《剥》，命曰代舆，小名恒子。

廿九日　晴。巳初骑行，投暮至城，寓中殊无章程。请子泌来而阙于礼，当留一日料理之。夜谈至子寝。

晦日　晴。送小婢与程姑，复命莲弟修灶自爨。有刘金坞来，入门大骂张贵，自云与吾友好。以其盛怒，未敢见之。

十一月

十一月壬午朔　晴。辰初起，巳初行，骑随小童，缓步六十里，至桐泉岭宿，衡山地。

二日　晴。早有微露。辰初行，四十里饭于龙堰桥。午正过衡山县，从北门投小路渡湘，傍沙际行二十五里，至石弯，前由船渡，今可揭也。复行廿里，宿大桥弯，前宿店也。以昏黑几不留客，主人识我而迎入，否则惫矣。大桥弯山水甚奥，多文姓富家。

三日　晴热。行十五里过朱亭，又卅里至淦田，甫入局门见红对，知昏事成矣。入见叔父，卧竹椅上，言貌如常，曾兰生在焉。谈顷之，三弟及新妇出拜，胡氏女也，年十五，长成似十七八岁人。午陪三、曾及居停萧一峰饭。钟弟复出见，言辞荒谬，不足与谈。夜宿局房。

四日　晴热。议叔父后事，欲迎之至衡，而老人贪微稽不肯去，且亦听之。夜作书寄李、唐，交秦麓生，又书与外舅拨银。夜有雨。

五日　阴。午辞还，便道访兰生，行数里遇曾使来迎，遂至其宅，十年前曾再宿焉。兰生弟梅生出迎，治具相款，其子师陈静生及王、齐诸人陪饮。入与八妹少谈，甥竹林出见，夜宿客房。雨。

六日　早雨。停一日，待天色之定。王莼浦秀才来谈，琴舟之兄亦至。莼浦言蜀人黄鼎字彝封，以诸生将偏师，累有功，而为冯、陈所厄，左帅不能用之。又言左帅甚好谀，及管敬伯为众所诋，离合其字作联，有"财苟得，难苟免；妒人贤，妒人能"之语。又云："不敬莫大乎是，公伯其如命何?"陈静生又言湘潭诸生作骈文，诋讪修志诸人，皆有工巧之句。此风滥觞于周末，而后遂盛传律令，纵有拟绞之文，不能禁也。比夜斗牌，负四十千。为祝林作字。

七日　阴。先孺人忌日，素食。午从楮木潭行，十五里出朱亭，又五十里至衡山，渡湘已暮矣。夜至县中，寻常耕岑，见稅伯润，留宿县斋。与张元素、王伯云夜饮绍酒甚佳。伯润，壬戌举人，大挑至湖南，月生族叔也。七父在零陵时，与为宾主，谈次大骂李衡州信劣绅杨澍之言，夺胡氏田为谭氏故物。澍即耕云也。耕云勇于收捐，不顾情理，李仲京遽为出票传人，诚有谬误，然何至如稅所云云。余因解之，云助义美事，兴讼则非，此田为闲田可也。胡氏骗诒耕云，令耕云自根究之，府县可以不问。伯润又言阎丹初为山东巡抚，清节冠一时，而误杀张七，骈戮避乱官民数百家，实为过举。此狱余亦有闻，云王伯尊所为。张七，张历城令之兄。历城梦迁济宁州而入昭忠祠，故避不当，卒迁临清，死于寇，以亏空受诬，七欲讼之，群官醵金为赂，致富数十万。当在临清时，有学某知天象，先年辞去，约三月十五必来。其日临清破，故七神之，受学焉，颇有妖言。夜谈至子，宿元素斋中。大雨。

八日　阴。早欲行而主人未起，设杏酪，与元素、耕岑谈。见抄报，知雪琴辞官还山，朝命优渥，许其一年一巡江防，江、湖二督为供张。又见亲政诏书，封后父承恩公而仍领阁学之职，及推恩内臣，诸诏皆有中兴气象。雪琴此去，使京中王公知天下有不能以官禄诱动之人，为益于末俗甚大，高曾、左一等矣，令人感涕且自愧也。早饭毕已未初矣，行四十里，十里乌石。又十里马岭。马岭山道石磴，远望正如梯阶。又十里萱州，出衡山界矣。宿九渡铺尹店。今年过此见少妇当垆，甚讶，衡阳不宜有此，审之则良家女，内外甚有别。前此盖偶然宴集，非胡姬也。银鞍五马，均可无峙嵋耳。

九日　阴。行五十里至城寓，段晴麓在书斋独坐，与谈久之。段去，余未朝食，至申犹未饭，颇倦，少愒。兰、彝二生还，子泌次子顺琅侍父亦在此同饭。顺琅去。得皡臣、樾岑、香孙书，大概以《桂志》见毁为言，又以惜余不修《通志》。悠悠之论，庸人知其不足校，诸君以此为不平，浅之待我矣。《通志》诚不可修，修成竟亦何谓。然云当道见忌，则非也。当道何人？忌我何事？三君未免世俗之见耳。将必使李小泉、王夔石聘币交于道而后为行其道乎？若然，则葛石腴诚贤人耶？荐人于朝，不用犹无损，所谓见忌者，如我欲求，而彼欲与，旁人尼之，乃谓之忌耳。或者无端欲拘我，亦可为忌，岂有是哉？

十日　阴，夜有雨。午睡起，子泌来谈，云比日事多。复去。独坐检《志》稿，甚蒸热，颇似春时。夜改成总兵《广学额记》，欲为作颂，而懒构思，且置之。

十一日　阴晴。出访李衡州、童衡阳、王清泉、李竹丈、吕小香。还，检《志》稿。为彝存及丰儿看诗赋。

十二日　雨，夜尤盛。童衡阳来。此日检《礼志》毕。

十三日　阴。遣童子还乡。为接三作寿文。詹诚之、春甫来，论雪琴作江督辞否，及与夷和否。余以涤公在天津，使雪公当之，则必出见夷酋，见则不示弱。涤公不以气胜，故不辨此。

十四日　阴。作绵被一铺。余一生有浪费之名，然自新昏至今，无杭湖丝被，唯在保定作一铺，以与六云，今始作此耳。虽监门之养不戮于此矣。为成总兵改《广额碑记》。王清泉来，辞不见。夜阅衡、清《试事公款录》，其言孜孜为利也。而今岁有人冥者，云阎浮罗鬼王盛称之。今日是非，人鬼略同，余不独生不得为柱国也。梦缇遣人来。

十五日　阴晴。为丰儿理书，遂尽一日。申刻江雨田、金礼堂来，闻李小泉有解任之说。又云有人劾之，留中不行。又言衡阳已委代矣。薄暮渡湘，寻屺山、彭子不遇，还过培元，谈安南求援中国，而为我叛军所扰，据其数城，我帅脱身还。盖安南复将内属之兆耶？夜检《衡阳水道篇》，镫下殊不了了，乃定明日理之。改两儿课读于夜间。《宋史》可厌，久不阅之矣，细思终不可不毕工，乃复阅一卷。

十六日　晴。廖生鹤琴与安化一游学谭生来。仪仲来，同游雁峰，少坐，程商霖出谈。出至花药寺，普明留饭，归已暮矣。检《水道图》。

十七日　晴。竹丈、仪仲来谈。邹州同鲁贤姨子冯廷崑来。检《水道》，未能清晰。罗秋云来，托载蔡可堂奉遗命捐田事。可堂勇于为义，归美其亲，固美事也，然亦近名矣。务成其名，故曲从之。复考之，乃为子孙应试计，非好名也。

十八日　晴。作书与樾岑、芳畹。为程生改课艺。出访莫香泉、江雨田，留饭。蔗丈、立堂继至，李仲京知府亦来，谈论甚谐，戌正乃散。理诗回，问梦缇不来，甚为失望。

十九日　晴。子泌及夏兄来，谈半日。冯絜卿子灼孝字俊三来访，器度颇大方，殆胜其父。晚过仪仲，遇萧端亭同年，不识之矣。入书肆购《晏子》，初索钱四千，今以七百文议成，盖店贾之误也。夜还，少坐即寝。

廿日　晴。遣莲弟入乡，视梦缇能来否。检《水道志》，作五百余字。比日功课甚懈，以心杂耳。读书不患事多，作文颇为事妨，当思振之。培元来谈。沈、友篪。许、昆甫。段、晴麓。程四秀才来。书雁峰东寮联。

廿一日　壬寅，冬至。作《水道志》千余字。午饭后出渡湘，答访冯生及耕云，皆不遇，还。兰台来。

廿二日　晴。午后阴。作《水道志》千余字。昨日饭早，可三餐，今又迟晏，家中事殊难整顿。子泌及许莘吾、姚西浦及魏鹤楼、唐全波四秀才来，谈半日，犹不妨日课。夜讲《易传》"一阴一阳至"，引《中孚》等七卦，以意说之，居然可通。

廿三日　晴。春甫来，与同出，独往柴步门，寻姚、魏、唐三秀才不遇，还。张蔗丈来。江同知招赴乘云寺斋，厘局五公、春甫亦在。饭罢过程生斋少坐，同蔗老下山，已昏矣。夜改《石鼓书院记》。

廿四日　晴。作《水道志》数百字。得非女诗信，诗少润色，颇近鄙俗，焚之，为藏拙也。芳畹又介张从九来求荐书，殊扰人意。刘姓人又直入我房，欲骂之则不可，欲与语则不解，正无奈何，乃出避之。夜讲《大衍》：数五十，用四十九，揲之以四，无奇则不归，此必然之理也。三无奇，则仍挂一之一耳。一次奇，四合一为五。二次奇，四合五为九。三次奇，四合九为十三，去十言三，皆阳数也。如此者左右皆六，六合一为阳，则为七，阴变阳也。一次，左奇一，右奇三，合为四。二次，左奇一，右奇三，则左为二，合五为七，右为六，合五为十一。共为九，则左合一为二，右合一为四，共为五。三次，左奇一，右奇三，则左为三，合一为四。右为九，合一为十。如此者，左为六，合一为七。右为九①，合左六为十三，合一为十四，去十言四，则为四也。以四合一为五，以二合一为三，以六合一为七，以三合一为四，以九合一为十，其初六九交而生四，为父母所生女也。若第一次左三，合四。第二次一，合五。第三次三，合八。右则一一，合二。二三，合五。三一，合六。如此者，左为七，合一为八。右为六，合左八为十四。去十言四，亦四也。而左八，合七。右四之所生，两皆六子，长子中女所生，为少阴也。若左一，合二。一次，合三。一三三，合七。右则一三，合四。二三，合七。三一，合八。如此者，共十三，去十言三，则三也。而其初左五右七之所生，中子长女，为少阳也。若左一，合四。三二，合七。三三一，合八。右一，合二。二一，合三。三三，合六。左为七②，右为五，合为十四，亦四也。而左七右五之所生，两皆中子，则阳生少阴也。

廿五日　晴。作《水道志》，未半页，张使来，因复无非书。旋移学堂，设客房。莲弟回，闻六云当随来，重为铺张，遂至半夜。

廿六日　晴。竹丈来，同谈海禁。余意谓古无禁隔华夷之制而中外相安。中行说教匈奴不通汉，强夷狄之术耳。夷之慕华，自古今同，然明人反其道，终受其祸。论者不悟，猥以不守祖法为咎，谬矣。竹丈耳聋，误以为海禁当严，争论劳神，未深辨也。同步入城，赴厘局饮，同坐者王清泉、耕、春两君，四主人。二更还家，姥皆至，梦缇犹有所避，而言语失礼，以人夫大队新来，未能遣令还耳。

---

① "九"，当为"七"之讹。
② "七"，当为"九"之讹。

廿七日　晴。无事。宿侧室。

廿八日　晴。金兆基、立堂进士及蔗丈来。程夫来送礼物，辞之。既而它处绝无送者，复受之。家人馔具。至子寝。

廿九日　晴。兰、彝二子为余作生日，爆竹之声振耳。春甫、春耕、曦老、许春甫、夏子卿、子泌，雨、蔗、立三公，寅、仪两同年先后来。燔豚以待之，复设索面，面尚精洁，未正散。雨田索见六云，命出拜。遂留意钱，至酉罢，负万五千。设食全不旨，甚愧客也。夜雨。亥寝。

十二月

十二月辛亥朔　阴。出谢客，渡湘循岸至石鼓山对崖，复上，从潇湘门渡入城，上至南门，还出大西门，至小西门，过衡阳学舍，访同县马教谕汝梅乃归。夜未亥而眠。

二日　晴。萧秀才济霖来，报大桥铺新出有宋真宗墓志，抄文来看。真宗初，文韩未盛、欧未生之时也，雅饬可爱。许莘吾、子泌、程郎来。得殷竹老书，已游扬州矣。竹老有心计，而所如不合，盖多心人也。曾昭吉来，留之校图。亥寝。

三日　晴热，换绵衣。萧秀才复来，请作《山海经分韵编类序》。乡中人未知述撰，每好撰典故，以为博雅在是，殊不能谕晓之。酉出，赴江雨田招饮，同坐者廖、程、杨、张、蔡、金，共八人，看陈沧洲、王船山伪迹，戌散，骑还。亥寝。

四日　阴，反风有雨。检《水道图》，旷工十日矣。得裴月岑、胡郎元仪。书。夜作和皞臣寄赠诗。皞臣颇为余惜不遇，故以广之。凡伏处而叹不遇，必得位而鸣得意，学道者所宜先除者也。

五日　晴。子泌、夏梓卿来，论举人主讲书院事。余以为近代各私其亲爱，托之公举，上既不信，而又不肯驳诘，遂成请托之事，可不必效颦也。检《水道图》，作四百字。亥寝。

六日　晴。检《水道》，作四五百字。改《艺文志辑略》。

七日　丁巳，小寒。晴。作《水道志》五百字。亥寝。

八日　阴。煮腊八粥。送花药、雁峰供众米及供佛蜜果。夜始理《志》稿。得李制军书。

九日　雨。作《水道志》三百字。申正渡湘，赴子春招饮，同坐者张、江、蔡及仪仲，食烧鹅、麂肉，麂肉包饼甚美。夜冒雨骑还，亥寝。

十日　雨。欲检《水道》，寄鸿来谈。张蔗丈、金立堂招饮，同坐者童治中、廖总兵、春甫、齐三、雨田，设席雨田寓。谈"三父八母"说，以为当除本生父母，或以为出母、嫁母分为二。余以意断之曰："本生父、同居继父、不同居继父，此为三父。本生母、嫡母、庶母、继母、出母、生母、慈母、乳母，为八母。"三八之名，盖起宋时，八母之名近不典矣。夜至戌散，亥寝。

十一日　萧云谷约看宋墓志，舁行十里，骑行廿里，先至芦冲陈学究墓穴，乃还至大桥铺，酌洪罗井，宿萧宅。

十二日　云谷设食，四萧作陪。内一萧云谷兄子欧阳牧云之婿在李竹丈处教读，颇习应对。未初始得饭，盘飱烹饪，甚劳费也。舁行十里，见日暮疾骑而归，已上灯矣。渡水湿两足，亦不觉寒。亥寝。

十三日阙。

十四日　阙。寄鸿来。□志，未起手已暮。又闻文式岩过衡。石樵饭后匆匆去。今日约寄鸿不至。江雨田约登雁峰看雪，步出，由龙神祠至乘云寺，见崑甫、程郎、李介甫，少坐，惧夜乃还。约雨田见过。夕食烧羊肉、鱼子甚佳。戌散。

十五日　阴。曾祖妣忌日，素食。便衣骑出寻李竹丈、段培元、常寄鸿。寄鸿不遇，以《志表》须问之，恐其归，故破忌往寻之，竟不相值，徒多一出耳。还设奠，夜饿，食索面。亥正寝。得二殷书并诗。

十六日　阴。午后雪，晚颇寒。春甫、寄鸿、耕岑来。刻工算账散工，各还其家，共刻字十万八千。

十七日　雪。竟日围炉。书寄张永州。

十八日　雪。释芦屏来。骑至花药寺，寻海岸僧谈，普明上人留茶。酉刻赴李竹丈招饮，同坐者朱仙舟、李易卿、欧阳理、字樊卿。罗秋云、今字小坪。李生，亥散。

十九日　雪。夏生归家，午渡湘，骑至廖青庭处，贺祭旗，观剧，戌还，亥寝。

廿日　阴雪。骑至赵忠定祠，为李衡州书关庙碑，罗秋云为主人，两时许毕。过访周稚威。廷琨去，附书艾生，寄食物献七父。凡《地志》寺观苦无安插，夜坐思得一法，仿《水经》录《禹贡》山水所在，悉编水道之后，诚妙法也。阅《宋史》一卷。罗汝楫子愿，有文学、政事之长，死于岳飞像前。事乃不经，不宜附父传，飞亦不宜瘗之。亥寝。

廿一日　阴。周稚威、屺山来。稚威言文式岩嗔陈诒册，讥以佐杂幸进。式岩泊对岸，陈肯访之，是特情也。无端受侮，以此知文之骄，陈之谄，可为笑柄。申初春甫与马稚泉同来，俱赴龙神祠看晴江亭故址。住持恬熙设斋，未昏步还，泥泞殊甚。

廿二日　阴。王生还家。晏起，莲弟还山寓。自刷马欲出，逡巡已暮。阅《宋史》一卷。葛邲五世登科，邲由荫官登第，光宗时相。钱端礼助汤思退，后主和。孝宗时。周葵不主战。孝宗时。施师点不退班，金人称为正人。萧燧、孝宗时。龚茂良闻待恢复乃召，即手疏恢复六事。福建子不可信如此。朱熹感其荐，为讳之，亦主和者。孝宗时。

廿三日　癸酉，大寒。晴。作灶。仪仲来，闻寿衡丁内艰。得芳畹、殷绍侨书。阅《宋史》。秦桧有兄梓①，知台州，金安节劾其附梁师成，罢之。程郎、许春圃来。夜至丑寝。

廿四日　晴。春甫来。得峒云书，言文竹云已死。京中同居诸人，丧亡略尽矣。夜阅《宋史》。昨夜马逸出，遣寻不见。

廿五日　晴。佚马自还。子泌来，言王、夏二生未为发愤读书。余因言课当有常，无常课者，虽忘寝食无益也。今年余为《志》书所牵，而精神散漫，欲读经史，似乎旷功，欲力抄撰，又颇厌怠，孟氏所谓舍田芸人之病，诚有味乎其言之欤？夜坐室中检诸采访条件至鸡鸣。野狸龁鸡上屋去。鸡声甚厉，似可悯者。死于狸，死于刀，又何择乎？人恶狸残而不悟己酷，可谓智乎？妻妾均熟寐，呼之不应，已乃俱觉，谈顷之，寝。

廿六日　晴。检字纸。阅《宋史》。暮得三弟书，言叔父病甚，促余急往。

廿七日　晴阴。梯城出，至恒丰店制敛服、绵帛诸物还。呼舟，携功儿由柴埠至石鼓觅下水船不得，仍还。欲陆行，莲弟还城，遣人觅舟。夜得兰生书，言叔父已卒，廿八日大敛。余少受教育，情若父子，中因小缪，遂至参差，虽礼未敢失，情已疏矣。感怆久之。假寐俟旦。

廿八日　晴。晨起发行李下船，功儿先去，及余至石鼓，附舟又发。乃更至耒口觅行舟，行卅里至樟木市，以待后舟，未午泊。

廿九日　阴，有雨，北风大作。行六十五里至老牛村，以风

---

①"梓"，原作"棹"，据《宋史·金安节传》校改。

大即泊。

除夕　阴晴。行十五里，泊雷石。大风，遂不复行。补作《列女传》。至暮登岸梳发，携儿循岸觅舟，灯火甚盛，几迷所投，乃呼之，则已至船边矣。

同治十二年癸酉

正 月

　　十有二年癸酉正月辛巳朔　阴晴。舟人候子丑时即起，爆竹迎神，乃复寝待旦。早饭毕开行，恩关，故不呵问。四十五里泊一荒崖下，云地名龙湖觜，所未闻也。

　　二日　晴。行三十里，泊舟买米，登岸见告示，知已在湘潭境内矣。问知陆路去朱亭十五里，欲由陆行，舟人促发，又六十里至淦田，船不能抵岸。方知"淦"字之义。此名必古，非唐以后所能造也。呼划子至岸，登局门，入临叔父之丧。见停枢小屋，曾不容棺，念其笃老，为微稐所牵，哀哭有声，已乃问状拜宾。从妹夫陈若愚先至矣。

　　三日　晴。居局中，同居王、萧来。因与萧兄见聂莲仙夫人，李三丈之妻、亦峰之妹、梦缇从舅母也。见其挽联颇妥帖，又久欲见余，明日将行，故见之。《礼》：大功以上，人请见之则见。盖正谓在丧次而有异方之宾，因欲见之者。故下又云：大功不执赞。乃别言非丧次而见人也。状如男子，殊不及亦峰。欲余代作挽兄联语，以其孤贫，不敢固辞。还寓，书吴莲石同知，此人三见矣。盖一红人。李仲云为三弟欲得淦局事。夜作亦峰挽联。玉堂雅步继家声，恨无缘视草，有分栽花，度岭驰驱五千里，待得宦成名立，日望归来，又谁知寓馆空存，菟裘未卜；柳絮联吟原乐事，奈野藿长饥，蜀茶频寄，累兄营护十余年，自怜镜破珠沉，天生薄命，到此日梧桐半死，荆树仍摧。

　　四日　晴。昨暮闻曾兰生当来，留若愚待之。至未祝甥来，云父病目不至，饭后俱去。送若愚至川岸，遣张桂同往看船，送柩下湘也。

五日　阴。同居王绰生来谈，言其祖父任东昌同知，名璟，字曦亭，由中书舍人外用。岁入三万金，若运硝可七万金，颇藏字画，今半散卖矣。检《志》稿，作《列女传》三篇。命功儿学读六比文。蒋德峻作《泰伯三让》，殊乖经旨，乃别作一篇示之。凡经传言数目，而下无列目者，必众人共知之事，如此云"三让"，若数适吴奔丧等事。何以取定？太史公《序传》云：太伯避历，荆蛮是适；文武攸兴，古公王迹。明以王季、文、武为三矣。

六日　雨。晨起，闻三弟生母哭甚哀，往即位朝奠，听之流涕，为罢朝食。储在文论卫辄事不当，亦为作文正之。王生强余作字，涂抹十余幅，惟八分一联尚佳。鸡鸣时闻邻舍迎春，乃睡。

七日　丁亥，立春。晴。夜月甚妍。以盆盥面，水中见月。忽忆乙卯人日自武昌归，与龙、李同游时，匆匆十九年，旖旎风光，垂垂老矣。数年复有尘市之缘，又不如山居时。再复数年，故人益故，甚无憀也。夜作《列女传》五篇，亦至鸡鸣。

八日　晴。昨夜不寐，至曙晓睡，遂至日午，起，检《列女传》，作分书。

九日　阴雨。检《列女传》。刘生月楼来谈。

十日　阴寒。检旧传毕，凡今年新作传十九页。妇女贤德卓行，暗合古人者殊不乏人，何以男不如女？盖一至之行较易邪？然何以男子绝不能仿佛一二？余作《列女传》，甚讥夫事不肖夫而为之死者，窃以为女畏清议之效，男无清议之过也。若令男有过行，而亦如再嫁者之耻，则风俗必大转矣，以此悟东汉之所以有节义也。竟夕不寐。

十一日　阴。张桂押船到，价万九千。得仲云复书及邓氏婿书。左妹婿兄、陈乔松、从九树霖。浙江来书，犹问孟辛，可为叹息。改人日诗，觉小疾。

十二日　阴雨。比日天沉阴，寒湿逼人，殊不慭赖。检《节烈表》始毕。此表经七八次矣。若记览过人，当已熟诵，而余犹懵然，殊足自愧恨。凡为文人必有过人之姿，盖非学力所到，余学人耳。

十三日　阴。二妹设奠，诏相其礼。

十四日　阴雨。至王绶生家看帖，所藏《阁》《绛》《汝》《潭》《鼎》皆有，余殊不辨妍蚩也。兰生送钱卅千来，始营启事。

十五日　阴，有月。再检王帖，得四十余本，兼得《九经文字》，正余所欲者。观晋人草书，仍不知其佳，盖墨迹必有精采耳。淦田促营丧事，厨人索喜钱，舁夫为上客，舁者十六人，而有一挑夫，一夫头，共十八人，每人六十余钱耳。土俗以分白布疒及为敬，乃全其家皆及之。

十六日　阴。迎王纯甫知府、周逊斋封翁及琴舟兄立斋、兰生来相礼。朝祖奠，夕遣奠。兰生携有《通礼》及《会典》，误以祭舆为遣奠，而以遣奠为祖奠。祖庙无奠，专谓朝祖。余曰必司马、朱家误也。然从诸君行之。至夜，吊者皆至，甚可观。礼毕哭殡，鸡鸣乃罢。

十七日　晴。辰起发引。刘生路祭甚悲，殊足感人。登舟奉安，复祭川神。兰生行礼，余作文曰：春风渡兮物色醒，三门不浪兮空泠清。乘晴澜兮望岳麓，指极浦兮扬舲。逝川悠悠兮夜不舍，感徂年兮劳写。固古今兮自然，眇愁予兮胡为者。川流兮安闲，素旗兮翻翻。吁来棹兮勿疑，神德灵兮千年。　其首曰：岁惟癸酉，月在甲寅，乙亥统日，己巳御辰。湘潭某官某人之灵柩将还长沙。某官某人谨以牲酒。云云。舟中议应否朝夕奠，谨按：葬日虞，途迤故也。太公五世葬周，依途中委积之理，必当有奠，脯醯而已。是夜泊淦田未行。

十八日　晨开。舟中临草书一纸。夜至易俗场，闻人语以为泊矣，顷复闻舟橹声，方知未泊。枢不箸宿，既已无可泊，遂听之，至湘潭城外已三更矣。

十九日　晴。遣报云门，待诸兄弟临哭。顷之超群八兄先至，不识之矣。已而云门、青浦、俊民诸兄至，岑弟同来，外舅来，郭玉兄来，谭福龄表兄来。夜登岸至外舅寓，坐一时许还舟。徐子云从姊夫来。是日要玉兄同至省，彼三葬吾家丧，故欲其终此事耳。

廿日　晴，大风。行卅里，至鹞子崖下面泊。天寒欲雨。习草书一纸。

廿一日　守风鹞子崖。玉兄云鹞子崖旧为燕子崖，宋刘锜故宅也。

廿二日　晴。壬寅，雨水。南风，帆行七十五里，已正至省城外，泊西湖桥下。至祖墓视地，尚有余地可葬。还舟，若愚来，云倪地师择廿六，玉兄亦同过定议。旋入城，至镜初处，见商农，谈顷之，遇曹余帆，不识矣。过月岑、香孙谈，筠仙亦与，遂宿朱榻。见邸抄。过陈母家。

廿三日　晴。南风。辰起，月岑留小食，出过力臣，登舟，月岑先来吊，未及遇也。复至墓所，视葬中封还，入城，力臣约果臣、筠仙、笏山、仲苕、香孙同蔬食，留张宅。

廿四日　晴，大煊。晨出至舟，吊客果臣、仲云、李禹门兄、力臣、笏山、芳畹、孙公符、郭花汀先后来。若愚作陪，余为主，孤子哭枢旁而已，不答拜也。丧无二孤，以主为孤。又《礼》云："知生者吊，知死者伤。"正主谓宗子及伯叔兄弟之丧，若父子丧，不得谓不知生不知死也。叶介唐来，论东安修志事。郭提督遣傔来通意，欲余作其母墓铭。得接三、程郎书。

廿五日　晴。煊□。吊客张少尉、李荇仙、陈梅生、黄伯初来。发扛行钱六千三百廿六文。凡舁丧者，扛有大小，随人所用，大约四五千方可。其余仪卫则随派照算，而以吹手为最贵，用一刻许，非千钱不可也。呼之来，则一无所用，不知俗人何以必重之。午间朱香孙遣约往席研香寓，面论东安修志事，因往便饭，文丽峰在坐。研香病偏枯，其仪表颇似夏惕庭，甚非意中跋扈精悍之人也。因明日须早出，研香欲留城，余固不欲烦官吏，因自请止宿城中。晚饭罢，舁至镜初寓，谈至子。又阅曾侯日记，殊草草不足观。且当彼卅岁时，静坐即昏睡，亦何至尔。

廿六日　晴，北风。晨还船。仲茗来吊，因共饭罢。若愚来，预备发引，午刻自西湖桥设橇，赏钱四百。由城墙根上醴陵坡，至祖父墓下开圹县空。路人观者颇以容色戚否为讥美，知清议未泯。末初下棺，中初书主，若愚奉之。余与功儿反哭，两弟待盈坎。登舟，礼毕甚困倦，乃入城，仍宿镜初寓。镜初言屈子谋反怀王，顷襄不愿，故发愤自沉。此言近理，若无故自死，非贤达之行矣。

廿七日　阴，北风甚冷。早观曾侯与次青书札，无甚可取。旋出城登舟，命舁仆衣冠入城，谢客廿一处，见者叶介堂、仲茗、陈母、笏山、研香、果臣、朋海、郭花汀。果臣处遇荇仙、筠仙，约明日饭，因往辞之，便留晚饭，同坐者唐荫云、鲁英、黄子寿、子襄，谈种花菜诸事。子寿言笏山云往者月食，已为圣母请命，有安社稷之功。今日亲政，亦筮得《履》之八，有"履帝位不疾"之词。功过笏山也。戌散，投力臣处宿。是日有雨，夜大风。

廿八日　阴。早遣人至仲云处取钱三万，呼儿入城买衣物，因约劼刚兄弟、镜初、商农、朋海来早饭，至午装办乃登舟，已暮矣。玉兄先在，因要同还，泊灵官渡。

廿九日　晴。晨发，或帆或缆，行九十里，初更至湘潭小东门，泊中流。送玉兄登岸。是日抄《诗》三页。

二 月

二月庚戌朔　阴雨。待风，至巳始发。问功儿"缌不祭"，又云外丧自齐衰已下行也，若一家有昆弟兄弟数十人，岁弱其一二，则士有终身不得祭之时耶？若不同居则可祭，主人当何服？功儿不能对。代答曰：惟有终身不祭者，故以祭为吉礼。诸子弟咸在，皆无缌功之丧，此其所以为大吉祥也。行五十里，泊筲箕港。

二日　阴。微风帆行。作叔父墓志及《郭氏义庄记》。墓志有稿，《记》无稿，恐其再索，乃录之。军兴廿年，湖外起家开府专阃者百数，皆自贫生致饶利万倍。或厉清节，或慕豪举，然各讳言其富。其有籍巨万之产，举契县府，腾章朝廷，不以营殖为嫌。而朝廷亦无几微诘问之词，奖以好施，许其行义，天题昭睹，表为义门，登诸阁抄，播告天下。则凡百开府专阃者莫之为，而吾县郭氏独得之。郭氏旧为富家，至赠公玉阶而贫，传其子而贫益甚。遭际中兴，功名烂然，乃得成父之志，悉推田宅，建为义庄。而吾友李协办推其原，徐侍郎明其说，李按察数其典，郭巡抚题其□，文章洋洋，其事益著。余尝览《洪范》，称圣王锡福则民富，乱世不□则民贫，贫非美事也。今有人焉，诅寿者为短折，则必怫然怒；及以富人为贫，则昕然意，是何心哉？年者人之所不争，财者众之所同欲也。专众人之所欲，而益以矜诩，则祸难日至。故阖之深，守之严，而失之也，忽然憯消，人不及知。唯其私之也，故□之也。善用财者不然，大者富其①下，其次富国，其次富乡，其次富家，未有人富而己贫者也。义田著者范氏，然仲淹微时不能赡一身。赵宋官禄薄于今日，何所得资以立田业？岂不闻孙叔敖之风欤？而仲淹为之而不□，其子广之而无讳，以公覆私之效也。公者，利

---

① "其"，当为"天"之讹。

而可曰义；私者，有福而自畏于用□。观郭氏之所为，不其信哉！称富于众人所讳之日，而天子及闾里莫不嘉叹，唯其所处耳。顾吾闻之矣，范氏义田至今颇为民害，而今作记者有钱、洪、吴诸君，皆范氏乡人，言不及之。意者吾所闻谬邪？凡立大事宜慎求之，或更访范氏之利病，而损益其条规，俾吾县富者资此为法，则富与□国矣。行九十里，未暮至淦田，送主反寓，以无备未虞，设脯醴之奠而已。至萧、王处小坐。罗姬娘留功儿晚饭，坐待至二更乃还舟。得吴莲石同知复书，作书与徐氏族二姊，论族九母及寡弟妇困于衣食，宜馆于我。

三日　阴。微有北风，帆行百五里，泊石弯，夜有雨。作颜寿文，并与书接三。

四日　雨止风息。三时许方行卅里，过雷石，湘受洣处，中一石洲，石正如烧炭粗，湘身尚狭于洣也。余每过此或值水涨，或未出观，今始谛之。稍前为斗米洲，舟人云此洲先饶高粱，岁纳税斗米，故名，今荒废矣。缆行卅五里，泊杜公步，疑少陵之故迹也。惜一帆风迟我一日程，殊为怏怏。

五日　阴。行六十里，到衡府城。凡此水驿，舟人必多报其里数，自府城至衡山县号十塘，每塘十五里，则百五十里。自衡山至朱亭九十，朱亭至淦田六十，淦田至湘潭百五十里，湘潭至省城百里，共五百五十里。今数之四百八十里，多七十里。而《晋书·地志》云水七百里。较今又多百五十里。又不识《王制》所云千里而近者，何其寥阔也。凡缆行多不能至六十里，故知其里短耳。湘水又北为七里滩，舟人买米之市。图经失考。图志皆为七里站。临湘岸曰站门，未详目站之义也。澄澜积漱，浅色铜潈，至于夏涨未波，蘋风始动。行舟上下，衔尾分洪，千篙扣石，有脆霜响。镜空照影，溅溅七里，但旁岸夷旷，不类严陵矣。作书致董研樵。研樵仁兄年先生节下：前岁道中奉寄二函，已入鉴否？复闻分守巩秦，不得近聚。又彼中荒冷，当此时艰，虽抚驭勤劳，未展骥足。京都皷韵，雅会难追，唯勉勖名，以树边略，亦足壮诗情也。闿运还山，苦为州县图志所累，笔墨尘冗，无异簿书，久欲奉笺，因忙遂辍。新年湘上舟中偶得小诗奉怀，附录呈览。如有佳问，由文卿兄可达耳。专颂道安不具。作《西忆》诗四首。夜还寓宅，子寝，复起宿侧室。

六日　雨。早饭后复睡，午起。作书致唐艺农、谭文卿、左楚瑛。笺《墨子》二页。

七日　丙辰，惊蛰。阴，午后甚冷。骑出诣程、贺二家，见仪仲还。六云设食不美，未饭。张蔗丈招至雁峰龙祠晚斋，坐客江、金、蔡诸君，恬僧为主。斋罢至乘云寺，遇鹤帆、吕小香、张野秋。鹤帆去，余七人登台看烟火，夜冲泥步还。笺《墨子》二页。检采访纸条。

八日　晴。冶秋、寅臣兄弟、春甫来。冶秋见示以诗，诗字俱进。兰台抄余《书笺》成，更校定之。自《尧典》至《大诰》十一篇，改正二处，颇胜前说。夜笺《墨子》二页未满，甚倦而罢。既罢复不倦矣，裴回久之，独至鸡鸣。

九日　阴雨。收马将出，子春来谈。雁峰二僧来，遂待饭，饭殊不至，已暮矣。在省城闻魏吏部言罗君芝士馆于廖协，遣问到否，得片果至矣。芝士，余总角友，自己酉以后遂稀过从，然每岁必一二见，今得同聚异县，可喜也。夜笺《墨子》二页。子寝。

十日　阴雨。出访李竹丈，江、张、金三公及冶秋、鹤帆、段培元。闻江督放李雨亭，余所谓幕府亦李之巨擘也，然太安静，惟恃清慎以率属耳。晚阅《宋史》一篇。功儿重抄《尚书》，亥寝。

十一日　阴雨。李竹丈来，骑出渡湘，访二杨、芝士、子泌，皆久谈。访杞山、青庭未遇。申过雨田饮，同坐者子春、蔗丈父子、青庭、齐三、春甫，戌散，设馔甚多。亥寝。

十二日　阴。晨过杞山饮，同坐者刘琢堂院长、寅臣、子春、耕云。待子春甚久，至午乃至，未散。甚煊。六云至江宅访同乡，未晚还。

十三日　晴。检《易说》，补抄副本寄钱师。申刻过彭寄生荫生宅饮，同坐者江、张、常耕臣、罗秋云，酉还。蔗丈、陈文源来谈。夜讲《周官》。

十四日　晴。检《易说》。午后鹤帆、芝士、野秋来，小酌。杞山晚至，少坐而去，言火眼唯热鸡子熨之可愈。子寝。

十五日　大雨，至午止。夜复廉纤，始有春色矣。午过厘局，答访陈吉士，论庶常无上衔，尊翰林也；无单名，示谦也。二者不同意。而今单名谦于愚弟，则仍宜用单名。至不用上衔手本，殊非自卑之道，不必法也。明制翰林未甚重，今其署有一仪注手卷，甚自尊大，而尤重前后辈。衣钵相传，入翰林者，必奉为金科。谬称奏定章程，盖始于乾隆时。道光时尤重此官，几至亡国。今翰林益轻矣，而故习私相授受，入其署者，遂无能自拔，亦可悲也。使清议如陋规，岂不少助风俗乎？夜抄《墨子》二页。

十六日　雨。先府君忌日，素食设奠。检《墨子·经说下》粗毕。比日授诸女及六云诗赋，每日须二刻许。又为两儿讲《周官》及唐诗，亦须二刻许。日间应酬休息，竟不成一事也。

十七日　阴雨。骑出访李衡州、王清泉、童治中、蔡兴安。归少坐，赴雁峰东寮，江、张、金、蔡招饮，四坐廿余人，轰饮大醉，余独醒，坚坐待散，骑还。子寝。

十八日　雨。阅《宋史》一卷。为意城子题《读书图》二律。闻君少日有诗名，只羡闲吟不羡荣。手校芸香依殿本，坐听松子落衣声。懒凭门第求清宦，正赖山林养道情。湘上年年秋树绿，西风凉处褐衣轻。　　十年梓木万山中，偕隐曾传左郭风。一自为儒逢世难，廿年巉壁长秋蓬。名心洒洒吹兰雪，高咏重重怨蕙丛。莫琐筼松轻入世，挂书牛角未英雄。

十九日　雨。南昌黄少瑚同知观海来访，云与高伯足旧识，知余久矣。己未在京曾相闻，颇谈前事。

廿日　晴。命六云治具请客，来者李竹丈、陈文源、廖清亭、黄禹臣，寅臣、子春作陪，各饮三升酒，禹臣醉去。是日竹丈未谈一语，以聋甚，隔一尺便不闻也。戌散。亥寝。

廿一日　阴。早饭甫毕，欲少憩，仪仲来，遂谈至暮。待诸客会饮。张蔗丈、蔡齐三、江雨田、童春海、杨耕云先后来。饮酒不及昨日，菜亦不及昨日，戌初散。

廿二日　辛未，春分。晴，甚煊。骑出答访张同知，遇李仲京道台，云成静斋已至，将见过。遂还，便答访张仰垣宜都未晤。至家少坐，往东洲，赴禹臣之招，坐客有文垣、冶秋、青庭、罗少庚及弟阳生。酉散，步还。作书致曾沅浦、张文心。亥寝。

廿三日　阴。子春兄弟招陪文源、青庭、少庚便饭。看杏花，已大半落矣，未散。过屺山久谈，暮还。仍寒。得晴生书。与书李仲云，为孙公符谋馆。

廿四日　阴晴。刻字人到，将理《图志》。李竹丈、芝士、文源、吕小香、罗少庚相继来，遂尽一日。夜校《易说》粗毕。为文源作书与刘荫渠。夜阅《宋史》一卷。子寝。

廿五日　微雨。研香遣来约会于舟，便访文原。得芝士书，云子征弟欲得廿金迎婼，谋之未得，甚为怅怅。还拟东安采访章程。作书告丧于七父。子寝。

廿六日　大雨。拟东安采访章程，研香欲以《图志》事见委也。午过罗培堂老人处饮，同坐者秦蓉城、镡①蓉生、刘耕臣、杨耕云。

廿七日　阴。检《水道志》。午过培元饮。屺山来辞行，同至培元处，陪研香谈，酉散。子寝。

廿八日　晴。巳出，送研香、蓉臣。答访成静斋于石鼓山，遇府县官九人送学，江雨田来贺，均略谈。还，检《水道》一二条。

廿九日　晴。骑至花光寺寻春，还。约蕉丈，欲于明日宴东洲。信未去，雨田、蕉丈、吕小香来，便携两儿四女同出。沿湘岸，桃花数十株，李花百余株，皆盛开。荆槎祠地颇幽胜，至花光小坐，坐三版船至东洲万圣宫，设饮小醉，还已暮矣。蕉丈、小香复过谈数语而别。是日蔡齐三亦携其子同游，有童子七人，老叟二人，得风沂之乐。

三　月

三月己卯朔　晴。晨起，瞿子久自长沙来，静斋、子泌来，遂尽一日。留子泌午饭，同过段晴麓。子泌言《易》"寇""戎"通用，我伐人亦谓之寇，后遂专施于敌，后又专为不美之词也。又言《诗》六义有"比"，唐人以"如"字当之，其义陕小。《诗》中有通篇不及正意者，如《鸱鸮》《鹤鸣》之类是比也。说甚精确。晚过子久谈，遇符子琴、刘镜芙，皆仿佛识之。补昨日游诗。一月城中雨，新晴乐事同。山川依丽日，桃李及春风。引步芳堤软，看心古寺空。年光始骀荡，留赏莫匆匆。　汀洲茸草碧，幽映覆青霞。午润蒸桃颊，

---

① "镡"，疑为"谭"，或为"覃"。

春流敌橹牙。依楼半城日，回棹一船花。君见韶光丽，方知薄宦奢。①

　　二日　晴。约晋斋、子久、子泌、春甫、仪仲午饭，酉散。蔗丈复约登雁峰，同江、蔡、瞿、贺晚饭。吴子登赴母丧。

　　三日　雨。昇出送子久行，午还已晴。步过仪仲饮，同坐者屺山、蔗丈、子久、春甫，寅臣来陪客，戌散。检《志》稿。丑寝。

　　四日　晴。蔗丈来，言黄翰舟暴病死。甚言三杀五黄，足致凶祸。作子登母挽联。偕隐高介母之风，江海安行，鱼笋承欢同禄养；示疾念观音之力，期颐知命，蘩著委化入漻天。与玱、纷上雁峰看桃花。

　　五日　晴。姚西浦来，言《志传》例意。检送来诗稿，欲采一二篇，未得佳者，存其名姓，当代作之。子寝。

　　六日　晴。岣云仆引进仆人王益来。李衡州过访。作书寄香涛、荇农。王清泉招饮，再辞不获，便服诣之。同坐者吴雨生，武进人；吴平翁，汉阳人；蔗丈、立堂。亥散。

　　七日　晴热。检《志》稿。发京信，寄土物。

　　八日　晴热。子泌、芝士来，留子泌饭。商霖至。同出。魏萝村来，少坐。步过童治中寓，暮还。

　　九日　丁亥，清明节。当春祠，以期丧不祭。昨约春翁至岳屏踏青。访仪仲，未后骑往不遇。入西门，过雨田不遇，再过培元，遇屺山。屺山先过余少谈，今至段宅，恐有别事，故不久坐，辞还。雨，至夜雷电。复作书寄伯寅。伯寅先生阁下：辛秋奉别，两上谢笺。还山再春，瞻怀千里。虽频因阁报，见想委佗；野酌园花，每思清宴。子牟存神于阙下，茂宏长慨于洛贤。昔有斯情，心乎菱矣。玉堂宿望，斧依新对，赞左初服，岂谢芮肜。达政难期，好贤为最。海内之愿，殆有所归，雅步三台，非所为

――――――――――

① 此句原缺，据《湘绮楼诗文集》补。

颂。湘省近颇平静，戎士皆复归农。筠仙颇寻礼学，时得聚讲。闿运抄撰《书笺》廿九卷已成，《易说》亦粗整理，近为列县图志所滋杂，未能覃研，一二年内仍当提絜京师，希咨通博。往与曾文正言，阁下单本希籍之刻胜于巨编。若能联合外台，于辇下别设书局，使周、汉子说悉得刊行，兼以余闲删定经疏，广求才识之士，使闿运亦得趋走其中，诚为盛业。尔时即已与书孝达及钱师，询其可否，便欲资本江督，择日北行。术业有缘，曾侯即世。然此举不烦奏请，得一二督抚可行，似胜于开馆修书、鸿词征士。傥有侍论，庶资启予，若谋及同志，尤易易也。杨师复直，计常相见，久未谒觐，辄附一笺，乞转致为荷。今岁星轺分出。惜所居唯当桂驿，湘、桂小典，不辍大臣，惟冀孝达盛总南选耳。因萧君赴补，冯通此书。敬颂台祺，不具①。闿运顿首。又书上杨仲鲁师。夜大雨，将睡复起，待雨止，丑正乃寝。

十日　阴。试写地图一页。未正出，送屺山，携两儿三女泛舟以往。至石鼓，恐其不来，登山访静斋，遇齐三于磴道，同入则蔗丈、雨田皆在，清庭继至。雨田强我饮于太和，先遣抱两小女去，因留船，遣儿代送。步往北门外，遇童春翁，复同往太和，子春兄弟皆至，待菜殊久。闻炮声，知水师送军机矣。借舆往川岸，已不能及。雨田乃送妢女与余同还，殊未饱，呼饭又得小杯，殊不快，姑食尽，而客欲去，及送客复再食，已不饥矣。夜雨，山中送杜鹃花来。

十一日　雨。牡丹得四花，皆不佳，又为雨损二，风折一，亦可笑也。折置水盂中，乃更精神，一夜花高至寸余。检《志》稿始毕。

十二日　雨。曾祖妣生日，以今年废祭，晨起竟忘之，夜始省记。虽本不设荐，然一家无言及者，荒忽可惧。补《艺文志》稿，作《辑略》。亥初已倦就寝，忽不能寐，鼠声甚厉，数起驱

───────────────

① "具"，原作"百一"，据《湘绮楼诗文集》校改。

之，至丑乃寝。

十三日　雨。检《艺文辑略》。张桂求书往桂阳投陈俊兄，与书遣之。晚过厘局，约蔗、雨诸公游伛偻、莲花诸峰，待晴即发。复过李竹丈谈，竹丈喜言山水形势，以分水为龙行，云东三省尚当有兴者，俄罗斯必臣于中国，皆以地形决之。

十四日　雨。作《艺文志》毕。食雉凫三头甚美。功儿言廖学使课士，诗题有"堕巢乳燕拳新竹"，不知何人之作，颇难刻画。因命作之，得"巢"字。余戏拟一首，颇似吴谷人、熊雨师。两公皆以试帖得名，余竟无能诗之目，亦可嗤也。宋明、梁武与臣寮争书弈之名，故是结习。

十五日　雨阴。得李若农书。雨、蔗两公来，同游花药寺。上岳屏院，不遇仪仲，乃入寺小食茶果而还。纷、帏侍行。夜作《方技传序》，检旧《志》，子寝。

十六日　阴，有雨有月。湘水长丈余，已平堤矣。骑出，问仪仲从子病，兼访子泌，遇王朗生，谈顷之。还，与诸儿出门观涨。子寝。

十七日　晴，夜雨。丰儿书愈劣，乃令抄《左传》，取《礼经》自抄，抄《士相见》二页。讲《周官·天官》毕。

十八日　雨。晨起检衡阳旧《志》。饭后欲有作，蔗丈遽来，要同过石鼓，冯合江亭看新绿。渡湘至杨慕李处午饭，竹老先在，彭寄生继至。饭后，至园中看残牡丹，取文无一盆以归。抄《士相见》半页，已毕。丑初寝。

十九日　雨寒似仲冬。比日旷废殊甚，无以振之，始定抄经之课。写《礼经》二页，抄《诗经》三页。酉初大睡，亥初方起，检点毕，已丑正矣。

廿日　雨，霄雪。写《礼》抄《诗》如额。得文心书，言前寄《穀梁》等未至。又欲吾改《庄子序》二语。随笔成文，至烦友诤，亦可知见待之厚也，谨当改之。

廿一日　晴。遣莲弟送马往淦田，将为宜春之游。萧云谷来。程生送赋二篇，点定之。晚过蔗丈，及门遇成静斋，比入，蔗丈避生日早去矣。与金立堂谈，复过雨田，旋别去，还。写《礼》抄书如额。丑寝。

廿二日　晴。雨田来，携纷、帏两女出看戏，以己轿让与之，而步行随去，余不得已陪往天后宫，复遣丰儿从去。至李易卿处少谈。还抄经二页。蔗丈与马智泉来。

廿三日　晴。抄经二页。遣觅船下湘。培元来，言及刘岘庄颇为怏怏。申正附舟，携一童自随。夜闻子规，城中尚无此声也。夜露甚濡，亥宿。舟行至晓不计里。

廿四日　壬寅，谷雨。晴。午过雷市，泊久之乃行，夜遂不泊，至晓已过淦田矣。是日抄经二页。戌宿。

廿五日　晴。早换渔舟溯流上，至淦田登岸，见厘卡移处，入问之，乃知已易人。旋至三弟寓中，云已到株洲，其二母已将迁往也。二弟同饭，马早至矣。将见若农，检类书，求罗上加网事，见《太平广记》，未得。日昃添一力荷担，骑行廿里，宿长领，醴陵地。逆旅翁八十一，谈老事，夜饭只取百钱。

廿六日　阴。有数点雨，骑行至乐。少长道涂，不知春游之美，今乃得之，作诗以记。闲游不数晴，每趁碧山行。数点分秧雨，双呼布谷声。驿程平过岭，春嶂绿无名。转惜年华意，芳华起别情。五十里饭于铁江口，濑水津步也。廿里至醴陵，误渡水，遂还过浮桥，八里宿八里坳。

廿七日　阴雨竟日。从雨复行，竟未沾衣。七里饭樱桃岭，七十八里宿水口，前逆旅主人女留客处也。寻之不得，门径亦迷，夜雨滴檐，作小诗云。萍县西头水口亭，柳条深处坐黄莺。于今独宿青山雨，始觉从前是薄情。青山铺在西二里，故诗中云"青山雨"也。

廿八日　大晴，甚热。八里过萍乡县，五十里过芦溪，袁水通舟处也。卅里过仙峰市，甚繁盛。五里宿白沙铺，店妇粗丑，强余服洋药，聊令栉发代之。

廿九日　晴煊，可单衫。晓起，望店外有砖碑，往视之，余焕忠女易秀坤妻旌表详文也。同治三年死叛卒之难。萍乡道多游女，嘉钦义烈，有异常贞。又伤其不死寇盗，而殒于官将，为作二诗题之石上。麝粉兰烧香不灰，分明题字照新落。琼枝朗朗春风里，羞杀桃花不敢开。　兵灾已过复传烽，一颗明珠堕掌中。借问春霆见余女，何如巢妾对唐宗。行六十五里至袁州府城，宜春地也。入城径至试院，见门闭无一人，乃还。至西门下店，询知学使未至，复亲往府学询之，云今日可至。乃出城，欲往东门看船，而误由北门，遇群官还，云明日入城耳。既行渐远，遂□就视之，行可五六里，见舟泊对岸，乃自往通谒，若农学士出迎，留谈如旧交，遂宿其榻。湖北黄耀庭出谈。

卅日　晴。辰初开船，至北门码头，先登岸入镶院，见其客徽州江芷香、董业勤。若农还，未刻封门。余宿西斋。闻陆广甫、吴荄甫之丧。

四　月

四月己酉朔　雨，稍凉。是日考生员诗赋。仲约设馔见招，同坐者济宁郭寿农、南海何次山。仲约言新会九江乡有渔师能先知次年水大小。其法以十月初旬秤水，日重一分则月高一尺，如二日重则二月水长。以此知张平子地动仪可测而知也。是日晏起早眠。

二日　阴晴。午间大雨。阅袁州赋卷十七本。读仲约《四库书表注》四本。仲约之学，盖喜通博。又市我黟人俞正燮理卿《癸巳类稿》。余好闭户覃思，颇有独得。至丑寝。

三日　晴热。阅袁州赋卷十余本。与仲约谈内庭宫监事，云宫监不以官品为荣，以差使为贵。又论夷务，筹今可将者殆无其人，可为太息。耀庭见赠五言，依韵和之。又示我纪事百韵诗，奥折颇似退之，盖近今楚材也，似胜王怀钦。夜至丑寝。

四日　晴热。仲约设饯，将以酉行，待诸生交卷已暮矣，遂止不去。招莲弟等入镰院，郭寿农询及郭提督何在，托寄挽联，因亦作一付。笃谊荷天题，圣母深褒贤母德；中兴育名将，郭家堪并李家荣。寿农写《元茇碑》，有书名，请其代写与之。夜与仲约言前八仙后八仙之局，深以变更为惧。又言夷务，恐当侵削。余因作诗赠之，末章云："从容耀台衮，颠沛守中原。投艰岂有术，民仪翼戎轩。请为颂樛瓞，聊以慰周爰。"谓得人斯无难也。夜雨，丑寝。

五日　雨。将行复止。阅袁州一等生文十余本，取十名，后两卷置第一、二，天雨意为此二人当补廪也。因寻万载童生卷，复取一人入学。仲约谈广州闱姓之局确有消长，作表示我。

六日　辰雨午晴。未初出院，驰四十五里，酉初至分界铺宿。

七日　雨行八十里，宿萍乡十里铺。是日且行且止，至暮乃达。细雨连山，蒸作绿雾，甚奇景也。作子登母挽联。有子成名，介母后，几人偕隐；百年知化，法轮前，一转超凡。前已作之，今复改也，然不及前作。

八日　晴。过萍乡，饭于水口，以马未至，留待久之，假一榻以眠，饭后始得前年旧寓。旧游如梦复如醒，只忆娇娆不忆名。刚举玉杯成一笑，苔华朱字甚分明。一年之别，老似十余年，殊有刘、阮白头之感。又诗云。桃花落处玉成烟，仙药从来不驻年。比似刘郎犹易老，等闲头白作神仙。行八十五里宿樱桃岭。

九日　阴晴。十五里过醴陵，循山行，六十五里宿八宝坳。道中茶包络绎，一日已见二百挑，夜中犹未绝也。芳原走马，人生之最乐，偶作小诗云。逆水枉抛牵缆锦，胡沙空费辟尘犀。南朝惟有东昏后，解向春郊斗马蹄。是日丁巳，立夏。遣莲弟至长沙。

十日　晴。行卅里至淦田，三弟已移去矣。少憩萧宅，遇齐逸山秀才及团局刘、曾等，议育婴费。设饮，余为上客，同坐者曾立斋、萧一峰、陈君，未后散。余假立斋钱四千，开销夫价及帖账乃行。欲宿青塘团局，与逸翁期会，比至而曾达斋及其从子新吾要于门外，云蒇生约宿其家。客从主度，遂夜行五里宿楮木塘曾宅，八妹出见。

十一日　晴。与逸翁待饭罢，同行至朱亭，少憩其宅。闻南舫族父有女，为其从妇，往访之。并见逸翁弟，春翁族妹之舅也。妹婿齐凤嘈已往嘉峪关，将从祥兴出规伊犁。有二子二女，妹年卅三矣。二十岁时曾一见余，余遂不记之。南舫先生与余颇有知赏之谊，余入学又认为保，卒已廿年，唯存二女，一在省城，更不相闻也。觅夫甚难，待至申始行，廿里宿大桥弯。

十二日　晴。南风甚壮，行七十里宿依田铺，衡山县南卅里。连夜甚为蚊子所苦。

十三日　晴。北风，日色甚烈。行廿里饭于九渡铺，驰五十里还寓，见七父书，知介卿兄得狂疾，方悟此兄前此不近情之所为，盖以疾致然。

十四日　晓起将出，待小食，久之不得，雨至乃罢，散卧竟日。

十五日　晴。祖妣忌日，素食。子泌来，留馂荐。

十六日　晴阴。出贺春甫新宅，访唐艺丈、李幼梅。程宅见唐价人书，言峋云旅卒，光景甚累，然枢将归矣。遇蔗丈、郭育之谈衡山游兴未鬯云云。艺丈约过耕云同饮，还家饱食，欲不去，念与老人期不可不赴，乃渡湘至杨宅，则宾主方待我，坐客更有刘琢翁及春甫，至亥散。是夜月食。

十七日　晴。艺丈来谈，往年营于齐河，龙神化蛇，降其营中，演戏十日，三蛇乃去。蛇知礼让，蟠曲成"福寿"二字，土人皆识之，所谓金龙四大王者也。

十八日　有雨。春甫来。两儿讲《周官》，考"翿翳"同异。注家多以旄牛毛为翿，殊乖从羽之义。郑司农以为羽葆幢，许叔重以翳为华盖。华盖若今之伞，未宜用作指麾。许盖与《尔雅》异说。颜师古以为雉尾扇，近得之矣。

十九日　阴。出访春甫、艺丈皆不遇。至童治中处少坐，遇大雨，食面而还。莲弟还，得芳畹书。

廿日　晴。李幼梅来，言安仁有絜爱泉，不知其名所始。余考府书，不得其说。又言《王制》养老，周用三代礼。检郑注示之，疏内引熊氏言"一礼备三礼"，似非也。午过春甫饮，陪唐艺丈、李竹丈，同坐者沈曦亭、吴品高、耕云，戌散。过吊贺仪仲，有从子之丧也。

廿一日　晴。湘水暴长。张蔗丈及厘局章、郭、周冶侯。三君，幼梅及罗少南来谈。丰儿读《公羊》，因考叔术反国夏父之事，以郑颜无绝世之道，当坐杀人身抵而已。竹丈招陪艺丈饮，同坐者廖、程、杨、马四君，晚散。过马智泉宅少坐。文心送君山茶至，并书问史事二条，答之。文心世仁兄先生道席：前月得复书，适以春游，访李若农于袁州，往返二旬，未及作报。比归，复得手教及寄到鹤茗，清映心目，喜慰无量。承示删改《庄叙》，谨即如所篆涂易之。闿运平昔不攻宋学，以不相为谋之道，惩辨生末学之言，凡所著述，未涉唐后，缘论禅悟，顺笔及之，遂荷指正，焉有不怿者乎?《穀梁申义》于前年抄呈，由郭筠仙转达，奈何中没，今并补上。彼系手书，此则传写耳。比年作《书笺》廿九篇已成，近又作《诗补笺》及《礼记笺》，初命生徒创稿，多发古义，有可观览，惟独学无友，鲜启愤悱，学之不讲，是吾忧也。廖学使颇勤恳于学政，昨以枪替，致乌合市人连拆民屋，以此知处事之难，非倭学可办。仁兄殷殷于《近思》，无亦致精于圣道，盖儒圣之分门久矣。所索碑拓，俟考后寄呈。经策本无蓝本，策问有孙芝房《刍论》一册，可赅大政。至经史疑义，多是陈言，以敷衍了之，无异条对也。近日经学将兴，贞郎尚宜留意。闿运两儿，材志驽劣，一无可言。乘邮奉问起居，不具。

廿二日　晴。姚、刘两秀才来谈，甚言耕云之劣。耕云本由仪安诸君誉之，今审之，未为平正。既交游有年，不可绝之，复交浅，不可规之，泛听而已。以此知择交未可因人，有若所云"因不失其亲，亦可宗也"，盖言因人结友之弊。晚答访蔗丈诸君不遇，遇雨，过春甫，访艺丈复不遇。春甫宴客，与童、金诸君杂谈而散，复少坐，至暮还。

廿三日　有雨。抄《志》稿数页。亥寝。

廿四日　晴。约艺丈便酌，请幼梅、杨慕李、春甫作陪。仪安子国篁充拔贡，以曾学文于余，来谒谢，留之饭，云有应谒处，遂去。客至酉正始集，亥初散。始补《诗笺》。

廿五日　癸酉，小满。晴。出送艺老，已去，与程郎少谈，过子泌西禅寺及幼梅处，皆久谈。还过姚西浦，值其将出，少坐同出。此日小病，无寐。抄《诗笺》一页。

廿六日　晴。王生归。过端午，因命功儿还石门，检书早行。余借病晏起。子泌及王朗生来。常宁校官李拱轩衣冠来，云东安人，闻余修《东安志》，欲一见，强出见之。言宗涤楼修《永州志》，大言不必与州人看，以此见疾零陵王令，故意涂改之，宗抱稿而泣云云。余问元稿今存否。云不知矣。李幼梅来，皆久谈。二客在内，默坐而已。夜笺《诗》一页。作《安南阮交史论序》。

廿七日　晴，午大雨。异出，答访拱轩、幼梅，遇安仁校官李与吾，谈顷之。作书唁子登、寿衡，皆寄挽联。徐母挽联云。偕老未终随，富贵白头犹有恨；名贤争诔母，升平彤管定传徽。又书与芳畹。常生来。

廿八日　晴。未大雨。慧堂三僧来。为纷女写诗二首。

廿九日　阴。未欲雨不成，颇凉。芝士及其从子来，言余子贞有孤弟，贫苦无依。余欲招之来同居，先须廿金假之。因出访培元，遇其有客，乃过蔗丈少谈。驰还，雨至。

五　月

五月戊寅朔　雨。抄《志》稿五页。笺《诗》一页，补前二页。说《桃夭》"蓁蓁"，古训始明。衡阳新学生常集熙来。

二日　晴。抄《志》稿五页。抄《诗笺》五页。培元假余钱八万，寻春浦换银不遇，遂往詹诚之处，言广东闱姓赌场事。功儿乡中还。

三日　晴。春甫退还余银廿八两，因得寄余君书，并与书芝士。抄《志》稿五页。笺《诗》三页。

四日　晴。笺《诗》三页。子泌来，言《行露》非听讼之词，与《野麇》同意。余以其背序，不敢信也。饭后与同游湘濒，至柴步遇仪仲，呼余同至其家。寅臣出谈，暮还，欲抄《志》稿，蚊集而罢。

五日　晴。命功儿祀三祀。余至午乃起。常石渠及其子季华来，久谈。是日竟日未饱饭。

六日　雨。欲出未果。抄《志》稿二页。笺《诗》三页。寅臣招饮未去。

七日　晴。有雨。写字七幅。作书与雪琴，又慰问七父，以介卿兄病狂也。笺《诗》三页。检《志》稿半页。

八日　雨。检《志》稿四页。笺《诗》二页。欲说参、昂何月昏在东，遍检《经解》无说者。

九日　雨。笺《诗》三页，二《南》成。计十四日得卅页。

十日　晴。抄《志》稿三页。笺《诗》二页。春甫、段槐堂来。程郎送文来。培元来谈，与同渡湘，问杨子春疾，夜归。微雨。

十一日　晴。抄《志》稿一页。笺《诗》三页。出送金立堂行，并赠以《桂志》、石茗。又访蔡齐三，不遇而还。

十二日　己丑，芒种。阴。大水。张、金、蔡三君来谈，兼约晚饭。笺《诗》三页。梦缇至贺宅会食，宵、珇侍行。余待至暮，乃赴厘局，遇仪仲及卜允哉。允哉，若愚姊夫也。久坐至亥。立堂留别，设酒二席，至者十人，菜颇旨洁。子散。刘敬三、陈培之来。

十三日　雨。祖考忌日，素食，设奠。笺《诗》二页。检《志》稿，抄二页。

十四日　雨。笺《诗》二页。检阮刻《经解》，观本朝唯古文书经大明，其余学尚阙略。礼制较多钩考耳。抄《志》二页。录陈学究志铭未毕。

十五日　阴。出，答访陈、刘、符三君，皆相遇。欲往子泌处，畏雨不果。还抄《志》稿半页。笺《诗》二页。暮大睡。

十六日　阴晴。抄《志》稿三页。笺《诗》二页。春甫及段悦堂向荣。来。许昆甫及程生来。亥寝。

十七日　雨。笺《诗》二页。过子泌处，谈经两时许还。撰《志》稿三页。过竹澹溪。

十八日　晴。笺《诗》二页。翻宋、元人衡州诗文，抄《志》一页。亥寝。

十九日　晴。笺《诗》一页，抄《志》一页。考《水经》记重安、酃县而无临承，得其确证为郭璞所作。（非也，郦生别引郭说，盖不知为璞作。）郦尉以其在南朝，故不移其名耳。是日始绤。

廿日　晴。早起，闻人言罗芝士暴病死，骇叹。顷之，即往视尸。章芝林先在，为之草草敛毕，假春甫处一棺与之。成静斋、程春甫、张蔗丈、蔡齐三、罗少庚、郭育之均来视。吾乡重友谊，尚古道，殊可感叹。申刻同送芝士枢登舟，急还。芝士与余交廿七年，其人敦笃谨介，不改其度，虽文采不足，可为畏友，余以湖衾襚之。与章、成渡湘还。

廿一日　阴雨。笺《诗》三页。得李郎书，并见赠柱帖十六字。廖清庭来。

廿二日　阴晴。笺《诗》二页，《邶风》成。数之十三日得卅四页，以每日二页计之，多八页。故友余子徵之弟子振来，余招之也。

廿三日　阴。子泌来共读，设坐同室。其长子兆琅侍来，坐之后斋。段晴麓来。笺《诗》四页。作《志》稿一页半。丑寝。

廿四日　晴。春甫来。笺《诗》三页。作《志》稿一页半。子罢。两儿作文并成。

廿五日　阴。作《水道志》一页，承水成。笺《诗》。致龙皞臣书。希蟠仁兄先生道席：正月至宅中，闻已治办，刻期出作选人，心颇不以为然。然成事不说，遂不谏也。今已半年，尚未成行，殆有所装回而待朋友之决定耶？闿运不言，计无有不面谀而后言者，请试论之。夫官者无止境，而遭者有幸否，以令长为致身之资，则已末矣。以弦歌为三径之资，则未可料矣。今居省城，视昔居省城时何如？何忧其不足乎？为贫而仕，非兄志也。直以材志飙发，久闲不试，思欲一显其神明之誉。特不知出遇僻地，逢恶长官，将一无所施；或补大缺，迁高官，将欲罢不能。五十之年，仆仆形役，此有官癖者为宜，而以老兄之初志，又未屑与悠悠者浮沉矣。吾辈才德有限，必无富贵令名并集一身之事。以近事论之，咏、涤、季、霞，皆艰苦成名。筠仙最逸，犹卧矛杆。眉生弃家，乃得徐、海。杏农高名，困于张、李。庸斋上德，被谤广东。弥之九伤，辛眉坐啸，申夫再劲，闿运长歌。出处之分，校然如此。将欲与官、瑞为列，而先冒良吏之名。或欲与陆陇其、陈鹏年并驱，而今有理问之第。语曰"知止不殆"，兄其止乎？断事最难，幸无谓进退绰绰也。夏寒沉阴，起居珍重。

廿六日　阴。笺《诗》四页。检武水，殊疏略，不能成文。至雁峰答访许昆甫。李竹丈来。

廿七日　昨夜雨，晓止，竟日阴。是日甲辰，夏至。笺《诗》四页。与子泌过春甫不遇，独游石鼓，访静斋，闻篁仙至此，谒知府而去。还过蔡齐三处，食楂饧。

廿八日　阴。笺《诗》四页。检次《列女传》。亥寝。

廿九日　阴。骑出，答访宋云孙，少梅司使之子也。余小时书室悬少梅所书《韭花帖》一幅，故识其与余家有交往。昨来拜，未见。今往，又不遇。与蔗丈少谈。得文心书。复遇齐三，留面，旋同蔗丈访竹屋，遇耕云，云子春病甚。得张文心及七父书，报族兄介卿之丧。介卿荒唐卅年，竟以狂死，其人有高志而无实心，故可惜也。

晦日　阴。得同学罗子乔书。子乔亦轻脱，近颇收束，久不通问矣，作书复之。兼报李郎书。检《列女传》毕，请子振誉之。赴厘局饮，过童治中谈。

六　月

　　六月戊申朔　晴。笺《诗》四页，《卫风》毕。阅《经解》一本，《采记》廿一条。始停夜课。郑通判耕五。来。

　　二日　晴。笺《诗》一页。阅《经解》一本。出，答访郑耕五、贺寅臣两郎。赴子泌饮，未设馔，起赴石鼓廖总兵之招。子泌处同坐者许莘吾、王朗生、郑啸樵、段海侯、程商霖。石鼓同坐者李衡州、丁次谷同知、成静斋、程春甫，亥散。丑寝。

　　三日　晴热。作书寄李若农。得李郎书。骑至石鼓，与静斋渡湘，唁耕云，其长兄子春于前日卒，年六十。坐客有石经历、张宜都。丁笃生支宾。耕云谈其兄事，颇不庸劣，亦君子之徒也。午饭热不能食，俄顷反风，夜凉，子寝。

　　四日　凉。笺《诗》四页。阅《经解》一本。

　　五日　凉。得邓氏婿书，非女于四月廿八日得一女，其家讳之，俟满月乃报也。笺《诗》四页，补前二页。闻峒云柩还，其子来，甚困苦。与子泌过春甫、竹丈处谈。

　　六日至八日阙。

　　九日　子泌去，春甫来，言峒云子欲还本宅，耕云百金即以傅之，春甫亦傅以六十金，余傅以廿金，又以衣一袭抵五十金，乃得成就。纷纷竟日，诸课皆停。夜子泌来。

　　十日　晴，有雨。仪仲来还屋契与王儿。遣觅舟还石门。耕云来。李宣伯来。

　　十一日　晴。蔗丈来。寅臣来送行。

　　十二日　晴。作书与李雨亭，论江南刻书事。复与朱雨恬书，荐余子振。又为许拔贡改赋一篇。检旧纸得诗说二条，皆胜于后说，知一人之见，时有不明也。午送子振还长沙，送子泌还西门，待媭属毕行，乃出吊峋云，渡湘吊子春，复渡西岸，步至子泌家，骑而行廿里，至版桥宿。

十三日　庚申，小暑。晴。早行十五里，饭于杉桥。日烈不可进，两儿行日中亦甚困，强前至大胜，解鞍大睡。复命店主作白粥，店妇出咸菜佐食，日晥乃行，乘月从楂林塘取平路投道山桥还家。别山居又一年矣，园池未荒，殊可喜慰。子寝。

十四日　晴，有雨。扫除南窗，设笔研，以书船未至，泛览余氏丛书十余本。

十五日　晴热。两儿仍理所读书，为各倍二本。命诵《离骚》，尚不如八年前时。亥寝。

十六日　晴。夜雨。翻范直侯诗，感朋友少年相投之意气，其后乃落落不如前时之亲款，可为太息。

十七日　晴阴，午后雨凉。作颜翁挽联。检碑帖。命两儿作《与奢宁俭论》，不成。凌生兴益来拜客。

十八日　晴。作《常文节夫人传》。

十九日　晴。始注《春秋》。检《春秋》义例，每日条列四年事。书喈颜接三，上七父。子寝。

廿日　晴。检《春秋》四年。夜读书八篇。家人未夜已尽睡去，两儿为学子亦既夕而眠，殊可怪叹。朽木难雕，亦不复呼之。亥初便寝，已而复起，小坐乃寐。

廿一日　晴热。检《春秋》九年。夜热，独坐庭中，思作一诗，闲写情韵，麇集竟无所成，信江郎非才尽也，正以才多而更涩耳。

廿二日　晴。未后阴云，似有大雨，已而云散。检《春秋》九年。

廿三日　晴。未后复阴。检《春秋》七年。至庄公四年。是日庚午，初伏。常寄鸿来，闻孙公符妻死。子寝。

廿四日　晴阴。颇凉。检《春秋》廿年。贺赤轩来，送其弟妇殉夫事迹，求作传。常吉人次子同至。亥初寝。丑正感梦，起坐顷之，乃寐。是夜梦见故交五六人，最欢愉矣。最奇者梦入一室，空中有声，一人大惊，谓刺客至矣，出碧霞犀带照之，其物堕外房。余审视所坐屋顶上有巨石，似土穴，与外间亦无垣窗之隔，视所堕一黄狸如犬，死矣。彼人呼为贝，云不死，可得宝物，余强令试剖之，乃发机作声，物自起能行，化为二鸟，如鹳鹆，故惊而寤。已又梦有人从碧湄所来，为委员求见余。余寓某节署，冠带出，其人坚坐不起，似未见我者，已乃出碧湄书。

廿五日　晴。王先辈盎甫来谈，云萧汉溪提督所取进，卅四年老诸生矣。检《春秋》十年。夜凉。

廿六日　晴。午后阴，似有大雨，巳而云卅。夜热。检《春秋》十年。读《九章》，以曹镜初新义释之，幽义悉昭。因叹古人心迹可见，而为众说所汶，可叹也。王兰台来。陈生富春及夏生彝存来。

廿七日　晴。早凉午热。检《春秋》一年。行李船至，视工人运之，竟日不事。子寝。

廿八日　晴。有雨。扫除书室。改笺《诗》一篇。

廿九日　晴。丙子，大暑。笺《诗》未两行，常吉人来，留宿北斋。晚饭后同访王盎甫，兰台及两儿同往。过龙冈渡，雨至，少避田舍，雨止，吉人行山径困顿，悔不宜率老人履险，甚不快。三里始至烟棚庵，问盎甫何以名烟棚，云此山常出烟蓬蓬然也。谈次雨至，坐久之不止，乃去履袜，易草履而行。兰台等皆赤脚，吉人留宿庵中。余率从者五人涉承水而还，水可没胫耳。至家已丑初矣。梦缇未觉，六云候门，已而梦缇起，啖豆粥二碗，又少坐乃寝。

闰六月

闰月丁丑朔　晴阴。吉人、盎甫辰后同过，设食毕，皆去。笺《诗》四页。检《春秋》四年。至僖十八年。作《志传》一篇。此后定日课如此，不如程当补之，有过无不及也。两儿夜倍经各二本，赋三页，三女亦皆有程。

二日　晴。笺《诗》四页。作《志传》三篇。检《春秋》五年。改两儿《子产论》。

三日　晴。笺《诗》三页。检《春秋》五年。翻《地理志》，寻诏安县所始。补作三传。

四日　庚辰，中伏。晴。夜雨。笺《诗》三页，《郑风》成。说《溱洧》有名理。检《春秋》五年。《僖公》毕。补《孝义志》。子寝。

五日　晴。时有雨，凉似早秋。笺《诗》三页。检《春秋》四年。

六日　阴凉，夜雨。笺《诗》三页。作书与外舅、弥之、若愚、力臣、芳畹、子泌、邓氏婿。发零、桂唁函。鸡鸣不寐。

七日　阴。早遣莲弟下湘。欲检《春秋》，未展卷，王盎甫及王式侯秀才来谈，同至石门观看荷花。晚复携四女两儿同看荷花。村妪送新枣一斗。笺《诗》四页，说《南山》颇有精义。

八日　晴。检《春秋》四年，补前二日七年。笺《诗》三页。暮雨大雷。夏生来。

九日　阴凉。笺《诗》三页。检《春秋》四年。《文公》毕。理诗回，得子泌、春甫及陈从九书。子寝。

十日　阴。笺《诗》三页。补考"骊牡三千"，以邦国六闲，特居四之一计之，牝马当二千八百三十二匹，云三千者，大数也。以《左传》三百乘计之，良马三种，当一千二百九十六匹，云三百乘，亦大数也。驽马三之，则诸侯当有五千一百八十四匹，然则闲非厩也。卫马四千一百廿八匹，少于定制一千五十六匹，而孔疏云"非礼制"，误也。赵商算不误，郑志亦失之。此十日功儿倍《礼经》一过，内少《丧服》一篇。《周官》一过，《春秋》一过。《礼记》自《玉藻》起至《四制》。抄《汉书》五页，并读抄《礼记》八页。丰儿倍《礼经》一过，《少牢》未倍。《礼记》一过，《曲礼》《檀弓》未倍。《周官》至《夏官》。写字。又考《史记·十二诸侯年表》：桓王二十三年，伐朔立黔牟，朔立三年矣。次年为庄王元年，则其年王崩也。《春秋》桓十五年十一月，天王崩。十六年十一月，朔弁齐。庄公三年，葬桓王。六年，朔入于齐，黔牟立八年。何休云："黔牟名留。朔之出由王命。"故《年表》就而书之。《偕老》诗云"胡然而天"，言宣公薨也。"胡然而帝"，言不幸天子伐朔也，王人庙称帝。此诗当作于黔牟二三年，齐始令公子顽通宣姜，以求复也。

十一日　阴，夜小雨甚凉。笺《诗》四页。检《春秋》十年。补昨日五年。抄唐诗二页。讲"母也天只"。天者，夫也。妇人不二天，既嫁天夫，故在母之次。"善戏谑兮，不为虐兮"，盖谓幽王朝君臣媟嫚，文侯在其间，能善之，使不为虐，所谓"乂不格奸"者。亥寝。

十二日　晴热。检《春秋》八年。《宣公》毕。笺《诗》三页。《魏风》毕。得皞臣、程郎及张少县书。皞臣云："三《礼》郑注多与经违。"未知其何所见，当移书问之。夜小雨，月出甚明。

亥寝。

十三日　晴热。坐客室未觉暑也。笺《诗》三页。为宬女写王仲初《宫词》成。

十四日　晴热。是日庚寅，中伏。曾昭吉来，附书与晴生、研香。笺《诗》三页。检《春秋》八年，补前四年。夜改夏生文，文思甚涩。

十五日　辛卯，立秋。晴热。唯风来颇凉。笺《诗》三页。检《春秋》五年。夜月露凉，独坐甚适。作诗得二句云："烛摇知露重，衣凉见月来。"未暇续思，以家人并酣睡，乃寝。

十六日　晴。笺《诗》三页。检《春秋》五年。《成公》毕。抄谷永文一篇。余欲选知大体发奇策之文为一编，使后学观览，久而不就，因功儿录《史赞》，乃附检之。夜月益凉，至子乃寝。

十七日　晴。笺《诗》三页。陈秀才及夏生来，问《黍离》齐诗之说。余不之省也。检《春秋》四年。夜热。

十八日　晴。笺《诗》四页，补前一页。《唐风》毕。检《春秋》五年。与六云看月至子，梦缇起，同坐至鸡鸣。

十九日　晴。晨临邻叟之丧。笺《诗》三页。检《春秋》五本①。

廿日　晴。甚热，无可坐处。强笺《诗》二页。欲检《春秋》，避热而罢。晚得雨，愈热。

廿一日　阴。午雨遂凉。午睡小不适，起已日晡矣。得刘荫渠、殷竹伍、春甫、芳畹、余子振书。此十日功儿倍《书》《易》《尔雅》，《诗》至《大雅》。抄《汉书》序传七页毕，抄《礼记》□页。丰儿倍《易》《诗》《书》《孝经》皆生，不能成诵。补

---

① "五本"，疑为"五年"之讹。

《礼记》三篇，《有司彻》一篇，抄《左传》五页，学张桂帖。夜小疾，笺《诗》二页。补检《春秋》十年。

廿二日　雨阴。抄《诗》三页。检《春秋》六年。讲《周官》冠弁、大表①，补郑谊。

廿三日　晴，雨热。笺《诗》一页。为夏生改文数篇。莲弟回，得月岑书，外舅、非女及芳畹书。湖南考官放不知谁何之人，房官亦复庸庸，今年空开一科矣。梦缇自谓智人，而畏邓氏婿取妾，可谓愚而又愚。非女随吾十余年，而信其母言，受制于人，尤为可恨。既闺房之事，亦姑任之。

廿四日　阴。不凉。笺《诗》五页。《秦风》毕。检《春秋》十一年，补昨日。《襄公》毕。亥寝。

廿五日　阴。笺《诗》一页。检《史记》一过。注《儒林传》数条。讲《周官·冢人》。

廿六日　阴。晚雨始凉。笺《诗》五页，补昨二页。检《春秋》十年。子泌来书，请为其姻家朱姓关说，作书与李仲京巡道，以贺书示之。

廿七日　阴。笺《诗》三页。检《春秋》廿三年。《昭公》毕。作陈序。与书程郎，交夏生寄去。

廿八日　阴。笺《诗》三页。检《春秋》五年。讲"吾不与祭如不祭"及"敝之而无憾"及"致□物"云云。

廿九日　阴。暑气颇甚。检《春秋》五年。笺《诗》三页。《陈风》毕。

卅日　阴晴。甚热。检《春秋》五年。《定公》毕。讲僖公非庄公子，故逆祀。笺《诗》三页。讲《苌楚》《浮游》，皆有新谊。

---

① "大表"，当是"大裘"之误。冠弁、大裘均《周官·春官·司服》文。

夜至子寝。

七 月

秋七月丁未朔　处暑。晴热。笺《诗》三页。《曹风》毕。检《春秋》五年。王生问"绀缅饰"。答曰："绀"字未见经书，《说文》："深青扬赤色"。紫，"青赤色"。问之梦缇，以为绀，今压蓝红也。"缅"，郑读为爵。爵弁首服，绀盖鞇韐之色。鞸，下饰。不以饰衣者，避爵弁之正色。诸侯始命服爵弁，故避之。此十日功儿抄范书赞五页。《礼记·王制》毕。倍《礼记·曲礼》至《内则》。作论一篇，未成。诗一首，未见。丰儿抄《左传》四页。打手三次。倍《论语》一过。《礼经》四篇，《士丧》至《少牢》。《春秋》隐至成。五本。讲"君子居九夷"。君子，谓九夷中有君子，孔子不宜自命君子也。问三子：由之瑟何为不可入孔门？鼓瑟少差，何至不敬？又由也不得死，何不训戒之于平日，而辱之于侍坐之时？侍坐宜行之邪，则不可以死惧之；不宜行之邪，则宜直告之，何为而为此詈语？又死有分定，不得死亦未必非贤。若子路果不当死，何为覆醢？

二日　晴热。放学一日。检《春秋条例》粗毕。夜子寝。甚热。

三日　阴。不凉。笺《诗》三页。翻《经解》书四本。夜子寝。

四日　阴凉。笺《诗》四页。理《志》稿。夜为丰儿讲《周官·典同》，注有"飞钴涅籥"，颇畏其难。戏作试律诗，得"钟"字。鬼谷飞钴术，微声可喻钟。涅如加黩点，籥岂待春容。秘密曾钤虎（兵法有《虎钤经》），之而未作龙。气先关口夺，辖岂载脂从。（《说文》："钻，膏车铁。"）响动千家杵，音迟两序铺。不缩虽黑守（涅而不缩），厥篚类黄封（厥篚籲丝）。雀有雕文细（五代时多涅臂为花纹），鹑疑字体重（郑司业读为"鹑鹑"之鹑）。仪秦应抵掌，一刿试神锋。

五日　晴。笺《诗》三页。讲《周官》春牍、应、雅三器，皆筑地作音，未详今之何器。

六日　阴热。比日暑气兼春，人甚不适。笺《诗》三页。夜有雷电而无雨，电光甚照灼正赤，雷不能响。作字数幅。亥寝。丑犹不寐。

七日　阴。有数点雨。笺《诗》四页。《邶风》毕。作书复皞臣、月岑。夜诸女候织女，设果茗小坐。作诗一首。子寝。

八日　阴，有雨。阅《宋史》三传。萧圆桥子馨遣人送莲子卅斤。余前月初书托之，三十里之程，一月而信始达，乡中不足为异也。

九日　晴燥。得李雨亭书，闻蒉子高巳死。子高闻声相思，拳拳见访，仅得一面，报书恐亦未达，闻其夭逝，为之怅然。笺《诗》三页。《小雅》始。阅《宋史》二传。

十日　晴。笺《诗》三页。阅《宋史》三传。发省信。

十一日　晴。笺《诗》三页。阅《宋史》三传。功儿此十日倍《周官》一部，《公羊》至《成公》，《论语》廿篇，《礼》四篇，作诗二首，抄《汉书》四页，少一页。写包。丰儿倍《论语》《公羊》一部，《礼记》至《内则》。抄《左传》二千余字。

十二日　晴。笺《诗》三页。①

---

① 七月十三日至本年末缺。同治十三年甲戌全缺。光绪元年乙亥正月起至六月五日缺。

六 月

六月六日　晴热。始理课业。香孙、禹门、海叟、润生来，尽半日，甚热，卧地少愒。余子振来，辞不能见也。晚饭后，浴罢稍凉。芳畹、邹咨翁来。今日俗家多曝衣，云关云长晒袍之日。海、力二君均言之，方知此俗。昏过仲云谈，黼堂先出后送，复访劫刚兄弟、雨恬、勉吾皆不遇。诣絜园寻梅生季谷，力臣出谈。比日皆言二李将衰之意。还寓，两儿均睡去，独帉女候余，饮梅浆。珰女旋起。作书复雨苍，未毕已倦，乃眠。

七日　晨大雨。黼堂来。晚过意城、兰丞长谈。过子寿、次青不遇。夕饭香孙寓，海翁、樾公同坐，谈时事，倦欲睡，乃辞出。过陈母少坐，还。

八日　晴。早起，仲云来，闻龙母生日，往贺。还阅俞荫甫杂著，说《般庚》上篇乃迁殷后政，甚确。其校诸子亦有可采。然于经学未也，词章尤小家数。栗诚、子寿、雨恬、淦郎来。陈总兵海鹏来。午后梦缇携帏女、恒子至，云窊女得风证，留外家治之。

九日　晴凉。晏起。帉女读《顾命》毕。珰女得母，始肯理书。涂郎来。意城、君诒晚过谈。

十日　晴凉。出访咨翁、刘总兵培元均不遇。过瞿春阶谭。过谭藻庭同年。名世翊。出街。日将午，甚照灼可畏，乃还。过有乾少坐，至宅大睡。禹门来。

十一日　晴。瞿子瑞，俞子振，润生，陈、夏两生，芳畹来。发雨苍、雨田复书。寄殷竹伍书，约其入城。晚过李道台仲京、胡通判少卿谈。

十二日　晴。润生、兰丞来。润生两谒海琴，不得通刺，废员之威犹如此。兰丞又言江西李玉墀字丹山，以同知在湖北，被何小宋劾罢，投俄罗斯，入安南，今为国王，故王阮甲已入内地矣。公符来夜谈。

十三日　晴。晨欲出，无从者，待莲弟出城买黄土，因答访陈总兵，遇胡久芬，还。改《般庚》未毕。外舅及桐生六弟来。繭堂来谈，言国史例，巡抚、副都统、左副都例立传。传稿往往失去。夜率二子诣小瀛洲，省其外王父，步月还。湖南考官梁、尹。与书李总督。

十四日　晴热。晨起颇早，午初大睡。商农来，云人言余向沅浦言，余厮役皆可督抚，语有之乎？余云理实有之。然沅浦身为督抚，自视巍巍，必不问谁堪督抚，此语无自发也。因言东方朔事经班氏刊存，他日传吾语者，有理路则真，无理路即伪也。劳世兄来，云荫生可补缺，将于今冬入都。又言刘督奉批折，有交印李督之语，此亦无理路之言，其不然乎？《列子》书，唐人所伪造有《汤问》一篇。简文注《庄子》云"汤大棘小"，若彼时有伪《列子》，不得有此注也。《庄子》"始乎谅"，《淮南子》云"始于都"。俞樾说"义而不朋"为"峨而不崩"，"厉乎似世"为"广乎似泰"。"莫胜"，向秀注云"莫见其迹"，读为"朕"。

十五日　晴。晨起阅余评《穀梁》。饭后少寐。桐生兄弟来，三弟从常德来，均止余宅。少顷外舅移至。勉吾、谘翁、芳畹、公符来。

十六日　晴。昨雨脚未散，颇凉。早过陈母，答访次青，樾岑出留饭，复留谈，设汤饼。李秀才桢佐周出坐，言坐客杨子介经学颇长，有宋人之风。日斜乃散。过商农还。梦缇以来城中，事事不如意，谩骂家人，余叱之不能止，顷之自悔而解。

十七日 晴。未雨，地才湿，稍南西数十步大雨，有行潦。李、蔡、翁三秀才，验郎来。二弟来，从三弟宿，余欲止之，亦未能也，令行于家庭，诚难矣哉！晚过力臣，遇子寿，同步访劼刚，登台，湘岸皆成晦，隔水镫火甚盛。曾氏起此台，唐氏甚恶之。余初至省中，即闻人言，以为大不可。及居理问巷，家有晒楼，临余卧室。唐之恶曾，必其欺人惯耳。闻曾沅浦移豫抚。劼刚言其乡中有屠人，与沅公同年月日时生。子寿云此屠人日内必小有迁移也。梦缇携两小儿女省陈母，留两女在宅，余还已皆睡。

十八日 晴。刘总兵培元来。余子振、郭郎、蕺子先后至。梦缇暮归。张妪呼李儿来服役，生硬不能从出，姑留应门。仲茗来，作画而去。功儿作赋颇佳。

十九日 晴。樾岑、皮明经、贺郎来，均久谈。午赴天心阁，陈总兵设酒，坐客次青、意城、镜初、劼刚，申初散。行烈日中甚热，过海琴，未见。访黼堂，谈顷之，次青至，纵谈至日暮。言周南康汝筠惨酷无官理，及手书杀人状。竹汀送菜还，食未半，仲茗及袁七来。

念日 晴。畇女读《甫刑》毕。晚过子寿饮，次、意、力臣先在坐，更有饶立云，面貌似曹价藩，戌散。前闻子寿与劼刚言，设烛置水，蚊自投死。一以为死于水，一以为死于火。力臣云得之自验。余固不信，试之果无一蚊也。

念一日 丙戌，大暑。晴。撍子来寓。改名炳元。

念二日 阴，午后雨凉。过海翁、香孙。

念三日 晴。胡氏三郎来。畇女《书》读讫。

念四日　晴热。桐生入院试赋。子明来。

念五日　晴。两儿试经赋，余病暑颇剧，强往送考，以外舅年过六十，犹频夜风露步行五六里，余不能不往也。过午，丰儿已出，试四解尚无不知者。待功儿，至暮乃出，云场中病，饮人药，报之以赋三段，故迟迟也。试尺木赋，功儿纯用议论，亦自可取。唯起句泛，官韵谬，恐见摈耳。族子代绥来。

念六日　晴。暑病未愈，大睡一日。锡九衣冠来，送彭女草庚，强出见之。韺子改名寿曾。来，言昨试诗赋题并全作，问其稿，无有也。晚过力臣饭，香孙先在，意城、黼堂、两曾继至，曾三郎窃刘总督之字甚好，谈京华时事。夜步还，甚热。

念七日　晴。槭岑、黄叔琳、罗郎来。连日儿女病困，城市烦嚣，令人不乐。

念八日　晨出，过周春丈、咨叟、子明、友乾，还早饭，大睡及夜。遣伺学案，两儿俱未取，场中人盖有知而无识，有日而无心者，非吾徒也，吾不能使两子舍学而从之。丰儿颇闲暇，不戚戚于得失。验郎夜来。

念九日　晴。因论《公羊》是月为提月，盖念九小尽之名，传例，晦虽有事不书，故不以是月为小尽。考朱墨卷所始，元和时停明经口义，试墨义。吕夷简卿①墨卷。淳化三年殿试始糊名，景德四年礼部亦糊名，大中祥符八年始誊录，朱卷之始则未闻也。

七　月

七月乙未朔　晴，稍凉。两徐甥及族子代缙来，改名桂森。留

---

① "卿"，疑有误。或为"乡"之讹。其下缺"试"字。七月二日日记有"吕夷简乡试墨卷"语。

之饭，徐甥去。长名承均字渭莱，次名承基字砚耕。刘竹汀送瓜十枚。添菜，招妻弟叔止便饭，桐弟为客。晚步访黄、汪、曹俱不遇。过童治中谈。一等案发，湘潭取十三人，其五皆取古者。邹叟送《樊川诗选》来求校，校毕，得若愚及郭提督书。梦缇称疾。改抄《盘庚》一页。周小帆来。

二日　晴。作书寄春甫，兑钱六万，与六云还谷价，并与书慰问之。王老虎含章来。抄书一页。晚过孙、张不遇。君诒夜来，言瞿子久放江西正考，皞臣为同考，瞿必有纳善之美。《题邹太仆朱卷》：册闻吕公刻墨卷（宋时许州有吕夷简乡试墨卷），马生通考资典型。科场故事光府府，又见朱卷传缃青。李书魏笏贵先册，况昔方物登庭箧。尊藏持护十一叶，诗书德厚芹藻馨。云孙之孙早乡举，高格不入千名经。文华经术绍祖业，复号耆宿金盈籯。博征篇题显旧德，共睹程式追彝铏。我生已后五壬戌，拂拭兰若疏萤荧。自从贞观定长策，礼部经义最首令。元和停口始着墨，宋真特设眷录厅。元明史志阙不具，朱研未晓从何龄。科条定自洪武载，疑彼缿事改用颓。黄昏眯目夜烛炫，谵政欲眊离娄睛。相沿五百岁作祟，睹之色骇声㖀㖀。惟公纳卷闱彻棘，五策岂达东楼听。防倭备狄议侃侃，空付故纸堆窗棂。一官庄浪未施设，南畿马政空在垌。都梁兰芳念归养，洋溪卅载飞鸰鹊。官书治谱不料理，矧彼年少敲门丁。宁知后代作瑰宝，欲拟功伐镌悭铭。关中倭寇久息焰，作者恫喝费百营。感公持议责守令，先砭严赵镜沈丁。抚时触事还自憾，思纯策疏达宸屏。即今功令禁言事，老□□读科罚轻。向来条例又一变，各抱空策相夆骍。两闱黜落始领卷，发朱留墨塞笼笭。□讹蓝抹不挂眼，何如此卷曾通灵。朱家考字补家谱，何叟慨想申五名。同时春榜百余军，几人家世光楣頯。前贤后生得照映，为君标榜寅宾亭。

三日　晴。午毒热，卧地昏睡。子振、黼堂来。晚过竹汀，遇其妾送白虎。更过海琴听曲，仲茗在坐，二更还。李氏门已闭。抄书一页。

四日　晨阴，食时雨。抄书一页。晚出访胡子威兄弟，见印生，呼茶不应，知其应门人不在，又晚，乃辞而出。至府城隍访次青，看盂兰会，遇任鼎卿吉士，便诣陈母还。梦缇熟睡，纷女待余食酪粥乃寝。

五日　早凉。覆被而寝，颇有岑寂之感。旋起看元好问诗，大似十八扯，其《赤壁图》云："事殊兴及忧思集，天淡云闲今古同。"绝妙科白也。锡九、两胡郎及其从父印生来。彭氏昏事不谐。申雨夜凉。抄书一页。

六日　晴，复热。抄书一页。周春翁、两徐甥来，晚会曾祠看荷。杨海翁、三李、郭樗叟并集，两力为主人，东轩甚热，酒罢坐桥上，稍凉。还与公符谈经，三更乃寝。

七日　晴。北风，午有激霆，正如屋上然炮，云理问厅厨舍折一树。已而微雨，遂连至暮。吴蘷阶及赣子来。衡阳夏生来，云萧圜桥为王抚所拘，下省狱。萧子来求救。彭仆去。

八日　壬寅，立秋。晴。族女婿南大兄女婿也。崔郎士瀛来。伟斋、禹门来。午热，熟睡。今岁伏日，无日不在睡乡，意兴殊不佳。商农晚来，同饭，出访樾岑，省陈母。

九日　晴。梦缇病。申雨。陈、夏、宋三秀才来。夜遣功儿要言访臣来诊疾，半夜外舅呼异还乡，竟夕纷纷。龙佣来。

十日　晴热。妻疾稍愈。晚过香孙，觅厨人。阅上海《申报》。

十一日　晴。晨遣功儿要陈鲁瞻来诊疾，云寒证也。晚过力臣，连日以妻病懒作事，又热甚，唯卧地而已。

十二日　晴。因将尝祭，得鲜胡桃、佛手柑，新香可爱。胡桃仁味如菱，殊不及干者。龙眼鲜者亦不可食，物固各有宜也。梦缇小损。出至郭、李门，遣人入约明申之集，正似古人宿宾，宾主不相见也，京师惟请坐师礼如此。还与公符小坐，食瓜，甚热，申刻阴云风凉。视涤濯庀器备斋。宿前寝。

十三日 晴。有云，暑已退矣，节候不爽如此。晨起，视烛台已被偷去。承祭不谨，其咎在余。自乙丑以来，祭品必由妇职，今妻病，妾在乡中，唤厨人助治，四俎七豆，内造十六豆四俎，改于午后行事。请桐弟、揩子等赞礼，三弟摄亚献，礼颇秩秩。申刻请邹谄翁、力臣、公符馂。天暑人倦，不复能饱，晚又大雨，匆匆而罢。

十四日 晴。三弟、功儿、揩子、梓庭赴学院试。余昨夜甚困，命丰儿伺夜，及晓闻叩门乃起。午后出接场，遇功儿已出。余仍至院门接梓、揩，天雨将至，三弟不出，乃还，至暮始皆归。询题则"扫至草木"，阅文，功儿尤谬。公符、验郎夜来。

十五日 晴。锡九来。济生命验郎为主人，坐客周春丈、谄翁、张训导。刘馨室道台来辞行，往武昌，余欲送以诗，方缀思，遇事而罢。午饭龙宅。

十六日 晴热。外舅还湘潭，出牌招覆，三更乃出。余夜诣樾岑，访衡阳萧生事，遇彭静卿于又一村。既至樾寓，遇其代巡抚阅决科诸卷，略翻前列，无当意者，辞出。见明月清澄，要樾公同步访香孙，谈至三更乃散。独行又一村，寂无一人，颇欲裴回，恐下栅，行至寓。莲弟看案久不还。五更，余睡觉起，呼丰儿及揩子同往，遇莲弟，云皆无名。欲知韼子取否，亲往教官处问之，栅闭，无灯。还取灯，呼栅开，至三府坪，仍有号无名。唯知徐甥取列。复至鬼来庙街，见子云，略坐而还，犹未晓。

十七日 晴。晨出草潮门，送馨室，犹未登舟。还过海老，谈张海峰遗事，午还。揩子议六年前放责事，云其从子贫窘，唯以田抵偿，而李姓强占祠旁田，欲余往解之。约以日暮，与三弟等同船上湘。谄翁来，久谈，出城已暝，呼小舟，逆风行一夜。

十八日 阴凉。晨得北风，朝食时至县，泊白公渡，省十六从母，云卿兄留饭。石亭八叔之子十二弟与同居三十二叔之从孙丙二亦来会。十一叔士最之孙，父世珧，生二子，长代让，号和一，开粉坊。次代谕，本以屠为业，今开碓坊致富，为公祠经管，号晓堂，有一子，小名长生。午前梓庭来，言三四已附朱洲船。搢子约余坐船往姜畲，乃辞出，至白渡取行李，至沙弯觅船，遇三弟犹未去，小坐李姓行啜茗，遣莲弟觅广东饼，待至未正不来，恐其迷道，三四往迎候。登舟将发，忽有二妇人附舟，一跃而登，禁之不可。因思王船山讥庄定山不宜与俗子同舟，当自顾船。余亦自顾船而遇此，船山又何以处我？帆行，浪拍船，驶入涟口，反行逆风甚迟，蒸、涟皆与湘水倒向也。投夜至姜畲，搢子邀至乾元店，店主许大八，二十四叔士暹之孙婿也。暹叔先居灵官坝，今移高家坪，子世璨，字辉楚，时人呼之鹤膝，有二子代诏、代诰，今与许同开杂货店。许氏女及诰均出见。许婿设酒，留宿楼上。

　　十九日　晴。许郎、诰子食我以五俎。许氏女婿周生出坐，满和尚之子，名系□，方从省试还。饭后搢、梓先行，余昇行十二里，至柳树塘宅，旧为献廷三兄所营。玉台四兄、琢英六兄及玉华二兄同居。三号"扯皮"，四曰"花四"，六则忘之矣，问其从兄，云"六麻拐"。今二房唯有绥子及其妻葛有三子，所谓韵、树、镜三秋者也。韵有二子。三、四、六兄嫂，杨、邹、夏皆在。四兄子国瑞，谱名代纯，前年甫入学而死，有二子，长曰秀儿，貌颇韶令。四嫂年四十七，六嫂四十八，三嫂最长，年七十也。余二十六年前至故乡，诸兄尚同居于树塘，号最盛。越八年再至，始分二宅，力犹有余。以后渐贫，今则产不敌债矣。向暮梓子归其家，余宿搢子家。凉月照窗。

　　念日　晴凉。晏起，饭后与搢子、韵生步往杉树塘，过石牛坝，要路砌石如桥，立碣曰"坦桥"，旁署"里人王之极立"，余族祖祖父暹叔之父也。云尝乘骡蹶于淖，归召匠累石，无水造桥。当时诸翁豪健类此。极翁字一斋，弟十为余高祖父仲兄之子，以资雄于六都。杉堂屋后有太高祖墓，田宅皆无契约，盖创自国初。吾家老屋之仅存者，五嫂、九兄、满兄及大兄子居之。五兄子黻庭亦从县步还。九兄惕吾嫂戴、十兄莹生嫂黄，有姜无子，以二兄孙为孙，有曾孙矣。饭于梓庭家。省太高祖墓。将留宿，以三嫂烹鸭，约晚饭，仍要九兄、梓庭、揩子、鐠孙步还。今日与李姓论田，李姓云当会议。因定议明日往勘田成契，谈至夜分乃散。

念一日　晴。早起，待李姓不来。午与揩、梓、韵仍过杉塘。余舁行，鐠弟名镒，学为农，以无舁夫，强舁以行。至杉塘，要黻子五人步往刘冲，舁在后，至祠旁三房二兄世文子代芸号本立家，不相识。复至佃户谢五家，五外出，期以七日至柳塘相见，立佃约。复至五房三祖之得子士临家，族人呼石门八公，年六十，鳏居，衣食粗足，人爽谐有致，习于祠田，斫竹为签，导余等签田十五丘，共八亩，畸零星散，非佃人不能辨也。殷殷留食，又调徽饴我。启祠门，省庭宇。日昃，余舁往许家桥，投刺李曙村，省曾祖墓。曙村年五十六，须发皓然，陪余往，云此穴开口木星，不能大发，仅一榜，官止知府，然当有两举者。留饭，及舁人皆有酒肉。上镫，余告辞，步行十里至石子冲，舁行三里至长虹塘，复步行六里至柳塘，诸兄子皆在，已夜分矣，又少坐乃散。

念二日　晴。晏起，饭绥子家。号丰万，小名又二。九兄及诸子咸在。午间李姓二人、一日宅中十六胡子，一日尊初胡子。甲总黄吉阶来，议退田事，期缓数日而去。余比日倦坐，小寐及亥，三嫂、九兄、绥子久待乃起。杂谈无章，或言有鬼，或言无鬼。族子瑞林将死，魂至一大宅，三妇人设食，比苏，呼口渴，云食肉一器。屋后有三女冢，皆亲人，然不相识。

念三日　丁巳，处暑。晴。早起，饭后辞行，呼舁至蔡家岭，未发，试遣至姜畲觅夫还石门，顷之还乾元，借钱二千，云农忙无人。午后行过石家坊，繡庭御史宗也。旗头弯，袁潄六知府宅。墙宇犹整，不似衰门。至蔡宅，谒外母，王氏姨及桐弟妻、循妾皆出见，宨女痴不知问讯。云病已愈，日服药一剂，已五十日矣。适蒸鸡，待谭母不至，滋侄待食，夜复啜豆粥。看梁芷林《丛谈》八本。张妪宿余于下厅，尘榻狼藉，忆宿此十四年矣。

念四日　晴。晏起，滋、年两侄并依依牵余游后园。饭后，外母停工送余至县，暂止正一堂，呼人往白果市，甚难得。余又不欲重过双板桥，遂定舟行。至十六族母处，留饭，还黄龙街，呼小艇至中流附行舟，久之不得，后乃附到杷船。凡附舟必至岸旁包一小艇，乃免劳神，今日若自唤船，费无限唇舌也。《与左总督书》。季高十三丈中堂：去岁由里第附上一函，计达钧鉴。西征箐笔，明习敌情，昨读大疏，不减充国。黄升刘退，见用人之至公，知公晚年殊进也。腹里事益形沓泄，闿运惟有闭户读书，以永朝夕。族子树楠前从成道台差委有年，人颇勤慎，今以卑官托于宏幕，微贱不能自达，用介一言，俾谒庭下，伏惟兼纳并采。门无弃材，或留供驱策，或试以州县，必能恪供所职，兢业自勉。否则与以一札，使随群帅，窥开基之情，亦器使之雅意也。湘中人材日复寥寥，岘、时两公进退维谷，大吏方整官纲，以临民士，视嘉、道公卿有其隔膜，无其雅望，思之令人不怡。想公方劳心于西略，顾不料善地之不如恶地耳。本欲相访，道远惮行，辄先以书达。北风，棹行至晓。

念五日　晴。卯正泊小西门，甫登岸，闻后舟招呼，二弟立船头，云二妹来视余。还家，呼舁迎之来寓。饭后詹小云、程石臣来。程、贺郎及公符继至，久谈。遣人约竹伍，闻其方食，将来过我。念彼六十老翁，余当先往，甫着衫，竹伍已至，云去年又生一子，今九子矣。与同过力臣，力臣接之，未甚殷勤，因要俱出。余与力臣同过海琴、仲云、意城均不遇。至子寿处谈，设点心，意城亦至，戌散。过朋海，欲问刘督事，未晤。步至东牌楼，力臣登舁，余还寓，颇倦。以二妹来，别设榻上室，假寐。梦缇来送衣，惊起，遂至鸡鸣，求茗不得。

念六日　晴。饭后将出，遇商农还。出访陈、孙、石，遇程殿英，恶劣可厌，少坐辞出。过仲茗、罗郎、芝士子。陈母、香孙，寻何蔼堂、颙子不值，过胡子威兄弟。还家闻樾岑、春海来，又闻锡九、镜初将会朱宅，往朱雨恬处，主人辞客。至曹竹苏处少坐，锡、镜、商已至，主人亦出，留坐，顷之，伟斋、杜石衡来，饭于心远楼下，戌散，步还。闻李润生、竹伍来。

念七日　晴。竹伍、子明、镜初、樾岑来。与竹伍同访意臣、子寿，独诣唐荫老，不遇。至竹汀处食面，过陈子兖、刘秀才。还寓少坐，过公符兄弟小谈。至樾岑处，与香孙夜谈，设饼。过何蔼堂不遇。

念八日　晴。携功儿访言舫丞、程郎、竹老，独诣伟斋、勉吾、子明，不遇。李润生、颙子来。午过贺郎，遇罗琴甫。淦郎、仲茗来。为妢女倍书二本。

念九日　晴热。校《墨子》二本。笛仙、健郎、晴生来。酉刻陪外舅饭，咨翁、家福、世侯、王迪庵、黎竹林同坐。夜还，至学院看遗才，案未补发。公符兄弟来。

晦日　热。幼鱼来，言其从兄千里来归，未能入场，又言罗芝师身后光景甚不佳。竹老、力臣来。同力臣过仲云兄弟早饭，罗研翁、次、意、雨田同坐，久谈。看仇十洲所临《上河图》，还已日斜矣。陈三元从子署安福，为罗世弟觅书启一席，托仲云荐之。晚间，程生、淦郎及其弟璨来。璨郎果循循不似两兄。得弥之书，闻文心来省，将入帘同考，故未往见。子寿夜来。

八　月

八月乙丑朔　晴。竹伍、常寄鸿、验郎、健郎来。寄鸿言《衡阳选举表》魏瀛、魏煐即一人，而两著之，程商霖之误也。余云商霖方自以为功，凡知其误者，今宜更访。君诒来。午后雨，本欲上湘，怯泥不往。外榻已彻，还内寝。

二日　雨。自晨至午凡三大阵，扣门者大抵求录名送试者。已而徐甥承璹，即承基。肩舁来，云己无名。竹叟又告归，因至力臣处商欲公请竹叟，遇子寿。力臣言己明日生辰，因不久坐。

三日　大雨，水深三尺。公符引孔静阶敏。来，谢录名之惠。夜阅杨李诗，石梧太保之妹也，商农乃其夫兄子，故属余作序。

四日　雨，申后晴。岱青、子明来。公符来，言刘监生录名事甚切。翁七郎亦来，言求名事。作《李淑仪诗序》。看《桂宫梯》。日旰，簠子来，言永州信至，父病甚，告去。公符、润生来，皆为遗名。余将上湘，遣功儿应之。投暮出城，附人载船，坐卧七八人，无风，行念里而泊。

五日　晴，复热。南风烈日，缆行至未正始达小东门，循岸步进，见潭令迎文司使，水步甚盛。至孙巷见十六从母，询云卿质库所在，导至鄢巷，遇胡四弟，九妹婿也。形状不甚记识，计别十六年云。至泰珍堂小饮，食羊丝、卤鸭、中连面，已觉饱厌。今晨未食，午饭鹞崖，仅半盂，至此独不饥，暑甚故也。宿云卿榻，其长子招同眠。

六日　晴。昨夜至振兴碓坊，属族子丙二觅熟力下乡。饭后丙二来，言已办。至黄龙巷正一堂，呼蓬①弟同行。念里饭龟亭，余不食，过姜畲乾元小坐。至柳塘，揩子言债事犹未了，遣呼黄甲总，久之不至。与汪郎同饭，揩妇兄也。网得鳙鱼，极美。暮时九兄来。甚热，避客早眠。

七日　晴。呼赵冬甥来治行橱，午后毕工。计日尚有闲，因还视六云。申正行，念五里渡涟水，宿石潭，街市甚繁。山谷间多石荆花，畀人云治小儿热疡。

八日　晴。行念五里饭郑坳，又十里愒回水弯，去黄少昆居五六里。畀夫冒进遇雨，避田舍。雨旋止，复行。震雷起于右耳，视云尽墨，急避村店，雨又霁。凡三进，至仓坤，才行五里耳。畀夫饭，乃大雨。饭已复晴，步从莲花寺渡涓五里，畀五里至花石，宿鸦口，衡山地。夜月甚明。

九日　晴。癸酉，白露。行七里饭瓦铺，又十三里至白杲。"杲"之取义未闻，今俗人皆书为"果"，乡人演戏或书联云："白战不持寸铁；果然夺得锦标。"土作爆仗，甚细而响，买二千试之。经关帝殿、灵川寺，主人询余仆马，马失三年，至今犹念其驯驶，若留之当已早死，不如此有未尽之思也。宿石头桥，昔年迷道之处。是日凡行七十里，或曰八十里。夜食阴米粥。

十日　晴热。行卅里，而步者十三里。午正到家，滋女离八十余日，已不甚相亲矣。夜与六云小饮，未尽一瓠而醉，地上酒香犹熏席也。

十一日　阴凉。六云卅生日，无面，设粉条，衡俗也。检家中书，十子唯有《列子》一本，王生抄《管子》一本。理二箧毕。检《论语》亦未得，《经解》尤丛杂不可料，乃置之。夜阅《列

---

① "蓬"，疑为"莲"之讹，本月十二日记"留莲弟治屋"。

子》，张序辩其伪作在唐初。与六云池上看月，山径寂冷，虫树悲秋，殊感人欢怨。还食汤饼，贺生日。

十二日　阴，雾雨，食时晴。舁夫早起治装，余以昨夜微饱闷，晏食。留莲弟治屋，令礼诗从行，谒水桶庙，获事毕矣。舁夫饭于石头桥，宿观底，胡云谷妻抗节处也。凡行七十五里。逆旅妇云娘子曾舍此两次，又言郎君昨岁亦寓此。多胡姓。

十三日　晴。行七里饭关店，又十三里至白杲，裴回戏场观赌卓，率二人相与博，以诱来者。人言爆竹有七折，遣人买之，不肯折算，盖贩客乃得折耳。宿锦石。凡舁行四十五里，步五里。

《锦石怨》：高堤沙软填平石，马蹄旧踏今无迹。眼前何物识秋情，二十年来草犹碧。罗衣折黄钗股刓，故庭红桂生暮寒。欢怨如烟散云树，晴丝细胃黄金鞍。涓溪引恨牵春线，客愁正有青山断。蕙帷寂寂蚊欲飞，当窗新月如银片。店人云匏叟宗人多居于此。匏叟自是磊落人，而无成，可慨也。

十四日　晓阴，大风。行卅五里饭于高师岭。晚寒特甚，衣七衣行。渡涟登湘岸，几为风吹落。至窑弯便步行，至丙子店，留宿其家。揞子来交契。闲过云卿，彼忙不暇语。闻七父之丧。夜与揞子同榻。

十五日　晓雨。北风大作，不能舟行，乃仍原夫力，从陆下省。此路前五年一行，再前则庚戌一行，不甚记忆矣。循后湖菜圃至汪桥樟树岭渡湘，白波簸舟，咏河激之歌。舁夫饭于岸旁，日已侧矣。且乘且步，上豹子岭，入南门，到寓饭后乃暮。出场者已过半，便询陈、龙，俱未出。夜省陈母、樾公、海老，门已闭。游兴未已，怏怏而还。微月影云，宿于外寝。

十六日　晓出接考院，门未辟，立顷之，出者纷纷，唯见邓氏三郎，挤排人众乃还。公符来，送黄氏女庚。过郭提督、力臣，均未起。至邓鸣之处少谈还。是日，与公符兄弟、殷默存访晴生、王理安，均不遇。过胡稺丈父子谈。午饭罗研丈处。

十七日　晴。默存、晴生、郭提督来。过樾岑午饭，海老、香孙同坐。功儿与程生同赴笛仙约饭，晚归。为默存书扇。

十八日　晴。徐甥、胡郎入学，各赠一银一扇。携功儿还朱钱百千。过伟斋，询闱作，颇异众手。至力臣处看芝郎文，未能庸熟。子威兄弟来。龙宅接梦缇游其园亭，因往问陈母疾。邹谘翁夜来。

十九日　晴。岱青，向子振，罗少庚，皮鹿云，香孙，陈、夏、程三生来。外舅归家，送至西门，便访镜初，遇勉吾弟闵子，还过曾小耘，彭仆欲余与联络，以为进身之地也。余子振、三弟、擂生皆求馆，彭、窦、陈三仆皆求主，殊未有以应之。至郭宅小坐，遇孙玉林二妹，至其夫弟家。余还内寝。

念日　晴热。樾岑、李佐周来。闻晓岱到城，往访之，兰丞出谈，俱论郭筠仙出使英夷事。晓岱疾未愈，殆不能复仕矣。出诗二本示余。还过黎竹林，遇友林子及诸杂宾，云为作生日，卌八岁也。留饭，辞出。

念一日　晴热，似三伏。润生、晓岱、研丈来。午至絜园与力臣合宴二海翁、樾、宇、黼、香、镜、意、研丈、劫、栗、美诸君，未集戌散。海琴所书《张碑》甚整。得研樵书及诗集。

念二日　晴热。岱青、商农、验郎、润生来，久谈，遂尽一日。晚阅晓岱诗，李、杨二女诗。

念三日　晴热。晴生、公符来，云俱将上衡。栗诚来，初以为有事，左氏欲求昏。亟出，乃闲坐耳。沅浦赴其妻丧，作挽联云。富贵极中年，谁知夜织晨舂，依然德曜贫时事；税榆随冢妇，独恨荇枯蘋冷，无复河洲助祭人。又挽罗芝师云。请业事犹新，至今牛磨声中，仿佛青衿闻洛诵；高才命不偶，从此羊湖川口，凄凉秋笛似山阳。又作书复研樵，欲为一诗寄之，未能也。夜雨乃凉。

念四日　晴凉。戊子，秋分。为晓岱、验郎改诗，一日谢客乃毕。陈文台来，_{二妹夫兄。}与其弟楠、梅二生同至。梅生闱作有不可遏抑之气，殆可在孙山之内。彭宝庵丈、言舫丞来诊纷女病。丰儿自十八日背生一肿疡，七日左六翁来三视之，傅药二次，竟无所苦，于此知发背非剧疾，溃乃剧耳。凡疾痛经历多则不惑，然丰儿背有一洞，亦深半寸许。晚赴海老招，便过姚桂轩，云胡文忠老友也。文忠在军，日讲书，而聘桂轩，未免村夫子举动。

念五日　晴凉。胡稚泉、郭子美来。午间招晓岱饮，商农先至。研丈、力臣继来，酉初散。阅京报，龙芝生分乡房。

念六日　晴。昨夜不寐，起作诗寄研樵。_{室远思不遏，别久意如新。凉风起庭户，始忽望远人。良使从官政，黾勉徂三春。朋从怨暌违，泯俗念相亲。独居恒早寒，企彼劳霜晨。浮云日夜驱，陇路一何勤。岂不怀远志，阔略楚与秦。惟恨半生欢，愧此比目鳞。秋华尚可期，嘉会近无因。欲振飞鸿羽，千里一来宾。致研樵书。}异出，拜客九家，晤者宝丈、笛仙、竹汀、福世侯。吊罗芝师。十九年不至铁佛寺，今始一过耳。与书郭筠仙。又书喧怀庭。晚驰还。君诒及王理安来。

念七日　晴热。福世侯来谢，未见。樾岑、皮六云来。晚出，答访向子政未遇，过春阶、仲云、蕭堂谈。春阶闻其子为筠仙写论夷务书，戒其不谨。余云此小事，何用虑之。春阶云此立身大节，何谓小事！春阶行己未能协，而训子如此，可谓义方之训也。又言常文节闻母疾，上书即行。或云不待命，必革职。常云此时何暇知有职。其居丧，晨必自扫庭室，皆其子孙所未及知者。夜凉忽醒，入内寝，待晓乃出。

念八日　晴热。仲云言："司天言日下一尺，当暍死三四千人。"岂果然耶？余子振、陈松生来。松生言易清涟兄弟尽死，独清涟夫妇在耳，犹有五子。午过力臣不遇，至幼愚处，答访伯仁。晚至樾岑处，谈地球将毁，故人无令见。又言改易服色事，择善而从，人心自说。因言所注《康诰》，遣人送往，请观之。验郎来借诗。

念九日　晴，晨后阴，微雨。海翁来，言城中无可谈。午出，别商农、晓岱、香孙，两遇济生，还，君诒、晓岱来。

九　月

九月甲午朔　昨夜雨，始凉。岱青来谢，未见。世侯复来，怡生、袁七、理问及君诒来。怡生言黄女多能干，可娶也。抄《般庚》三行，目不甚明，因置之。为翁郎书《园词》一卷，未尽纸。

二日　阴晴。为功儿定黄女为妇，今日纳吉，女媒黄芷琴，男媒孙君诒，庚帖后题年月日，太原郡。订盟姓称郡望，俗所通用，余亦无如何也。压庚四金饰，外喜果。长沙俗用鸡鸭鱼肉，殊非挚不用死之义，亦姑从之。申刻醴宾，陪客陈芳畹、邓郎子元、邓生、淦郎均来贺，留饮，兼招罗郎同坐，伯宜庶子也。芷琴出汤而去，余客戌散。今午李佐周招饮，欲去已晚，遂失约。补写《般庚》成。

三日　晴。黼堂、樾岑、佐周来，谈至午后。出访五客，惟海翁处入谈，便吊曾符卿，遇勉吾弟，云镜初礼南岳去矣。赴春阶招饮，坐客彭丽生、申甫，谈陶云汀与程梓庭争陆生事，弃官救师之孙，殊有古义，又世人所不能为也。晓、黼继至，皮小舲之子桂生与坐。春阶肴必家制，甚洁丰，胜诸家，云其子妇及妾为之。戌散。

四日　阴，复煊，可绨。谘翁来，欲赁此宅，遣丰儿送房租念四千。送健郎扇钱，送怀庭奠分万钱，请意臣带去。兼答访志臣，云在筠仙家，日出颇照灼可畏，乃还。梦缇往别陈母，诸女并去，大睡时许。任鼎卿吉士来，亦云欲归读书。何近日翰林之谦如此乎？殆有转机矣。鼎卿又云陶翊云古文家也，近开客寓，余以为甚俗而雅。遣两儿觅船。校《管子》数条，殊不能静细，夜始毕。禹门、仲茗来。

五日　阴，稍凉。袁理问、芳畹、海琴、力臣、志城来。梦缇归。彭郎、辛叟来，送之出，同诣任鼎卿，不遇。

六日　阴煊。海老、幼愚、罗世兄、振绂、彭丽生、申甫、力臣来。遣人送还郭、张二家木器。晓岑以居停有丧，移来同寓。梦缇及二妹、丰儿、诸女附舟先发，午前去。与晓岑夜谈至二更。夜雨凉。

七日　雨。晓岑起甚早，余不能睡，亦早起。王雁峰通判来，晓已出矣。题其《芝霞诗卷》，因序及本朝为五言者殊不多人。午出访彭丽生不遇，省陈母，赴樾岑饮，香孙亦至，纵谈求人之难及无求之高。戌散。过志城不遇，还。晓岑回，君诒来，三更去。

八日　雨。梦缇生日，食蒸盆、羊肉面。遣功儿出探榜。健郎、润生、劼刚来，久谈，润生赠长歌。作书与易笏山。为验仙抄《园词》。翁郎属书楄曰"诗境门"。"门"字笔枯，涂墨别作一浓钩甚奇，记之以待后世考石者。晓岑夜还，闻已报榜名至四十五矣。自往院坪视之，人嚣杂，殊不可驻。便过力臣，知所取人未允。因至其甥子处闲谈，三更还，晓岑犹未睡。顷之抄榜至，相识者惟公符缀榜末，相知者粟幼东为解首，陈苏石第四，郭郎、虎宣。易郎顺鼎。皆与。榜出，鸡再鸣矣。

九日　雨，朝食后少止。步过香孙饮，海、樾均在，意臣后至，饮散，过别笛仙，已夕食矣。徒行甚倦，雨又至，还寓。晓岱已去。力臣来，言三弟可求盐局，与朱雨恬谋之。验郎来学诗，谈至夜分。

十日　雨。晨起辞禹门，便别济生，济生未起。夷灶束装，命呼舟，至午未定，乃复爨而食。商农、文心来，文心待余行而送之。余复过别海琴，留久谈。至舟，舟人不余载，委行李于船头，将暝乃别附一舟，镫上始得食。

十一日　阴。甲辰，寒露。船不发，薄暮雨，登岸会饮海琴宅，坐客张立之、娄莲生、田少忠、王云生、福田从子。力臣。海公以余去而复还也甚欢，待戌乃入坐，亥正散。宿力臣之絜园，与梅生、芝郎夜谈。会金泽来晤，云不相识矣。夜雨滴阶，颇有凄感，独寐清绝，偶然为诗寄息叟。闲居爱重九，登览贪晴昼。独有离别晨，宜此风雨留。高宴续坠欢，明镫喜重侑。节移风景新，酒静尊罍旧。微醒复凉雨，余兴妨街漏。虚斋任高枕，秋檐梦泉溜。客去庭艺闲，桂晚山花又。良期在浯浅，冥鸿渡衡岫。岁晏岩壑清，无令负橘柚。

十二日　雨。晓卧，待园中人起。至辰正，力臣遣要出话，遇西枝沙门来，嫌其俗僧，起，出过镜初，索饭长谈。午后过别谐叟，还舟小睡。作诗记遐龄庵话之景。达人灭闻见，城市岂不喧。寂然精庐坐，朝暮开重门。尘中郁冠盖，伊余暇相存。秋雨凉二屐，晨烟闲一飧。空馆久已旷，放浪迹与言。冤亲既平等，孔墨道空论。去住各所宜，兹景勿可谖。又赠樾岑。高轩日相寻，僮仆忘冠盖。萧然连榻上，澹若空山对。清话逾十旬，崇论观百代。欢游未云厌，寒露忽已暖。还舟候秋潮，凉风振帆背。乘流若俄顷，回首百里外。青山久余要，良朋复劳爱。欲以松桂情，期君三径内。补九日朱香孙宅集作一首。八月暑未徂，时菊岂能芳。佳节及晨兴，惜此风雨凉。斗室有余清，高谈傲羲皇。闲居阅荣落，斗酒劝流光。炎炎不复久，寒露下严霜。征鸿伺云飞，鹰隼候风翔。煊凉变倏忽，何草不玄黄。谁能登高丘，旷览使我伤。请从暝居叟，伊洛有笙簧。申初开行，帆风正驶，忽浪静风息，泊鹕崖，方二更，行七十五里。

十三日　阴晴。寅初行，平明至湘潭。舟人避马头费，泊中流。遣功儿上岸视其母，未至，因留一日待之。作诗寄黄海叟。薄暮，梦缇率宠女、恒子登舟。舟人未还，夜二更乃发，行廿里，泊易俗场，谭心兰云唐之洛口也。

十四日　晴。帆行五十里至朱洲，登岸寻三弟，云率诸女看马会，已而俱还，余率以登舟。三弟生母至船，云梦缇与三弟妇尚未相见，须登岸，宠女从往。北风甚利，不得行，薄暮乃发。丰儿、珃、妢、帏女俱会。行六十里泊空灵峡，土语云空洲也。夜月甚明。

十五日　晴。风甚微。又遇①黄石望，缆行半日，泊牌亭，计行百一十里。

十六日　晴。帆行过雷石丰未泊，丰人无言，彭仆反骂之，非礼也。晚泊草鱼石，计行百三十里。

十七日　晴。南风，缆行四十里，日昃至石鼓泊船，余登岸，命两儿觅小船，溯承还山。入北门，访仪仲，病废矣。夕至程宅，春甫待余夕食，同过黄兰生、李镜轩。兰生言吴子健覆试，赋得"春尽雨声中"，诗云"富贵春无尽"，己诗云"隔院替花愁"，此升沉之所以殊也。朱誉之与梁姓同过长谈，春甫云誉之非正人，不可近。晚宿程宅。

十八日　晴。晓登舟，殊未熨帖，因谕两儿以当自检点，余不能仆仆供妻孥也。复入城，欲西误东，至潇湘门，见营兵送石朝珩还沅州。春甫云石为都司，甚能恤兵丁，堪云廉将，故其行甚有遗爱，以不合于朱协而去耳。折西穿城访子泌，谈半日，复

---

① "遇"，疑应为"过"。

与子泌同至程宅，犹未朝食，春甫因留午餐，一汪姓同坐。顷之，絮卿、蓝楚臣来，略坐同出。子泌、程生送余至易赖街，两儿来迎，余登舟即发。道上遇常耕岑，有齐鲁之志，索余书甚切，允为登舟作之。及上船，狭不可几，曲躬坐卧而已。泊松亭桥。

十九日　晴，复热。行五十里泊新桥。

念日　晴凉。行四十里泊黄沙潭。

念一日　晴。晓行三里至台源寺，登舟。托荣弟店觅夫力六人，送妻女山行还家，余与两儿步行卅五里，申初至，轿夫已食毕去矣。梦缇甚喜于乡居，乡中菜疏实美于城市也。前欲作黄诗不成，取陶集规模成之。

念二日　晴。入外斋，看《大戴礼》，得进差旄之义。又检《事父母》篇，"若夫坐如尸，立如齐①，弗讯不言。"俗以"若夫"为更端之词，不知其引《曲礼》文也。郑君以"夫"为丈夫，必卢君之师说，因便取孔巽轩本为补注之。日暮毕一本，十九篇。

念三日　阴。三女入学，妢以病未至。王生来。写诗寄长沙。薄暮少愒，竟寐至夜分，六云来迎，始入内寝，凡再起乃寐。

念四日　晴。王生求改文，为点定一篇。作书为耕臣求馆，寄丁穉璜、俊臣各一函。撘子来，致九兄书，留居外斋。

念五日　晨遣莲弟出城送信。点《大戴记》五篇。曾昭吉暮来，云将往山东，留居北房。竟日小雨。

念六日　乙未，霜降。小雨。点《大戴记》百篇②，复取汪容甫、王引之校本互助。为《大戴礼》之学者甚多，皆取他书以校

---

① "齐"，原作"斋"，据《大戴礼记·曾子事父母》校改。
② "百篇"疑有误。

字句，无能言大义者。夜作书上外舅、云卿、惕吾兄。与书郭提督、葛生员，皆为摺子事。莲弟回。

念七日　阴。早起送摺子，云须朝食后乃去。复少眠。巳初，携丰、舆、珰、帏、滋女至石门，望秋山苍翠，云有异色，裴回久之。还登南室新楼，点《戴记》一篇，《文王官人》甚难句解。

念八日　阴晴。彭仆去。寄裴、黄二书及劼刚书一册。点《戴记》十篇毕，惟得"步自周"一证，《大记》与《小记》殆不可同语。携盼女登道山，摘新橘十二枚还，以分家人。

念九日　晴煊。点《荀子》一本。《荀子》欲杀诗书，罢声器，法后王，正李斯之所设施也。论者乃惑于其称仁义，以为迂儒，谬矣。读《荀》者何以不顾文义而妄论之？今观其大意，唯恐人争富贵，而欲以礼定分耳。又云人主当美饰，富厚威强，以矫墨子之弊。夫墨子虽有此言而势不行。本无弊也。荀矫为此言，李斯进之，始皇好之，而以之亡秦。后人列荀于儒家，幸哉！其无用与孟子同，持论不及也。

晦日　晴。得果臣寄数书五种。《测圆海镜》《益古演段》，皆元时书。《百鸡术》，方程术也。物不知数，求一术也。发典生息，开屡乘方法也。又有割圜书二种。点《荀子》二本。为两儿改文。夏生来。

十　月

冬十月甲子朔　煊，可单衣。晨微雨如春。连日食菌，四皓所采芝也，芝以大为奇，菌以小为美。抄补《荀子》一页，字不匀，因命丰儿抄之。

二日　阴，晚风。无事。夜听丰儿诵苏明允《管仲论》。以管仲不荐贤不可以死，持论甚正。因论之曰：管仲、郑侨、葛亮，皆法家也。法家自用而不用贤，所用者皆不如己者也。彼必以供驱策，赞叹悦服者为可委任，贤者又安肯履其廷干其忌乎？且法家唯自用乃能成功名，若知有贤于己者，及与己等信者，已非法家之法，则于小白，于七穆，于刘备之时，亦未肯出身为之用，以希相权也。后世功名之士大抵皆名、法家，明允乃以儒生之义责仲，可谓①资章甫而适越者。

三日　雨，始寒。点《荀子》一卷。晚为两儿改文，文颇有头绪。

四日　雨。点《荀子》一卷。《宥坐篇》引子曰"伊稽不其有来乎"，昔有说，今忘之。

五日　晴。冬色甚清，昔人未及赋咏，暇欲为诗写之。陈生来，要其就余读书，使二子共学焉。读《管子·侈靡篇》，讹舛不可通，甚烦闷，日不能一页也。渊明读书观大意，盖为此耳。

六日　晴。出寻松菌，唯得粗大者。暇思四皓采芝，盖作木耳客，故可以供衣食，若采菌，不足继饔飧。今商山犹饶芝、栖。书②

七日　晴。偶阅十年前诗，不当意，改作《北岳篇》，亦未能佳，姑置之。读《管子》二页。

八日　晴。午至文昌宫，为道士请客。闻常生北榜捷报。夜作书唁常霖生，及与寄鸿。算谷账，借钱者三四处，皆无以应。因转托夏子青假百千，略分布之，亦微生乞醯之类也。为两儿改文，文不成章，改则奇妙。

九日　晴。点《管子》五页。《侈靡篇》读竟，其中错夺不可

①"谓"，原作"畏"。
②原文如此，下有脱文。

数，可通者略分为廿章，亦未尽与侈靡相应。观其大意欲流通粟帛，则必贵无用之物，使富者以有用易无用，邻国以有用易无用，则君之物产尽化而为粟帛。所谓官山府海，操轻重于上，上仍以节俭自持。但以侈靡害人，甚非君子之道。然古之为市，意亦如此，此诚在操之者得宜，不然则民弃本而趋末，故又严出乡之境也。

十日　晴。作书与镜初、芳畹，兼加一片寄果臣。得晴生书。夜作书寄惕兄，约其来衡。至三更忽头痛壮热，急引被发汗，五更后小愈，乃得睡。

十一日　甲戌，立冬。晨雾。丰儿来，言轿夫久待，始惊觉，不饭而行，步卅余里，比夜到城。过子泌不遇，至程宅，春甫亦往衡山。遇陈广元，桂阳人也，云曾相见。又遇一京话人，云是徐崑山。夜宿程斋。

十二日　阴。晨未起，闻人言似宾来，起视则了泌装回门外，留同朝食。楚臣来，云欲渡湘。同过雪琴、絜卿，皆不遇。遇雪琴于耕云家，要同至其楼下，谈外事，无甚新闻，唯丁日昌管船政，杨乃武案将翻，光化贡生案已定耳。旋同楚臣复访廖青庭，来往湘岸者四次，风起欲雨，乃还。往惠孚借洋报。夜坐，春甫归，讶其速返。三更后雨。

十三日　晨，阴雨。午初雪琴步来，云泥滑，犹未可步。其材官云王君入城，例有雨也。余询其昨申冤狱原委，言之甚详，记其事以备后考。自咸丰以来，节镇权重，以喜怒为曲直，以爱憎为生死。湖广居江河腰脊，官伯相恣睢专断者十二年。而合肥李氏兄弟前后相继为总督。湖广官吏之视总督，若实封斯土者，凡所议建，莫敢枝梧。李兄起州县，至台司，以持重镇物为治，然不喜清议，听师友寮旧之言不及属吏，属吏之言不及左右。尝枉断光化一狱，再诉台西，辄下覆奏，卒不得一直。湖北民悚息其权势，而其所部留防勇丁割据水陆，统领营官皆由私授，又非属吏之比。自妾媵婢仆，外及巡捕材官，取盈于各营官，光化妄杀黄生者，其一也。其陆营统军刘提督，本黄州降贼，握部兵不解甲，岁有增统，连十有五年矣。所部淫掠，仍群盗余习，湖北人皆呼之"刘长毛"，自总督以下尊礼之曰"刘军门"。凡刘军门事，有司官不得问，跋扈江汉，势倾司道。其营官谭祖纶，湘阴人也，与辰州张清胜俱起散丁，洊至副将。张军散遣，失职闲居，时初昏刘氏，妻家为累，旅居汉口，桂玉无资，落寞晨昏，谋于谭。谭则领军黄州，饶有妻妾馆舍之奉矣。既艳刘氏，乃谓张曰："今制，汰省员弁，弟新被除名，因缘复进，此固难矣。兄有至交，方领军秦陇，挟书往谒，必有所成。吾弟久历戎行，驾轻就熟，鹏飞之路特在指顾，诚能远游，事可图也。"张曰："奈嫠口何？"谭曰："此即在新妇母女。然日食所需盐米之费，请竭吾力，龟勉有无。"于是张归告其妻，以为至庆，即赁宅汉口，更与一嫠妇同居。嫠妇夫亦为军官，与刘乡里，故刘亦呼为母，时人谓之勒太太，则未知其夫姓与母姓也。张既持谭书至秦，乃无所遇，进退狼狈，留滞年余，亦未知谭之诳己耳。刘氏独居，又有二母，谭或时至，未能他语，求贷之际，颇致骄难。会刘父自蜀来，相与诉说，深以谭未可恃，恐有嫌衅，乃谋移居襄阳，渐近陕路。而以负谭旧债，畏其逼索，遂约勒氏一夜潜行。越日，无知闻者，私相欣慰，以为脱于坑阱矣。舟至宜城，岸上人马噪嘶，皆犷骑，持洋枪，呵止刘船，以负债私逃，当受缧缚。舟人畏累，舣泊待命。有谓刘、勒者："今舁汝等面见大人。"即呼舁径至黄冈，悉入谭宅。既被劫胁，龟勉求生，改事新人，一家温饱。（下缺）

十四日　晴。楚臣来。饭后出城访普公，老病将归，以念佛劝我。入北门访仪仲，还寓，耕云来，约同度湘，待至未乃至。余又过沈礼堂，赊火腿有乾。送信与春甫，俱赴雪琴饮，坐客又有仪仲、马智泉、霖生、丁笃生，设食不甚精，客亦无多语，茶则妙绝。步月还，过楚臣少坐，觉畏寒，还寓，疾大作。

十五日　阴。命舁还，竟日不食。舁夫告困，犹强行卅里，投暮还，即上床蒙被而寝。

十六日　雨。卧侧室，竟日寒热。

十七日　晴。卧半日，强起拜先府君生辰。王生来，言夏生母死，属书铭旌。食汤饼半瓯，旋卧至夜。

十八日　晴。卧半日稍愈，起午食。为两儿改文。看《书录解题》。

十九日　晴。陈生来，命功儿同往吊夏丧。欲为珰女篆《书经》，念当考古文著之，未能率尔，乃翻《说文》，求古文存者。夜疾复发。戴姓来，讲王守仁之学，以为朱晦庵之学也。

念日　阴。戴姓殊不去，卧而对之，蒙蒙竟睡去，已乃还寝，大睡。为丰儿改文、诗。得雪琴、殷少侨书。

念一日　晴。珰女初受《春秋》。帉女受诗，先《大雅》，以宨女未毕读也。体气仍倦，甘寝一日，至夜乃起，丑初还寝。闻雨。

念二日　晨雨午晴。检《说文》一篇至五篇。《说文》古文皆诸经所存者，大约《诗》《礼》《春秋》《左传》十之三，而《书》得十之五，今取《书》所无字别记之。

念三日　晴。午初愓吾九兄来，不到余家十四年矣。默坐无多语，要入书室，余仍勘《书》，摘《说文》古字九篇毕。以当入室，移研新南斋，留九兄居旧南斋，而虚小南斋，为避丐盗故也。儿女均暂停课。

念四日　昨夜雨，晨晴。族子树楠字梓庭来，欲游甘、凉，来作别，因送余菌、鸡食物。梓庭家贫，钱不易得，又疲于道路，余力辞，沮其来，不能止也。闻今年举人第三名先死于水，并其弟溺焉。谣言也。

念五日　晴。与愓兄、梓子、两儿、三女至常氏墓，芳草弥望，令人思仪安。陈生燊字富春昨移研来居外斋，欲令两儿共学也。

念六日　己丑，小雪。雨。梦缇为梓子设酒，余作书与谭文卿，托其就近为荐一席，令得度岁。

念七日　晴。午后雨。梓庭去。余病足不能行，夜发热，卧甚困。

念八日　雨。始移新斋，糊窗治阃。肦女兼读《春秋》。余篆抄《尚书》，日三页，字体甚劣，聊免旷日耳。

念九日　雨。抄书三页。为生徒改文，论"能以礼让"为以让化争之道，与《庄子·齐物论》意同，盖当时明法家皆好言礼，但不让耳。

晦日　晴。抄书三页。写扁对，了笔墨债。家中儿女多，人力少，百事废弛，殊无往年隐居之乐，仍欲出游，以豁怀抱，命呼舟出承，俟至长沙，乃谋所向。

十一月

十一月甲午朔　阴。命帏女入学，受《孝经》。以书斋让九兄居之，请其摄理，午时上学。夜大雷电雨。

二日　晴。抄《尧典》毕。观江声《书集注》，真大笑话也。但欲多写罕见之字，以惑世人，其鄙气可掬，本欲携以备考，因此掷之。

三日　晴。为道士作募疏。船至，检点已晚，未成行。夜雨。

四日　雨。晨起登舟，蒙被卧。至查江，遣问雪琴，未归。复行十里，大北风荡舟不能进，泊洋湖困。夜风欲雪，被不能温。

五日　风仍未止，天大晴。早饭后，饭碗无故自破，筮之得"坤之师"，大吉之兆。舟人畏寒风不行，泊新桥。

六日　阴晴。昨夜风萧萧似雪，晓起大雾得霜，故晴也。以待船行，至松亭桥乃起，未饭，步从易赖街过子泌，略谈。入城，诣春甫，云正约雪琴饮，遂待客集，同坐者又有孙总兵、姚素卿、马八、耕云。絮卿亦至，云其弟子将死，匆匆去。戌散。送雪琴出门，霜风颇寒。

七日　晴。晓未起，为许千总喧呼所扰，乃起，与许及萧医早饭，登舟，令莲弟入城买肉菜。余亦入北门，访仪仲。坐顷之，还柳树弯。复入城买碗不得，再至程宅，遇子泌，同出城。日夕换船，误上炭船，不能植坐。寻常每人至长沙价二百，而今三百，又匍匐，甚困也。得樾岑、三弟、芳畹书。夜月甚凉。初乘兴出游，感念山居，颇有悔意，独坐寻诗卷流览，少解所怀耳。①

———————

① 自此至光绪二年丙子二月九日均缺。

光绪二年丙子

二　月

二月十日　壬申，惊蛰。雨午止，欲出，泥不可行。抄《春秋例》十年。遣借轿，未至，念陈母处去太迟，芳畹又先来，乃着钉鞋过力臣，问舍，云小东街有一宅。往看，甚低暗如纸屋。因至海老处久谈，海老甚喜，云今岁尚未出门也。陈宅前改造，几不辨门径，入坐，茙女睡未起。旋诣樾岑，已暮，至戌笼镫还。子寿送破轿来。

十一日　阴。早出谒客十二家。文心、子寿、仲云兄弟得遇，均久谈。香孙处遇济生、李佐周、赵惟镩。赵字剑翁，许仙屏同年也，南丰人。省龙母，济生已归，验郎出谈。便过禹门，云其婿家一宅，觅典价七百金，然不可看。还已将暮，犹未饭。理安来谈。萧圜桥之子来，示其父所作诉状，殊不似讼师手笔，然中牵余自助。因与弟子言，交游不可不慎也，若康、雍间，余亦入狱矣。夜大雨。抄《春秋例》十年。

十二日　雨止。仲济来。余佐卿来，久谈。蓬海招饮，前日已知余到，耳目颇长也。陈四旅居，不能供日食，乃呼之来。至青石井看屋，太小，不可居。将往六堆，杨已速客，往则皮筱舫已至，辛未一别，又六年矣，户部始补缺。言崇文山云，毅后遗折历评大臣，言甚恳切，**缅缅**数千言，不见采听，甚可痛也。坐客又有龙、饶、某三人。某字云翁，官山西，竟坐不发一言，酉散。抄《春秋例》十八年。夜月。

十三日　午雨。朱雨恬来，以其将避雨，延之入谈。遣功儿相宅。六云送卤鸡、包子、卷子，包、卷不知何厨所为也。抄《春秋①》十年。出访蓝楚臣，云遍访不知余住处。过春陔久谈。看京腔巷一宅，亦不可居，而月索廿千，奇哉！还少睡。闻理安与功儿言"史佚，尹氏之祖，周之旧亲"，云余"伯禽名逸"之言未确。又云"老聃，老氏，宋有老佐，其族也"。起，晚饭。抄《春秋例》毕，计自廿二日至今日廿二日，始毕二百卅二年，于是功讫，大致尽通矣。刘伯固自湘乡来，同寓。夜雨。

十四日　阴。检《公羊释文》，校《隐》至《闵》四篇。樾岑、佐卿、文心、蓝楚臣、力臣来。入城，人言力臣暴窘，询之，云卖田还账，仅存二千租。樾岑论"朝闻道夕死可矣"，问文文山、谢叠山可以为闻道乎？余曰："南宋积弱极乱，二公求仕，有方州之任，而无一成之基，不可以为闻道。"晚过东茅巷看屋。至吴翔冈家，旧谌氏废池依然，忆童时嬉游之场，寻与贺御史相遇之地，光景犹昔，宅已五易主矣。屋傍一小宅，纯波离为笼，使人不得出气。翔冈欲馆余于其所，不可居也。夜月甚明，耕云来。

十五日　晴。校《春秋》二卷。仲䓇、海翁来。午初遣呼妢女至，携之登台，望湘水风帆，麓洲芳草，犹似腊尽春初之色。出访五客。阙。

十六日　阙。振子早去。留此无益，如为陕甘之行，勿问策于我；若欲教蒙童，当为觅馆耳。振子旋去，罗子沅又来觅馆，坐顷之，海老来。黄子襄来谈。贡院佐卿遣招饮，异往，遇大雨，仆丁衣尽湿。坐客凌、刘、陆、陈。陆字恒斋，谈经文相命。戌散，与伯固同还。镜初归，云空借文正祠傍屋。余昨见佐卿谋迁，

---

① 上下文均作"春秋例"。

甚高兴，不宜沮之，镜意殊不然。夜看功儿经解，颇佳，为点定之。

十七日　阴。蓬海、黄兰丞、唐鲁翁、余芳臣、佐卿来，遂竟一日。校《公羊》十页。与镜、芳、佐、松、伯固饮凌公处。松生先在，酒罢，松、芳、佐复至刘寓送行，长谈往事，二更后乃散，复饭一碗。伯固送小菜。是日岎女来温书。夜雨至晓，睡醒，遂不寐。

十八日　辰霁。功儿讲《礼记》。因考天子告祖祢之礼，以典、瑞、造、赠宾客为四项，以造于祖为造，用璋。以皮为豹皮。虽未尽确，较孔疏为不漏。理安云，王肃以鲁孝公有慈母，本于刘子政，即郑君所云昭公无慈母者也。余论《列女传》鲁孝义保，乃《公羊》所云臧氏之母。昭公妾于齐，归其嫡母。何君云嫡夫人是也。郑君好记《左传》，故有此误。饭后松、佐来，同送伯固去。凌公、健郎、吴雁州、陆衡斋、邹谘翁、曹芸翁镜初四叔。及其子焌湘字告辰来，又竟一日。欲校《公羊》已倦矣，将夜补之，未有日荒而夜忙者，俟明日再酌之。夕佐卿乃去，与朱继元、张东生立谈，又看月，三更乃睡。

十九日　晴。校《公羊》二卷。讲《礼记》慈母。刘伯固借抄余《书笺》，张东生来抄，馆中人尽出，无所容坐，开东房借纸与之。午饭后，文丽风来，留谈。与镜初同出，访左锡九、小龄、佐卿。丽、镜别去，余与佐卿再游曾园，至松生处少坐还。锡九来。是日徐子云来，未遇。

廿日　晴。三弟及功儿入贡院甄别，停讲。饭后出诣力臣、六云，六云索移寓甚急。因过樾岑处谈，留饭。约香孙、力臣来，酉散。少倦，倚枕听理安谈，不觉寐去。

廿一日　晴。街始滗，可通行。仍未讲书。松生来。遣工修墓。济生、文心各假钱五万，将移宅也。畛女出疹，往视之。过香孙少谈还。校《公羊》毕。夜雨。

廿二日　雨。午出，至陈母处，命六云暂寓后宅，因留坐少时，便访文心。文心云适至寓相寻，不遇而反。方欲谈，宋玉璐至，排门直入，余匆匆而去。仲茗来，夜谈，无所发挥。夜读文宗诏谕，三更毕。

廿三日　阴。讲《曾子问》外丧于死者无服。齐衰杖期者，已嫁继母，于父为路人。三月者，旧君及君母妻不同居，继父于父为路人。大功无受者，皆内丧。大功九月者，无。小功五月者，从母。缌麻三月者，外孙，贵臣婿，妻之父、母，舅，舅之子。郑君专据"缌"为说，以经云"缌不祭"故耳。而不举外孙以下者，从易知者言之。午步出访兰丞，旋过力臣饮，海翁、樾、香先至，镜初后到，戌散，步还。夜雨。

廿四日　雨。樾岑约游报慈寺，力臣、黼堂继至，登曾楼。黼堂先去，与樾、力同过桂井，至寺后，茅舍三间，颇有别致。寺云定王为母荐福所造也。寺僧了尘出言，房钱岁须百余金。樾公欲余居之，议上巳后移寓。旋出南门，省墓还。入浏阳门，至龙宅，邹谘翁、唐鲁英、镜初先在，晚饮，筱林后至，戌散，舆还。

廿五日　雨。丁亥，春分。甚寒。饭后欲出，天晦甚，不敢行。遣三弟办祭品。子沅来。作书寄梦缇、雪琴。得唐艺公凶问，心为震恻。此公与我交不薄，愧无以报之。常宁方正孝廉实来办遗折，因书唁唐子葆吾。兰臣来催客，舁同镜初往，罗香阶子先在坐。去年妻继母询余香阶近状，问人，多言此人不足问。今乃知其曾被访闻，名在告示，亦不知其所居处也。筱林、蒋辑五、黄子寿同饮。不见辑五十九年矣，戌散。余至陈母处，因留六云所，视房舍已整治，而地湿不可居。今日遣三弟还，资以二万钱。

送惕吾钱十四千。寄纸鸢还家与梦缇，乡中宜放风筝，殊少善制，亦清明一景物也。与芳畹少谈，会其客至，因还室早眠。

廿六日　晴。早醒晏起，饭后答访刘康侯、黄子明兄、朱若霖。惟刘得见，霞公次子也。时寓佐卿宅。还，康、佐复来，锡九、子明继至，谈至夜。

廿七日　阴，有微雨如露。作书复春甫。力臣送银票至。镜初云宜在汪伟斋钱店换钱。因过伟斋。入乾元宫看戏，不知何故事，但觉无聊耳。还未午，春陔来招饮，因至南岳祠答访方小溪，遇之门，正送谭金振，彼此不相识，问乃知之。云王抚以递遗折为难。镜云遗折由本县申递，不必问巡抚可否也。至瞿宅，辑五先在，筱林、鹤皋、佐周继至，不见鹤皋二十余年，但讶其似郭意臣。春陔言易笏山得陈氏提拔，及其成立，所以报陈者有大罪三，不慎为择婿其一也。又云其九郎挽张竹汀一联甚佳。清介一生，谏草已焚诗卷在；凄凉九日，黄花无恙哲人萎。筱林因言王怀钦以文名至京师，为人嘲薄。余云王有内心，无特操耳。坐中又甚言试场五策宜空疏，有议空疏者为大不韪，以此知科场中别有天地。戌初散，步还。重阅孟郊诗，殊不知其佳处，观其谀颂符郎，亦一鄙细人。

廿八日　晴。晨出访蒋辑五，已出城矣。至六云处早饭。过海翁处久谈。海翁犹未饭也。便诣力臣，还。镜初家人来迎，彼去，余仍还北宅，果臣同行，犹健步。

廿九日　晨晴。为纷女理书，半不成诵。访果臣，遇曹十三丈久谈。果臣欲至余宅尝点心，令六云作待之，竟不来。午间樾岑要往议宅，报慈僧亦至，定付百千，赁屋十九间。樾岑留饭，雨至，昇赴蓬海饮，坐客任芝田、朱若霖皆总角游，七年未相见者。又有张蕙郎、小林、松生。主客劝酒，纷纷二时许，亥散，还南寓。

卅日　晨晴，朝食后昼晦，雨大至。樾岑来避雨，坐一时许。余出城访荫渠、陈海鹏、蕙郎皆不遇。昇还北宅。若林来，请一郑匠代办木器，价皆甚贵。寄《衡志》、陈《铭》与张松坪。为帉女理书。宿北宅。初就枕颇不安，殆煊热使然。夜大风。

三　月

三月癸巳朔　阴。为帉女理书，《春秋》已熟。出过香孙、黼堂皆不遇。至谘翁处久坐，遇刘敏该，未发一言。谘翁言邵阳令甘庆增，道光中曾有差童斗很坼屋之案，亦因女祸。今年邵阳复有此事，先后一揆，惜俞令非甲科耳。还南寓，黼堂已先来，不遇。果臣、锡九来谈。偕锡九至槃园看海棠，旋至吴宅寻果臣及曹丨三，同出过济生不遇，访胡稺泉丈，果臣与其兄紫芝旧识，要出小坐，欲暮乃别，还北宅。

二日　阴。帉女书生，守读久之。乃出访笛仙，答访子和，白须飘然，赠蜀物四种，仍还北宅。午饭后始出，遇果臣，以坼屋无坐处，复同诣笛仙，遇马子政，云不见二十余年矣。笛仙又得一孙。辛郎出，论芳畹事。廖童来，言藩城堤有一宅，余疑是吴宅，至，果然，入与吴雁洲少谈，还南寓。为功儿讲《礼记》五学。理安来谈，夜半闻雨。

三日　晨起抄《礼记》一页。锡九属作恤无告堂联，为题四句云。世上苦人多，一命存心思利济；湘中民力竭，涓泉濡沫念江湖。置案上忘送去。昇夫来迎，还北宅朝食。帉女点书毕，出踏青，循长沙学宫墙至三忠祠，诣果臣略谈，见秩翁子，殊不似其父。果臣将食，因出过香孙门，见一昇人，乃海翁也。香孙本约夕食，讶其太早，入坐，樾岑继至，言时事多拂人意。余不欲闻，唯传骂筠仙一联云。出乎其类，拔乎其萃，不容于尧舜之世；未能事人，焉能事鬼，何必去父母之邦！筠仙晚出，负此谤名，湖南人至耻与为伍。余云众好众恶，圣人不能违。海翁坐三时许，精采俨然，余等叹以为恐不及。亥散，还北宅。

四日　阴晴。午还南寓，讲书毕，还北宅，为妼女倍书。携两女及陈女看桃花。夕至樾岑处闲坐，二鼓还北宅。

五日　晴。遣六云携滋女上墓，余携妼女至荷池看紫荆、李花。遇黄小坡，强语余云："杨蓬海言洪秀全故桂王弟五子之裔，以乡团治盗，遂为盗魁。其祖穴被掘后，生大藤，至甲子而枯死。"余未欲详闻也。果臣归，要余还坐，顷之复循城至曾祠，遇松生，同至佐卿处小坐。循阑登楼看桃花，欲雨，乃至松生处小坐。妼女入访曾女，曾女不知余为其父友也，而其弟女乃知妼女为夏嫂之妹，世情之好自尊而卑人也如此。出至贡院看号舍还。滋等亦归。饭后过南寓，得荫渠书，约会于舟。晚过文心谈。

六日　晓雨。出城路甚湿，至水陆洲下访荫渠，适朝食，坐客三人，唯识一黄教官，余入坐啖一饼，半盂饭，还。妼女来，随功儿上墓，顷之还，舁送归北宅。余作三书：一谢丁稺璜百金之赠，一告俊臣《湘志》之作，一与江雨田索楠木器。又为荫渠拟一折片。还北宅，为妼女理书。果臣来闲谈，同出，余赴海翁饮，樾岑先在，香、力继至。樾岑以王抚之不我谀也，意甚忿忿。力臣又觇言金眉生之论夷事。谈殊不欢，夜归。得荫渠书，词意恳挚，稍为释俗而增哀耳。是日家佣熊三来，得九兄书，又告跌伤。丰儿寄文来。

七日　晴。闻镜初来，饭后急往南寓，至则已出。验郎、殷默存、余佐卿、香孙、刘玉春、荫部将也。楚臣来。楚臣云麻竹师母枢至。玉春传少帅命，留船候余。因与镜初商议，劝荫渠疾进，以为事理无过此者。书略云："今之伟人，未尽如意，此有二故：一则富贵之见未化，一则世俗之见未除。恬淡之人，脱屣千乘，而不离于乡原，故绳尺之为累也久矣。今日督滇不能避难，则当疾以赴之，一以收部内之心，一以慰朝廷之望。且使西人传告，惊其神速，岑抚折服，必且郊迎，投袂之辰，气机已振矣。"书成，驰送，且自愿往助之。留宿南寓。

八日　阴。晨得荫渠书，云未能即行。镜初叹息，以为深慨。余视世事热于镜初，而不知镜初之不忘用世如此。遣人南北五返，然后吊麻之礼备具。彼回人，用茶油、飞面、安息香。吾中土人，好用挽联。两用其俗。联语云。翟茀旧荣华，湘上版舆如故里；龙鸾毓文武，湟中阡表报慈晖。湟中，回部旧地。麻氏，回中大姓第一也。与竹师略谈数语，至客舟，有蓝顶者招余坐，云其父问安。湖南声音也。久思之，乃知为裕时卿之子湘溥。楚臣亦在，顷之文心来，久谈。一老翁至，乃散。入城，功儿告余王人树来，云有要事，须见余。余本约至祠助祭，乃遣功儿代往，午后乃行。余还北宅，为帉女理书。陈母云昨闻将往云南，通夕忧虑，闻不去，甚喜也。朱雨恬遇余于麻舟，交银三百，以三十金借陈芳畹，以二十金寄梦缇。夜辛郎来，讲《论语》。雨至晓。

九日　阴晴。樾岑来寻，谈一时许，云快意事不可多得。还督帉女书，遂尽一日。读海翁诗，有所感，作《清明行》一篇。长沙二月愁霖积，不觉春光暗相逼。橘洲芳草雨中青，一片湘川晓城碧。十日阴晴花乱开，匆匆春色满城来。已绿皋兰香被径，还催泪竹笋成胎。今年上巳连寒食，桃花未发梨花白。东风处处作繁华，指似儿童不知惜。谁家年少趁春游，事过情迁倦亦休。海棠飞絮俱无力，三日芳菲任狼藉。蜕宅池枯云馆关，絷园新锁芊园闲。连云第宅无新主，兵火墙砖有旧斑。醴陵门柳湘春树，坊巷分明昔游处。江燕衔泥不入城，牡丹避湿长蔷雨。充隐衡山十二年，重来无宅寄青毡。丁令应迷汉城郭，秦人反讶晋山川。汉阳夫子五朝客，坐对浮云向寥廓。惟将比兴托篇章，何须幽竹陶哀乐。坚坐看春不出门，中庭苔绿花纷纷。鸣鞭海淀当年梦，问俗桃源旧日村。旧日当年谁解记，湘波未浊人皆醉。朝来挂笏看山时，唯应劝酒流莺至。夜过力臣，以为必去矣，乃犹在家，入谈数语而别。力臣今年以盐田折抵大贾银廿万两，计占利六万金，城中士商无一直之者，余谬承知好，欲进规之，而未可入，亦随众腹诽而已。还南寓，与镜初谈。

十日　壬寅，清明。晴。抄《礼记》一页。还北宅朝食。课粉书，毕早程。答访海翁，兼送诗，谈永州事，及骆文忠无能无量，皆世人所不敢言者。坐久微倦，还少睡未着，妾女呼食甚急，饭毕，粉温《易》不熟，不能久待，出访仲茗，少坐，会夜，还北宅。

十一日　雨竟日。为粉倍书至暮，欲访杨性翁，已不辨色，乃还南寓。抄《礼记》一页。

十二日　晴。抄《礼记》二页，已至朝食后。过性翁，遇黼堂、文心久谈，至午乃还北宅，食。粉女倍书毕，出过仲茗少谈，仍宿北宅。

十三日　晴。始有春气。还南寓。抄《礼记》一页。功儿自湘潭还，云李云丈于二月十五疾终。去余见时仅九日，神明未衰，殆有道者善死也。命功儿视龙泉舍，已可扫除。过轩辕庙看戏，还北宅少歇。樾岑促客，往则海翁已到矣。性翁、香孙继至，剀谈至亥散。

十四日　晴。春气风日正丽。至火神祠少坐，单衣甚适，南中少得如此春晴也。前时省城，唯善化城隍祠戏最多，今乃歇绝。而火祠日日有戏，亦风气之变迁也。又长沙北有小白龙，云系鳗化。军兴时祷祠日盛，遂建大殿，而旁奉神农，亦可笑也。至南

寓少坐，阎季容、左锡九来。与锡九同出，寻雷神祠看戏。还携
衯、滋及干女往看，暮还。步月至笛仙处久谈。笛仙送至玉皇坪。
余过雷祠看夜戏，镫火甚盛，月映春林，有繁华之色。更起乃还，
宿北宅。

十五日　晴热。衯女默《庄公篇》毕。余至南寓已暮矣。功
儿已入报慈寺。无所事，翻唐诗一卷。夜大风。

十六日　阴凉。晨起剃发，至新宅，命移家具。衯、滋先来，
六云暮至。到城一月余，乃得聚居。城中地密，几无容席处，视
昔所游处，皆湫隘不可入，非独境异，亦情渐奢也。夜雨甚猛。

十七日　晨雨，午复阴。香孙招陪杨性翁饮，海、樾俱先在，
散已暮矣。为衯女倍《庄公》。功儿讲《礼记》。得丁穉璜及俊臣
书。俊臣云雨苍已往凉州，乃文中堂令继左督之后耳。文犹有心
于时事。

十八日　雨。衯女始读《僖公》篇，欲抄定《例表》，三易稿
未善也。日已暮矣，芳畹、富春来，未饭去。

十九日　雨竟日。看《四库书目》一本。樾、性、力臣相继
来，谈一日。夜理家用账记。雨至晓。

廿日　晨雨，朝食后霁。佐卿来。衯女倍书。少暇，未作余
事。夜作程从九之母挽联一首。程与余通家，而人近可憎，不欲
吊之，继念亲故之义，勉当一往。联云。礼法数名家，再承鸾诰褒贤节；
艰贞抚孤子，终望鱼尘保令名。

廿一日　雨寒。连日少息，懒作事，然勤于课读。衯女读书
将毕，乃出吊程生，遇何爱堂，未能少谈，客坐甚隘也。出至南
寓，篚被已尽移矣。与镜初诸君少谈，过李仲云不遇，视邹谘翁
新宅，甫入门，云又将移居。此公以迁徙为乐，甚可讶也。夜看
各处。复郭、曾书。湘军作志，美事也，到处求金，则成陋举，

此盖欲以敌《通志》之官费，而主见已错矣。其中如王德榜部下十四部将之五十金，作何开销，殊令人周张。

廿二日　雨。晨作《春秋笺》，并抄二页。以《传》低一字，不合，命功儿更誊之。萧子再来询李仲京，仲京颇下石于其父也。余辞以不能请托，令之去。谘叟、雨恬来谈。夜风寒。擂子来。

廿三日　阴雨。黼堂，朋海，镜初，文心，绂、振二子，殷默存，唐郎，福恒字①。佐周来，尽半日。彭子和招饮，往赴之，客未至，旋赴文正祠，雨、力作主人，海、樾、镜三公先在，文心同入。性、朋、左逸仙、黼、香继至，循廊行，风似江湖中，惟谈匿名诗，酉散。过佐卿。徘徊祠门，以俟异夫。过理问街，已昏黑，至济生家，武夫塞门，云杨载福与芝生结昏。唐兰生及佐周作陪。验郎请作"黄流在中"诗。还，程生送墓志来看。夜补抄《公羊》二页。

廿四日　丙辰，谷雨。阴晴。默郎、梓子索书抵左、刘二督。验郎索诗，程生索文，纷女倍书，滋女切字，纷集于前。余又须补昨日抄经一页，手口耳皆不停，半日尽了，欲出拜客，则不能矣。宁乡崔生来见，乡人也，而欲作官，余以为不可。晚送梓子去。步过镜初谈，兼托黄笏堂催功儿昏事。理安亦来谈，二鼓还。夜雨。

廿五日　阴。饭后方鬎发，笏堂来。樾岑、雪琴继至。笏堂不出见，余出陪两君，坐遂移时。雪琴谈声颇雌，后稍壮耳。客去，余觉坐太久，少息。纷女倍书，半未听审也。唐郎处当回拜，夕食后，勉一出，谈未片刻，已暮矣。便访左桂林，过洪井寓，不暇入，至力臣处。遣归取镫欲还，又遇杨性翁谈良久，归。补

①"字"，疑为"子"之讹。

抄《公羊》半页，并晨抄得二页，足一日之课。

廿六日　雨。欲晨出访雪琴，失晓，去已不遇。还至门遇之，询余将何之，余以昨言当谒曾祠，云将陪往。雪琴未辞也。乃同往，坐良久始散。还寓甚雨，稍霁，遣送诗、扇、芍药为赆，已开船矣。陈松生来约，至余宅，始悟佐卿今日生日，舁往，便访徐年丈、黄芷琴。至佐卿处，同坐三陈、一姚、二余、两僧，至亥散。欲补抄经，已倦即眠。藩使迁桂抚。

廿七日　晴。抄经一页，写扇三柄。陈郎鲁瞻及佐卿、唐楠生、性翁、果臣来。留果臣午饭，正其晚饭时也。送出，至黄子湘处，入罗瀛交书室少谈，复送至东长街，还过黼堂。摺、绂两子去。

廿八日　晴。抄经二页。彭子和、左锡九、马智泉、凌问樵、陈海鹏相继来。与书徐伯澄，又与叔鸿。郭春元来，五年未见矣。欲出谒客，适海老米速客，比往，樾、性、杳、力已到矣。戌性老先去，主人留客久谈，众皆服其矍铄。

廿九日　晴。大风。抄经二页。欲补抄，甫半页，夏十子来见，前逃去，余已绝之，锡九屡为言，故令人见。松生、佐卿、笠云僧、果臣、胡穉丈、黄芷琴相继来。客散少息。禹门来速客，张子衡、张六、黼堂、介生、春元先后至。子衡谈果报，及癸酉闱中见关侯，后解元杨延竟死白莲教徒事。又闻蔗翁已来，旋往石鼓矣。酉散，步还。假寐起，补抄《公羊》二页。

四 月

四月壬戌朔　晴，甚煊。风似北方，有旱气至南邪？唐生崑山来。出访刘馨翁、陈郎、香、樾，皆久谈。过笛仙家，其次孙满月，设食。果臣先在，瀛交、李郎继至，酉散。步还，已昏黑将雨，误行至浏阳门，仍还过李宅，问春元，已去矣。呼舁还。写经半页。

二日　北风，阴。遣六云省陈母，滋女欲随去，携至洪井，答访笏堂，遇朱继元、理安略谈，出至火祠看戏，滋女云甚可观，坐久之乃还。郭子美提督来，索饭同食乃去。徐梯云、郭志臣来，均未遇。得三弟书，云三月廿一日已至石门同住矣。补抄《公羊》一页半，计十日尚少二页。功儿讲《书》至十二律、十二衣①，多所未知。

三日　雨。馨室来。左仲茗移来暂寓，省逆旅火食也。出答访志臣、子美，并还郭钱五十万。至陈母处，干女欲随余至宅，携之同舁还，甫入门，啼哭求去，遣送还。抄《公羊》一页。

四日　雨寒。马智泉来，请余作其女请旌表事状。写扇二柄。答访杨性翁，观诸贵人书札中有书启师。阙。

六日　阙。弟襟被来，以子昂八马相视。抽空作家书，遣文柄归。往年见周笠西、徐芸丈，今年见之，皆敷腴雅谈。十五年之别，气象不同如此。余举止殊未有进，愧之矣。樾岑琐琐言袁守愚与陈女离昏事，无以止之，所谓仁义樊然者。子寿再遣人促饮，至则性老、志臣、香、力先在，樾岑后至，殊无佳言。余又失言于张罗之昏，亦不慕富贵之习惯如自然，遂至矢口而出，戒之哉！夜抄经二页。在山日抄六页不烦一时，今竟三日，拮据以趋工，犹少三页，明日当突过程式耳。庭中芍药红白十余花，不及石门一朵之香，亦抄经之类邪？

---

① "十二衣"，当是"十二次"之讹。《尚书·尧典》"历象日月星辰"，伪《孔传》："日月所会，谓日月交会于十二次也。"

七日　晨起抄经二页。春陔昨遣来招，又须答访向子振，便问志泉，均不遇。至洪井寻杨仁山文令①，镜初称其佛法第一者也。适陪涂朗轩拜曾文正墓。朗轩喜于开府，故推其自出而感曾耳。镜初亦出。佐卿在账房相呼，松生继至，略谈将去，松生留坐，久之乃还。过春陔，云彭丽生欲与常氏昏。告以陈氏已出八字矣。还寻塘弯无路，还从菜园假道归。夜倦早眠。讲《礼运》毕。

八日　晴热。抄经二页。昨与佐、松约赴浴佛之会，晨临春风，颇有上巳之和，欲作一诗，未暇也。《公羊》两言"与伐而不与战，故言伐"。初欲破何义，以为当作"故不言伐"。今思之殊不然，本未言"伐"而云"故言伐"，明系推开经例，何注精确。

粉女午课毕乃出，至文正祠，坐久之。果臣、性农、镜初、仁山、子振、阮生、杏生三兄弟、三僧、二主人、凌问樵、佐卿子恒士，僧俗老少十八人，设净馔作佛会。期而不至者一人。酉散。步还已夜。讲《礼器》"筹、心，二者居天下之大端"，三易其说，犹未知当否。入仲茗室，遇苏晴山，黄南坡之甥也，盛称荷汀。昨日春陔又言王璞山之起义及徐、大名之城守，安危所系云云。

九日　阴。佐松索饭无器具，便以家常菜应之。更约果臣、香孙来。未午伟斋、杏生、镜初、仁山相继至。团局三委员来访。至未客散。抄经二页。香、果来，乃更催佐、松，已昏矣，幸无菜，要仲茗入坐，酉正散。

十日　雨。抄经三页。出寻张玉森不遇。任郎伯华来，余在江西所见之稳保也，匆匆旋去。黼堂来久谈，言耆九峰之险，又云吴甄甫扣缺与邓七丈，宣宗怒云："我放人总不行，他用人皆

①"文令"，当是"文会"之讹。杨文会，字仁山，近代著名佛学家。

好，我偏不依，另放史致谔去！"其后耆卒得史力，致督抚，而误事不少，邓亦因此中伤也。当时人寻隙修怨，犹有数十年之计，今不能矣。

十一日　雨。抄经二页。答访任郎不遇，遣问委员，亦不知姓名。便诣田懋堂，年六十九矣，手颤不能举盏，贫老甚可念，官之害人如此。过海翁饮，便至力臣处探病，坐久之。至海馆，樾、志已先在，香孙后至，谈左、郭之仇。左有幸灾乐祸之意，郭甚衔之。又言首府委员往讯办，因骂府县。余云必巡抚意也。"兄弟阋墙，外御其务"，岂可以乡人相争使官吏听之？劝郭无言，而左之曲自见。嗟夫！张、陈父子，泜水横尸，友道陵迟，伊谁之咎？比散已二更矣。

十二日　阴。癸酉，立夏。帉女书久未倍，为理《庄公》篇，《易·泰》至《离》，《书·康诰》不熟。芳圃僧遣催客，步至曾祠，性、佐、松、池、问先在，仁、镜、果、济继至，饭毕，往池上看雨，昇还，已暮。为帉女倍《西京赋》。

十三日　雨。田茂堂来。子泌自衡阳来，寓余宅。是日招客五人俱不至。别请五人，文心先到。陈郎来，谈医，旋去。仁山、镜初继至。子寿来，留饮。雨恬后至，谈笑甚欢。本期早散，遂至继烛。

十四日　晨雨不止。文柄回，见丰儿与其兄书及其日记，颇有意致。又闻乡中有盗入书室，家中皇皇如也。与子泌谈，殊废事，勉坐抄经二页，《隐公》成。次青来，久谈。唐八弟促客，昇往，坐客唯识凌问樵，镜初不至。询知孙季方，小石子也。不知余与其父交游，以平等相待，而似欲自居于耆旧。为子弟者不可不知父事，此非孙郎之过，乃子弟之通过也。又一人为刘云翁，又一朱孝廉，又其从子，佐周为陪客，盛谈李篁仙，余亦随而短之，未昏散。《隐公》抄毕。

　　十五日　雨不止。祖妣忌日，素食。李郎幼梅来，误着吉褂而出。验郎来，谈"大衍之数五十"，未得其解。晚抄经二页。

　　十六日　晴。唐郎来，言城中客多，颇废事，匆匆旋去。午间约橄、次小饮，济生、子美作陪，本约子泌、仲茗，俱出，二君均逃席去。余食过饱，未夜散。抄经二页，未讲书。程生夜来。

　　十七日　晴。晏起，六弟去。与子泌同登定王台，椅槐交阴，饶有夏景。还始朝食。十子来，云已午矣。出访次青、果臣，遇李郎，省陈母，候力臣、运仪，还，夕食，小寐。运仪旋至，谈《易》。要子泌出，同坐。抄经二页。

　　十八日　晴。昨暮得九兄、摺子书。九兄仍欲至余宅。摺子送来新茶三十斤，云梦缇属购者。又欲索钱，余心倦焉，姑置之。夜与仲茗看月，至丑正乃散。今晨晏起，未抄书也。经课问"圭璋特"。余解琥璜爵为五等诸侯，圭璋为二王后独用。与郑义异。以郑说爵为行酬，文理不可也。五日未讲《礼记》，颇形积滞。滋女屡欲出游，携至洪井，与杨仁山略谈。镜初还，得杨商农书。又云锡儿约见过，余不欲全刘宅，乃出至火祠看戏。还已暮。杉塘信不能出城矣。

　　十九日　晨晴。遣信约橄岑为开福寺之游，兼约李、郭。将午，仁、镜、锡三君来。同行过锡九处，啜茗，出城访铁佛寺旧塔，循大路可二里至开福寺，紫微山也。橄、美、佐、嵩、嵩弟池生先在，笠云僧亦同至，住持常静引从碧浪湖堤看湘水。其地水太多，似不便营筑。还寺，帉、滋二女来，携面设食，坐者十二人，日斜各散，同步还。复过香孙少坐，仁、镜、锡已别去。旋过府城隍祠及松生宅，穿曾祠出，归。

　　廿日　晨雨。三弟及丰儿来。杉塘人去。莲弟亦来，遣发行李至宅，已过午矣。黼堂来谈。唐佐周遣招饮，至则朱槛仙、春陔、镜初先在。人席，镜初谈乔松年事，春陔面斥之，坐者不堪，余引以他词，春陔亦悔。既而又骂裴樾岑，余不能堪，屡折其角。春陔欲见寻，会酒散而罢。饮食有讼，可为小戒。夜朗照，至仲茗处吹笛。讲《礼记》三页。

廿一日　晴。为弟子看定经解。性翁来。雨间作。抄经一页。吴锦章字云谷来，访帖署"年愚弟"，未知是否。云十余年不相见，余亦忘之矣。云谷有才名，从刘督为幕官，已捐升道员矣。申赴刘馨翁处饮，三客均辞，惟樾岑及余二人，不胜酒肉，戌散。

廿二日　晴。抄经半页。桓会皆月，犹有疑意。仲云来。是日仲茗生日，设汤饼。归生来。午赴唐官饮，便诣云谷，不遇，至唐宅，文心、镜初、左斗才先在，济生一坐而去，子寿后来，盛推王抚之美，酉散。与文心同步过力臣，力臣以闹表为警枕，可谓居之不疑者。

廿三日　晴。黼堂来，值饭未食，子泌等久待，余亦忘有客在未招呼也，比去，已午食矣。彭秀才廷弼来，晓杭学博之子也。果臣、禹门、镜初、松生、佐卿、运仪、释笠云、仁山同至，会雨，八人去皆入于泥，余恐桂井轿价顿高矣。为弟子改赋。借《金石萃编》考之。抄经二页。

廿四日　雨。午后寒风大作。抄经一页。子泌告去，以程、陈二生约同发，不能挽留也。得梁辛畲凶赴，往吊其子，遇知客章生略谈，云其兄、子皆归里矣。夜作李烈女诗云。董逃夜唱胡笳秋，琼珠堕地春烟愁。世间但识避捻发，宁料官军为貙犴。国饷私分上下手，一夜霆营叛金口。无人解作招抚司，五渚投鞭径南走。安仁城小如破巢，桂树雏乌端坐高。落花不肯委蜂蚁，昆山玉烬香兰焦。伯姬待火台千尺，十二诸侯齐太息，可怜一寸掌中珠，烧作神娲补天石。欲再抄经，会寒雨飒飒而罢。

廿五日　雨寒。衣小毛。欲抄古碑文，命功儿检《古刻丛钞》为格式，弟子并抄之。樾岑来，言笃仙足病，进退维谷。松生招饮，步往，凌问樵、运仪先在，仁、镜后至。又有王涤来，曾文正甥也。佐卿、池生均陪客，释笠云亦在，游浩园登楼，风几落帽，未夜还。抄经一页。得殷选拔湘潭来书。书扇一柄。

廿六日　晴。书扇三柄。抄经二页。食枇杷不能佳。纷女倍《僖公》《系词》《隐公》《桑柔》《西征赋》《尧典》均生。饭后滋女欲出游，携纷同行，至城隍祠、洪井，与理安、笏堂略谈，仁、镜先出后归，复少坐。至火祠，人多看戏不可入，乃还。夜过李郎幼梅，谈京中事。

廿七日　晴。看唐碑《宗圣观记》"飞蚕满野"，用《周本纪》引《书》文"飞鸿满野"事也。"蚕"即负蠜之字省文，与蠡同类，然则飞鸿即飞蝗也。抄经二页。何注"生与来日"谓子生之日。与郑异义。晚过运仪，闻进士报。樾岑夜来。

廿八日　阴。抄经三页。左斗才来。将出，纷女课未毕，少待之，已而大雨。果臣送书，匆匆去。夕食毕，已暮矣。风雨阴寒，是日己丑，小满，颇有秋感。任芝田书来。

廿九日　阴。抄经三页。姚立云来，始知刘瑄臣及第。补科同年，未尝脱科，亦佳事也。要禹门、子和、运仪、伟斋、幼梅、仲茗会饮。香孙来谈。得黄晓岱书。酉正客散。再抄经一页。

五　月

五月辛卯朔　雨。抄经二页。遣信还山。为果臣寄算书与外舅，意在集费也。因寄节物与梦缇，将行，赵冬甥送筐筥来，旋去，已暮矣。得晓岱书。

二日　晴。李桂林来，言冤事。余曰覆检之日，万目共睹，皆以为有伤，君独以为服毒，天下宁有是事耶？今赦出，不可入官府，宜且居此读书。不应而去。会劫刚来，少待，留饭。饭后余出访杨安臣，过子寿，遇陆莘农族孙及兰丞，久坐。过力臣，遇香孙，又久坐。过李四如少谈还。杨郎湘臣、任郎伯华及章生来。左斗才招同仲茗小饮，已三速矣。仲茗留烟不去，至夕乃往，杨性老及子寿、唐寿官待已久矣。二更散步过劫刚，遇佐、松、雨恬，同谈至亥。宇恬异去，余三人步还，迂道至柑园分路还。会烛灭门闭，几不得还。

三日　晴。小麓遣异夫来，至巳乃行。出小吴门渡浏，其津曰回溪渡，距城六里。又五里鸭子铺，又十里白茅铺，又十里石子铺，又十里龙花岭，渡一水曰高桥，水入涝水而入湘。又十里马鞍铺，又十里安沙，皆旧驿道也。运仪云："明王伟居近其傍，始奏改今驿，以避徭发。"远望一山曰汉家山。循大道右行五里至运仪家居，宅朴古，犹旧家家制。其弟少羲先出谈，设角黍，旋设酒馔，谈至鸡鸣。少羲言金丹，颇有心得。唯言房中须少女，而不为妾妇，似非圣人之行。

四日　辰食后，黄宅遣力异行二十余里，从麻陵大道行。《水经注》云"麻溪水，湘浦也。"麻陵之名，疑因此矣。熊羽胪师居洞泉冲，在麻陵市西可四五里，师年八十三，扶杖相见，聪明不衰，而意气颇减。留饭毕，辞出，从小道取宋桥至唐坡朱宅，若林偶出，其子寿九及雨恬子鄂、荷、菊三生出见。少子曰乔生，皆出陪。顷之主人还，同至园中，因山高下为屋，檐窗相接，颇似培元寺，非园亭宴居所宜也。夜谈往事，将及子半。

五日　晴热。嵇月生孤子舜酬客，朱氏出见，云已移家乡居矣。同早饭。若林遣力送余还城，行六里，合安沙大路，比申初至小吴门。门者以端节休假各还，皆早闭城矣。循城至浏阳、醴陵二门，皆不得入。往金步寻陈总兵复不遇，已将安顿仆从宿城外，自下船往衡矣。程初来请至寓小坐，缒城请钥，昏暮乃入。至洪井小坐，步还。闻家人亦留浏阳门，未下钥，复遣谢之。告已入，乃饭。仲茗客苏晴山同坐，十子来贺节，六云等打牌，余先寝。

六日　晴。樾岑、镜初、贺郎、幼愚、陈鲁瞻来，坐半日，客去已暮。讲《礼记》"食尝缟褅"，始明尝褅之义。

七日　晴热。闻陈母小疾，往视之。便省龙母，与验郎同诣熊镜生、韩勉吾。别出，独往陈宅，久坐，食粉糕、枇杷。过樾岑长谈，留饼。至海翁处遇香孙，日已晚矣。步还觉倦，未讲书。

八日　晴热。为弟子改课文三篇，睡半日，他无所作。暮诣张玉森，彼来一月余，未暇往答。尚有袁理问、子寿、黄提举、禹臣亦未去也，既归而忆之，已又过一日矣。熊世兄镜生来。夜过蕭堂。中宵因热暂起，西风骤发，暑气未甚减，五月所仅见也。

九日　晴，有风稍凉。竟日未出门，仍无所事。又改文二篇。勉吾、楠生、杨幻于来，为贺郎债务也。贺郎、袁理问晚来。夜讲《礼记》。

十日　晴热。滋女生日。还香孙二百金。樾岑来谈，云："吴、涂两巡抚为布政，以循柔见称，及去皆小发怒以见气骨，此鄙夫之态也。"余云："此其平旦之气，悔心之萌，尚有一线本体之存。"樾云："如君言益刻鑯尽致矣。"余熟思之，人性之相近终在此。夜讲《礼记》。出访禹臣，便过镜初谈，遇彭丽生、黄笏堂，皆乖张人也。仁山肉祖来，谈良久，屋热，步月还。王巡抚赠仲茗三十金，真盛德之事。李篁仙闻之，必改容于仲茗矣。

十一日　晴。不抄书十日矣，将补其功。抄经四页。余佐卿来。天欲雨，至夜果雨。龙八自家山来。夜讲《礼记》"朝市西方"未达。

十二日　晴。抄经三页。仆妪断断不理于口，余一以宽驭之，惟文柄好斗狠，将挈以行，待北风，未果发。晚与仲茗过劳郎不遇，遇庄心安、陆尔真、刘升夫，其一忘其名字。入劳房少谈，过袁理问，途遇郭童生雨楼，三十年前同学也，立谈久之。与仲茗分道，余还，遇陈怡生。怡生云曾过余。似不足信，而言之甚便利，又似不诬也。是日壬寅，芒种。夜讲《礼记》"出火"未详。

十三日　晴凉。先祖考忌日，日暮始忆之，甚为惭悚。为纷女理书又一过，犹生。子和、仁山、张东生来。抄经三页。禹门来。晚过唐八弟寿官。至罗师母处，未入。

十四日　晴凉。陆祐勤彦琦来，湖北知府，故陆辰沅之从子也。言岑署督豪杰之士，颇读书，明史事，非但李钦差不及，虽今大吏鲜有及者。又云李熙泰，缅人也，已与英和。今英更求主使，意在岑公，岑去云南无口舌矣。英人云："汝李大人何为畏岑宫保？"李云："英人畏岑，故为此言。"郭侍郎之劾岑，不知其故。与英、李相反者何也？午饭甚热。夕出城访陆、陈均不遇。入城过熊世兄、文心、笛仙谈，云果臣就王初田宅小馆，出志局矣。夜倦未讲。抄经三页。

十五日　阴燠。抄经一页，《桓公》成。计课程少十六页。黼堂早饭后来。庄心安弟心言、心肃来，久坐。卫生之子也。济生暮来。夜樾岑来，三更矣。讲《礼记》三条。

十六日　阴雨，颇凉。抄《庄公》六页。看《四库书目》。纪昀初不知《春秋》为何物，自宋以来亦无一专家之学，可叹也。笛仙昨言何楷有《诗古义》，征引甚博。以《书目》征之，乃非善作者。余自负《诗》说甚确，如楷及罗典似亦噍矢，但不知后有名家否？凡说经以不放空为佳，穿凿之弊犹小，楷、典正未可厚非。

十七日　晴凉。龠堂来，赠羊豪及须比。因示何楷诗，略阅，似非行家。贺郎以为经课秘本，因暂还之。若林、鲁英先后来。余子振、镜初、释海岑来，已暮矣。出至桂井，将雨，遣呼昇同行。访三庄均不遇，过仁山，误入朱室，旋与笏堂同至镜室少坐。过若林谈，还。讲《礼记》三条，抄书二页。

十八日　阴雨。子和来，久坐。李郎问贾傅祠古碑，不知也。徐五兄送茶、肉。抄书二页。为风蚊所扰，未得骋其笔势。得非女书，夜作复。并与书弥、保。

十九日　雨。笛仙来，少坐去。问《礼记》"朝市西方"，不答，但云失之矣未必失，引"是嫂亦可谓之母"句为证，云古人文气非今文气也。再问之，又无言，似有所得，恐余不信者。抄书二页，出赴樾岑招，陪海翁、陈道台饮，至则客不至，惟性老、香孙在焉，未夕散，余留少坐，谈官场事，当不可亲疏，庶不为巧官所弄。暮过力臣。

廿日　大雨，凉。陆尔贞晚邀若林、黄芷琴、勉吾、兰生、鲁瞻便酌，客不饮食，未解何意也。戌正散。抄书二页。

廿一日　大雨竟日。抄书二页。闻湘水大长，欲往视之，以仲茗将出，又昇夫方挑水还，当稍休，俟饭后乃出，至谘山、禹门两处少坐，已暮矣，乃还。

廿二日　阴。抄经二页。勉吾选日，为功儿婚期往问笏堂事例，因与镜、仁谈，海岸亦在洪井。余失银票，疑客仆，遣告若林，及还，乃知余两僆所拾也。殊无知人之明，因并逐之。然以其缴还，各与四千。庄心安来。

廿三日　雨。晓岱来。抄经二页。

廿四日　雨。甚凉，着单袍出，觉寒风袭人，遂至受凉。过陈母、佐卿、松生谈，将晡乃还。抄经二页。讲"八蜡表畷①"。

廿五日　大雨。抄经二页。过晓岱、若林、镜、仁、力臣谈，二更还。遇朱少卿，沅浦之女甥也。若林言张鸣梧为仲梧之弟，索《衡阳志》。未知张何许人。夜讲"蜡祭榛杖"未详。《记》云"伊耆氏始为蜡"。秋官"伊耆氏供杖咸。"祭必无杖，余因说以为乡老主蜡祭，而天子莅之尔。

廿六日　晴煊。抄经二页。因受凉，夜发热音哑，甚不适。庄心安招饮，步往，周稺威、仲茗、劳郎及其子皆先在。心安弟心言同陪客。仲茗云庄氏肴馔甚精。因疾未饱食，散已二鼓，与稺威同步还。

廿七日　大雨。朝食时止。作书复若愚，因闻塞外兵困，及回人犯后藏之说，恐文报难通也。出过樾岑不遇，问海翁疾，遇曹韵之观察，当涂人，从小吏至监司，劳愚庵劾罢之。口操京音，颇通医理。久坐，雨不止，以海翁病恐倦，辞出。过文心不遇，至勉吾处，适黄晓岱移寓其南斋，因入谈，遣舁夫归。待暮，勉吾设酒，朱少卿、若林、济生、任昂千知县同坐。任生纨绔而形容憔悴，语言颇轻脱，杂谈无章。戌散。

廿八日　阴。晨未起，唐郎来，倦，谢之。少顷韵秋族孙至，云送家中雇工熊三来省报水灾。言廿日承水溢，山居屋坏，妻子居田舍，器物刚者尽碎矣。余癸酉有诗云："暂隐衡山十二年。"自乙至丙仅十二年。而雪琴赠余诗云："作客衡阳十二年。"竟皆成谶，此亦大劫也。然以早移室而不至狼狈，此室不坏，吾必不

_____

① "表畷"，原作"表啜"，据《礼记·郊特牲》校改。

离石门，殆有前定，不可久居邪？今年盗入室，亦其兆也。先已遣莲弟呼舟，饭后携功儿以行。功儿念母，故不违其志，并携三舁夫备登陆之用。午后发，行五十五里泊鹞崖。

廿九日　阴雨。抄书一页，殊不能下笔。姑置之。行八十里，且帆且缆，泊筲箕港。

卅日　阴雨。庚申，夏至。置版藉纸，抄书稍便，写三页。得北风，帆行九十里，泊淦亭。广西藩使杨庆伯同泊。

闰五月

闰五月辛酉朔　雨，无风。抄书八页。缆行九十里，泊张陂。夜见星。

二日　雨蒙蒙，时作雾丝。缆行七十五里，泊寒林站，耒阳舟人云石林站。抄书五页。道中见一丧舟，为江西水师营官道员之母，未知何姓人也。勇丁广装而操衡音。

三日　晴。抄书三页。始悟赤为未逾年之君。《春秋例》真不易言。过大步，闻山中布谷，别有幽静微远之意。作诗赠之云。舟行山水喧，鸟鸣独有世外言。鸟习山，山习深，世人不到山鸟心。不辞清响与人听，知音自识非尘音。城中布谷唤烦俗，强与农官劝禾谷。今年河北无麦收，饥民仰天思汝肉。城人山居十数春，惯闻山鸟如故人。揭来一声两声止，知入千山万山里。山空水回春碧深，隐思寥寥在心耳。吾将舍汝去入城，山中人去鸟自鸣，城中梦听山中声。过午颇热，缆行甚速，望章木寺犹久未至，既至又久不移，方知川流之迅。湘波甚浊，遣酌山泉，亦不佳也。九十里泊大石渡。买得出网时鱼，肥鲜异昔品。

四日　晴。早行十五里，至耒口对岸。船人惧矶不上，遂悉登岸。余先舁行，将及草桥，龙八滑跌，步至桑园，寻桂发馆安顿夫力，自往迎功儿，来往三四不遇。入城至仪仲处，未晤。至春甫家，功儿已先到矣。略谈少饭，已午时矣，乃行。出城阻水，遇舟渡马者一人识余，呼余上船，至五里亭，日已昃，又阻水，挤渡一小舟，几倾覆，乃得快行。未五里，夫力皆畏热不敢进，自步十里，至李子园，陈二暑病甚，不能从，处处待之。至杉桥，犹未暮，度急行可到家，舁夫甚苦，乃宿土地庙。功儿旋至，云欲宿台源寺。复去，一曾姓老翁与余同逆旅，人甚朴质，有儒者气象。夜雨。

五日　雨寒。早饭台源寺，至荣弟店，设麻茶款余。午后至菜花桥，店舍倾倒，几不识路。将至门，文柄云婆属已还河居矣。望庐舍犹在，入门则坏水颓垣，不可行步。四婶迎呼，亦忘慰问，妻女幸未受惊耳。周视旧居，凄然增恋，鸟声树色，弥念昔娱，山水有灵，今伤别矣。器物十未损一，蔬蓄则荡然无存，当食颇不能甘，至戌寝，再起。

六日　阴雨。晏起，至午乃朝食。抄经六页。妢女每视一页成，则喜，因与约，成一页，赏一钱。遣人呼舟及检点木器，间出督视，至夜寝。甫寐，闻老妪呼有贼盗，已拨余笠去，惶怖弃于地。梦缇遂起，鸡再鸣矣。余独寐至晓。

七日　阴，欲晴。晏起，抄经一页。王生伯戎来，留竟日谈。对客再抄一页，毕一日课而已。陈、夏两生继至，均有惜别之意。顷之大雨，至雨止已暮，三生去。余少寐起，功儿已睡，独坐笺《礼记》廿卅条。鸡再鸣乃寝。

八日　阴。抄经六页。发木器下船，与书晴生告辞，徘徊庭宇，自惜其去也。夜月甚明。亥初即寝。

九日　晴凉。早起，功儿下船送至岸侧。此来五日仅得一出耳。复至夕阳径，瞻眺久之，还早饭。抄书四页，《庄公》篇毕。

計程多十八頁，補前少数讫，犹多二頁。晴生遣送食物四种，正副所需。李福隆来送行。王生来借《易》。王刻字来还《管子》。发衣箱下船。与书常吉人告去。

十日　晴。早凉午燠。辰初素服告庙，祀。及三弟祢祀。奉牌主迁于舟。李福隆、王生、邓叟来送，诸女、弟妇、四母、梦缇继至，余仍还宅，别诸邻，约在石门下登舟，与王生藉草坐，久之觉饥，欲还船具酒食，循岸行，闻喜爆声，知船已开矣。此次梦缇行，送者甚众，爆竹声不绝，殊荣于余，姬妇有泣者，解缆时日昃矣。王生眷眷，待余行而后去。行卅里，频胶于沙，泊楂江。夜蚊，凉。

十一日　晴。待菜担至天明乃行。作唐①艺渠挽联云。中山甫捷谤书闻，一笑解兵符，转赢得十年林下乐，想从前②鸡鸣夜炬，陈德晨炊，更洺沙雪角春旄，都间作分甘余话；湘上论兵楚材萃③，群公避狂客，独我④出三见⑤手书来，忆与君销夏头陀，酷冰清常，又游宦双蹱不□⑥，是他时鼻胳空期。行十十里泊新桥。会假寐，至二更后乃起出船头，新月映山，川树寒静，闻渔舟收罟声，心境清冷，对月眠殊幽适也。

十二日　晴。行五十里，将午至易赖街，访子泌，知功儿已去矣。诣程宅，春甫父子均出，其次子月樵作主人。致唐郎书，促余往常宁。余觅舟不得，天暑，人众热不能行，乃出过沈礼堂、胡少卿问船，皆不得。沈处遇覃蓉生，胡处遇秦云生，皆少谈，还舟已暮，烦溽不可奈，移舟对岸，始觉凉爽。月照眠。

---

① "唐"，原作"曹"。
② "前"字原缺，据《湘绮楼诗文集》补。
③ "萃"字原缺，据《湘绮楼诗文集》补。
④ "我"字原缺，据《湘绮楼诗文集》补。
⑤ "见"字原缺，据《湘绮楼诗文集》补。
⑥ "不□"，《湘绮楼诗文集》作"石鼓"。

十三日　晴。晨起访廖总兵借船，留饭毕，过庚云，云明日可赴唐丧。又云彭郎已往扬州。冯絜卿先往唐氏，东岸无相知者，可不辞行。又言张雨珊随父在石鼓。因渡湘至石鼓，蔗丈父子及竹汀御史之子号啸石者，年廿七岁，同出谈，小坐合江亭。向午乃请雨珊同至程宅，写挽联。罗子沅来。过蓝楚臣饮，蔗丈父子先在，厘局二委员、廖总兵同坐，未酉散。诸君皆步过余寓送行。夜初子泌来谈，旋去，送至考棚街，还宿程宅。

十四日　晴。卯起舁出大西门，至两路口，贺仪仲呼我，行数步，仪仲先去，同饭石桥。午饭龙树塘，余但未饭。将行，庚云至。舁中甚热，多憩而少行，至栗江铺，云行七十里，已暮矣。无店不可宿，坐涧中小舟出湘，至柏坊，水程十里，与耕云同宿源顺店，仪仲宿许店。

十五日　晴。行卅五里过常宁县，仪、耕要往隆把总处午饭。出西门行三里，憩一亭，七年前舁夫争道处也。仪仲怯雨不行，余视云无雨，步前，遇常宁吊唐氏客甚众，人人如旧识，宛然常宁儒生图也。至唐宅，门满乞丐几不可入，停舁门外，靧面毕，入哭义渠，奠酒三拜。主人馆余于书室，在其正宅对面数十步。春甫、絜卿、接三、芜亭、文芝坞弟、俊臣子方正孝廉先在，仪、庚继至。至夜乃得食，与冯、杨同室居。至三更，唐子三人俱出，言丧事及作墓志行状诸事，久之不去，诸客皆睡，余与絜、亭后眠。

十六日　晴。唐氏出枢，晓起，主人饬馔，宴客以特豚之馈。余昔论礼，客食肉，又疑客不当食肉。今唐氏之丧，施食贫者至费钱百万，筵客日辄数十万，常宁人谓之"食苞苴"，其古语之犹存者乎？《论语》曰：子食于有丧者之侧。谓与有丧者同坐而独食，非食于丧家也。丧家但具祖遣之奠，而邻里为糜粥，则客无从得食，食苞俎可也。《易》曰"包荒""朋亡"，其谓是与？送葬宜执绋，唐氏柩前拥挤不可近，立门外树下，候送载床时，有冷风吹旗幡者三。诸客别从山道先往，烈日灼人，汗出如雨，至日昃始至圹所，其地为大道，不可葬。地师云："有吉穴。"观者殆万人，妇女坐其门前山上，遂成人山。唐氏倾家厚葬，众皆非之。余独以为有念亲之意，近代所无也。与何、颜、冯、程、杨、贺、萧、方同行。颜南，余八人东至县城，方、何别去。余六人仍为隆朗臣意得都司所要。别持一帖曰"张济清"，常宁市侩也。同行皆欲宿城内，城无饭店，姑就止焉。张曾讼唐郎，后虽和，不宜往也。余终席未与接谈，亦非礼也。芜亭及二陈来谈，芜亭近颇游猾，要絜卿开铅卝，坚坐至三更始去。余与絜卿宿把总西夹室。夜雨。

十七日　晴。出北门，见宜水新长，颇有舟楫之兴，饭于桐子坪，至柏坊犹未午，畏热俱登舟。呼小舟三，每舟顾值千四百，由轿夫派出。余语仪仲以为非教勤俭之道，又非不言多寡之道。仪仲亦以为然。絜卿往报子岭去。贺、程、杨、萧、余同一舟，纵谈轮回，稍有所规劝。至三更不寐，春甫为余特煮干饭，饭一碗许，米有霉气，众皆不觉也。耕、仪论肃裕亭不宜劝东巡。余云："君臣父子兄弟夫妇朋友有所为，未有因人言而止作者，唯圣人可与谋，亦唯圣人可回人意，不然龙、比不至死也。"半夜过东洲，雨至，仓中尽漏。更夫呼止船，称总局名号以过。萧生夜去。

十八日　晨雨。仪、耕各乘一舟去。余与春甫坐一船，向铁炉门，至辰未起，春甫颇愠，余亦笑其早计也。及起，舁犹未至，久之，春甫先去，余亦至程宅早饮，询梦缇已于十三日换舟登岸，至程母处住五日，昨始还舟耳。余亦渡湘，见行李狼藉，文柄先去，无可清理。坐舟中热甚，夜开窗乃得眠。

十九日　晴。庚云来送行。饭后雨珊兄弟及廖总兵来，要上岸，饭于廖处，兼鬋发，过午乃行，九十里泊萱洲。待月出放舟，夜不停，四更过雷市，闻更夫呼船声，及过石湾，未闻呼，盖余已睡着耳。

廿日　晴。风凉。早过黄石望，暮至湘潭，行二百六十里。四母及三弟妇欲还其家，遣舁夫先舁四母处。问黄茅司后街龙屋陈宅。复遣杨一送信与桐生，泊通济门待之。久之三弟至，以其妇子俱去，三弟仍登舟略谈。月出开行，云接月疑有风，至昭山风稍大，幸未狂，乃至包殿，闻鸡鸣，泊牛头洲。

廿一日　晴。失寤。明窗晓日，卧无覆掩，诚惭惶矣。舟人皆失寤，移舟渡湘，已将朝食，泊回龙巷，入小西门，至镜初处借轿还寓。遣两儿上船，移时梦缇率三女一子入宅。松生招饮，同坐者仁、镜、商农、李叔和、何价藩、佐卿、释笠云。叔和，举人，双圃司使之族孙，左楚瑛女婿，佐卿妻弟也。价藩馆于陶氏，与阎季容同居。申散。舁夫至陈母处接梦缇，至暮乃来。夜凉早寝。

廿二日　晴。早诣仲云，以其三遣人问灾，又书至衡州相问，故先诣谢也。未遇，与蕭堂谈，遇济生，知芝生典云南试，皞臣告退矣。还，邹谘翁、杨仁山、朱少卿、释海岸来。出访江雨田不遇，至佐卿处，欲写书，未两行，松生来。沙弥石果来催客，至文正祠住持处斋饭，皆昨日同集诸人也，外有凌、陈，申散。还过樾岑，步诣力臣谈，借镫还。亥寝。

廿三日　晴。晨起欲出，待帉女理书，珆女上学。樾岑来，久谈，遂至日午。外有童子入报，言二邪来。疑棣生在江西不当来，遣迎之，果棣生。顷之验郎、力臣、芳畹、子云相继来。今日本约松、佐来试鄙酒，至暮与笠云俱至，要子云、棣生同饮，未散，外舅来，戌正客去，子云独留入谈，至亥乃去。

廿四日　晴。黼堂来闲谈，比去欲出，会龙嫂来。久之仆从乃集，舁出，诣咨、济、禹门、海翁、笛仙、香孙、陈母，皆入谈。笛仙又要果臣来会，并示保之所撰《武冈志》书。还，再过外舅寓处，棣生后还，留食面条。觉右手张痛，急还，痛不可奈，汗出气促，须臾腹外筋痛乃愈，竟不知其何证也。夜阅《武冈志》，疆域山水果有异庸众，唯文过泛耳。当在《宝庆志》之上，《桂阳志》之下。鸡鸣乃眠。

廿五日　晴。两女理书竟日。春陔、陈楠生来。楠生母建坊，欲作铭，故来拜求文。有人来言王抚被劾，张酉山来代之，亦非佳事也。外舅及棣生来，至夜去，始理积账。

廿六日　晴。课读半日。视安神坐。出送外舅，过子明不遇，至洪井，答访朱少卿，与理安、笏堂、朱继元谈黄氏姻事。夜诣江雨田，还斋宿。

廿七日　阴凉。仲云、济生、子明、壬国璋、镜初、海岸、禹门相继来，自朝至于日昃。因安神坐，谢客，沐浴设荐，行礼毕。唐楠生、孙小石、孙香孙、张东孙来，招幼愚、验郎馂俎，未尽一席，主客已饱，餐饭而散。丑寝。

廿八日　晴凉。海翁来，衣冠出见之。竟日为女理书。健郎、马岱青来，俱谢未见。锡九来，勉出一谈。顷之，程从九殿英遣约相待，至仍无一语，吃茶而去。抄经一页。

廿九日　晴凉。岱青、海岸来。梦缇出，六云复以事多，怨恚不理家务，独携小儿女装回梧庄久之。出访春陔、仁山，遇佐卿于海岸寓，及笠云僧五人，同过遐龄庵与镜初夜话。偕佐、笠步还，看《曾文正年谱》。念熊师、张东丈处久未复信，甚因循可笑。

六 月

六月庚申朔　晴，午雨夜凉。抄经一页。唐佐周、彭子和、袁子寿来。壬国璋来，言周姓买蜀女为团防所掠，引二周姓来见。晚诣商农不遇，过樾岑久谈。出访黄芷琴，言功儿婚事，亦未遇。至黼堂处已暮，舍舁步还。

二日　阴。夜雨。夏子常来，邛州人，名贵伦，官府经历，贞翁门生也。言学使闻功儿观风文，恐有委屈。余因示以课文，云民自以为不冤也。改文毕，欲暮，出答访唐楠生、程州判。过庄心安处不遇而还。夜作策问五道。

三日　雨凉。王理安、陈总兵、李幼梅来。梦缇往省陈母，儿女纷哄，留宅嗔厌之，竟日未出，亦未事也。初昏即寝，至三更始觉，闻雨。

四日　雨，不甚凉。庄心安来，过午始去。作《陈氏节孝坊铭》。过陈楠生、夏子常，均未遇。诣香生谈，要樾岑来同吃面，至二更呼舁还。金四来，言揩子母病，索钱二万而去。得常生、耕岑及黄德斋山东来书。

五日　雨。帉女读《宣公》毕，暂停，待珰女同读，为点《小雅》。樾岑、李郎来。陈、程二生自麓山渡湘来，大风起，匆匆旋去。彭丽叟属题南园画马，因坐久谈，云南园以忧去，由通副降主事，特命改御史，以弹军机，便令在门外监察，受风寒成疾以死，和珅所为也。午饭后过洪井，与笏堂论儿婚事。理安、夔老、仁山、朱生皆晤谈。遇松生同还宅，携《桂志》二册去。刘伯固送茶叶、竹笼。

六日　雨。午热。力臣来。作书上熊师、张东丈。晡后诣商农、次青均未遇。遇罗八弟，言伯宜妻丧，见其次子及伯宜十弟。过子和，遇陈郎。过文心不遇。至海老处欲久谈，会暮促还。作龙母八十寿联。火①枣交梨，会仙无暑；碧鸡金马，应寿为祥。

七日　凉。朝食，三弟来，饭后遣迎其二母、妇女入宅。张嫂、陈妹俱来，竟日纷纭。勉吾、郭寿楠来。书寿对一副。

八日　晴。晨出贺龙母八十生辰，其家人未起，便诣彭朵叟，留久谈，还朝食甚甘。雨恬来，欠申坚坐，似甚欲谈而不能者。连日窘于改课文，草草了事。题钱澧所画十二马册子。吾闻九方相马如相士，谁其继之钱副使。当年佩玉临沅湘，欲骋康庄驭龙子。时平奇骨不易见，十二闲中无骎耳。北风霜劲动心眼空，突扫凡才弃骁骏。四十八蹄皆不羁，丰草长林从所为。莫随奚奴入天厩，官家刍豆容奸私。浦公暗伺和公意，一时仗马暗无气。巧将历块绊霜蹄，阪上悲嘶竟何计。巴丘九疑天地宽，虞舜昔时扬玉鸢。只今画里追风骑，不识人间行路难。文心来，言外间传余不入贾祠，以题楄不雅也。世人多以疏傲事附之于我，他日必得班作朔传，寿载孔书乃足以明耳。罗柢㩦及其弟子来。

九日　济生、蠡堂来。周姓来求还女事。余云余与樾岑交好，樾岑误，谏不听，余不宜论其误也。连日补六月日课，督两女温经，未尝稍懈。风凉宜游，答访寿楠、子寿。子寿言宜起孝廉堂课举进士者。蠡堂言宜起书院招致不为科举者。两君言各有当，皆美举也，而不得其法。又言王孝凤弹威妥马，请斩之以谢天下。快哉迂儒！殊胜筠仙。夜雨。

十日　阴雨。补抄经三页。余子振来。夜过力臣，遂至西门，访张、韩、朱皆不遇。步还甚热。

十一日　雨凉。补抄经三页，始得廿页，补六月十日之课。次青来谈。倒账，十子送银折来，以三百金存陈忠如店也。夏子

---

① "火"，原作"大"。

常来夜谈。子寿招饮未去。

十二日　雨。云甚黑，若有大雷雨者，已而复霁。文心来谈。晚过春陔，其子索余赋稿，久忘之矣。抄经二页。

十三日　雨。周稚威、樾岑、海翁、子寿、黎竹林来。女书、经抄并如程。夜讲《内则》。请竹林为宠女医痫病。

十四日　晴。此月唯今日无雨。女书未倍。抄经二页。要海岸僧午斋，笠云陪坐，兼要彭丽生、松、佐会食。丽生长斋半年，云食肉即作恶。自午至戌乃散。子云来送诗稿，请余润色。夜讲《内则》。郑注"水"为"清耕"，向未之觉，殊觉皇愧。

十五日　阴。抄经二页。寓书若农。为寺僧作字。袁守愚来，戴尧峰之流也，与之谈《庄子》。夜讲《内则》"糗饵粉酏"，尚有确见。三更后雨。

十六日　雨，至辰止，阴湿不甚宜人。为子云改诗二首。寺僧求诗，仿唐人体作一首。绀宇存旧宫，城芜换人世。静法无灭生，尘劳愿乘憩。因山启高轩，平望通远势。曙烟蒙东寮，凉月恋南斋。有时长沙雨，正欠城中霭。得地自招陵，观人徒蕞芮。释子古法王，转轮今已辍。遽暇了不谋，安知阿育利。倘有物外游，题诗记年岁。抄经一页。笛仙来片，言"清新①"鄂经本作"清新"，阮校勘记有之。翻之果然。官刻校刊记无此条，偶阅一二页，所漏脱甚多。夜讲《内则》"牛脩"至"徒食"。

十七日　雨。平地水一尺。抄经二页，补昨一页。力臣招饮，同坐者刘连捷、次青、凌问樵、香孙、子寿，戌末散，食新蟹、韭花。还，讲《内则》"脍"至"养老"。入理家事甫毕，樾岑来，言丁果臣仍还待死。

---

① 据本月十四日日记，"清新"，疑为"清耕"之讹。

十八日　晨雨甚酣。今日丁酉，立秋。农家云不宜雨。振子自平凉还，传谭文卿问讯甚勤。又云自西安至玉关，新柳夹道，盖自汉唐以来西道久荒，今将复盛矣。商农来谈，云李次青以一盐票货周御史复淮纲地。余不知其何心也。湖南大蠹在粤，而李、张遏川，盖周生财运耳。笺《内则》"养老"节。

十九日　晨雨，风凉，朝食后晴。改课文三篇。阅曾年谱毕。饭后出，已暮矣，过黎、陈不遇。省陈母少谈。至海翁处，剪烛夜话，言次青谒王抚不得见。又罗衡阳被京控，盖天符大帝所为也。外议揣度李小泉不上川督，朝旨久不补湖督。皆不知何意。余云欲得双分炭金耳。

廿日　晴。海岸、朗照二僧来。补抄经二页，又抄二页。三弟生母携七女还湘，振子同去，莲弟送之，余步送至城门，阻水不得前。昇访陈总兵，入城至洪井与仁山、少卿、笏堂、东生杂谈，还已暮。讲《内则》"八珍"。

廿一日　晴，风凉。抄经二页，校《书笺》一篇，汉碑六通，作陈墓志半篇。两女课亦粗毕。邹谘翁来。自入城以来未有多功如今日者。珰女始点《上林赋》。夜讲《礼记》"夫妇之礼，唯及七十"。作"虽"作"唯"皆不安。

廿二日　晴，颇燠。抄经二页。校《书笺》一卷，汉碑七通。作陈志毕。诸女看戏，自至马王祠视之。唐崑山来。唐与程殿英皆趋走小材，甚可任使，一旦得知县，遂自谓富贵，人亦无用矣。又不值李小泉等辈一笑者。

廿三日　晴，风凉。抄经二页。作杨墓志毕。刘南云来，久谈。欲校《书笺》，蚊多而止。昇过樾岑、力臣，探新事，云有剪辫妖人自江宁至宁波、上海、安庆、武昌。孙使库丁被其试法。安庆获四人，供云九龙山有纸人七万，须辫二万则出矣。余语樾岑云："岂如涂鹤须三世人血邪？不然何必历九州而相辩也。"力臣处遇子寿，谈至二更还。待梦缇醒而后寝，已鸡鸣矣。是日陈郎鲁瞻来。复为宥女诊脉。

廿四日　阴，欲雨，凉甚。刘南云人有精采，宜早答拜。遂出过商农，云已出。遇松生及夏君入，随入，商农故未出也，谈久之。至荷池访次青，遇黼、力、张子廉长谈。力臣以盐票买周御史事，京省藉藉传之，而咎予不应造此言。岂疑予讦其私邪？不然谣言何足深论，余不解其何意也。出城答访余子振，未遇，即驰归。过阆青、子常、南云、□斋，皆不遇。还，馁甚，视弟子方写课卷。任郎伯华来，匆匆去。夜半寝。

廿五日　阴。抄经二页。凌荫庭来，云黑茶为理藩院所占，故不能销，今谋复归化城，旧引地也。两女各倍半日书。校《书经》二篇。过济生少坐。看验郎文殊平庸，以其家学，未便深谈。将暮酣眠，至鸡鸣起，五更乃寝。

廿六日　阴凉。抄经三页，校唐碑五通。晚出过庄心安，少谈步还，稍觉热。彭子和、黄莘畬来。朱雨恬送鱼。

廿七日　阴晴。黄少羲来，送之出，过城隍祠，日出畏热即还。抄经二页。作书复殷绍侨九兄，上外舅。瞿郎鸿锡来，未入。晚过海老宅，答访莘渔未遇。取道从贡院后，往还，不得通，更出贡院街，至松生处。门遇二黄，执礼甚恭，忘其何处相见也。入问少溪未来，至曾祠寻松生，还坐，商农继至。复由祠园访佐卿，谈至初更，商农先去，少溪亦来，大雨，二鼓乃出，祠门已闭，留顷之，药店门开乃得归。

廿八日　雨。辰止。循城至南门还。见彭山屺宅，念廿三年前曾面诃之，遣送《衡志》一部以谢吾过。山屺，衡阳人，为曾文正巡捕。余议当疾发水师攻湘潭，山屺持令不行，余厉声叱之乃去。此事今不复见矣。子振、芳畹均来借钱，无以应之。松、佐来，久谈，同至马祠访陈杏生，遇雨，二鼓还。

廿九日　阴晴。马岱青来，唐佐舟继至，言其从父石生有诗，欲入《耆旧集》，盛德事也。岱青视所为文，文笔稍进，未饭去。抄经一页，计此月仅得五十八页，不能多一字，亦可笑也。理安来，留午饭，同访袁守愚，未遇。至春陔处，微言阻其讼彭、丁，意颇嘉纳。还，左逸仙来，笼镫始去。子寝。

七 月

七月己丑朔　晴。午大雨。文心、子云来，借《公羊》《诗笺》而去。张东生来，未及谈，陈鲁詹来，遇雨不能去，至暮乃行。抄经二页。夜讲《玉藻》。珰女读《文公》篇毕。

二日　阴，午雨。袁生来，略与谈陈氏事，言其夫妇参差之由。因言宋儒以道自重之敝。食饼过饱，午饭草草而罢。抄经一页。理安来假钱二万二千。与书瞿子久。复黄、常二幕宾书。

三日　雨。午止，城中讹言益甚，有奉定湘道者，建议迎两县城隍出游。冒雨泥行，甚可笑也。抄经三页。

四日　晴。官府祈霁断屠，城人又迎陈道人像入居斗宫，街市甚闹。瞿郎、子纯、力臣来。力臣代购翠花十七枝，云价廿两，未付也。又云《方略》已由驿发到，曾、胡嗣子各一部。而文云"与家属"，公文之不通如此。过洪井问之，云尚未到。取道欲迎会看之，竟不能得。还为文心作《和夏诗》，诗成已暮，竟未能抄《春秋》也。樾岑夜来谈，言谣言为乱之始基。又言一狂人被诘获，词连抚、臬、府、县。或欲杀之，且恐王抚恶其连己而欲灭口，思所以救之之法。余亦峙嵋。樾去，余大悟，此无难也，樾为欲活人而欲枉道，故动辄纡碍耳。夜补抄经二页。子寝。夜雨。

五日　晨雨，至午止。抄《公羊·僖公》成，计六十八页。夜看《明季北略》至子丑之交。

六日　雨至午止，申初复大雨。龙八回，借监照未得。岔女告病。得外舅、弥、保书，云非女有疾。竟日校《书笺》，未皇他营。谙叟、徐甥、研根来，相对，心殊不在客也。至夜分犹仅校得《吕刑》下四篇，及《书序》《目录》各一篇，《禹贡》至"导山"止。因已过六十页，又新有暑疾，遂少坐而寝，家人尽睡矣。

七日　晨雨，朝食时晴。校《书笺》毕。诸女出看迎城隍神，往来街口久之，甚热，欲往北门，三遇人挤拥，更由西门，复再遇，挤至火祠，将看戏，不可看，至洪井少坐。还颇倦，少眠，起饭，已暮矣。复携滋、恒至塘弯看柳树。夜小雨大风，少时止。

八日　晨雨，辰止。黼堂、润生来，至午乃去。同润生过谙翁，留谈久之。还，衡阳萧贡生云谷来，少坐去。济生来，云胡荫生死，其妻割股，陈氏女也。胡稚翁十日之中丧一女，一子，子妇复将殉夫。黼堂先言之，余云宋学之为害，使人凶祸不可当，方知毁不灭性之义精也。抄经四页。两女入秋未课，今日粗了。夜过黄子寿谈，还讲《玉藻》"深衣衽"未了。

九日　晴。唐作舟、程生、郭寿南来。言徐、宿寇起，迤西复叛，英夷被兵云云。商农招饮，步往，无一客，顷之皆至，坐者九人，仁山、朱少卿、杏生兄弟、佐卿、向子振、杨妹婿何，纵论人物，为月旦评。酉散。过陈母、罗子沅，见伯庚孤子略谈。过樾岑，遇蔡学苏，踏月访力臣，遇子寿，絮谈还，月已落。补抄经一页。陈生来，留宿。文柄复至。唐郎准纶来，未晤。

十日　晴。唐酌吾来。韩勉吾送礼，不知儿昏之改期也。抄经二页。夜作艺渠墓志，至鸡鸣未成。理安、袁守愚来夜谈，招入菊隐寮看月，以袁生诗甚丽也。

十一日　晴。命丰儿代授读，作志铭成。力臣来，以扇像索题，作七言长句应之。子云、禹门继来谈，同出过唐郎，言作行状事。步月还。

十二日　晴。晨命功儿代授读。将作文，伟斋、佐卿、胡子夷、子正、心安、邓婿、徐甥来。文心索改诗，子振候借钱，力臣催申夫书，交午于前，今日弟二忙也。作申夫书，会客，尽一日。昨日安床，设榻后房，为斋宿所。斋当居外寝，而皆弟子学舍，不尊严，故居正寝之后也。

十三日　尝祭，午正行礼，申成。三弟祀祢，往行礼，乃馔。要徐甥、夏子来食，微醉。唐郎、子寿暮来。

十四日　晴热。三弟代授读。作湖北公呈稿成。心安请作《石床名》，遣使来催，夜成之。

十五日　晴燥。作安徽公呈未成，涓一日。

十六日　阴。龚提督来。午后大风凉雨。酌吾来辞行。书扇一柄。夜讲《玉藻》"衽当旁"，未明"左衽"之义。

十七日　晴热。仲云、曹价藩、子和、刘伯固、樾岑来。自朝至于日中昃，客去，即出答拜龚提督。吊胡志翁，未出，请其子妇弟陈生出陪。遣觅胡子威出谈丧事。旋吊价藩，答访伯固，赴向子振招饮，坐客姚立云、杏生、佐固、商农，戌散。过价藩谈，同至曾祠园中看月，待月将午，乃步还。过舒叔隽，遇陈德生。

十八日　晴热。陈杏生、池生、罗秉臣、价藩来。抄经一页。理安来，与同至曾祠，抱滋儿以行。设宴。浩然要商农、子振、立云、三陈、佐卿、曾小澄、伯固及理安夜饮桥上看月，三更后散，与云、安、杏步还。过十栅，唯二栅未闭。还得雨苍书。

十九日　晴热。闻镜初来，往视之，遇海峰僧守屋，久之镜初还，仁山亦来谈，有客至，出至学署看考还。小澄、劭卿来。抄经一页。唐作舟送其从父石生遗诗来，求点定，为改二首。三弟录科出场，鸡鸣矣。

廿日　晴。子云、繡堂来，云怀庭自湘还。顷之镜初与俱至，谈至午乃散。陈郎、叔畴及湘乡谢人初来，寓新寮。倦甚少睡。杏生招饮，坐中主客十一人，三陈、佐、云、刘春禧、马秀才佐卿子师也。子云、和障、陈子闰官、商农。蛙鱼甚美，戌散。与怀庭略谈，鸡鸣乃寝。

廿一日　晴热。未起，作舟来。文心、海岸继至，与怀庭、作舟同过芋园饮，仲、叔出陪，镜初、瞿郎同坐，午散。看周茂兰血疏题跋，凡作诗者皆可厌，盖忠孝最不宜诗也。还浴。锡九、舒叔隽、袁守愚来。袁赋《看月诗》甚富丽。晚访劼刚不遇，与仁山、劭卿、子微、东生、理安夜谈，笏堂出坐，还过樾岑宅，新移郭氏大屋，云不索房钱而值过毕。余不以为然，未可谏耳。论筠仙被枉事，不觉愤激。得果臣片。仁山云果臣已来矣。戴子高五年前寄书，沉滞始达，已成遗笔，百年转瞬，亦不必多伤也。夜和熊师诗。

廿二日　晴热。客来不断，竟不能记为谁某也。唯果臣不死仍来，可为异事，与同出至藩围后分道。余赴佐卿处，姚立云设饮，劼刚先在待余，略谈，以人多未敢多言。比入席坐者主客十一人，劼刚及李子字子城先去，三陈、佐、振、商、固俱在，饭罢，论李发甲抚部祠事，议各考生捐鱼肉钱以为工费，亦可得二千四百千钱。

廿三日　晴热。伯固来，饭后怀亭出访镜初，余欲同往，畏热不敢，稍理荒课，抄经一页，看唐碑一篇。立云来，言佐卿无坚持之操。

廿四日　晴热。早出往镜生处送和诗，答访胡子威兄弟、任雨田，遇一官字湛清，北人而学湘话，不知其姓也。过小澄处，遇商农。将往雨恬处，日已皎烈烁人，乃还。遇黼堂访怀亭，同坐久之，乃饭。抄经一页。晚饭思贤堂，二松为主人，坐客十四人，亥散。

廿五日　早热晚凉。劼刚、若林来，少坐。抄经半页。为二女抄赋。赴曾祠饮，凌问樵为主人，坐客十六人，生客有陈牛①、陈鹏、余郎。旧火夫陈堂出见，自云能管监禁。遣借菜送龚云浦，不受，为慰。谈至戌正，始忆与香孙约，急往赴之，已二更矣。遣约志臣来，谈争产事甚有理。余知其不可劝，漫曰此家事，理如此也。坐至三更辞还。

廿六日　凉甚。劼刚闻人谣云馔之美，欲尝之，因命治具约客，乃暴病不能全。少庚、梅生、守愚、润生来，又陈生、马郎来，未出见。徐甥与王纯甫来。二邓郎来，甫数语，客至，及即席，已暮矣。坐客樾岑、志臣、怀亭、杏生、凌问樵、荫庭，食甚饱，亥散。

廿七日　凉晴。黼堂、镜初、仁山、海老、张子廉、培仁、子明、心盦、香孙来。自朝至暮未入室。培仁言金丹可成，房中术可习，又言林德彝得道，甚谬也。刘伯固欲募修李抚部祠，余为作通启。晚过王纯甫，书扇二柄。遇唐春湖、汤汉龙言宾兴事。子明言力臣占其宅，悍不还，力不理甚，无法制之。纯甫云宜用刘璞堂也。

廿八日　晴。怀亭欲去，治装久之。司吏设投卷局于寺外，

① "牛"，疑为"生"之误。

初谓宜先到县中安顿，樾岑谓易与耳。今仍至此，僧骇怒，力争，吏亦汹汹，余晓以和悦，声势稍息。出访罗少庚、陈梅生、黄季鹄不遇，至贡院庆成工，少坐，与镜初俱出。余过志臣，与杏生、问樵同入，旋别去，诣陈母、海老、汤姓、张子莲，均坐久。还，怀亭、司吏俱去矣。送遗才条及议捐李祠钱者、交账者纷集，心目间为之扰乱。顷之，问樵、黼堂来，一议宜捐，一挠其议，余皆唯唯。

廿九日　晴，复热。王怀卿来。罗八弟及其从子伯存来。彭郎保初来，持其父册去。过樾岑送遗才名条，留食饽饽。晚过学院看案，至洪井少坐，笼镫还。讲《玉藻》。

卅日　晴。积压功课甚多，稍理之，改文二篇，抄经一页。从子馘来，旋去。罗郎少庚夜来，为其从父言遗案无名，欲必得之。庄心安有贷于子明，往说不肯。便过贺郎不遇，其从兄伯仁出谈，亦言无名。夜改文半篇。晴生来。

八　月

八月己丑朔　晴热。子威来。出过晴生，贡院遇理安，同访怀卿，遇李郎幼梅，复至贡院。过志臣、翁七郎均不遇。诣笛仙、果臣久谈。答访保初，还已夕。讲《玉藻》，无难处，唯韠制未得明，当详论之。抄经一页。

二日　晴。祖考生辰，设荐。黄叔琳、袁守愚来。王生伯戎、桐生弟新到，均来，抄经一页。陈生来谈文。吴称三、黄少溪、梁仲玉、黼堂、商农来。晚诣外舅，昙还。讲《玉藻》毕。

三日　阴凉。抄经一页。出唁左逸仙。送商农行，未遇。过外舅，少坐还。王生移来小住，与同至学院看遗才案还。外舅来。

写扇三柄。

四日　阴凉。作吴山夫《说文引经考序》一篇。校改《格术补》一卷，积案稍清矣。晚过樾岑谈。胡子正、唐作舟、朱□翁、樾、轩同来。从子佶、谟来。

五日　雨。为刘伯固评墨卷，抄经一页，李润生、黼堂来。午过谐叟，陪外舅饭，同坐有曹桂亭知县，颍生巡抚之子也，语必称父，又自矜吏治军政，主客不能偨一言。席散，异夫不至，急步出，还，伯固来。夜讲明堂位"羲象山罍"，未确。

六日　雨。午霁。胡子正及其弟□□来，春阶继至，盖送考也。□□诸女欲看入闱，往探已过时矣。步出访常寄鸿，寻曹价藩不遇。过松生处，遇少溪、佐卿、伯固、凌善人。佐卿意兴甚恶，余辞出，过外舅寓略谈还。运仪来。抄经一页。是日甲午，秋分。

七日　阴凉。抄经半页。出送考，自南门绕小、大西门，草潮门、小吴门、北门还，几步行卅里。夜少寐，惊觉，以怀亭、三郎须早赴贡院，先往至坪中木棚内，听炮候门至旦。

八日　晴，日出。衡阳人毕入。出至棚中解衣冠，还家朝食，复至中路候送本县人。及午尚拥挤，点善化未尽，乃还午食，携三弟、佶子去，犹嫌太早。自来湘潭入场，未有晏至此者。又还，夕食，携两女往观场，暮还。

九日　晴。昨两日废事，拟静坐一日补之。饭后，若林、翁强生、殷郎仲衡来，谈至午去。抄经一页，补昨半页。为两女理书。午饭后出，答访春皆、心盦，过镜初，与同至果臣处夜谈，异去，步还。讲《明堂位》。

十日　晴。为两女理书。抄经一页。午出过运仪兄弟，遇两王生，鼎新钱店之子弟也。至贡院前已放牌矣。三题均正大，疑可取佳文也。至子常处小坐，食面，再过香生，还遇陈郎于街，已出场，复往游也。此郎磊落有吾辈风。夜弟子俱未出，倦寝，比觉，三弟仍未归，心甚疑虑。鸡鸣乃出场，视其文平平耳。佶子文稍可，而讲甚拙。

十一日　晴。夜子时畀往贡院，看出场，至点名犹未毕出。送府学头牌入乃还。六云生日，放假一日。往陈宅闲坐，留茇女在家，殊不忆娘。蔗丈、静斋、罗郎来。子云夜来，谈郭志臣争产事。

十二日　晴凉。抄经一页。倍书三首。写联幅十余纸，字恶劣奇古者相杂，一挥之后，不复再视。午睡时许。夜月甚丽，庭桂微芳，步往蔗老处夜谈还。讲《明堂位》。

十三日　晴。抄经倍书，竟日未出。作拟墨二篇。说“射主皮”为君臣不复留意于射，似甚确当。晚过程郎，看闹作不佳。访果臣，已去。仁山云镜初今日生辰。与与循同日，二人不相好何也。夜还，改文。得五经题，均似有经学人所拟题也。

十四日　晴。寅往贡院，看点名，则三路无应者，唯担夫荷杠而立，可叹也。过外舅寓，携帏女同行。还访称三、樾岑，留朝食，论力役之政，以“条鞭”为便民，非知治者也。日烈步还。为两女理书，令明日放学。抄经半页。镜初、锡九、镜兄、杏庄来长谈。晚过罗研丈长谈，畀往畀还。过运仪兄弟少坐，借镫笼，恐犯夜也。胫创小发，不能行。

十五日　阴。足不能行，又畏寒，不能起。至未强坐，抄经一两行。看丹徒陈世箴《述记》，内唯《王岩韩默传》云史可法复睿王书系默所书，足备掌故耳。外舅及子云来。夜抄经一页，计此半月及前月共得卅页。

十六日　晴。樾岑来，强起会谈。三曹、一吴来，少坐去。

晴生来，心盦继至，芳畹又来，遂尽一日。抄经一页。

十七日　晴。抄经一页。为两女理书。夏芝岑粮储来，云久赏吾文。絜卿两郎、焌三、子英来。松生、虪堂、润生至。暮，客去，欲稍休，闻玉泉山已集议作乱，亟往樾岑处，欲令会同府、县营兵严行禁止。至则邹叟在，力言必激变。事不干己，遂未尽言。见黄祁农工部之子淑丞，眉目甚隽爽。询其兄弟四人，母年五十一，有田足自给。

十八日　晴。先祖妣生日，因召客，以其肴设荐，至巳乃得食。坐客谢、陈、胡郎、王生皆远来，宜设食。晴生亦宜有一食之礼，故为此集。锡九为宾，散已未矣。中坐陈生、程郎、夏苹轩来，席间唯言诸生作乱事。胡子夷及王怀钦、李幼梅、性甫、邓婿、徐甥、桐弟皆来。陈恒玉监生来谢，未见。夜抄经二页。王生去。

十九日　阴。晨起抄二页，《文公》篇毕。唐楠生、彭丽崧来，设食。招怀钦、梅生、季鸽、邓郎子元、徐甥渭来、彭郎、辛叟早饭，少羲作宾，实午饭也。酒中，外舅、翁强生、验郎、邓婿、子筠兄俱来。酒罢欲出，胫痛大作，乃遣人往吊左庆贺。贺伯仁续弦，左逸仙明日遣葬其母也。挽联云。问疾在中元，方期笙鹤从容，晦日瑶池促仙御；官箴承母训，正有笋鱼供养，秋风锦水怅归帆。

廿日　阴。唐鲁英、彭子和来。出过春陔，遇仲云兄弟久谈。答访夏粮储未遇，还过曹十三，吴大汉出谈。曹云七父可立主孝子祠。又言余当作公呈，举祀孝弟，并徐八丈同举。唯唯而还。为两女倍书三首。抄《春秋》一页，加抄《礼记》一页。是日戊申，春甫欲为笛仙作寿屏，笛仙辞之甚力，云此时已为家主，无自寿之礼也。余两嘉之。罗研丈来，谈邹谘翁宜开缺。余云天下言不作者，谘翁与郭志臣也。无以谏之，腹诽而已。夜雨甚大。

廿一日　雨。己酉，寒露。佐卿来，示劼刚及己所为《刘王夫人寿诗序》。余云骈文非纱帽所能为，余今已不能矣。六朝人罕有老者，故骈文最妙。盖须壮盛心力乃能成之，又须有少年气韵，亦不妨稚巧，皆与达官老宿不相类也。陈郎来，日哺矣。抄经二页。倍书各二首。黎竹舲招饮，坐客谘翁、张振孙、左子昇。竹舲云爱妾新死，兄知扬州云云。戌散。过济生处看文，又不甚佳。夜大风寒。讲《丧服小记》。

廿二日　雨。睡一日。翁强生来，为杨氏求墓志，言养马事，外行也。抄经二页。催儿课文已十日矣，尚无消息。乱写屏对五纸。

廿三日　晴。岱青来，言卖文事。饭后往营盘街看屋，陈郎鲁瞻以其祖居质于我，先已付价百廿两银，今乃往相度开窗等事耳。屋虽小，殊有幽静之意。遣龙八随莲弟往，督工匠修饰之，以娃往爨。果臣来。抄经二页，夜讲《小记》三页。倍书玙、衯各三首。夜有大声发于楼，似盗从屋下而踏者，因坐久之。看守愚诗一卷，乃独寐。

廿四日　阴寒。抄经三页。两女倍书各二首。樾岑、济生、健郎、守愚、子筠来。省城会客一大功课也。沈郎友簏来，送火腿、莲子。子筠言得湘潭信，五叔寿终。吾家比丧老翁，殊非佳朕。五父亦一奇人，晚节不惬族众，余亦疏于省觐，为可感惜。夜讲《小记》。

廿五日　晴。绂子来，佶子去。姚立云、李润生来。闻黼堂丧婢，欲往唁之，无异夫不行。抄经三页。两女倍书六首。得九兄书，举六嫂节孝，与片志局。作书寄段培元。

廿六日　晴阴。陈知县万全来访，云在郴州尝[1]一见。观其颜色，有求者也。察其才质，必不见赏于王抚。抄经三页。两女课粗毕。暮往黼堂处，遇丽生、作舟、某生。遣儿吊胡烈妇。绂子去，挟余书往江南也。思此时江行，凫嫩蟹肥，风清日皎，兴复不浅。

廿七日　晴。抄经三页。唐继淙、章素存来告急，云其街栅败，劝王永章修理，得钱五千，今事发，非君不能解也。此人张衡州颇善之，物论不与，余亦厌之，感信陵门下之诗，借钱六千。章云今不能还。其言尚朴实，不虚此借也。得若愚肃州书，并其家用银。夜过价藩、果老久谈。冥行还，寺钟已动矣。路甚暗，幸有放镫者，大得其利。

廿八日　阴。早饭后过北宅，君豫、果老来，王氏添丁之兆也。与君豫同过守愚，独访笛仙、子和还。北宅工未毕，不可居，稍坐还寓。马先生来告去。过越岑，言初三日白虎入宅，不可移居。

廿九日　雨。向子振、唐兰生来，云沅浦得晋抚。海丈来。惕吾兄来。为果臣校《格术》一本。为研老看吴嘉纪诗一卷。嘉纪，字野人，泰州人。其诗在玉川、东野之间。诸人序之，未有一言及者，但称好好而已。然则野人终无知音也。以笔墨入新宅。未抄经二日矣。黼堂、健郎来。谘翁送花镜。

九　月

九月戊午朔　雨。舁入北宅。补抄经六页，以为足矣，数之

---

① "尝"，原作"常"。

仍少二页。珥、帉两女来。夜看吴野人诗一卷。

二日　晴。补抄《春秋》二页。抄本日定课二页，《礼记》一页。芳晼、锡九、果臣来。晚过香孙。子和送烛、爆、包子，受之。

三日　晴。笛仙送镫彩烛爆，陈母送包子、定糕，罗子元送茶包，皆受之。抄经三页。镜初、锡九、夏子常来。陈五弟妻来迎梦缇，入宅留饭，夜去。梦缇定居西夹室。亥寝。

四日　晴。晨起步至南寓，为曾祖妣生日设荐，因留陪九兄，食汤饼。午过果臣便饭，还甚热，可夹衫耳。为商农抄诗，杏生写扇，翁强生作杨氏墓志。张东生来。初夜假寐，至三更后，六云来言城上钟声更漏甚乱，人嚣嚣若有变。余云此街上失火。起呼工人，无在者，唯熊三病，惧不敢出。寺僧重扃，悄然暗登后山视之，火光在大西门，乃安心还寐。大风小雨。

五日　雨。朝作杨志成。春陔来，言将为豫游。讽之不能止。一月前与余言，必不赴子官所，何其明也，今若忘之，又何惛也。海翁言翁玉甫遇一小事，面色改常，非有用之人。余于春陔亦然，初已觉其俗，后与谈甚有理致，今乃定之矣。午出答访陈知县不遇，过海翁久谈，还北宅食菌。补抄经二页，欲罢，念尚早，补《礼记》一页。鲁瞻来。

六日　雨。抄经三页。木匠粗毕工，散去。作书与春甫、二妹，大睡半日。

七日　晴。朝食时三弟回，云其生母同至，遣迎未至。黼堂、叔麟、润生、淦郎来，守愚、镜初、向子振继至，陈母遣馈梦缇生日礼，三弟母携七女来，纷纭一日。抄经三页。

八日　晴。早起，恐芳晼来，衣冠待之，未至。淦郎来。帉、滋两女入宅，儿女贺其母生日，设面。抄经二页。心盦、洪郎、刘馨翁均来贺入宅。三弟妇及六云均入宅。

九日　阴。午后雨。晨至南寓，仁山、东生来，久谈。客去已过午矣。与九兄、四母均无可谈，睡半日，初昏，告三庙、二祀当移居。欲言"奉迁"，迁庙非此之谓，乃直言"移宅"而已。今夜放榜，寓中殊清静，超若世外。

十日　晨雨，旋晴。木匠来移神坐，三弟同至，乃闻济生叔侄同举。韩勉吾、吴雁洲、曹毅生、汪伟斋、李禹门之子字仲穆，皆得隽，今年殊胜去年也。奉移尚早，因出至李蕭堂处，其子字幼梅，中副榜一名，因留谈久之。至龙宅入贺龙母，至李宅贺禹翁，皆久谈。还，轿夫犹未至，顷之乃集，安主舆中，步导以行，路甚滑，行迟，汗湿重衣矣。少休，盥须①。殷竹老及果臣偕至，居停陈郎来贺新宅，验仙来问经文题义。子和、谘翁、樾岑并至。樾翁示新科闱墨。子云亦来，遣催瞿春陔。今日设荐，请诸客老福者，兼发新宅也。然匆匆未备，颇劳从者。未初行礼，酉初入席，戌正散。龙母来索信与皞臣，催其早归。

十一日　晨晴。朝食时雨。稍部署匠人，欲补课程。唐作舟来辞，不得已出见之。得黄运仪书，词翰并美，来使待复。怀亭复至，入草草答之。李作周来，久谈。怀亭索食未至，仲云来，汤生来，客去已暮矣。抄《礼记》一页。补作《礼记》"蜗②醢芄食"一节笺。

十二日　雨阴。抄经半页，舁出谢客，至佐和、笛仙、果臣、夏粮储、子筠、心盦、怀庭、馨室、许子敬③。于果臣处遇怀庭，子敬处遇龙郎。晚至作舟处饭，坐客怀、镜、蕭三人。

---

① "须"，当为"頮"之讹。
② "蜗"字原缺，据《礼记·内侧》"蜗醢而芄食雉羹"校补。
③ "敬"下疑漏一"处"字。

十三日　晴。小不适，未朝食。姚立云、幼愚、叔畴两郎、罗秉臣来。午后出，答访冒、黄、樾、仲、春，惟李宅得入，蕭堂出谈。晚至济生处辞酒，陪验郎蒙师也。夜过香孙，遇阎陪优，牢骚已甚。锡九来，亦痛诋中卷。卷中有刘郎文甚佳，云郑小谷之作也。

十四日　晴。病不能起。怀庭来话别，卧谈半日，起陪饭，肴菜甚劣。

十五日　晴。怀庭片来告去，强起书扇作小诗四首赠之。昔别干戈满，今来鬓发衰。通人非祸乱，端坐有推移。仕隐俄同辙，江湖任所之。无端一旬促，堪又十年思。　富贵从时局，文章养道心。谷溪雌白守，前后牡丹吟。泪竹秋成束，苍梧日易阴。湘波无限意，直下海门阴。　便欲从君去，同看万里秋。江流终有岸，晴野惧登楼。麓寺云长覆，吴山树独愁。西湖非隐地，彭李误菟裘。　学道仍难隐，应官岂便炎。洞庭今更浅，清镜雪频添。五度期霜菊，扁舟溯露蒹。来宵酒尊畔，别思在明蟾。研仙暮入房中谈。

十六日　病。为果、竹两翁强起，还，改文二篇。病少间，舁出，赴樾岑招，坐客晦老、性翁、香、镜，惟谈杂事，稍及今科文。余云今科文之不能言不通，犹西枝比丘之不能言知足也。盖人各有识限，惟五十步者好笑百步耳。晚衣冠过陈母祝寿。陈母今年八十矣。联云。湘寓十年，清贫益寿；秋花九月，晚景如仙。步还。

十七日　阴雨间作。早贺陈母寿，坐客一北直人，一罗润生，一淦郎，食汤饼三盂还。幼愚先在斋中，谈未久，得张东丈书，送张小浦奏章。得俊臣、雨苍书，春浦书。春浦甚言剪辫之确，余终不信也。镜初兄弟三人及吴生雁洲来。又有一人先在坐，余以为同来客者，未问其名姓，久之，客反问余姓，乃知其非曹党，是祁阳邓生来寻馘子者。客去，作《易经》文一篇，得"绩"字本义。《诗》凡言"六辔如濡""羔裘如濡"，"濡"皆当作"绩"。绩、缛双声，繁采之色也。因教两儿以凡事有益如此，不识此字近千余年，余亦二十余年矣，令人惊悚。夜作书与张东丈。

十八日　雨。晏起，昨夜风甚寒，人殊瑟缩也。凌生来，言有师生求阅卷。允为向庄心盦求之。涂聋来，久坐，甚苦之。杏庄、锡九、彭郎来，禹门、验郎亦来，少坐去。夜寒早寝。

十九日　雨寒。文心来。有汪开第者贸贸焉求见，入乃知其误也。饭后作"殷脩蚔醢"五句题文，及"河曲之战"文二篇。子明、济生、理安、性农来。视阎生二三场作，殊不佳。五经文，余已作四矣，何不再作《诗经》文，因作两行，无可敷衍而罢。

廿日　晴。始再抄经，停工八日矣。先曾祖、先妣生辰，各设荐，已正礼毕。黼堂、润生来，竹伍午至。申刻过香生饮，研、海、樾、性四公。戌散。

廿一日　晴。抄经三页。子云来。吴雁洲之父招饮，陪左锡九及诸曹也。申集戌散。尚有二黄，云一举人，一典商。遣丰儿仕武冈迎其妣。与书弥之。

廿二日　己卯，立冬。晴。出贺胡郎子正及海翁幼子昏。答访五家，惟凌、杨得遇。至报慈寺看旧寓，乘兴还。作书与张东丈，谢其为七父作墓铭也。夜过香孙，谈曾、曹之交。

廿三日　晴。六云早起，何姁尚卧，呼之。六云恐其怒，反抚慰之，因骂六云。深悟蠢人之别有心眼也。晏起，欲饭，师竹生来，为其子求信往永州，坐待乃去。梦缇已作，子女纷绕。携四女往府城隍祠，游荷池，至研丈处少坐。循宫墙至副衙坪，观李真人祠归。足创复发，少寐。夏粮储招饮，舁往，彭、徐、李、赵、黄先在，左心农继至。粮署亭榭甚卑曲有致，登楼坐待日落，张镫看菊，饮陈酒甚佳，戌散。街上人犹多，还，闻酉初复得一子，母子平安，甚可喜也。抄经二页。

廿四日　晴。抄经二页。锡九率其子兴育字志和来，并属余具酒就饮。张子廉来，客避入书室。顷之李润生、曹杏庄来，镜初继至，樾岑、霖生来，顷之去。二曹一左留，待馔黄昏不至。遣约香孙来，比即席，已上镫矣。设食甚洁，可食，客主皆饱，亥初散。

廿五日　晴。陈郎来贺三朝。文心送菜，陈母送肺。肺为祭主，盖周时之遗礼，今犹存者。午洗儿，告庙行礼。黼堂、竹伍来。子筍来，留饭。尚早，与九兄同至城隍祠，率四女以行，人多不可立，乃还。饭罢，抄经三页，夜讲《礼记》。

廿六日　阴。抄经三页。姚立云、瞿郎、子纯、理安、凌问樵来答拜，陈郎、彭辛郎、左生均在，旋同来谈，将饭去。果、镜两君来。饭罢，送果翁至竹翁处。竹翁复送余至贡院坪。余往霖生寓少坐还。抄《礼记》半页。夜雨。说《礼记》"量鼓"。服虔引以释《左传》一"鼓铁"。孔疏驳之云太小。其疏《礼记》又引《隐义》云鼓十二斛。斛，即石也，百二十斤为石。凡用铁千四百四十斤，铸刑书可矣，而操鼓以献则太重。"量鼓"之鼓当作"鼓"。"鼓"，击也。击量者概也。今收漕有踢斛，其量鼓欤？

廿七日　阴。抄经三页。出送瞿郎行，便诣晓岱寓谈，勉吾出，坐良久，复过洪井，与果、仁、理谈。果臣云有才女嫁农人，郁郁不得志，其父喻以诗云。英雄自古轻离别，惟有田家守白头。女得之释然。此可以为诗之用得《三百篇》之意者。又言但少村与陈淀生争宅，欲殴之，淀生献诗云。蜗角何须骋蛮斗，鹊巢无奈已鸠居。但亦释然。因杂论诗解。出诣瞿宅，瞿郎已出，入与春陔谈，黼堂在坐。余言欲往黼处看菊，黼便邀往午饭，设食，有旧家风。问其火食，已包与厨人，则又不似旧家典型也。凡火食无论丰俭，必不可包。包者明知其中饱而但图省费，则泽不下逮，权不上揽，浸久而家人但知吃闲饭，以家主为债主而已。

廿八日　阴雨。郭玉告假，门口无人，移研出书斋坐。顷之，向子振、晓岱、邓翼之来。翼之执弟子礼甚恭。子振云盐道欲作堂联，嫌不佳，诡云失之，属余拟作。资湘北汇总无波，看列城控带黔吴，山水钟奇多将相；纲引东来承旧法，更禺荚旁通领蜀，倪桑著论待经纶。雨苍书来，问"吾弟"，"吾"字提行何本？案《龙藏寺碑》"我大隋""我皇"，均以"我"字不空。澧水桥陈叔毅《孔庙碑》亦然。北魏《敬使君碑》"今上"，"上"字始空格。齐《西门豹碑》"我太祖"，"我"字不空。自唐初犹然，至欧阳询《九成宫泉铭》"我后"，"我"字空格。《张琮碑》"今上"，"今"字空格。《圣教序》"我皇王"行满书。《韩仲良碑》"我高祖"，《尉迟公碑》"我后"，《岱岳观开元八年记》"我皇"，并同。自此以后，不可胜数。其后权怀素书《平百济碑》"我皇"，"我"字不空。午过张子莲看菊，菊不能佳，坐客刘春溪、施进士、何知县、张立之、任小棠，二更散。甚寒，为功儿改《诗经》文。

廿九日　雨。一日无客，抄经三页，两女课亦不能毕。常霖生来，夜谈。

卅日　雨。玉振无息银，遣询龚提督银有续至者否。樾岑暂借五十金来，庄心安复假百金于我，无以应之。竹伍来，留午饭。樾岑来，言恭王为筠仙移书王抚问上林寺事。余云三者俱失之矣。筠仙托于和夷，以挟制地方官，王大臣不问民事而惧毁教堂，王抚畏势而不敢言其非，体纪安在乎？此事王抚当捕乱民，筠仙宜置不论，恭亲王等若移书当令奏明情形，治郭、王曲直，今以三细民至惊动朝廷，乱之甚矣。

十 月

冬十月戊子朔　雨。检所抄经，《礼记》少六页，补抄三页。抄《公羊》二页。为两女更定课程，今日粗毕。竟日无客，夜讲《小记》。

二日　阴。晨坐甚久，乃得食。饭后出，答访邓翼之，并见秉臣略谈，过海翁，遇新化新举人，未及谈，樾岑来，纵谈郭氏二案，倚势欺官，王抚无可如何，但能劾李彝章也。还，抄书四页。《礼记》补毕。两女课粗了，书字亦可观。夜讲《小记》。

三日　晴。抄经二页。作书与方子箴未成，竹伍招饮贾祠，亭屋布置甚有曲折，夏小润胸中之瓦殆多于曾涤公。坐客胡秋衡知县、果老、黄子均、吴大汉，未昏散。过勉吾家，催客者至，则瞿、余、曹、黄四辛亥，唐作舟久入坐矣。复食十余肴，还觉腻饱，食红薯半枚。

四日　晴。抄经一页，《成公》成。计日课二页，少七页。《曲礼上》亦抄毕。作子箴书毕。闻筠仙已出京蹈西海矣。张力臣为二等随员。文心来，久谈。向子振遭赴其兄丧，当往吊，以胫痛，遣功儿往。步与文心同至小东街，余独入，与樾、性、香孙夜饮，觉腻饱。

五日　晴。抄经三页。见湘潭经课题，殊无以胜。邹谘叟、锡九、淦郎来。

六日　晴。饭后淦郎来，与论其家事，言子之于母，不可以顺为孝。父犹有争，子从母之命，焉得为孝乎？午出过笛仙，贺其六十生日。至晓岱寓少坐。过镜初，问果臣，已去矣。与黄笏堂、理安、仁山杂谈。于晓坐中见黄啸泉，聘妇黄氏之叔父也。

言昏事。还，将出借钱，闻郭提督来，前约送五百金，姑待之。抄经三页。

七日　晴。得辛眉书。抄经二页。竹伍来，择来月八日取妇。子筠来，请改诗。夜诣樾岑，遇性农久谈。

八日　晴。唐郎酌吾专使来，言鄂、皖抚均诺为义公出奏，请祠谥，催墓志。午约晓岱、两胡郎、邓翼之便饭，罗研丈为客。淦郎来，留令入坐。酉食戌散，觉未饱，更饭一盂。

九日　阴。晏起，心甚不静，一日未事。妢女复告疾，玱女一人毕课而去。重考九江异说，及"忧叞飔"异文，为弟子改数句。抄经二页，看黄诗半卷。出访夏子常不遇，过香孙处，少谈还，暮犹未饭。抄经二页，补昨日一页半。唐使去。

十日　晴。竹伍来贺。幼愚来辞行。唐使北去者来索书，复书与之。席客送《东安志》，还玉印盒来。抄书三页。两女课并了。

十一日　晴。抄经四页。文丽峰来。两女课毕，出游又一村看菊，已残矣。望人家垣内枫柳，偶有所感，口号一绝句。夕照微阴似欲霜，井梧池柳半凋伤。莫言城里秋寒晚，一夜西风万木黄。

十二日　晴。妢女复病。晏起，为功儿改小文。黼堂、镜初、郭子美来。午赴胡子威兄弟宅饮，同坐者陆恒斋、邓翼之、张介眉，新亲也。镜初欲夺杨性翁之席，而别筹数百千与罗研老。余以为不可。恒斋言看经课，众欲以委我。余以为不可当也。凡事专计利，则必不得利。美利，利天下，不言乃为利耳。天下美利，利我，则众怨之府也。况非美利邪？步月归，抄经三页。

十三日　晴热。抄经一页，出访杨海翁、黄亲家、张金刚、文丽峰，道逢夏使，约为贾祠之游。比往，海、性、杨、石、坞皆先至，庄心安后至，食北来苹果、蒲桃，未集亥散，游谈甚适。

　　十四日　阴凉而未寒。海翁、邓翼之来。海翁云其父味禅先生与厚丈至交，促谈甚殷。帉女出疹甚剧，玙女亦无心课之。弟子应湘潭经课，专人往交卷，遣莲弟往。李润生来。力臣、香孙来夜谈。抄经二页。熊敬生来，言羽师约于廿一日一聚。

　　十五日　阴。晨出送力臣，得筠仙公启，言王船山从祀事。过翼之、胡子威，均未入，往视罗世兄，唁其妻丧，适于今日开堂受吊，入行礼，少坐出。过洪井，欲雨未入，出城至鸭婆桥看船，问郭提督，已入城。还诣海老，遇仲云杂谈，殊无章，归家已过午。帉女呼痛甚扰人，避妻产室少寐。李禹门、胡郎子威来。子威留谈《说文》，又言"曰赞赞襄"，"曰赞"二字并宜刊去。夜抄经三页。

　　十六日　阴，有雨。阅邵蕙西《书通义》，殊无用处，为之作序，不得不讨究耳。以其不足观，故不用己名。

　　十七日　晴。抄经一页。先府君生日，设荐。李润生来，问《说文》古音，以其无益，姑撽数字语之。樾岑来，小坐去。出诣晓岱，请其告昏期，舁往步还。子寿、海丈、辛郎、幼愚继至。夜抄经一页。帉女小愈。

　　十八日　晴。夜雨。抄经三页，补抄经二页。王伯戎自衡阳来。禹门、志和、幼梅、子筠来。志和问《礼》，颇有心得。帉女复小剧。

　　十九日　晴。抄经三页。玙女有疾。黄次云来。午至荷池访研丈，遇蕭堂还。舁出，请孙、陈作媒人。孙涵若得见，陈郎未出，云其父怡生卧病久矣。锡九来，同过香孙夜谈，至街更起乃还。

　　廿日　晴。理安来，未去。余命舁往熊师家，当宿朱氏，恐晏乃行，已午矣。渡回西水，渡两津，行六十里至安沙，取右路至屈家新屋，若林新居也。主人不在，其子荷生出陪客。久之，若林还，设食，请其子师张叟作陪。宿南房，主人出对榻。

廿一日　辰起，饭后同若林步至中间屋，黄小麓之居也。少溪正在门前送客，同入略坐，设小食。巳舁行廿六七里至洞泉冲，见熊师及其孙子培。师坐至二时许不倦，意兴甚佳。未暮，伯元、幼梅来，同食罢，外报瞿八哥来，心知彤云之子也，向未相见，询其字曰伯皋，共坐谈，至子乃散。余宿延年堂正室。

廿二日　晴。看《长沙县志》，师友同谈一日。熊师设酒，甚费且精，以人多不可久留，夜告辞，师诵新诗二首，兼示今年所作诗三卷，老而有豪气，其音甚欢。

廿三日　晴雾。辰初饭后伯皋先去麻林，余与何、李同往朱宅，取道宋桥，可廿里，至塘坡入看恬园。主人长子尊生迎客，遍历廊亭，还少愒，若林来，留食已，同客俱至新屋。曹竹苏在馆，与张叟同出谈，黄少溪兄弟继至，纵论无所不及。竹苏问"食不语，寝不言"，"言""语"何别？未有以应。小麓言"禘，自既灌而往"，谓君不亲灌，待祝史灌毕，而后自往。往，谓往室中也。酒罢，小麓去，何、李、主人、竹苏先睡，余与少溪谈至丑。少溪多攻辨宋说，犹非通雅。

廿四日　晴雾。巳初辞行，何、李在后不相及，余先渡涝，已而大风，疾还，过访佐卿，留食未能。待到家则诸女皆出疹，呻吟三室中，纷女幸未沉疾耳。行倦，欲稍寐不得，姑就妻榻傍眠。少顷起，还室，新楼房已成，地未燥，不可居。

廿五日　雨。抄经二页。樾岑、涵若来。李润生来借钱，未有以应。功儿作杨墓志成，改之。涵若云女家复请展期。许之。偶思"食不语"，谓当食不语人以事，恐防其食也。"寝不言"，不责问以事，以既寝，可待明日也。语多于言，语，论也。

廿六日　阴。劼刚来。十子贷陈姓银二百两于我，算账起折，忙久之。昇出，过海叟少谈，得雨师诗函。欲过李郎，会晚，笼镫至洪井，与镜、仁、君豫谈至二鼓还。抄经一页。

廿七日　阴。抄经三页。文心来。子和来，少坐去。和熊师诗三首。城市苦喧浊，山风洗耳听。行寻洞泉水，重见老人星。负极惊年逝，开尊喜客停。欲知林下乐，兰菊共青青。　京华看全盛，公卿数故知。浮名堪一叹，禁树惜全枝。丰啬天无负，文儒世有师。犹怜渭滨叟，亲理钓筒丝。　老年惟念旧，此外尽逍遥。故屋松犹长，轻霜菊尚骄。耆英时过从，俗客不曾要。高隐非逃世，休疑壮志销。师仲瑚秀才来。

廿八日　阴晴。始移楼居。非女自武冈及二妹、鸿甥同来。遣丰儿送非女往省其姑。弥之夫人闭门不见，乃还。得弥之书，言其妻妾勃豀事，甚无道理以处之。心盦来。抄书二页。次青来。

廿九日　阴。抄经一页，《曲礼》成。秉臣来。

卅日　九兄去。夜雨。抄经二页。朱雨恬来。

十一月

十一月戊午朔　晴。帏女病剧，殆不支，忧之煎心，姑出行游，诣黼堂、春陔谈。洪井散馆，请同事诸公，以余及果臣作陪，镜初及松生为主，客或不至，复邀锡九来，谈杨性翁素餐专利，欲去之。余力争以为不可。劼刚赠余二百金，湘潭票也。夜过香孙谈。

二日　晴。小疾。抄经二页。瞿彤云子伯皋来。得陈虎溪诗函。

三日　晴。出送王人树，答访陈虎溪不遇，过海翁久坐。论性老作顾氏母寿文，言事翁姑扶持抑搔，为用经语不检。陈又明娘哀启，云闻曾文正死，其母哀痛，为用史语不检也。还，性老来，余因极言征诗不可不开局，请以火食脩金略分充公费，于今年内定章，以调停杨、罗、曹、张，似为至善。

四日　晴。帏女疾未损，遣请镜初未至。寿南、樾岑来，盛言几者动之微，吉之先见者也。凡几发于此而应于彼，不知其所以然，故君子慎之。寿南以兄子为后，既授室矣，其子自请绝，此人伦之大逆，寿南处之颇裕，亦不可及也。然其端始于拜水。拜水者，妇盥馈之遗礼，惟舅姑可当之，故不施于其本生姑，遂以此成衅耳。怀钦、果臣、仁山、佐卿继至，登楼久谈，日暝乃去。

五日　晴阴。帏女病甚，镜初来，为处一方，恐无以救之，夜守候至鸡鸣，心甚旁皇也。

六日　癸亥，冬至。天忽阴寒，光色甚惨。闻帏女当死，不忍见之。步寻镜初不值，与仁山、理安、笏堂略谈。还循西街过又一村，遇涵若，言适从吾家来，女尚未死。仍入室，六云云五姊待一诀。不得已入呼之，已不能应矣。勉语之云："女此生无益，可转世得佳处。"仍出至荷池，与研丈谈。又访寿南不遇，试至杨海翁宅，问消寒会者至否，云已有来者。入则性农先在，黄海文、次青、仲云、香孙、研丈继集。余见周仆来，不敢问帏女死否，强谈饮，终席还，殡已在西阶矣。以下殇之礼，用下等棺，仍俟三日乃葬。尝思帏女八年，无可述忆者，与诸儿女迥异，此其所以夭也。作哀词以送之。八岁长依母，濒危苦恋余。《孝经》初上口，古篆偶寻书。身小衣恒薄，眉长发喜梳。世缘同一幻，怜尔别魂孤。十为治殡。

七日　阴。素食，先妣忌日，以帏丧，令三弟、二妹摄荐。前数日与子寿约集，两改期，而彼定今夕，难再辞之，比昏往，果、仁、镜、佐先在，寿、佐怪余神惨，殆意度耳。主人谈无章，戌散异还。

八日　晴。本期今日为功儿纳徵，以殇服暂废。晨当葬帏，久伺无人声，起视已去矣。步至醴陵坡，遇王生、十子还，余命周仆导余往，则葬丛冢中，不合意，欲迁，又非礼，惘惘而还。过樾岑久谈，食梨、莲、索饼。还，抄经二页，《襄公》成。

九日　晴。镜、果、佐卿来，同出访次青。佐卿不去，余三人至荷池，与李、罗谈，虎溪约当来，出遇子筠，言已在家相待矣。还，与谈史。罗诚斋、汤啸庵、黎竹林来，遂至一夜，还寝。

十日　晴。抄经二页。理安来，久坐半日。雨珊来，示余叔鸿书，殊不佳。得绂子金陵来书，云培元已南还矣。夜至子寝。

十一日　晴热。复换绵衣。三弟生母生日，几忘之，闻鸿甥言乃觉，设汤饼。子和来。为向子振书条幅三纸。夜陪打牌，亥散。以梦缇哀未忘，仍别榻寝。

十二日　晴热。为夏粮储作贾祠《甘颂》，九月所属也，八分书之。左生、彭郎、黼堂、雨珊来。凌问樵来送银票。樾岑招饮，息柯、性农、香孙同坐，海老不至，盛谈督抚之自尊，司道随丁不得入。樾岑言次青疑余自托于曾郎而挤性农。初闻信之，既思此性农之言也，次青虽鄙不至此。

十三日　晴。果臣、孙次咸来。抄经一页。晚过怀钦不遇，至文心处少坐而还。

十四日　晴。程虎溪来辞行，索诗，云王阮亭有重名，赵执信攻之，遂侘傺失志，前辈不可不慎。意欲感余也。余固不敢比文简，程亦未必为《谈龙》，姑示弱，作诗二首答之。夜躬访焉，不遇而返。诗曰：零陵耆旧盛，今日渐凋零。师法传篇什，儒风见典型。史谈奇破石，秋思冷扪星。更有从军记，寒宵愿一听。　早日寒花句，才名二纪余。何杨惜不见，王席肯相疏。返棹非谋隐，求官为著书。今年梅信早，且卧故山庐。

十五日　壬申，晴。为功儿纳徵黄氏女，媒不至，请孙涵若往。纳币首饰二合，衣裙四袭，羊、豕、鸡、鸭、鱼各二，礼饼二百，茶瓶一百，盐一瓶，酒二瓮，雁一，加以烛爆花红拜书册封，从长沙俗也。午后会燕，陪客陈芳畹、陈鲁瞻、彭辛叟、王伯戎，戌散。抄经二页。

十六日　晴，夜雨。

十七日　晴。与镜初议开思贤讲舍，发帖请客，其启曰。湘岸盐捐助修曾文正祠，议既定，（阙）资力充裕，增开学舍，及后广延实学，选刻所著。其或著述之才，暂难其选，阙而有待，亦各因时。校写之人，兼领选诗及军志应缮之本，或家居撰著卓然可传者，代为抄录，不取笔资，概由司事察阅送往。今年始基，比照杨先生脩金火食计算，岁共合钱七百五十千文。有张力臣兄所定罗先生火食二百四十千，尚未致送。总共允筹之项，得九百九十千，由朱雨田兄通筹，每月用费钱八十千，无闰之年，共需钱九百六十千，交阃运经理，试设一年，暂借荷池精舍，于本月廿四日起学，先此告于乡大夫乡先生君子。欲至荷池看屋，果、镜均不肯往，乃罢。抄经二页。凌善人夜来。

十八日　晴。果、镜同来。仲云来。抄经二页。

十九日　晴。与果、镜同至荷池看屋，待至午，镜初与佐卿同来，力臣继至，似以性老专办为不可，未及论他事。香孙夜来。抄经二页。岉女耳痛不眠。

廿日　晴。果、镜来，始往看屋。还，答访力臣，遇夏子常，云已移居药王街矣。至黄学正处不遇。抄经二页。

廿一日　晴，颇有霜，寒。左、松来。仲云兄弟招饮，樾、次、研先在，海琴后至，设食甚费，而不精旨，中席赌食汤丸，樾岑食十五枚，余食七枚，已觉饱矣。镜初片来，言成舍人不肯借公。阙。

廿二日　阙。舍得干脩，言力臣之意，力臣不以也。抄经二页。

廿三日　晴。章素存、罗伯存来。理安移行李来舍。子筠来。麻竹师来。遂尽半日。抄经二页，数之少六页。香孙、锡九夜来。

廿四日　晴热。今日召客，议立思贤讲舍。凌问樵、李次青先来即去，镜初继至又去，徐芸丈、子寿、力臣来，谈久之，甚饿，命设小食。镜初、研丈、任编修、雨田来，酉正散。

廿五日　晴。晏起，子明、谘翁来，饭于客坐。午后登楼，抄书二页。紛女理书作字。文心来，适晚饭，文心已食，余复饭于客坐，中间尚有麻理孝廉来，未见。京控人胡国光来，告以官讼必输之道，一茶而退。一日大半与客谈。冒小三通判《枕戈录》，一时名人题记者多嘉其复仇，述其循政，以为称美。以闿运曾游岭南，悉彼中名俗，因出见示。尝以为古之所谓复仇者，皆施于□以上，而通判所诛者，先君之乱民，疑未可以言仇。谢（阙）恐其不得当，岂区区复仇云乎？自赵宋以来，州县不能杀人。通判非逢今时，假使宜从军兴例，则此数人者其能伏诛与否，未可必也。监司慎重人命久矣，《立政》之书曰"文王罔敢知庶狱"，而今之监司必遥知之。通判虽欲复仇，使当平时，诚有所不能，虽岭南论盗颇从严，而以成例论，□□通判且不能，虽必临乳源，又何以复仇哉？夫谋自人发，而顺有天助，宜诸公之推本于孝思也。①

廿六日　阴。答访竹师、谘翁未遇。佐卿招陪仁山钱饮，至则已散，坐客有何价藩、章伯和、镜、松，酉初步还。

廿七日至廿九日　以功儿昏期近，兼余生日，内外纷纭，殊无可纪。

十二月

十二月丁亥朔　晴。黄氏送嫁奁，来者卅十人，请陈鲁瞻及

---

① 此稿未完。

十子管账，彭郎、左生司书帖。

二日　晴。乡俗通用翠冠绣衣，人家或有，不胜其借，皆旧不堪着。妇女必欲得此以成正配，舍新取故，不可理喻。明日新妇上头，当送冠衣，借于庄、黄，皆黯淡不可用，更赁之店肆，竟日遣人奔走，亦甚可笑也。

三日　晴。昨夜似欲雪，今复晴，寒甚。阙。稍成寐。

四日　晴。择辰时亲迎，媒人迟至，发轿已将巳初矣。外舅、文心、心盦、子筠、芳畹均来会，彭、左、陈、夏诸郎相礼。午后奠菜三庙，遂见宾亲，女宾张、黄、陈、彭、杨诸嫂，设三筵，合卺具特豚。女母来送，戌去，子初客散。

五日至十一日　请客谢客。间至皥臣处视疾。芝生使还省亲，亦谈一二次。九日至力臣处，为消寒第三集，会者海琴、研叟、樾、香凡六人。樾公请理庵入志局，香孙云宜往谢。余以为樾宜先施。明日理庵诣裴，樾亦诣王，余以为皆得其礼。王生告归，赆以十千，其六千取之春甫处。偌、韵来，留居。理庵去。

十二日　阴。比日求雪，得小雨。芝生来。抄经二页，《昭公》毕。夜讲《少仪》"无旁狎"，记有读"旁"为"谤"者，可谓。下阙。

十三日　阙。道光《湘中耆英图》有十余人不相识者，言词浮强，神甚不属。午出答访许子敬、麻竹师。麻又未遇，过龢堂，遇春陔久谈，至佐卿处晚饭，坐客小麓，袁岱垣孝廉，程、荫两善士，镜、松，饮已半矣，戌散。过香孙小坐。子云来告行。

十四日　雨。唐酉勺吾遣送润笔钱百千。陈力田、章素存来。罗郎来，言其从父欲从段培元往江西。罗研叟言醵钱送张东生。余子振又送《水雷图》来换钱。唐郎来议其父祀乡贤事。夜始抄经，至子罢，闻雪。

十五日　雪积寸许，将出报谒，以曾祖妣忌日，便服出城，至杨四庙岸，不可下，乃还。过心盦不遇，至皡臣处视疾，又易医矣。过禹门少坐，至樾岑寓，登楼看郭氏回廊，颇有华贵之气。昨作喜雪诗，起录于后。愆阳寒雨怨疑多，一夜祥霙酿太和。陈骆未应夸善祷，旱蝗先已息民讹。官梅雀啅珠如粟，晓辔骢回玉作珂。莫道庚公尘正急，也须先和郢人歌。　　暮雪寒在席，① 岑寂十步间，欲往惜无屦。深宵想清吟，高致爱远僻。钦会不可招，佳□□自适。余情早好暇，今来苦形役。枉赠久不酬，岁晚时又逼。澹怀偶一遣，窗梅动相忆。渊明得贫趣，于世恒自隔。脱有望松诗，为君埽庭石。

十七日　阴寒。登楼抄经二页。若林来，夜斗牌。

十八日　阴。抄经二页。卜云吉来，言委龙山提案，年内无衣，不能去。暮过研老，斋舍寂寞，街市生寒，殊有岁晚之意。夜斗牌，至丑乃罢。大雨。

十九日　雨。抄经二页。力臣送赠张东生钱十千。三弟为二妹移家具，自县来省，居间壁。二弟来见。香孙夜来谈，云至息柯处，衣冠客二八，为东坡作生日，故未入谈也。宁乡崔甥来，言其族妹始嫁被杀，疑其姑有奸也。余前十日闻此，即云宜诛凶手，旌烈妇，释其姑不问。今仍以初意告之。崔甥云不可。余不复言。盖崔女以逾月新妇，仓皇引决，其壮洁诚可敬畏。至必暴露夫家之丑，而于烈女不加美，诚非此女本意矣。阙。宅，以泥不往，闻扣阙。夜半雷电雨雪。

廿日　雨雪杂下，起视庭阶，又积半寸矣。至邓宅视女婿治丧事，尚未有棺衾。坐久无事，唐氏、竹林方总其务，因辞出。至洪井，镜初已归去矣。过力臣早饭，还西房，二女理书，余抄经二页。至二妹宅看其铺设，夜待儿女迎春，至子雨雪凝寒，吃

---

① 疑此句下脱一句，《湘绮楼诗文集》中亦脱。

春卷，少坐乃寝。三月未居正室，今始复寝也。

廿一日　雨。入西房抄经二页。梦缇携育儿出邁至陈母处，留饭。余酣睡至申。杏生、汤同知来。夜讲《学记》"申为慕，讯为訾"。"訾"，形声，但不相近，未知何以歧异。"慕"当为"摹"，橅也。盖以"佔偺"为"笘毕"，"笘"者书版，不可呻吟，故改为"摹"。亥初寝。

廿二日　晴。宁乡崔姓来。古之第一伤心人也，以不合于镜初，故称为崔姓。言王抚有二委员，着小泥皮褌，以崔烈女死为自刭，迎合抚意，曲全委员，问计于余。余告以徐允文即王文，阙。又言阜宁有烈女狱，受赂将和，委员夜寝，闻床下有异声，鬼神不可欺也。作后喜雪诗二首。三日交春雪是灾，六花连夜趁冬来。南州地暖销温旱，电气枢回起瑞雷。应似飞霜明庶妇，料无淫潦犯城台。消寒近日催文宴，二八宾僚尽上才。　山川佳气远夷看，要识清湘彻底寒。蹄迹未能通鸟兽，园林新见长琅玕。流民挟纩怜黄口，破研烘冰割紫肝。借问渊明望松处，荆薪明烛夜吟难。时有英夷人及沛南饥民入境，故并及之。子夜寝。

廿三日　阴雨。邓嫂成服将往，忽暴下，卧不欲起，遣妻子往，从者俱去，竟日自应门。文心来。黼堂假我十万，以了年债，分润贫者。抄经六页，《定公》成。梦缇暮始还，而六云亦过妹家，还更晚。亥初送灶，忆昔年风景大不同矣。因命功儿抄比年日记内小词看之。子初寝。

廿四日　雨。晏起，子和来，云笛仙昨大病，曾沅甫明春必移东南。又示余子茂书。又云任编修父生日阙。之，乃去。抄经十页，夜。

廿五日　阙。菜，今请竹师代办之，彼天方教，不吃猪者，必可相合也。抄经八页，《襄公》成。凡《春秋》十一卷，起三月廿日，讫此日，凡三百四日。夏皋使送糕饵、梅花、黄甘。郭五兄来借绵袍，迟回无策，留其使暂待，与其姊家二李谋之。

廿六日　雪。杉塘使来，告措子母丧，索田价，亦留使待计。薄暮禹门使来，送二金，黼堂四金。连日甚寒，无所事，子夜寝。无非还家。锡九来。

廿七日　雪。晨作书与潭信，均遣还，各赠以四千。息柯来谈。明日宜略早。陈郎来，言王抚飞章奏罢张参赞官，历数生平，甚为得意。盖以其奉旨后过诧巡抚而怒之。夜雪甚寒，遣迎二妹与妻女围炉听雪，打天九至丑，寝。

廿八日　雪，阴甚寒。子和来，为庄假百金。示我一浙客书，言唐艺农颇有官气云云。竹师、心安、文心来，坐待息柯、刘馨室。阙。

廿九日　阙。出腾越，价亦不贱。芳畹来告贷。送陈母五金，陈母甚喜。暮赴息柯饮，樾岑先在，何伯元、力臣、香孙继至，坐中见张钜诗，云庚子岁饮梁芷林处，为东坡作生日，今穷困无赖。余感悲之。钜欲告贷十金，慨赠以二金，力臣亦赠五金，息柯三金，合十金矣。此事不可无纪，因作小诗为寿苏者劝，亦为斗方名士增色也。

除日　欲早起祀城隍，未能强兴，命功儿代祀。辰起，左锡九来，云夏子荒唐，已出百金为了账。假我五十，坐待久之乃去。申初吃年饭甚饱。易郎来言官事，至夜乃去。卜云吉来。欲出，复勾留，未能也。香孙送酒肉，余答以启，并馈果糕。至夕辞岁，午夜祭诗，独坐至鸡三鸣，听钟声已寅初矣。年例必宿正寝，今夜推梦缇不转侧，乃宿侧室。

光绪三年丁丑

正 月

三年正月壬寅丁巳朔　阴。晨起，家人尽起。阙。

二日　阙。香孙、春陔处得入，于春陔处遇子和。力臣为王抚所揶揄，而强颜云不妨。此君殆不能为豪雄也，香孙望其改辙为名士尤难矣。香孙处遇李佐周，还尚早。霞轩来未遇，将往答访，舁夫未食，遂止。

三日　晴。以国忌不出。稍理去年账目。与家姥打天九、摊钱，登楼看火，夜至丑乃寝。

四日　晴，大霜。卯正起，出访霞轩，辞以剃头。至锡九处亦未起，乃还朝食。命功儿、莲弟及两工往祖墓培薙土草。黄次云、力臣来。

五日　晴。松生、佐卿、霞轩来，谈至午乃去。舁出未数步，松、佐前步，下行至三丰口，别而登舁。访任雨田，至海翁处陪霞轩饮。竹师、立之、周啸仙、刘峿樵、施进士先在，设食不甚旨，看麓台画，亦甚不佳，申散。妻妇子女均出，假寐至夕，弟妹阙。摊钱，鸡鸣乃罢。

六日　晴。作诗阙。饮，往则太早。久之，王润生、张正卿、任雨田父乃。阙。妻妇送客毕，妇还其母家。

七日　晴。昨夜作赠王诗二句未成，早起足成之。遣约霞轩来谈，过午果与向子振来，久谈。罗子沅、锡九来。

八日　晴。珰、衯始理书。遣仆拚除后苑。午出送霞行，复未遇。至鬴堂处，唁其失妻。仲云衣冠出，坐久之。凌善人来，泛谈，未还。六云犹不起，功儿复病。阙。

九日　阙。全大令来，辞未见。薄暮立门口，雨田来告去。余以功儿在家骄逸，欲令出作客，托之于力田，约以节后往，梦缇以为不可，余不能听也。夜过香孙处久谈，步月还。

十日　晴煊。作书与怀庭，兼问讯唐艺农，又为陈妹寄甘肃书。劼刚、镜初、张沅生来，至暮乃去。秉烛登楼，改抄《曲礼》一页。今日女客来者四辈，唯出见黄二嫂。

十一日　阴凉。晨起，黄伯初来。出答访劼刚、镜初，遇松、佐、凌、黄、左郎、余弁，无多语，昇还。步出过陈母少坐，再至洪井，遇力臣、聂郎。赴易郎招，至马王祠，杏生、池生在坐。酒馔未具，复赴师竹生招。步至王堤，仲云兄弟、任雨田先在，登楼设饮，半席雨至，昇还马王祠，熊韵胪、僧紫云、松生皆先在坐，酒亦将阑矣，食皆不知味。家中昇夫来迎，二炮散。还值大风，笼灯被吹灭，幸已及贡院后，乘朦月归。今日登楼写字半。阙。

十二日　阙。均集余宅，设食极欢，终饮不觉饱，更饭一盂，亥初客尽去。青石桥失火，登楼看烟焰甚远，乃眠。

十三日　朝雪，食时晴。罗郎伯存来。出答访黄明府、子冶、王湘乡、陈总兵，皆不遇。还，易桃生来。鬴堂来，匆匆去。凌善人来。登楼抄经半页。

十四日　晴。改功儿《孟子》文一篇。看街。夜打牌。

十五日　阴。晨祀二祀。昇出诣樾岑、子莲、凌善人，赴竹师招，张玉森大令先在。广西某知县寻至，谈官事，顷之去。海翁、力臣来，庄心安不至。未食，申初散。步还，着方靴行甚迟，又雨，顾红轿还，将暮矣。小睡未饭，夕起谒三庙。三弟母兄、陈氏妹母子均来。吃汤圆八枚，复睡，比醒，已子初矣。月食未见，还寝甚热，乃独眠。

十六日　雨。樾岑来。姚立云来谢。未。阙。

十七日　阙。舁夫在皞臣寓房，因入谈。皞臣似将愈。弥之疑余有参差，不敢来，将请皞臣居间，何其不能相知如此。因要同还，登楼月出乃去。入春以来唯今日事较多，亦颓废甚矣。

十八日　阴。文心前来，言朱学使思复校经堂。暇拟条款四纸。彭郎来，云笛仙索篆书。余云命非女作之。笛仙书来，责其背瘠。良友不忘箴规如此。理安来，留晡食毕，余出访弥之不遇，还得广督刘岘庄书，送银五十两。正欲借钱，适济所需也。夜登楼抄《礼记》一篇，讲《乐记》五页。

十九日　雨。连州成从九、力臣来。锡九暮来，云学使观风出赋题甚纤。庄心安来，言廷寄复议江防，亦及校经堂事。夜抄《记》一页。讲《乐记》五页。易郎来父银票，请为居间。

廿日　晴。黄郎、陈郎来。佐、松请打诗牌，午往戌还，得诗三首。疲。阙。

廿一日　阙。邹松谷来，致程生书，取寿屏。计日已迫，始将作之。玉振钱店朱翁来见，备言二曾之盘剥威逼之状。出视合同，则钱店本曾氏所开，而责朱氏荡产以偿，吁可畏也。暮过任、姚俱不遇。至眼光祠，寻汪铁笔，见所刻贾祠记甚佳，登小楼亦可坐，其所作卷棚，工甚省，亦可仿也。至弥之处少坐，步还。

廿二日　晴煊，晚尤蒸热。林小霞来，十年不见矣。余初相之似夏憩庭，以为必至藩桌，今尚不过五品耳。其子于二弟处受学，又可笑也。闻两徐甥、段生来，云欲于近处读书。易郎来，看作寿序。改丰儿赋。三弟楷字极进，内心则茅塞之矣。镜初来，同步至护国坊，舁入粮署会饮，沈润生、心安、赵环庆、张星伯继至，看并蒂兰、玄芝。亥寝。

廿三日　阴凉。黄郎及朱翁、朱生来，朝食时乃去。下楼遇三甥。瞿郎子瑞来还银，坐久之。子筠来，登。阙。

廿四日　阙。属其抄六十序文，云散文已为虫食无稿矣。李幼梅、张郎鸿。来。作邓八嫂挽联。三十年事同兄嫂，转因姻嗣至差池，愧诚女无书，承欢难俟，空悲朝露寒泉，更何堪束缊人来，羹汤弃养；七二洞望断云山，岂是神仙好离别，但成家有愿，在富如贫，长伴鸡声镫影，谁省识严冬病里，荆布仍寒。弥之夫人久留省城，其实恋其资也。扬善称美，故辞如此。然其死后，余入其庭，位置洁静，实亦不愧此言。郭志城来，送十二《伤心词》，浮烟涨墨，殊不足观览。

廿五日　雨。朱若霖、弥之、瞿郎、黄生、彭郎、竹师来。彭子和招饮，芝生、任宇田、罗生、陈郎、彭子同坐，夕散。至洪井，镜初已回乡去。还至又一村，舁夫与郭志城争道，因入郭宅略谈。夜讲《乐记》。

廿六日　雨。张冶秋来。楼上风雨不可坐，移研入内，殊无所事。午间南瓜和尚设斋，步往，芝生、松、佐、吴、孙、香孙均先在，打诗牌，得诗二首。二更还。

廿七日　雨雪。朱增生、曾讼师、周、黄阙。曾氏欺陵。阙。

廿八日　雨。雨田来。午过力臣饮，其外姑病甚，将绝矣。余以为当以此席为始死之奠，众客助丧焉，不能从也。坐客海琴、心盦、雨田、黼堂、香孙、鲁瞻、志城，将设粥，香孙、志城云病者已绝，可散矣。乃仓皇去。力臣运气甚低，故请客亦不顺如此。还讲《乐记》。

廿九日　阴。陈生来，余诘其意，云欲谋馆。其意甚梦梦。余云久寓绝粮，仍我之责，不若径来居此之妙也。因及衡人颇急于谋食，亦一蔽也。抄经半页。阅叔勣遗书，殊无可传。夜改唐墓志。得春甫书，催寿序。

晦日　阴晴。改两儿及三弟文。作骈书序，抄《记》数行。改两儿诗未毕，霖生来。

二　月

二月丁亥朔　阴。唐艺渠行状久未作，始为编次，成四页。欲抄《记》，将食而罢。夜讲《乐记》，舜歌《南风》，夔赏诸侯。则舜未帝时，作《南风》之诗。《尸子》云"解愠阜财"云云者，盖后人见王肃伪家。阙。

二日　阴。阙。往弥之处陪吊。李价生、刘湘士、黄徵斋、龙芝生继至，胡少卿先在，瞿子瑞后来，其余吊客，不可悉记。唯朱若霖以孙病急归，令人错愕耳。申刻以子莲催客，早散。黄、瞿独留了莲处，香孙、志城先在，许心□府经历后至，谈洪寇之事起于一女，以土客相斗聚众也。许居距金田村三里，云得其实。戌正还。竹师送寿屏来。作书与春甫、子泌、程郎。

三日　晴。晨起即饭，出过竹师未起，至邓宅，刘郎已先在矣。陪客十许人，至暮犹有来者。弥之示所作哀辞，亦颇真至。胡少卿、陈玉山论观风题。玉山颇喜言算学，云圆锥数书未见。

四日　阴晴。始更夹衣。朝食后至弥之宅送葬，过春陔处少坐，步由鸡公坡出南门。因率弟子上墓，还省陈母。子寿、任郎、笠云僧、两徐甥、黄生来。笠僧要过松生，打。阙。携三女、恒子游浩园看新柳，遇黄情吾与易桃生。阙。

五日　晴。以连日阙。得子久书。

六日　壬辰，春分。章伯和及松生、笠僧来。作《唐行述》四页，抄《记》一页。春气甚煊，家人尽出。偶与梦缇坐后堂，感其衰疾方生不苏，为之惘然。夜煊，诣海老谈，今年始相见。

七日　晨凉阴。出，答访霖生、竹师，归。两儿书不熟，笞之。作《唐行述》四页。说"云从龙，风从虎"以《屯》《大过》，似颇有得。

八日　雨，大风寒。抄《记》一页。作《唐行述》。锡九来夜谈，说"鲁鬠而吊"为君母之丧，及考筵席之制，及子张"丝屦组缨"，均有新义，已载入《礼记笺》矣。

九日　雨。看《贾子》卢校本，甚谬。彭子和招陪夏臬台，未午催客，及往，任编修、张兰槎先在，徐芸丈继至，臬台不来，遣其子代焉。陈鲁瞻先言夏多疑忌，殆有所见。酉散。携妢女往游，同舁，重不能举，此儿复已长矣。

十日　晴。子筠来。作《唐行述》二页。十六《记》已将毕矣。艺渠在襄，甚有迹，良牧令也。任过其量，殊可惋惜。外人督余课子甚急，不知两子之不可阙。姑徇俗，令废课一月，作应小试之文，其题为"阳虎曰""微管仲""唯□智"，独功儿仅作一篇。阙。作而又言必应考，殊不知其何意。改试帖六十四句，文五篇。弥之、刘馨翁来。

十一日　晨阙。后阴晴。朱宇田来，言盐务唯助刷曾集，听其将钱作何支用，今尚无着落也。写字二张。樾岑、任编修来。夜抄《记》一页。袁守愚、怀钦来。

十二日　晴。汪啸霞来，云眼光菩萨在周、秦之时，王君豫所言也。余正欲访君豫，同往问之，裴回荷池，轩门反镉，不胜今昔之感。比还，君豫来，云并无此说。又言前考书院，题云"君子未有不如此"，甚难为文。余即以之试弟子。夜雨雷，作《唐行述》。黄稚泉来。

十三日　阴晴。出访馨翁、笛仙、春陔、怀钦，皆久谈。诣弥之未遇，还抄《记》一页。改定"尧二女"之说，为误以二媵为英妃姊妹，以三妃证三夫人，以厘降二女为饬下二媵，可谓奇而正也。

十四日　阴。出吊黄笏堂，作其父翰卿挽联云。德文高世不知名，正仁里结邻，处士星潜南极曜；官学传家欣有子，恨春晖同暮，东风草没旧茎青。舁往步还，雨至登楼，抄《记》二页。弥之、熊镜生、培元、力臣来，遂尽一日。改《富弼使契丹论》二篇。文题为"桃应"，丰儿知引桃氏，甚有心思。亥寝。

十五日　晨出送培元不遇，过子明谈，遇曹识山翁，言夏愒庭宜祀名宦，余未有以应也。还遣约培元饭，不至，约晴生来便酌，文心适来，留谈，戌散。抄《记》三页。咸丰中，宪和侍先侍讲游湖外，时初学缀词，侧闻庭诰，言湘中官吏能文学者，南有黄海华丈，北则若宇太守。又廿年，奉檄守武冈太守，知宝庆，以属吏谒见，咨禀官政。暇及词翰，时欲请观全集，自以谫陋，未敢窥长者涯涘。逾年受代，太守亦以公事留省城，治善后。宪和又为局吏，朝夕奉接，每事受诲，乃多及文事。太守因示所作文诗，且曰子先公尝点定，宜有以志文字会合之缘。宪和伏读感怆，又眩骇于浩博情藻，循诵还复而不知所称，既而叹曰："夫文以道事，诗以宣心，岂可伪哉！"太守当清时，居贫不累华膴，故其词幽而秀。及官湖外，值资格平进之世，上下安静，不愿乎外，故其词安而雅。军兴，人才争自见，而独守素志，不厌簿书，故其词恬淡而正。及夫东南稍安，时局更新，曩之先辈流风，不复可睹，后进小生，起持节旄，不获见儒雅坛坫之事，太守乃独与耆隐优游唱和，盖其年亦将老矣。今观其集中所酬答之人，大半云散星沉，而湖湘时局之变，亦略可推睹。宪和窃幸从先侍讲时，得闻高名，而三数年间再从公游，不至以俗吏自隔，所谓"何意永嘉之后，得闻正始之音"也。至其格律词意，读者可因其言以知其政事学术，固不俟赞颂而始著耳。培元送段匹，城门役竟榷其税，为之皇悚。遣查问，已无可如何矣。

十六日　晴。为任编修与书广督。正月十日奉惠书，并赐银五十，循诵祇领。窃寻硕论，弥深欣仰。度领人士传颂威仁，互市贾胡无复骄肆，盖由内政之先理，故觉游刃之有余，益知张皇夷务，即不知治本，安得入赞密勿，为国宣威，俾当代识有转机乎？又闻兼管税司，使金如粟，脂膏不润，溥利无疆，吏士钦颜，单寒有赖，《绵蛮》歌其教载，衿佩喜于嗣音，德化和平，嘉徵有子。明公公勤积累，早应钟延，而必待海峤之讴歌，乃适符《斯干》之颂祝，此可见天之施福，亦待时以成美谈也。凡在乡闾，无不欣喜。闽运衡阳充隐，山潦为灾，移家省城，已无故宅，买山难俟，卜宅城中，虽得三椽，仍谋田舍。《军志》近始创稿，大约冬杪可成，其意不在表战功，而在叙治乱得失之所由。节下鸿筹所及，虽未施行者，不妨相示，非欲闻斩级禽渠之功也。浏阳任雨田编修，温饬倜傥，尤敦内行，告归侍养，家计颇艰。王巡抚仅能岁致百金，此外如厘局醝纲，又非所乐。早年南海为陆贾轻赍，近则蚁慕麋来，无复纲纪。因闻新政整饬，流品分明，羲之十万之笺，延赏人船之赠，古有其例，亦视其人。衔玉诚难，荐士为上，用特介之左右，节下其能修雍乾之故事耶？专肃通忆，敬达谢忱。忌日，素食。佶子同一龚生来。黼堂来。

十七日　阴。弟子均应书院甄别，入场去。作《唐行述》。夕改卷文六篇。三弟写□至子正，待之还乃眠。锡九夜来。

十八日　晴。抄《记》二页。阙。午要罗小云、熊镜生、黄次云、瞿郎便饭，待黄甚久，戌散。杏生要斗诗牌，步往□，集词一首，还已下钥矣。是日□□二生去。

十九日　改课文二篇。左生来。抄《记》一页。作《唐行述》。午眠，至酉乃起。黄亲家来。

廿日　阴。笛仙来，谈理学。萧希鲁来。午步诣朱吉士，遇小云略谈。至文正祠，弥之、笠僧方打诗牌，余亦分一盘。复与笛仙行浩园，还入坐，希鲁、香孙同席。戌过皞臣视疾，小雨昇还。至黄宅作新亲，陪客周弁、李儿、黄氏二兄弟及其族人禹臣也，戌散。斋宿。

廿一日　阴。丁未，子夜清明节。祠祭三庙。午馔后昇出，送芝生，便贺竹师取新妇，以太晚未去，便诣任雨田还。儿女点豆，宿西室。夕登楼看雨，招次青、弥之、黼堂、佐卿、笠云来赏春，斗诗牌。客至已暮，设馄饼，至亥散。

廿二日　雨。昨黼堂言其兄生辰，往贺不得入。诣樾岑，以清明家祭，插柳不见客。至竹师处，见新妇。过子寿久谈。至次青处不遇。看新柳春雨，还，登楼作《唐行状》。夜取《千文》选韵，携三女同选，至亥，出唤家人，皆睡去矣。

廿三日　阴晴。抄《记》二页。改课文二篇。若林来，登楼密谈。陈郎放纸鸢，因与儿女试放之，引线亦颇有远趣。阙。过力臣饭，黄海翁、息叟、樾岑、弥之、香孙□□。

廿四日　晴阴。谢客课徒，作《唐行述》。□□放纸鸢。若林求作《江方汉学论》，命丰儿作之，竟不交卷。

廿五日　晴。卯起，待舁夫未至，晨饭后出小吴门十里东南渡，渡浏水，又行十里潭泉岭。折回小路，访解家屋，寻陈杏生宅，全门见数人将出，则松、池、六三生，夏琴南，易桃生，孙海槎，子云僧及不相识三四人皆在。杏生四十，昨日已过生日，余偶忘之也。朱宇恬亦于昨日生日，则始知之。杏生子懋伯出见。打诗牌，至夕乃食。初意即日还，已不能行。至橘园看屋，屋不可居，杂花尚多，亦不足珍。夜雨，杏生复设食，谈至丑。

廿六日　雨甚密。已待诸客同行，久不成装，乃先发，竟无雨，未正入城。得胡七丈诗函，及何庆治赴闻。子敬，嘉兴之子也，余曾承十金腊肉之惠，故以见。及申过香孙饮，海琴、弥之、力臣、锡九同坐，海琴先去，诸客戌散。

廿七日　阴。三日未理事，朝食后登楼看课文五篇，陪两女温书，抄《记》一页。午赴笛仙饮，陪弥之，果臣、香孙、锡九同坐，未集戌散。

廿八日　雨阴。将出送弥之，闻其当来，待之。抄《记》三页。文心来催客，异往，携茭女同异，至门乃遣之还。坐谈顷之，力臣、黄西垣、香孙继至，弥之至晚乃来。西垣云郭湘屏有一女，甚端慧，属为媒。湘屏之名不闻十余年，其面不见廿年矣。戌散。

廿九日　雨阴。抄《记》二页。课读半日。淦郎不告行。玉生表兄率妻女来相依。□子亦从江宁回，云欠船户钱□千一百。欲取于我。余子振又来告贷。其窘不可言，搜家中仅二千四百钱，又可笑也。弥之来告别，恐暮，促之去。黄二嫂来，言其子欲托童研芸谋生计。梦缇登楼，云脚软怯行，老病可闵。

卅日　晨雨，顷之见日。出城送弥之，并迎果臣来早饭。有张生在坐，云有异种荷花，五心同苞，未知来自何处，盖四夷交侵之兆。坐久之，果臣欲去，乃登岸步至黼堂处，谈玉兄事，意甚拳拳。及至禹门翁处论之，则大以为不然，云此其兄子春元事也。乃废然而反。丰儿送汉碑抄本，内有画象，题"三州孝子"，庚子山赋所云"三州则父子离别"者。午省陈母。

三　月

三月丁巳朔　阴。抄《记》一页。未午黄次云亲家遣招饮，以新亲，故早往，至则寂无人，主人久之乃出，其弟少云亦出见，谈二时许。陈少汀、章生、周弁、李郎继至，禹臣亦来，酉正散。黄氏有婢两为妖迷，入井不死。呼出相之，殊无吉凶。

二日　雨。抄《记》二页。督两女理书竟日。夜雷电大雨，子女并登楼看电光，奇采炫耀，更甚于江湖夜泊时。讲《乐记》。

三日　大风。抄《记》二页。作何郎挽联云。斜雪酒旗风，忆丁年旅泛鸳湖，官阁清吟曾一听；故乡寒食雨，又丙舍春飞燕子，江南旧恨莫重提。何妻死于寇，其归葬即其父子敬所终之宅也。余过嘉兴，彼方为少耶，而未见面，敬翁留余一饭，故有此感。怀钦来，剧谈。夕寐至晓。

四日　寅正起，晴。解衣就枕，顷之已见曙光，遂与六云谈至辰，少寐。帉女来倍书，始起，闭门谢客。遣三弟吊彭三丈，小时曾一见之，后绝不相闻矣。抄《记》二页。翻王夫之《礼记注》，亦有可采者，而大段不可观，乃知著作之难。君豫来，久谈。梦缇省陈母之病，未愈。夜讲《乐记》。帉女书差可上口，已劳神数日，方知前在石门之多功也。

五日　晴。抄《记》二页。袁守愚、徐甥、英子来。午至储备仓看牡丹，有紫者一朵，遣问价七千。还，松、佐、海岸先坐客座相待。罗世兄、彭子和来谈，不得发言而去。留僧晚斋乃去。登楼看义衢抚皖时上谕，至夜分乃了，期以明日成《行述》。下与梦缇小坐，遂及鸡鸣。

六日　阴。抄《记》二页。张沅生来，言将谋食，拟为荐浏阳。彭郎又须荐善化，罗世兄又谋宁乡，皆见弹而求鸮炙者。午携滋女看戏，不得入而还。过省陈母。杨海翁来未遇。芳畹来。夜诣香孙谈。涂郎昨来催其父墓表，夜作半篇，月落下楼，觉寒乃眠。

七日　晴。晨帉女早起来唤，见日在屋角，即起。作涂表成。竹师来。午出，往来西长街，待莲弟负滋儿未至，过镜生，其从子子培亦在，少谈，复至西长街江南馆，滋女仍未见。过力臣谈，云筠仙有书还。未知见英主与否。力臣云昨得其书，洋洋千余言，不可示人也。然亦不知其所布置。还作海琴母寿对。九州名士尊贤母；三月春荣满寿杯。已暮过访佐卿，因先诣松生处谈，章伯和亦在，盛称雷正绾。杏生出，略话，穿浩园至佐卿处，出正门步还。

八日　晨雨，已晴。将出吊涂郎，涂郎又来，初以为似其父母，乃厚重有乡气，佳子弟也。登楼作书寄筠仙，并诗一章，大意言宜化夷为夏。诗未成，樾岑来，因要之上楼以示之。又为罗兄言阅卷事，许加函与唐宁乡。樾去未饭，彭朵翁、力臣相继来。对客夕食，遂坐至暮。得棣生书，亦未暇复也。与力臣步至黄墅，寻香孙新寓，入则黄共安先在坐，为之愕然。此人筠仙欲死之，赖余以生，然余实恶不愿见之也。筠仙补兵左，代胡小泉，适以其六十生辰得报。因有黄生，心不乐久谈，乃别去。致筠仙书。怀钦与书论修《宋史》。

九日　阴晴。作书与龚提督，为棣生求官。与唐宁乡，为罗世兄求馆。携往樾岑处，托其发去。坐论久之，天晦冥，甚恐误章伯和期，乃出，大雨□，舁夫随人衣尽湿，至□□祠雨顿止。至则镜初已先在，萧希鲁、曾省吾、三陈、佐卿、竹师继至，汤碧泉亦来，至园中看花，申刻入坐，酉散，打诗牌未成。还，得辛眉书。

十日　晴阴。出访福世侯，回拜黄禹臣，均不遇。至镜初处久坐。松、佐来聚谈，并假松百廿金。与晓岱书。赴春陔处饮，其家诰封，改题三代。俞鹤、朵翁、子和、子云均先在，地湿不可一刻安，幸衣着甚单，未至大热耳。酉雨戌还。

十一日　阴晴。督课，份女始能完一日功程。抄《记》一页。怀庭寄《宋史》至，并《浙略》一部，多诹颂左公之词，其序他事，则颇有关系。

十二日　晴。福世侯阙。辰正设荐，曾祖妣生辰。至午客至，阙。书与晓岱毕，出访海翁，试过皞臣，值其立庭中，神色似佳。过香孙，遇性翁。

十三日　雨。抄《记》一页。出访世侯。理唐奏稿。至暮，章伯和与海、笠二僧来，久坐。香孙来。笠僧躁妄可憎，竟坐我客榻弄枕，悔以词色假之。锡九夜来谈。改丰儿课文。

    十四日　晴。为三弟及功儿改文，皆不成章，别作之。左生来，前以父怒逃去，余问其何意，不能答。英子昨移来，云当以文就正，竟未之见，唯见一诗耳。黄禹臣、杨芷生来。邓生少洪来。芷生名荣光，湘潭人，凌吏云其善骈文，与之谈，亦略有所闻见。汤炳玑、熊敬生、罗小云来。海叟招饮听戏，客土二席。土人性老、陈滇捐、聂三品、何伯周、子愚之子。陈怡生。戏甚无聊，菜尤可笑，未终席，还啜餐饭半碗。抄《记》一页。

    十五日　晴热。已有夏气。为罗郎改文赋杂作，始改定"三过其门"之说为治淮、泗、汝。纷女课早毕，请假看戏。价藩来，登楼。江雨山来，订浏阳之行。命功儿率珰、滋同往。午后余往视之，遇彭郎同还。邓鸣之、梁仲玉来。夜热早眠。

    十六日　晴，风热。杨耕云、理安、力臣、问樵、性老相继来，自巳至未窅乃散。抄《记》一页。酉欲出，子和来，少坐去。出访鸣之不遇，至春陔处，送银票五十。遇樾岑小坐，遂至上镫，吃饼一粥一。性老又来，复坐久之，还已二更矣。

    十七日　阴晴。单衣犹热。胡郎子威来，言陆恒斋母死，无以殡，允为假借应之。遣告彭朵翁，便答访耕云、力臣、性老，均不遇。松、佐和合，同来谈宗法。步出看戏，行三处均无可看。还，朵翁来。晡后抄《记》一页。纷女疾，珰女读不成声，甚恨之。"杜箦"一作"屠剻"，屠盖屠岸贾之后。子威夜又来。

    十八日　晴。早起家中请女客，避出外，过力臣、竹师，均久谈。来往南正街，无所之，至天妃宫看戏，卅年未到矣，日照不可坐。又出过刘故抚门，看看戏者，唯见王抚妻绿舆垂帘而至，婢妪以百数，何用多人自随如此，至人家又作何安插，此辈殊不解其礼体。向见慈安太后吊四公主，女官宫监十许人耳。午后归，客未去，坐楼上久之。梦缇入房，言黄二嫂颇言其兄劳苦。余云婚姻时有间言，不必听之。三更乃寝。

十九日　晴热。夏子裳来，但谈城门厘金之弊，未遑他及。为弟子及左生改文三篇。楼居颇燥，芍药十盆，仅开一花。

廿日　闭门谢客。抄《记》一页。为两儿倍书。弟子应经课，题甚支离，各作均可取，未加笔削也。

廿一日　大雨。抄《记》一页。唐继淙来，久坐。家人以立夏秤轻重，余重九十三斤。王君豫来。出访罗研丈、松、佐，夜还。

廿二日　晴。戊寅，立夏。闻丁果臣十四日化去。抄《记》一页。子和、竹师来。午出答访汤碧泉。赴朱、张招，至浩园，海丈、研、丽、性老均先在。又有一熊鹤村，年七十九，甚似谭荔仙，非老更之列也。香孙、黼堂后至，饭后同朱、张、李过皞臣少坐，复遇佐卿冷谈，二炮归。

廿三日　晴。弟子应课，赋题"进学解"，三弟不能措一词，为改全篇，每行直涂去，不留一字，唯官韵八字仍之耳。此本不当改，又不当令抄去，而彼意在得奖银，拂其意必私怨恨，利之中人，害无巨细也。夜改诗，亦无一佳句。

廿四日　晴。抄《方言》六页。家无此本，计父子三人一日可毕，故分抄之。而两儿竟未起手，余亦或作或辍，得二千余字而止。

廿五日　雨晴。抄《方言》三页。怡生遣招看戏，往则公钱周达武，又有乾和火计在焉。刘竹汀、丁营官、陈老、张、朱、乾升、常涤叔等为主人，群旦咸在，至子散。

廿六日　晴。早诣子常、劼刚不遇，还贺佐卿卅一生辰，遇雨舁还。遣弟子辈上湘县考，欲以数千钱与之，借至四五家竟不可得，乃以买石钱一千为船价，令之空手往。绂子自杉塘来，留居书室。作书寄弥之兄弟。

廿七日　晴。考"懿伯"，未知何人。懿伯之"忌"说为忌日，未知叔父无忌日也。叔父有讳则有忌。夜过劼刚久谈，遇柯三，亦轩昂可喜。前所谓多论京事者，柯三向有恶名，殊不然。

廿八日　晴。抄《记》一页。作书与俊臣，为唐师耶求差使。前夜过张星伯，答访唐师耶，遇陈华甫，蓝山旧交也。唐亦程从九之流，此等人殊无以拒之。至夜，星伯及唐同来，语言伤易，亦无怪王抚之白眼。夜至子寝。

廿九日　晴凉。明日当行，家中无一钱，竹师来，乃假得百金。至夜春陔又因子和还我五十金，遂饶裕矣。闻雪琴臂疾，书问之，竟无以满纸，杂凑不成文。海翁来，遣还松生五十金。杏生送饶学斌《古诗解》至，请余跋尾。其意以十九首为一人之作，云系桓帝初党锢被徙北方者，蔡邕之徒也。因此求诗，大胜于泛解神韵者，但太凿空，未敢公言证实之。省陈母，未敢言明日当行，恐其依缀也。

四 月

四月丙戌朔　晨起，待舁夫不至，饭亦未熟。作书与三弟，并寄考费。又留片镜初，为羽师索书。师仲湖来，未暇出见也。雨大至，卧久之乃行。从小吴门渡东南渡，取廿里泉塘岭，二月访杏生所行道也。又廿里黄花市，谣云"九岭十陇田，黄花在眼前"，言畦陇相间之形，颇为善状。又十里永安市，宿一店，客房颇洁，饭三碗，酣眠。

二日　晨起将行而雨，待少止乃行，廿里饭于封禅铺，冷不可食，雨亦未止，垂帘箕坐，一无所思。又廿五里至蕉溪岭，廿六年前从乐平还，曾道此，彼时皆由榔梨大道至省，正洪寇围长沙之日，余犹未昏，舁夫怯不敢登，余徒步直上，青石甚滑，颇有危栗，今云树皆不可仿佛矣。辄作二诗纪之。积雨横空泄雾遮，童山当路石梯斜。风门翕忽寻仙洞，官道东西隔暮霞。忆昔琴书偕短剑，危城烽火望长沙。儿童不见兵戈久，谁识当年邓仲华。　弱冠行登最上头，振衣千仞看清秋。云林二纪多新树，春雨三更滴旧愁。词客豪情官后减（李篁仙有《登蕉溪岭诗》），骑兵交谊死前休。（谓刘德谦运使。同时友人以其起廉从，悔与往还也。）惟因独擅承平乐，闲对桑麻绿影稠。雨田遣人迎过岭，又遣人待于岭下，又遣人执炬来，同行廿五里，至浏阳县署犹未夜。见其友人邹老翁、李献卿、瞿海虞、杨拔士、李菊坡、莫苓泉。晚饭毕，宿右斋。

　　三日　晨见日，至午复雨。师秀才仆夫待钱，催唤甚急，自朝至巳未得，余为借钱给之，钱至而四处送钱皆至。凡事之不先料理，其困如彼，及其解，又甚可笑也。雨田言浏阳有插青邪术，能隐形入人房闼，而不能盗财物，昨夜考测一人即是也。午后大睡，诸友先后相访，献卿谈甚久。又见雨田弟雨城，及其侄婿傅卿士，外间物议，疑此侄女故估人妇，不应与认亲耳。夜雨田设宴，两学官陈善墀字丹阶、胡运甲字镜川作陪。胡与余同榜，久未之见，今老矣，无妻而有烟癖，闻人甚朴拙。同坐者献卿、菊坡、海渔、仲珊。夜抄《记》二页。

　　四日　雨。何满等去。晏起，阴雨甚寒。从海虞借《浏阳志》阅一过。志书甚有条理，云陶翙云、涂优贡所辑，中叙兵事尤善，可备考证。浏阳前代令长有谷朗、汉太守。孙盛、秘监。何承天、东晋中丞。杨时，赵宋学士。人士云有祝良、易雄、兴长。汤璹、君保。欧阳元、原功。周镗。以声。夜抄《记》二页。

五日　阴晴。抄《记》二页。出寻胡氏诸郎谈，借《水经注》及文道《毕氏丛书》。丹皆、镜川来，同晚饭，初更入考棚，待雨田久之，不至。同事二李、瞿师均睡去，余独坐至五更，雨田乃来。顷之天已明，丹、镜复至，遂不睡。

六日　阴。晨出文、诗题。"鲁卫之政"一章，"观水有术"二句，赋诗"随山望菌阁"。申初少寐。有罗启明请面试，年十五，甚恬静，文理粗通。夜看试卷五十本。

七日　晴。看课卷二百余本，皆细心过笔，无佳者。李菊坡得二卷，均可第一。谈王抚考试事。丑初寝。

八日　晴。看课卷数十本，定甲乙，午前毕，写案，初更出牌。本日考经，以无治经者，出《中庸》题。"庶几夙夜""孝无终始"二句。此县人甚认真，经论皆不苟。丹、镜夜来。惴惴唯恐不公，亦不知外间物议如何也。子正寝。

九日　晴。息日。抄《记》四页，《檀弓》成。

十日　微雨。初覆。"吾见其人矣"二句，"一片承平雅颂声""道吾山龙湫"。诸生衣冠升堂者七十二人，为之讲题。夜阅堂卷毕。

十一日　晴。阅诸君荐落卷四百余本。至暮，闻公和福茶号有幼女被戏，观者不服，且挟嫌拥入，毁其茶箱。遣告雨田往弹压，己亦往观之，人声鼎沸，殊无头绪。乃遣约两学来考棚，雨田亦至，外间塞街喧哗，两学不敢出，余促雨田出，沉吟未敢。余云："戕官事亦恒有，不可坐待辱，或破门入，则吾等终身耻也，又未必不死。"相持至五更，雨田怒马率健儿五六人出，外间竟喧呼阻道，冲人而驰，百余人辟易，余等乃寝，已天明矣。

十二日　晴热。遣人往视雨田，云无事。已而童生聚考棚，余惴惴恐其入，欲出谕之，而嫌自见。饭后假寐至午，人乃散。

与海渔、仲珊出，至火宫①殿看戏，有就余问讯者。海渔起出，还考棚。雨田送禀来，余力止之，云不宜并案，考自考，闹自闹也。顷之又送长沙信来，余为拟一回信稿，至暮事大定。学官云明日仍考。夜阅卷三百余。

十三日　晴阴。晨起阅遗卷百余，得刘世嚚一卷甚佳，以迟交，前取廿九牌，颇屈，故首拔之。童生应赋试者百九十人，赋题，"品泉煎茶"，以"水酌中泠茶香试院"为韵。又"虞教授封圭斋文寄子集"，以"三掌成均六入翰林"为韵。又经解二道，"稽古同天""惟苇及蒲"。赞八首，"浏阳良吏""浏阳先贤"。又补《水经》浏水注。

十四日　晴。晨未起，两学来，遂起不睡。监内号前十名，出二题，"伯夷"至"怨乎"，"短同"。各为讲说。刘生清，吉生老，皆兢兢恐首选不得也。坐阅赋卷百五十余，取八人，附取廿八人。一日未离坐，至未乃退，眠半刻，吃烧猪不佳。

十五日　晴。阅遗卷三百余本，复阅选卷二百余本，拔刘向燮、刘名鼎、刘人焘、李德岑。雨田送补试三人来，请余面试，坐一日不得退。至夜出访子夷兄弟，问昨刘郎卷，乃胡郎所作，甚喜。又问浏阳佳士，对以唐贤畴，归搜其卷，果老手，但不逢时耳。至丑乃眠，求汤茗皆未得，人已静矣。

十六日　晴热。重搜落卷，得黄孝衡、李尔康。是日出案，早眠。

十七日　晴，申后雨。晨起出题，分三处。"为政不难"一章，"君子有三乐"一章，"何为其莫知子也"一句。有徐正乾者，文颇好奇，亦特试之。彭声璈以赋进，别作赋。"周孝侯从二陆受学赋"，以"斩蛟射虎，遂从机云"为韵。"隔竹见笼疑有鹤"得"唐"字，"高人以饮为忙事"得

_____

① "宫"，原作"官"。

"招"字，"夜吟应讶月光寒"得"山"字。偶拟作八韵四首，无佳处，稿不录。此次十名，吉耀丁者自以为第一，余斥其文，愤沮不欲完卷。又前取第一之毛鸿翥，亦以连黜不入试。进退人才之召怨也，末世公道不彰之故也。

十八日　晴。阅内号卷五十三本喻济勋卷，以"莫知子"为诘词，非疑词。其文亦圆熟，首拔之。晚得刘世嚣卷，以"三乐"为愿望之词，文中无乐有忧，亦奇作也。此人年始弱冠，足不出乡里，何幽怨之天成乎？使加陶成，必在王怀钦之上，然文实未能斐然。午阅外号卷，皆以得罪巨室，为君罪之，似乎不合。所谓为政者，孟子自谓耳，方于"得罪"字无碍。其下言四海者，推言之也，亦无此理。一国慕之，如孔子为鲁司寇。天下方疾之，岂慕之乎？夜作二诗题李菊坡扇上，用其"庵""亭"韵。昔年秋饯合江亭，十载征衫领尚青。同劫红羊同值未，故园仙鹤幸还丁。论文律细知名早，感旧诗成对酒听。人世相逢几回醉，莫辞残烛照晨星。　故人几辈踏秋风，看遍槐黄与杏红。万事升沉狂醉里，十年光景客愁中。兰香楚国嗟时暮，春尽江南有梦通。闻道征帆须及早，清尊何处更相同。看落卷五十本，颇有升沉之感。名场辛苦望谁知，未死春蚕尚吐丝。只恐柯亭不重到，枯椽烧尽玉龙枝。

十九日　晴。晨定案毕。以雨田起迟，出城访镜川同年，先至东斋，丹阶辞客，至西斋小坐，与菊坡同来，略谈入城。还考棚，雨田至，出案，终场犹取百廿人。闻湘潭以少取，至生事也。胡子彝来夜谈，云其兄已还。功、丰有前列之说，亦可怪也。

廿日　晴。晨起终覆诸童，出题。"始可与言诗"合下一章。刘生卷竟不能佳。午散，移厨传出，无所食宿，仍还县署。余昨约镜川具食，与献卿、海仲步往，先访丹阶。贺麓翁至，老不能行坐，犹喜谈风月。丹阶邀观礼乐所铜壶漏，因至孔庙，瓦当纯用花瓷，太侈丽，不合制，非也。出棂星门，至镜川处饮，正饥渴矣。未昏散，异还县斋。夜过胡家久谈。

廿一日　晴。雨田仍招十八人入试，出题。"市脯不食，不撤姜食"。未暇看卷，唯见邵振罩一卷颇佳，刘、彭皆不佳，然不能以此定长案，仍以彭声璈为首，以能赋也。子威四兄弟来谈。雨田送纻缎甚多，再辞不得，真如布贩矣，未刻唱戏相谢，看五六出，少食菜果，以咳逆颇不适也。请题小照者二人，各作一小诗付之。坐客有一黄姓，不知余姓名，余漫应之。三更散。丹阶、胡郎并送脯茗。

廿二日　晴。晨起将行，以用人夫多，改顾一舟，请师仲瑚发行李由水运，自率郭玉由陆。辰初行，雨田、十七弟及莫湘泉、海渔送我于七里桥，更遣两民壮及一仆送我，仅至蕉溪铺，止民壮，辞不肯止，遂同行八十里，宿永安市。

廿三日　晴热。晨起不饭，行卅里饭于泉塘岭，渡浏，雨至稍歇。行廿里，未正入城，弟子等赴考已归，陈母已从子往衡山矣。家人言湘潭童生闹考事，殊堪发指。诣樾岑问抚司意如何，云将以告示了事。余不怒近十年矣，颇有攘臂下车之意，悒怏而归。

廿四日　晴。拜叔父生日毕，将出食，有生客在坐，乃避人。午后诣海翁、镜初、劼刚、力臣还，家中犹未举火，待至酉，香孙来，及戌乃食。

廿五日　晴。午诣息柯、春陔、皞臣，闻会榜报至，二孙中式，余无相识者。复诣松生处探之，杏、池均在，云未有闻也。还已暮。

廿六日　晴。晨起，待饭毕出城送劼刚，劼刚问入都云何。余云凡事请教于宝中堂，最忌李中堂，有书疏代乞恩耳。又问夷务，余云主战公私之利也。坐良久，将诣荷池，道访周昺，周与夏子常同宅，因共谈，甚热。出过怀钦，遇姚舸丞还。樾岑来，谈筱仙海外日记，无以异于斌椿也。午饭后少睡，诣香孙，复遇樾岑，少顷俱出。余复诣皞臣，遇萧希鲁久谈，还，初更过矣。西门火，登楼看光焰甚烈。

廿七日　阴凉。仲云来。黄伯初暴死，其母无所得食，因与谋寄书子寿。子寿与其伯兄有旧怨，而黄嫂以为有旧恩，家庭之间难明也。香孙约夜集便谈，樾岑先在，力臣不至。始见《题名录》。

廿八日　晴。海翁来。松生送筱仙日记至，殆已中洋毒，无可采者。力臣来，刺探争产事，又盛言盐务。夜访理安、研老、次青，均相值，遇毛生兰阶，语言莽撞。

廿九日　阴，夜雨至曙。始理笔札。

五　月

五月乙卯朔　熊兆松署正、黼堂、文心来。黄伯初死，唯存宣纸二百五十张，张樾岑允为分送官场代买之。文心又欲设一所以收养废疾。近日兼爱之风颇被上下，墨学入中，国人暗趋于其术而不自觉也。作《唐行状》二页。食鲥鱼甚美。

二日　晴。凌善人来送银票，云镜初手交也。余询平塘曾庄，云可看。遣郭玉侍莲弟视之，夜雨未还。作《唐行状》二页。夜寝不寐。

三日　大雨。巳正少止，出，答访熊署正，诣樾岑、子寿、黼堂、夏粮储、彭朵园。大雨，如行江涛中，至上镫乃得还，四仆沾涂困甚。得唐艺农书，送湘茶、石耳。平塘看屋回，云尚可居。

四日　雨。子寿还券，并再借百金，始得还麻竹兄以践前约。朱乾升来，言彭仁和家资二百万，今亏空二百万，故银币不源流也。

五日　午节。晨寤而不能起，至巳乃起，不知何以困倦如此。行香三祀，朝食后，待午拜三庙。梦缇称疾不出，亦竟日未暇与言。未正步往贾祠，夏臬使招二署幕友及杨息叟、性老、孙阆青、汪啸霞为荐屈之会，酒肴甚旨。

六日　晴。作贾祠招屈诗五言律四首，夏作五言一首。朵翁、唐蓬州、佐卿来。息叟送栅、菊。樾岑送黄、罗二君助资。酬应纷纭。晚同佐卿访阎季容不遇。遇性老略谈，至松生处杂谈。昨得文卿、研樵书。研寄诗翰，居然名家，可与弥之抗行。文卿云丁督欲招余，岁致三千金。嫌其币重。锡九来劝行，未能决也。

七日　晴。樾岑，熊、罗两世兄，罗研翁，性老来。熊师急欲得曾选《百家文》。镜初固迟不与，皆不可解之事，天下所以多事也。作《唐行状》。夜食鱼粥过多，颇觉闷逆。

八日　晴。朝食后出访师竹生父子不遇，过凌善人、罗世兄、唐蓬舟。得俊臣、若愚书。作《唐行状》成，自二月朔至今，凡费九十六日，其难如此，成之如释重负。为两女理书。陈力田来，殷竹伍送《格术补笺》来，其子孙奉书来见。夜过文心，问《公羊例表》成否，竟忘卒业矣，其忙可悯也。向樾岑借曾抄送熊师。

九日　晴。置书箱窗外，欲于楼中设榻，因检群书。作《秦州北山杜祠记》。北山盖即所谓隗嚣宫也。研樵于癸亥年属余记之，今又五年矣，早年笔札无迟滞如此者。运、仪、松、佐、曾小澄来。小澄今字介石，留晚饭，待月登楼，谈至二鼓而去。

十日　晴。作《杜祠记》成。卜允斋来，并送火腿、茶叶。向子振来。子和来，坐二时许，二鼓始去，已困乏思睡矣。

十一日　乙丑，夏至。晴。作书寄丁稚璜，言吏事。复俊臣书，又复文卿书。出，答访夏臬使、冒通判、向子振。向处遇佐卿，将饭，饮一杯，纵谈久之。过春皆、卜太翁，至海叟处，众客待久矣。海华先生先在，性农、雨恬、伯元、力臣俱在，二更散。过运仪谈，携其《易笺》以归。彼以十八爻配九卦甚确，然未免有附会。

十二日　晴。瞿鲁翁庶子及其从子伯高来，初以为美秀少年，及见，肥黑厚重，出人意表。夜过佐卿，遇向子振，同至浩园看芙蓉，松生兄弟适钓得肥鱼，要往共饮。与笠僧同至皞臣处坐月。

十三日　晴。祖考忌日，素食。作杨蓬海兄麓生挽联。_{孝养慰椿庭，方期两守夹河，同庆期颐还洗斝；能名传桂郡，独恨清湘载旐，更无廉石压归船。}性、息两翁来，行奠毕，出吊杨丧，少坐，过樾岑夜谈。

十四日　晴热。为弟子及左郎改课文，午毕。三小女出看戏。过笛仙、子和、海老处谈，暮还。师郎来。夜诣理安、研老、香孙。

十五日　晴。海翁来，言麓山重修万寿寺，阎季容为碑文，不可用。季容新得名甚盛，然实不能文，吾欲直言之，则近于毁忌，不言之，则无是非，唯唯而已。出看戏。力臣来，长谈三千之事，因留面而去。仍往看戏，殊无可观。曾介石来夜饭。发陕西、山东、甘肃、四川信。

十六日　极热。师竹翁、黄子寿来，遂坐过半日，客去已困惫矣。罗郎伯存来，便坐见之。少愒，闻外舅来城，未能往视也。待暮乃出，途遇刘馨翁，问安仁试事，及所出题，皆大方，信不愧为弥之师也。发衡阳、常宁、衡山信。两女告病。

十七日　风凉。看运仪《易注》。佐卿来相招，舁往，则介石欲为一小集，遣要杏生兄弟。问乡中赁宅事，云不如何氏一宅最佳，当问孙海槎。杏池俄去，运仪复来，遂留同饮。暮过皞臣、希鲁闲话，介石复遣要问莱，云明日复为一集。二鼓还。

十八日　雨寒。作书复若愚，兼寄诗雨苍云。高楼望别离，草绿玉门时。冰精行看远，莺花梦见疑。八城愁日暮，一剑报谁知。出塞谋全胜，休言守在夷。　六月夸车甲，中兴无武功。安边先自治，智士莫临戎。扰扰风沙外，翩翩坐论中。昔闻班定远，垂老悔英雄。由邮递去。午昇至松宅，赴介石招饮，陈枭、凌善、运仪同集。夜谈克安庆事，水陆各以为功，究不能明也。播、绂两子来。

十九日　雨。龢堂来。佐卿暮来。始有意于撰军事，翻《方略》二函。读《史记》。改课文。

廿日　晴。功儿生日，以其初娶，为设五俎之会。松生夫人招诸女及六云看荷花，午往。浏阳童生吉曜丁字敏卿来见。樾岑来，谈读《史记》。锡九夜来，久谈，复同过香孙谈，二鼓还。亥寝。

廿一日　阴。阅《方略》二函，自庚戌年五月十九日。庚戌广西寇乱始闻，以招降张家祥为咎。是时庆远、柳州、武宣、象、浔、平乐并起，陷修仁、荔浦五府一州。督抚①讳盗，以会匪为名。其年七月，湖南巡抚骆秉章奏英德寇犯怀集，窥岭东，旋屯里松，逼江华。以永州镇谷韬璨、衡永道张其仁屯防濠界。诏曰："楚当剿捕之余，不堪扰累，万难任再蹂躏。"起张必禄于四川，征广西盗。罢广西提督闵正凤，以向荣代之。于是广督徐广缙请大臣督办。调湖南、贵州、云南兵各二千，银册万两。九月辛丑，召前云贵督林则徐为钦差大臣。十月，祖琛罢，起前漕督周天爵署巡抚。是月则徐、必禄先后病卒。赵怀庆秀才、镜初、运仪、

---

① "抚"，原作"盗"。

子云、刘生世嚚字翀主来。

廿二日　晴凉。邵生振罜、彭生克辉来见。出看戏。还，刘世兄、伯固、曾介石来。出访刘馨翁。陈总兵海鹏新移本街，招同鲁瞻饮，以余欲问广西事。约陶藻同坐，罗子乔亦先在，卅年前同舍生也。夜散。改弟子课赋。作《耆英赞》。

廿三日　晴凉。池生、沈用舟、笠僧来。衡山专信来。陈母寿终，竟以痈溃而死，可伤惧也。陈母自至湖南廿二年，恩如母子，竟缺于一诀。昨夜起登楼看月还，梦异出，过陈旧寓，置轿卓子上。贺仪仲出，言刻名印事。甚恍惚，未知何祥。出访伯固、力臣，欲诣蓬海，竟忘之。还，又改课赋。研丈来。

廿四日　晴。作力臣《耆英图赞》成。改弟子赋记。丰儿胸中并无打油诗，可笑也。殷默存送广货四件。彭郎来，言昨解"明都"为"萌渚"，甚有心思。张沅生送文章来，言取十五牌，自以为屈。午约朵园、镜初、二黄、伯固、池生斋饭。少溪新从京师归，不甚知时事，而云有福建谢通判能为水轮船，二轮每时四十里，出海十六轮，每时可三百廿里。又能作烧铁火药。妄言也。外舅来，言田事。佐卿来，言镜初甚不自得。亥散。

廿五日　晴。当答访浏阳四生、少溪、江十七，未及出，外舅约在家待之。言新塘田水事，蔡买而不罪蔡，反罪接受之李姓。李诉状甚直，而意未了，欲为剖晰，竟不知两意所在。因与书殷绍侨，转告黄公，云："敝县好事人多，阳以蔡为豪强，阴以李为鱼肉，借此小讼，簧鼓百端。盖深知吾乡之俗者也。"作书未成，张力臣、彭子和、浏阳唐生来。唐名贤畴字寿泉，胡氏兄弟旧友，困于童试久矣。六比文有意学高手，而笔气不称。其来也耻为门生，则不必来见。今来见，而词意傲然，殆自命不凡者，总不离寒士习气。坐久乃去。还入作书毕。热甚，乘间浴，浴罢，殷默存来自广州，送土物四种，余责以不俭。略询刘岘庄事，观其气色敷腴，不似前年侘傺时矣。暮舁出，答访唐、刘、吉、殷。殷居孙氏，以有丧不入坐，立谈数语而别。过禹门至贡院，步至二黄寓，谈京中事。

廿六日　晴。昨夜以子弟五人府试，待至丑初乃眠。晏起，始读《史记》，有述作之志。午雨，两儿携卷出，眷视其文，丰儿平平，功儿多不妥，令改作，至暮未成，丰儿已交卷矣。因至贡院门，看出入者如市，吏治坏弛至此，可畏也。还阅功儿二篇，尚成章。三弟竟不还。姚立云来。

廿七日　辛巳，小暑。理安来久谈，顷之，子明、刘仲焘、松生继至。子明坐至未乃去，已疲矣。为两女倍书后稍愒。腭破不能食稻，午饭半盂耳。当访姚立云，遂过福世侯、黼堂、蓬海。黼坐遇镜生、易茂翁。步过皞臣，言新用庶常三人。盖颇知编检之多，计自同治以来，盖积五百人矣。曹仆黄二暮来。

廿八日　酷热，竟日不事。晨访镜初不遇，至江寓小坐，其辎重尽移来矣。入彭朵翁寓，方念经，未敢扰之。腭未愈，还食豆浆、包子。子明、松生来。子明坐半日，留面去，晚过海琴，遇杂客三四人，送《万寿寺记》与之。两女放学。夜愈热。

廿九日　晴热不可奈，似三伏盛暑时。沅生来，言求馆事。刘、唐、彭三生及陈丹阶、袁守愚来。文心暮来，谈《公羊》。为守愚书扇。三更湘潭团案发，唯功儿在五十人之后，余皆头牌也，未免有情耶？

卅日　热稍减，犹如伏日，不能事。瞿海渔来。长沙赋题"人镜芙蓉"。"人镜"字不甚可解。

六 月

六月乙酉朔　热。诸女租屋看赛神，唯老妪及六云未往。午间会出及半，李献卿来，谈江雨田馆不终局，修金亦少送，欲谋局事。弟子出场，文诗均可。

二日　晴热。赛神者行游街内，铙鼓竟日。试作文，未三行而罢。

三日　晴，稍凉。过海丈少谈，至北门看会，尚早，还食包子，复往，已过半矣。乃至寿星观，甚凉多风，人马拥挤，殊可厌。闲行将归，遇许子敬，呼留坐香店，见其二孙。夜案发，三弟竟黜。

四日　晴，有雨。将答访李、瞿。滋女必欲往南门看会，携之行，竟至通判坪，无可驻足，遇八云昇，停粮道坪，送滋仕。独至善化署，看陈设甚盛，日映不可停，小坐课棚。访春陔，往来南正、吉庆之衢，处处不可通，乃从定王台下出浏阳门，又遇神昇，随至藩后，过樾岑，闻韩胖死又苏，苏又死矣。又言丁稚公改轮为酌，孙琴西尽改为轮，吏治无善法云云。出临寿南之丧，坐客六七人，无作主者，自巳至戌未敛，问其资用亦无有，乃还。欲令郭五嫂往而不可，乃遣三弟视之，先赙四千。

五日　晴凉。约两瞿、献卿、丹阶、霖生早饭。霖生辰至，中间力臣、仲云来，姚立云后至。至未始得食，散时已戌初矣。一餐费一日，省城未有之奇也。始食瓜。杨六十来。

六日　庚申，初伏。凉。左郎来，讲"入公门"一节，为《聘礼》《乡党》考，已先言之。得弥之书。午出，访镜初，诣朵翁处午斋，同坐者俞九、石三、常石林、阎季容、陶、孙。酉散。

过镜生谈。归，湘潭案出，三子均被黜。夜至贡院，送之入场。

七日　晴。大暑。凉。献卿晨至，佐卿午至，甚疲于接对。晚凉稍愒，武冈使来索信，起作书寄弥之。三子出场，题为"颂其诗"三句，不知孟子何以不识"颂"字也。

八日　晴。刘生来，呈所为文。因示余所拟作。楼上①不可坐，两女均病，遂停课。晚诣曹价藩。案出，佶、韵被落。

九日　晴。两儿终试，卯去巳归。凡终场每人持卷易票题，云终场待席，无者不得入。余试时无此票也。又礼房佣工，席置一碗，以待投钱。昔试已有之。郭五嫂闻其说，余初忘之，以为妄言，及问两儿，方知不诬也。夜案出，丰儿拔置十二。

十日　晴。丹阶来，谈缩臣子竟得府首。近年考试，有可操券获者，始知驼浦迁民之谬。始理常课，抄《王制》二页。夜讲《杂记》。帉女读《诗》毕。作郭寿南挽联。乌衣游处最相亲，自壮年漂泊江湖，各有无穷家世感；素业凋零伤族从，况身后孤茕儿女，九泉难慰母兄心。

十一日　晴。出吊寿南，过力臣，客来竟日。夜与松、佐、笠僧食粥。

十二日　晴热。樾岑来，言何金寿本名何铸，昨疏劾郭筠仙有二心于英国，欲中国臣事之。有诏申饬郭嵩焘，毁其《使西记》版。铸本桧党，而不附和议，甚可怪也。又言楚人好自相攻，张居正、杨嗣昌皆败于同乡，亦风气使然。又言汪参将代韩副将，所乘马从城上跃下，败瓦垸无数，其马为破瓦刳腹而死，凶杀可畏。暮诣香孙、佐卿，入石洞，遇其族人瀹斋及笠僧同在。佐卿亦设粥，要松生来，啜于环青榭。又过皥臣，二更乃归。

十三日　晴。六云羡两儿应课之利，余因为帉女作一卷，课

---

① "上"，原作"生"。

题"德行颜渊"两句。文竟不能成，勉凑书之。诗题"每依南斗望京华"，颇有佳句。夜改弟子文。勉吾来，送金顶。子寿来约昏，云六女小岁半，四女长岁半，从吾意。余以黄氏子弟无过，可妻也，许之。杨芷生来。

十四日　晴阴，热。朵翁、力臣着衣冠来。张沅生来，言谋馆事，竟不成。绂子来，言佶子病。遣丰儿往视之，便得课卷还。"子产君子之道四"，未拟"四"字不取，余所未及知也。锡九、子和、子筠来谈。本欲出，以晚而罢。二妹夫生日，亦未能往。

十五日　雨凉。出访杨、李、任郎皆不遇。至城外，送陈郎行，又误向北，乃还。作"厥名包瓯"解。以"厥名"与"厥贡""厥包""厥匪"相例，大申郑说。唐蓬洲来，盛称李兰森，颇抑黄晓岱。二女复理书。夜讲《杂记》。抄《记》一页。梦缇暴病，一吐而愈。

十六日　庚午，中伏。为陈丹阶作诗题图，信笔写成，甚有文理。作"鬸榖乌椊"解，以为夷言翻译之始，甚奇确也。三弟妇兄胡迪生来，留住书房。两女理书。夜讲《杂记》，无心得。蓬海、矞堂来。子和贷百千与我，几县釜矣。陈郎告行，送以扇对。

十七日　晴凉。张生来，久坐，解"橘颂"为"橘容"，以为刻木像，其说似确。汤肖安、熊敬生、罗小云、章素存来。素存未言先笑，甚属无谓。午招陈郎陪胡舅，兼招张、彭、左三生饮，弟子陪客，余出访笛仙、子和，夜还，客犹未散。二更后胡舅告去。

十八日　晴。晨将起送胡，闻三弟已起，遂罢。早写字数行，作《橘颂赋》。子寿招饮，又当往媒氏报日，遂出访禹门，不遇。至黄宅尚早，坐久之，矞堂、张力之、力臣来，谈鲜生地之能杀人，使韩副将缩阴死云云。又言王松云冤死，见形于崇伯，崇为出赏格，募其妻。亦新事也。子寿令四子出，见其行六者曰清儿，即求昏者。未散，过春陔，遇子和，将访镜初、熊三，告饥乃还。今日城南课题"夷逸、朱张"，丰儿不能下笔。

十九日　晴凉。小病。两女理书。珰女读《春秋》毕。晚过海翁谈，便诣皞臣，遇香孙久谈。曹十三欲举张乙舟入《名宦》。海翁以家传交余。因访作四六者，城中殊少此笔。

廿日　晴凉。夜微雨。刘生送赋来求改，殊不斐然。瞿伯高来，云彭宅昏期在冬。又言黄兰丞可补汉阳。两女理书，未讲《杂记》。

廿一日　晴凉。遂秋矣，高处尤先觉之。力臣来泛谈。改赋不成，作赋诗六七篇以示弟子。朱送百金至。

廿二日　晴凉。病仍未愈，求瓜不得佳者。改赋一篇，甚劳神，近才退于昔矣。樾岑、王二丈来，在家竟不及知，可恨家人之愦愦。伯高又来，言捧合，求代借江宅者一看。海翁来，论米芾游湘时有年谱，余未之见。夜坐，百虫扑镫，死者百千，乃息火下楼，至子大雨。

廿三日　晴。昨夜雨倾盆，恐有覆压之灾，晓遣问无之。午初力臣来送黄庚，因谈劫刚，甚有微词。凌善人来，泛言衡岳贫民无食之由，由盐茶也。夜阅周声泮课卷，篆书颇工，非不知下笔者，胡棣华卷则胡说也。邹、连，必以第一人待之，则非余之所知。抄《记》一页。夜半疾小减。

廿四日　晴阴。四母七十六生日，率诸子女称贺。樾岑来。登楼小睡。抄《记》一页。夏按察招饮，期申时，未正往，诸客已集，同坐者胡光化、列五。赵攸县、蓉生。沈润生、汪啸翁、杨海老，酉散。步过勉吾不遇。讲《杂记》。

廿五日　晴凉。常霖生借银，云筠女适左者将死，已借左金，急无可还。因以昨送百金与之。杨芷生言谋馆事，坐颇久，余倦于应客，乃出过松生，欲诣佐卿，至则松生等为子云僧设馔，留待夕食。杏池、刘松林、郑少樵为主人，一小童萧姓及沈用舟为客，自午谈至西，颇欲归，未能行己意也，留食毕，乃还，已亥矣。久不居正寝，懿儿暑疾，梦缒不眠，余假寐久之，起过侧室，将曙又还寝。讲《杂记》。

廿六日　晴热。楼上已凉，可坐矣。曾省吾、齮堂、彭峻五、杨芷生、曹价藩来，坐及二时许。齮堂冠服挂珠，云今日万寿正日也。顷之刘馨翁来，则不挂，亦久谈。甚倦小寐，起抄《记》二页。诸侯庙制，王子始封者不祭天子，则无太祖及四亲庙耶？太祖立不可毁，故卫不可祭文王，而卫之文王庙又何以得立？无祖庙，则凡礼当于祖庙行之者，何所冯依？两女理书，校常日为能，早毕。

廿七日　晴。日热风凉，已非暑日矣。出送滋女庚帖，请齮堂转达，遇宇恬，过镜初、力臣小坐还。齮堂嫂五十生日，铺张甚早，不可不有所贺，作一联送之。薇花恩诰儿亲拟；林下高风秋更清。款云。晋赗一品夫人李母徐太孺人五十初度。闿运再拜撰祝。命女无非篆书。夜讲《杂记》。

廿九日　晴热。晨出访朱若霖，过龙际云未起，至李宅贺生日，未面。诣樾岑，遇周笠西，言张松坪劣迹及己治状。过王怀钦，遣二黄去服役，还家尚未饭。抄《记》二页。作书与子泌、芳畹。申过息叟寓，息叟与力臣作主人，为瓮叟称寿，临坐不至。研翁、香孙、樾岑同坐，戌散。夜讲《杂记》。

补廿八日　壬子，立秋。晴热。竟日偃仰不见客，亦不作事，唯理书抄《记》，讲《礼记》如额。

七　月

　　七月戊申甲寅朔　晴热。子明所开南店歇业，遣往结账。泛览罗《文选》，吾乡先辈大有梦呓人。王霞轩放安肃道，巧宦闻之短气。抄《记》，夜讲《杂记》。珰、姕始读《曲礼》。

　　二日　晴热。作书复子泌、芳畹，托常霖生寄去。楼日照灼，避中堂，为两女理书，夜讲《杂记》。

　　三日　晴。至酉大雨震电。抄《记》一页。理安来，云将回易俗场。又言庄委员索皮卵。盖近日苞苴通行如此，不与者，不为众议所与也。夜讲《杂记》。

　　四日　晴。雨珊偕罗邸敷来。若霖来告行。看罗《文征》，讲《杂记》。

　　五日　晴热。病甚强起，为雨珊写横卷。子筠来，云有王世沂者，八分甚佳，夏、连皆疑为余家子弟，属访其人。香孙、樾岑夜来。樾岑问《宋史·艺文志》有李昌龄《感应篇》，昌龄有二，此宜何代？香孙欲与子分财，又欲全不与之，而以托友。余以为近世子得父产，以为天经，非友所能主也。李昌龄书在王松年《仙苑编珠》之下，朱宋卿之上。王松年五代人。文心来。

　　六日　晴阴。出寻皞臣借钱，过松生，遇问樵、善人共谈。同至曾祠，过次青斋所，见力臣在坐，入谈未尽，刘姓至，乃出。皞臣已还家，与萧希鲁少坐，力臣继至，同出，复还寻佐卿，又遇善人，谈顷之觉气不甚属，还家偃息。龙际云来，出则袁守愚先在，际云甚有阔派，若胸有蕴蓄者。二日因病未抄书。昨讲《杂记》毕。今夜讲《丧大记》"未小敛"当敛出否之节，士于大夫当敛而至则辞焉。然则云未小敛者，即当敛亦出也。周升以微罪去。

七夕日　竟日雨，从来七夕所仅见也。力臣招饮，便过海丈谈。至张宅，黼堂、香孙已先至，至二更散。诸女乞巧，陈新景甚雅，命设于楼。珰女投针，有圆、方、直三形，亦一奇也。非女不能事，训饬之，乃不知过。不意此女蠢强如此，殆得母性者耶？讲《大记》。

八日　阴。抄《记》理书如额。次青来，谈作宋四六者难其人。厘金提调王述恩死，云为枣皮所杀。屡欲过理安处，未暇也，闻其去，乃携小女四人寻秋荷池，命丰儿率以往。还，余过研丈，方卧疾，起谈，次青亦至，言贾都司马过菜圃而惊，启其土二尺，有二枢，白蚁盈石，女尸也，均翠钏、翠镯、钗簪，唯一无朝珠为异。殆停枢佛寺而被墙压者，今改葬义山，每岁盂兰为主，曰"冥漠氏"。又言黄杰用人皮为蓐缊，为鬼所责。又言边晓堂自称"边忠魂"，求超度，皆盂兰故事也。夜讲《丧大记》。

九日　阴。子寿衣冠来，将结昏，故新修礼也。拳拳恐余为俗所指名，其意甚厚。抄书督课如额。

十日　雨。抄书督课，兼令非女作篆，功儿书丹，忙竟日。雨田来，假我廿万。连日贷钱，唯力臣许二万，犹期五日，岂真穷耶？作《七夕雨》诗二首。凉气惊秋早，玄霄隔雨看。烛移飞焰小，花湿堕香寒。绮阁离堪数，疏帘梦度难。年年玉钩月，空是映檐端。　　织锦机应倦，乘槎路已通。关河空怅望，风雨付冥蒙。无睡频敲枕，轻离惯转蓬。寻思天上事，幽怨与人同。

十一日　雨。无事，夜诣松生、皞臣。抄《记》一页。

十二日　雨。致斋居楼，家人治祭馔，夜宿楼中。得擂子书，来索钱。抄《记》一页。

十三日　丙寅，尝祭三庙。功儿妇生日，因招客馂。午正祭毕尝新，外坐十二人，内六人，黄氏妇弟来，字仲容，十七龄，似廿许人。未刻袁守愚、萧希鲁、王怀钦、徐子筠、彭隽五先后来，酉集亥散。武冈人来接书，书与二邓。作《斋宿听雨诗》。

十四日　阴晴。海丈衣冠来。力臣、子和、张沅生继至。出访朱、汤不遇，过黎三品，遇一北人求带勇甚切，未敢久谈。还，闻锡九来，已再过不遇矣。遣要来谈。夜抄《记》讲《记》。

十五日　晴。珰女病，帉女独读楼上。计周尺、古尺、东田尺，以法求之，竟日不能得。梁仲玉来，问功儿"四时田、三时田"之异，功儿不能答也。松、佐、笠僧来。余闻松能算，请其用新法直算东田步数，不承上八六四之赢，以免改字也。梦缇回母家，夕去。

十六日　晴热。已出，答访子寿，过息柯、馨室谈，还已未正矣。怀钦、东生来。夜过松生，问田步。东先怀后，俱至浩园赏月，二余、萧僧同谈，二更犹不欲散，松生逐客乃归。

十七日　晴。出吊陆恒斋、孙公符兄弟。陆已移寓，过公符，殡前久谈，还已逾时矣。春元来，见郭五嫂，云欲迎之同居。珰女病。

十八日　晴热。仲云设食，招李禹翁、鹤帆同年、春元同集，议郭事也。黼堂置妾，来者盈门，未散。便贺瞿女出嫁，过唐兰生、江雨田，答访潘进士，热甚亟还。

十九日　晴。雨田送蟹，以尝祭曾食新，遣馈海丈。作舟来。待帉女课毕，出过松生问算法。由浩园①赴佐卿饮，庙门已闭，不得出，裴回久之，从监门去。袁、萧、笠僧先在，怀钦、松生继至，高云汀后来，打诗牌，无佳句，余瀹斋同坐。戌饮亥散。

---

① "浩园"，原作"浩然"，据前文校改。

廿日　晴热。命非女、六云出城，临陈母殡。在家改诸弟子课文。鹤帆来，登楼谈。夏子常、罗小云来，皆有所属。夜考"三田、四田"之异解。《春秋》书"蒐狩"，非时田之蒐狩也。

廿一日　晴热。杨石泉巡抚来。杨主唐宅，因怀庭知我，因唐□通谒艺渠、荫云间，不及岘庄而大胜希庵。自言曾作官，虽罢犹有官意，贤乎浊世之公卿矣！帉女病，珰女读书，已不及其妹三日矣。沈生来。夕出答访石泉，便过作舟饮，春陔、兰生同坐，散已亥正。因热登楼，坐少时。作舟挽子久妻一联请改。

廿二日　晴热。雨田、吴翔冈、徐芸丈来。抄《记》二页，《王制》毕。作《屈贾文合篇序》。书复李献卿。樾岑夜来。

廿三日　晴热。申大雨。抄《记》一页。得若愚书，知西事将了。研樵母丧去官。乘凉访文心，值其沈氏女丧，未入。过樾岑、皞臣谈。看醇王、文治、徐寿衡、宝廷等议祧庙各疏。

廿四日　晴。微有暑意。八牛来。署臬来谢，未见。出访笛仙久谈。过子和，闻子茂复撤任，可怪也。与两女理书，粗毕其课。答访恒斋，初晡餐已暮矣。夜少暇，作书复怀庭、研农。

廿五日　阴凉。饭后将出，怀钦来。出访海丈、力臣、翔冈、夏按察。力臣病坐房中，不能出。夏公坐中见子筼，欲久谈，已过午，乃出城省墓，幸完好。入城，循城根访镜初，过朵园而归，已夕矣。甚倦，不嗜食。为丰儿考"中星"，取舍各家同异。又作"为人后者为之子"解。功儿、非女俱病，甚寂寞也。抄《记》半页。

廿六日　阴凉，有风。竟日伏案而无所作，仅抄《记》半页。沈生、籛子来谈文。沈亦矫矫者，似胜阎季容。又言吴少芝能为宋四六，以举名宦事属之。松生告杏生来，暮出访之，不遇。闻南瓜、佐卿均往乡祝李仙寿。又云陶仙与靖节兄弟行，肉身不坏，长沙最古之尸也。

廿七日 晴。杏生来。罗秀才率其弟子来，小溪之子也。松生约食蛙。余受祖母戒，牛、蛙不上灶。然尤嗜蛙，故私食之。得怀庭书，送赵惠甫《平捻记》，阅竟乃过松宅，则佐卿初未去，方与孙海槎志焄围棋。主客食蛙，余未饭，谈半日。过皞臣，欲诣香孙，会暮乃还。重阅《儒林外史》，后有金和跋，云全椒吴文木所著。虞博士者，吴蒙泉也。文木名敬梓，自命不凡，而其名字未达于外。

廿八日 阴凉。张子莲、黄子寿、江雨田坐过半日。同县彭生来，云研樵有书而踪迹我，不得书，仍北还矣。此人保知县，他日糊涂可想。午间怀钦来，约往朱玉振议账，以三折了事，恐尚空言也。账主为陈、聂，居间者李璞阶总兵、高孝廉、王怀钦，至戌散。复书云卿，言古砖。遣龙八迎梦缇。

廿九日 雨。出吊陈总兵，遇李、黄、凌、周，留坐顷之。还，为两女倍书，携滋女看戏，正见相杀事。欲留看，报竹伍来，思少留，恐非敬老礼贤之意，步还，与登楼少谈，旋去。汤啸庵、龙际云俱来，久坐。际云取一倡女，而为善化役隶所持，求解于余。皞臣曾言其谬，余以为不可不料理也。袁守愚曾言吾道广。果道矣，何患广。高云汀、李璞阶来。夜坐小楼，雨镫凄静。得陈杏生赐诗，欲和，嫌太幽怨，非阔人之所为，故未把笔。

八 月

八月癸未朔 白露。晴。步出答访罗郎师弟、张子莲、殷竹老，过夏子常，则已归去矣。闻功儿作书抵殷生，言县试未取事。索观之，殊不然。还诘丰儿，乃伪言书在孙宅。小儿好诈，殊堪发指，立命取还，果不在孙宅。此儿好欺，功儿好干犯人，他日必受其害，为之愤懑。

二日　阴。竹伍及其从子绍侨来，言书小事。余云："败国亡家，鲜不由此，君未涉世难耳。"抄《记》一页。得"荐鞠衣"之说。先祖考生日，设荐。晏食，午后子和、香孙来。子和久坐，甚似唐二棒槌。三女看戏，余亦往看一出。夜讲《杂记》。

三日　晴。抄《记》二页。龙八还，梦缇未归。丁篁村子健相来见。

四日　雨。抄《记》一页。午要竹老便酌，辞疾未至。要杏生兄弟、刘春禧、孙海槎、际云、佐卿同饮。夜看刘氏藏书图册，有宋于庭、沈栗仲、杨子卿、何子贞诸老留题，邵香伯画，又有刘亮、刘基定，不知何许人，亦名家也。今日皆不可得。春禧在道光初主持风雅，今虽困，当有以礼之。

五日　大雨竟日。抄《记》二页。作孙芝房继妻挽联。华灯桂树看初昏，至今雏凤成巢，始识廿年冰雪苦；人镜芙蓉传唱第，方幸双鸿得路，谁知归日获灰寒。昨得李雨苍、陈若愚书，由谭心可带来。今午当会饮，因往答拜，兼答丁郎，冒雨往来，至松生处，海槎作主人，坐客杏松，佐卿，刘瑶卿，何，左，季、蕃两生，孙氏戚也。食未半，闻力臣已催客，往则亦半食矣。单开客，全换人，唯余与黼堂未改，余俱不至。海琴、香孙则新约者也。设馔不旨，清谈甚久，大雨昇还，笼灯几灭。

六日　大雨。题刘藏书图。昔年十五初咿唔，长沙诗人徐与吴。此时文字贱如土，叩门索米家家无。沩山有客独好事，囊金省市觅酒垆。高吟狂叫得一醉，有如冯煖乘高车。世人好金君好书，酒徒诗客争凫趋。一时高名动郡县，我生未面心先输。湘中风气正朴鲁，不识服郑惟程朱。坐令宋沈笑绝倒，何杨解嘲言嗫嚅。忽闻君家富书史，百城坐霸张为图。城中画手数汤邵，邵工泼墨尤酣濡。图成题画尽时彦，至今卅载存古橅。亡何兵气动江海，南州子弟抛书斫。飞腾将相只唾手，高门甲第塞路衢。群姬杂宝看不足，要有插架万卷储。武达文通似相倚，诸生讲学窥经郛。少年开口论苍雅，春秋有何易有虞。全万臧张尚肤浅，江东名士窜且逋。君今白发再来觐，时人未见不敢呼。独携此卷私示我，开函感事增长吁。山中松老书未蠹，有子能读兴不孤。他年求书访旧本，图中想象承平儒。际云来言取妾事。朵翁来。夜作诗酬杏孙。抄《记》一页。帉女读《曲礼》毕。

七日　雨。作书寄俊臣，由丁郎携去。抄《记》二页。今日甚暇，晚研丈、文星、怀钦及朱心涧来。英子来，言书院逐斋，沈生被拘。夜过松生，食牢丸。

八日　晴。甚湿。三弟与帉女口角，以成人之礼待之，甚无谓也。自处甚难，要先除俗见而后可入世，固不足为不学者言之。丁郎来，未见。沈生、绂子均来。理安来，公言易院长之短。瞿八郎来，谈王少庚女事。

九日　雨甚。出吊公符，唐、李两公子陪吊，余亦少坐，陪胡子潘进士、某举人。还，抄《记》一页。帉女诵《曲礼》毕，通温《诗》全部。少睡，樾岑来，谈《庄子》去。因温《庄子》一过。训丰儿以处世之道在戒生事、齐是非而已。未赴贾祠怀钦招，同文心、程伯翰、章伯和、麻彦门、罗叔珊饮，酉散。

十日　阴雨。帉女倍《诗》一过，甚熟。抄《记》二页。昨有族兄超群八哥者来，云将往江南，求路用，甚可怪也。遣三弟视之。海丈来，竹伍继至，登楼谈算。申出，步至西长街，朱宇恬招饮，樾岑、力臣、海翁继至，谈易院长事甚详。

十一日　晴。非女、六云同日生，余在家为作生日。两儿均病，不能兴。非女匿房中，六云亦不相见。帉女又口痛。来者袁守愚、师仲瑚、左致和。为左生改文一篇。抄《记》一页。作诗《继杜若兰孙作》云。杏嫁桃蓁又十年，重登绮阁奏湘弦。芙蓉渐老秋仍艳，桂树新香月欲圆。为惜别离增宴乐，偶看城郭忆林泉。旧栽垂柳禁烟露，犹傍阑干待舞筵。

十二日　晴。力臣来，言周同年谝枝字近凡。有从弟为长沙所拘治，属为解之。出访松生，遇湘乡四品一人，云姓王，盖王开琳之族类也。过樾岑、仲云，遇镜生、笠云久谈，诣春陔、竹伍，还已暮，甚馁。夏梟使送牢丸至，食三枚。抄《记》一页。

十三日　晴。抄《记》二页。看《方略》竟日。际云、释了尘来。为丰儿改课文，及左生课文。锡九来，夜过研、理。

十四日　晴。料理节账。理安来。庄心肃来，其兄心安还九十金，甚济所需。余得银未尝喜，此收账，出望外，为之拊怖。际云送银廿两，则义不可受，又不可喜也。抄《记》一页。

十五日　晴。诸生五六人来贺节。余子振来。抄《记》一页。夜待月上，祠二祀、三庙。受贺毕。诣浩园①看月，会者廿四人，皆少年，以余齿为最长。弹琴吹箫，杯盘交错，至夜分归。妹弟等打牌，余入局，连负，后连胜，尽复故所输，赢钱二枚乃罢。

十六日　晴。日燥风凉，体殊不适。理家政。作书唁研樵，并致文卿。抄《记》一页。竹老、陈舫仙、陆尔瞻来，俱久谈。殷默存来。锡九来，言罗姓事。性翁来。

十七日　晴。纷女始读《檀弓》。与书力臣，言周生行止不端。佐卿、涂郎来。姚立云招饮，巳正催客，欲出答拜庄、刘，恐暮，仅一诣性老。至姚宅，客至者吴云谷、李黼堂，言禁烟事。盛一朝改名。后至，与吴皆烟客也。不亿不信，诚难先觉。夜过皥臣，赴涂郎招，复饮浩园。

十八日　晴。昨遣莲弟迎梦缇。早饭唯龙八一人，当买肉菜设荐祖妣，起问之，尚未回，待至巳，乃荐。弟妇及新妇入厨，

---

① "浩园"，原作"浩然"。

以六云自言非彼不办也。午出访昀谷、芳畹、海丈、默存、孙氏兄弟，俱相遇。其未晤者不书。奔驰竟日，亟还，欲饭，子和来，久坐不去，至暮乃去。料理回合礼物，饬具待媒，家人竟日忙，丰儿之力为多。夜再集浩园，萧希鲁为主人，会者九人。打诗牌，分一盘，无相凑合者，久之忽成一首，甚为得意。治邑多纷久去官，早驱百虑引轻欢。慎微勉克承家宝，传敕终思俯陛丹。翔步郁冈通竹岫，散巾画雨滴荷盘。羊玄竞秀秬神旷，西向秦都问鞠兰。三更散。归，家人尽睡，无觉者。登楼抄《记》一页乃眠。

十九日　晨未起，际云来，言讼事，促之乃去。饭后铺设待媒。樾岑来，言立法无良法，无往而不为病，甚叹筠仙之迂。客去稍倦，登楼抄《记》半页。黄氏请媒，黼堂、力臣二君来，留坐待，写庚书告庙，回合毕，茗饮乃去，已及申矣。黄氏招饮会亲，入见子寿生母，及其妻王氏、弟子襄。陪媒设饮，怡生陪客，至戌散。

廿日　晨闻莲弟语，知梦缇已还，至朝食后始至家。芳畹来，迎看墓地，往至红山，无可营兆者。便过鹤帆同年谈。入城访竹伍，尚未去。答谢力、黼。力臣处入谈。为海翁写扇。抄《记》半页。

廿一日　晴。朝食。问丰儿以"谢医以钱为非者"，其议发自何人。对曰非女。闻之大怒。盖老庄流于申、韩，儿女异议，渐不可长，切责之。竹伍父子、姚裔云、龙晖堂来。夜与梦缇辨送瓜事。妇人之情，甚不可解，无端喜怒，了不近人。

廿二日　晴。觉燥热，过孙海槎，问佃屋事。便访勉吾。出城送黼堂，云已去矣。勉吾处遇唐蓬洲，甚颂丁公之治。抄《记》二页。

廿三日　阴。子寿来。陈雪翁、孙雨樵、汤啸庵来，久坐，遂尽一日。傍晚鲍世兄来，忘其字。云以通判当入都，寓其妻家。言其乡人少多怪，有蝴蝶生手足。抄《记》二页。

廿四日　检书下乡，谢客不见。周春帆世丈闯入，遍问家人，令妻子出见，并见偕子，匆匆去。抄《月令》成，自此始合功儿所抄，得四本，至《玉藻》矣。运仪偕袁岱垣来。

廿五日　晴。觅船下乡，检书箱木器先去。汤啸庵荐一佣工来，即留同往。午后出访何芝亭居停，根云尚书之子，杨宾石师之世兄也。蓝顶白面，颇似浙人，其兄弟八人，尚足自给。答访鲍世兄不遇。抄《记》二页。

廿六日　晴。早起欲出，待饭已将午矣。异访周春丈、杨海翁，均久谈。解带步行，过俊卿，松生、杏生留饭。诣皞臣久谈，还已暮，丰儿先发矣。得文卿书。夜过运仪。抄《记》二页。

廿七日　阴。谢客，微行过槭岑、曹十三，遇翔簿、子明。还，饥甚呼食，理安闻声，不得不出谈。希鲁、笠僧、东生相继来，殊不得自休。抄《记》二页。

廿八日　阴。仍谢客。竹伍来，亦未见。得二邓书。抄《记》二页。丰儿来，告乡宅殊不足容人，若强移佃户，必失人心，其见甚是。

廿九日　晴。熊三还，言乡中无菜土，当废田为之。若林闯入。送陈宅奠仪。作书复二邓。抄《记》二页。

卅日　两女课毕。出诣李禹翁，贺生日。与熊敬生、黄子均、张某同席，吃面一碗。还抄《记》二页。陈松生、罗研丈来。汤啸庵夜来。

九　月

九月癸丑朔　晴。今日换冬帽而热甚，未知诸人何以施领。

雪琴从江南还，遣送方物，并约来谈。午初来，看非女作字。未初客去。抄《记》一页。镜初、曾介石、竹伍来，谈竟日，未作他事。丰儿还，言乡宅不佳。往问孙、陈，言极佳。余无以定之。既移家具，且待其让出再往看之。作书寄程郎。

二日　晴。抄《记》二页。帉女告假一日。松、佐及曾省斋、潘子诠来。

三日　晴。常耕岑来，言丁稺璜信谗而慢客，意甚忿忿。余言今之督抚，与战国之君相似，皆自以为是，则无不是也。得程郎书，言王生伯戎溘逝。子泌书，言谭教官遇鬼，皆怪事也。伯戎读书近十年，未能大通，赍志以殁，谁复知荒山田舍中曾有此一人，然究为余所知所哀，则荒山田舍中人又谁能得此，为之凄恻。诸女出游寿星观，余亦步往看戏，而心殊郁郁。夜风凉，登楼抄《礼记》二页。为帉女讲"拱而尚右"，未得确据。

四日　晴。曾祖忌辰。梦缇云去岁误作生辰。检日记果然。盖余不详察，闻家人言则行礼，家人宜更不察也。以诘梦缇，妇以承祭祀为职，何以独罪我？当更修省，清坐思愆。秋风吹楼，心殊不宁。出诣海丈、皞臣。还，抄《记》二页，意稍静定。设荐素食。夜过香孙。曾介石言禹讼事，遣问陆尔瞻曲直。

五日　晴。湘潭亲友曹、徐、二唐来，谈半日。樾岑来，言巡抚大堂频有人挟刃闯入，昨初一日复有一男子怀刀入，此何祥也？余云妄人阑入禁省，贱将陵贵之兆。此盖湖南妖异，非王抚能当之。因言凡获此等人，但当纵之不问。樾岑因言方观承奏保定狂人犯驾事，为人所称，意亦如此。又言北院严饬临湘一案，王抚殊难自处。盖临湘令汤某加赋蚀公，本不宜究言者何人，但当究事有无耳。李督此举甚得政体，名下固自无虚。诣敬生、怀钦均不遇。抄《记》二页。曾介石所问事尚无消息。

六日　晴。纷女十岁，散学，为延五老，并主人共四百余岁以张之。曹、李二公不至，性农、春帆、研生三丈来。春翁登楼甚健，言则谆谆然。设食皆软品，甚饱，戌散。陈女来，家人无照料之者，未食而去。作《请祀名宦公呈》稿。曹翁欲祀张锡谦，而益以夏惕庭，恐无一呈举两人者。

七日　晴。高筠庭招陪孙小峰，不见十七年矣，俱不相识。坐客尚有聂、杨，食蟹羹，腹颇不适，酒罢复议玉振事。曹翁、暤臣来。暤臣欲谈，见余匆匆，乃去。过仲云、樾岑。仲云言《实录》"龙衮二百余被窃"，非女云恐是奸人以作旗。亦为机警，所宜虑也。夜儿女弟妹为梦缇馔生日，聚会颇盛，酒毕斗牌。抄《记》二页。了尘僧送菊十种。

八日　晴。午阴，夜大风。儿女馈具无章。余携小儿女及陈甥看戏竟日。庄心肃来。言介石语不甚确。梦缇避余如新妇，一日未交语，廿四年所无也。抄《记》二页。

九日　风阴。佐卿约作重九，演剧曾第，会者十八人。珰、纷、滋三女侍往，女婅会者亦十余人，均读课毕乃往。抄《记》二页。夏枭使亦前约饮宜园，午正先至曾宅，申止全粮署。性老、汪生、子筠、小园、沈润生俱先在。顷之海琴至，携有王蓬心画《浯溪图》。又李伯时、赵松雪画，皆伪笔也。戌散，仍至曾宅观剧，傩鼓甚盛。亥初与佐卿及余弁步还。月色甚幽，夜行烛灭，见墙上月痕，殊有所感，少年盛游，不易复矣。

十日　晴。朱生、汤啸庵、任编修、曾介石、理安、守愚俱久坐。留理、守午饭。二女未点书。命觅舟将往萧洲，一避俗嚣。且家中一月烧煤几三十石，甚可慨也。

十一日至十月六日阙。

十 月

十月七日　晴。客来竟日不绝，姓字记于号簿。惕吾兄□□，家人俱未起，甚以为愧。抄《记》半页。非女移房。

八日　晴。早起待饭未至，抄《记》一页。朝食毕，日西矣。出答贺客数家。访仲云问疾。看菊，甚热乃还。六云移房。

九日　晴。惕兄去，卯起同昇出，答访贺客廿余家。赴息柯招，为闰九之会，至则坐客已毕集相待。贺麓翁、罗研丈、黄海老、朱香孙、吴畇谷、张星伯、杨性翁及余与主人而九，申散。过胡稺泉久谈，还已暮。闻柏丞久游不归，颇有凶问。得张东丈、彭雪琴书。

十日　阴。移寝室于左房，躬视部署。彭亲家约送木器，工力四人尽往运担。家人均有力役，半日始定。外庭复有木匠、缝人、弹工，喧于十步之内。杨钰舅、张庚兄又来觅荐，纷纭久之。登楼抄《记》一页。晚过研丈、香孙。夜雨。

十一日　雨。抄《记》二页。作宴集诗，甚舒卷有格韵。又解"杜举"为宰夫扬觯之礼，亦有依据。午间闻今日为三弟妻廿岁生日，家人殊不言及。因问三弟，则云是今日，顷又言非今日。归余家已五年，尚不知其生辰，可闵念也。聊命煮茗庆之。夜读阮诗九首。答杨性农《见讯山居诗》。

十二日　阴。抄《记》二页，毕一本。海老送诗来，颓唐颇甚，而以峻洁许余，正谓余诗气尚完整耳。午食炒面甚佳。始广东无炒面，伊墨卿守惠州日始为之，故曰"伊面"。今年司道迎巡抚索点心，云有伊面，崇藩台不知其何物也。崇固贵族，此乃有儒者气象。以炒面为伊面，市井语耳，不宜出之士大夫之口，然伊面实不如吾家炒面也。

十三日　阴雨。呼工易檐，使后房通光。《檀弓》孟敬子云"不能居公室"，谓居丧不归私家也。郑注云"臣礼"，殊未明晰。又敬姜未以子就公室，盖恶季氏之奢汰，而不令往也。此自述其能教子。注以为到公室观其行，亦无此法。夜读阮诗九首，《礼记》一本。以明日覆试，两儿当黎明去，恐失晓，竟夜未酣眠。五夜风寒，披裘起，呼家人办饭，乃还眠。

十四日　晓雨甚大，且风寒，工人俱未备雨具，久不返，便令六云具食，食毕家人尽起，乃解衣寝。李雨翁约说喜事。郭玉以约午已过，呼余起，冒雨出门，便答贺客数家，晤雨翁、龙济生、吴畇谷。龙宅遇周吉士，年未长成。忆周丈庆元尝决余十八必入词馆，余十八犹一无所知也。周丈好谈八字，于余有阿好，然差不负其望，词馆则非所冀耳。周吉士尚孩气，虽入词林，恐未能读书。瞿子久长二岁，老成于周多矣。还家抄《记》一页。两儿至二更乃归。文题。"尽信书""其取友必端矣"。

十五日　阴。作书复雪琴。萧希鲁来。晚步过海老饮，樾、畇先在，息、香后至，亥散，昪还。海老言弈纪于道光间抉乩，宣宗问国祚，判云"春秋"。明日有某公问乩言"春秋"何意？乩言不知。至今未知何祥也，客亦无解之者。作书与张松坪荐杨舅。

十六日　晴。晨霜颇寒。诣香孙处，性翁治具招客，海、息、樾、畇至，香孙犹未起。息柯作长篇纪宴。海老云太大，不称题。余亦云然。又余言海老诗结未住。似不以为然。息、樾先去，海老久坐，余等不敢先散，至未正乃罢，历三时矣。还家，江雨田来，久谈。昪出答谢黄孝廉，舒昺。初涉性理之说，援宋入汉，言语俯仰。又云李敬轩弟亦举方正也。余客皆不遇。晚还，将及门，遇镜初会余于途，下，要同还，晚饭客去。复雨。

十七日　阴。竟日料理娶妇事。曹介藩、龙济生来。

十八日　雨。始裘。午赴龙宅饮，陪萧希鲁，坐客又有杨、孙、周三庶吉、怀钦。

十九日　雨。出访杂客数人。

廿日　晴阴。余佐卿、袁守愚来。同佐卿出过怀钦不遇。至镜初处，食腊豆干。同过曾介石、彭朵翁，镜初别去，余与佐卿复同至陈仲英、熊署正处，二鼓乃归。熊处打诗牌，赋得"残菊"，各得五律一首。余竟日未食，佐卿甚虑其饿，熊买汤饼二碗款客。归，至三鼓乃饭。

廿一日　寅刻闻叩门，李仲穆至，为余发帖请媒纳徵。彭氏期卯刻，禹翁恐失期，促令早来也。主人犹未起，甚以为愧，然烛写庚帖。至辰正，瞿海渔来，巳初，诸人始集，凡十八筐，二抬合。午初还，微雨，恐客使沾濡，促令早还。午后遣要仲穆，不至矣，甚歉愧也。酉初设席，海渔为客，怀钦、敬生作陪。杨性翁中至，留饭，不坐而去。

廿二日　雨寒。六云有违言，谕之不止，威之愈怒，家人咸集劝，犹不可柔。此女性直强，余驭之殊不得法，盖苛细之过当纵之。夏三嫂子妇陈氏来，其夫无行，己不肯嫁，众哀其穷，故余收留之。锡九来。是日新妇安床，埽舍宇。

廿三日　雨寒。登楼改文一篇，旷工殆半月矣。

廿四日　雨。命家人治具发帖，湘潭人回，亲族无至者。

廿五日　大雨竟日。彭氏送妆，至申始来。余取妇，妇家用夏布白帐。后凡嫁娶，无白帐。此回以彭氏故家，有余风，必用夏布。家人皆以为必从时用洋布，至以绸帐廿四床为赌。及见新妇白夏布帐，不觉拊掌。四母又言乾嘉时嫁奁必有碗桶，今亦有也。夜喜轿先陈于堂，厨人治具至五更，余先睡。

廿六日　阴。晨起与两儿论庙见礼，新妇初来宜如何入庙。余以为于时祭后，必有一特祭。必于时祭者，不敢轻辟庙门。必知特祭者，以教成推之。今时俗不用庙见礼，而以入堂拜祖为庙见，似亦可通，而究未敢言礼也。久待女媒不至，顷之来告病，仓卒以左致和摄之。午初命丰儿去，午正新妇轿至，贺客来者廿许人，坐处狭小无以容，或相拥挤。熊鹤村年七十七，犹登楼赋诗饮酒。戌刻设宴，内外七筵，主客四十人。子初寝。

廿七日　晴。送亲姊、嫂告去。朵翁来，言其弟十女婿佣书者，家贫甚。家人又言此萧姊甚明慧。余于赠送新亲果币外，别致四种，及银钱四枚，以示礼贤亲士之意。

廿八日　晴。彭氏两兄来，请樾岑、师竹生为陪，已集申散。丰儿及新妇诣彭氏。

廿九日　阴。出谢客。晚诣吴畇谷饮，海、息、性老、樾岑、香孙俱会。看息柯近作。

卅日　阴雨。贺客补来者数辈。补请前送礼者设一筵，有汪姓俗客甚可恼。

十一月

十一月壬子朔　诸学发落，两儿晨往，值雨，命之乘轿，余自步往学署视之。至巳未点名，往府学则门未启，乃还。庀①具待三子谒先师还，告荐曾祖庙，以一献礼。酉初礼成，始食。

二日　阴。早视天欲雨，又风寒，本约海老饮，恐老人犯寒，因改期待晴。及朝食，天不雨，已辞客矣。佐卿夜来，谈袁生事。

---

① "庀"，原作"庇"。

三日　阴。出补谢客，过香孙，遇海老，乃能出饮，樾岑、仲英皆会，留谈久之。还家，刘生相请，已自来速客矣。佶、韵待改文甚急，登楼为点定。乃往刘生寓，正然烛矣。陪客一人，今年所受业者，言其县廪生彭某已褫革，怜其将出贡而陷于罪云云。夜始复讲《礼记·祭义》篇。得春甫书，即复一缄。

四日　阴。检咸丰时废案有军事者，零落十不存一，摘抄数十条。介石招饮，云两子入学及昏，皆未受礼物。故请两子，因及诸人也。坐客熊光禄为首，向、高、朱廪稍稀会，余皆日相见者。镜初甫入坐即去。谈及遐龄庵事，云樾岑垂涕故哀之，而香孙教之上告督抚也。夜过皞臣谈。还，改功儿赋，又为仲英作寿序一篇，未成罢去。得张东丈书。东丈不轻与人书，今连得二函，未作复。

五日　阴。晨作陈序。熊署正来，勉出见之，仍入，作序成，读之颇条达。萧希鲁来，请改经文。

六日　阴。作"嫁女之家，三夜不息烛"四句文，以三夜为前三夜。王理安说以为后三夜。余文有云"女有外成之道，故教之以思离"，义似长也。胡子正以"不举"为娶者之父。说与余同。两儿展墓，便拜客。外舅来，匆匆去，往已束装矣。

七日　阴。先太孺人忌日。黄子明来。夜讲"居鬼从地"，地之所以成者，皆死物，则皆鬼也。

八日　阴。盼女读《檀弓》毕。作书复张东丈。出答拜数客。夜讲《礼记》。

九日　阴。蓬海送诗文刻本，请余为序。家人治具，约黄海丈、杨息翁、邹咨山、陈仲英、朱暝庵便酌，申集戌散。

十日　雨。得戴立本书。先祖姊侄曾孙也。连书桥来，钱塘诸生也。

十一日　阴。佐卿来。辰过陈母宅，贺其生母生日。还，陈伯屏来，言翰林有艾生，颇博览。汉阳樊生，亦有文名。袁生请作母寿文。天下达观之论众矣。禄位田业，先人之遗，子孙所宜世守也，而圣人以患失为鄙。《礼》有之曰："四方者男子之所有事。"故守田园者为乡人，况夫资财玩好之物乎？资财玩好之不藏，禄位田业之不系心，于是有藏书之家。藏书始于孔氏，其后遂因有集录之学。然世代绵远，人事迁变，虽天府秘籍，不能不俟后人鉴之。乃为过眼之录，曾藏之印，以归于达观，彼知其无可如何而作达者也。藏书之意，以传子孙，与田禄同。顾古者，封建百世不去其乡，后世以游宦显名。若徒居田里，守典籍，终必不能自达，而亦非先人所期望，是故谨守者非男子之事也。《易传》有之："地道无成，而代有终。"《礼》之言取妇者亦曰："从而事焉，从而共焉。"故曰妇者，家之所由盛衰也。男事于外，女守于内，子宦学于四方，而母主其家。微独使田禄隆昌，其所以绵《诗》《书》之泽者，实远且大，吾于同县袁太夫人知之。太夫人姓杨氏，武陵尚书谥文敏之曾孙也。家世清贵，年廿，归松江府君漱六袁先生。袁于湘潭为强门而苦贫，以授徒供养。君姑老病，于妇是依，奉汤药，备甘旨，必尝而进。井臼、纺绩、纴补之事，无不敬也。及夫君官编修，从宦者十年。朝官中先后称有内助者，何文安夫人以明惠，曾文正夫人以勤俭，陈池州夫人以孝敬，而皆推重袁君妻，曾、陈皆请昏焉。军行南还四年，而夫君外补江苏知府。于时风尘澒洞，寇盗充斥。凡从夫官所者，皆还家避兵，而夫人独戒装至宜春，途塞，还，改道汉淮赴松江。松江君已患劳疾，得夫人侍护，稍稍支柱，逾两年乃卒。寇乱愈亟，江浙瓦解，达官朝使，莫敢驿行。而松江君官中外，所得书无虑万卷，资力半耗于驮运。至是，议者皆以累重不可致，欲缓俟道通。夫人独先部署，以余资悉用运载遗书先还，而身率孤子女扶枢后发。曾文正时督两江，遣书迎候，谋资斧，夫人已自南昌还里矣。是时行者，单车轻骑犹惴惴，袁氏归装重橐，行数千里，观者皆叹息，以为非独贤明知轻重，乃其才不可及也。袁氏既以藏书名湖南，及闻嫠孤致书还，或羡且妒，百方谋出其书，不翅觊财产。夫人毅然以守弄自任，来譬说画计者，漠然若无闻见，迄今廿年，藏书全然尚完。然后人知松江君悴精力于求访者，恃夫人之能守也。守遗书以待子孙，与保禄位田业者，其艰苦坚定无异，而清浊且殊绝矣。袁与石给谏家为重姻，今所居距石氏里甚近。余尝过石故居，慨然有乔木蔓草之悲。及过袁氏门，垣墙缮完，闲宇闳峻，不类故官宅，又益以知夫人之有功德于袁氏也。夫人长子曰秉桢，任侠开济，足迹半天下，以军功官三品，晋封母为太夫人。以今岁冬仲为太夫人六十称寿，因述母德，言松江君兄弟居贫，尝析爨，及有官禄，夫人请于娣姒妇，各告其夫，推财而同居，及其他懿行甚详。余以为其远量贞德，征于其守藏书者为最著。故专取古人之祝永受者，以为耄期之庆。松生有客，设素食，招余往饮。

十二日　阴雨。辰出，答访五客皆不遇。过樾岑处，则已上院矣。昨日王巡抚内召，新臬抵任，五日移署藩，盐道旗人，故署臬。今晨遇首府县相率奔走，忙迫可笑，不知他人迁除，府县群奔何为也。以为伺候，即各有其职，亦无三人同往之理。近世以此等为事理当然，令人失笑。还作书与蓬海。得春甫寄书。理两女经课。晚过佐卿处。向子振设食，陈仲英、高云亭、曾介石、刘伯固、凌善人均会。过皞臣，论晋捐。陈蕴原来。

十三日　阴，寒风。午饮香孙处，海琴、性农、研老、济生先在，仲英后至，夜散。雪意满街，得句云"狭巷光长雪意来"。

十四日　阴。出答访四客，海老、雨田处久谈，性农、仲英均去。

十五日　阴雨。过樾岑、春陔处略谈。答访曾澄侯不遇。两儿上湘。

十六日　雨。大冰，寒甚。昨夜大风，两儿犯寒去，甚无谓，然其意方盛，亦少年有为之象，故不止之。今日屋树俱冻，风吹物辄作冰声。佐卿招饮，以为必有佳设。梦缇出谢客未还。为两女理书。料理俗事，荐馆托情之类。欲登楼作字，甚寒且风，燎薪以暖。申过佐卿，则其兄芳臣及陈蕴原、释笠云先在，夜饭甚陈腐，虽意在聚谈，亦殊无部署，此近日达官派也，非办事之材明矣。佐卿欲学阔派，而无阔境，故如此，正似乡间暴发人，未敢面劝之，亦不忍腹非之，故记于此，以俟传播。

十七日　晴。仅十九日未见日，如沉九幽者然，披云为快。然冰凌未解，登楼仍寒。房中课读毕，赴刘馨翁招，陪裴樾岑、陈少卿、□业、李仲云、芳宇、廷桂饮，设燕菜烧猪，而馔实不丰，戌散。

十八日　己巳，冬至。晴寒未减。两女倍书，均在房中，然薪以御冰气，犹凛凛也。午过松生，遇黄少溪，云人出三百，为松生设饯，已十二人矣。佐卿亦大会诸客，凡十八人，至者曾澂侯、高云亭、向子振、陈伯屏、陈蕴原、李叔和、曾省斋、熊鹤村、余柳潭。余至陈宅吃野鸡片，还至余宅，犹未设席，上镫乃坐，送钩赌酒，饮罢看弈，二鼓后乃还。

十九日　晨雪，旋止。余云调霜雨也。梦缇云从未闻有调霜雪。余云以地气寒雨为稷雪耳。已而果晴。佐卿及其兄芳臣来，同过伯屏、缊原。蕴原不遇，遇成晋斋，要与同诣曾宅。佐卿必欲诣李叔和，同往不晤。至洪井，澂侯父子留饭，设牛肉白酒，晋斋先去。饭罢，访镜初，松生继至，遇黄子寿久谈，复过对门看余千总新房，云塔智亭旧寓也。还已暮，行颇彳亍。

廿日　阴晴。两女至午不上书，各笪之十数，已日旰矣。午设斋，要朵园饮。朵园犹用新亲过门之礼，以罗研翁作陪，松、镜、佐旁坐，食汤丸，甘软殊胜，余菜亦洁，至戌正乃散。黄宅请梦缇交亲，先夜当去，已携恒儿以往，余守其房，厚被奇寒，终夜未温。

廿一日　阴。当出送曾行，贺余、黄昏，以无舁不果。俟至日晏，步行至息机园，滋女从行。至黄宅，上客有陈雨舲、高主事、陈雨樵，又有杂客数人。房堂狭小，不能容回旋，看新妇亦未审，易衣步出。赴海琴招，海老、樾、昀、香孙为消寒第一集，坐客有潘蕉坡，俗吏也，香孙闻声而恶之。又有张星伯，放言轻薄，亦乖雅致。

廿二日　雪。晨起登楼，琼窗玉宇，饶为明丽。欲出寻皞臣，踌躇于昇屐，俄而君诒、理安来，久谈。中间高主事来，以左督诧余，然正自有趣，倾听久之。客去已暮，入室与梦缇闲谈，意甚怡说，未知其何所乐也。凡人喜怒有因，而哀乐无端，有感有兆，不关情性。

廿三日　霁。未起，高维岳来，云有二大事，须面见。出则求书与席研香，要入伙。又为袁守愚作媒。饭后作书与研香、瞿子久。出访香孙，遇左锡九，谈多凡近，意极相助。过皞臣问疾，已不能食食矣。风证转利，至危之兆，殆不复腊耶？然观其神明，尚可一二春。因泛论陶宅求师，极言馆师主讲之非师道。纵言及诗，快谈而还。夜理家用账记。纷女齿痛。余踵冻肿，得一方，以稻秆烧灰入水洗之，甚效。《王制》言"雕题交趾"，"交"当为"校"，盖着校于趾以为饰。或曰今徭人烙足使皮厚，盖别有使趾相交者。"不粒食"，谓面食也。"粒"者，黍稷稻粱。"衣羽毛"者，纺毛为衣，便于出入穴。"衣皮"者，不用缯帛。

廿四日　阴。松生留别设食，期辰刻集其宅，余以为在舟也，久未往，饭后遣人来，云镜初已至。往则客已毕集，共十五人。待馔久不得，比设已夕时矣。佐卿要过其家，章伯和从谈时事，问身世所宜。佐卿自以为天下奇才，人皆未之许，余亦未信也。然余亦以天下才自命，则佐卿不为妄，他日当细问之。得晴生书。

廿五日　阴。早起饭已熟，因余饬莲弟宜早，纷女亦早起，故较常日为早，家人仍晏起也。饭后出门，送刘伯固、松生护曾娒往安庆之行。午初舟发，余与佐卿、介石、释笠云登岸，见波平山暗，乘兴渡湘，访三闾祠、吹香亭，登赫曦台，见麓山碑委民舍草土中，外环土墙，甚无规制。拾级二百余，至万寿寺，访六朝松，仅存根穴，殊无蟠结之固。读《白鹤泉记》，泉已屋覆，恐亦将败。复循山磴登三百级，至云麓宫会仙寮饮茶，食豆、瓜子。下至万寿寺，寺僧设斋虎岑堂，为饭一盂，别而出，直下不停步，渡湘过洲，复渡至城岸，入城始夕食耳。介石别去，与佐、笠访曹价藩，复同曹访陈蕴原，一更后归，暗行甚昧。昨得弥之书，复之。又复怀庭书。

廿六日　阴雨。晨未起，两儿自湘潭还，来起居，因出问家事。午出，答访朱肯甫学使，名逌然，余姚人。曹价藩云战国有赵烈侯逌然，未忆他名有同否。学使非地方官，而有院体，难于书刺，因以通家晚生帖往相见，意气甚洽。今年复得一友，与陈仲英可谓二奇矣。梦缇问其状，余云湖南无其比，略似彭雪琴，而有诗书之气，无其假托客气，同胜流也。看城南菜圃，索价三百千。答访杨芷洲不遇。遇大风吹轿顶去，入城急还。新妇满月，设饼食杂饵。未饱而闷，遂不夕食。锡九来。

廿七日　晨。得李勉林书，以为江南来也，发函乃已归浏阳，言廪保枪替事，为托文心向首府言之，并予书陈丹皆。定非女温书工课，以其诗书气少也，自今日始诵《小雅》一什。看两女写字。晚计一年食用，须米五十石，肉千斤，菜万斤，油四百斤，盐二百斤，煤炭三百石，茶叶百斤。菜独多于群食，乃知古者重蔬圃之义。

廿八日　雨冰，研墨俱凌。郭虎宣猖父来。六云暴疾。家人治具为余馔生日。午后寒益甚，待两女倍书，非女诵《嘉鱼》什，已不能上口矣。夜雪，食果面。

廿九日　雪。晨起家人皆已妆竟，贺生日，设食三席，莲、钟弟未至，犹有廿二人。佐卿来，欲留与消寒，以未白瓮叟，嫌自专，故未言。文心辞不至，别约孙君诒、樾岑、息柯、瓮叟、香孙、昀谷相继来，是为消寒第二集。息柯本创此会，而匆匆欲去，言母病，顷刻不可离也。已又久坐，其无操持如此，不足与同事。其所赏友兰厨人，亦不胜人。是日樾岑来，报尹杏农之丧。余因言杏农蛇足甚长，几廿年方了。樾岑言其所得富贵几何。余云报之已丰矣，必欲享福，则官文、李瀚章其选也。樾岑云彼心中冷热自战，亦不得宁。余曰古人所以贵闻道也。坐中香孙又言庸人有疑难事，己能解之。余曰人能求人解难，非庸人矣。因及黄海翁办邵、澧巨案，皆大化小，小化无，能者所以可贵在此。若能者与庸人谋，而必以公正大义强庸人以失富贵，又安贵此能人哉？昀谷言童公遣属掾问薪水，己只得以卅余金让之，如此何以使人不争。余以为宜迟日遣贷卅金，以破其术。此亦妙策也，而诸公以为戏言。盖古人逸趣，今久不识耳。亥散。

十二月

十二月辛巳朔　雪止冰合。踏雪寻皞臣，尚未起，坐待其早饭毕，诣谢佐卿，留久坐，恐冻解不得归，辞出。访彭子茂未遇，过芳畹、静斋，答访郭郎未遇。还，向申矣，借洋报翻阅卅余纸，不觉已冥，然镫阅，竟及三更。夜讲《哀公问》，注疏未能发明。左生来。

二日　晴。晓，小不适，又怯寒未起，比起竟伤食，胸腹殊不空灵。子寿昨来约，引去年《喜雪诗》为证，漫用"珂"字韵再作一首。今日司道公饯王抚，故诗意指之云。冰山犹自倚嵯峨，玉宇高寒去若何。鸂鶒几时随剑佩，斑骓还恐冻关河。冲泥莫羡行人早，把滑长愁冷眼多。端坐输君闲枥马，华堂深处听鸣珂。今日课题"泛爱众"四句，意在扼重行有余力，以破半日静坐之谬。冰见日不释，寒气殊重。陈万全、彭子茂来。

三日　阴。冰犹不释。早饭后为两儿讲昨题意。补笺《哀公问》首章。冰紫墨，笔不可书，改用朱笔，亦随点画成冰。房中稍暖，殊嘈杂不可坐。午过香孙为消寒三集，息柯先遣书，言母病不能至。仍以君诒为客，亥散步还。讲《礼记·哀公问》为刺以妾为妻而发。

四日　又雪。得雪琴书。为两儿附学，奖以十元。江雨田欲赁曾宅，来约余暂候，余报以无须面见也。李献卿来，坐甚寒。

五日　阴。冰甚。出访三客皆不遇。过仲云、文心谈。暮还，讲《礼记》。

六日　阴。冰愈甚。李勉林复遣书来，赠海物。其从弟兴钊，字保亭，执贽来见，辞谢之，许为作书解释枪替事。曾介石、释海岸米，要全文止柯小坐。还欲作饼食，竟怯寒，重烦人。晚饭未半，子寿来，久谈。夜未讲书，星月增寒。

七日　阴。作书复勉林、雪琴。比日两女课粗了。夜讲《仲尼燕居》。

八日　晴。雪始半销。纷女以腊八请放学一日，因命作诗，成二半句，亦尚有意。书扇一柄。晚舁出赴瓮叟招，作消寒第四集。樾岑又先在，香、昀、君诒继至，息柯以母病不能赴，亥散。行冰上，舁夫甚困。

九日　晴阴。雪不甚销。息柯来告丧。步往则司道均先在，因过邓四弟，遇熊叔雅孝廉，镜蓉之弟也。遣视，杨客甫散，武弁、善化令又至。因念息柯道广，文武贤愚，无不与欢，可谓能荣其亲者。入唁之，香孙继至，客来不绝，遂出。着钉鞋行冰，几滑倒泥中，还登楼。袁守愚来，与同出访理安不遇。过研丈，则束载将还矣。赵秀才闯入，借钱三千，不得已应之。李献卿夜来。常森生来报生子。

十日　阴。子筠来，同出看王抚出城行，装备卤簿，典制所无也。张沅生来。乘家人尽出，独睡一时许乃起，已亥正矣。讲《仲尼燕居》毕。

十一日　阴。冰冻不解，南中奇寒也。出过陈妹，贺生日还。介石及邓副贡来，言雨苍寄居当散差，甚不得意。熊鹤翁招饮，坐客陈伯屏、佐卿、池生，设食亦洁清，看棋一局，未夜还，微月。续帉女《腊八粥诗》云。残雪阶前尚未消，东风先暖卖饧箫。粥香酒冽催年事，未觉京华旧梦遥。　蔬角清谈佛地严，木鱼呼粥雪如盐。西堂镫碧斋厨冷，崖蜜如今似旧甜。

十二日　小雪。夏粮储送《贾子》书。丁郎峋义来，取《格术补》六十册去。子和、理安来。帉女读《王制》毕。珰女始毕《檀弓》。瞿子久送炭金。

十三日　晴。冰半开。觅舁夫，久始至。出答访昀谷，贺霖生生子。诣朵翁，闻熊师之丧。答访湘乡邓副贡，已往甘肃矣。过夏粮储，子筠出谈。诣春皆，值其醉卧，甚可骇怖，顷之清醒。答访蒋松甫，申甫府丞之弟也。昀谷属诣长沙府，未晤。过贺瞿郎昏，还已昏暮。

十四日　阴。作书复子泌。欲校《贾子》，未二页，姚立云来，介石来，俱久坐。寓书吴石卿，荐漕馆。夜讲《孔子闲居》，论"志气塞乎天地"，以细密乃能塞，孟子欲以刚大塞之，非知志气者也。闻瞿子久署巡抚，未必有其事，其时地亦可矣。若在宣、文时，乃竟可代李之位。又闻湘抚已有人。邵阳案已结，俞令军台效力，仿浙案也。

十五日　阴，寒甚。曾祖忌日，设奠时立门外，几于冻僵。

佐卿、介石、唐蓬洲、文心来，夜大雪。

十六日　雪。龙八自武冈还，得弥之书。弥之今年五十，无以饷之。过皞臣问熊师奠分，云送八元。晚间问仲云，送四十金。皆弟子也。余欲送十金则太丰，少于皞臣又太薄，亦送八元。当语皞臣加之。今日消寒第五集，而江雨田约集余宅，因先往樾岑处久谈，瓮叟亦早来，共坐一时许，将暮乃还。遇香孙于门，比至家已上镫，蓬洲、雨田、子莲先在，福世侯、仲云后至，设食。食甚多，犹未饱，亥散。讲《孔子闲居》毕。讲《坊记》"千乘百乘"未了。夜月。

十七日　阴晴。释海岸、殷默存来。出贺伯屏迁居东邻。访廷芳宇，为黄郎家累事。芳宇有意拯之也。不遇。过香孙谈。还，殷郎来。得竹伍书。

十八日　晴。谭敬甫来，报董研樵父子之丧，为之凄惋。佐卿来，要过伯屏看棋。遇姚知县徽典，杨石泉所谓吏才第一者也。其人躁扰，佐卿易视之。余云此必大奸慝，不然不能为能员也。遣儿入乡检书籴谷。众以为丰儿能，余不欲功儿之不能也，乃遣功儿行。得杨息柯赴书。昨闻香孙挽联甚佳。享富贵寿考而兼令名，孟舍乍停机，看天下群儒缟素；有金石刻书以新其德，欧碑无浪墨，胜人间八坐荣华。余亦拟一联云。就养历沅湘，便竹笥迎船，版舆过岭，总高年富贵欢娱，示疾不淹辰，八十七龄成佛果；登堂尽英彦，看砻石题碑，倾城会葬，更四海名贤哀诔，临丧愿观礼，六旬孤子是婴儿。联语甚滞，属思无兴，姑已之。朱送百廿金来。得雪琴书，催马女诗。

十九日　阴。晨起答访敬甫，未起。敬甫昨言起甚早，故试之也。龙八回，功儿不欲在乡间买谷，且诉其苦。任雨田来，欲托催干馆于江雨田也。

廿日　晴。约佐卿、伯屏来弈。佐卿先至。遇张东生，欲假十千，相与言物力之困，许为与书刘馨翁谋之。熊鹤村来。李生来告急，与书畇谷问之，报语支吾，误乃公事矣。敬甫暮来，设食，与伯屏同作主人，余有疾不能多食。敬甫访杨玉田，余略知之，而无以应。亥散。

廿一日　晴。雪始欲化，夜初仍冻。锡九来，言杨玉田与马子政昏姻，遣告敬甫。敬甫自云访其家少知之者矣。十日未登楼，试携小说，临晴窗一坐，滋、茙喧呼月下。瞿郎海渔来，托荐厘局一小差，云其妻兄。不知其妻父何人也。竹师来，言零陵令复有一匿名帖事，与浏阳同，而引浏阳为证。观此疑有造假印者居于城中。盼女倍《书》《诗》《春秋》毕，《书》最熟，《春秋》次之。得若愚书，并寄其家用银，言南八城已克四城。此亦当复之信。作书为息柯送贺函、陈画，交李生带去。笔札衣冠，殊不得闲，廿年所无之境也。今年当作者，尚有蓬海序，雪琴、竹师诗，蒋申甫书书后，熊、丁二挽联，研樵挽诗，罗研生画题，甘肃、湘阴书。

廿二日　晴。病甚困。龙郎来见于房。至午强起，诣佐卿，请写字。答访姚立云，过子寿、竹师久谈，至暮还。夜作热。

廿三日　晴。病未愈。佐卿、笠僧来，起，与登楼，吃面片。陈芳畹来责言。余初迎陈母时，已有人言，恩过必仇，今将然乎？与书直责之。

廿四日　晴。病，至申乃起。与书若愚。出过樾岑，谈曾劼刚疏留王抚殊出情理之外，未知劼刚撞骗邪？糊涂邪？宝佩蘅装憨邪？真蠢邪？民之情伪尽知之殊不易易。三日未饭，为之强饭半盂。夜吃米汤泡炒米两碗，味似小胜。

廿五日　晴。饭后过皞臣未遇，诣佐卿略谈，张东生闯然来寻，索钱十千。同出步数武，大街甚湿，仍独还。少愒，以不思饭，聊步出寻瓮叟，过芳畹门少坐，芳畹不敢申一词。复诣笛仙，途遇任雨田同行，至，谈三刻许，会暮乃还。今日四父忌日，竟忘之。子弟行奠而已。归见馂，乃悟之也。夜寐不熟。

廿六日　阴雨。昨夜训饬六云，几千百言，至晓觉倦，待辰正乃起。诣息叟处陪吊，廷芳宇、周啸轩、聂、劳三品为同事，待至未乃早饭。毕，迎夏粮储来题主，匆匆行事，客来者亦寥寥，亟思遁去，强坐待酉乃出。子寿遣要过饭，云朱刻《圆明园词》，有露才扬己之意，少忠君爱国之心，不可之甚者也。余以子寿不解诗，随其意而诺之。饭后辞出已暮，还，为杨蓬海作诗序。诗贵有情乎？序《诗》者曰：发乎情，而贵有所止。则情不贵。人贵有情乎？论人者曰：多情不如寡欲。则情不贵。不贵，而人胡以诗？诗者，文生情。人之为诗，情生文。文情者，治情也。孔子曰：礼之以，和为贵。有子论之曰：和不可行。和不可行，而和贵，然则情不贵，而情乃贵。知此者，足以论诗矣。昏宦功名，人情之所溺也。长沙杨子几四十而后昏。从军，西南至黔、滇，东北至九河，得三品阶官，而无方面之权。为诸生，贡优行第一而不试。复举于乡，一试而出礼部之籍。凡人情之所贪，杨子掉磬焉。头童而好儿嬉，酺醉而手大斗，折腰而持手版，凡人情之所澹，杨子蹢躅焉。观其人，一有情，一无情。读其诗，一往于情。情之绵邈，愈淡远而愈无际。情之宕逸，如春云触石，时为惊雷。其往而复，如风止雨霁，云无处所；其往而不复，如成连泛舟，而涛浪浪。故其浩轶骀荡，知其能酒；其抑扬抗坠，知其能歌。见杨子者，未见，而或訾之；既见，不知意之移也。见杨子之诗者，未见，而揣之；既见，忘乎己之何好而不能舍也。善文情者，杨子邪？善文杨子之情者，杨子之诗邪？闿运与交几廿年，读其诗，意其人，穆穆温温，如在痱对。既又观其诸杂曲，诙嘲颓唐，想其清狂。初无以品题之，直以己之情知杨子之善治情，而后知诗之贵情也。丁丑除夕。遣龙八至彭氏妇家，因赙熊世兄。

廿七日　大雪。晏起未饭，因唤房妪，梦缇不知何事，以为余有所怒也，遽来诃子骂女，余不觉盛怒，为辍食。至暮乃饭，欲出访皞臣，香孙来，相与言雪夜聚谈之乐，亦不易得。

廿八日　晴。晟出过佐卿、皞臣，因登浩然楼，看残雪。作熊师挽联。同学公卿久寂寥，始知南岳传经，不羡浮云富贵；弟子渊骞散风雪，犹有西华作志，与闻夫子文章。斗诗牌以终今年文事，夜还。挽丁果臣。城南结友推老苍，卅年道路风尘，谁知共向湘城老；□□□草倍哀痛，今日行踪□□，无复高吟除夕篇。

廿九日　阴。今岁负债二百千，不能还。又加以百六十金，不能敷衍。乃为张、罗劫去廿千，不足，加以二金。舍己芸人，未有若此者，亦聊使子弟知有此事耳。张、罗者不足扶持之人，犹倾身以济之，况贤于张、罗者乎？子寿送果子狸，味甚不佳。

卅日　岁除。早起祀善化城隍神。晴色甚佳，欲出不果。佐卿、锡九来。遣人送镫陈母，忘制镫，购之不得。申吃年饭，六云小产不能出。男女分三席，共十九人。戌祀三祀、三庙，受贺，祭诗，饮屠苏，丑初祀门，检点扫除。寅初寝。陈总兵处假百千未得，得五十千。张素存、余子振来告急，略分润之，不能满其意也。

光绪四年戊寅

正　月

戊寅正月辛亥朔　卯正起，黄雾微雨，待妻女妆毕，祀三祀、三庙。受贺。出至陈妹家，旋还。霖生、文心、佐卿、彭郎、孙涵若均入谈。午睡至申乃起，饭罢出诣香孙、皞臣、佐卿谈。戌正还，街上灯火冷落，颇有盛衰之感。梦缇齿痛，促余就侧室。

二日　阴。晏起，将出贺年，纷、羲两女欲看迎春，遣轿送至曾祠。儿女摊钱，余大负。樾岑来。过午遂罢，出。夜复摊钱。佐卿、池生、海槎、释笠云同来。要伯屏及于吉甫围棋，未至，先移摊局，试会戏，余大胜，未终局。陈、于对弈一局，陈负四子。三更散。

三日　阴。以国忌不出。过佐卿博戏竟日。夜还。

四日　晴。出贺年数十家，唯笛仙处及黄宅得入。见子寿两母，久谈。佐卿亦来。晚过樾岑饮，香孙作陪，设腊肉、风鸡、四碗菜饼，初更散。至熊署正处，践昨日戏局之约。携水围筹还，呼儿女共掷投，三更始罢。连夜均不安眠。力臣自扬州还。得汪伟斋书。

五日　晴。昨日笛仙约来，以其不轻出诣人，故在家待之。头创大发，作寒热，蒙被卧竟日，犹出见锡九、黄叔琳、沈用舟、笛仙、余子振。夜集家人博戏，余不能起，卧听而已。竟夜未解衣，反觉少安。半夜起，自煮茶啜一盂，复剖一橙，食之而眠。

六日　阴。出拜年。竹师、陈母家，瓮叟、孙公符、息柯处，皆自入谈。还家，彭亲家遣迎女婿，人力已至，云今早起程，行八十里，到犹未晚。步出，赴孙海槎招，鹤、佐、易、陈、于、何、孙兄、余郎皆先在。余诣皞臣略谈，佐遣来催，往则舒叔隽在坐，云已戒洋药，将试令湖北矣。报易畇陔之丧，将晚始去，上灯入席，肴丰而不旨。夜雪，昇还。

七日　阴。丰儿及新妇回门，至巳初方行。余以过五日不宜谢客，来者并请入谈。俄报师竹生来，此不宜请者，嫌其朝令午改，因出陪之。佐卿、力臣继至，鲍世兄亦来长谈。闻力臣与佐卿谈宦情，戏占一绝云。风平浪静絷园空，有客闲谈笑顶红。欲把道台谋一缺，十年前已薄夔翁。夜过伯屏看弈。

八日　雨。欲出，闻昇夫已担担往彭宅，乃止。携儿女博戏。子寿来，盛称易畇陔之美。闻所未闻，然善于附会，亦不能谓其诬也。其联云。青阳誓守，祁门独留，不伐不矜，临大节而不可夺；重以昏姻，约为兄弟，同心同德，微斯人吾谁与归？

九日　雨。与儿女博戏。彭郎树鑫字隽五来，云庆来等于前日行六里暗路，到其家不过初更也。昨日行则甚困，未能入城。又云熊师终时无疾，黄晓岱则加病矣。夜寒早眠。

十日　雪。携儿女博戏，未终局，功儿言煤炭已尽。余悯家人之不能理事，默然不乐，为之罢戏。凡居家者，腊正不买煤，为力钱之加增也。此虽小算，而预备节省，具有经画，今并此不知，故可嗟感。少寐，夏芝翁来，约作麓山之游，长谈而去。得怀庭十二月十四书，言浙江冰冻同于湖南，亦以为灾。与余之见同也。即作复书，并复伟斋，又为陈妹作书致梅生，言文台殡事。十日得怀庭书，感寄二首：春回无暖律，赖有先春书。冰雪连天地，呻吟共草庐。湘筠干欲折，湖柳冻逾疏。莫倚陵霜节，寒松亦自孤。　　正旦占黄雾，连旬感锢阴。飞光劝汝酒，六沴果何心。远莫愁秦晋，寒仍恋枕衾。稍须膏泽动，同播广都琴。夏粮储来，久谈。姚立云欲入，为所阻，以皆生客也。

十一日　晴。锡九来，论湖南今日无幕府材，又言郭意城犹为明白者。陈妹设食，请卜允哉，卜未至，余独食。力臣催客，舁往，袁、熊二叟，锡九，伯屏先在，君诒后至，戌散。松生送花爆、把杯来。

十二日　阴。与六云论事有感，读《庄子·天下》篇一过，意为豁然。夜过皞臣，劝其不可轻徙大宅，轻弃故宅。皞臣云其母意。梦缇见龙母，云非母意也。夜雪，寝觉微热，雪已深矣。

十三日　晴。出，报谒夏粮储，因过陈佩秋、鲍世兄、韩勉吾、瞿春陔、李仲云、袁予文，均入谈，还尚未晚。十二叔之子七兄世镛来。字和斋。荒货为业，以好铺张，人呼"七仰"。

十四日　阴。龙郎来，言其宅已卖当，可翻覆否。余以不卖为是。鲍世兄、文心、胡启爵、黄亲家来。丰儿自乡还。晨设食招仰七兄、卜世兄、陈甥便饭。与书俊臣，索《玉函》丛书，历城马氏所刻也。

十五日　佐卿、伯屏、文心来，谈一日，暮客去。张灯然烛，作汤圆，祀三祀、三庙。礼毕，掷骰至夜分。竟日雨雪，至是见月。夜梦登一高亭曰"冷虹"。

十六日　雨。始登楼，抄《表记》二页。睡半日。息柯招往素食，力臣、王海珊去年大红人也。在坐。夜与力臣赴刘总兵招观剧。怡生、肖庵俱在。三鼓还。

十七日　晴。登楼抄《记》二页。过香孙还，睡半日。息柯再招力臣、香孙同集，戌散。过文心不遇。盼、珰先后登楼读书。

十八日　阴。早饭甫毕，佐卿来久谈。释海岸、笠云、池生继至。约明日戏局。登楼抄《表记》三页。听两女温书。熊鹤翁来。高主事来。出答访陈万全、高主事，皆不遇，瞤亡之意也。

457

过伯屏，云唐宅有摊局，鹤翁踊跃欲往，佐卿不赴也。余还，饱食而去，戏三局未毕，伯屏大负，草草散。余负万钱。

十九日　雨。晨卧听，颇感昔欢。李伯元诗云："十年前夜秋千院，阆外潇潇是此声。"余听之则非此声也。饭后公符来。黄子湘来。午出赴佐卿约，云"局不成"。遣招熊老掷骰，行官格。至初更过皞臣谈，少坐乃归。去年曾祠游宴最盛，今年唯存余氏，皞臣亦移去，谈友稀矣。抄《记》一页。夜讲《坊记》。

二十日　阴。夜雨，登楼，抄《记》二页。两女温书。张冬生来。袁予文教官来，问余何不赴挑，惜其不得知县。余唯唯而已。午睡一时许，出赴任雨田招，陪子师林子瀄。遇李次青次子拔贡生某，颇欲扳谈，余亦漫应之。李去，客入坐。王子谦、彭子和、彭郎、辛叟同席。雨田陪客，而其父出名，犹有儒礼。夜讲《坊记》。文心来辞行。

二十一日　寒雨。抄《记》二页。张冬生来。两女温书写字。非女染木作小筹，绿色不能显，盖用绿太好之故。凡油漆绿最显，质甚粗也。昀谷招饭，樾岑、盛锡吾、君诒、胡启爵皆先至，让余首坐，官礼也。樾岑出筠仙海外书，自悔其庄语，引《庄子》为证。余谓庄子言不可庄语，即孔子不敢危言之意。庄子言更切于听耳。夜还，讲《礼记》。

二十二日　雨。袁守愚来。出访瓮叟，便诣皞臣，至子孙庵，酒肉沙门舲宇设食，请唐氏六人，李仲云父子，陈、任二编修，俞开甫。唐氏令要余往，云有赌局，至则无有。其地非余所宜至，以正月好戏耳，然足损人。暮未散，余先出，赴池生招，已不能食，聊入坐，看二席赌酒，恐有泥醉者，力阻之，幸各罢。散，掷投一局还，云已三更矣。舁人冒雨甚苦，亦不宜也。今日有两过举，兼未抄书，令两儿讲《礼记》，庶乎奏雅于曲终耳。

二十三日　晴。梁仲玉来。文心约其往衡阳看课卷也。饭后出吊杨朋海父丧，便过樾岑、文心，皆遇阎季容。文心处又遇潘恭敏。诣子襄未遇。姚立云来，同过伯屏饭。主客十人，酒罢摊钱。众人闻赌胜负，不赌银钱，半不乐。唯伯屏与余同好。立云、李拔贡亦尚不汲汲于赢输。未终局，散，余与伯屏皆负，然犹未豪也。伯屏颇胆大，余则把细，各有所长，惜其技皆不精，有愧于袁彦道。近人不知赌趣，以赌为必须钱，宜其禁赌。厨中无米，往池生处借钱十千。

二十四日　晴。新年初值佳景，竟日闲寂，颇为恬适。瞿郎、海渔来。登楼抄《记》二页。看谢茂秦《诗话》，诗初未成句。彭子和来，对之欲昏睡，及去，大睡一时许。夜讲《坊记》毕。

二十五日缺。

二十六日缺。

二十七日　阴晴。晓眠，未欲起，闻许家桥李孝廉来，以曾祖墓在其宅后，勉出见之，云其舅成雨林方欲构讼，请余往议之。许为一诣县。客去甚倦，仍睡外间。传书信者纷至，又起勾当，至午始食。作书复浏阳李生。出诣香孙还。余儿女移乡庄读书。抄《记》一页。讲《中庸》。为高主事改诗。

二十八日　阴晴。早饭出，报谒常霖生及常生笛渔、阎季容、张子莲。出城展墓，见茔旁有隙地，欲为陈母茔兆，呼菜佣萧姓往询。入浏阳门，甚饥，还，午食已具，饭毕出城，坐小艇附行。舟酉正开行，子正至竹步涧，无风，泊待晓。

二十九日　早阴。缆行二十里至湘潭，入观湘门，寻泗洲巷黎家亭子偌、韵宅，均尚未起，顷之一嫂及从子妇、从孙男女均出拜。早饭毕，与偌子步至西禅寺，寻李石贞孝廉兄弟，过先高祖祠，见俊民九兄寄居祠中，甚不相宜。然俊兄已肿病不能起，亦不便促其移出也。至碧珠七弟、云卿三兄处，遇雨旲还。饭毕少睡。李翁煦村来，言许桥墓事。言词虚张，甚不以为然，姑妄听之。遣招成姓，以李在不入。夜至子，宿偌书室。

三十日　阴。出诣县令，云往郭宅作吊，入见其子莘渔。至五父处补行赴丧，族弟外出，见其继母。至西禅寺，答访李建八。还，段甥、沈生、七弟、李翁、黄莘渔相继来。大嫂侄自宁田寺来，同饭。夜李叟又来言讼事。顷与莘渔言及，莘渔怫然有怍色。李云莘渔受贿故也。余初亦愠，继思之，非我事，何烦强与。夜看《圭斋文集》《庄氏丛书》。寅正大雨，床有漏，呼人起，漏亦止。梦监试，诸生有二人不能完卷。其一饬令不必再作，其一则功儿也。余云女诗赋尚可，可试他题。试其赋，以"三年化石"为韵，属草半就，因为改一联云："小孤来往之间，□风□□；落日盘旋之地，赤石摇杉。"既而见其稿，则仄韵有"秦""齿"二字。俄然而觉。

二　月

二月辛巳朔　晏起。李叟又来，久坐不去，将食乃去。大雨兼小雹雷电，待久之，始集旲夫，出瞻岳门。旲中作杂诗六首。凤竹庵前晚雾生，闲吟无限古今情。湖堤处处皆非旧，新种芭蕉雪打声。　仲雅风流酒一卮，吟成刚被雨湖知。当时已讶无名辈，犹道徐凝有恶诗。　白马骊驹咏可哀，平涂堪并禹功开。后人那识泥行苦，芒屩棕鞋得得来。　隐士庐空冷暮晖，再瞻琴画泪沾衣。寻知旦暮无生死，不见人间杜德机。　仙女山边十顷田，每来松竹故依然。辛夷出屋花如雪，闲忆新昏廿五年。　怨长轻绝感交亲，谁识恩深却误身。今夜一镫听雨卧，窗前剪烛更无人。又赠黄子冶令君一首。积雨无时歇，平芜绿自春。一城荒似昔，大邑久忧贫。俗敝耆贤尽，商凋巧利新。宓琴闲独听，兄事愧无人。行二十六里至蔡宅，外舅已入县矣。家中方噪言与循急病将死，仓皇殊甚。久之病愈，与循出见，略谈，不及正事也。叔止逾窗避余去，蓟女亦竟未出，二侄甚依依。是日大雷电雨。

二日　雨。留一日。棣生自赣洲回。外姑促令为桐生改赋二篇。翻范《汉书》一过。出赋题八。

三日　晴。饭后约与棣生吊李舅之丧。棣云将谒祖墓。余亦同往，赋一诗云：千粒寒松覆墓青，老成遗范想平生。至今百戏朝正节，莫讳当时任侠名。已过李宅，阒无一人，棣生亦竟不入，可怪也。遂行至城外，过外舅寓，亦无一人。觅钥开门，入卧半时许。外舅还，待饭熟已暮。至湘岸，大水平岸，船多开行，又昏黑不便事，仍还。李建八待余决讼，止之不可，乃诳之云已说矣。闻黄令君来答拜，又请饭，亦不能去也。

四日　始定晴。晨起，待饭至巳初，乘小艇至中流，附湘乡倒爬以行。二时许至省城外，从人西门登岸，朝宗门入。非女姊妹七人、三弟夫妇已于初二日下乡矣。家中去十三人，犹不觉寂寞，可谓浩穰也。夜寝未熟，至晓始酣睡。

五日　晴。辰起，独携菱女饭，饭后登楼，欲作张、夏事略，检未得。欲抄《礼记》，丰儿亦带去。闲看钱大昕《杂录》。袁守愚来，前托竹师荐从涂抚书记，涂来拜而未约同行。询之不知何意也。午睡至申方食。佐卿、理安来，同饭，至暮去。同行看省城隍祠，徙作三殿，殊费财力。以新雨，街后湿，恐夜难行，至香孙门未入而散。至家，竹师遣要，寻其旧寓，门闭不启，内有湘乡人云已移白鹤井。复至香孙宅傍访得之。杂谈而还，雨又作。

六日　雨，阅《养新录》。仲云来。得子寿书，寄银恤其嫠嫂。弥之、保之遣使来。陈生亦以书至。乡中人还，促余入学，云滋女思归也。明日当去，遂弃城中诸酬酢不顾矣。夜作书复二邓，程、陈两生，瞿子玖。至子寝。

七日　朝雨辰晴。命舁夫饭后舁行，出小吴门，凡十里一憩，三憩至东山，余仿佛以为橐梨市也。未问途，舁人初未经涉，乃傍水行，久之觉路差异，已至屋前而路皆不熟。入青龙祠，问居人，老妇指柏树转弯，傍涧行半里入山庄。诸女皆上学，滋女思归，少劝之即止。命埽上房，铺床设坐，以诸女均暂居书房，俟张宅移去，乃定居也。亥寝。初至时抄《记》二页。夜丰儿讲《中庸》"于父母其顺"，未达《记》意。

八日　晴。抄《记》二页，缁衣毕。以辰起待饭久，饱食，少倦，暂卧二刻许。撰《军志》一页。携滋女浏岸眺望，以坐斋中湿气颇寒也。遗礼书还，下缺。仍撰《军志》半页。下缺。曾侍郎事王定安所记洽与。下缺。年谱又为镜初扣去，姑辍之。下缺。《中庸》。是日出游，见白梅始开，桃李已蕊，柳黄与花并发，有绿意矣。梅之粉红者香色俱佳，谓之江梅。若常梅，殊不及桃李，但微香耳。为滋女讲《史记》一页。夜将半，雨又作。

九日　雨。竟日沉阴。抄《记》二页。作《军志》一页半。湖南提督历任官亦宜考核，以备记载。讲《中庸》"春秋修其宗庙"，乃悟余闱墨之谬。为滋女讲《史记》一页。

十日　阴雨。抄《记》二页。次咸丰五年军事，殊不明晰，因念褒忠录虽断烂，既有成书，不可不详观。因为抄撰营官之可考者，此书毕，将遍阅曾、胡集而摭拾焉。今日看两本。

十一日　阴。抄《记》二页。翻曾涤丈文集，见其少时汲汲皇皇，有侠动之志。因思诸葛孔明自比管、乐，殊非淡静者，而两人陈义皆以恬淡为宗，盖补其不足耶？然则余当以跌宕为志，不宜幽怨也。检《忠录》二本，颇不若昨日之条晰，知其无益而不可不为者，此是也。为之则当有文理，今日殊草草，明当改之。

为丰儿改文十余句，题为"学而不思"一章，彼未能畅发。王鏊
亦有此一句，文更寥寂于丰。夜讲《中庸》"行之一也"，凡二见，
似赘设无着落。为滋女讲《史记》三页。军中左右祖，所以分别
去留。犹言反者右祖，报国者左祖耳。军士以吕氏即刘氏，故为
晓之，其言当不止此。是时平、勃犹畏死，产、禄可知。殊不及
仇牧之。下缺。汉臣一死而产、禄必败，何用下缺。以为厚重，此固
不可无学也者。

　　十二日　雨。晏起。抄《记》二页，《奔丧》篇毕。看《忠
录》一本。河南马德顺者，前为湘军马队将。余在祁门，从问牧
马，方别十九年，遂不相闻，以为留江、浙补镇将矣。及阅《阵
亡册》，乃知其于十二年前战死甘肃，愕然伤之，为作一诗。往曾
侯议立马队，何应祺利之，而怯于败，漫取几上书占之，正得
《杜集》，诗云"苦战身死马将军"，丧气而止。余尝笑之，君定不
战死，诗妖无验耶？此唯余识之，将廿年乃悟其谶。意者德顺名
不当泯，不然何精神往来于吾心也。德顺官至提督，谥武毅。诗
曰。曾侯昔起田间师，将用拙速胜巧迟。腰镰执梃五千众，大捷湘上名天知。当
时提督一马竿，突阵横贼风电驰。南人好船不好马，水师万舸横江湄。三河一败
兵如灰，虽有舟楫无由施。陆军气夺贼马蹄，都统扬扬建两旗（多隆阿）。始知骑
步定天下，曹公不敌董卓儿。驱勒农夫学腾跨，项强胫直百不宜。我年二十骋身
手，超坑堕堑抛金羁。驽骀多肉骥多骨，炎方刍稻难调治。马侯将马识马性，如
造父孙汧牧时。是时王师苦不利，曾侯避地黄山陲。骈骊塞驴尽无用，相与蚁垤
为娱嬉。据鞍一笑何生痴，壮士恨不革裹尸。清秋一桨下鄱水，归来但觅果下骑。
春风秋日偶盘骤，骨脉和协心颜怡。马侯牧方聊小用，千金擗纩越女蚩。尔来廿
年不问事，死生贵贱和天倪。偶纵蠹牍见名姓，使我心热神仡疑。松阴长箠恍未
冷，苦战身死真何为！忆尔伊凉骋千里，郁气一吐月晕亏。战马长嘶饮河水，谁
甘老死皂隶笞。余亦放马衡山阳，梦中不听晓角吹。马侯马侯身死莫问功成败，
君不见湘乡石马青苔滋。又看《忠录》一本，犹未夕，愒息甚暇，夜

为三弟作文一篇。讲《中庸》五页。为纷女讲《史记》一页。

十三日　雨竟日，淹凄沉阴闷人。抄《记》二页。阅《忠录》一本。又翻名册五本。熟思《军志篇》之局法，颇难见长，反不若史传地志之有纲领，亦甚闷闷。午睡一时许，讲《中庸》五页，反覆推陈，颇嫌词费，似有意为文者，与《礼记》各篇不同。《乐记》虽博称而文昌明，《中庸》似精深而意吞吐，殊似《淮南子》，后代佛书之权舆也。夜为滋女讲《史记》一页。

十四日　始晴。登后山眺望，迟梅尽落，早桃未开，节届春分，寒犹未减也。连日无微风，昨暮始拂拂生飔，今晨动林木矣。弟子将归，止之，令待路干。抄《问丧》二页，于是《礼记》笺毕。《史记·孝景本纪》"禁天下食不造岁"。《汉书》无其文。盖令民积一岁食之意。造，犹至也，当时语。民多贪贵粜，故禁之。阅《忠录》二本，未摘录。频出游水边山旁，对山一株梅犹盛。夜为弟子改文四股。月明不甚寐，作研樵哀诗四首。寄书常隔岁，闻死信何真。薤露催三世，边城坐七春。官闲空领郡，体弱竟妨身。空谷音尘绝，如闻倡和新。　之子温如玉，相逢语不凡。昆湖春满路，秋阁泪沾衫。信美宜花妒，贪吟怒激严。相思无间日，百遍展遗函。　知君定不死，恨我未忘情。交谊期千载，音尘断此生。魂归洪洞月，梦递隗嚣城。又绿湘皋草，谁听楚些声。

骨瘦吟诗苦，情多忆（缺）。外冠簪鸿羽，无时奋（缺）。精诚分不隔，长见廿年心。

十五日　雨。晨闻人声，起问之，乃知今月半行香者。弟子昨欲归，应书院试，余留待晴准，今乃更雨，冲泥去。以《礼记》笺毕稍休，觉甚无事，仍抄《中庸》一页，改《檀弓笺》，以服勤为丧礼，引《问丧》为据，似较旧说为安。补《中庸笺》。阅《忠录》二本，未抄。夜讲《史记》一页，滋女日课也。研樵挽诗，殊不入格，更改三首，其词云。寄书长恨缓，闻死怪邮传。薤露悲三世，荒城坐七年。官闲虚领郡，体弱况多煎。倡和音未寂，寒窗孤月圆。　久作昆湖别，重逢意始亲。中年诗更老，秋夜语能春。书到妻孥①喜，途长梦想频。遗篇看百遍，佳句尚如神。　　瘦骨知吟苦，交情比宦浓。边庭幸无事，俗吏偶相容。怅望湖南雁，独看城北松。风流岂终抱，石室有遗踪。

十六日　雨。午阴夜晴。抄《记》二页。先府君忌日，素食。黄二来，送运仪、商农书。郭玉送木器、煤炭来，言朋海回，将葬父。当往赴葬，作挽联云。才名七十年，岂徒艳福鸳鸯，喜见双星再花甲；佳儿二千石，一自分飞鸿雁，难慰三州寸草心。又作书与王石卿。王卸湘乡，荐瞿海渔也。运仪兼属荐一仆。又书与樾岑请查各县兵事。又商农父八十，属作一联云。传经令子作名师，定知五豆称觞，讲舍春风桃李笑；学语曾孙说眉寿，待得九龄锡嘏，南宫勺舞杏花香。又与书两儿，论杂事处分。是夜昇夫当往迎梦缇，丑正即起，搅余眠。

十七日　阴晴。抄《记》二页。余佐卿索赠诗，久不成，每见其扇，辄若负债，因晴有感，走笔成一章。儿女下缺。母当来，竟日瞻下缺。祠视之日晨来下缺。入内伴之。半夜始寝。末阅《忠录》。

十八日　戊戌，春分。社日。抄《记》二页。为佐卿书扇，诗云。沉阴闭春百日凌，鸣鸠拂羽催春兴。皇天运行往当复，世间安有千年冰。宋玉泥污枉长叹，何不走向山崚嶒。我今冒寒出城去，归来果见天清澄。桃花柳枝春满眼，愁吟仰屋真苍蝇。青山诗人坐掉头，中夜却思万户侯。龙骧虎步生苦晚，儒冠纨绔俱堪羞。忽闻春风入庭户，翩翩欲作天边游。不知书剑向何处，江涛拍岸寻扁舟。儿童抚掌笑语痴，三十未老何襁褓。即今西陲又肃清，俄英和好不下旗。下首高居作相，枢廷悔用马上儿。四方上书尽报罢，郭公相业此最奇。今尔何为心慨慷，妻孥不复谋耕桑。曹司卑官羡斗粟，入殿那及陛楯郎。饱食鲜衣尚憔悴，要踏秦晋看灾蝗。古来豪圣不如此，坚坐且笑浮云忙。我闻此语未贤达，为君起舞翻离肠。浩园闲敞春气醒，风止雨霁月满亭。陈生东游老龙徒，长

---

① "孥"，原作"拏"。

歌短咏无人听。人生日月不暂停，不游不仕鬓发星。识君冉冉组三龄，至今枯坐守一经。君不见宗生卧游不寂寞，胸中五岳撑天青。又和杨石泩桐园即景诗，兼凭唐作舟寄研农八首云。达人随处即吾庐，况是征帆甫卸初。燕寝香清无鼓吹，闲吟仍似昔贫居。　寻乐何须问孔颜，古来名利不如闲。西庄莫笑松筠锁，时许同心共往还。　桐门列戟共花垂，旧第前临洗药池。后院前墀好松柳，香山栽种也忘疲。　莫问钱塘小有园，主人归后暮蝉喧。廿年苦战兼（下缺），空与飞鸿认雪（下缺）。　□□□□□然，又忆壶天（下缺）。（上缺）秋月，为他催老客中年。　罗山儒雅惜三余，旧托尚书里第居。等是客中何显晦，输君归老种瓜蔬。　毕竟林塘主客谁，马兰苔石有离思。家书好报杭

州吏，正是胡麻欲熟时。　自卜新居山水间，白鸥黄鹄玉笼闲。从君卧看西湖画，最忆苏堤万柳环。字韵殊不新颖，须别觅玉环、金环、人名环之类，又嫌太纤新。凡此皆积压之应酬文字，以为无味而不为，则不为。认真作之，又劳而无益也。看曾集。定两女日课。出游后山，夜月甚佳。

十九日　晴。竟日闲坐，偶看曾集。多出游览，桃柳已不胜春，想牡丹欲花矣。光阴迅速，静中乃觉之。抄《记》二页。看《南北史捃华》，仿《世说》而作，然无异阅兔园册耳。沐洒休息，为滋女讲《史记》二页。栾大佩四印，谓五利、天士、地士、大通也。汲古本衍"天道将军"四字。然后又刻玉印曰"天道"，而下云佩六印，则并数公主当刻一印欤？

二十日　雨。晏起。抄《记》二页。看曾集。夜讲《史记》二页。为余、蔡书扇。

二十一日　晴。晨作《湘军篇》，颇能传曾侯苦心。其夜遂梦曾同坐一船，云初八当去，初十定行矣。张参赞同诸人宴客昭忠祠，以余当增一客，送单请添入。余取笔书四川同知道衔知府曾传理，字似题壁。又邀曾一往，曾谢以不愿，而取帖送余往作客。余牵一羊暗行入曾祠，以羊交笠沙弥而还。仍与曾坐，误着曾朝

鞋。已得己鞋，乃狼皮鞋也。甚讶何时着此。俄焉而觉。

二十二日　晴煊。春事下缺。百草已有火速向下缺。叶。作《志》一页。以家中人来，遂罢。磨墨书杨对四字，殊不成章，令非女书成之。家送菜饼来。

二十三日　阴。春色蒙蒙，温凉正适。早起作书复商农。梦缇还城，已正行，携滋女以去。看非女作篆，竟日未事。书扇二柄。彭慎郎请余书与林贞伯、曾挚民。曾或犹相知闻，林岂能相闻耶？又有彭述者，更不知为何人。

二十四日　早阴午雨。作《军志》页半。时尚早，而天已暮，又雾风震电不静，遂停。龙八冒雨来。得若林书，送菜子八种。郭玉报王抚以兵部侍郎入军机。余犹以为讹传，盖举措无如此之闪烁者。然在王抚已有夺我何贺之叹矣。非女作篆屏二幅，请余正字，遂延半日，至夜乃补抄《记》一页，又抄二页。

二十五日　晴。作《军志》，竟日成三页。出游水边，看新绿。昏时眠，至初更起。待两女读《诗》毕，补抄《记》一页。夜雷电阵雨。

二十六日　雨阴。抄《记》五页，《中庸》毕。以正月二十日起计之，尚少五页。以中间往县七日除之，尚多九页也。薄暮出游，见踯躅已开，春桂欲香，一春花事不过四五日耳。夜作《湘军篇》二页。

二十七日　阴。早起复睡，遂宴，幸未过辰耳。作《湘军篇》，因看前所作者甚为得意，居然似史公矣。不自料能至此，亦未知有赏音否。熊三复来送下缺。洪得汤、李、陈生书下缺。抚颇下缺。湖南久不见清流矣。夜览涤公奏，其在江西时，实悲苦，令人泣下。然其苦乃自寻得，于国事无济，且与渠亦无济，反有损，要不能不敬叹，宜其前夜见梦也。世有精诚定无间于幽明，感怆

光绪四年戊寅　二月

467

久之。彼有此一念，决不入地狱。且吾尝怪其相法当刑死而竟侯相，亦以此心耿耿，可对君父也。余竟不能有此愚诚。闻春风之怒号，则寸心欲碎；见贼船之上驶，则绕屋彷徨。《出师表》无此沉痛。

二十八日　雨。作《曾军篇》成，共十二页，已得二年军事之大纲矣，甚为得意。课两女书，俱早毕。

二十九日　阴。将归祠祭，以大雨将至未去，俄而开朗。作《胡军篇》。看咏芝奏牍，精神殊胜涤公，有才如此未竟其用，可叹也。

三十日　晴。煊甚，单衣犹挥汗。午初行，携舆儿同昇。昇夫又以竹箩系后，观者皆云重不可胜，因步还，共坐五六里耳。申初至家，犹未夕食，待饭后出诣黄亲家宅，不遇。至运仪兄弟处久谈，遇袁克钦、王仲霖、黄子襄。子襄欲设创疡药局，请余作公启，云鲁四兄之意也，夜为成之。遣丰儿下乡侍祠。

三　月

三月辛亥朔　阴寒。犹夹衣。昇出访朵翁、镜初。镜初不遇，见海岸，求住持事。复过皞臣、验郎借《八代诗钞》。樾岑、海琴、闻仲茗在江南病故，又言沈宝昆孝廉在成都。雨田还。曾介石、王鹈甫、李献卿、海岸来，为片告向子振求住持遐龄庵。

二日　大雨极寒，重裘以居，斋宿湘绮楼。李榛必欲相访，出则为其妻弟托照应，云余将往四川，故来先言。此亦见弹求炙之早计也。李禹门、郭志臣来，为争产案至今为梗。向晚闻雁。作王纯甫父寿序，一诺十年，今始践之。阅王夫之《中庸衍》，竖儒浅陋可闵。夜雨达旦。

三日　大雨。祠祭三庙。卯起，待事，至午初始行礼。冠佩趋跄，仪文甚备。未初馂饮一爵，微醉，少愒。江雨田来，言桂林无云而见虹，又成三龙，鳞爪毕具，此何祲也。全州欲破，而兴安犹讳盗，殆不如庚辛时。今日短垣雨圮。梦缇登楼视工，留小坐，谈居宅不易，尚不如赁庑之无累也。得怀庭书。理安、东生来。夜早寝。

四日　阴雨。楼不可登，无书可读，甚闲闷，唯可与妻妾谈，而妻妾又无暇，徘徊半日。樾岑、海僧、验郎来，与樾岑论兵，与验郎论经，遂至暮。生今之世，观俗人不解义理，犹无损于我；观俗人不解事，遂以致乱亡，使我家室不得保，吾何以处之哉！墨子所为上说下教强聒而不已也。

五日　阴。朝食后少睡。霖生、仲云、陈佩秋来，久谈。昇出过香孙、李献卿、春陔，遂至雨田处会食。坐客俞鹤皋、瞿海渔、张子莲、湘郎、蔗生，酉集亥散。作书复怀庭。子初寝，雨，待梦缇寐熟乃寐，觉夜甚长也。

六日　雨意甚浓。坐小楼作诗寄怀庭云。高阁犹清坐，春空尽雨声。阴阴风动地，拍拍水欺城。远望终无极，徂年只自惊。繁花不知根，三日眼中明。袁守愚、蓝楚臣、黄子绶来。复黄子寿书。理安来，不入。功儿入学去。

七日　阴。丰儿自湘归，云俊兄病故。是日已先约诸亲便饭，缌之丧，未能废也。不聚居则不能有哀情，亦时势使然。镜初、运仪来看《军志》，镜云太略。霖生、鸣之、小云三亲家公及彭石如来，未集戌散。夜寝不寐，而梦缇酣眠，闻雨起，挑镫坐久之。

八日　阴，有雨。作《陈尔嘉传》，仲英之父也，去岁所属，今乃了愿耳，便作书寄去。常晴生欲余介之于文心，未知其何意，亦依而与之。子筼来，甚言伶子之短。步诣黄海翁，遇余子振于途，昨有信借二千，今见之，未便言不借之故。然从不相逢而偏巧遇，亦可知诳言之自窘也。未刻诣李禹门斋食，陪彭丽叟，同坐者袁小山、张子衡，瞿郎妻家一人，不知其姓张耶？姓陈耶？胡子威来。去年欠债，唯有张、夏名宦四条未拟，亦疲于津梁矣。雪琴子丧未唁。

九日　阴。有晴意。牡丹作一花，娟然可爱。樾岑、怀钦、张冶秋来。汤碧泉来，言汤屠昵一倡，数月而死，倡抱育婴局女称遗腹，与汤妻争产，樾岑误断予之。凡樾所作事，率类此，然乎？否乎？庚午春雨，寄六云二绝句。十日春云压屋山，早眠应不讶宵寒。无端红叶催离思，一夜新苗满玉阑。　艳曲新声偶忆云，绿杨风袅碧花裙。阶前朦月窗前雨，迸作春光四五分。锡九来，言北门有鲃大如斗，昨入湘，冲堤而去。因忆甲子连雨，余有诗刺诸附和曾督者云。春郊流水长茭篘，赤鲃黄鳅也自神。乞与泥坑三尺水，欲成龙去奈无鳞。　出岫高云倦欲休，四山重雾合成愁。无端共作黄昏雨，一夜廉纤不自由。彭郎及子茂大儿来，久坐，意欲余作书为干谒黎、易，求官于黔也。

十日　雨。丰儿诣书院上学。营兵来争地界，笑谕之，然家人不能平。此木匠误出数寸，而营弁乃张大其势，以启人竞心，使非明人，则营弁危矣。

十一日　晴。自城还山，道逢两女换夫力而来。闻三弟暴怒无礼，殊为可讶。彼自岌岌不安，而尚横蛮，未知其作何结局也。作彭郎挽联。壬年烝上始相逢，十七回池柳重生，休向瑞芝寻旧迹；甲第门中最醇谨，五千里昙花一现，空留美誉在京朝。并函吊雪琴。与书黄县令。夜雨，然烛闲谈。

十二日　雨。撰《军志》向夜。异夫还，闻三弟尚未去，甚怒，作书斥责丰儿，既以为太过，改书责三弟，然怒未已。

十三日　大雨竟日。撰《军志》。遣熊三还家，呼莲弟来。送课题，丰儿竟未作，功儿又不能作，自作之，并作试律一首，以为必第一，将三更乃寝。始。下缺。

十四日　雨。下缺。早去。撰《军志》。催功儿抄书，自去秋至今才十页。

十五日　晨雨。饭后定儿女日课。得三弟书，诉口角事，云无非起衅。两人合五十岁矣，犹如小儿也。作《军志》一页。为功儿改诗。教非女画地图，兼为讲《诗经》一章。

十六日　阴。看胡奏稿书札及方略，见庚申年事，忽忽不乐。又看曾奏稿，殊失忠诚之道。曾不如胡明甚，而名重于胡者，其始起至诚且贤，其后不能掩之也。余初未合观两公集，每右曾而左胡，今乃知胡之不可及，惜交臂失此人也。乡非余厚曾薄胡彰著于天下，则今日之论，几何而不疑余之忌盛哉！丰儿今日当来，久不至，至暮乃到。移书室检经籍，得彭雪琴赴书，先一联久未书，夜始令磨墨，至子。下缺。

十七日　阴晴。早起，定丰儿日课。看功儿作字。非女浣沐告还城。作书复雪琴。撰《军志篇》成，读一过，似《史记》，不似余所作诸图志之文，乃悟《史记》诚一家言，修史者不能学也。《通典》《通考》乃可学，郑樵《通志》正学之，亦智矣。惜其笔殊不副，然不自作不知之，则余智不如郑久矣。欲作《曾军后篇》，连日正不喜曾，乃改撰《水师篇》，再翻《方略》，便撰大事作表，半日毕一函耳。依此推之，五月乃可成表。夜无事，戏作经课文，乃悟"初税亩"为不课公田，尽以予民，但纳民什一税耳。此图省事，与归并地丁者同，而皆为大害。

十八日　戊辰，谷雨。晴。作《水师篇》下缺。卷早毕缺。作经解二篇。下缺。祖当为喾，以文王受命无可祭也。而《周颂》无祭喾之诗，竟未知其审。

十九日　大雨。雷若颓墙，移入内斋。终日作课卷，殊可笑也。夜翻《方略》十卷。

二十日　大风，晴。出看浏水汹涌如江涛，因吟"春江壮风涛，原野秀荑英"，正目前即景，无异"池塘生春草"也。看曾批《汉书》，竟又移于《汉书》，觉《史记》尚逊其沉博，盖余性于典实为近。午抄《杂记》二页，嫌功儿太迟故也。闻新巡抚丁忧不来，山公信天授。珰、衯并至，闲谈久之。作《军志》一页。

二十一日　卯正晴。朝食。作《军志》二页。午令珰女师功儿，衯女师丰儿，受经入学。午正夕食。抄《杂记》二页。日长不得暮，以作文不可多看书，逍遥而已。夜作《军志》二页。

二十二日　晴。辰初起，作《军志序》。田镇战事，颇近小说，然未能割爱也。夕食后大睡。起翻《方略》，未抄也。作表亦殊不易。

二十三日　大风，晴。辰初作《军志》，至午稍息，登后山，还，仍作《志》稿，未小睡。夜作书寄若愚，并发雨苍、曹识翁两书，题五言八句于雨苍书后，招其来湘。为霖生作胡文忠妻挽联。

二十四日　晴。作《军志》。遣熊三归，交卷。竟日翻曾、胡奏及方略颇劳。午后携两女出看新苗，已半损矣。龙八来。

二十五日　晴。作《军志》，看《方略》，曾奏将毕矣。然叙次殊不及前，以彭、杨、曾构陈事，三人皆不欲载，有依违也。故修史难，不同时失实，同时徇情，才学识皆穷，仅记其迹耳。

二十六日　晴。作下缺。毕下缺。书疏宕之气，其不及者，字面不古耳。修词最要，凡言今古无殊者，强词也。制曰"可"与奉上谕"知道了""钦此"，岂可同读乎？

二十七日　晴煊。未正至城外，为陈母寻墓地兼省墓。入南城，至皞臣处小坐，雨将至，步过有乾送程信，行数武，雨大至，入力臣门少憩，不见一人，复出，至又一村，逢一佣人，假箬覆我，已沾衣矣。入门热甚，夜寝未适。

二十八日　晴。单衫犹热。昨日复来营弁二十许人，指画楼前，云："楼地系盗侵得之。"余云："何以为验？"答曰："契必以滴水为界，此出丈余，无异词，则不宜混言滴水也。"余曰："信然。然此非余宅，即非余契，君等但寻宅主，吾乃可让，否则他人之地，尺寸当为坚守。"二十余人诺而去。欲访亦无可证者。出访佐卿，怀钦招饮，席于佐宅，已先在矣。同坐者麻竹师、涂次衡、王理安、向子振、曾介石。余先过荷池访王、涂，并见罗研丈。李献卿来琐谈。

二十九日　晴。暮雨。午携羕女过香孙处，羕女睡去，因久谈，俟醒乃归。饭后诣海琴、蓬海、樾岑，昇还。

四　月

四月庚辰朔　雨复寒。署善化唐蓬洲来。伯屏、佐卿来。余苹皋来，请余序其《史例》，自云分五类，甚清晰也。又示余李、俞二序。樾岑来。

二日　晴。伯屏要同苹皋、鹤村过佐卿手谈。刘伯固来城，云欲入都。与伯固同诣曾侯。

三日　晴。不记事，唯买地是一大事。研丈来。

四日　阴。佐卿早来，约同游东南城，待之至晡，与同过子寿不遇，与子襄略谈，至苏巷，遣招锡九出，同过镜初，遇张皮笋，言督销事。逮夜，与佐、锡同过皞臣，还至贡院西乃别。澂侯今午来。

五日　阴。周秀才、乡和尚来。佐卿、伯屏、张子容、刘伯固先后至。家中少人，欲出不得。午后步访笛仙、瓮叟，遇曹咏芝。雨至帽湿，至朵翁会食，镜初、汤孝子、聂小蓉、陶少云、沈地师同集。踏泥而还，夜寝甚热，已而大雨。

六日　大雨。酣眠失晓，饭时院中如小池矣。午出送杨殡，因拜客九家，香孙、竹师、伯固、佐卿、子容、伯屏、敬生、谭主事、海琴、雨田、王石卿，均久谈，已向暮矣。急赴黄宅，则刘、余、曾介石、伯屏已先在。子寿琐谈，客多笑之。皆言平江土匪者纷纷，或云浏阳请兵，或云已过义宁，或云散去，余一不问也。初军兴犹有恨官吏者，今日视为固然。

七日　自城步还山，日甚照灼，无阴可息，因急行二时许，至，闻读书甚清壮，饭后早眠。

八日　晴。晏起，频睡，盖昨日行倦也。晚作《军志》三页，令非女画一图，自书地名，似尚可用。片告黄子寿，令查厘税数目。明日遣莲弟去。

九日　晴热。郭玉来，云雪琴送小菜及其子墓志来。舟尚在平塘，盖欲相见，以其行每飘忽，故不能再入城也。罗、余来求贷。怀钦为人求诗，题高丽王画兰，兰似茸絮，署款为"石坡道人"，又有大院君章，姑置之。作《军志》三页，叙次未明晰而已。抄《记》二页。申后睡。夜月裴回，殊无纳凉地。凡高丽称君者，其宗室，非王也。

十日　晴。龙八失晓，呼之起。作《军志》三页。抄《记》二页。午睡，梦看戏，甚可骇眩，起而大雨。教非女作湖北省图。为丰儿改文。

十一日　大雨，甚凉。晏起，作《军志》。咸丰六年至八年，湖南协济江西军饷银二百九十一万五千两，此左生之功也，左生于江西殊胜曾公。抄《记》一页。

十二日　晴凉。作《军志》第五篇。抄《记》二页。检《水经注》作图，比《注》图远胜。夜看曾书札，于危苦时不废学，亦可取。而大要为谨守所误，使万民涂炭，犹自以为心无愧，则儒者之罪也，似张浚矣。

十三日　晴。作湖北图成，非女所画也。抄《记》二页。莲弟来，闻雪琴至家。梦缇出见。下缺。作下缺。昨下缺。两儿读书，教之若以墨卷，殊非义方之训，然通人游戏狡狯亦可耳。丑初乃寝。

十四日　晨起，莲弟已去，厨火未发，仍还眠，辰正乃得食。作《军志》，叙多功于曾军，使稍生色，亦以对砭其失。军不可惧，孔子以惧教子路，言其轻死耳，非谓行三军当惧也。

十五日　晴。抄《记》二页。祖妣忌日，素食。画《九江进军图》，作《军志》。看曾书疏，未尝一日忘惧，似得朱儒之精矣，而成就不大，何也？夜大风，使人危栗，而乡人高眠晏然，此亦失惧字之意。熊三来，送经课题。作胡文忠妻挽联。昔年姑女荷深慈，早闻贤比钟羊，当代名门推极盛；往日鄂城曾授馆，不独功铭侃峤，显章灵表愿摛词。又代常霖生作一联云。先慈京辇昔相亲，最伤多桂园中，凭吊绣衣全节地；名世中兴成内助，还听断机声里，得看蒲壁拜恩年。因与三女讲诗。夜半风止而雨。

十六日　晴。看功儿、非女作字。抄《记》二页。王守备，妻从母之夫也，有子生事，为樾岑所拘，作书请之。遣熊三去。作《军志》二页。看曾书疏竟日。

十七日　晴。晨起作《军志》二页。昨抄《记》，误落二条，补一页，又不足，乃漫衍其笺，备论祔礼。虽不能转败而为功，因丑而益妍①，亦尚不等于饰非文过之为，要论正礼，则当重抄为

① "妍"，原作"研"。

是。莲弟来，得张松坪书。闻前日大风，城中屋瓦皆飞，此间山中亦吹倒一茅屋也。夜看功儿经解，说"织文鸟章"不了。检余补笺，依郑义，为将帅之服，了无证佐。因博考毛说，定为旂旐致民之旗。盖古者出军大征发，则云旂旐也。

十八日　舁行二十里，至大桥，遣莲弟与轿工以空舁还。独与龙八步至城。夜雨，梦缇身痛，寝时惊觉。黄莘渔来。

十九日　晴。晨起待饭久，仍假寐，饭后怀钦来，言功儿书题不称先生，殊为好怪。午出诣蓬海，问湖北书目，择其可买者如左：《公羊》《尔雅》《仪礼》《穀梁》《周礼》《礼记》《释文》《通鉴》《国策》《史记》《班》《范》《陈》《晋》《宋》《齐》《梁》《陈》《魏》《北齐》《周》《隋》《南》《北》《唐》旧、新。《五代》旧、新。《辽》《拾遗》《金》《元》附志表、《明》。子书不零买。《新序》《申鉴》《中论》《大玄》《说苑》《潜夫论》《齐民》《易林》《独断》《论衡》《风俗通》《神异经》《搜神》并《后》、《博物》并《续》、《续通鉴》。诣樾岑，遇谢小庄，二十年不相见矣。春陔、夏粮储、皞臣处俱久谈，还已向暮。

二十日　晴。樾岑来。游学王生来，献诗，自言名文翰。出题试之，颇有对偶，与以二百钱，欢喜而去。研丈来，同赴贾祠夏公招。徐、李、彭同坐，至亥始散。过香孙。

二十一日　晴。出城支布帐房于先茔，待陈母下葬，卧一日，申正始窆。入城啜茗于龙宅，留谈至暮。陈母自来湘正二十二年，今始永讫永毕，此四字见《曾文正集》。差无负耳。十八族父之子，弟三者，徒步贸贸然来，云年五十矣。烟饮甚深，推之不去，今日始设榻，而来此恶客，闷人亦笑人也。

二十二日　晴。晏起，作《淮北李苗志叙》，未尽善。午阴，出访子寿、仲云，省海翁疾，大有病容，自云名宦必可祀，此生亦不虚。盖此老于吏治颇自命也。子寿留饮，夜还，为诸妇女作影本。与书文心、梁仲玉。竹师来。

二十三日　晴。遣郭玉入乡，告珲、䄂使自还，坟工殊未毕也。子寿、子筠、锡九来。子筠云麻氏子师徐玉书曾来访我。郭玉还，交功儿一卷，殊无可取。

二十四日缺。

二十五日　晴。下缺。晨遣要过下缺。庄出东门，因便往会。栽女欲随余入山，携与俱行，同至黄宅，则子寿大儿约来观学规，恐余遣迎，而为韩勉吾所知，更约自来也。出城，北风起，未带单夹衣，甚冷。栽女则余为包绵夹衣来矣。为人谋则周至，为己则疏，亦自恃之过也。愈行愈冷，雨又至，仅而得达，儿女已夕食矣。待饭毕已暮，觉倦，遂寝。雨竟夜。

二十六日　凉晴。三夹衣犹未足。理《军志》，作一页。抄《记》二页。说"庐制"未了。父子同居庐，则不可。兄弟同居庐，可耳。父为长子庐，亦似不可也。栽女不甚思家，时来问讯，喃喃了了，亦自可喜。

二十七日　晴。晨犹凉，午后乃暄。作《军志》二页。抄《记》二页。午饭甚早，夜更饭。阅《方略》二十本，检江西军事。

二十八日　晴。作《曾军后篇》成。且暂息，未抄《记》。

二十九日　雨水平田，将至门矣。昼晦且雷，懒于作事。睡半日，补抄《记》二页，又抄二页，足本日课。夜校湖南水道，浪水入广西柳州，不甚可解，岂据图偶误耶？又看怀庭平湖纪，亦颇详悉。

三十日　己酉。晦。遣两儿还家过节。功儿课文未成，至午犹不能就，乃挟卷去。改作丁果老挽联云。夜雨忆书镫，人生少壮几何，须发似君惊早白；熏风吹宿草，世事匆忙休笑，光阴磨我为刊青。练而后吊，犹如昨日，尘中岁月，真苦短也。校《晋书·地志》，悉注今地，以《水经注》晋代书，故先令州县可考，乃标于《水经注》旁，以考水道。余近岁于山川颇能说左。下缺。

五　月

五月庚戌朔日　作《浙江军事篇》未两页，不称意而罢。缘《浙纪》颇详，未能裁割也。抄《记》二页。为丰儿改课文。得唐真铨书，未知唐何如人，而自称愚侄，可怪尔。省报云唐濂来办捐。濂即真铨之类耶？北斋多蚊，夜不可坐，故无所事。

二日　晴凉。郭玉来送怀庭书。是日正阅怀庭《平湖略》。改昨作《志》二页。抄《记》三页。说耤制不了。莪女时来琐语，携之出看秧田，夜还正室，大考耤制，仍未得解。

三日　雨。家人以端午强来迎，恐增劳费，因命非女携莪女先归。既去，卧思耤制，起忽得之，作六图以明之。既明，重看郑注，并通郑说。唯郑说有两可疑，余说犹有一可疑耳。抄《杂记》毕，共四十页，计三月二十日起至今日四十三日，日二页，当八十六页，往来城中费二十余日功。乡居之暇如此，但作志不能不稍休，亦未为废日耳。夜作《浙篇》一页。注《晋·地志》二州。兖、豫。

四日　雨。家中遣熊三来迎，待雨未止，题高丽君画兰二绝，作《浙篇》半页而行。未至东山，大雨，舁夫衣尽湿，待久之，欲返，怯泥，觅夫未得，仍前进，至大桥得一矮人代龙八，龙八乃还。至城，雨又甚。

五日　雨。本欲出游，见此闷损。验郎来。至午雨稍止。行礼受贺毕，饮蒲酒于东房，少寐。昨夜起待旦，与书锡九，请劝捐。锡九来，请改之以示刘抚。为书二纸送去。

六日　晴。刘前抚送援黔奏稿十来本，检抄竟日。

七日　晴。下缺。武冈下缺。留止书斋下缺。俱来谈。检援黔奏稿毕。下缺。

八日　晴。出谒刘前抚，以彼遣孙来访，且约会饮也。因过皞臣、镜初，吊唐寿官，还与保之夜谈至丑。

九日　晴。抄《记》二页。伯屏、守愚来。笛仙来。

十日　晴。巳出，至唐宅陪吊，与子寿、伯屏、竹师、李次云、雨恬、黄云岑、陈程初杂谈。申陪保之会饮刘宅，坐客雨恬、锡九、勉吾，酉散。饮三杯，小醉还，早眠。

十一日　晴。抄《记》二页，《学记》成。功儿《少仪》亦毕，抄书课稍停。看保之《读书记》，大约似汉人，《论语》诸篇多平正阅历语，然不可摘录。夜同保之过笛仙久谈。

十二日　晴。出送唐葬，与伯屏过皞臣早饭，仲云、唐作舟来。前湘潭县令李炽福之子来觅差事。看《读书记》。

十三日　晴。夏粮储来，谢未见。先祖考忌日，素食，午设奠。昨与伯屏论忌辰雨缨冠非典制，余循家例冠之，今始改用吉冠。黑褂甚热。采九遣人来相闻，三十二年旧友，今与保之俱集，甚奇快也。以忌日未往，至夜乃常服往访之，握手如昔情，出示所作《庄子》，二更还，保之已眠。

十四日　晴。采九来。王人树、周曷、袁予文、蓬海来。早为两儿改课文。约伯屏与保之对弈，观一局。步至皞臣处晚饭。怀钦、保之先至，子寿后来，酉集亥散。听子寿诵所作诗，亦激昂往复。连日稍热，无所作。

十五日　阴。朝食后过人树、瓮叟。雨作，至朱雨恬处午饭，保之、伯屏、怡生、黄含生同集。登心远楼，看麓山如屏，湘水如席，俯仰十年矣。中饭雨大至，申散。便过周昺，昏昏欲睡，强过予翁略谈。因过庄心安寓下缺。为弄斧巷，今亦十余年矣。心安下缺。开朗，令人破睡。周稚威亦至，杂谈桂阳旧事，遂忘移暑，将暮乃还。保之犹未食，登楼共饭，续谈受庵发病事。今日袁予翁言左季高父养金鱼一缸，以子多少为门徒盛衰。一岁子多，其父数及门某某当入学，不及季高。左年九岁，甚愠，乘隙尽杀缸中鱼。父诘之，对以情。又言左景乔与兄同岁考，父欲其兄高等，因携二子试。经古场诗题"卿云河汉"，不知所出，问景乔不答。案出，贺麓樵第一，景乔第二。父讶之，视其诗，首句云："掞藻推扬马。"父怒批其颊至红肿。暇改《江西篇》。明日将誊之。

十六日　阴。子襄、兰生来看保之，邀出久谈。登楼，抄《军志》稿二页。

十七日　雨晴。竹师来。运仪来，言古者并建三正，非仅存二代之正朔。因言《淮南·天文训》有其说。余欲寻《淮南》书，问之城中无其书。携余文诗去。抄《军志》三页。刻工刻来一页，不可用。

十八日　阴。极蒸热。出吊何五嫂，遇石卿、笠西、仲云，雨大至，少坐待霁而还。抄稿三页。夜改丰儿课文。

十九日　阴晴。晨看丰儿课文，颇有所似。余都司来，言江南蝗出恐伤稼。又言沈幼丹无去志。治具招采九、保之会饮，锡九、运仪为宾，未集西散。

二十日　晴。作《军志》。闻谢麟伯之丧，惊其有郁积而无表襮，未知天道何等也。午过仲云饮，陪采九。保之、二周为宾。仲云颇赞女无常之美，及程正揲字。下缺。

二十一日　晴。作《军志》。殷默存及其妻_{下缺}。来。香孙、伯屏、樾岑夜来。

二十二日　晴。出访默存、君诒、采九、春陔、夏芝岑、皞臣。还，作《军志》。贺伯仁、姚立云来，夜谈，言毛少卿妻为夫兄所刻窘，午节其子当送师四百钱，求不可得，遂自尽。又言李右臣与华容令互讦，及益阳令鬻试事。锡九来，属改其子诗，遂忘之。

二十三日　晴。作《军志》时，见案上诗稿，为改八句，至经一时许，以诗题为"大田多稼"，无可作也。善化令唐朋洲、君豫来。卜允斋来，言晋捐事。君豫言程正揆孝感人，明末侍郎，为二臣，字端伯。

二十四日　晨雨，辰初霁。饭后率小儿女往城隍祠观迎神，雨作即还。已复率诸小女至北门观城隍神出游。牌题"左伯侯"，向以为谬，今思之，此殆秦、汉古字，左伯者，今佐霸也。城隍祠起于唐，岂马氏时天策学士好用篆书代楷隶，故有佐霸之号耶？左季高初封伯，人知其必侯，以此为符，亦祯祥之先见者已。季高再辞侯封，近于知耻。比日每作《军志》，辄不过日数行。午作《志》未百字。出至抚署看游神，大雨如墨，似有暴冻，急还，才霡霂而已。俗传神出不遇雨，似亦有验。

二十五日　雨。以楼上检箱，不可坐，大睡两时许，至未乃出。过姚立云、子寿谈，出，大雨，舁人衣尽湿。至贾祠，唐善化设饮，请采九、保之，余与楠生、福世侯作陪。坐楼上，北风凉泠，山色冥蒙，颇有遥集之望，设席寻秋堂，未夜散。采九赠余及保之诗，属和焉。诗中自命贤豪，骤难寻解，余初以为贤豪谓我也。便过运仪谈，少溪亦至城，观所为《大学中庸义》《孝经内传》，皆近宋人讲义，唯"抑而强"，抑字不作语词，"天地化育"谓孔子文，言具有精理。又出示《河洛书》两篇。

二十六日　雨。《浙江篇》草草成。中多未核，依怀庭书略去其铺张者而已。采九来，本约竟日谈，意匆匆，不肯住。保之复汲汲诣客，余亦因庄心安来，在外坐稍久。采九独坐楼上，殊无宾主之迹，客去乃陪往曾祠，登楼看雨丝甚奇，出遂分道还，作诗，俱未成。

二十七日　大雨。晨作歌赠采九，题曰《云鹤篇》。饭后袁守愚来，久谈庄、管。听保之论历代儒术，言之娓娓，而以庄子为自恣，与余见异。守愚去，入房写诗。采九来，出示贾祠四律。午赴笛仙招，陪保之、锡九、黄艺圃、子和均入坐。为笛仙叙祖茔状祠①。还，作贾祠集饯采九诗二首。胜地新分席，良朋旧盍簪。道因词翰重，交托古贤深。城郭前游迹，轩窗远别心。有才堪自信，千载待知音。

宦迹忘中外，于今更爽然。便成王佐业，何似酒杯前。湘水看逾旷，浮云去可怜。且将幽咏地，披豁对晴川。

二十八日　雨。艺渠行状成，校一过，似未精审，姑令先改之。午陪保之饮胡少卿家，其所居许竹士翁旧宅，四十年前余尝至焉。其表兄曰廖翰钊，湖北州县，颇似佐杂，戌散。过雨田、皞臣处谈，皞臣复追恨刘岘庄，殊不可解。

二十九日　晴寒。下缺。迎神出游。下缺。散漫萧条，令人有今昔之感。下缺。将不禁而自强，然后知顺成之方，其蜡乃通，古人所以验盈虚也。午过采九，即至福世侯处晚饭，蓬洲、心安、唐兰生、保之及余兰生先去，余待客散，复过樾岑谈。采九寓门已闭。书扇二柄。

———————————

① "祠"字疑衍，或在"状"字前，下月七日言及"祠山"。

六　月

六月己卯朔　晴。饭后登楼作《军志》，未数行，验郎来，问韵学，坐久之。出看迎神，裴回长城、李真两祠间。经二时许还，少憩，步过瞿郎，赴子寿招，陪采九，保之与怀钦，任、孙两前辈，运仪同集。保之先去，相者言其将有疾，不宜冒暑。余以人行止非人所代谋，不能止之也。食品未纯，腹中不快，过蓬海夜谈还，梦缇久睡乃醒，因亦早眠。正四更，梦入一大祠，祠外有十许人，内有左季高，言与李次青同战鹰爪有奇功。当战时，约以一矢着城上为信，余疑矢力不到城，旁有为明弦弧远近者，云可到也。俄而外间火起，出视之，则二沙弥方呼天以救火，在天神坐一龛上，实未燃也。遂与十许人同入一祠。祠荒冷殊甚，或云有羼，多鸢怪，赌能人者。余心不欲人，而十许人者先行，随以往，则前行中一人大叫，欲以自壮。余知其怯，摇手戒之，而默前行。忿女亦先入，即退出，云羼高如人。余乃先入，则无所见，见若有光者，亦不甚显，暗中壁角，若有人面隐映，皆不明。见其正殿，殆高广数十丈，循左廊飞登，其壁上悬龛，并累旧红木箱，摇动甚危。余踏箱上行，至正面，未数箱，误踏其下一层，下缺。路绝不可往。下缺。十红凳正下缺。形参差相下缺。五尺出一凳角劣容足，亦摇动欲坠，余踏而飞下，遂出殿墙外。当入时，非女从在后，及出，非女未出，余呼之不应，连呼乃应，手持一物，状如鸭，又如鳖，云得自池中，其名曰恤勿。部中有卵，鬼怪之所化也。恤勿者，隐语，鬼头由字耳。既及门，忿女乃亦在，同出，未逾阈，有老妪年可六七十，肿白，貌不善，方乳子，呼忿，忿不敢应。非女云可呼伯母。余亦念此怪无恶意，令忿女呼伯母。

此怪大喜，遽下其所乳子，欲起有言，耳中方闻呼声，乃盼女唤老妪耳。

二日　晴。汤碧泉来，送唐中丞祀名宦详奏稿，仿佛杂谈而去。午出，看赛神，久坐湖北馆门外，凉风甚快。遇陈梅生略谈，旋绕小径至刘韫公宅，勉吾借酒招陪保之、子寿，宾主杂谈甚邕。刘公词未毕，保之忽起，坐客皆讶其匆匆。保之文笔未退，而聪明大减，盖久居乡，又素略于世故，故至于此，然正是衰态。锡九与余步还，途中颇言宜留之不仕。余未能言也。何彤甫、孙味擅及其从子来。

三日　晴。晨起，部分燕客事。遣借浩园设席，饭后步从池生家入园，见一客从楼下出，则陈丹皆已至矣。顷之保之、采九、蓬海来，已集申散。

四日　晴。验郎及张生竹初来，早饭。两儿皆病，欲遣信还衡，无人执笔，乃自为之，兼为盼女理书。锡九来，同过香孙，顷之保之昪来，同步还。香孙论采九诗不足成家。可谓不阿者。

五日　晴。未起，闻外舅来，屣履出谈，留早饭。樾岑遣邀至志局看志书。下缺。零散无可征矣。看新刻《通志》。数过研丈谈，闻邹谘翁死日，云得传闻，非实也。志局留饭，九俎。饭后水驿报新抚邵公将至，余亦当往采九处话别，遂散。还家，待日落，至采九寓，值其将浴，约浴毕乃畅谈。因先过外舅，坐久之，还过采九，遇梅孝廉，云辛未同号人也。保之亦昪至，又报饶尉来，坐别室。余以坐久慢客，乃起辞。

六日　晴。晨饭，呼昪下乡，便过采九拜别，未坐而出，至外舅处。解衣遂行，出浏阳门，道上迎风甚凉，到山庄未午，小睡遂移日，起已饭毕矣。龙八专种菜，圃中无青蔬，以其憨懒不可用，遣之。

七日 阴。晨睡甚美，以当遣人还城，不可久睡，强起，待饭后龙八去，乃令莲弟还家唤杨思晓。西斋虚无人，移入。看《方略》六十本，少倦，假寐，遂酣，微闻有人来，不知何人也。又久之，见一人窥帘，乃绂庭自乡至城，相寻而来，云祠山有盗草者，又言九兄病甚重。余适未饭，因令作饭与共食，及暮，城中人至，无非书言顾工皆不能来。请人挑水，而自浣衣且浴。浴毕，烹浏水煎茶，饮三碗，觉腹中空空，切饼食四之一，看黄少羲《道德经注》，颇为精实。

八日 晴。稍有暑意。周升来。昨遣龙八去，未有所顾，而频来三人，皆足以供爨，亦巧值也。午始觅一童子执炊。作书。处分割草事。看《方略》，欲作《江西后篇》，翻四十本止。

九日 丁亥，小暑。绂庭去。刻工苦蚊亦去。翻《方略》二十本。将有所撰，偶阅《东安水道志》，忆前游，缺。物外颇有独往之志，缺。作诗寄怀。缺。山川寄物外，车马不能喧。偶有独往志，霞石横眼前。昔游如有神，今怀亦可欢。散发东山庐，沉吟永桂篇。岩虚午风静，松疏夏日寒。村舍远相望，樵牧方来言。岂伊慕灵契，离尘是为仙。闲庭虽自清，未若漱云烟。世事托妻子，将从性所便。

十日 晨起甚凉。早饭后作《江西后篇》成。鲍超许弯奇捷而无所述，乃知史公附骥尾之说。午后浴，颇热。看曾奏及文宗训，聊以遣日耳。郭玉来迎，米亦告罄，乃议还城。

十一日 晴。四更起，检点厨饭，已晓乃行。本谓连日有风，步往为适，至辰热甚，巳乃解温。入城坐陈池生处少休，至家，保之外出，丰儿伤热病困，梦缇亦病齿，待饭久之。保之归，纵谈诗法，云唐人能与古为新，学诗者不先从唐入，则为明七子也。唐诗选又以《诗归》为善，先隔断俗尘。《诗归》为世所訾议，非吾辈不能用之有效也。夜寝，梦缇颇呻吟，昏睡。今日初闻蝉，而家园犹无蝉鸣。

十二日　晴。庚寅，初伏。笛仙来。梦缇遣告丰儿将死矣。余亦未候诊其状，但闻汗如冷珠，疑其亡阳。往荷池询罗研丈，丈云寒厥不足忧也。笛仙言宜许神。余云巫医并进可乎？至午少愈。出访香孙、昀毂。昀毂为三弟觅一啖饭处，故往谢之，未遇也。香孙论保之诗五古缺。如余在摹拟缺。未化，亦为知言。余论保之诗亦缺。其近体为高也。然无古法不得成近体，故近体亦未易言。夜月风凉，作书寄雪琴、萧章京，皆为保之介绍。

十三日　雨凉。黄海翁来，以无客坐，未延入，然海翁能出，可喜矣。君豫来，英子至省已久，今日始来见，余正午睡，出甚迟，亦不意君豫至，殊慢客也。保之午去，云出城暂信宿，便长行矣。张岳州送茶。

十四日　早凉。园中柳树始有蝉。午蒸热，出访瓮叟，遇樾岑，旋至龙宅吊芝生妻，赴至成服。陶少云欲上行礼，余以未成服，不可行礼而出。出城送保之上陈母冢，答访张子莲而还。保之来辞行。子寿来夜谈。校写《志》五页。子莲处借近人小说。

十五日　阴。早饭后，夏粮储招饭，步至贾祠，谭荔生、子筠及黄郎、某甥先在，与荔、筠步过怀钦，已移麓山矣。过芳畹、黄小云亲家略谈，欲雨即还，大雨旋再作。看近人朱某小说，云与魏般仲相识。又载左孟星一联。余无可采。

十六日　晴。得唐朗君书，即复，寄墓志石及行状稿去。镜初来。得杨商农书。与书松坪，并赠《南诏碑》。邓生子石来，言弥之取妾，误取人妻，以二百千身价尽与之矣。此等局骗，殊令人笑恨。而邵公以生离人妻，罚作猪，又其受骗之甚者也。彭子和、王叶亭、余师及下缺。来。

十七日　阴凉。易桃生、陈韫原、子筠、郭健郎、张冬生、竹师、芳畹相继来，坐谈一日。

十八日　阴雨。翻湖南奏稿。两彭郎来，坐半日。江石坞、李献卿来，未见。夜过韫原谈，遇姚立云。翻宋诗，寻咏贾祠诗未得。

十九日　雨凉。闲检宋、元诗，倦再眠。张元郎来。偶阅《古文苑》，贾谊有《旱云赋》，似是在长沙傅时所作，以为祀名宦之证。樾岑赠余新地图，省志局所绘，亦居然有可观。

二十日　雨凉。检抄宋、元诗毕。理《志》稿。韫原来。锡九来，言渠欲刘公荐余于邵抚，邵以沈、郭为对。甚矣，巡抚之愦愦，虽罢官闲居，人以为明白，而胸次如故也。余前不欲败其兴，今当自悟矣。梦缇病齿畏寒。

二十一日　阴，有雨。登楼作《志》数行。瞿海郎来，言善化诗题"酒碗茶铛全部史"得"瞿"字。瞿式粗诗也。余未之见。午过谢研丈、君壕，还过二妹家，送三弟往郴，还诣姚乔云饮，韫原、怀钦先在，陈程初、皮又舟后至，戌初散。欲诣子寿、运仪处，皆以雨将至不果。看《述学》。贾生年表未为精核。

二十二日　阴。庚子，中伏。热。书房平地。饭后小睡。吉耀丁来。出访黄诗人不遇，过子寿，留饭，同诣樾岑，晚出，独过蓬海。

二十三日　晴。黄诗人来，言须觅一馆地。晚出访子和，遇下缺。其为下缺。叶亭也。夜过瓮叟，言明日辞差告老矣。至运仪处谈。

二十四日　晴。晨起登楼作《志》稿。闻爆竹声，过拜四母七十七生辰。还，少卧。六云携小儿女三人俱往。梦缇病甚，家中寂寥，而不清静，意兴殊不佳。公符、默存、守愚来。

二十五日　晴热。福世侯来，当官益阳，荐袁生往掌记，面结之。今日次妇彭二十生日，命设汤饼，治具甚晏，正饥欲食，萧希鲁来，顷之陈力田来，言有一席，无用处，欲送来，余恐不可食，未敢约客。已而菜至，尚洁清，乃遣约二陈编修、陈总兵、邓生、陈芳畹。陈、邓不至，而子和、步仙、守愚、常霖生、易桃生不期并集，食不可口，酒尚豪举，戌散。伯屏、桃生对弈二枰。夜卧楼上。

二十六日　晴。健郎来，未见。检湖南历年奏稿。果臣孙来退邓宅奠分，且欲谋馆。果臣遗令能令其子孙不敢受赙，亦美事也。夜热不能寐，至三更始还寝。

二十七日　晴热。王石卿来。逃暑无事，看《指月录》。午浴。曾介石、王步仙来。饭鳝不可食。邓生来，同食瓜，夜觉饥，已无所得食矣，吃面一碗，遂成腹疾。

二十八日　晴。极热。袁守愚来辞行。陈、任两编修来，议兴释奠礼。坐半日，苦矣，卧侧室门中，闻陈五弟来，不能出见也。至夜微风，始有苏意。香孙来。

二十九日　晴。晨出访萧希鲁，送福世侯。世侯已行，遇之街口。过仲云，遇熊子修。春陔处遇唐作舟。看皡臣病，云掖胯耳眼俱出水，恐不久矣。促观余《军志》，明当自写与之。镜初处遇曾介石。过王步仙，日已午，乃还。郭庆藩来，言语轻率如麻雀，查查半时而去。为任编修改条呈。

三十日　晴热。浏阳马生来，言去岁考童顶替事犹未了，欲求首府保释之。余辞以不识何公也。得若愚书，言往阿克苏去，距肃州将八十站。颇言左督事未甚妥。夜过心安谈，遇吕、陆，食瓜，初更后还。夜寝至三更，热，更起。

七　月

七月己酉朔　热不能事，但卧而已。午正意城来，谈甚久，杂及天下事，甚诋黎庶昌，云刘云生方往德国，未撤回，他日误国事，筠仙能辞咎耶？非女病甚，今日始起。夜登楼颇凉，室中犹不可坐。

二日　晴热。蓬海约饭，怯日不敢步，舁而往。过伯屏，邀同去，二熊先在。熊镜蓉安假鼻，视之恶怖，终席不安，食又甚久，至申乃散。出访陈教授、张雨珊、皞臣，俱久坐。舁夫告饥，乃令先还，暮步归。

三日　晴。庚戌，三伏。望雨解热不可得，坐卧竟日，勉为健郎、刘生点定文赋。夜卧楼檐，至鸡鸣。

四日　晴。韫原来。饭后写包三十。陈总兵要过陪客，以为二张在，至则未赴，与三编修谈，谭荔生在坐，饭罢，各写对联，余作三幅。风雨暴至，始解烦暑，至暮散。次青来，甚言余知李续宜之不能军，为有特识。因言曾文正至死不悟李劣，胡文忠知之矣，然则官文亦知人。官谥文恭，余误以为文端。夜早寝。梦缇坐通夜，云齿痛也。

五日　早凉。写包四十五个。任编修、彭慎郎来。午后热，睡半时许。晚过次青。羡从看佛事下缺。遇刘小山。掮子遣来索钱，与之十金，还书戒之。

六日　阴凉。晨写包毕。许昆圃、樾岑、子寿来，坐谈半日。樾岑言苗沛霖围蒙城，四角安营，环以长壕二十五里，连营至下蔡，其形如龟。陈国瑞攻破之。苗欲自出合众，为下人所斫，送首王万清营。万清杀而攘其功。子寿以为不实。传闻之异如此。

夜诣竹师，遇雨。

七日　晴。出访昆渤，过皞臣、蓬海谈，还至省城隍看戏。至香孙处，遇陈幼铭。

八日　晴。率一嫂携其蠢子来。健郎来，久谈。锡九暮来。次青夜来。

九日　晴。蓬海、伯屏、罗研丈来。次青招饮，同坐九人，有理安、穉蘅，夜步月还。看雨珊、蓬海词。胡子正兄弟来。

十日　戊午，立秋。晴。吴翔冈来，言祁阳之役，周宽世转战入，以骄致败，颇言李续宜之功。雨珊、子和来。曾介石、洪涛同来。

十一日　晴。验郎来，言其叔母代夫先死，问可旌否？余云此非妇道，而近例必旌，亦一节之行，不可以是非言者也。夫病未至死，乃先死以殉之，在战国为姜妇之行，大要近于鬼迷。黄莘渔、任雨田、彭辛郎来。任拟整饬府学释奠礼乐事，近可成，属为要朵翁。彭占僧房，而为无赖所驱，颇亦好事。疑墓讼亦由其从臾。笛仙宋学，故不明也。

十二日　晴。斋，不见客。闯入者张冶秋、戴道生表侄、理安。抄《志》稿五页。夜宿湘绮楼，心境清寂。是日庚申，末伏。

十三日　辛酉，阴晴。晨兴稍迟，以家人馔具未毕也。巳正羹定，以初秋天热，减八豆及加笾，改用一献礼。缺。夏冬共下缺。用孟月，春孟用次丁，恐与元旦相值也。若值国忌，则用季丁，夏用上丁，冬用上巳，秋仍十三，旧尝日也。行礼一时许，毕，补行香报"三"祀，乃馂。午后健郎、邓生来饭，招彭、黄、胡、陈俱不至。夜待两儿作课文，以邵公自负能衡鉴，故为点定之。言舫臣来。

十四日　大雨。吉耀丁、汤柄玑、蓬海来。看张雨珊词毕。

抄《志》稿一页。出访黄莘渔不遇，见瓮叟，遇畇谷，过胡郎，问考事。作书寄朵翁，请其来城，任编修之意也。

十五日　晴。甚蒸湿。抄改《志》稿。看功儿写公呈。午后雨。竹师来，言文抚奏调，与杨耕云同荐。骆勤广县丞来。

十六日　晴。午雨。周穋威来。抄《江西后篇》毕。始理奏案，作《援军篇》。非女书扇谬误，反厌人求，甚乖处世之道，且应对不逊，厉责之。因促功儿书。功儿反以白扇缴掷还之，不屑教诲也。吾儿女皆谬妄，念之惘惘。

十七日　晴。作《军志》。吴少芝、樾岑来。骆丞送土仪，收二种。得敖金甫书，乃知四川仍有院长之聘。未正出赴府学，会议习礼事宜。至八角亭，遇大雨，入力臣宅少避，门者必欲请余入坐，与黎生久谈，大似《儒林外史》王举人避雨情事，但无瓜子壳耳。至府学已议罢入席，与两院长余、周同坐，日斜散，以熊三等未夕食，急送。登楼欲撰《志》书，觉倦，栉发毕，小坐入宿。

十八日　晴。摺子来报丧，言恸吾九兄死。回思其兄弟盛时，恍惚如梦，后事茫茫，令人寒心也。遣人下乡，将仍率两儿往读。任编修来，言府学首事把持，不容人搀入，筹思退步。余云公呈已进，不可追矣。章十兄弟三子来乞钱。凤渠在时，已不收录，今仍落魄，而烟瘾①甚深，此等子弟应运而出，初不知其何心而学坏也。家中唯有九百钱，尽举以予之。价藩来谈经。价藩每至必及经史，其先无所学，而好学耳。他日殆未可量。雨田遣来要议，师竹生、彭郎在坐，二更乃散。久未适寝，嫌太疏阔，月明秋清，将与梦缇清谈，而呻吟竟夜，殊不顾人。《诗》曰："独寐寤歌，

———————————

① "瘾"，原作"引"。

永矢勿过。"又曰："彼美淑姬，可与寤语。"人信有各适其适者乎？

十九日　晴。得曾省吾书，送扬州筒扇。作《江西援军篇》三页。会客数人，忘其名氏矣。遣两儿下乡，已亦将往撰著也。

二十日　晴。晨饭罢，呼昇往任宅，待久之。同访杨石泉，遇李仲云，旋过唐作舟，出至府学宫后梧轩桂堂之间，无人为主，余令佣人为发火汲水具食。午后，杨石泉，唐、朱、镜初、彭朵翁，陈、黄二学官来。浏阳邱庆龠字联泉来教乐，壬戌举人，道州训导也。八人一席，余为主。雨田陪分教诸生为一席，又办事杂客为一席，至戌乃散。热。

廿一日　晴热。将往府学，先遣昇送丰儿出城，觅兜子不可得，仍还家中。两佣不肯入乡，俱遣之，近日农氓之情如此。午至府学，襆被郭大人住房，盖修省志书时所题也。客来者不记。夜热，几不成寐。

廿二日　晴热。寓郭房，客多不记。下缺。同过陈丹阶，日烈可畏，宿梧、桂之间。

廿三日　晴热，不可耐，一无所事。昨夜欲还浴，为朵翁所留而止，今更不能待，乃与价藩还。

廿四日　晴。得两儿书，言乡居之苦，欲自往，留夫力以待。族弟玉岑来，为设鸡菱之馔，待其来饭，至暮不至，乃食。伯屏来，同饭。夜已寝矣，玉岑复来，言二、七弟将加租于公田。吁可怪也，亦可骇也。留之书斋宿。

廿五日　凉晴。新佣复不肯下乡，乃呼两儿还。午至府学，来客络绎，言人人殊。

廿六日　阴。竟日无客。凡昔言不可改作者，今皆愿改章矣。袁岱垣来，坐一日，留之点心、晚饭，与同归。六云送豆乳极佳，在寓中得之，几非人间之味，甚哉！人之易于溺也。谭荔生及丹阶来。今日为彭郎改文一篇。作诗三首赠伯屏行，录二首。秘直还东观，和颜奉北堂。云清天路近，江静彩衣凉。房玉鸣知喜，陔兰远更香。此行无别恨，扶路赏秋光。　　水阁犹馨桂，南窋定长菁。使装贫不改，文酒会仍豪。岛鹤从容步，霜鹰顾盼高。看君持大体，终不忝词曹。夜寝，梦缇病热，且汗，余终夜不安。三更后雨淅沥有秋声。

　　廿七日　晴。谭荔生来。饭后登楼改《湖北篇》。叙多礼堂战略，尚不能得其万一，然已褒矣。多平生恶文字，何以得此报哉！

　　廿八日　晴。任雨田来，要入学，未去。外间传闻有资翁来，知是柏丞，急出迎，果然，握手询踪迹。余近事，柏丞尽知之，柏丞事，余不能知也。言自广东遂至陕西，留二年，今方归耳。意兴犹昔，背已驼矣。留谈一日，送之，同往天妃祠，宿梧桂间。

　　廿九日　阴晴。过柏丞谈，约同午食，仍还府学论事。至晡时，柏丞自来，食罢，乘凉步还。得子泌书，即复二纸，并问程郎刻工来期。遣莲弟往石门收账。夜过香孙，遇雨，舁还。

八　月

　　八月戊寅朔　作书寄丁、方四川，为骆县丞干谒。登楼撰《军志》二页。方夕食，力臣来，门生以例不传，食毕方知之。至香孙处，询之未在，遇竹师、池生。竹师方食，未入。池生有病，小坐还。

　　二日　晴。晨起，左生来告其庶母丧。往吊锡九。先县学生辰具汤饼之荐，午初方毕。得夏生书，文词甚美。午过力臣久坐，遇君诒，至府学已午食，遂同镜初至遐龄庵送价藩，谈至夜。郭玉先归，竟半日未食，唯啖两饼耳。

三日　晴热。试习合礼乐，来客无数，无纨绔儿耳。周生自以为娴礼，不容人立一议，既行，众交訾之，周生无以自容，遂发怒而去。家中送菜，咸不可食。今日欲往乡看两儿，朵翁云听其自爨亦佳。乃遣郭玉往唤之归。夜看演礼，寂静颇有肃穆之意。两学官来。

四日　晴热。定礼仪单，与官礼生相校并同，唯少九叩耳。两庑四案，何时改为二案，云系祁寯藻奏改。盖欲尊儒比贤耶，所未详也。祁寯藻又何以轻议礼，亦不可解。唐蓬舟、李南生同来，坐久之。今日客比昨日较多显者，乐生纷纷请去，教习皆有怒色，浏阳分党之故也。余往劝之，众皆无词。乐生多轻薄少年子弟，而屈于礼，故知王道之易易也。黄昏大雨，昇还。

五日　晴热。丰儿二十生日，命六云为作汤饼，至午始得食，热甚不能饱。袁岱垣屡来约往府学，因与同往，则司道均集矣。本命两儿往执事，亦迟到，游观而还。江西黄姓来谈道，云系总查委员。未知为丞耶？令耶？其朴实迥非署缺之官，未知何以得差。至暮欲归，云电甚可骇，似有大雨者，少坐遂夜，雨竟不至。柳学究来谈经史，自云颇知推步。

六日　阴。今日人集颇早，早饭有七人，待雨田定议告巡抚后试办，事大致粗定。乃辞归。过柏丞少坐，欲诣朋海、子寿，取道东茅，见东北雨正浓，折出小巷，至理问街视李禹翁，值府学会议公事，留饮甚坚，饭毕已暮矣。遂至樾岑处少坐而还。

七日　晴风。避客闲居。蓬海来，谈半日。晚间又有杂客数人来。竟日无所作。

八日　晴。作书复金甫，兼吊芝生。看杂书数本，仍谢客。薄暮，余佐卿遣信相闻，往看之，问京城江南故人新事。章伯和、曾介石俱在池生宅，同至浩园看月，二更还。

九日　晴热。至府学，因过吴教主，甚畏市人攻劫之，强颜大言，殊可怜厌。略坐，至学，值演礼，衣冠毕集，竟日言议，至夜早愒。午夜起，饭，衣冠出，看祭。

十日　丁亥。鸡鸣，巡抚及僚属释奠孔子，诸生百余人将事，虽未娴肃，亦颇郑重，较胜乡试送考，大阅观陈也。作小诗记之云。南郡人文首，东胶礼乐宗。儒臣新节使，雅咏古车攻。星汉彤廷丽，英贤玉佩从。储材归重学，非但美笙庸。　　郁郁熊湘阁，当年抛火惊。至今吴选士，多用鲁诸生。城阙秋容静，弦歌晓殿清。老儒投笔久，歊及见升平。今日起过早，苦昼长，人散无事，又值微雨，因步过力臣，谈二时许，待其客集同饮，入坐八人：熊、罗、袁下缺。君诒及余与力臣为四少也。夜还月明。

十一日　晴。六云及非女生日，作汤饼，至午乃得食。贡院首事约勘水地，及修李发甲祠，往参之，至者十余人，无所容其异议，碌碌而还。四母及妾女斗牌，看局戏半日。夜乘月过竹师不遇，至香孙处少坐而还，月亦不明，乃眠。

十二日　己丑。晴。杜门谢客。有佳客三四来，不及知也。竹师来言事，因请入谈。为锡九妾作墓志，叙述不及百字，而宽然有文。夜大雨。

十三日　雨凉，旋晴。考两儿功课多荒，因自计亦废日殊甚，仍定日抄三纸。未半页，客来又罢。周春翁曾见先君，故不可以不见，入内室久谈。午过子寿饮，佐卿、鲁英先在，力臣、雨田后至，戌散，步月还。力臣、佐卿均舍舁相从。力臣至东牌楼分道去。与佐卿访曾介石未遇，过熊鹤翁而还。

十四日　晴。为两儿改课文。出诣瓮叟、朵翁。府学改服，步访雨田，遇丹阶。过皞臣，谒周丈不遇。至刘前抚宅，刘谈南北韵异同之故，及交趾、高丽使臣异尊云云。答访二孙，久谈，竟日未食，不觉饿也。复至佐卿处，论明夜要客看月之局。夜还饭，生不可食。

十五日　阴。鹤翁早来，匆匆去。理安、镜初及其季父竹苏子、佐卿先后来。二曹及余自未坐及酉，谈甚洽。看香孙小说，殊不成书，似专为标榜王氏而作者，颇觉害事。夜祀三祀、三庙，及礼月。自以为非礼，不敢用大祀仪，因四拜，示仍旧俗也。受贺毕。至四母处贺节。更衣步至浩园，为看月之会。意臣、力臣、理安、介石、怀钦、章伯和、陈雨三、佐卿、笠僧、萧希鲁、佐卿子、怀钦子均至，食饼甚佳，午夜散。行庙下，遇汤肖安及诸候补官，念十年前张、郭之盛，必有媚行来者。下缺。寂寂笑人。熊鹤村后至，已醉，与理安步还。

十六日　晴。功儿当入学，乡中无章程，因令暂居府学。午后步访少羲、尹和伯皆不遇。答访罗郎伯翼，见其师孙生。过周丈杂谈。至府学饭。作浏阳李载珪祖母邓氏家传。彭郎克斋亦来，任、师俱先去，遣要镜初亦不值，乃过介石。送考还，佐卿复招会浩园，往则萧希鲁、笠僧迎候于门，坐客有吴止斋、周生、佐卿父子，亥散，昇还，月光更朗，欲作诗，忽忽遂辍。

十七日　晴。易郎来，言吞吐无章。饭后锡九、谭荔生、蓝楚臣来，久坐，觉倦，强抄《记》二页。蓬海约饮，至则李式法字幹吾者先在，湖北知县，甲子举人也。力臣、樾岑、畇谷相继至，食蟹羊笋芥，皆新品，大论香孙小说之无谓，未散。任雨田遣告，已待于裴。樾岑先归，余与力臣步往，镜初、竹生亦在，大要言院司必以李仲云为重，仲云不至，则前请款事必不可得。余云宜缓之，以待其定，行之如故，则众议息，自圆成矣。众亦唯唯。与力臣、镜初、竹、雨步出，至东牌楼，分三道各归。抄《记》一页。得文心书。

十八日 晴。先祖妣生日，设荐。彭子和来辞行。彭郎克斋来送钱票。湘潭胡姓来，言郭六兄宜改葬。吉耀丁来索馆。纷纷俱去。乃为子和写横幅。吴袄教请客，往则客未至，过畇谷谈，再至吴处，客至者数人，皆不相识，有陈丹阶而自居主人，顷之入坐，罗香阶、李仲云为客。吴欲开学宫，责俞嵩庆，李持不可，殊无章程。夜散，过镜初、力臣，问①曾劼刚出使，筱仙可还矣。力臣处遇子寿。丰儿上湘。

十九日 晴。登楼补抄《记》半页。袁镜亭来借钱。为黄绂堂父作墓志成，抄未毕，尹和伯、王理安来，同出，独至佐卿处，遇程伯汉、萧希鲁两贡生。佐卿要过皞臣略谈，至力臣处吃饼，坐客郭春阶及其从子意臣、朱雨田、黄子襄，戌散。同佐卿过曾介石，独过香孙。

廿日 晴。郭玉无故逃去。为唐妾作墓铭。唐以遣仆有违言，非女盛称其贤，余无所折衷，姑以慈惠谀之耳。竹伍来，云丁督以三百金礼之入蜀，欲与余结伴去。余辞以书未毕，不能也。袁氏送书目，无异书。抄书无纸。率二女糊窗。申正黄氏新妇生子，是日丁酉，为戊寅，辛酉，丁酉，戊申也。余自出报黄氏，因诣学宫，遇功儿令还，自过蓝楚臣、春阶。夜还，抄书一页。

廿一日 晴。言舫丞、王纯甫、涂穉蘅、余佐卿、陈蕴原来。考子见之礼。古射六方，不足为典法，盖仿上古襁辟之意，云有事者非也。今试士不以射，则负子者出而见祖父可矣。夜寝，颇沉睡。

廿二日 晴。长孙三朝，治具迎其外王母。竹伍来。瞿郎来，辞未见。待至未，洗儿，犹未毕，余率功儿释祠于祢，礼毕，儿

---

① "问"，当是"闻"之讹。

出，一视之，即解服步出，寻佐卿久谈。子寿、力臣、怀钦、雨田、子襄、验郎先后同集，食饼，设馔颇鲜新，为致饱。席间谈诗及学宫事。子寿微醉，散已二更。还家过蕴原，已闭门，家中客亦早去。夜寝甚甘，小儿啼久，与梦缇再起呼之。

廿三日　晴。早书对二幅。诸客有来贺者，谨谢未见。曾介石、佐、稺夜来，同过文原，待其居停陈总兵还，询宁波教主行止，云欲上岸，县官贿止之。午间过贺笛仙新居。遣人报外舅生孙。

廿四日　晴。彭克郎来，辞不能止，入谈顷。丰儿还，询乡中事。暮出过竹伍。

廿五日　晴热。王淳甫、罗郎伯翼来谢，未见。午闻书院传梆会劫吴、刘二教家，出察之，乃寂然，唯壁上有"步上林鸿烈"云云。去岁乱民劫上林寺，官不之禁，今乃以为鸿烈，益知湖南之乱也。比月常德、平江、益阳、永绥时有劫杀事，官皆不能问。往者以无兵而讳盗，今以见惯而不惊，时事可忧，孰过于此！余亦以昼察夜观而付之天命耳。作书报曾省吾。淳甫已去，过力臣，谈王孝凤争樊口案，朝命雪琴为查办大臣。又有言王夑石出军机，翁叔平代之者。至彭祠寻朵翁，叩门无人应。答访陈生，诣翁叟、芳畹还。梦缇出至黄宅，六云染卵，黄昏无聊，假寐至二更乃起。梦缇亦还。

廿六日　晴热。积客酬应甚多。昇出答访瞿、言、向、唐皆不遇。至佐卿处，谋送姚氏赙，合作一联，聊以塞责耳。过皥臣、朵翁、子茂久谈。中过朱、周不遇。还，夕食，作姚兄挽联云。埋玉感慈萱，四百九旬双涕泪；飞鸿怨秋草，五十三年好弟兄。姚姊不嫁，于去年三月中死，今其兄又死，年五十三也。姜白石诗"五十三年老弟兄"，故借用之。遣人送佐卿写之，约明日同去。步过荷池，罗、王、涂均出矣。至香孙处谈，及暮还。两儿入府学去。

廿七日　晴。甲辰，秋分。奇热。晨得曹识翁书，其训吴翔冈，言言金玉也。佐卿来，同吊姚氏，过子寿，留食馎馎，出分道。余过樾岑，论吴氏父母奉教，不能喻之于道，圣人宜如何？余云凡教各有主，如天主教，但不立主，乃其数十世祖已深讳有栗主。今强立之，非其祖父心，而曰吾以为孝，无是礼也。门凿十字，彰其祖父之奉邪教，无是法也。《春秋》于篡弑之主，仍不夺其君臣之名。吴氏之祖，其罪比篡弑轻矣，而谓其子当反父祖以为孝，有是理乎？吴氏子但从身已后仍用中国之制，禁绝邪人，不使入门足矣，若谓必逼其亲反教以避祸，不知祸不因其教而生也。还，夕食不甚饱，向暮朵翁、刘春叟来。夜登楼抄《记》三页。

廿八日　晴热如中伏。抄《记》三页。周春丈、汤柄玑、验郎来。作书与雪琴，极论立言之体。抄《记》一页，《坊记》毕。

廿九日　晴热。汗如雨。抄《记》一页。晨出，贺长沙令及蓝楚父生，李拒门，蓝设面。遇冯郎俊三秀才，还至白马客舍，答访陈云孙解元，黄二颧预，寻不得，舁夫跌地，还。浏阳马生来，任编修、冯秀才、卜经历继至。妢女疾，珰女理书不熟。夜诣竹伍，已去矣。答访陈、冯还。作书致文心、王莼浦、曾省吾、三弟，并交冯去。热不可事，蝇又扑镫，乃寝。

九　月

九月丁未朔　阴。热未减。抄《记》一页。出送竹师行，遇力臣，还过局关祠，见吊者，始悟黎竹林今日受赗，曾再饭其宅，虽无深交，以一元赗之。子襄约会荷池，议李瀛仙中丞祀事。往则设食，研丈、运仪、佐卿、君豫皆在，稺蘅亦与，又有一玄衣人，吾以为黄共安，继知非也，未问其姓字。至酉席散。步与佐卿同还，登楼夜谈。雨田来，二更始去。

二日　阴。子明早来，久谈。易郎及曾甥、曾省吾继至，至巳不设食，频呼乃得之。本约雨田集浩园，以巳正，已过时，步往。力臣、师竹生先在佐室，顷之易郎、雨田、子襄、笠云沙弥皆会。论府学集费事。力臣言宜公呈直请。口授其词，甚为了当，公牍好手也。唐宅催客，异出，谢周春丈，释冠服，步至唐宅。遇杜式蘅、汪伟斋，顷之李绍皋、曹竹苏至，余与子襄又要力臣来，宾主九人，设二席，戌散。与竹、力、襄同步至八角亭，竹竟异去，余三人过意城谈，论九日之集，二鼓乃散。六云病作，拥被眠。客坐有雨田、彭郎，相待已久，子初乃去。

三日　晴风，仍热。晨起检请客帖，则错误百出，尽掷于地，闷叹而已。曾甥来。庄心盦、殷默存、刘仲翔来，坐谈半日，对客抄《记》一页。

四日　晴热。夏粮储来。今日曾祖妣忌日，误用常服见之。凡忌日宜谢客，而忘语门者，帖入不可辞，故出见之。言朱学使欲立校经堂，欲与余相商云云。履安又来，言学使欲令学官举优，宜作何谢之。余言但不考经古，自不妨入场也。力臣、验郎、袁守愚来，客去乃设奠，两儿亦归，随行礼。佐卿晚来久坐。黄次云亲家来。

五日　晴热。李建八之子石贞、刘馨翁、朵翁来。客坐竟日，既去颇忘其人。运仪来，谈"目巧之室，则有奥阼"。奥阼，皆主人所以自隐，更在墙内。夜过外舅寓，见桐生，似不甚得意，亦无多话可说，坚坐半时许，步还。抄《记》一页。

六日　晴。风炎日炙，更甚三伏。辰出，步过贾祠，途遇子襄同行，入学堂坐佩秋亭。力臣、佐卿继至，心安、怀钦亦来，竹师后至，设无猪菜，公钱竹师，庄、王为宾，午上申散。先设于楼，避日更下饮于堂，多言故抚事，又言新抚之来，有事辄游移，即如府学再递公呈，抚辄以示司，司请不批，未知其何意也。或云柔暗，或云巧滑，以余观之，庸人大抵然耳。与力、佐同过朵翁、意城，复与佐至府学巷，过子筠门，遇两儿，要筠、佐同入文昌祠寮少坐，两儿仍报名去，待久之始还。筠别去，余与佐同访徐定生，过皞臣，步月还。今日设汤饼会，女客至者仅四人，乃设三席，可谓费矣。

七日　晴。晨登楼，燥热，汗如雨。昨闻湘潭训导言，余劝王君豫不试，以为异端。君豫之取三等也以谬误，其革廪生以绖误。今年学使忽欲置之高等，且以优贡属之，训导承旨，告以举优。君豫商于余，余云无自行举优之理，且婉谢之。故以不考经古避一等。训导乃以为大谬。又云已报名，且举优矣。故书告君豫，令其随众。盖今日人之干进，有似古人之高隐，举世美之，见不进者则以为至怪，不可以理晓也。唯有不与人作缘，则可免，否则必为人牵。然当此天运至变之时，而哓哓论理，亦可谓迂矣。明晨两儿入场，当往监之，以梦缇生日，留一夜。适绂子来，令先往。夜寝不怡。

八日　晴。极热。家人当贺生辰，余避出。张语山告弟丧，遣邀余往，则已去。至府学，抄《志》一页。竟日无人来，而无所作。至申，丰儿出场，问经解题，无中肯綮者。酉初，功儿出，问赋诗题，甚佳。诸生皆以为难，信知作知之均难也。遣二子归，拜其母生，余与绂子留府学。雨田夜至，出视抚批云"学礼可行"。

九日　晴，极热。起甚早，待昇夫来，已朝食时矣。出答访数客，均未起，唯见曾省吾、刘馨翁。热甚烈，还少憩，时已过午，出答胡、常两公子，皆不遇。至余宅待客，余与力臣、意臣、子襄、雨恬为主人，招客会浩园，为茱萸会，至者熊、袁两翁，研丈、罗瀛桥、樾岑、刘润如、师竹生、陈程初、佐卿、怀钦、运仪、验郎、释芳圃、任雨田，分十四寒韵，人各六字，熊讳得"棺"，又避一难字，止四韵。子襄先去，庄心安设坐未来，亦止分四字。余十七人，凡一百二字，加十二字，共百十六字。余几字，则未暇检也。戌正凉风始起，宾主尽欢，步月而还。余不还家，直至善化学巷视外舅，已闭门清卧，乃入府学，两儿亦眠。夜北风大寒，四更起，送入场，则皆着绵矣。凡至热至冷，则必有大风至，以变其气。余未着裤褶，冷甚，以布围腰而往，视诸生毕入乃还。

十日　大风，寒。拥被眠竟日。待放牌，至院门，遇彭克郎同还，两儿同出，公饭已尽，更炊之，久未熟，余竟日未食，啖红薯二枚，家中送菜来乃饭。雨田复来，言明日散馆，诸乐生皆去。余还家料理，梦缇无病而呻，且梦语，竟夜喧扰。

十一日　冷。得怀庭及六弟书。六弟书文词甚美，不知何人捉刀也。蓬海来，谈赋。心安兄弟三人继至，谈久之。心安登楼未坐，皮筱舲来，两儿亦归。外舅及桐弟来看女。意城来，久谈，将暮乃去。陪外舅饭罢，梦缇谢客犹未归，乃俱出，至又一村遇之，寨帘呼父，殊有阔派。同至学院门，看案未发，至府学，陈、李、黄、任、康请客未散，丰儿、绂子犹在，少坐，笼镫过力臣，谈盐务经费。还家，家人无知者，至寝已闭户矣，呼启户，少坐仍就侧室。

十二日　风，阴。遣移府学书被还。令莲弟入乡，呼舁夫来迎，将往毕业也。周知县来，谈广东事。今日客少，又以将还山，未事。夜初经赋案发，两儿均取录，当覆试，须待明而饭，家人无解者。余自数漏刻以候之。寅正起，呼内外盥漱，甚寒，烧柴煮茶，向火乃暖。

十三日　风，阴。黎明步送两儿入场。因看案，则杜俞列第二，所谓杜云秋者也，不知何以见赏。余初不欲丰儿覆试，而未知可否。既至，见学书皇皇传人，知不可不覆也。直入堂下，闻学使将出乃还。过问佐卿，因过笠沙弥、池生告别，还始早饭，高卧谢客。祝甥来，令入谈。为两女理书，讲"定公顺祀，叛者五人。文公逆祀，去者三人"。若是典故，于文为赘。《传》言三五，皆谓卿大夫也。定公书"盗窃玉弓"，盗比大夫为贱。今贱者得国葆，则大夫亦叛，可知讥定不修政而务虚礼也。文"公孙敖奔莒"，而曰"卒"，以起，文不子，去者无讥，下又为齐胁而受其丧。由子不子，故臣不臣，讥文身不正，令不行也。此怀疑已久，今偶有一说耳。《公羊》初无望文生义、乡壁虚造之疏家，故必附会而成之。避客深居，闻有来者便辞之，既去，见其刺则黄星槎也，来往两次未见，亟追入谈，出李镜轩寿序见示，全不成文，而擅能文之名，为杨总督、王侍郎、李道台所敬服。余初未见其文，但闻其博学鸿词耳。夜过运仪谈，还已二更，少坐即寝。

十四日　阴。梦雨如尘，山川萧静，殊想舟车之胜赏矣。登楼理书。待汲者还，乃出吊筱舲，遇子襄，少谈还。验郎送诗来，甚佳，为点定三字，又为改送叔父长篇一首。与书际云，言夏、孙事。得春陔书，为其弟属托孙小峰。赵姓又欲求一亲兵缺，须觅橄岑言之。夜待发案，先睡俟起，半寝，人还，言改期矣。初睡时似有疾，已而大愈。今年稍觉寒暑不为灾，殆体气日充也。乡中夫力来，明日将去。

十五日　阴雨。以风，六云留待一日。遣迎外舅来谈，不至。

为两女理书，抄《祭统》二页。夜发一等案，功儿无名。

十六日　雨更甚。晨遣昪送丰儿覆试，因还睡，至巳，乃饭熟。抄《记》一页，得"斋十日会太庙"之说。弥之书来，复欲迎无非，词甚闪烁，意颇不说。自总角与之游，皆以为仁厚有余，今不见其肺渊，但见其城府耳。复雅南书。为瞿春陔致书孙小峰，托其庶弟。丰儿暮还，言一等生多老儒。

十七日　阴，无雨。晨出访杨石泉，为钟弟托其挈带赴甘肃也。遇黄云岑，不得尽其词，还复作书。唐生贤畴来，留少坐。遣两女先发，顷之刘生世嚣来，未入坐。镜初来，日已午矣。呼昪，索佣三倍乡力之值，因步出小吴门，城外夫力仍倍乡值，遂独步而南，休于大桥，再休于绵羊山桥，比至山庄，已申正矣。非、宲女云初到未逾半时。乡中笔墨俱无，稍拂尘几，待饭，已上镫矣。

十八日　阴。以无事晏起。饭后，黄长送书来，刘一始去，仍大睡半日，至申方起，作《援广西篇》二页，抄二页。

十九日　雨。作《志》二页，成一篇，抄二页。夜至子乃寝。与书弥之。

廿日　晴。抄《志》二页，阅《捻寇事略》一册。作表一页。薄暮黄长来，得越岑、心庵、子茂片。阅丰儿一等文，甚不对题。闻湘潭案发。

廿一日　阴。偶出水边，见隔岸林叶已黄矣。遣周佣归，取书研。抄《志》一页，余阅《捻略》五册。昨梦有妖寻仇，化为道士，将甘心于我。我知不敌必死，而理气甚壮，毅然作章，诉之斗母，然心怔惧，下笔几不成字，行草书之，首题"大清湖南举人"云云，以后忘其词。书满幅而词未尽，更回复书之，末云"强弱势殊，仰恃恩命"，上禀笔势，宛然可记也。既，怀诣斗母室，上梯，而楼窗隔街，斗母殿上有三五俗人，议修饰祠宇，祠甚冷落，似有余佐卿呼余，更下梯，出民屋，乃能登阁。余初书词时，旁来一人传妖言，俟余上章而后斗。既见像饰荒残，心疑神未必灵，自援枹欲击鼓，而祠无鼓，唯旁壁画一女像龛内有布鼓，击之如絮。焚词香炉，炉内落一纸，拾视之，似音释字书也。章烬香烟起，而殿后壁左角地若陷，圆如车轮，烟出雷震，屋瓦不动，余几踣于地，心知彼妖死矣，惊神之灵，感泣而归。遂醒，竟不知何祥也。今夜复梦，则颠狂可笑。比醒，夜雨滴阶，林叶萧萧，出五浊而登净土矣。改丰儿文一篇。

廿二日　雨竟日。作《志》三页。阅《捻略》十册。黄、刘均去，周佣未来，两女均执爨烹事。夜镫无油，早寝。

廿三日　阴。作《志》四页。周佣日晡时始来。瞽妇送茅栗。

廿四日　雨。黄长又来，送王平凉书，言陈禀生被枉。陈生事，余所发也。平凉将以余为鬼蜮耶？复书详问之。适作《临淮篇》将成，殊不暇顾，而黄长往来如热蚁，勉为一纸，遣之去。作《志》弟九篇成。嫌课太少，改定抄《志》作《志》各四百余字，抄《记》一页，看《方略》二十卷。今日如额。唯看《方略》便作表，终不甚细密。

廿五日　雨。课如额。唯《方略》少阅一函耳。

廿六日　雨。课如额。得张力臣书，送九日宴集诗。定《临淮图》。

廿七日　阴。午后雨。课如额。改停看《方略》，增抄二页。

廿八日　雨。课如额。

廿九日　雨。课如额。以明日当还城，加抄六页，《祭统篇》及《援贵州篇》，抄《江西后篇》，皆成。

三十日　晴。当还烝祭，留两女山居，将遣婢伴之，及莲弟照料，省往还也。舁行甚迟，至城已过午，雨又将至，舁夫云不能再行，遂罢。得子沁书及柏丞书。两君皆执古义而河①求殊卑。夜寝不寐，与梦缇谈竟曙。

十 月

十月丁丑朔　治馔开单，欲出未果。验郎、李七弟、力臣、彭克郎、吉耀丁、刘春叟相继来，皆探余入城而相诣，不可不见者，逡巡已暮，步至樾岑处久谈。遇杨性老。雨作，舁至，还过蓬海，已二更矣。舁人着鞋甚滑，兢兢如履冰。六云疾作先眠，余独坐作《军志》一页。

二日　阴雨。家人执爨，两儿庀具扫堂涤濯。余斋居楼上，抄《军志》六页，《贵州篇》成。子筠来，论学使除益阳方以智名，为快人意。方以贿求举，曹诒荣为令，录送第一。县人大哗，至辱及曹妻，方行贿数千金以息事，曹遂解任。而知府何枢者，恶诸生之敢议官也，故置方高等，且尝第一，长案乃第三。逢人赞其文材，胜枢远甚，意在阿私乱黑白，至是尽绌。肯甫真可人，其尤奇者，先置第一，以杜请托，榜发，径除之，使人愕然。

三日　己卯。晴。今年始考礼，定四时祭，春夏用孟月丁，秋仍用孟月十三，冬孟月上巳。今日烝祭。久雨忽晴，吉祥止止，坐待羹饪，巳初行事。

四日五日六日七日皆缺。

八日　雨。午前在城写扇条，作《王谱序》，及应复各片，俟晴乃行，路略溏可步，傍晚至山庄。

---

① "河"字当有误，或为"所"之讹。

九日　晨晴午雨，晚复晴。加课至七页，抄四撰三，俱如额。

十日　晴。有雨。课如额。夜抄《祭义》一页。看胡渭生《禹贡图说》，书生故纸可闵。

十一日　阴。甚闷，课毕未晡，步至水边，欲乘暇入城，雨蒙蒙似不可行，还仍不雨。杨春来送刻字人样本，甚不佳。夜作九日诗序。阅任编修诗，奇可笑。

十二日　雨竟日。课如额。抄《仲尼燕居》毕。

十三日　阴。课如额。写应酬字二纸。夜作书复贺麓翁。麓翁年八十七，望其子入学甚迫切，无以慰之也。改袁、任诗，将刻之，以贻好事。

十四日　晨雨。遣迎梦缇入乡小住，令得少休暇，兼以将远行，小聚谈也。抄《祭义》，改定数处。说孔子宗子宜有主妇，疑伯鱼是庶子为嫡者，并官夫人盖无出也。暮望前山，以为佳人不来，及上镫，梦缇乃携舆儿至，办饭毕，已及亥矣。《志》课尚少二页，撰成之，乃寝。夜雨。

十五日　阴。抄《记》四页。撰《志》一页。午食后，以为饭晏，将晚矣。梦缇方作屦，余因少愒，则天阴非暮也。寐久之乃觉，已二更矣。城中送索面，始得饱食三顿。闲谈久之，撰《志》一页半，油尽镫灭，乃寝。少课半页。作二诗寄黄晓岱。思君又隔岁，相访恐多劳。山静心长定，霜寒病独鏖。养生无禁药，怀旧有庭萱。一事堪消日，扶床醉浊醪。　近欲梁州去，知君忆弟情。有官归更好，为客老无成。卧听秋鸿翼，闲销夜雨声。养疴与樵隐，总觉胜浮名。

十六日　雨阴。欲还城不果。日课如额。《湖南防守篇》草草成，结有衰飒之音，岂机势不祥邪？舆儿思归，梦缇亦闷闷，山中非读书人不能久居也。遣莲弟还。

十七日　先府君生日。欲归阻雨。抄《记》四页。夜翻《方略》。作《平捻篇》，阅三函，已四检矣。梦缇意稍适，女工甚勤。

十八日　晴。功儿将拜其外王父生辰，抄《祭法》毕，步去。余抄《记》四页，《祭义》毕。《礼记笺》告成，踊跃欢喜，因步入城，行时日已西矣，恐门闭不停趾。至城门，日尚高二丈所，坐炮上少憩。过樾岑谈至夕，因诣朱家，闻其晏客，曾约余饮，欲寻力臣谈事，至则寂然，乃知改期矣。复从西步至家，计今日两时行四十里。六云云保之复至。遣要保之、力臣来谈，至三更散。

十九日　阴，有日。晨教丰儿以处世当有道术，不可径情直行，家中多不喜之也。早饭甚多，饭后稍憩。保之送南物，兼约过谈，步至白马巷，遇张雨珊于犁头，立谈久之。逢袁守愚未交言。至保之寓中，看新诗，遇胡棣华。携保之《井言》道观之，出城坐兜子至东山，步至山庄。与梦缇论家事不合。夜作书告朱学使。又与书弥之，颇有诤论。闻四川更遣童华、恩承两侍郎劾东乡事。又闻罗小溪之丧。又闻崇福病痢。又闻琦静庵之子恭鋐病狂，斫其妻十一刀。

廿日　雨。始作《平捻篇》，检案阅图，殊费目力。杨春来。梦缇继母之母丧。

廿一日　晴。杨春去。遣功儿往吊杨太母之丧。作《平捻篇》三页。与书朱肯甫，论立书院事。

廿二日　晴。刘一来送朱肯甫复书。作《平捻篇》，翻《方略》，头绪纷繁，未皇他及。

廿三日　晴。始定还城。遣莲弟还。作《平捻篇》，颇有条理。夜莲弟归。

廿四日　晴。作《平捻篇》。看赵惠甫《平捻记》，自胜王定安。日中与梦缇登后山。乔松年言：陈湜平日大言敢为，要挟永宁州，二十三日到省，闻贼渡河，二十六日乃去，至赵城坠马。丁赴任丘、雄县迎剿。官、左、李、李均严议。刘松山、郭宝昌、陈国瑞先至，宋庆、张曜次之。京师戒严，恭王巡防。英翰请援。正月破祁州，杀署牧胡源。正月乙亥左宗棠总统，先逾垣曲，杀王国宝。潘鼎新言王必安冒功讳败。五月癸未，恭节制大臣，四月，定限一月灭捻。崇厚奏起刘铭传。闰月，神机营奏用都兴阿，亦钦差大臣。陈国瑞自赴前敌。用银一万七百九十余万，钱九百万贯，钞七百万两。平洪用银二万八千余万，钞七百六十余万两，钱八百十八万贯。复唐酌吾。前闻太夫人寿辰，适已过期，阙于遣祝。又闻慈躬微恙，旋已有瘳，幸甚。昨得程春甫书并寄到惠函及润笔三百元，具征孝思无穷，损己扬亲之美，钦喜惟陪。但碑铭例有人事行状，不以利终。先公于某某忘年雅契，同事廿龄，大德遗文，素所仰悉，故稍加诠次，即已斐然。若因而受谢，弗彰公道，既使某某有伤廉之讥，又伤先公知人之雅，抑令人疑贤兄弟私麗荣亲，喜干闻誉，故不敢承领，非自外也。怵版早文春翁宅中。孚次公碑又尚未寄到，尚须诸兄函索之。兹附呈奏稿六本并所寄三百元，统希察入。某某以丁宫保前岁久要，于十月内《军志》告成，即行，买舟入蜀，游期久暂未定，眷口尚寄城中。明年秋试，铸兄当送考来省否。酌兄何日之官。樊口事以平淡了之，鄂中今无事也。

廿五日　晴。遣非女先归城，辰发。独与梦缇携窈女、舆儿居，方撰集捻事，未觉寂寞也。

廿六日　晴。杨春来。得春甫汇唐银书及罗郎致书保之论湖南大盛书。知保之尚未去，且约会饮张家，《捻篇》适成，明日可去，而无夫力，乃留杨春待之。

廿七日　阴。重阅川陕事，翻《方略》八函，至暮毕。梦缇颇理行装，余未暇检校也。

廿八日　晴。晨齿痛未食，舁夫只四人，尚搜索得之，乃步行先发，坐绵羊山待妻女，久之始至，余步从，颇瞠其后。至东山呼舁先行，则女轿相距绝远，频待不来，乃至大桥换班，则遇一乡人，曾不知舁步，横行如蟹，亦姑任之。又再待不来，乃入浏阳门，过蓬海宅，遇姚立云谈久之。至皞臣处坐一时许，萧希老、性翁、保之、意臣、力臣、樾岑先后至。皞令验郎作主人，饮至亥散。

廿九日　晴。力臣约来谈，坐家中待之。汪宗海巡检来。致钱馨伯师书，拳拳以汪为托。问其所欲，则巡捕、监印、营饷三差委署一途也，强人所难，殊无以应。罗郎、涂聋、彭克郎、验郎、力臣踵至，樾岑、保之亦久谈，夏粮储速客，保之乃去。余晨未食，饥甚，命作蟹饺，留力、验共食，乃咸不可吞，勉食十数枚。与验郎同步过南街，余赴粮署饮，坐客性翁、保之、丹阶、子云、王世兄、常熟人。汪铁笔，至戌散。复过皞臣，久谈而还。

十一月

十一月丙午朔　晴。陈佩秋来求馆，言子春母今年八十。镜初、介石、余都司来。丹阶来，先去。与镜初、余司同至荷池看理安及研翁、涂郎。理安言研讼邹谘文甚雅饬。过曾祠，道访香孙，值睡不出，至海翁宅，已游湘潭矣。归家，乡船至，绂子、龙八来。子云来。家中冗闹，几无坐处。作书复程春甫。亥寝。

二日　阴风。蓬海约早饭，性翁、樾岑、俞鹤皋、力臣、姚立云皆在，保之以吉时出城，辞不肯来，未散。过子襄还。登楼觉寒。锡九及其子均来。看左调元文，胜于萧生。至佐卿处，访周志甫。了尘送花珠，无以酬之。

三日　阴。作《振威将军武提督碑》。提督武君，讳明良，字赞臣，溆浦人也。其先出于武丁，铭功作族。汉顺之世，斑为哮虎。唐有伯苍，攻蛮义陵，实清序水，因为县人焉。自兹以后，彰于谱牒。曾祖嗣镐，受朱氏《论语》，翔声县学。祖昌仁，以耆寿慈仁，见敬州闾。父讳钦赃，艺稷供养，谨身克孝。君生而直质，材力兼人。山田硗瘠，不赡于食，负米百里，获倍其群，然独有大志，辍作而叹。咸丰初，群盗波进，敢犯大都。巡抚张公顿节选士，咸怀观望，君乃毅然一见，奇其魁伟，遂补百长。浮湘冯汉，多获首虏，拔把总，以疾告归。岁在丙辰，大举援江，时则有田千总兴恕，号为骁果，推君之勇，请与俱行。克万载、袁州，胸面四创，擢千总，并赏花翎。自此名显，留江西为别将，援乐安，守邵武，攻光泽，陷陈先登，有众三千。久役婴疾，民为斋祷。论功超进都司。侍郎曾公统制湘军，广求熊罴不二心之士，再檄从征，大捷太湖，冒炮追奔，火丸绝嗌。曾静毅以介弟之贵，躬吮痈之仁，非夫绝伦之勇，孰能致此矣。两湖义师，缘江转战，曾不半载，收安庆、庐江、无为、巢、和、含山，上功皆最，积阀阅，记名总兵官，褒号"振勇"。军声既雄，懦夫思奋，乘流轻进，栅于石头。寇乃逞其犬噬，日夜穴攻，穴地穿壕，誓将并命。勇者伏尸，怯者凶惧，君独当险所，不移尺寸。地中飞火，沙土为霆，守垒之军，俄而灰灭。君为火冲激，腾身忽堕，土壅腰腹，咸谓已死，属有天道，震而复苏，然后知古人卧积火、斗霹雳不足以言勇也。维君以坚劲之姿，加之以忠朴，虽口不言功，而气陵其上。副帅曾公，贪其干城，患其强直，投艰于躬，让赏于人。合围二年，有百万战。钟山连城，寇橧石垣，伪号为"天保""地保"，峻于易京。君赴忾在前，奏勋在后。乙酉之役，作地道者皆君所部，然附于李臣典。登城九将，君倡其誓，然附于朱洪章。军中知者，谓君与罗逢元懿，掩其功，众惜其屈。君不心其竞。全功既成，谢病辰阳，优游奉养，忘封侯之贵。旧劳形伤，宜寿而凋。年五十有四，光绪元年正月甲辰卒于里第，其年二月戊寅附于祖墓，山向丙壬。于是本府刘君，以君兄弟三人，两为国殇，老父幼子，莫上功状。追维昔年同袍之义，有感今日闻鼓鼙之思，乃命所司，书行考迹，授意作文，伐石龙关，以媲五溪铜铭之烈。其词曰：惟皇中兴，文武蒸皇。鹑火作耀，四海扬光。矫矫虎臣，蹶起沉疆。始夺一剑，经营吴方。蹋城天惊，地作雷硠。百万解甲，东南大康。有赏弗居，还褐于乡。既孝于养，亦慈于丧。建橐观礼，升我府堂。昔穆二年，磨山蛾斗。惟叙之人，夫知吁救。君时西归，弦不及彀。冒雾乘障，如风吹垢。神鹰搏空，其威云覆。国赖爪牙，户乐翁妪。庶几山藜，不采之祐。如何斯良，有禄无寿。谁营祁连，以示尔后。午赴子茂饮，笛仙、锡九、镜初同坐，多谈考试身家事。以有易、熊两生向余求开复也。

四日　晴。早过力臣，遇唐蓬州言盐务捐膏火事。力臣闪烁，殊无早日喜事之意。久谈不休，因促之同过子襄。雨恬、陈总兵、验郎、镜初先后至，坐散已暮。过春垓小坐，还。至力臣处，意臣继至，雨恬、子襄复同集，亥散。

五日　晴。始出辞行，过笛仙、何芝亭、镜初、皡臣，至陈丹阶处午饭，研老、黄东轩、杨开第、张生、郴州人，陈妻弟。陈朴山同坐，设家制果干，怀之而归。道访数客不遇。赴樾岑饮，力臣、蓬海先在，戌散。连日甚厌蟹翅，而无如何，以为樾岑当有蔬食，而亦设翅，殊为繁费。

六日　晴。樾岑来送行，同赴刘馨翁饮，但少村同坐，至申乃散。往辞刘蕴抚、夏粮储，复过皡臣，遣约镜初来谈，晚归，已掩关，遂留一夜。

七日　先孺人忌日，当留设奠，居楼中。镜初、锡九、验郎入谈，因留素食。子襄、师竹生来，方行礼，镜、锡出陪，余奠毕亦出谈，理安继至，客散未去，子寿、君诒、陈程初来，至二更乃散。早寝。

八日　晴。晨起呼丰儿对《春秋表》，改定数处。北风作，己亦不欲行，往妹家作别。稺蘅、理安、镜初来，午后斗牌，至戌散。

九日　晴。张贵来，告当发。与陈力田步出草潮门，三子三女及绂子送至舟。舟小而宽，坐卧颇适。已初行，饭后遂卧，至申起，复饭。帆行八十五里，宿青牛望，夜月甚明。

十日　晴煊，南风。帆行三十五里，舣陵子口。《水经注》有陵子潭，余初误以为临资，非也。改左生及两儿课文。暮泊湘浦，去老龙潭二十里，无地名，夏水则洞庭波中也。自陵子口溯沅十里塞子庙，复下五十里而泊焉。

十一日　阴。帆风渡湖，水天蒙霭，行百余里，泊宵光庙，疑亦皇英祠之类也。看《水经注》二本。

十二日　阴，见日。帆行五六十里，绝沅入澧，《水经》言沅、澧俱入江。注又以为澧别渎入沅。若洞庭水满，即俱入湖。今冬涸经行，亦可证澧水入沅之说。湖本江池，入江入湖一也。故《水经》湘水亦云入江。洞庭之为江池明矣。又四十里泊西港，龙阳地。取图视之，殊不相合。夜月甚明。

十三日　晴。帆南风行三十里至梁荐，十五里舣北夹，有厘税局。又行六十里泊三洴，安乡地。黄郎亦往成都，邻舟见过，樾畴长子也。看《水经注》一本。

十四日　己未，大雪节。晴。行六十里，舣藕池步，上岸有一草棚，扁曰"调关"，以调弦口而名，榷船税千二百，云荆州所分半也，而题曰监督，盖亦有关防在道员处。舟人云藕池旧不通江，当从太平口出，顷年江决而入洞庭，遂成江浦，自此遂入大江，石首地也。自溯水以来，三日南风，行舟顺利，六日可抵半月程。江水自沙市来，于此包络平广，气脉甚大。作《出藕池决口泛江诗》。皋络通千里，茫茫付大荒。奔流终古壮，平水万舟杭。一发围黔楚，先声挟澧湘。朝宗百灵会，始识霸功强。行百二十里，泊郝穴上十五里，不知地名，遣问云萧家弯，去沙市九十里。夜雨，看《水经注》半本。

十五日　晨雨，北风。行二十里泊斗北堤，守风荒江半日。看《水经注》一本。作书与倪豹岑、柳播阶。夜风息，复行七八里，泊观音寺下，亦无地名。

十六日　阴，午前有日，暮雨。作家书。以风稍寒，未看

《水经》。缆行五十余里，泊沙市，《方舆胜览》所谓"沙头"。李诗"沙头候风色，早晚到三巴"，杜诗"买薪犹白帝，鸣橹已沙头"是也。去江陵十五里，行旅盘堤之地矣。沙市下犹有一厘局，不榷上水。遣莲弟与杨春往荆州，送书府县。看杜诗一本。杜以饥驱，有食则喜，无食则才思亦减，乃云"陶不达道"，何也？观其所作，宜世之轻文人。

十七日　雨。待荆使还，遂停一日，未上岸，柳江陵书来问讯。看《水经注》一本。武隧新城，对为南北，武隧盖今雄县。郦述广昌领甚似五台也。夜雨。

十八日　阴。辰开行，帆六十里，缆十里，至王家闹泊，江陵地也。荆人名地多以"闹"，盖村落之"落"音转耳。看《水经注》半本。北魏都大同，其地最繁盛，后即于戎，山川舛互，水道多不详矣。以注正地，犹可得其仿佛，惜未往游访耳。

十九日　雨阴。缆行十里，帆三十五里，舣董市，买豨膏，以沙市上食豆油，余不惯故也。枝江县地。至此始见山，黛色寒天，深岚积石，有异东南翠微矣。行三十里泊洋溪对岸青泥铺，宜都地。

廿日　大风，有雪。停一日。看《水经注》一本。夜风愈盛，然三烛看《水经注》一本。

廿一日　小雪，颇寒。船人不欲行，移泊枝江对岸，遣信与易清涟相闻。午后清涟遣官舁来，坐小舟登岸，桃生已来迎。至县廨清涟方出，顷之还。二十年未见，无复前时意气，然矜平躁释矣。邀入内堂，其幕友吴生笏珊、贾生、棣生、益阳人。曾县丞荆山出见，同夜饭，留宿，谈至四更。

廿二日　阴晴。早起，二从俱未觉，睡至巳初自起，出至县门，门者云船人来二次矣。复还。午正早饭于曾县丞处，见刘愚

《罪言》，并闻其已在丁公处总书局。饭后将登舟，清涟已迎力田来，并闻其治具，必欲留一饭，坚不可却，遂留一日待之。与力田、桃生步至舟，为清涟与书李先资，延来教读，附发一纸家书毕。复步入城，绕西行，登覆船山，入丛祠，一老僧颇朴诚，少坐。下，循城绕至北，过学宫，入县斋，看新志书，云此明代移治，旧治百里洲，江乃枝分，今城江无枝也，二治相距五十里矣。枝江，晋分为旌阳，《志》无旌阳事何也。《水经注》又以为故丹阳，在归州对岸。吴省钦有文引众说以疑之。今城甚无形势，自明以前凡咏枝江者，皆非此地。县斋后有老杨树一株，大可四抱，高过五丈，夜秉烛往看之，力田不能从。饭后坐至三更，为易郎、吴贾书扇册毕，乃与力田同出。清涟步送至船，坐谈久之。残月正中，寒星映空，白露湿衣，送易父子登岸作别，乃补书二日日记。清涟有小儿甚有生趣。此行送银炭，犒及舟人，甚为之费。

廿三日　晴。自入舟以来，晨光最霁也。看《水经注》半本，颇倦频睡。帆南风行六十里，泊磨盘矶。

廿四日　晴。缆行六十里。看《水经》一本。申正至宜昌，城冀江渍，颇为壮府。昔秦得蜀以制楚，遂以烧夷陵胁之，惜楚人之弃夔也。不因其本而争上国，今英吉利是矣。行将换船，颇惜去国，盖楚地将尽，异乡方始耳。泊老鹤庙。夜黄郎福生及曾荆山弟丹山来，言换船事。定一云阳船，价二万七千。曾、黄并云至万县货船迟久，甚不便，故自顾一只。凡川船供客盐炭，并有船关税，其关曰彝关，犹称工部抽税也。

廿五日　晴。换船泊一日，饭于原船，宿于新船，四仓十一人，甚挤，乃卧于舵尾。登岸答曾丹山不遇。看《水经注》一本。

廿六日　晴。船无缆工，再泊一日。看《水经注》半本。

廿七日　晴。舟子晨兴，饭后开行九十里，泊黄牛峡口，唐

515

人谓之黄陵峡，今有黄陵庙也。中过平善坝，近议遏川盐之要道，有厘局，未登舟。夜阅《水经注》半本，又阅《江水篇》，言黄牛峡有石象人牵牛，今询舟人未之知也。出宜昌，江已隘，未至蔽亏曦月，但两山如城，苍白岚气，颇眩心目。夜卧不适，兼多杂梦，梦从多桂园欲登景桓楼，乃反入隘巷，居民甚杂，为盗所窘。

廿八日　阴。晓行，望旁山较开朗，行五十里过獭洞滩，乱石为洲，江流湍急，云水昏蒙，上有盘鹰如洞庭神鸦也。舟用八人牵而上，未觉难也。又四十里泊青滩。行山中，望江水，恒如穄池中游。青滩盖新崩滩，讳崩但称新滩耳。缺。风。舟人语云："清叶未是滩，空领鬼门关。""空领"，即《荆州记》之空泠峡，音转而讹耳。

廿九日　甲戌，冬至。晨过新滩。余以蜀江船徒叫扰无真技，恐船不稳，因步上，过滩乃下。饭后复入一峡，石壁圆孔似月，盖所谓明月峡也。及过此壁，再视则方如台，殊不能圆。三十里过旧归州，缆上石门滩。余复步，与黄郎、福生。陈生、莲弟及随人四，行十里至归州。城石门上有碑，嘉庆二年知州李炘题"宋玉故宅"。城门有二碑，道光九年知州郑邟题"王嫱、屈原故里"。《水经注》"县城东北依山，即阪南，临大江"，今新城在江北，殆即古县所在，所谓刘备城矣。在江南者，《水经注》所谓楚子熊绎始封之都也。注又云"夔城东带乡口溪"，今香溪矣。步从南门入，西门出，至转子角槎潭下，裴回久之，船不至。至暮，与黄福生坐小舟泛江下乃遇，杨春言船小损，幸未湿行箧。满船匆匆，独卧舵楼，久之乃得食。土人云昔有槎没潭中，后乃为神。又有卖姜者为所摄，号皮、罗二将，甚严祀之。夜微雨。

晦日　阴，风不甚寒，有雨。晨过雪滩，一曰叶滩，语云："有青无叶，有叶无青。"言大水则叶险，小水则青难也。道光中，汉口商人于此伐石作碣，以维佑舟。林文忠为奏听贩油免税。因以油篓烧石，火然绝烈，须臾石烂，然莫能损其豪厘，唯石碣工作颇为壮巨耳。自入峡，舟不畏风，又无东西之别，唯言下上风，以为顺逆。昨夜至今晨，大风动江，人为悚胁，而诸船如无闻也。看《水经注》一本。六十里至告复步上岸，帆行十五里，泊黄蜡石，巴东对岸。

十二月

十二月丙子朔　晴。晨过巴东，帆行三十里，入巫峡。山石粗恶，未尽所闻之美。袁山松云"素瀑县泉"，今不能有瀑，唯高猿属引，不异往昔耳。三峡，《水经注》以广溪、巫峡、东界西陵为三；唐人以黄牛、明月、巴东为三；又以巴、巫、明月为三。今无三名，唯以巫为大峡，所云"百七十里不见天日"者也，殊非实迹矣。六十里至巴东界内，十五里泊万流。看《水经注》一本。

二日　晴。帆行四十里过巫山县，峡亦未见峻，石粗疏不能生草木，所谓亏蔽曦月者，北人语耳。余所见川峡若此者不可数，无此长耳。过巫峡矶及下马滩，皆步上，又三十里至将军滩，疑郦注误以新崩滩在此也。会暮，泊滩下。看《水经注》一本。

三日　晴光甚皎，青霄朗然，时和如春。晨发甚迟，行二十里至焦滩，步上，又十五里至凿开峡，《水经注》所谓蜀王开之者也。阅《水经注》一本。略考郡县名今古沿革，粗毕。

四日　晴。下风，不能缆，泊界矶一日。偶谈司马长卿、卓文君事，念司马良史而载奔女，何可以垂教。此乃史公欲为古今女子开一奇局，使皆能自拔耳，即传游侠之意。虽偏颇不中经，要非为奔骗者劝，自来无人发明。因拟李太白诗体作一篇。嘶养娶才人，天孙嫁河鼓。一配匆匆终百年，泪粉蔫花不能语。君不见，卓女未尚长卿时，容华倾国不自知。簪玉鸣金厌罗绮，平生分作商人妻。良史贱商因重侠，笔底琴心春叠叠。一朝比翼上青霄，阙下争传双美合。使节归迎驷马高，始知才貌胜钱刀。古来志士亦如此，胶鬲迁殷援去器。卓郑从今识文理，有女争求当代士。锦水鸳鸯不独飞，春来江上霞如绮。得意才名难久居，五年倦仕谢高车。华阳士女论先达，唯有临邛一酒垆。

五日　晴。晨发三十里至夔门，望峡口颇为灵秀，滟滪石正似盆中假山，但色质不润耳。稍上有盐灶，舟人云名殨盐矶。以前盐不可食，近岁有贫子得肉无盐，试濡之，咸香可食，因有煎灶也。十里泊夔州中关下，入南门，遍行城中，至鲍超宅、府协署、考栅、诸神祠、少陵书院，访山长，辞以外出。欲访武侯祠，同行陈弁不愿往，遂还。关丁小船频来讹索，无技可施而去。夔州府黄君，名毓恩，字泽臣，见余帖知名，送放行票来。水手故意与船主争喧，欲加七千乃行，余适窘乏，无以应也。

六日　晴。早起同舟人合钱四千与舟人，巳初行。自此以上颇有土山、麦田、豆坡，江水始清，似甚平静。六十里至安平滩，急湍悍流，不似湘、越诸水，乃知江力固壮也。缆以八篾为韧，二十人挽之不断。其大缆则四篾包破竹为心，巨如壮夫臂，不易断矣。舟人言元旦三日，夔关免税，多设花红彩钱爆竹迎书巡，有欢喜升平之景，为他关所无。安平滩亦谓之老马滩，自此至云阳，汉设三橘官，今惟黄甘颇佳，未见橘也。又橘橙相类，不知其所以异。

七日　阴。昨舟人言当雪，今视风色未佳，故晏起，颇寒，仍着绵未裘也。昨梦李云根舅，余慰其丧子，李云已营葬矣。又言已书尺二大字颇佳。仿佛在妻家，见外王姑，予前问讯，呼之外婆，彼摇手，若恐人闻者。因言李书联杜撰，视之则正楷，可十许字一幅，皆成语对句，甚生涩，有"而"字以白纸补之，有"潘"字、"馋"字，又摘予书四字，不典。内有二酉部字，余以有典据未检，唯检水部，而何人检食部，得二语甚平淡，云李增成之。及醒，追感旧仪，为诵"隐士庐空"之句，遂觉。至旦头疡复发，转侧不适，因卧竟日，夜未解衣也。行百里过二滩，俱未上，泊大沙矶，去云阳十五里。云阳，唐云安地，汉朐䏰也。询土人不知有朐忍虫。朐又作朐，亦不知其取义。有盐井。

八日　晴。过云阳城，在江北。遣莲弟买果糯作粥，散同舟，粥少不能遍，供十人耳。日间颇昏，睡两时许，无所事。行八十里泊九堆，云阳地。比夜新月甚明，微有霜寒，略似湘中正二月，无冬初肃杀之景也。此行惟畏雨雪而日日晴，一月至万县，以为至速，同舟周客乃以为至迟，其同伴亦多笑之，盖迟速从心也。

九日　晴。大霜。行九十里，不至万县十余里，泊一荒洲，估客喧呼竟夜。

十日　阴。晨至万县。唐万州，汉朐䏰地。诸客皆登岸，余独留舟，发家书一封，夜头创颇剧，寒热交作。作《巫山高》一篇。楚人捕蝉忘黄雀，百战连兵向伊雒。东收鲁越弃夒巫，蜀郡迎来司马错。夏水浮江江石崩，秦兵四日烧夷陵。丞相从容曳珠履，寿春城脆如春冰。屈原含冤宋玉老，年年犹梦高唐好。雨散风离十二峰，瑶姬泪滴阳云草。蛮夷问鼎入中原，敝国伤财不足论。莫矜江汉轮船便，已见风沙印度昏。《梁甫吟》一篇。秦军取蜀烧夷陵，吴人上峡烧蜀兵。雷鼓缘山动江水，卧龙空守八陈营。平生只解吟《梁甫》，错料关张比田古。寂寂荆州九郡城，共听吴蒙一声橹。契合君臣自古难，潜思孝直涕泛澜。荆湘襄越势尾首，谁令骄将开兵端。曾闻令尹争南辕，清晨先鼓压晋军。江湖咫尺不相顾，空复崎岖五丈原。

十一日　阴。夫行借银未至，留一日。余移入城内福源店，卧病未食，略游城中。

十二日　阴。待银，再留一日。病未愈。夜梦舟行见一山，玲珑窟穴，其高际天，而峭薄若屏，山石质空苍，透光处如镂丝，叹为奇绝，殆瑶姬之神，故示神异，以洗粗恶之诮也。因语诸同行而记之。

十三日　晨发万县，夫力七名，价四百六十二，担止八十斤，嫌余衣箱高大，莫肯肩，余以六云所检，坚不肯解，近于拘愎，已而担者无异言，遂行。出西门二十里漕粮铺，未知何以名也。二十五里节孝坊，石阙颇佳。此乡各就其里为表，异于余省在城者。二十里望云关，二十五里分水宿。山行景物，胜于在峡。颇饶佳蔗，紫皮，劣于广州青者。病亦大愈。夜霜寒作冰，室中未凝耳。

十四日　晓晴，见赤日，已而大雾。渡风波领，岚气苍白眩耀，中有黑洞，行十许里至一山，盖绝顶也，度可与岣嵝峰齐矣。然初登山望远峰在南岸，正直履下，意是江上诸山，则此处地势高于岣嵝峰三倍。作二诗赏之。峻阪造逶陀，舆人拄杖过。巘边镵石瞰，辕下远山多。九叠劳高下，清霜肃涧阿。征途忘岁暮，时听采薪歌。　雾散山全失，天穷涧更深。偶然青竹合，如渡碧溪阴。绝险风惊眼，飞岚曙惬心。经过正领略，知不异幽寻。此间无山不被耕烧，正以山多逼人，人不复能让之，亦失其孤高耳。饭于孙家巢，二十五里。又二十五里响鼓领，十里伍口，三十里宿梁山，忠州属。发夫价。

十五日　阴。早行二十里饭沙河铺，二十五里过拂耳崖，所称最高险者也。舆夫加班不得，欲加纤，无纤索，请余步上。力田必欲从行，崖高不三里，峻斗如梯，比上已汗喘矣，复下五里则反凉。健过赛白兔，亦高坡难上。白兔，栈道驿名，此险赛之，俗以胜为赛也。五十里宿袁坝驿。夜小雨。

十六日　未明笼镫，行七里始曙。昨过梁山作一诗。城临峡山首，西望俯苹苹。雾暖昏晨气，风强起雪声。倚筇田水碧，抛鞍马蹄轻。度岭堪回跋，逶迤缓去程。三里饭石桥铺，雾气满山，至午后稍开朗。行八十五里至大竹，中有黄泥塥，陂陀甚长。汛官彭德和来见，兼送脯糕。发夫价。夜雨。大竹，绥定属县。

十七日　雨，颇寒。行十二里饭于鹞子崖。道中多有牛驮运盐，旁山皆种胡豆、大麦。陂陀泥滑，舁夫彳亍，行不能速。二十三里度九盘山，行人呼为九盘寺。十五里至卷洞门，未知洞在何处。同行陈弁欲止宿，余以将雪，宜急进，与陈、黄轿俱行，留担在后。及行，担者俱来，微雨昏黑，泥愈滑，不至者五担二人，张桂与焉。三十里宿理旅、李。渡河，渠县地。渠，绥定属县，古宕渠也。夜雨，竟不成雪。

十八日　未辨色，出店登舟，泛宕渠渠水，行九里登岸，六里饭于观音寺。此路步者皆船行，人八钱，故俱早至。辰后见日，旋阴。二十五里至吴家场，坊额改为有庆场。换银发夫价。二十五里至乾坝，小憩榕树下，树垂垂有子，土人呼为黄角树，豫章之变种也。闽、越、蜀则变，他土则否。章，美材，榕，散材，地气入界则不同，未知其由，大要土碱则如此。二十里宿新市镇，张桂亦至，担夫俱集，山行陂陀，颇似衡、邵间，入店皆云冷，买薪生火，然无围炉者。

十九日　阴，见日。四更然炬，山行十里，度杜崖，小憩广安丘，广安州地也。三十五里至罗家场，众行者皆已饭，余不饭而行。三十五里兴隆场，蓬州地。居民多操零陵土音，云客土各分，零陵人不改乡音也。然土民实亦多永州语，妇女操作亦如永俗，盖习渐使然。沿途盐贩不绝，道隘人众，殊不畅人意。廿五里宿长乐镇，土名跳动坝，南充地。莲弟疾发未食，余饱餐而眠。

廿日　晴。晓行三十里饭于东观场。六十里宿顺庆城内文翁祠。将至城，可二十里，皆平冈广原，下一坡则近嘉陵江矣。嘉陵江色蓝碧，余所见天下水此为最丽，舟人亦知有嘉陵江也。渡江便至城北门。城内外廛居皆低小，似河北屋制，而盖瓦不整，便有破落景象。土多茜草，春收红花，为大利。暮诣黄忠壮祠，从府城隍祠入，见神牌塑像，为设三拜。余诣曾祠未尝拜，以其鬼必不依祠，今子春死事于此，或为顺庆民捍患未可知，故至祠若登堂也。

廿一日　晴。出西门循山陂陀涂，皆担米豆上，买盐下者，米豆出广元、乐至，盐出蓬溪，小民以为生计。土民乏粮，多恃薯蓣芦菔为食。至此始有橘，犹不及黄甘之多。三十里饭八角铺，步二十里，舁五十里，宿李坝场。正站在蓬溪，百二十里，日短不能至，故早行早宿，至店时方申初耳。途中以早息为安，从者俱得休。

廿二日　晴。然烛行十里，又十里过蓬溪，饭于大石桥。始有盐井，从石上凿一洞，口不过径三寸，深可数十丈，浅者犹十许丈，皆以刚铁舂之，见盐而止。上施鹿卢转盘，系篾于竿，竿及井底，则一竿通为一筒，筒可容水一桶也，筒汲卤水上矣。篾长短视井深浅，井佳者日得水十许桶，少者一二桶，桶可得盐五六斤。井费百千，用功五六十日。取水时用二人，利未为厚也。舁夫云蓬、射盐不如富顺，又无火井，差足供民衣食。二十里版桥，啜茶，步十余里，舁三十余里，宿党家铺，亦非正站。舁人曾至云南，言岑、杜、马、杨事甚详。甚以岑、杨为不然，而盛称沈，与今日朝议异也。党家铺又名金山场，射洪县地，潼川府属。

廿三日　大雾。行三十里至太和镇，渡绵水，有城如一县。饭于镇西，发夫价。巳正始行，遇长胜左营校旗还，可百余人耳。出镇便无盐井，五六里乃见日，三十里过高坡，三十里宿景福院，三台县地，潼川倚郭县也。步十许里，投暮方至。土人不以小除为节日，送灶则同。

廿四日　晴。待晓行三十里，饭于观音桥，三台地。又三十里落板桥，途中默诵《诗》，自《关雎》至《小弁》止。步十里，舁二十里，至柏树垭宿，中江县地。垭盖坳之俗字，坳读如幺，幺、亚声转也。采蘩，《诗》凡三见，其二皆言蚕事。以蘩为菹，《礼》书所无，《左传》谬说耳。《采蘩》言夫人不失职，夫人之职，以蚕桑为正。沼沚涧，所谓近川之室也。宫即仍有三尺之室也。公侯，诸侯之称。盖方伯称公侯也。被，所谓副袆受茧者也。归，谓还室也。《邠诗》曰"公子同归"，茧成则归也。世妇及室女入桑室，夫人不在郊外久居也。夫人能率诸妾，故不失职。夜诵《诗》至《韩奕》。

廿五日　雾雨至晓。行二三里乃无雨，盖山谷气异，故隔里不同。四十里饭于大桑磴，发夫价。山行来，惟今日得平路。诵《诗》毕，复诵《书》，自《尧典》至《大诰》。五十里宿兴隆场，甫申初耳，犹中江地。询李眉生家，故在北郭外。中江山多童，稀垦种者。同店有长沙游勇，自成都昨出，言二使已到，多所按问，将不利丁公云。又言丁妾金颇擅权，与其司阍纳贿。余在湘亦有所闻，至当考之也。

廿六日　晓晴。景色甚丽，作诗云。严霜不入蜀，原隰冬葱蒨。霞明阴谷曙，雨过晨光净。披拂悦征途，旷朗开余性。意不续而罢。度山坡十里，饭于观音桥，金堂地。检《书》，温《洛诰》至《多方》五篇。三十里至赵家渡，渡郫水，久待仆从行李，过厘税半，遂至晡时。赵渡夹水，一从梁涉，一从舟济。渡二水后有一旧城，舁夫云怀州故城也。二十里宿姚家渡，望金堂浮图，知城甚近。今日本约宿新店，以夫力不继，恐至昏暮，遂早宿，可未末耳。福生不能驻，因独前行，余与诸人皆止，唯遣黄仆从耳。若余家子姓从晓岱行，晓岱必坚止之。余素通脱，亦以此不如晓岱也。暮至姚家渡，看金绣桥，桥长二十许丈，水断其六炮，云灌县所下水。

廿七日　阴。早起待曙而行，三十里新店，未饭，二十里二台，华阳地。有号房误以余为候补官，来营差使，成都谓为内差。行十里又有来者，步至欢喜庵，有阿桂文成祠、继勇公祠，十五里迎恩亭，有丞相祠。道士挂单，方午餐，序进者二十许人。蜀人亲诸葛，直谓之丞相，然未知何丞相也。五里入四川省城北门，翰仙两遣仆来迎。余以当先晤之乃可定居停，遂径诣铁版桥机器局，殷竹翁、曾元卿、刘栋材、陈鲁詹及其甥章俱在。先至翰仙处谈，后诣竹老处，竹老虚榻以居我，饭于翰仙处，福生先至矣。从元卿觅银七十两以了夫价，可谓缘矣。丁稺公遣人来相闻，云欲先来。余告以明日当往。夜与诸君杂谈，二更各散。竹老、鲁詹留坐至三更。今日昇中点诵《洛诰》至《秦誓》止，尚余《康诰》三篇未倍。《多士》《多方》，意不甚了，三复乃得之。夜看英人力、化诸说。

廿八日　晴。早起处分夫价毕。陈力田来。午正出访丁稺公，牙参未散，先诣方子箴臬使，翰仙先在，快谈半时许。子箴论海防及兵勇，颇中时弊。适有两候补道员来，遂散。访黄麓生，再过督署，与稺公谈安南事，不相合。又论凡国无教则不立，蜀中教始文翁遣诸生诣京师，意在进取，故蜀人多务于名。又言蜀土薄，米菜俱无实味，议颇入微。余三辞掌教，不见从，且姑徐之。过劳鹭卿不遇，还机器局。鹭卿来，人平平无才气，殊不称其纨绮名。夜看子箴杂文及新诗，至丑寝。

廿九日　除日。阴。起颇晏，欲出寻张仪楼，以稺公坚约见过，宜待之，至申不至。盖岁除本不诣客，穋公未思，因而失约，亦不明之一端也。温《康诰》三篇毕。元卿请余早饭，翰仙约晚饭，皆饯岁也。除日例出游，待竹老饭罢同出，栋材、元卿从，欲至城西南求宣明门，以远不果。至洗马池，新建骆文忠祠，后有池树，而房室甚少，无甚可观，步还已暮。翰仙客王宾秋、周恬五、黄云生已久待，设食颇清洁，酉散，小坐。子箴送诗来，依韵和之。时二使至，诸官皇皇，消寒会散，因以调之云。白兔楼边夕照开，锦江春色隔年来。轻舟始渡千重峡，胜会迟倾五九杯。入蜀例教诗胆壮，索逋先试骑兵材。独怜萧寺清尊寂，不及官斋并蒂梅。子箴有《消寒示姬人》诗，故结句云云，以忆六云也。每岁祭诗，唯就寓斋居室，今所寓嚣杂，借西邻岱祠行之。子初往，祠轩清敞，小道士亦解事，焚香设拜。还要竹老及其弟四郎、黄郎啜茗食果，石榴颇佳。栋材、元卿、鲁詹俱馈岁，元卿送梅二枝，一红一黄，黄者甚香，水仙虽盛卉而尤奇，腊梅气足故也。侵至丑寝。